ABGETAUCHT

Für meinen Vater,
Autor des ursprünglichen Hideout,
der uns Geschichten von dem
in die andere Richtung laufenden
Spieler erzählt hat.

1

Zeb Williams trat mit der Spitze seines Stollenschuhs in den Kunstrasen und überlegte, was darunterlag. Das Spielfeld war einmal natürlich grün gewesen, aber als er 1981 an die UC Berkeley kam, wechselte die Uni zum Topfkratzerbelag. Er fand das ätzend, weil er das Spiel vorwiegend auf Rasen gelernt hatte. Allerdings hatte er auch Erfahrung mit Erde, Schlamm, Asphalt. Als Kind hatte er oft das Pflaster geküsst, war mit dem Gesicht auf den Bordstein geknallt. Die Italiener in der Nachbarschaft hatten sich über seine blauen Flecken lustig gemacht, aber die Klappe gehalten, als sie sahen, wie gut er mit dem Ball umgehen konnte. Fußball war nicht sein Ding, Basketball manchmal schon, aber richtig gut war er in jedem Spiel, bei dem man über ein Feld hinweg werfen und fangen musste. Er hatte an der Riordan High School in der City mit Football angefangen, wo die Trainer bald entdeckten, dass er auch kicken konnte. In seinem ersten Jahr hatte er sogar an Cross-Country-Rennen teilgenommen, weil sich herausstellte, dass er obendrein ein guter Läufer war.

Er atmete tief durch die Nase ein und wünschte, das Spielfeld wäre aus Naturrasen, damit er es riechen könnte. Das hätte ihm in diesem Moment das Gefühl gegeben, genau am richtigen Ort zu sein, kurz davor, einen Extrapunkt zu kicken.

»Bereit, Nummer zwei?«, fragte Bear Thomas, der Holder der California Golden Bears, und trabte auf der Stelle, während die letzten Sekunden des Time-Out tickten.

Bear wurde ständig mit Sprüchen aufgezogen wie: »Hey, Bear, was würdest du machen, wenn deine Mama dich Bruin genannt hätte?« Oder »Duck« oder »Trojan«, in Anspielung auf die UCLA Bruins, die Oregon Ducks und die USC Trojans.

Wollten sie ihn richtig auf die Palme bringen, hieß es: »Sie hätte dich lieber Cardinal nennen sollen«, denn Stanford Cardinal war der Erzfeind.

Jetzt aber machte niemand Witze, und Bear war voll aufgedreht. Er sah ihn mit der flachen Hand gegen seinen Helm schlagen, dabei weiter auf der Stelle tänzeln.

Zeb hob ein wenig den Kopf und ließ den Blick noch höher wandern, bis hinauf zu den Rängen, und auf einmal konnte er die ganzen Leute hören. Fünfundsechzigtausend, hatten sie gesagt, damit wurde gerechnet. Die Geräuschkulisse versetzte ihn jedes Mal wieder in Erstaunen. Anhaltendes Raunen, das mal leiser wurde, mal zu einem Kreischen anstieg, immer wieder, wie ein hin und her fliegender Kampfjet.

Carmen war irgendwo dort oben. Sie schien zu kultiviert, um ihn mit Geschrei anzufeuern, aber seit sie miteinander gingen, hatte sie gesagt, fiele es ihr schwer zuzuschauen, weil sie sich immer so aufregte. Vorher hatte ihr offenbar nie viel am Ergebnis gelegen.

Zeb lächelte hinter seiner Maske, als er an sie dachte. Er mochte sie, weil sie so ehrlich war. Die anderen Mädchen sagten immer nur, was er ihrer Meinung nach hören wollte, redeten über Spielstatistiken, Gewinnquoten, neue Anwerbungen. Oder sie setzten alles daran, gleichgültig zu wirken, zu beschäftigt mit Modern Dance oder Politik oder was auch immer sie studierten. Carmen würde es nie einfallen, auf cool zu machen. Sie würde gut zurechtkommen im Leben.

Was ihn wieder zu der Frage brachte: Was war unter dem Kunstrasen? Eine dünne Gummischicht, hatte er gehört. Darunter Kies. Darunter Beton. Und darunter Erde. Und darunter und darunter …

Das Time-out war zu Ende. Bear klatschte einmal in die Hände.

»Los«, sagte er und ging in die Hocke, wartete auf den Snap.

Zeb nickte, sah zur Anzeigetafel hinauf. 6:6. Viertes Quarter. Noch 7 Sekunden. Der Kicker von Stanford war bereits in Ungnade gefallen, weil er seinen Extrapunkt nicht gemacht hatte, alle Zuneigung der Fans in dem Moment verloren, als der Ball knapp am linken Torpfosten vorbeigeflogen war. Hätte ich sein können, dachte Zeb. Hätte jeder von uns sein können.

Er schüttelte seine Hände und Füße aus und wippte leicht in den Knien, den linken Fuß vor den rechten gesetzt, Oberkörper vorgebeugt.

Buck Reinhart snappte den Ball und Bear fing ihn, stellte ihn aufrecht auf die Spitze, streckte dabei wie immer den rechten Arm aus, als würde er den Ball mit reiner Geisteskraft in der Balance halten.

Zeb wartete. Der Uhr nach weniger als eine Sekunde lang, aber die Zeit verging anders auf dem Spielfeld. Manchmal kam es ihm vor, als hätte draußen in der Welt schon ein neues Jahr begonnen, wenn das Spiel endlich zu Ende war.

Er lief an, links, rechts, links, doch statt mit dem rechten Fuß zu kicken, bückte er sich, hob den Ball mit einer Hand auf und versetzte mit der anderen Bear einen Stoß, dass der vor Schreck hinfiel.

Zeb sah auf den hübsch in seiner Armbeuge geborgenen Ball hinunter und wieder hinauf zur Uhr. Vier Sekunden noch. Ihm blieb nicht viel Zeit.

Er machte kehrt und lief los, auf Stanfords Endzone zu.

Bear brüllte, rannte ihm hinterher. Sein Freund hatte schon in der Highschool auf der Position des Cornerback gespielt und war entsprechend schnell, aber nicht so schnell wie er. Zeb sah Cals Defense von den Seitenlinien auf ihn zustürmen, Jimmy Moffat, der Tackle, und Roger Swain, Outside Linebacker, Fähnchen knickten unter ihren Füßen. Es würde wieder sein wie in der Jasper Alley in San Francisco, die Italiener allesamt auf ihn, alle aus dem Häuschen vom Spiel, die Schmerzen weglachend.

Seine Mannschaftskameraden lachten nicht. Sie brüllten seinen Namen, Roger Swain schrie: »Wohin, Zwei, falsche Richtung!« Es war schon vorgekommen, dass Spieler nach einem Sack die Orientierung verloren hatten und auf das falsche Spielfeldende zugerannt waren, aber als er weder anhielt noch langsamer wurde, schienen Roger und die anderen zu kapieren, dass es kein Irrtum war.

Das Raunen der Menge hatte jetzt eine himmelhohe Tonlage, in Zebs Ohren klang es wie der Laserstrahl des Marsianer-Raumschiffs in *Krieg der Welten*, wenn der Priester verbrutzelt wird. Nur lauter.

Dreißig, zwanzig, zehn.

Ein paar Mitglieder von Stanfords Blaskapelle und seiner Cheerleadertruppe standen in der Endzone herum und guckten verwirrt, tranken Dosenbier, warfen lässig Puschel in die Luft.

Zeb erspähte einen schmalen Durchlass zwischen einer Cheerleaderin und einem Typ mit einer Posaune und sprintete noch schneller, mit jedem Schritt leichter. Das musste er dem Kunstrasen lassen, er klebte nicht an den Stollen wie Gras und Erde, sondern federte und gab ihm beim Landen auf den Fußballen zusätzlich Schwung.

Er sauste in die Endzone, das Gekreisch der Zuschauer wurde höher und lauter, das Pfeifen des Schiedsrichters durchdringend. Ein paar Fans kletterten über die Absperrung und sprangen von der Tribüne aufs Spielfeld.

Zeb warf den Ball rückwärts über seine Schulter, wusste genau, dass seine Mannschaftskameraden ihn reflexartig fangen würden wie Brautjungfern den Brautstrauß, obwohl das Spiel jetzt vorbei war.

Vom Ball befreit, pumpte er mit den Armen und hielt auf die ausgemachte Lücke zu, doch da drehte sich der Posaunenspieler halb zur Seite, so dass der Zug seines Instruments ihm den Weg versperrte.

Zeb rammte den Musiker an der Schulter und schlug ihm die Posaune aus der Hand, lief aber unbeirrt weiter auf den Ausgang zu. Er konnte das Haarspray einer Cheerleaderin riechen, stark wie Reinigungsalkohol, hörte seine Kameraden mit der Kapelle und den Cheerleadern zusammenstoßen, den dumpfen Aufprall, als einige hinfielen. Er sah sich nicht um, konnte sich aber das Gewirr vorstellen, wie manche lachten, andere sich aufrappelten, um ihm weiter hinterherzujagen.

In den Tunnel hinein und dann statt nach rechts in die Umkleidekabine direkt hinaus auf den Parkplatz, wo er für ein paar Sekunden langsamer wurde, erst auf einem Fuß hüpfte, dann auf dem anderen, seine Stollenschuhe abstreifte und sie von sich schleuderte. Er zog sein Trikot aus und warf es hoch in die Luft, während er wieder Tempo machte und auf den Rand des Parkplatzes zuhielt, dabei immer noch den kollektiven Aufschrei der Menge hörte. Er dachte daran, zur Piedmont Avenue zu laufen, wo er sich vielleicht unter die Studis mischen konnte, oder noch ein bisschen weiter bis zu Carmens Studentinnenverbindung, um dort auf sie zu warten. Er dachte daran, bis zur Interstate zu laufen, rund fünf Kilometer, schätzte er. Er dachte daran, über die Bay Bridge in die City zu laufen, zurück zur Jasper Alley, wo er aufgewachsen war, und dort vielleicht all die Kids von früher zu treffen, und vielleicht hatten sie sich gar nicht verändert, waren immer noch zehn oder elf oder zwölf Jahre alt, rissen immer noch dreckige Witze und tranken in einem Zug ihre Cola leer, wickelten Klebeband um ihre alten Footballs, damit die Luft nicht rausging. Vielleicht standen sie genau da an der Ecke, wo er sie zurückgelassen hatte, und wenn er endlich dort ankam und auf sie zulief, würden sie rufen: »Wo warst'n du, Zeb?«

San Francisco war nicht Alice Vegas Lieblingsstadt, und das lag am Wetter. Sie hatte es lieber richtig heiß, schaltete die Klimaanlage in ihrem Haus im Sacramento Valley nur während der brutalsten Hitzewellen an und ließ sonst immer alle Fenster offen. Zu Hause lief sie in Yogashorts und Trägershirt herum, aber für die Arbeit trug sie stets Schwarz – Hose, Hemd, Jackett, Stiefel. Dazu eine Springfield in einem Schulterholster über dem Hemd, unter dem Jackett. Die Riemen hatte sie all die Jahre immer so fest geschnallt, dass sie sich fast das Blut abschnürte und jetzt einen dauerhaften Abdruck der Holstertasche auf der Haut trug, rosa Linien wie eine Architekturskizze über den Rippen, knapp unter ihrer linken Brust.

Ihr Beruf führte sie an viele Orte, aus denen sie sich nichts machte. Im Moment stand sie auf der Vordertreppe einer großen gelben Villa in Pacific Heights und drückte auf die Klingel neben der breiten Glastür in einem dekorativen, schmiedeeisernen Rahmen. Sie hörte den Doppelklang drinnen und schätzte, dass es ein Weilchen dauern würde. Viele Treppen. Die Straße war leer und ruhig für einen Samstag. Mittagszeit, dreizehn Grad, die Sonne noch von ein paar Nebelfetzen verschleiert.

Ein junger, sonnengebräunter Mann kam zur Tür, kahlköpfig, schwarzer Bart und Brille, bekleidet mit einem senfgelben Hemd und einer weißen, überweiten Hose, die teuer aussah. Als er ihr aufmachte, surrte die in ihrem Rahmen erzitternde Glastür.

»Ms Vega?«, fragte er zögerlich.

»Ja«, sagte sie. »Mr Fohl?«

»Nein, nein, ich bin Samuel, Mr Fohls Assistent«, sagte er verlegen. »Bitte kommen Sie herein.«

Vega betrat einen Vorraum, der ungefähr so groß war wie ihr ganzes Haus. Schwarzweiß gewürfelter Parkettboden und eine Holzdecke mit Kunstschnitzerei. Ein gekachelter Wandbrunnen plätscherte leise in einer Ecke.

»Das ist Tiffany«, sagte Samuel, als er ihren Blick bemerkte.

Sie nickte, nahm die Information entgegen wie ein Ticket aus einem Parkautomaten.

»Hier entlang, bitte«, sagte der Assistent und führte sie in ein angrenzendes Zimmer.

Die Decke war auch hier aus geschnitztem Holz. Zwei weinrote Ledersofas, kein einziger Knick darin, standen sich gegenüber.

»Was möchten Sie trinken«, fragte Samuel mit auf dem Rücken verschränkten Händen. »Wir haben stilles Wasser und welches mit Kohlensäure oder auch etwas Stärkeres, falls Sie wollen.«

»Nein, danke«, sagte Vega.

»Bitte sehr«, sagte Samuel. »Anton bringt gerade noch etwas zum Abschluss, er ist gleich bei Ihnen.«

Damit ging er. Vega ließ ihren Blick an der Fensterfront entlangwandern. Draußen wuchs ein Strauch mit papierartigen, violetten Blüten, der kastenförmig beschnitten war.

Sie sah sich in dem Raum um. Ihr gegenüber stand ein Sideboard aus dunklem Holz, so lang wie die gesamte Wand, darauf eine weiße Vase mit einem Arrangement aus schwarz lackierten Stöcken. Über dem Möbel erstreckte sich ein langer, rechteckiger Spiegel, der ein wenig nach vorn geneigt war, als sollte er die Person oder Personen auf dem Sofa am Fenster vollständig zeigen. Vega sah ihr Spiegelbild, die krummen schwarzen Stöcke durchkreuzten ihr Gesicht.

»Ms Vega«, sagte der Mann, wegen dem sie hier war.

Fohl kam hereingeeilt, wobei er seinen rechten Arm zurücknahm, als wollte er Schwung zum Händeschütteln holen. Vega stand auf und ihre Handflächen schlugen gegeneinander, so dass eher ein Abklatschen daraus wurde. In der anderen Hand hielt er ein zusammengefaltetes Blatt Papier.

»Anton Fohl«, stellte er sich vor. »Es tut mir leid, dass ich Sie warten ließ. Eins von diesen Telefonaten ...«

Er unterbrach sich und sah sie beifallheischend an, erwartete wohl, dass sie sagte: »Ach, kein Problem« oder »Ich bitte Sie, es war ein Vergnügen, in diesem geschmackvoll eingerichteten Zimmer zu warten.« Doch er war ihr natürlich noch nie begegnet und wusste daher nicht, dass sie sich nie an Smalltalk beteiligte, es sei denn, sie wollte Informationen aus jemandem herausbekommen, so ähnlich wie jemand gezielt das Fleisch von den feinen Gräten eines gedünsteten Fischs löst.

»Bitte«, sagte er und bedeutete ihr mit einer Geste, wieder Platz zu nehmen.

Vega setzte sich, während Fohl das Sofa gegenüber nahm, so dass ein Abstand von gut zwei Metern zwischen ihnen war. Sie hatte im Vorfeld keine Recherchen über ihn angestellt, wollte sich lieber auf ihren ersten Eindruck verlassen und den Rest später ergänzen. Die sozialen Medien waren toll für diesen Zweck, aber dort wurde alles durch den Filter des Bildschirms und den Filter der Selbstinszenierung präsentiert, was zwei Filter zu viel waren für ihren Geschmack. Sie traute ihren eigenen Augen mehr.

Fohl sah gut aus. Mitte fünfzig, melierte, walnussbraune Haare mit weißen Schläfen, die sich so symmetrisch über seine Ohren zogen, dass sie wie gefärbt wirkten. Seine Augen waren von einem satten Blaugrün und bei Weitem das Auffallendste an seinem Gesicht, abgesehen von dem Grübchen in der linken Wange, das nur zum Vorschein kam, wenn er lächelte.

»Können wir Ihnen etwas zu trinken anbieten?«, erkundigte er sich mit einem Seitenblick zu Samuel, der an der Tür herumstand.

»Nein, danke«, sagte Vega.

»Dann ist das alles, Samuel, danke.«

Samuel zog sich zurück, und Fohl legte das zusammengefaltete Blatt neben sich auf das Sitzpolster. Er beugte sich zu ihr vor, die Ellbogen auf die Knie gestützt.

»Sie müssen eine ziemlich lange Fahrt hinter sich haben«, sagte er. »Von wo kommen Sie? Sacramento?«

»Nicht ganz so weit«, antwortete Vega. »Ein Stück südlicher.«

Fohl pfiff leise durch die Zähne.

»Also, danke, dass Sie den weiten Weg auf sich genommen haben für dieses persönliche Gespräch.«

Vega lächelte knapp und wartete auf mehr.

Fohl nickte rhythmisch wie ein Wackeldackel auf der Hutablage.

»Ich, äh ...«, begann er und hüstelte in seine Faust. »Es geht um etwas, das ich nicht in einer E-Mail erklären wollte. Ich wollte von Angesicht zu Angesicht mit Ihnen sprechen, erstens, um Sie kennenzulernen, aber auch, weil das ...« Er unterbrach sich und schürzte die Lippen, als würde er angestrengt nach den richtigen Worten suchen, obwohl er sie nach Vegas Eindruck längst kannte. »... ein etwas anderer Fall ist als Ihre üblichen.«

Wieder legte er eine Pause ein, vermutlich, um ihr Zeit zu geben, diese Vorwarnung zu verdauen. Wenn der wüsste, dachte Vega. Wenn er auch nur von der Hälfte ihrer Fälle Kenntnis hätte, über die es keine Medienberichterstattung gegeben hatte, würde er seine Behauptung vielleicht überdenken.

»Verstehen Sie mich nicht falsch«, fuhr Fohl mit abwehrender Geste fort. »Es ist dennoch ein Vermisstenfall. Nur wahrscheinlich der größte in Ihrer bisherigen Laufbahn.«

Er zog eine Grimasse über seine großsprecherischen Worte, wirkte zugleich aber aufgeregt über das, was er zu sagen plante.

»Meine Frau Carmen hat an der Cal in Berkeley studiert, wie auch ihr Vater und ihr Großvater, während man in meiner Familie nach Stanford geht. Sie können sich vorstellen, wie die Stimmung war, als sie mich das erste Mal mit nach Hause nahm, um mich ihren Eltern vorzustellen.«

Er lachte nicht, lächelte nur wissend mit schmalen Augen. Als Vega weder lachte noch lächelte, sondern ihn nur weiter abwartend ansah, schwand sein Lächeln zusammen mit dem Grübchen. Für einen Augenblick schien er den Faden verloren zu haben, nahm ihn aber gleich wieder auf.

»Wir haben uns im Herbst 1985 kennengelernt und drei Jahre später geheiratet. Zwei hübsche Töchter.«

Fohl räusperte sich.

»Jetzt werden Sie sich fragen, wer ist die vermisste Person?«

Vega sagte noch immer nichts, beugte sich aber vor und stemmte die Ellbogen auf die Knie, spiegelte seine Haltung.

Fohl legte die Hände ineinander und atmete tief aus.

»Vor mir war Carmen fest mit einem anderen jungen Mann zusammen, und er ist es, den Sie für mich finden sollen. Damit aber«, sagte er und hob den Zeigefinger, »wird es kompliziert.« Er atmete noch einmal tief durch, ehe er den Namen hervorstieß. »Es ist Zeb Williams.«

Fohl rieb sich die Knie und machte eine Miene, die halb Stirnrunzeln, halb Grinsen war. Um langsam in Verwirrung überzugehen.

»Zeb Williams«, wiederholte er, offenbar für den Fall, dass sie in den letzten Minuten einen mittelgradigen Hörverlust erlitten hatte. »Der Kicker von Cal«, fügte er mit einem nachsichtigen Blick hinzu, als bedürfte es nur dieses Zusatzes, um ihrem Gedächtnis auf die Sprünge zu helfen.

»Okay«, sagte Vega. »Wann haben Sie ihn zuletzt gesehen?«

Fohl kniff den Mund zusammen.

»Im Jahr 1984«, sagte er. »Am siebzehnten November. Das war das letzte Mal, dass er überhaupt gesehen wurde.« Er kratzte sich am Kinn. »Sie wissen wirklich nicht, wer Zeb Williams, der Footballspieler, ist?«

»Nein«, sagte Vega ohne Zögern oder Entschuldigung.

Fohl lachte kopfschüttelnd. »Tut mir leid, ich dachte einfach, dass ihn jeder kennt.«

»Ich nicht.«

»Okay«, sagte er, immer noch verblüfft. »Jetzt weiß ich gerade nicht, wo ich anfangen soll.«

Seine Unsicherheit wirkte echt, weshalb sie es für das Beste hielt, ihm unter die Arme zu greifen.

»Gehen wir mal davon aus, dass ich das, was allgemein bekannt ist, im Internet herausfinden kann«, sagte sie. »Erzählen Sie mir doch, was nicht alle wissen. Was nur Sie wissen.«

Das leuchtete Fohl ein. Er nickte erleichtert.

»Sie sind sich, also meine Frau und Zeb, in einem naturwissenschaftlichen Seminar an der Uni Berkeley begegnet. Waren dann zwei Jahre zusammen.« Er hüstelte wieder in seine Faust. »Sie hat ihn gut gekannt, das dachte sie zumindest, und war tief verletzt, als er einfach verschwand.«

»Er hat nie Kontakt zu ihr aufgenommen nach seinem Verschwinden?«, fragte Vega.

»Nein«, sagte Fohl.

Sie glaubte ihm. Trotzdem passte da irgendetwas nicht richtig. Ein klappernder Golddeckel auf einem zu kleinen Schraubglas.

»Und Sie haben ihn nie persönlich kennengelernt.«

»Nein«, bestätigte Fohl. »Ich weiß nur, was Carmen mir über ihn erzählt hat, und eben das, was durch die Medien bekannt ist.«

Vega schwieg einen Moment und blickte kurz zu ihrem von den schwarzen Zweigen geteilten Spiegelbild hinauf.

»Es würde die Sache vereinfachen, wenn ich Ihre Frau direkt über ihn befragen könnte.«

Fohl kratzte sich am Knie. »Sie ist gerade nicht zu Hause.«

Vega ließ einen Moment verstreichen. Dann: »Ich warte gern.«

»Also, das ist es eben«, sagte er. »Wenn ich ehrlich zu Ihnen sein soll.«

Wieder ein Hüsteln.

»Sie weiß nichts von unserem Treffen hier«, fuhr er mit einem Anflug von Zerknirschung fort. »Sie weiß nicht, dass ich versuchen will, Zeb zu finden.« Dann seufzte er, wirkte mit jedem Satz matter, ließ den Kopf hängen. »Und Sie möchten wahrscheinlich wissen, warum.«

»Nicht unbedingt«, sagte Vega.

Fohl hob überrascht den Kopf. »Nicht unbedingt«, wiederholte er. »Warum nicht?«

»Es geht mich nichts an«, antwortete sie. »Wenn ich den Auftrag annehme, sind Sie mein Kunde, nicht Ihre Frau, es sei denn, Sie verfügen etwas anderes.«

»Das ist sehr gut«, sagte Fohl erleichtert. »Ich dachte ... ich bin davon ausgegangen, dass Sie zuerst mit ihr sprechen müssten.«

»Nein«, sagte Vega. »Sollte sich irgendwann herausstellen, dass ich den Fall nicht voranbringen kann, ohne sie zu befragen, ist die Lage anders.«

»Natürlich«, sagte Fohl. »Ungelegte Eier und so.«

»Ohne Ihre Frau brauche ich möglicherweise länger, um an bestimmte Informationen zu kommen, aber ich bekomme sie.«

»Ich bewundere Ihre Zuversicht«, sagte Fohl. »Wenn man bedenkt, dass viele, *viele* Leute vergeblich versucht haben, Zeb Williams zu finden. Und das seit über dreißig Jahren.«

Vega sah nach ihrem Spiegelbild an der Wand, immer noch hinter den Zweigen.

»Sie haben nicht meine Mittel.«

»Und die wären?«, fragte Fohl, plötzlich überheblich, als hätte er sie nicht selbst hergebeten.

»Damit meine ich meine Erfahrung«, sagte Vega. »Und meine speziellen Fähigkeiten.«

»Natürlich«, sagte er. »Deshalb habe ich Sie ja kontaktiert. Wegen Ihrer Erfolge in ...« Er zögerte, suchte nach dem treffenden Ausdruck. »... besonderen Fällen.«

»Sollte ich den Fall annehmen, müssten Sie das von mir festgesetzte Honorar bezahlen, und dann, wenn ich ihn finde, noch etwas obendrauf«, sagte sie.

»*Falls* Sie ihn finden«, stellte Fohl klar.

»Ja«, sagte Vega. »Falls.«

»Das ist in Ordnung«, sagte er. »Ich bezahle, was Sie für angemessen halten. Da ist noch eine Sache, eine Information, die Sie haben sollten.«

Er faltete das Blatt Papier auseinander und reichte es ihr.

Es war die Kopie eines Fotos, vier Leute in einem Straßencafé. Eine Frau mit dunklen Haaren und Augen, die eine Schürze umhatte. Sie schien sich mit zwei älteren Männern an einem der Tische zu unterhalten, der eine in einem weißen Anzug, der andere mit einem Spazierstock. An einem Nachbartisch saß ein junger Mann, der zu der Frau aufsah.

»Carmens Vater hatte damals nach Zebs Verschwinden einen Privatdetektiv engagiert, der ihn in einer Kleinstadt in Oregon namens Ilona ausfindig machte. Dieses Foto ist die letzte verbriefte Spur von Zeb. Seitdem hat es einen Haufen Spekulationen gegeben.«

»Hat sonst noch jemand dieses Foto?«, fragte Vega. »Könnte ich es online finden?«

»Nein, es stammt von dem Detektiv. Carmens Vater mochte keine offenen Fragen und verfügte über unbegrenzte finanzielle Mittel, verstehen Sie.«

Vega betrachtete das Foto, die vier Menschen, ihre Gesichter, ihren jeweiligen Blickpunkt.

»Ihr Mädchenname ist Wirth«, fuhr Fohl fort.

Der junge Mann, offenbar Zeb Williams, starrte die dunkelhaarige Frau an.

»Der meiner Frau, meine ich. Ihrer Familie gehört Pacific Airlines.«

Er wollte, dass sie das zur Kenntnis nahm, merkte Vega,

nicht, um sie zu beeindrucken, sondern weil er es für wichtig hielt, wie reich seine Frau und deren Familie war. Sie wusste nicht, ob es überhaupt von Bedeutung war, und hatte anderes im Sinn.

»Wissen Sie, wer das ist?« Sie zeigte auf die Frau auf dem Foto.

Fohl richtete sich auf und machte eine zufriedene Miene, zog sein Handy aus der Hosentasche.

»Allerdings«, sagte er und tippte auf den Bildschirm. »Cara Simms. Cara mit C.«

»Das wissen Sie von ihm, dem Privatdetektiv Ihres Schwiegervaters?«

»Genau.«

»Was ist mit diesen beiden anderen Männern?« Vega hielt das Foto hoch.

»Nichts, er hat nur den Namen der Stadt und den der Frau herausgefunden.«

Vega faltete das Blatt wieder zusammen.

»Kennen Sie den Namen dieses Detektivs?«

»Er ist leider Ende der Neunziger verstorben«, sagte Fohl mit einem betrübten Ausdruck, der auf einer Aufrichtigkeitsskala von eins bis zehn etwa bei fünf lag.

Vega überlegte. Sie würde das anders angehen müssen. Als Erstes würde sie sich über Football schlaumachen müssen.

Sie stand auf. »Ich brauche achtundvierzig Stunden, um darüber nachzudenken. Falls ich den Auftrag annehme, hätte ich weitere Fragen an Sie.«

Verdutzt erhob Fohl sich ebenfalls.

»Natürlich ... wenn Sie meinen.«

»Ja. Ich rufe Sie übermorgen an«, sagte sie und verabschiedete sich mit einem festen Händedruck.

»Gut«, sagte er, wobei so etwas wie Besorgnis über sein Gesicht huschte.

Vega wartete nicht auf sein Angebot, sie hinauszubegleiten, sondern ging durch die Vorhalle. Fohl beeilte sich, sie zu überholen, und sie machte einen kleinen Schritt rückwärts, um ihn vorzulassen.

»Dieses Schloss ist ein bisschen verzwickt«, sagte er und drehte an einem kleinen, goldfarbenen Bolzen unter dem Türknauf, der überhaupt nicht verzwickt wirkte.

Er hielt ihr die Haustür auf, und sie trat hinaus, stieg die Treppe hinunter.

»Vielen Dank, dass Sie die Fahrt hierher gemacht haben«, sagte er.

»Gern geschehen«, sagte sie. »Wir sprechen uns in zwei Tagen.«

Auf dem Weg zu ihrem Auto hörte sie ihn noch »Ja« sagen, dann das Geräusch der schweren, einrastenden Tür.

Der Nebel hatte sich inzwischen vollständig aufgelöst, und sie blinzelte zur Sonne hinauf, ehe sie einstieg und überlegte, wie schnell sie zum SFO gelangen und einen Flieger nach New York, Newark oder Philadelphia bekommen konnte. Es würde wahrscheinlich auf einen Nachtflug hinauslaufen, aber das hatte ihr noch nie etwas ausgemacht. Sie brauchte nicht viel Schlaf.

Die Sonne wärmte ihr Gesicht. Eine überraschende Wohltat, noch ein wenig Hitze zu spüren.

Doch sie konnte es nicht richtig genießen. Sie vermisste jemanden.

Der Heizkessel machte ein Geräusch, als würde er eine Beute verdauen. Ein Ächzen und Gluckern, das zehnmal von einer Seite zur anderen wanderte, dann aufhörte, dann in der Gegenrichtung wieder anfing.

Max Caplan und seine achtzehnjährige Tochter Nell starrten bang auf das Ding.

»Also, das hört sich nicht so gut an«, sagte Nell nach einer Weile.

Cap fuhr sich durch die ungekämmten Haare an seinem Hinterkopf.

»Nee«, sagte er. »Eher nicht.«

»Erklärt wohl, warum die Heizung ständig mitten in der Nacht ausfällt.«

Cap nickte. Seit etwa einer Woche wachten Nell und er mit tauben Nasen und Zehen auf. Zuerst hatte er vermutet, dass eine Armee von entschlossenen Mäusen sich methodisch durch das Dämmmaterial fraß (was vor ein paar Jahren schon einmal vorgekommen war), aber nachdem er jede Ecke des Dachbodens mit einer LED-Taschenlampe abgesucht und alles unbeschädigt vorgefunden hatte, hatte er schließlich den Heizkessel verdächtigt.

»Wie lange hält so ein Kessel?«, fragte Nell und knabberte an ihren schwarzlackierten Fingernägeln.

»Ungefähr fünfzehn Jahre, glaube ich. Deswegen verstehe ich das nicht. Wir haben den doch erst gekauft.«

»Wirklich?«, sagte sie. »Ich erinnere mich nämlich nicht daran, dass er neu hier ankam, was bedeutet, dass er gekauft wurde, als ich noch zu klein war, um mich zu erinnern, also etwa drei Jahre alt?«

Cap überlegte. Es kam ihm bestimmt nicht wie fünfzehn Jahre vor, aber er erinnerte sich an den alten Kessel, der von einer anderen Marke und Machart war und den sie mit dem Haus übernommen hatten, und daran, wie der jetzige geliefert wurde und seine damalige Frau Jules gesagt hatte: »Das geht komplett gegen meine Haltung als Feministin, die für die Beseitigung von Geschlechterstereotypen eintritt, aber dieser neue Heizkessel hat einen neuen Menschen aus mir gemacht.«

Jetzt fiel ihm alles wieder ein. Er war noch mit Jules verheiratet gewesen, als dieser Kessel kam, also war das mindestens sieben oder acht Jahre her. Und sie waren noch glücklich miteinander gewesen, was die Zeit um einiges weiter zurückdrehte. Es konnten tatsächlich fünfzehn Jahre sein. Bevor er bei der Polizei von Denville gefeuert wurde, vor der Scheidung, bevor er sich als Privatermittler selbständig gemacht hatte.

Vor Vega. VV.

»Kommt wohl hin«, räumte er ein. »Ich kann's einfach nicht fassen, dass das schon so lange her ist.«

»Vor langer Zeit, in den Nullerjahren, Old Man Caplan«, sagte Nell und klopfte ihm auf die Schulter. »Hilfst du mir jetzt mit der Basstrommel oder was?«

Cap starrte noch einen Moment auf den Kessel, seufzte dann und wandte sich zu seiner Tochter um.

»Klar. Und danach muss ich wohl ein paar Anrufe machen.«

»Wenigstens ist es nicht so kalt«, sagte Nell, während sie zur Treppe ging. »Sollen heute zehn Grad werden laut meiner App.«

»Wie gut, dass die Erderwärmung nur ein Hirngespinst ist«, bemerkte Cap und folgte ihr.

Oben war es ein paar Grad wärmer als im Keller. Nell stand schon bei ihrem fünfteiligen Schlagzeug neben der Haustür.

»Wie auch der ganze Klimawandel, hab ich gehört«, sagte sie und nahm ihre hellblaue Puffajacke von dem Haken an der Wand.

Cap lächelte seine Tochter an. Es ging ihr gut, viel besser als noch vor einiger Zeit. Seit fast anderthalb Jahren fuhr sie alle zwei Wochen zur Therapie, um das Trauma zu verarbeiten, das sie durch ihre Geiselhaft während seines ersten gemeinsamen Falls mit Alice Vega erlitten hatte. Jetzt zahlten sich die Sitzungen endlich aus. Nell hatte einen produktiven, erfolgreichen Herbst gehabt, hatte ihre Energie in die Band gesteckt, in der sie zusammen mit Freunden spielte, und so wortgewandt über ihre schlimme Erfahrung geschrieben, dass ihr das zusammen mit einem exzellenten Notendurchschnitt, der Mitgliedschaft im Fußballteam der Schule und ihrer Freiwilligenarbeit eine vorzeitige Aufnahme an einer Ivy-League-Uni eingetragen hatte.

Im Gegensatz zu früher machte Cap sich auch keine Sorgen mehr wegen des Finanziellen. Natürlich würde er Kredite aufnehmen müssen, aber er hatte jetzt schon länger eine feste Arbeit, seit er die Vollzeitstelle als leitender Ermittler für Vera Quinn, Denvilles ansässige Gemeinwohlanwältin, angenommen hatte.

Als er Nell jetzt so ansah, stellte er fest, dass die Schuldgefühle, weil er sie in Gefahr gebracht hatte, ihn nicht mehr total niederdrückten. Sie war nicht zu dünn und nur mäßig mürrisch. In den letzten zwei Monaten schien sie auch wieder ein bisschen zu ihrem alten Schwung zurückgefunden zu haben. Er sah zu, wie sie den Reißverschluss ihrer Jacke hochzog und die Taschen nach Portemonnaie, Schlüsseln, Handy abtastete. Dann ging sie leicht in die Hocke, um die Snaredrum und die Tom-Toms an den Ständern aufzuheben, so dass er den natürlichen kastanienbraunen Ansatz ihrer schwarzgefärbten Haare erkennen konnte.

»Dad, was ist?«, fragte sie, als er sich nicht rührte.

Auf einmal wurde er von Gefühlen überwältigt und traute sich nicht zu antworten, aus Angst, dass ihm die Stimme versagte.

»Wirst du gerade ein bisschen sentimental?«, fragte sie freundlich.

Cap nickte.

»Ist es okay, wenn wir morgen damit weitermachen und du mir jetzt mal kurz mit der Bassdrum hilfst?«, fuhr sie genauso freundlich fort.

Er lachte.

»Ja, klar, ich drück mal eben auf ›Pause‹.«

Nell nahm lächelnd die Snare und die Toms und öffnete die Haustür. Cap hob die Bassdrum auf, die nicht schwer, aber sperrig war, und folgte ihr nach draußen.

Es war wirklich nicht besonders kalt, die Luft feucht und mild, und der trübgraue Himmel verhieß eher Regen als Schnee. Ein Winter sollte nach Winter aussehen, dachte er missmutig.

Nell ließ die Heckklappe aufschnappen, und Cap schob die große Trommel hinein, der Rücksitz war schon nach vorn geklappt. Er half Nell, die Snare und die Toms zu verstauen, bemerkte dabei, dass die Becken schon so auf dem Beifahrersitz angeordnet waren, dass sie an Stoppschildern möglichst wenig ratterten.

»Danke, Dad.« Nell schloss die Heckklappe.

»Alles klar, Bug. Bleibst du heute Nacht bei Carrie?«

»Ja, ich glaube schon. Ist dir das recht?«

»'türlich«, sagte er und musste gegen den Stich in seiner Magengegend anatmen.

»Ich bin morgen früh wieder da«, sagte sie. »Ich muss ein bisschen was über europäische Geschichte lesen, aber wir könnten zusammen joggen gehen, wenn es nicht regnet, okay?«

Der Schmerz verschwand so schnell, wie er gekommen war. Er lächelte erleichtert.

»Gut, dann warte ich auf dich.«

»Abgemacht«, sagte Nell und stieg ein.

Cap ging die Treppe zum Haus hinauf, während sie den Motor anließ und das Beifahrerfenster öffnete.

»Was isst du heute zu Abend?«, rief sie über die Becken hinweg.

»Reste«, rief Cap ohne nachzudenken.

Nell zog eine Grimasse. »Dad, es ist praktisch nichts mehr da. Bestellst du dir bitte was? Wir können morgen einkaufen gehen.«

Cap nickte und hoffte, es wirkte überzeugend.

»Versprichst du mir, dass du dir etwas zu essen bestellst?«, beharrte Nell.

Er hielt drei Finger in die Höhe, Pfadfinderehrenwort.

»Na gut«, sagte sie misstrauisch.

Sie hantierte mit ihrem Handy, worauf Ambient-Sound aus ihren Lautsprechern dröhnte. Nur noch gedämpft, nachdem sie das Fenster wieder hochgefahren hatte. Sie winkte ihm zu, setzte flott aus der Einfahrt zurück und fuhr los.

Cap sah ihr nach, bis sie um die Ecke gebogen war, und eilte dann ins Haus. Schloss die Tür, verriegelte sie mit den beiden Bolzenschlössern. Überprüfte, ob die Fenster im Wohnzimmer abgeschlossen waren. Überprüfte die im Bad unten. Dann die Außentür und die Fenster in seinem Büro.

Er lief hinauf in sein Schlafzimmer, das obere Bad, das kleine Gästezimmer.

Schließlich in Nells Zimmer, wo das Fenster einen Spalt offen stand. Cap zog den Rahmen mit unnötigem Kraftaufwand herunter und verriegelte ihn.

Er lief wieder nach unten, lugte durch die Jalousien am Wohnzimmerfenster. Ein fremder weinroter Kleinbus stand auf der anderen Straßenseite. Niemand darin. Das Stechen im Magen machte sich wieder bemerkbar, er drückte die Hand darauf. War es möglich, mit einem Heizkessel mitzufühlen? Doch wenn er ehrlich war, hatte er schon länger Magenschmerzen, schon seit seiner Rückkehr von dem letzten Fall mit Vega in Kalifornien vor fünf Monaten. Also fühlte der Kessel vielleicht mit ihm mit.

Er nahm die Fernbedienung vom Sofa und machte den Fernseher an, schaltete zu den Lokalnachrichten. Bald würde er sich ein Bier aufmachen und die Firma wegen des Heizkessels anrufen. Zuerst aber ging er nochmal in sein Arbeitszimmer, zu dem Wandschrank dort, und nahm den kleinen quaderförmigen Safe vom obersten Regal, in dem er seine SIG Sauer aufbewahrte. Er tippte den Code ein und hörte das Schloss aufschnappen, öffnete den Pistolenkasten.

Cap nahm die Sig und das geladene Magazin aus den Schaumstoffvertiefungen, schob das Magazin in die Pistole.

So war das an den Abenden, wenn er allein war. Tagsüber ging es meist besser.

Zurück im Wohnzimmer, setzte er sich aufs Sofa. Er stellte den Fernseher lauter, legte die Pistole vor sich auf den Couchtisch und wartete, dass die Stunden vergingen.

Auf ihrem Nachtflug recherchierte Vega im Internet. Sie wollte zuerst einen groben Umriss, den sie später farbig ausmalen würde, und suchte ausschließlich nach Informationen über Zeb Williams von vor 1984. Sie erfuhr, dass er in San Franciscos Stadtteil North Beach aufgewachsen war, und zwar bei seiner Großmutter. Er hatte auf der Highschool Football gespielt, dann ein Stipendium für die UC Berkeley bekommen.

Sie sah sich die Mannschaftsfotos auf den Fansites an, auf der Ehemaligenseite der Schule, solche von alten Zeitungsausschnitten, aber sie waren alle zu gestellt: Zeb Williams knieend in der vordersten Reihe oder stehend weiter hinten, genauso jung und dumm dreinblickend wie die anderen. Aus seinem flachen Gesicht auf dem Bildschirm war nichts herauszulesen.

Jeder hatte eine Meinung zu ihm, aber für sie klang das alles nach Blödsinn: weshalb er ein so großartiger Spieler war, weshalb er so toll kicken konnte, die Form seiner Füße, daran lag es, seine Schnelligkeit hob ihn hervor, dass er einen Schlag einstecken konnte. Vega klickte sämtliche Fenster wieder zu. Die Kommentatoren wussten nicht mehr als sie, für sie war er auch nur ein flaches Gesicht auf einem Bildschirm.

»Bitte besorg mir alles über Zeb Williams, Kicker bei Cal Berkeley von 1981 bis 1984«, mailte sie Bastard, ihrem treuen freiberuflichen Hacker.

Dann klappte sie ihren Laptop zu und blickte hinaus in den heller werdenden Himmel, sah, dass es nach Ortszeit schon kurz vor sechs war.

Er würde bald auf sein.

Sonntagmorgen, Cap erwachte auf dem Sofa. Zwei leere Dosen auf dem Couchtisch, der Fernseher noch an, aber stumm gestellt. Seine Sig lag auf seiner Brust, er hatte die Hand darauf.

Als er sich aufsetzte, sah er Atemwolken. Es war kälter im Haus als am Tag zuvor, der Heizkessel lag in den letzten Zügen. Gestern Abend hatte er den Monteur angerufen, der sagte, am Wochenende würde er das Doppelte berechnen, worauf er meinte, er solle es vergessen, und dachte, dass Nell und er sich bis Montag irgendwie einmummeln konnten. Jetzt bereute er die Entscheidung, als er sich die kalte Nasenspitze rieb.

Blinzelnd sah er nach der Zeitanzeige auf der Kabelbox, 7:08, und war erleichtert, dass er bis Sonnenaufgang geschlafen hatte. Oft wachte er nachts gegen drei oder vier Uhr auf und lag dann wach, bis die Vögel anfingen zu zwitschern. Aufzuwachen, wenn es draußen schon hell war, gab ihm ein Gefühl von Normalität, von Alltäglichkeit, das er sonst nur die Hälfte der Zeit spürte. Aber er nahm, was er kriegen konnte.

Er stand auf, spürte das Älterwerden in den Knochen – er war seit zwei Tagen nicht gelaufen, doch sein Kreuz und seine Hüften fühlten sich an, als wäre er fünf Kilometer barfuß auf dem Fußgängerstreifen gejoggt – und schlurfte in sein Arbeitszimmer, um die Pistole wegzuschließen. Dann ging er nach oben und duschte.

Wieder in seinem Büro, rief er die E-Mails ab und las eine Nachricht von seiner Chefin Vera, die ihm die Kontaktdaten eines neuen Klienten schickte. Er klickte auf »Drucken«, und während er darauf wartete, dass der Drucker sich warmlief, schrieb er eine Textnachricht an Nell: »Willst du vielleicht noch eine Nacht bei Carrie schlafen? Der neue Heizkessel kommt erst morgen.« Er tippte auf »Senden«, schickte dann noch eine Schneeflocke mit »Eiskalt hier« hinterher.

Nell antwortete mit einem unter Tränen lachenden Smiley und: »Bist du sicher? Bin dann bis Mittwoch bei Mom.«

Cap lächelte. Er wusste, dass sie problemlos jede Nacht bei Freundinnen oder Freunden verbringen konnte. Feinfühlig, wie sie war, verstand sie jedoch, dass sowohl er als auch Jules gern Zeit mit ihr verbringen wollten, umso mehr, da sie bald aufs College gehen würde.

»Klar doch!«, tippte er und fügte ein zweites Ausrufezeichen hinzu, um seine Zustimmung noch deutlicher zu machen.

In dem Moment gab der Drucker ein ratschendes Geräusch von sich. Cap legte sein Handy ab und drehte sich zu dem Regal hinter dem Schreibtisch um, auf dem das Gerät stand. »Papierstau in Fach 2«, zeigte das Display an. Er grunzte verärgert, mehr aus Gewohnheit als aus echtem Frust, zog das Fach heraus und glättete den Papierstapel darin. Mehr war normalerweise nicht nötig. Kein Stau, bloß ein Knick.

Sein Handy brummte wieder. Er sah kurz hin, rechnete mit einem weiteren Emoji von Nell.

Aber das war es nicht, es war eine Nachricht von Alice Vega.

Ihm stockte buchstäblich der Atem, als er das Telefon nahm und auf den Bildschirm starrte.

»Kannst du sprechen?«, lautete der Text.

Jetzt oder allgemein?, dachte er mit einem leisen Lachen. Sie wollte mit ihm reden. Er hatte seit fast fünf Monaten nichts mehr von ihr gehört, seit sie sich vor dem San Diego Police Department voneinander verabschiedet hatten. Sie hatten sich nicht umarmt. Ihre Blicke waren matt gewesen vor Erschöpfung nach dem beendeten Fall und von der schlaflosen Nacht in Caps Hotelbett.

Mehr als dieser hastige Abschied auf der Straße hatte sich

ihm der Sonnenaufgang an diesem Morgen ins Gedächtnis geprägt, wie die ersten Strahlen durch den Spalt zwischen den Vorhängen hereingefallen waren und er es nicht fassen konnte, dass die Nacht schon vorbei war, während er ihr Gesicht mit Küssen bedeckte.

Sie hatten nicht viel miteinander geredet. Ich bin zu alt für so was, hatte er mehrmals gedacht, allerdings nicht unbedingt im Hinblick auf das Körperliche. Es war die Intensität des Ganzen, die ihm zu schaffen machte, das Emotionale. Er hatte nie Probleme mit dem Blutdruck gehabt, aber es war, als könnte sein Herz dem allen nicht standhalten – beinahe gewaltsam zu sterben, drei unschöne Tode in drei Tagen, und dann Vega, ihr Körper, ihre Stimme, ihr Mund.

So körperlich ihr Zusammensein auch gewesen war, war es das zugleich nicht. Sie hatten beide innerhalb kurzer Zeit so viel durchgemacht, dass es etwas Überirdisches, beinahe Erhabenes gehabt hatte, sie in der hereinströmenden Morgensonne zart zu küssen, und sein Körper sich ausnahmsweise einmal leicht, alterslos angefühlt hatte.

Bei seiner Rückkehr nach Hause jedoch war er hart auf dem Boden der Tatsachen gelandet, nichts als ein Haufen gebrochener Knochen. Gefangen in dem Trauma der Elektroschocks, die ihm ein Irrer zugefügt hatte, woran ihn bei jedem Blick in den Rückspiegel die kreisförmige Brandwunde an seiner linken Schläfe erinnerte. Er merkte, dass es ihm nur gut ging, wenn er mit Nell zusammen war und er sich von ihren Aktivitäten ablenken lassen konnte, von seiner Liebe zu ihr und seiner Sorge um sie, oder wenn er draußen war und lief. Die Arbeit war okay, aber fast zu langweilig, um ihn auf andere Gedanken zu bringen.

Konnte er sprechen? Das war die Frage.

Leider war es nicht möglich, sich in Vega zu hacken, selbst wenn er alles daransetzte, die Erinnerung an ihr Gesicht, ihre

Hände und Haare auszublenden. Es war zwecklos zu versuchen, ihr einen Schritt voraus zu sein. Sie war immer schon dort, hatte schon ein Dutzend Züge vorweggeplant. Ihr Verstand arbeitete nun mal so. Cap wusste genug über sie, um das nicht als Gabe zu bezeichnen. Es war nichts, was ihr von einer unsichtbaren Neuronen-Fee in die Wiege gelegt worden war. Ein Teil davon war sicher angeboren, zum Beispiel hatte sie ein gutes Gedächtnis für Zahlen und Namen, aber den Rest hatte sie sich in all den Jahren mit wenig Schlaf und Essen und viel Denken antrainiert: wie das Opfer zu denken, wie der Täter zu denken.

»Hallo«, schrieb er zurück. »Klar, hab jetzt Zeit.«

Danach starrte er volle drei Minuten lang auf sein Handy. Keine wandernden Pünktchen, kein Klingeln, kein Brummen.

Mach einfach mit deinem Tag weiter, sagte er sich, ein Ratschlag, den er Nell gegeben hätte. Mach dein Ding. Kümmere dich um dich selbst. Sei kein Jammerlappen. Letzteres hätte er nicht zu ihr gesagt, fand es aber als Aufforderung an sich selbst völlig in Ordnung. Er zog das Blatt mit den Klienteninformationen aus dem Drucker und überflog es.

Nachdem er noch einen Blick auf sein Handy geworfen hatte, um sicherzugehen, dass Vega nicht gerade in dem Moment schrieb oder anrief, wählte er die Nummer des Klienten. Er wurde sofort zur Voicemail geleitet und spulte sein Sprüchlein ab.

»Hallo, Mr Ferad, hier ist Max Caplan von Vera Quinns Dienststelle. Ich glaube, sie hat Ihnen meinen Anruf angekündigt.«

Es klingelte an der Haustür. Er sprang auf und ging zum Fenster, während er weitersprach. »Ich hätte bloß ein paar Fragen an Sie, Ihren Fall betreffend.«

Ein paar Autos standen an der Straße: ein zerbeulter Ford Pick-up, der seinem Nachbarn gehörte, zwei gewöhnliche Kombis, die er nicht kannte, und dann, etwas weiter unten, der weinrote Minivan vom Vortag. Cap drückte seinen Kopf an die Scheibe und kniff die Augen zusammen, haspelte seine Nachricht zu Ende: »Wenn Sie, äh, einen Moment Zeit haben, rufen Sie mich bitte zurück.«

Er hinterließ seine Nummer und beendete den Anruf, steckte das Handy in die Gesäßtasche. Angestrengt spähte er weiter hinaus, als wäre sein Auge die Linse einer endoskopischen Kamera und könnte um die Ecke sehen, um festzustellen, wer vor der Haustür stand, obwohl er genau wusste, dass er dazu aus dem Wohnzimmerfenster auf die Veranda blicken musste, wobei er natürlich selbst gesehen werden konnte.

Das durfte nicht wahr sein, dachte er.

Er ging zur Haustür, machte aber nicht auf. Wartete noch eine Minute.

Es klingelte wieder. Diesmal zuckte er nicht zusammen, musste dafür gegen eine aufwallende Übelkeit ankämpfen. Cap schüttelte den Kopf, ob über sich selbst oder über sie, wusste er nicht genau.

Dann machte er die verdammte Tür auf.

Er war dünn. Sie konnte keine Körperformen unter seinem Sweatshirt und den Jeans ausmachen. Das Gesicht schmal, selbst sein Lächeln wirkte schwächer. Doch er war es, seine Augen, dunkel wie der schwarze Kaffee, den er morgens meistens trank, es sei denn, er war todmüde und nahm Sahne und Zucker, weil er das Protein und den Insulinkick brauchte.

»Du bist zu dünn«, sagte Vega.

Cap lachte. »Du hörst dich an wie Nell.«

»Nell ist aufmerksam.«

Er nickte. »Willst du reinkommen, Vega?«, fragte er und hielt ihr die Tür auf.

Sie trat ein.

Sah sich im Wohnzimmer um, ließ den Blick über die Möbel

schweifen, das braune Sofa mit einer anderen Decke über der Lehne (vor knapp zwei Jahren, bei ihrem letzten Besuch, war es eine bunte Häkeldecke, jetzt aber eine dunkelblaue, leichte, so wie die, die man am Flughafen vor einem Langstreckenflug kauft). Sie atmete tief ein, roch Bierdunst und spürte die kalte Luft scharf an den Nasenlöchern.

»Tut mir leid, dass es so kalt ist«, sagte Cap, während er die Tür schloss. »Der Heizkessel ist kaputt, der neue kommt morgen.«

Vega drehte sich zu ihm um. »Ist Nell da?«

Cap schüttelte den Kopf. »Bei einer Freundin.«

Wie er es sagte, wie er den Kopf schüttelte, mit diesen gebeugten Schultern, die ihr noch nie zuvor an ihm aufgefallen waren – er hatte nicht nur abgenommen, er schlief auch schlecht.

»Du bist müde«, sagte sie.

Er lachte schnaufend und kniff sich in die Nase, als juckte sie. Seufzte. »Ja, ich bin müde, Vega. Ich schlafe nicht gut.« Er deutete mit dem Kinn auf sie. »Bist du den ganzen Weg hergekommen, um mir zu sagen, wie scheiße ich aussehe?«

Jetzt roch Vega noch etwas anderes. Es war Aggression, die konnte sie immer wittern, selbst aus einem Häuserblock Entfernung, vor allem, wenn sie von Männern ausging. Bei einem Mann, den sie so gut kannte wie Cap, nahm sie es schon in einer Silbe wahr, einem Atemzug, einem Nicken.

»Nein«, sagte sie und ging hinüber in die Küche.

Sie stellte sich an den schmalen Tisch und legte ihre Hand auf die Lehne des Stuhls, auf dem sie vor zwei Jahren gesessen hatte, erinnerte sich daran, Spaghetti gegessen zu haben. Flüchtig blickte sie in den kleinen offenen Mülleimer an der Wand, der mit einem blauen Recyclingbeutel ausgekleidet war, sah zwei Bierdosen darin.

»Willst du was trinken?«, fragte Cap und griff an den Hängeschrank über der Spüle. »Ich glaube, Nell hat irgendeinen Tee hier drin.«

»Nein, danke.«

Er lehnte sich an die Arbeitsplatte und taxierte sie. »Willst du dich setzen?« Seine Verärgerung schlich sich jetzt auch in seinen Ton.

»Ich stehe gern«, sagte Vega.

Er lachte wieder, es klang nicht gezwungen, aber auch kein bisschen froh.

»Also, worüber zum Teufel willst du reden?« Er wurde lauter. »Ich höre fünf Monate lang nichts von dir, und dann tauchst du einfach hier auf.«

»Ich habe auch nichts von dir gehört«, erwiderte sie ruhig.

»Stimmt«, sagte Cap. Er stieß sich vom Schrank ab und fing an, auf und ab zu gehen. »Du kannst mir nicht erzählen, dass dir das nicht bewusst ist, aber manchmal machst du es einem schon ein bisschen schwer, mit dir zu kommunizieren, oder?«

Vega antwortete nicht, ließ ihn sich Luft machen.

»Außerdem habe ich mir gesagt, wenn du mit mir reden wolltest, würdest du mit mir reden. Du hast es nicht getan. Hast mich denken lassen, was ich wollte, hast mich das alles immer wieder im Kopf rumwälzen lassen.«

Er beschrieb Kreise in der Luft mit dem Zeigefinger.

»Und dann hast du plötzlich Lust zu reden, und hier stehst du. Also, rede, Vega.«

Er packte den Stuhl vor sich an der Lehne, hob ihn leicht an und knallte ihn auf den Boden.

»Rede«, wiederholte er, fester diesmal.

Vega setzte sich.

»Du bist wütend«, sagte sie.

Er starrte sie an.

»Ausgezeichnet, Frau Detektivin.«

Vega ignorierte seinen Ton. »Ich glaube nicht, dass du sauer bist, weil ich dich nicht angerufen habe. Ich glaube, du bist wütend, weil du meinetwegen dreimal beinahe umgebracht worden wärst.«

Cap wirkte verdattert. Er zuckte halbherzig die Achseln. »So lief es nun mal«, sagte er schlicht. »Wir haben unseren Job erledigt.«

»Du hättest nicht in dem Fall ermittelt, wenn ich dich nicht dazugeholt hätte.«

»Du hast mich ja nicht mit Handschellen ans Lenkrad gefesselt«, sagte er. »Ich hätte jederzeit aussteigen können.«

»Nein, hättest du nicht.«

»Was?«, rief Cap, jetzt eher trotzig als aufgebracht. »Hättest du mich etwa daran gehindert?«

»Nein«, sagte Vega. »Ich meine damit, dass du, Caplan, in deinem ganzen Leben noch keinen Fall unerledigt gelassen hast.«

Er schwieg. Vega sah ihn nachdenken, seine Züge einen Augenblick weicher werden, sich dann wieder grollend verhärten. Er schniefte und grinste spöttisch, führte eine Mini-Debatte mit sich selbst.

»Ich brauche keine Genehmigung von dir, um sauer zu sein«, sagte er schließlich. »Wenn du also deshalb gekommen bist …« Er verstummte, lachte. »Warum bist du gekommen?«

Vega antwortete nicht gleich. Sie konnte seinen Zorn verkraften. Sie konnte alles verkraften, womit er ihr kam. Es brachte sie nicht mal ansatzweise aus dem Gleichgewicht.

»Mir ist ein Fall angeboten worden und ich wollte hören, wie du darüber denkst«, sagte sie.

Cap sah sie verblüfft an. Einen Moment lang herrschte Schweigen.

Dann sagte er: »Und anrufen, mailen, Textnachrichten schreiben – diese Kommunikationswege haben dich nicht interessiert?«

»Nein, irgendwie nicht«, sagte sie. »Ich brauche deine Meinung zu dem Auftrag, ob ich ihn annehmen soll oder nicht, und ich dachte, es wäre einfacher, wenn ich persönlich mit dir rede. Du hast vorhin geantwortet, dass du Zeit hast. Stimmt das noch?«

Es lag kein Hauch von Sarkasmus in ihrer Stimme.

Cap war momentan entwaffnet.

»Ja, das stimmt noch«, sagte er und massierte sich das Kinn mit dem Daumen. »Du bist extra hergekommen. Also erzähl's mir halt.«

Vega faltete ihre Hände zu einem ordentlichen Knoten auf dem Tisch. »Mir ist eine erhebliche Summe angeboten worden, um jemanden namens Zeb Williams zu finden.«

Cap hörte mit dem Kinnreiben auf. Seine Augen wurden groß, die dunklen Halbmonde darunter verschwanden.

»Den Footballspieler«, fügte Vega hinzu.

»Ja, ich weiß«, sagte Cap. »Wer will, dass du ihn findest?«

»Ein Silicon-Valley-Typ namens Anton Fohl, verheiratet mit Williams' alter Studentenliebe.«

»Der Airline-Erbin, ja?«

»Genau«, sagte Vega. »Also, wer ist das nochmal, dieser Zeb Williams?«

Cap lachte wieder, aber diesmal war es das Lachen, das sie von ihm kannte und mit ihm verband, nicht mehr mit Bitterkeit durchsetzt wie zuvor. Er war schockiert von ihr, aber zugleich entzückt.

»Zeb Williams, der Kicker von Cal?«, rief er ungläubig. »Nummer zwei? Warte mal, Vega«, sagte er und fuhr sich mit der Hand durch die Haare. »Du willst behaupten, du weißt wirklich nicht, wer er ist?«

»Nicht so richtig.«

»Du bist aus Kalifornien!«, sagte er, immer noch entzückt. »Wie kannst du nie was von ›Wohin-Williams‹ gehört haben?«

Vega zuckte die Achseln und breitete die Hände aus, wie um zu zeigen, dass sie nicht mit verdeckten Karten spielte.

»Ich interessiere mich nicht so für Sport.«

Jetzt bedachte er sie mit einem vorwurfsvollen Blick. »Zeb Williams geht weit über Sport hinaus«, sagte er. »Er war so was wie ein kulturelles Phänomen.«

Vega schüttelte den Kopf, dabei froh, ihn plötzlich so angeregt zu sehen.

»Hast du nicht über ihn recherchiert?«

»Nur das Gröbste. Von seiner Oma aufgezogen, Stipendium für UC Berkeley«, antwortete sie. »1984 verschwunden.«

»Richtig, aber weißt du auch, wie er verschwunden ist? Unter welchen Umständen?«

»Nein, ich dachte, das könntest du mir sagen.«

»Du brauchst nur seinen Namen zu googeln oder ›Zebs Lauf‹ oder wahrscheinlich auch nur ›Der Lauf ‹. Ich kann meinen Laptop holen«, sagte er, auf sein Büro zeigend.

»Oder du kannst es mir einfach erzählen.«

»Okay.« Cap wirkte tatsächlich belebt durch die Herausforderung. Sein Blick schweifte herum, als überlegte er, wo er anfangen sollte. »Okay«, wiederholte er bestimmter. »Jedes Jahr tragen Cal und Stanford ein Footballspiel aus, ›The Big Game‹ nennen sie es. Schon seit hundert Jahren oder so, so lange besteht die Rivalität zwischen ihnen.«

Vega dachte an Anton Fohls launiges Bekenntnis, dass seine Familie von Stanford-Ehemaligen nicht gerade begeistert war, als er ein Mädchen von Cal heiraten wollte.

»Also, es ist das vierte Quarter, es steht unentschieden. Noch fünf oder sechs Sekunden bis zum Schluss. Cal hat gerade einen Touchdown erzielt, wir sind also beim Point after«, erklärte Cap. »Mit dem Extrapunkt würde Cal vorn liegen, klar? Also, fünf, sechs Sekunden, die Uhr tickt, Williams steht an der Drei-Yard-Linie. Normalerweise hat ein Kicker innerhalb von dreißig Yards leichtes Spiel.«

Vega nickte knapp.

»Der Snapper snappt«, fuhr Cal fort, wobei er einen imaginären Football rückwärts durch seine Beine warf. Danach joggte er ein Stück zurück, nahm eine andere Rolle ein. »Der Holder fängt und setzt den Ball direkt vor Williams ab.«

Cap ging in die Hocke, hielt seine Hand etwa dreißig Zentimeter über dem Boden. Richtete sich wieder auf und trat einen großen Schritt zurück, weg vom Küchentisch und dem Phantomball. Machte anschließend einen kleinen Schritt nach vorn und einen nach links.

»Williams stellt sich auf, als wollte er kicken, okay?«, sagte er.

Vega nickte wieder, obwohl sie keine Ahnung hatte, was er da pantomimisch vorführte. Ab und zu hatte sie mal Spiele im Fernsehen gesehen, manchmal schaute TJ, der zweite Mann ihrer Mutter, sich eins an, oder es liefen welche im Hintergrund bei ihrem Vater oder ihrem Bruder, wenn sie zu Besuch war, was nicht oft vorkam. Mal in einer Bar, wenn sie beruflich unterwegs war. Vielleicht war sie in der Highschool zu ein, zwei Matchs gegangen, sie konnte sich nicht erinnern.

»Der Holder hat den Ball nur noch eine Sekunde, vielleicht anderthalb, Zeb tritt vor wie zum Kicken, doch dann, in der letzten Millisekunde, kickt er nicht.«

Cap erstarrte, um die Spannung zu steigern, stand vorgebeugt mit den Händen auf den Knien da und schielte zu Vega hin.

»Er stößt den Holder weg, seinen Mannschaftskameraden, ja?, schnappt sich den Ball …«

Cap richtete sich auf, drückte einen Arm an die Brust.

»… und *rennt in die andere Richtung*«, sagte er mit Nachdruck, zeigte dabei aufs Wohnzimmer. »Weg von seinem Team, weg von seiner Position, auf der er das Field Goal hätte kicken sollen.«

Cap trabte um den Küchentisch herum, dann um das Wohnzimmersofa.

»Williams war ein ziemlich guter Kicker«, fuhr er fort, »aber niemand hatte auf dem Schirm, dass er vorher auch Langstreckenläufer gewesen war, Cross Country. Er hatte die entsprechende Puste.« Cap klopfte sich auf die Brust.

»Er rennt also los«, sagte er, auf das Fenster zuhaltend. »Bei der vierziger Linie, der dreißiger, ist das ganze Cal-Team hinter ihm her, die Fans drehen komplett durch, springen von den Rängen über die Absperrung.« Cap deutete auf die Wand hinter dem Fernseher, als würden dort gerade Massen von Fans herunterhüpfen. »Aber niemand kann ihn einholen, und er läuft weiter, läuft in die Endzone, wo eigentlich Stanford punkten soll. Also signalisiert der Schiedsrichter ein Safety.«

Cap hob die Arme über den Kopf und formte ein Dreieck, die Handflächen aneinandergepresst, als würde er beten.

»Was praktisch zwei Strafpunkte sind, die an die andere Mannschaft gehen, also gewinnt Stanford acht zu sechs. Und Williams lässt das Ei fallen und rennt einfach weiter, raus aus dem Stadion, rempelt Leute um, Reporter, Cheerleader, einen Posaunisten, und die anderen immer hinter ihm her, aber sie blockieren sich gegenseitig, Fans stürmen das Spielfeld, und Williams verliert sich irgendwie in der Menge.«

Cap breitete die Hände aus, Ende des Zaubertricks.

»Puff.«

Er verschnaufte, Vega starrte ihn an.

»Keine Smartphones damals, weißt du«, sagte er, wieder ruhiger. »Später hat man seinen Helm, das Trikot und die Stollenschuhe auf dem Parkplatz gefunden. Aber keinen Williams.«

Cap wandte sich um und sah zum Fenster hinaus, indem er zwei Lamellen der Jalousie mit den Fingern trennte. Vega glaubte nicht, dass er nach Zeb Williams Ausschau hielt.

»Und dann?«, fragte sie.

Er ließ die Jalousie los und sah sie wieder an.

»Niemand hat ihn je gefunden. Jede Menge Fans haben nach ihm gesucht, haben sich ›die Zweier‹ genannt, nach seiner Trikotnummer. Er ist zu einer Art Volksheld geworden oder zu so was wie Elvis oder Bigfoot, ab und zu postet immer noch jemand ein Foto online. Und man muss nicht lange graben, um auf irgendwelche Verschwörungstheoretiker zu stoßen, weißt du, die glauben, dass er von Aliens entführt worden ist oder …«

Cap führte den Gedanken nicht zu Ende und kam vom Wohnzimmer zurück in die Küche. Er setzte sich ihr gegenüber an den Tisch, lehnte sich mit verschränkten Armen zurück. Sie musterten sich.

»Hast du schon mal in einem so lang zurückliegenden Vermisstenfall ermittelt?«, fragte er.

»Nicht wirklich«, sagte sie. »Tote Kautionsflüchtlinge zahlen nichts mehr.«

»Und er ist auch kein Minderjähriger in Not. Was interessiert dich dann an dem Fall?«

»Das Geld«, antwortete Vega.

»Ich wusste nicht, dass Alice Vega sich um solche Belange sorgt«, bemerkte er.

»Tue ich auch nicht. Alle paar Fälle lege ich einen ordentlichen Batzen bei der Bank an, damit ich mir keine Sorgen zu machen brauche.«

»Warum will der Mann seiner Exfreundin ihn überhaupt finden?«, schoss Cap zurück, jetzt voll im Cop-Modus.

»Ich weiß es nicht.«

»Du willst das also rein des Geldes wegen machen«, stellte er klar.

»Genau.«

»Und du bist quer durchs Land geflogen, um meine Meinung zu hören, richtig? Ob du diesen Auftrag annehmen sollst oder nicht.«

»Nicht so ganz.«

»Du hast also gelogen, als du gesagt hast, dass du deswegen hier bist?«

»Ja.«

Sie schwiegen. Vega hatte kalte Hände und knetete sie auf dem Tisch, um die Blutzirkulation anzuregen.

»Warum bist du also gekommen?«, fragte Cap schließlich.

»Ich habe bereits beschlossen, den Fall anzunehmen. Ich bin gekommen, um dich zu bitten, ihn mit mir zusammen zu bearbeiten.«

Cap wirkte plötzlich wieder müde.

»Ich habe jetzt einen festen Job hier«, sagte er.

»Aber du hast wahrscheinlich Urlaubstage«, erwiderte sie.

Cap lächelte. Zurückhaltend zwar, aber er lächelte.

»Ich habe eine Nell.«

»Sie ist schon groß«, sagte Vega. »Ist im November achtzehn geworden, oder?«

Jetzt lachte er. »Ja, das stimmt. Sie ist schon achtzehn.«

»Geht sie nächstes Jahr auf die Uni?«

»Und ob«, antwortete Cap. »Vorzeitige Aufnahme in Princeton.«

»Princeton«, sagte Vega. »Das ist eine tolle Sache, was?«

»Allerdings.«

»Ziemlich nahe außerdem. New Jersey ist nah, oder?«

»Etwa zwei Stunden Fahrt, also nahe, ja.«

»Du bist stolz«, bemerkte Vega.

»Immer«, sagte Cap.

Sein Ausdruck wurde wieder gequält, als der Gedanke an Nell sich verflüchtigte.

»Du brauchst mich nicht. Du könntest diesen Auftrag mit gefesselten Händen und Füßen erledigen. Ich meine, ich bin nicht überzeugt, dass Zeb Williams gefunden werden kann«, schränkte er ein, »aber verdammt, wenn irgendwer eine Chance hat, dann du.«

Vega wollte wärmend auf ihre Hände pusten, ließ es aber.

»Sag bloß.«

»Wie bitte?«

»Sag bloß«, wiederholte sie, und als er sie weiter anstarrte, fuhr sie fort: »Ich brauche dich nicht, aber ich hätte gern, dass du mitkommst. Ich finde, du solltest mitkommen. Ich glaube, dann geht es dir besser.«

Cap spielte es im Kopf durch: Nachrichten an Nell und Jules und Vera schreiben, Klamotten und Toilettenartikel und die Sig in einen Koffer werfen, mit Vega einen Flieger besteigen, Hinweisen nachjagen und Zeugen befragen. Selbst wenn dieser Job recht harmlos klang, würde er ihn immer noch mit Vega zusammen machen, und sie würde als Vega aufwachen und als Vega einschlafen und zwischendurch tonnenweise Scheißärger auf sich ziehen.

Er schloss die Augen, schauderte unwillkürlich. Eine Zeitlang hatte er gewohnheitsmäßig mit dem Finger über sein Ohr gestrichen, über den oberen Rand, der ihm beim ersten Fall mit ihr abgeschossen worden war, während er jetzt manchmal auf die runde Elektroschocknarbe tippte. Was würde es beim nächsten Mal sein? Würde er sich behutsam den Stumpf reiben, wo mal seine Hand oder sein Fuß gewesen war?

Cap machte die Augen auf.

»Willst du nicht doch einen Tee, Vega? Die Temperatur fällt gerade hier drin, glaube ich.«

Vega schüttelte den Kopf. Normalerweise war das Problem, dass sie nicht wusste, wo sie anfangen sollte, aber jetzt, in diesem Moment, fürchtete sie, nicht mehr aufhören zu können, wenn sie einmal angefangen hatte. Davon, dass auch für sie nichts mehr wie vorher war, seit sie sich vor fünf Monaten in San Diego voneinander verabschiedet hatten, davon, dass das Narbengewebe über der Messerwunde an ihrer Seite verheilt war, der Anblick nicht unähnlich einer langen, verwickelten

Angelschnur, davon, dass diese Wunde sie manchmal mitten in der Nacht aufweckte und wie eine Arterie pulsierte und dass sie danach nicht wieder einschlafen konnte, weil ihre Gedanken sich unvermeidlich und endlos um die Erinnerung drehten, wie sie Caps Zähne an ihrem Hals, ihrem Kinn und ihren Fingern gespürt hatte, als wollte er sie ganz verschlingen, als wäre sie ein sehr blutiges Steak.

Endlich blies sie warmen Atem auf ihre Hände. Cap hatte recht: Die Temperatur fiel merklich.

»Der Typ ist schon lange in der Versenkung verschwunden. Keine E-Mail, keine Steuern, kein Social Media«, hatte Bastard geschrieben, ihr aber weitere Links und Dateien und Fotos geschickt, die alle öffentlich im Internet verfügbar waren.

Auf dem Rückflug nach San Francisco überflog Vega das Ganze auf ihrem Laptop. Zuerst die Zeitungsberichte. Bilder vom Spiel: Fans mit blaugold bemalten Gesichtern, die Offensivreihe von Cal, ein Menschenknäuel in der Endzone, Zeb Williams in seinem dunklen Trikot, wie er lief und lief. Dann, danach: die wütende Cal-Meute, die triumphierenden Stanford-Fans. Wochen später langhaarige Biker auf ihren Harleys auf freier Straße, Aktivisten, die wegen Protesten gegen Reagans Star-Wars-Pläne verhaftet wurden, Fans in Heavy-Metal-Clubs auf dem Strip in Hollywood – alle hielten sie zwei Finger in die Höhe, aber nicht als Friedens- oder Siegessymbol, sondern für Zeb Williams. Nummer zwei.

Auch die Zweier selbst hatten Fotos veröffentlicht. Mögliche Sichtungen: in Nordkalifornien, Oregon, Washington bis rüber nach Wyoming, Minnesota und Wisconsin. Hier sah man Zeb auf einem Motorrad. Dort arbeitete er in einem Tierfutter- und Gartenbedarfladen. Manche davon sahen ziemlich echt aus, nicht nach Fotomontage oder Photoshop-Manipulation.

Nichts davon jedoch wirkte so echt wie die Fotokopie, die

Fohl ihr gegeben hatte, mit Zeb im Profil, wie er zu Cara Simms aufsah. Dieser kleine Ausschnitt von seinem Gesicht auf einem schäbigen Ausdruck der Kopie eines Fotos war mehr wert als sämtliche Jahrbuchporträts zusammen.

Vega schrieb eine E-Mail an Bastard mit Caras Namen in der Betreffzeile und »Kannst du sie bitte ausfindig machen?« im Textfeld.

Sie schätzte, dass es etwa acht Autostunden zu diesem Ort namens Ilona waren, alternativ ein neunzigminütiger Flug nach Eugene und dann noch eine halbe Stunde Fahrt. Wenn sie in SFO landete, bräuchte sie nicht mal den Flughafen oder das Terminal zu wechseln, sie könnte direkt zu dem neuen Gate gehen und den nächsten Flieger besteigen.

Vega klappte ihren Laptop zu und faltete erneut das Blatt mit dem Foto auf, das an den Knicken schon ausfranste. Irgendwer von diesen drei Personen könnte noch in der Gegend wohnen. Wenigstens eine von ihnen müsste noch leben und erinnerte sich vielleicht an bestimmte Einzelheiten über Zeb Williams. Wenn sie wetten sollte, würde sie alles auf die dunkelhaarige Frau setzen, die er so gebannt ansah.

2

Ilona lag rund vierzig Kilometer südlich von Eugene, wo es, wie Vega feststellte, mehrere Orte mit weiblichen Namen gab: Dorena, Alma, Lorane. Cara Simms wohnte immer noch dort.

Von der Interstate 5 ging es nochmal acht Kilometer nach Westen, in Richtung Meer. Bastard hatte ihr weiteres Lesematerial geschickt, zusammengetragen aus Steuerunterlagen und Lokalnachrichten. Cara Simms hatte ein Café betrieben, das schlicht »Coffee Shop« hieß. Eigentümer des Hauses, in dem es sich befand, war ihr Vater Lester gewesen, der elf Jahre lang auch die Steuern für das Café bezahlt hatte, bis Cara das Ganze im Februar 1985 an einen Mann namens Matthew Klimmer verkauft hatte und ein Diner daraus wurde.

Im Jahr nach Zebs Lauf, dachte Vega. Vielleicht nicht lange nachdem der Privatdetektiv das Foto von ihm geschossen hatte. Bastard hatte Caras Wohnadresse und die Gehaltsabrechnungen von der Cascade Highschool aufgetan, an der sie seit siebzehn Jahren Englisch unterrichtete. Vega machte sich nicht die Mühe, auf der Website der Schule nachzusehen, wann die erste Stunde begann. Wenn sie gegen sechs Uhr morgens bei Cara Simms vor der Tür stand, würde sie die Frau wahrscheinlich abfangen können, ehe sie zur Arbeit fuhr.

Vega hatte die Nacht in einem Motel nahe des Flughafens von Eugene verbracht. Sie hatte das Fenster offen gelassen und war mit dem Rauschen des Regens in den Bäumen aufgewacht. Jetzt regnete es immer noch, die Sonne war noch nicht richtig aufgegangen und der Himmel von einem wolligen Grau bedeckt.

Cara Simms' Haus lag etwas abgeschieden auf einem großen, von Wald umgebenen Wiesengrundstück. Es war ein Nurdachhaus, klein, aus Holz und verwittert, der Anstrich überall rissig oder abgeblättert. Oben und unten brannte Licht, also war wohl jemand wach. Ein Auto stand in der Einfahrt, ein silberner Honda-Kombi. Auf dem Rasen eine fleckige, gesplitterte Holzschaukel.

Vega parkte ihren Leihwagen an der Straße und stieg den grasbewachsenen Hang zum Haus hinauf. Beim Näherkommen fielen ihr zwei Dinge auf: dass der Honda funkelnagelneu war, kein einziger Kratzer daran, provisorische Nummernschilder, und eine Reihe von roten Flecken auf der Veranda, direkt vor der Haustür.

Die Tür hatte ein Fenster mit weißen Spitzengardinen daran. Sie lugte um die gewellte Gardinenkante herum, konnte jedoch nicht viel erkennen, vielleicht einen Tisch, vielleicht die Treppe. Auf jeden Fall aber brannte Licht.

Sie klopfte leise an das Fenster. Niemand kam, also klopfte sie etwas lauter, so dass die Scheibe im Rahmen ratterte. Eine Frau kam zur Tür, teilte die Gardinen in der Mitte. Vega erkannte sofort Cara Simms in ihr, sie sah genauso aus wie damals. Älter natürlich, die Haare etwas kürzer jetzt und zurückgebunden, brünett gefärbt und mit grauem Ansatz. Sie trug eine ärmellose Bluse und Jeans. Dunkelbraune Augen, sonnengebräunt, schlank. Und keineswegs erfreut über den frühen Besuch.

»Ja?«, fragte sie durch das Fenster.

»Hallo, Ms Simms. Ich heiße Alice Vega. Entschuldigen Sie bitte die frühe Störung …«

»Was wollen Sie?«, fragte sie, jedes Wort deutlich aussprechend.

»Ich suche nach Zeb Williams.«

Cara Simms lachte spröde.

»Ich dachte, mit euch wäre endlich Schluss. Euch Zweiern.«

»Ich bin keine von den Zweiern«, sagte Vega, ohne gekränkt

zu sein. »Ich bin eine private Ermittlerin, die vermisste Personen findet. Ein Mann namens Anton Fohl hat mich engagiert.«

Cara zuckte die Achseln. »Wer das auch sein mag, Sie können ihm ausrichten, dass er ein bisschen spät dran ist. Ich habe Zeb Williams seit über dreißig Jahren nicht mehr gesehen.«

»Verstehe«, sagte Vega. »Ich hatte trotzdem gehofft, Ihnen ein paar Fragen über ihn stellen zu können.«

Caras Stirnrunzeln machte sie älter, ihre Augen waren kleine schwarze Kiesel.

»Hoffen Sie ruhig«, sagte sie. »Aber daraus wird nichts.«

Vega rechnete damit, dass sie die Gardinen zuziehen und verschwinden würde, doch sie schloss die Tür auf.

»Wer ist der Mann, der Sie engagiert hat?«, fragte sie.

»Anton Fohl«, antwortete Vega. »Aus San Francisco. Seine Frau heißt Carmen, Geburtsname Wirth.«

Jetzt lachte Cara herzhaft, warf sogar leicht den Kopf zurück. Es klang allerdings nicht glücklich.

»Seine Exfreundin will ihn finden ... jetzt noch?«, sagte sie.

»Ihr Mann will es«, korrigierte Vega. »Was sie will, weiß ich nicht.«

»Zeb Williams war ein Typ, mit dem ich ein paarmal geschlafen habe«, sagte Cara ungezwungen. »Das ist alles.« Sie schlug mit der flachen Hand gegen den Türrahmen. »Sagen Sie das Ihrem Auftraggeber und der Prinzessin. Wie kommen die überhaupt auf mich?«

»Es gibt dieses Foto hier.« Vega griff in die Innentasche ihrer Jacke und zog die Kopie hervor, drückte sie an die Fliegengittertür. »Ich wollte Sie danach fragen.«

Caras Blick zuckte über das Bild. Vega dachte, dass Menschen, die schockiert waren, selten schockiert aussahen. Sie sahen verwirrt aus, so als wäre ihnen ein Streich gespielt worden.

»Ich habe nichts zu sagen«, erklärte Cara. »Bitte gehen Sie.«

Ihr Gesicht drückte keine Verärgerung aus, was immerhin

verständlich gewesen wäre. Vega gewann den deutlichen Eindruck, dass Cara Angst hatte. Unter anderen Umständen wäre das vielleicht angebracht gewesen, aber sie glaubte nicht, dass sie im Moment besonders furchteinflößend wirkte. Wenn man sie nicht näher kannte, sah man einfach eine mittelgroße, halbwegs attraktive Frau von Mitte dreißig, die ganz in Schwarz gekleidet war. Sie würde nirgends besonders auffallen. Soweit sie wusste, hatte sie Cara Simms keinerlei Grund gegeben, Angst vor ihr zu haben, was bedeutete, dass die Frau vor etwas anderem Angst hatte.

»Gut, ich gehe«, sagte sie ruhig.

Beim Umdrehen blickte sie auf den Verandaboden hinunter, stutzte dann und starrte auf die roten Flecken. Sie erkannte, dass sie kein zufälliges Muster ergaben, sondern einmal Buchstaben dargestellt hatten, die jedoch kaum noch zu erkennen waren.

Sie sah erneut zu dem glänzenden, silberfarbenen Auto mit den provisorischen Kennzeichen hin.

»Ist alles in Ordnung, Ms Simms?«, fragte sie.

Cara schluckte. »Nein, ist es nicht. Sie sind immer noch da.«

Vega griff wieder in die Innentasche ihrer Jacke und zog eine Visitenkarte heraus, hielt sie in die Höhe, damit die Frau sie sah.

»Ich lasse Ihnen meine Karte da, falls Sie es sich anders überlegen.«

Sie ging in die Hocke und legte die Karte auf die Flecken, rechnete damit, dass Cara sagte »Bestimmt nicht«, aber es kam nichts. Sie nickte ihr zu. Cara sah sie ausdruckslos an, ohne sich von der Tür wegzubewegen.

Vega ging den Hang hinunter, stieg in ihr Auto und fuhr davon, ohne sich umzusehen. Sie vermutete, dass Cara ihr nachblicken würde, bis sie außer Sicht war, denn das tat man, wenn man Angst hatte – man spähte zwischen den Gardinen hervor, man beobachtete und wartete.

Sie stellte sich vor, wie Cara aus dem Haus trat, ihre Karte aufhob und sie las. Die Karte in den Altpapiereimer warf, später wieder herausfischte und sie auf die Küchenarbeitsplatte oder den Nachttisch oder den Couchtisch legte, wie sie von der Arbeit nach Hause kam, vielleicht ein Glas trank und sich sagte: Okay, vielleicht habe ich doch etwas zu sagen.

Vega beschloss, in einem der Motels zu übernachten, die sie gleich nach der Abfahrt von der Interstate an der Straße gesehen hatte, und auf einen Anruf zu warten. In der Zwischenzeit würde sie einen Spaziergang durch Ilonas Innenstadt machen und sehen, ob sie herausfinden konnte, wovor Cara Simms solche Angst hatte.

Cap wusste, dass er Nell nicht davon abhalten konnte, zu tun und zu lassen, was sie wollte, aber er konnte immer noch die beste Waffe einsetzen, die er hatte, eine, die seit Generationen in seiner Familie vererbt und von seiner Mutter tagtäglich geschärft wurde, damit sie jederzeit einsatzbereit war: Schuldgefühle.

»Müsst ihr denn unbedingt üben, wenn am nächsten Tag Schule ist?«, fragte er, während er wieder einmal die Bassdrum zur Haustür hinausbugsierte.

»Müssen wir nicht«, sagte Nell, die Snare in der Hand. »Aber wir wollen. Es ist eine gesunde und konstruktive Methode, um überschüssige Energien im Heranwachsendenalter abzubauen.«

Cap zuckte unbeeindruckt die Achseln.

»Du hast vorhin gesagt, dass es dir recht ist«, betonte sie, während sie den Kofferraum aufmachte. »Ist es dir wirklich recht?«

Cap schob die Trommel hinein. »Denk schon«, sagte er, leicht schmollend.

»Ich übernachte nicht dort.« Nell türmte die Snare auf die

Bassdrum. »In drei Stunden bin ich zurück, max. Wir könnten dann noch zusammen essen, wenn du willst.«

»Abgemacht«, sagte Cap. »Willst du chinesisch?«

»Indisch«, sagte sie. »Tandoori-Gemüse und diese frittierten Dinger, Pakoras.« Sie drückte ihm einen Kuss auf die Wange. »Hau dich einfach hin, okay? Guck ein bisschen Sport und entspann dich, Dad. Du hast den ganzen Tag gearbeitet.«

Das stimmte, er hatte noch nicht mal seinen Mantel und die Krawatte abgelegt. Den ganzen Nachmittag hatte er Mr Ferad und dessen Kollegen über ihren früheren Arbeitgeber befragt, und es sah nach einem klaren Fall aus: Der Boss hatte offenbar versucht, seinen Angestellten mehr Arbeit abzupressen, als ihre Arbeitsverträge vorsahen. Vera Quinn würde den Mann vermutlich noch diese Woche anrufen und das Übliche abspulen: »Wir können diese Verträge gern einer Richterin oder einem Richter vorlegen, aber es wäre wohl einfacher für uns alle, wenn wir zu einer außergerichtlichen Vereinbarung kommen könnten, meinen Sie nicht?«

Abgehakt.

»In drei Stunden also«, sagte er. »Nicht, dass ich die ganze Zeit auf die Uhr gucken werde oder so.«

Nell lachte. »Tu's bitte nicht. Und Sport, keine Nachrichten. Sonst wirst du nur wieder deprimiert.«

Sie stieg ins Auto und machte die Musik an, ein Frauenchor mit einer Orgel im Hintergrund.

»Bye, Dad!«

Rasant stieß sie rückwärts aus der Einfahrt, ein bisschen zu rasant für Caps Geschmack, wendete auf der Straße, fuhr um die Ecke und war weg.

Cap ging hinein, zog seinen Mantel aus und hängte ihn an den Haken neben der Tür. Als er sich oben im Schlafzimmer umzog, fiel ihm auf, wie warm es im ersten Stock war – der neue Heizkessel machte seinen Job gut.

Er schlüpfte in Jeans und sein Dodgers-Sweatshirt und saß dann einen Moment auf dem Bett. Hielt sich eine Handvoll Sweatshirt an die Nase, um zu prüfen, ob es ein wenig nach Vega roch.

Nell hatte er immer noch nichts von ihrem Besuch erzählt, wusste selbst nicht genau, warum. Vielleicht, weil er sich keinen Rüffel von seiner Tochter einfangen wollte. »Warum bist du denn nicht mitgegangen, natürlich hast du Urlaubstage!« oder schlimmer noch: »Sie ist extra hergekommen, um dich zu sehen, und du hast ihr trotzdem nicht gesagt, wie du zu ihr stehst?!«

Sie hatten sich zum Abschied umarmt. Er war nicht sicher, von wem es ausgegangen war, es war irgendwie von selbst dazu gekommen. Keine lange, anschmiegende, eventuell zu einem versehentlichen Kuss führende Umarmung. Sie war kurz, aber fest gewesen, ein beiderseitiges Drücken. Er sorgte sich, dass ihr Kopf in einem ungünstigen Winkel an seiner Schulter lag und sie sich den Hals verrenkte, also hatte er zuerst losgelassen.

»Tschüss, Caplan«, hatte sie gesagt. Ihr Ausdruck war ein bisschen schmerzlich gewesen, aber nicht allzu sehr, eher, als würde sie Untertitel in einer Sprache lesen, die sie nicht verstand.

»Tschüss, Vega.«

Dann war sie gegangen. Losgezogen, um Zeb Williams zu finden.

Jetzt bereute er seine Entscheidung fast. Doch je länger er dort auf dem Bett saß, desto klarer wurde ihm, dass das Unsinn war. Er war müde. An Körper und Geist. Und er konnte sich im Moment nicht vorstellen, dass das irgendwann mal anders würde.

Auf einmal fiel ihm ein gelbes Post-it an dem Spiegel über seiner Kommode ins Auge. Morgens war es noch nicht da gewesen. Er stand auf und ging hin, erkannte Nells Schrift schon beim Näherkommen. Lächelnd las er: »Geh Sport gucken!« Darunter ein Smiley, nur zwei Punkte und ein Aufwärtsbogen.

Er beschloss, es ihr heimzuzahlen, drehte den Zettel um, nahm einen Kuli von der Kommode und schrieb: »Nicht vergessen: Mehr Zeit mit Old Man Caplan verbringen, ehe er ins Altersheim kommt!!!« Leise lachend stellte er sich ihre Reaktion vor, wie sie die Augen verdrehte und aus ihrem Zimmer rief: »Wahnsinnig witzig, Dad!«

Nell ließ immer ihre Tür offen stehen, vertraute darauf, dass er nicht in ihren Schreibtisch- oder Kommodenschubladen herumschnüffelte, was er auch nie getan hatte, nie hatte tun müssen. Er klebte den Zettel an ihren Spiegel, lachte wieder zufrieden in sich hinein. Als er seine Nachricht noch einmal las, bemerkte er etwas im Spiegel. Zuerst glaubte er, dass seine Augen ihn täuschten, was schließlich gut sein konnte. Der gedämpfte Schein von Nells grüner Schreibtischlampe war das einzige Licht im Raum, der Rest lag im Dunkeln, die Januarsonne war schon vor mindestens einer Stunde untergegangen.

Cap drehte sich um und ging langsam auf ihr Bett zu, als könnte der Gegenstand davonhuschen, wenn er sich zu schnell bewegte. Als er sich neben die Bettkante hockte, sah er, dass es genau das war, was er gedacht hatte: die Fußmaschine der Bassdrum, etwa dreißig Zentimeter lang, aus Edelstahl und mit einem Kopf wie der Reflexhammer eines Arztes, nur runder, damit er möglichst viel Berührung mit der Trommel hatte. Er erinnerte sich, wie Nell ihm das Teil glücklich gezeigt hatte, als sie es gekauft hatte, es sei genau das Modell, das sie gewollt habe. »Je mehr Kontakt, desto mehr rockt's.« Hm. Schwer, die Bass ohne die Fußmaschine zu spielen.

Sofort dachte er an das Schlimmste – sie nimmt Drogen, fährt betrunken Auto, treibt sich mit einem fünfundzwanzigjährigen Schulabbrecher herum, der gerade seinen Job bei Subway in der Fressmeile des Einkaufszentrums verloren hat.

Cap eilte die Treppe hinunter und zu seinem Mantel an der Garderobenleiste, kramte sein Handy aus der Tasche. Keine Nachricht von Nell oder sonst jemand. Er sah nach Sprachnachrichten, verpassten Anrufen, E-Mails. Nichts. Fing an, ihr einen Text zu schreiben: »Du hast deine Fußmaschine vergessen, sie liegt hier.« Zögerte jedoch, als er auf den Pfeil zum Senden tippen wollte. Nell könnte noch im Auto sein, er wollte sie nicht beim Fahren ablenken.

Das redete er sich zumindest ein, als er die Nachricht löschte, den Buchstaben beim Verschwinden zusah. Doch das war nicht der wahre Grund. Er wollte abwarten, ob sie merkte, dass sie die Fußmaschine zu Hause gelassen hatte.

Schließlich ging er ins Wohnzimmer und schaltete brav den Sportsender ESPN ein. Er saß auf dem Sofa, Fußpedal und Handy neben sich, auf das er alle paar Sekunden schielte. Eine Stunde verging, dann zwei. Endlich kam eine Nachricht von ihr: »Bin auf dem Heimweg! Hast du schon das Essen bestellt?« Smiley mit gebleckten Zähnen.

Cap starrte darauf, wartete auf mehr. Es kam nichts.

»Mach ich jetzt«, schrieb er zurück. »Bis gleich.«

Dann ging er wieder nach oben und legte die Fußmaschine genau dorthin, wo er sie gefunden hatte. Und als Nell um Punkt neun zur Tür hereinkam, winkte er ihr lächelnd von der Couch aus zu, als wäre alles in schönster Ordnung.

Mit der Stadt war nicht viel los, wie Vega bald herausfand. Sie schaltete das GPS aus und fuhr durch Straßen, die mal gepflastert, mal ungepflastert oder geschottert waren, stieß zurück, wenn sie in eine Sackgasse geriet, hielt und ging ein Stück durch den Wald, wobei es nicht aufhörte zu regnen, nur gelegentlich etwas nachließ. Die Bäume waren hoch und schienen sich zu neigen, als sie nach oben sah, als würden die Wipfel gegen die Wölbung einer Schneekugel drücken. Es gab auch Berge: eine

Reihe grüner Hügel auf der einen Seite und einen schneebedeckten Gipfel auf der anderen, etwas weiter weg. Manchmal kam ihr ein Auto entgegen, aber nicht sehr oft. Sie hielt bei einem Obststand am Straßenrand und kaufte eine Birne, wartete kurz darauf ein paar Minuten auf einer Schlammpiste, um eine Familie von vier Truthähnen vorbeizulassen.

Schließlich stieß sie auf einige schachbrettartig angeordnete Häuserblocks mit Läden und kleinen Betrieben, zwischen denen einzelne Leute herumliefen oder herumkurvten. Das Zentrum, schätzte sie. Sie fuhr langsamer und entdeckte auf einmal etwas, das ihr bekannt vorkam – das Café von dem Foto des Privatdetektivs. Nur dass es jetzt zwei verschiedene Läden zu sein schienen, ein Restaurant namens »Ilona Diner«, wie der Schriftzug auf der Markise verriet, sowie ein Wein- und Spirituosengeschäft.

Vega parkte und überquerte die Straße zu dem Diner, ohne erst nach einem Zebrastreifen Ausschau zu halten. Sie ging nicht hinein, stand nur an dem Geländer um den Außenbereich, wo gerade niemand saß. Durch ein rautenförmiges Fenster spähte sie ins Innere, sah zwei Gäste am Tresen, zwei weitere in einer Nische. Die Hände auf das Geländer gestützt, betrachtete sie die Tische draußen, blickte zu dem Stuhl, auf dem Zeb Williams gesessen hatte. Sie bezweifelte, dass es sich noch um denselben handelte, aber das hier war die Stelle.

Sie ging weiter, streifte dabei mit einem Finger über das Geländer, bis es endete. Kam an weiteren Geschäften und Lokalen vorbei: einer Apotheke, einer Bar, einem Laden, der nur Pullover zu verkaufen schien, einem Antiquitätenhändler. Vor dem Schaufenster des Antiquitätenladens blieb sie stehen und las das Schild daran: »Sammelobjekte, Spiele, Fanartikel«. Sie trat ein.

Eine Türglocke bimmelte. Der Laden war klein und mit allem möglichen Zeug vollgestopft: Lampen, Teppiche, Bilderrahmen, Koffer, Uhren mit zerbrochenen Zeigern. Nippesfiguren mit abgeplatzten Nasen, Modellautos und verfilzte Plüschtiere. Sie verstand zwar nicht viel von der Branche, fand aber, dass der ganze Kram aussah, als könnte er auch für ein paar Cent bei einem Garagenflohmarkt verscherbelt werden.

Ein Mann kam aus einem mit einem Vorhang verhängten Durchgang hinter der Glastheke. Mitte sechzig, graue Haare und Brille. Er trug Jeans plus Jeanshemd und kaute irgendetwas.

»Kann ich Ihnen helfen? Suchen Sie etwas Bestimmtes?«, fragte er, wobei er sich die Hand vor den Mund hielt, während er fertig kaute und schluckte.

»Auf dem Schild im Fenster steht ›Fanartikel‹.« Vega zeigte mit dem Daumen über ihre Schulter.

»Ja, wir haben da ein paar Sachen«, sagte der Mann. »Eine bestimmte Sportart?«

»Football.«

»Football«, wiederholte er und sah sich im Laden um. »Weiß nicht, ob viele Footballsachen da sind im Moment.«

Er blickte in die Vitrine.

»Oh, hier hab ich was für Sie«, sagte er und tippte auf das Glas.

Vega trat näher heran, sah ein paar Baseball-Sammelkarten auf einer schwarzen Samtunterlage und einige Münzen.

»Hier drüben.« Er zeigte auf zwei abgerissene Eintrittskarten in der Ecke. »Ein Ticket vom Super Bowl 1998 und eins vom 99er. Die Broncos haben beide gewonnen. Wenn Sie interessiert sind, könnt ich Ihnen die für hundertfünfzig Dollar geben.«

Vega betrachtete die Abschnitte und ließ ihren Blick zurück zu den Baseballkarten wandern.

»Was ist mit College-Football?«, fragte sie.

»Ach, ich glaube, da habe ich gerade nichts«, sagte der

Mann. »Das Zeug kommt immer in Schüben. Eine Saison lauter Collegesachen, in der nächsten lauter Profiliga. Manchmal mehr Baseball, manchmal NBA. Zur Zeit habe ich vor allem Baseballkram. Wenn Sie sich für Ausrüstung interessieren, da hab ich gerade ein paar richtig schöne Stücke reinbekommen.«

»Vielleicht«, sagte Vega, musterte immer noch die Karten. »Wie lange gibt es diesen Laden schon?«

»Seit 1992«, sagte er. »Sind Sie auf der Durchreise?«

»Ja, ich besuche eine Freundin«, sagte Vega. »Haben Sie schon in der Stadt gewohnt, als Zeb Williams hier war?«

Der Mann schnalzte abfällig mit der Zunge. »Zu der Zeit hab ich noch drüben in Bend gewohnt.«

Sie bemerkte seine Gereiztheit und dass er es sich verkniff, noch etwas hinzuzufügen.

»Ich persönlich habe diese Leute ja nie verstanden«, sagte sie ruhig. »Diese Zweier.«

»Schwachköpfe«, sagte der Mann. »Ich sag immer, leben und leben lassen, wissen Sie? Ich verurteile niemand. Aber wenn Sie mich fragen, ich glaube, Zeb Williams war der Anfang vom Niedergang des College-Football.«

Vega sah zu der Wand hinter ihm, wo auf einem langen Bord lauter Baseballs erstarrt in Kunstharzwürfeln und Baseballhandschuhe auf hölzernen Ständern ausgestellt waren.

»Verstehe, was Sie meinen«, sagte sie. »War schon ein Ding, was er da gemacht hat.«

»Das ist es ja«, sagte er. »Er zieht diese Nummer ab, einfach so, ohne Grund, nur weil ihm danach war. Hat einen Zirkus aus dem Sport gemacht. Hat ihm an dem Tag seine Redlichkeit, seine Echtheit genommen. Dann ging es irgendwann sowieso nur noch ums Geld.«

»So läuft es immer«, sagte Vega. Dann zeigte sie auf einen schmalen Schläger, der ebenfalls auf dem langen Brett lag. »Ist das ein Fungo-Bat?«

»Allerdings«, bestätigte der Mann. »Ich mag es, wenn Frauen sich mit Baseball auskennen. Wollen Sie ihn mal sehen?«

»Klar.«

Er nahm eine Trittleiter von einem Haken an der Wand, holte den schmalen Schläger herunter und überreichte ihn Vega mit beiden Händen, als wäre es ein Schwert.

»Dieser Schläger ist von unseren Hillsboro Hops beim Training benutzt worden – woher kommen Sie, sagten Sie?«

»Kalifornien.« Vega fasste den Bat fest um den Griff.

»Aha, gut«, sagte der Mann, als würde das alles erklären. »Die Hops sind ein Team der Minor League hier. Ein Coach hat vor ein paar Jahren lieber die Aluminiumschläger genommen statt die aus Holz. Verstehe ich persönlich ja nicht, aber vielleicht neig ich eben nicht zu Schweißhänden.«

Er lachte, und Vega lachte mit, gerade so viel, um ihn zum Weiterplaudern zu ermuntern.

»Was schätzen Sie, dass er wiegt?«, fragte sie.

»Rund sechshundert Gramm.«

»Sie haben ihn also nie getroffen?«

»Wen – Williams, meinen Sie? Nein, wie gesagt, ich hab da in Bend gewohnt.«

»Ach so, stimmt«, sagte Vega. »Kennen Sie jemand anderen?«

»Der ihm begegnet ist? Ich glaub, eine Menge Leute hier. Ist keine große Stadt, wissen Sie.«

Vega hielt den Fungo mit der rechten Hand locker am Knauf, während sie mit der linken das kopierte Foto aus der Jackentasche zog und auseinanderfaltete.

»Kennen Sie jemand davon?«, fragte sie und hielt es hoch. »Außer Zeb?«

Er beugte sich blinzelnd vor.

»Schwer zu sagen. Die Frau sieht aus wie Cara Simms, der mal der Diner gehört hat, war aber ein Coffee Shop damals.

Könnte sein – ich hab mal gehört, dass sie was miteinander hatten.«

»Okay«, sagte Vega. »Was ist mit den Männern? Kommt Ihnen einer davon bekannt vor?«

»Den in Weiß kenn ich irgendwoher.« Er zeigte mit dem Finger auf ihn. »Möglich, dass ich den schon in der Gegend gesehen hab. Den anderen, nee.« Er sah sie an. »Sie sind also doch ein Fan von ihm?«

»Nein«, sagte Vega. »Ich erkundige mich nur für einen Freund.«

Der Mann nickte, wirkte ein wenig verärgert, aber zu höflich, um es zu äußern.

Vega steckte das Foto wieder ein und trat einen Schritt zurück, packte den Fungo mit beiden Händen am Griff und schwang ihn einmal leicht. Dann noch einmal, kräftiger und schneller.

»Das ist ein prima Schwung«, sagte der Mann. »Aber diese Bats sind nur zum Üben, okay?«

»Klar«, sagte Vega. »Wie viel?«

Er überlegte, schielte zu dem Schläger hin.

»Wie wär's mit fünfzig?«, sagte er. »Weil es schließlich ein Sammlerstück ist.«

Vega zog ihr Portemonnaie hervor und entnahm ihm ein paar Scheine, legte sie auf die Vitrine.

»Ich brauche kein Wechselgeld«, sagte sie.

»Sind Sie sicher?«

»Ja«, antwortete sie. »Betrachten Sie es als Spende.«

»Sehr großzügig von Ihnen«, sagte er. »Ich heiße übrigens Kent. Kent Gable.«

»Alice Vega.«

»Schön, Sie kennenzulernen. Ich hoffe, Sie kommen mal wieder vorbei, ehe Sie die Stadt verlassen.«

»Gern, Kent.«

Als sie sich zum Gehen wandte, sagte er: »Also, Sie könnten vielleicht Red Peller fragen wegen dem Foto. Er lebt schon ewig hier.«

»Wissen Sie, wo ich ihn finde?«

»Pellers Heimwerkerbedarf, einfach die Straße runter. Nicht zu verfehlen.«

Sie bedankte sich und verließ den Laden, den Baseballschläger über die Schulter gelegt. Es fühlte sich seltsam gut an, als gehörte er dorthin.

Inzwischen war es Nachmittag und der Regen ließ nach. Vega legte den Schläger in den Kofferraum und spazierte noch ein wenig durch die Stadt.

Sie ging in den Ilona Diner, setzte sich an den Tresen und bestellte Rühreier und einen Tee. Die junge Kellnerin schien sich nicht sehr für ihren Beruf zu interessieren und spielte an der Kasse mit ihrem Handy, während Vega aß.

Als sie fertig war, stand sie auf und folgte einer zeigenden Hand zur Toilette. Es gab nur eine, unisex, mit einem WC in einer Kabine und einem Urinal neben dem Waschbecken. Beim Händewaschen bemerkte sie etwas im Spiegel, ein Graffiti an der Wand hinter sich. In roter Schrift stand dort »Liberty Pure«. Reine Freiheit?

Sie ging zurück zum Tresen, wo die Bedienung immer noch auf ihrem Handy herumtippte.

»Entschuldigen Sie«, sagte Vega.

Das Mädchen sah auf, musste sich sichtlich zusammenreißen, um nicht genervt zu reagieren. Sie trug ein weißes T-Shirt und weiße, abgeschnittene Jeans mit einer schwarzen Schürze. Ihre Lippen glänzten von einem transparenten Gloss.

»Wollen Sie mehr heißes Wasser?«, fragte sie und bewegte sich zur Kaffeemaschine. Dann hielt sie inne, sagte ernst: »Ich muss Ihnen das berechnen, wenn Sie noch einen Teebeutel wollen.«

»Ich brauche keinen Tee mehr«, sagte Vega, »auch kein Wasser. Wollte Ihnen nur sagen, dass da jemand was gesprayt hat in der Toilette. ›Liberty Pure‹ steht da.«

Das Gesicht des Mädchens nahm einen Ausdruck an, den sie nicht richtig deuten konnte.

»Ach so, das kennen wir«, sagte sie. »Die Farbe ist echt schwer abzubekommen. Macht alles voller Flecken.«

Vega nickte.

»Und was soll das sein, Liberty Pure? Eine Band oder so?«

»Nein, die sind so was wie eine Gang.« Die Kellnerin klang verwundert, dass sie das nicht wusste.

»Ach ja?« Vega setzte sich wieder auf ihren Hocker. »Was für eine Gang?«

Das Mädchen wirkte auf einmal ein bisschen unsicher. »Na ja, eine Gang halt«, sagte sie leiser, bewegte kaum die Lippen dabei.

»Okay«, sagte Vega. »Wohnen die hier? In Ilona?«

»In der Gegend.« Das Mädchen wurde rot.

Vega klimperte mit den Fingern der rechten Hand auf dem Tresen, spielte Fantasieklavier. Einfach dranbleiben, sagte sie sich.

»Machen die Ihnen irgendwie Ärger?«, fragte sie. »Außer die Toilette zu beschmieren, meine ich?«

»Nein«, antwortete die Kellnerin prompt.

Damit eilte sie zurück an die Kasse und schnappte sich ihr Telefon.

»Also, wenn Sie nicht noch was bestellen wollen, entschuldigen Sie mich jetzt, okay?«

Sie verschwand durch eine blaue Schwingtür in die Küche. Dort war noch jemand, der Koch vermutlich, dachte Vega, obwohl sie niemand sehen konnte durch die Durchreiche.

»Okay«, sagte sie, als das Mädchen außer Hörweite war.

Sie legte etwas Geld zusammen mit ihrer Visitenkarte auf den Tresen, stellte einen Salzstreuer darauf und ging.

Zwei Häuserblocks weiter südlich fand sie Pellers Heimwerkerbedarf.

Beim Hineingehen stieg ihr ein Geruch nach Sägemehl und Terpentin in die Nase. Der Laden war größer als die Antiquitätenhandlung und deutlich besser organisiert. Sie streifte durch einen Gang mit Reinigungsmitteln für industrielle Zwecke, Pflanzenschutzmitteln, Nager- und Insektenfallen und kam zur Theke, wo ein hochgewachsener Mann von Anfang sechzig stand. Er war gerade dabei, einem Jungen im Teenageralter mit Bürstenschnitt und rosa Halbmonden unter den Augen einen großen Karton zu übergeben.

»Howdy«, begrüßte er sie freundlich. »Können wir Ihnen weiterhelfen?«

»Ja«, sagte Vega, »haben Sie auch Farben?«

»Na klar. Was für eine Sorte brauchen Sie?«, fragte er, sagte dann zu dem Jungen: »Bring das nach unten, Reihe drei, hinteres Regal.«

Der Junge trug den Karton durch eine Tür, worauf der Mann sich wieder Vega zuwandte.

»Wir haben Innen- und Außenfarbe, nur keine große Auswahl«, warnte er sie vor. »Wir können aber jeden Farbton, den Sie möchten, extra bestellen.«

»Ich suche roten Spraylack«, sagte Vega.

Der Mann überlegte stirnrunzelnd.

»Verstehe. Mein Mitarbeiter müsste unten nachsehen. Hier oben haben wir nur weißen und schwarzen. Wie viele Dosen brauchen Sie?«

»So viele Sie haben.«

»Alles klar«, sagte er, schien sich der Herausforderung zu stellen.

Er griff zu einem Wandtelefon, drückte ein paar Tasten.

»Hey, kannst du roten Sprühlack raufbringen, so viel wir haben? Sollte im untersten Fach sein, Reihe fünf.«

Es wurde etwas geantwortet, er hörte zu.

»Könntest du bitte mal nachsehen? Ich weiß, dass ich keine Abgelaufenen aussortiert habe.«

Der Mann wartete wieder, sagte dann knapp »Danke« und legte auf. Er lächelte Vega an, wuchtete eine Kiste vom Boden auf die Theke und begann, sie mit einem Cutter aus seiner Gesäßtasche aufzuschneiden.

»Sie wollen also Ihren Autolack ausbessern?«, erkundigte er sich.

»Vielleicht«, sagte Vega.

»Dann brauchen Sie wahrscheinlich die werkseitig verwendete Farbe«, sagte er und notierte den Inhalt der Kiste auf einem Block neben der Kasse. »Was für einen Farbton hat Ihr Fahrzeug genau?«

»Schwer zu beschreiben«, antwortete sie. »Aber ich erkenne ihn, wenn ich ihn sehe.«

Der Junge kam mit einem halben Dutzend Dosen im Arm zurück, die er unbeholfen auf der Theke ablegte. Eine rollte herunter und landete scheppernd auf dem Boden. Vega sah auf den ersten Blick, dass sie alle blaue Kappen hatten, keine roten.

»Riley«, stöhnte der Mann. »Ich habe *rot* gesagt.«

Riley hob die heruntergefallene Dose auf, starrte dann auf die anderen.

»Wir haben keine roten mehr«, sagte er.

Der Mann schnaubte.

»Blödsinn«, murmelte er, entschuldigte sich bei Vega und verschwand durch die Tür.

Der Junge setzte alles daran, ihr weder in die Augen noch sonst wohin zu sehen. Säuberlich reihte er die Dosen mit blauer Sprühfarbe vor sich auf und guckte dann in die Kiste, die sein Chef auf der Theke hatte stehen lassen.

Vega machte einen Schritt auf ihn zu. Riley sah sie immer noch nicht an, nahm eine Handvoll Styroporflocken aus dem

Karton und drehte sich damit zum Mülleimer um. Sie stützte sich mit verschränkten Armen auf die Theke, als wollte sie sich einen Song in einer Pianobar wünschen. Rileys Bick zuckte zu ihr hin, dann schnell wieder weg.

»Riley, stimmt's?«, sagte sie.

Er ruckte kurz mit dem Kopf zur Bestätigung.

»Ich heiße Vega«, sagte sie.

Riley schaufelte noch zwei Handvoll Styropor in den Mülleimer. Vega beobachtete ihn, starrte ihm direkt ins Gesicht. Sagte kein Wort.

»Es gibt einen Walmart in Eugene, da könnten Sie hinfahren«, schlug er vor.

»Warum sollte ich das?«

»Na ja, um die Farbe zu bekommen«, sagte er, während sein Blick nervös über die Theke huschte.

»Ach so, klar. Das ist eine gute Idee, Riley. Du bist offenbar ein ziemlich kluger Junge.« Sie beugte sich noch ein Stück vor. »Leider genügt es heutzutage nicht mehr, klug zu sein, man muss auch auf sich aufpassen. So ist die Welt, in der wir leben, fürchte ich«, sagte sie seufzend. »Ich bin zwar erst seit ein paar Stunden in Ilona, aber das scheint mir so ein gewisser Ort zu sein.«

Riley erstarrte, hörte auf mit dem Styropor.

»Sind Sie von der Zeitung?«, fragte er.

Das ließ Vega aufhorchen. Meistens, wenn die Leute spitzkriegten, dass sie etwas wusste, was sie nicht wissen sollte, oder zumindest auf der richtigen Spur war, fragten sie, ob sie von der Polizei, nicht, ob sie eine Reporterin sei.

»Nee«, sagte sie. »Ich bin aus Kalifornien.«

In dem Moment kam der Chef zurück, ein Klemmbrett in der Hand. »Das geht doch mit dem Teufel zu«, sagte er, an sie gewandt. »Ich verstehe nicht, wieso wir keine mehr haben, aber sie sind aus.«

»Merkwürdig«, sagte Vega. »Hey, Sie sind Red, stimmt's?«

»Ja, Ma'am.« Freundliche Überraschung. »Sind wir uns schon mal begegnet?«

»Nein, ich habe Ihren Namen von Kent, von dem Antiquitätenladen dort hinten. Ich heiße Alice Vega.«

Sie gaben sich die Hand, dann sagte er: »Ich werde heute eine neue Ladung Dosen bestellen, sie kommen wahrscheinlich in zwei Tagen. Sie könnten dann wieder reinschauen, wenn Sie wollen.«

»Das ist toll, danke, aber ich habe tatsächlich noch eine ganz andere Frage an Sie.«

Sie nahm das Foto aus der Jackentasche, entfaltete es.

»Kent meinte, Sie wüssten vielleicht, wer diese Leute hier sind«, sagte sie und tippte auf den Mann in dem weißen Anzug und den mit dem Stock.

Red bog den Kopf ein Stück zurück, um besser sehen zu können. Ein verwundertes Lächeln erschien auf seinem Gesicht.

»Ist das Zeb Williams?«, fragte er.

»Genau«, sagte Vega. »Haben Sie ihn gekannt, als er hier war?«

»Ich wusste nicht, wer er war, bis er wieder weg war. Hatte nicht mitgekriegt, dass er der Junge war, der im Coffee Shop das Geschirr spülte.«

»Erinnern Sie sich zufällig noch, wie lange er in der Stadt war?«

Red atmete leise pfeifend aus.

»Nicht lange. Zwei, drei Monate vielleicht.« Er blickte nochmal blinzelnd auf das Foto. »Das da ist Cara Simms. Und das ist Dart.« Er zeigte auf den Mann in Weiß.

»Dart?«, fragte Vega.

»Ja, er lebt schon seit den Siebzigern hier, war mal Schauspieler, hat unten in Los Angeles bei einer Fernsehserie mitgespielt. Ziemliche Type, das. Also, ich bin nicht ganz sicher ...«

Red kramte in seinem Gedächtnis. »Aber ich glaube, ich habe gerüchteweise gehört, dass er mal in einer, wie nennt man das, in so einer psychiatrischen Einrichtung war. Er geht nicht mehr viel unter Leute. Ich hab ihn schon seit ein paar Jahren nicht mehr gesehen.«

»Er wohnt noch in der Stadt?«

»Soweit ich weiß, wohnt er noch in der Wohnwagensiedlung beim I-Pud.«

»I-Pud?«

»Sorry, Ilona Public Utility Department, der öffentliche Versorgungsbetrieb. Wenn Sie von der Interstate in Richtung Stadt fahren, biegen Sie gleich nach rechts ab statt nach links, da ist das I-Pud, und ich denke, er hat einen der Wohnwagen da oben. Ich erinnere mich, ihn damals öfter zusammen mit Zeb gesehen zu haben. Hab gehört, sie hätten auf der alten Fenton-Farm auf Obst geschossen.«

»Was ist mit diesem anderen Mann?«, fragte Vega, auf den mit dem Stock tippend.

Red beugte sich über das Bild, schüttelte den Kopf. »Den kenne ich nicht«, sagte er und sah zu ihr auf. »Sie sind nicht die Erste hier, die nach Zeb Williams sucht, wissen Sie.«

»Hat man mir gesagt.«

»Dann viel Glück dabei.«

»Danke für Ihre Hilfe«, sagte sie und zu dem Jungen: »Danke, Riley.«

Riley nickte und starrte in die Kiste.

»Wissen Sie was, ich glaube, ich nehme doch zwei Dosen von dem Blau da. Nur für alle Fälle, nicht wahr?«

Red lächelte, ein wenig perplex zwar, aber froh, etwas verkaufen zu können. Vega bezahlte und ging durch denselben Gang hinaus wie beim Hereinkommen, wobei ihr Blick von den Nagerfallen angezogen wurde. Professionelle Schädlingsbekämpfung, hieß es prahlerisch auf der Verpackung. Beseitigt bei Kontakt, saubere Entsorgung. Man brauchte nur einen Köder hineinzutun.

Vega forschte online nach dem Lokalblatt der Gegend. *The South Oregon Gazette* hieß es. Sie blieb eine Weile im Auto sitzen und las ein paar Artikel auf dem Handy. Der Suchbegriff »Zeb Williams« ergab nichts. Anschließend probierte sie es mit »Liberty Pure« und bekam acht Treffer, alles Berichte vom letzten Herbst über den örtlichen Ableger einer weißnationalistischen Gruppe, die Privathäuser und Geschäfte mit Sprühfarbe beschädigt und in einem Fall ein Fenster eingeschlagen hatte.

Der jüngste Artikel stammte vom 1. November, danach nichts mehr über Liberty Pure. Vega klickte auf den Namen der Verfasserin aller acht Berichte, eine Beatrice Dauley, und überflog die Titel ihrer Beiträge nach dem 1. November. Kürbisfelder wegen frühem Frost abgeräumt. Alternativen zum Truthahn für Thanksgiving. Wo Sie Ihren Christbaum selbst aussuchen und schlagen können.

Sie scrollte zu der Kontaktinformation am Ende der Seite, die angegebene Adresse war ein Postfach. Dann schrieb sie eine kurze Nachricht an Bastard und wartete. Vielleicht hatte Beatrice Dauley ja noch mehr auf Lager als Tipps für die Feiertage.

Vega parkte auf einem Feldweg und ging auf die Behausung zu, ein doppelbreites Mobilheim an einem Fluss. Senkrecht dazu stand ein langer Holztrog, in dem grüne Ranken und Tomaten wuchsen. Kein Auto davor.

Sie betrat die kleine Veranda und klopfte an. Ein vom Verandadach hängendes Windspiel bimmelte ein paar helle Töne. Nach einer Minute klopfte sie erneut. Niemand kam. Vega drehte sich um und beugte sich über das Geländer.

Der Himmel war jetzt lichter, die Sonne aber immer noch

hinter einer Wolkendecke verborgen. Ein süßlicher Geruch lag in der Luft, den sie inzwischen mit den Bäumen hier verband. Sie hörte den Fluss rauschen, ein paar Vögel zwitschern und piepsen.

Nachdem sie eine gute Stunde gewartet hatte, kam ein blauer Pick-up in Sicht, der etwa zehn Meter vorm Haus hielt, neben dem Gemüsetrog. Vega erkannte Beatrice Dauley anhand des kleinen Porträtfotos, das in die Online-Artikel eingefügt war: aschblonde Haare, dicke Brille. Drei Hunde tummelten sich auf dem Rücksitz.

Die Frau schaltete den Motor ab und stieg eilig aus, Panik und Wut im Gesicht.

»Wer sind Sie?«, verlangte sie zu wissen, wobei ihre Stimme leicht zitterte.

»Mein Name ist Alice Vega.« Sie stieg von der Veranda herunter. »Ich bin Privatermittlerin und hatte gehofft, Sie könnten mir ein paar Fragen beantworten, Ms Dauley.«

Die Hunde sprangen aus dem Wagen, einer räudiger und schmuddeliger als der andere. Der letzte hatte nur drei Beine. Nicht gerade die Top-Wachhunde, dachte Vega.

»Worum geht es?«, fragte Beatrice Dauley.

»Meine Spezialität sind Vermisstenfälle«, sagte Vega. »Ich bin engagiert worden, um Zeb Williams zu finden. Ich weiß, dass Sie schon lange für die *Gazette* schreiben, und dachte, Sie könnten mir vielleicht ein paar Einblicke in die Zeit damals geben.«

Beatrice antwortete nicht gleich, starrte sie an.

»Zeb Williams«, sagte sie schließlich. »Das ist lange her.«

»Ja, Ma'am, das ist mir klar.«

»Ich war noch auf der Highschool, als das passierte«, sagte die Frau. »Ich glaube nicht, dass ich irgendwelche Informationen habe, die Sie nicht auch im Internet finden.«

»Sie würden sich wundern. Möglicherweise wissen Sie mehr, als Sie denken.«

Beatrice zögerte. Vega bemerkte ihr Widerstreben, aber auch, dass sie keine Angst mehr hatte, was von Vorteil war.

»Können Sie sich irgendwie ausweisen?« Ruhig und professionell.

»Sicher.«

Vega nahm ihren Führerschein und die Lizenzkarte vom Verband der Privatermittler aus dem Portemonnaie und gab beides der Journalistin, die ihre Brille zurechtrückte und die Karten prüfte.

Sie überzeugte sich, dass Vegas Gesicht zu den Fotos passte, gab ihr dann die Ausweise zurück. »Ich habe nur ein paar Minuten Zeit.«

»So viel Sie erübrigen können.«

Beatrice stieg die kleine Treppe hinauf und hielt ihr die Tür auf.

Vega betrat einen langen, offenen Raum – Wohnzimmer, Esszimmer und Küche in einem –, mit Küchenschränken und Fußboden in der Farbe heller Eiche. An einer Wand standen etwa zwei Dutzend Kisten, beschriftet mit schwarzem Filzmarker: »Küche«, »Schlafzimmer«, »Wohnzimmer«. Es roch nach nassem Fell und Zigarettenrauch.

Zwei der Hunde, einer davon der Dreibeinige, umkreisten Beatrices Beine, schnupperten und leckten. Der dritte, ein massiger Pitbull- oder Bulldoggenmischling, ließ sich auf einem runden, plüschigen Haustierkissen nieder.

Vega folgte der Hausherrin und den anderen beiden Hunden in den Küchenbereich, wo Beatrice ihre Umhängetasche auf eine Art Küchenblock warf.

»Ich muss sie füttern«, sagte sie und öffnete einen Schrank unter dem Spülbecken. Sie holte zwei Dosen Nassfutter heraus und stellte sie auf dem Block ab. »Haben Sie Tiere?«, fragte sie, während sie den Dosenöffner in die erste Dose rammte.

Die Hunde sprangen winselnd an ihr hoch. Vega sah zu der

kleinen Tonne auf dem Hundebett hin, die zwar in die Richtung des Geschehens blickte, aber es noch nicht für nötig hielt, sich in Bewegung zu setzen.

»Nein«, sagte Vega.

Beatrice nickte, als hätte sie das schon vermutet. Sie nahm eine Zigarettenpackung aus der Brusttasche ihres Flanellhemds, schüttelte sie und zog eine Zigarette mit den Zähnen heraus, die sie mit einem Bic aus derselben Hemdtasche anzündete.

»Wollen Sie auch?«

»Klar.«

Beatrice schob ihr die Packung hin und reichte ihr das Feuerzeug.

Dann ging sie in eine Ecke der Küche, wohin ihr die beiden Hunde mit gereckten Schwänzen folgten. Sie löffelte das Futter in zwei Edelstahlnäpfe auf dem Boden, und die Tiere machten sich an die Arbeit. Einen dritten Napf, dieser grün, hob sie auf und brachte ihn mit zu der Kücheninsel.

»Zeb Williams?«, fragte sie.

»Genau«, sagte Vega.

»Sie wissen, dass er seit den Achtzigern nicht mehr in dieser Gegend gesehen wurde.«

»Habe ich gehört, ja.«

»Also …«, sagte Beatrice mit einer Geste wie die Showmasterin einer Gameshow, die einen Preis präsentiert. »Was führt Sie dann her?«

»Ich wollte mit Cara Simms sprechen.«

»Cara Simms«, sagte Beatrice und blies eine Rauchfahne aus. »Warum das nun wieder?«

»Kennen Sie sie?«

»Nicht persönlich«, sagte Beatrice, kurbelte dabei eine zweite Dose auf. »Nur vom Sehen. Kenne Leute, die sie kennen. Freunde von Freunden.«

»Wüssten Sie einen Grund, weshalb sie zur Zielscheibe von Schikane werden könnte?«

Beatrice zog die Augenbrauen hoch. Skeptisch, dachte Vega. Wahrscheinlich, weil sie selbst genug Interviews geführt hatte und die Seite der Fragestellerin kannte.

Dauley deutete mit der Zigarette auf sie. »Sie sind hier, weil Sie Zeb Williams finden wollen, sagen Sie, aber es hört sich an, als würden Sie sich mehr für Cara Simms interessieren. Wie kommt's?«

Vega zögerte, aschte am Rand des Aschenbechers ab. »Sie ist im Moment mein einziger Anhaltspunkt. Sie und ein alter Mann namens Dart.«

Beatrice musterte sie mit zu Schlitzen zusammengezogenen Augen.

»Wie haben Sie mich überhaupt gefunden?«

Vega riskierte es. Ihr Gefühl sagte ihr, dass ihr Gespräch mit Beatrice Dauley ergiebiger verlaufen würde, wenn sie die Wahrheit sagte.

»Ich habe einen Helfer«, sagte sie. »Er kann gut Adressen herausfinden.«

»Schade, dass er Zeb Williams nicht für Sie finden kann.«

»Ja, sehr schade.«

Sie starrten sich an, schwiegen eine Zeitlang. Männer fingen gewöhnlich ab der Schwelle von dreißig Sekunden an, Drohungen auszustoßen, sie hatten einfach nicht die Geduld für ein schönes langes Blickduell.

»Sie haben recht«, räumte Vega ein. »Ich interessiere mich für Cara Simms.«

»Warum?«

»Ich glaube, ihr Haus wurde von einer Gang namens Liberty Pure vandalisiert. Möglicherweise haben die auch ihr Auto beschädigt, so dass sie sich ein neues kaufen musste.« Vega trommelte mit den Fingern auf den Küchenblock. »Ich dachte, wenn ich mit diesen Jungs rede, kann ich sie vielleicht dazu bringen, Cara Simms in Ruhe zu lassen, und dann ist sie eher geneigt, mir auch einen Gefallen zu tun und mir zu sagen, was ich wissen muss.«

»Was macht sie jetzt beruflich?«, fragte Beatrice, während sie die zweite Dose in den grünen Napf leerte.

»Sie unterrichtet Englisch an der Cascade Highschool.«

Beatrice lachte schnaubend. Sie nahm den vollen grünen Napf und brachte ihn dem großen Mädchen auf dem Kissen, stellte ihn direkt vor ihr ab. Die Hündin schlug mit dem Schwanz auf das Kissen, jedoch ohne sich über das Fressen herzumachen.

»Sie sind nicht hergekommen, um mir Fragen über Zeb Williams zu stellen«, sagte sie, als sie zu der Insel zurückkehrte. »Sie haben meine Sachen über Liberty Pure gelesen.«

»Das stimmt«, sagte Vega. »Sie haben mehrere Artikel über sie geschrieben und dann aufgehört.«

Beatrice wankte ein wenig, blinzelte.

»Die *Gazette* ist keine große Zeitung«, begann sie. »Wir sind nur zu dritt, arbeiten alle von zu Hause aus. Uns geht es nicht ums Geld, meinen Lebensunterhalt verdiene ich als freiberufliche Texterin für medizinische Fachzeitschriften.«

Sie schüttelte den Kopf, verdrehte die Augen.

»Ich wollte über das Leben in unserer kleinen Stadt im gegenwärtigen politischen Klima berichten. Was sich verändert hat, was gleich geblieben ist, solche Sachen. Dann, vor etwa einem Jahr, fing das mit diesen Graffiti-Tags von Liberty Pure an. Ich habe in den umliegenden Orten angerufen, dort waren sie auch hier und da aufgetaucht. Also habe ich ein bisschen recherchiert, habe von der weißnationalistischen Richtung dieser Gruppe erfahren und bin damit direkt zum Sheriff. Ein Mann namens Fenton. Er sagt danke, er wird ein Auge drauf haben. Danach habe ich angefangen, diese Artikel zu veröffentlichen.«

»Fenton?«, hakte Vega nach. »Hat er eine Farm?«

Beatrice schüttelte verdutzt den Kopf.

»Nicht Sheriff Fenton, das glaube ich nicht, aber es kann sein, dass seine Familie mal Landbesitz hatte.«

Vega nickte. »Sie haben also angefangen, Artikel zu veröffentlichen ...«

Beatrice schien etwas außer Puste geraten zu sein. Sie sog kräftig an ihrer Zigarette, schüttelte wieder den Kopf, eine beinahe unmerkliche Bewegung.

»Genau, ich habe darüber geschrieben. Und diese Jugendlichen, diese Jungs – nach allem, was ich weiß, haben sie mal gerade die Highschool beendet oder sind höchstens Anfang zwanzig –, sie bewerfen mein Haus mit Eiern, schlitzen mir die Reifen auf. Ich schere mich nicht weiter darum, bringe weiter Artikel heraus. Dann ...«

Sie holte tief Luft, ohne dass sich ihre Mimik veränderte.

»Ich hatte noch einen anderen Hund. Sie war schon elf, aber völlig gesund. Auf einmal fing sie an, sich zu erbrechen, und hörte nicht mehr auf.«

Sie blickte zu der Hündin auf dem Kissen hin, die jetzt angefangen hatte zu fressen.

»Danach habe ich aufgehört mit den Artikeln. Bin aus dem Haus ausgezogen, das ich gemietet hatte, und hierher gezogen, vor drei Monaten. Versuche, möglichst nicht aufzufallen.«

»Hat das was genützt?«, fragte Vega.

Beatrice zuckte die Achseln. »Bis jetzt ja.«

Vega nickte. »Haben Sie die Sache mit Ihrem Hund gemeldet?«

»Dem Sheriff? Natürlich«, sagte sie bitter. »Er meinte, Tiere würden alles Mögliche fressen. Manchmal würden sie eben krank davon.«

»Glauben Sie, diese Jugendlichen hatten Cara Simms als Lehrerin?«

Beatrice schüttelte ihren Anflug von Trauer ab und räusperte sich. »Vielleicht. Vielleicht haben sie auch Gefolgsleute, die noch zur Schule gehen, und sie hat einen davon gegen sich aufgebracht. Nicht, dass die einen Grund bräuchten. Es ist nämlich so ... Moment, woher kommen Sie?«

»Aus Kalifornien. Sacramento Valley.«

»Dann wissen Sie das vielleicht nicht über diese Gegend, aber sie ist weiß. Rein weiß. Man sollte meinen, dass Weißnationalisten oder Alt-Rights hier nicht viel finden, woran sie sich stoßen können, aber das spielt offenbar keine Rolle, weil sie eben vor allem kleine Arschlöcher sind. Wenn sie denken, dass jemand gegen sie ist, fangen sie an, die Leute zu schikanieren«, erklärte Beatrice. »Cara Simms hat einem von denen vielleicht mal den Parkplatz weggenommen oder ihm eine sechs für ein Referat gegeben, wer weiß? Das Problem ist, dass die Polizei nichts unternimmt.«

»Und wieso?«, fragte Vega.

»Mehrere Gründe. Sheriff Fenton hat einen Sohn, Derek, der vor zwei oder drei Jahren seinen Highschool-Abschluss gemacht hat und mir ein eins A Kandidat für eine hassgetriebene Gruppierung zu sein scheint. Sein bester Freund ist ein Typ namens Neil Klimmer.«

»Klimmer«, sagte Vega. »Er hat den Coffee Shop von Cara Simms gekauft.«

»Sein Vater, Matt, aber stimmt, es ist dieselbe Familie«, sagte Beatrice beeindruckt. »Es gibt in Ilona nicht wirklich viel zu besitzen, aber Matt Klimmer gehört fast alles, Geschäfte in der Innenstadt, Land im Randgebiet.« Sie unterbrach sich, schien nachzudenken.

»Ich habe mir bei meinen Recherchen für die Artikel auch ein paar Gruppen auf dieser Reddit-Plattform angesehen und sogar eine gute Spur gefunden, jemanden, der sich sehr wie ein Anwerber für solche Gruppen verhält. Es auf Teenager abgesehen hat, um sie zu indoktrinieren.«

Ein Handy klingelte, sie kramte in ihrer Tasche auf der Kücheninsel.

»Sorry«, sagte sie, nachdem sie einen Blick auf das Display geworfen hatte. »Ist nichts.« Sie steckte das Telefon zurück in die Tasche, fuhr fort. »Ich hatte die Idee, mich als Millennial auszugeben und zu versuchen, etwas aus diesem Typ herauszubekommen, zu sehen, ob da noch was Größeres dahintersteckt als die Sprüherei. Und wenn ich so weit gekommen wäre, ob ich ihn mit den Kids in Ilona in Verbindung bringen kann.«

Sie nahm einen letzten Zug, rauchte ihre Zigarette fast bis zum Filter herunter.

»Dann ist mein Hund gestorben und das war's.«

Beatrice drückte den Stummel aus, schien genug zu haben vom Reden.

»Sie sagten, es gebe mehrere Gründe, weshalb der Sheriff nutzlos ist«, fragte Vega nach.

»Stimmt«, sagte Beatrice. »Weil er nämlich selbst ein rattengesichtiges rassistisches Arschloch ist und deshalb nichts gegen ein bisschen Lokalterrorismus von ein paar weißen Lümmeln hat.«

Vega lächelte, wusste ihre Offenheit zu schätzen. Und ihre Wut. Da fühlte sie sich gleich wie zu Hause.

3

Vega legte einen Zwischenstopp in ihrem Motelzimmer ein und suchte auf Reddit nach »Liberty Pure«, ohne Treffer. Dann startete sie eine Suche nur mit dem Begriff »Liberty«, worauf über fünftausend Posts angezeigt wurden. Als Nächstes leerte sie das Suchfeld und begann eine Filtersuche nach Posts mit Bezug zu »Süd-Oregon« und »Redefreiheit« und stieß auf eine Untergruppe, die sich »America4americans« nannte. Sie las einen Beitrag nach dem anderen, ohne zu wissen, wonach sie genau suchte. Der Chatverlauf entsprach ihren Erwartungen: sich hochschaukelnde Ergüsse von Gelegenheitsagitatoren (»Ich hab einfach keine Lust mehr auf einen Gouvernantenstaat, der mich an seiner Titte säugt«), Beifallklatschern (»Endlich jemand, der die E.er hat, unvoreingenommene Meinungen zu posten«) und den echten Eiferern (»Rettet die USA für unsere Kinder«). Ein endloses Hin und Her.

Dann suchte sie in ihren Handynotizen nach dem Bildschirmnamen des möglichen Anwerbers, den Beatrice Dauley ihr genannt hatte, und tippte ihn in das Suchfeld: »Crinklecut94«. Rund zweihundert Posts. Sie machte sich daran, sie zu überfliegen. In einigen davon verwies Crinklecut bestimmte Leute an eine Vernetzungsseite und bediente sich dabei eines White-Pride-Jargons, der beinahe nach Selbsthilfe-Ratgeber klang: »Es geht hier um Stolz, nicht um Vorurteil, es geht darum zu lernen, sich seiner selbst nicht zu schämen.« Falls polizeiliche Ermittler oder die Staatsanwaltschaft beispielsweise nach einer begangenen Straftat Informationen in diesem Umfeld sammelten, würde es ihnen schwerfallen, anhand von Crinklecuts Posts zu beweisen, dass er Forumsteilnehmer indirekt für eine rechtsradikale Gruppierung rekrutiert hatte.

Anschließend mailte sie Bastard: »1. Gibt es eine Möglichkeit, Reddit-User über den Bildschirmnamen zu identifizieren? Brauche ›crinklecut94‹. Plus Informationen über ihn. 2. Umgekehrt: Zwei User namens Neil Klimmer und Derek Fenton – kannst du ihre Bildschirmnamen herausfinden? Und ebenfalls Infos über sie. 3. Könntest du mir eine Liste von Immobilien/Firmen zusammenstellen, deren Eigentümer ein Matthew Klimmer ist?«

Danach klappte sie ihren Laptop zu und fuhr in die Innenstadt, um den Sheriff aufzusuchen.

Sie war bereits an der Dienststelle des Sheriffs von Ilona vorbeigekommen, ohne es zu merken. Ein heruntergekommenes zweistöckiges Backsteingebäude ohne Schild daran, das aussah, als gehörte es in einen Frontierland-Wildwestpark, nur dass die Bergkette in der Ferne wohl schwer vorzutäuschen wäre. Ein weißer Streifenwagen stand davor, der vorhin noch nicht da gewesen war – das Sheriffabzeichen an der Fahrertür wäre ihr bestimmt aufgefallen.

Sie parkte neben dem Sheriffwagen und stieg die zwei Stufen zum Eingang hinauf. Drückte die Querstange unter der Glasscheibe mit der Aufschrift »Ilona County Sheriff« in verblassten Goldbuchstaben herunter und trat ein.

Es war eine kleine Wache, lediglich ein Hauptraum. Gleich am Eingang stand ein langer Klapptisch mit einem Anmeldebogen auf einem Klemmbrett und ein paar anderen Unterlagen darauf. Dahinter gab es sechs Schreibtische, in Zweierpaaren gegenüber angeordnet. Ein einzelner Mann saß an einem davon, Ende zwanzig, beige Uniform mit kurzärmeligem Hemd.

»Howdy«, sagte er und stand auf. »Was kann ich für Sie tun?«

»Ich möchte zu Sheriff Fenton.«

Der Hilfssheriff kam herbei, hatte es nicht eilig.

»Der Sheriff hat zu tun«, sagte er. »Ich bin der Deputy hier. Sie können sich an mich wenden.«

»Ich würde gern einen Termin mit dem Sheriff vereinbaren«, sagte Vega. »Wenn er gerade zu tun hat, kann ich später wiederkommen.«

Sie unterzog den Deputy einer kurzen Musterung. Auf dem Namensschild an der linken Brusttasche stand »Rutledge«. Kleiner Rasierschnitt über der Lippe, Uniformhose schlampig entlang der Naht gebügelt. Mehr Knitterfalten in der Kleidung als im Gesicht. Seine kurzen, flach anliegenden Haare schienen das einzig Ordentliche an ihm zu sein. Momentaner Gesichtsausdruck: leicht verwundert, eventuell etwas ungehalten.

»Er ist beschäftigt«, beharrte Rutledge. »Wie gesagt, ich kann Ihnen auch mit Ihrem Anliegen helfen.«

»Das hoffe ich«, sagte Vega. »Mein Anliegen ist es nämlich, mit Sheriff Fenton zu sprechen. Ich warte gern.«

Rutledge fuhr sich über die gerunzelte Stirn.

»Noch einmal, Ma'am, Sie können den Sheriff heute nicht sprechen. Also, entweder sind Sie so freundlich, mir zu sagen, wie ich Ihnen helfen kann, oder ich muss Sie bitten zu gehen.«

»Hm, also gut«, sagte sie. »Ich möchte den Sheriff gern auf etwas aufmerksam machen. Vielleicht kann ich es Ihnen sagen, und Sie richten es ihm aus?«

»Ja«, antwortete Rutledge, sichtlich erleichtert. »Ja, das kann ich machen.«

»Mein Name ist Alice Vega«, begann sie. »Wollen Sie es sich aufschreiben?«

»Das kann ich mir merken.«

»Sind Sie sicher? Es kommt noch mehr.« Sie zog die Nase kraus.

»Ja, bin ich, Ma'am«, sagte Rutledge, die reine Geduld.

»Wenn Sie meinen«, sagte sie. »Also, ich heiße Alice Vega.

Ich bin eine Privatermittlerin aus Kalifornien und wegen eines Falls hier. Ich habe ein bisschen recherchiert, bin durch Ihre Stadt gegangen, habe Fragen gestellt und so weiter, und dabei ist mir klar geworden, dass Sie offenbar eine rechtsradikale, rassistische Gruppierung hier haben.«

Rutledge blähte die Nasenlöcher, riss die Augen auf.

»Ich weiß«, sagte sie, »so etwas ist immer verstörend. Manchmal tarnen sich diese Leute sehr gut. Jedenfalls habe ich einen Freund beim FBI, und ich bin sicher, dass er Ihnen ein paar Fingerzeige geben kann, was diese Organisation und ihre Form von heimischem Terrorismus betrifft. Ich bringe Sheriff Fenton gern in Kontakt mit ihm, damit Sie dieses Unkraut zurückstutzen können, bevor es zum Problem wird.«

Sie formte eine Schere mit Zeige- und Mittelfinger. Schnapp.

Rutledges Nasenlöcher wurden womöglich noch größer.

Da er immer noch nichts sagte, nahm Vega eine Visitenkarte aus ihrer Jackentasche. »Hier ist meine Karte. Er kann mich jederzeit anrufen.«

Sie gab sie dem Deputy, aber als er sie nehmen wollte, zog sie ihre Hand in letzter Sekunde zurück.

»Oder, wissen Sie was? Wenn ich's recht bedenke, könnten wir Zeit sparen, indem ich meinen Freund gleich anrufe, damit er sich direkt mit dem Sheriff in Verbindung setzt. Ja, das klingt besser, oder?«

Rutledge leckte sich über die Lippen. Trockener Mund, Bro?

»Ich seh mal, ob ich den Sheriff vielleicht ein paar Minuten für Sie loseisen kann«, stammelte er.

»Oh, ich dachte, er ist beschäftigt«, sagte Vega unschuldsvoll.

»Ja, war er, aber vielleicht ist er ja früher fertig geworden. Also, mit seiner Besprechung.«

»Ah, sehr gut«, sagte sie. »Mein Glückstag.«

Rutledge nickte und lächelte mit zusammengebissenen

Zähnen. Dann eilte er an den Schreibtischen vorbei und durch eine Tür auf der anderen Seite des Büros.

Vega wartete. Sie warf einen Blick auf das Anmeldeformular, das leer war.

Leicht außer Atem kam Rutledge zurückgepoltert. »Der Sheriff hat jetzt kurz Zeit, Ma'am«, sagte er. »Wenn Sie bitte mitkommen wollen.«

Vega ging um den Klapptisch herum und folgte ihm eine Treppe hinauf, die sich leicht nach rechts neigte. Wenn man in dem Gebäude eine Murmel auf den Fußboden legte, würde die garantiert wegrollen, wettete Vega. Es war so alt, dass es langsam im Morast versank.

Oben führte der Deputy sie in ein kleines, stickiges Büro mit einem Kastenventilator vorm Fenster. Sheriff Fenton stand hinter seinem Schreibtisch und schob ein paar Unterlagen herum. Er war ein großer, kräftiger Kerl – sie schätzte ihn auf gut eins fünfundachtzig. Mitte fünfzig, schwarze Tattoos an den Armen. Ein kleiner Bierbauch, der ihm über den Gürtel hing, aber nicht viel, er schien ganz gut in Form zu sein. Wie Rutledge trug er eine beigefarbene Uniform, nur dass er Cowboystiefel an den Füßen hatte statt der normalen schwarzen Dienstschuhe der Cops.

»Sheriff Jay Fenton«, stellte er sich vor und gab ihr die Hand. »Danke, Chip, das wäre alles«, sagte er zu Rutledge, der wieder die Treppe hinunter verschwand.

»Alice Vega.«

»Bitte nehmen Sie Platz, Ma'am«, sagte er freundlich. »Von wo kommen Sie uns besuchen?«

»Kalifornien«, sagte sie und setzte sich.

»Ach ja?« Fenton setzte sich ebenfalls. »Nord oder Süd?«

»Nord.«

»Schön.« Er lehnte sich zurück, legte einen Fußknöchel übers Knie, wirkte entspannt. »Ist's warm dort?«

»Klar.«

Fenton wippte ein Weilchen vor und zurück, taxierte sie. »Mein Deputy sagt, Sie hätten Informationen für mich.«

»Ja, ich glaube schon.«

Sie fügte erst mal nichts hinzu.

Fenton lachte leise. »Wollen Sie mir sagen, worum es geht?«

»Klar«, sagte Vega. »Wie ich Ihrem Deputy schon sagte, bin ich als Privatermittlerin wegen eines Vermisstenfalls hier und habe unabhängig davon ein paar Dinge beobachtet, die auf die Anwesenheit von Weißnationalisten in Ihrer Stadt hindeuten.«

»Darf ich fragen, was das für ein Fall ist?«, erkundigte sich Fenton. »Vielleicht kann ich Ihnen in der Beziehung helfen.«

»Ich suche nach Zeb Williams.«

Er grinste, sah dann, dass sie nicht lachte.

»Sie sind also eine von den Zweiern, ja?«

»Nein, ich habe einen Klienten.«

»Okay, Ihr Klient«, sagte er. »Und wer ist das wohl?«

»Niemand, den Sie kennen.«

»Hm.« Fenton machte ein Geräusch, als würde er etwas zwischen seinen Vorderzähnen heraussaugen. »Und was genau ist nun Ihre Information?«

»Ich kenne jemanden beim FBI, und wenn Sie möchten, stelle ich gern den Kontakt für Sie her.«

»Nett von Ihnen, dass Sie das anbieten, Miss Vega.«

»Ich dachte mir, kleine Stadt, Ihre Ressourcen sind wahrscheinlich beschränkt. Und Ihre früheren Berichte an die zuständigen Bundesbehörden sind vielleicht übersehen worden«, sagte sie. »Mein FBI-Freund wird auf mich hören. Er kann Ihren Bericht zuoberst auf den Stapel befördern.«

Fenton pfiff durch die Zähne, tat beeindruckt.

»Hm, tolle Sache. Ich weiß das sehr zu schätzen, verstehen Sie mich nicht falsch«, sagte er. »Aber uns ist die Situation bekannt, und wir haben sie unter Kontrolle. Wir brauchen derzeit keine Unterstützung der Bundesbehörden. Trotzdem danke, dass Sie vorbeigekommen sind.«

»Okay«, sagte Vega. »Meiner Erfahrung nach können solche Dinge allerdings schnell eskalieren. Hilfe von Bundesebene hinzuzuziehen wäre ein guter Schritt, um das zu verhindern.«

»Im Moment ist das nicht nötig«, erwiderte Fenton. »Also, nochmal danke für das Angebot, aber nein, danke.«

Vega überhörte das, redete einfach weiter. »Wenn ich von Eskalation spreche, ist es nützlich, sich dabei eine Rolltreppe vorzustellen.« Sie hob ihren Unterarm an. »Hier unten haben Sie Schmierereien«, sagte sie, auf ihren Ellbogen zeigend. »Hier dann, was weiß ich, ein zerdelltes Auto, aufgeschlitzte Reifen.« Sie tippte auf die Mitte ihres Unterarms. »Und dann hier oben« – sie zeigte auf ihre Faust – »tätliche Gewalt gegen Haustiere oder Menschen. Das kann sich ziemlich schnell steigern.«

»Ich mache mir keine Gedanken, dass hier so etwas passieren könnte«, sagte Fenton. »Ich sorge für Ordnung in meiner Stadt, da können Sie beruhigt sein, Miss Vega.«

»Aha, wenn sich also Einwohnerinnen Ihrer Stadt über etwas beschweren, gehen Sie dem nach?« Vega ließ das wirken, aber nur eine Sekunde lang. »Sie würden nie, sagen wir, die Augen verschließen, auf ›Löschen‹ klicken und den Papierkorb leeren, weil diese Beschwerden eventuell jemanden betreffen, der Ihnen nahesteht?«

Fenton stellte seine gekreuzten Beine nebeneinander und beugte sich zu ihr vor.

»Nein, das würde ich nicht«, sagte er langsam und ließ den Blick über ihren Oberkörper wandern. »Privatermittlerin, ja? Sie müssen sich irgendwie ziemlich nützlich gemacht haben, dass ein FBI-Mann Ihnen so viel Beachtung schenkt.«

Jetzt hatte er auf herablassend bis vulgär-sexistisch geschaltet. Sie sagte nichts, reagierte nicht. Wartete ab, was als Nächstes kam.

Er rieb sich den Mund, befürchtete wohl, zu viel gesagt zu haben.

»Also danke, nein. Sehr freundlich von Ihnen, Ihre Dienste anzubieten.« Es klang wie eine automatische Nachricht.

»Ja …« Vega beugte sich ebenfalls vor, stemmte die Ellbogen auf die Knie. »Ich mache mich wirklich gern nützlich. Ich habe sogar einen Beruf daraus gemacht. Wissen Sie, wie?«

Fenton klopfte mit dem Knöchel seines Mittelfingers auf den Schreibtisch.

»Sie werden's mir bestimmt gleich sagen.«

»Das muss ich auch, denn darauf kommen Sie nie. Die Sache ist die, Sheriff, ich kenne mich ziemlich gut mit Menschen aus.«

Etwas später saß Vega ein Stück entfernt von Pellers Heimwerkerbedarf im Auto und wartete darauf, dass der Laden schloss. Laut Website hatte er bis halb sechs geöffnet, jetzt war es kurz vor fünf.

Die Sonne war untergegangen, schnell und früh selbst für Januar, und es hatte wieder angefangen zu regnen, in dicken Tropfen, die platschend auf der Windschutzscheibe landeten. Sie hatte den Reißverschluss ihrer Jacke hochgezogen und trommelte mit den Fingern aufs Lenkrad, damit sie nicht klamm wurden.

Ihr Handy hatte im Laufe des Tages mehrmals gebrummt, aber sie hatte die Nachrichten und verpassten Anrufe ignoriert oder höchstens überflogen, sobald sie sah, dass sie nicht von Cara Simms kamen. Jetzt ging sie gründlicher vor, las und löschte und blickte dabei alle paar Sekunden in den Rückspiegel, um sich zu vergewissern, dass der Heimwerkerladen heute nicht früher schloss.

Als sie durch die Textnachrichten vom Mittag scrollte, stieß sie auf eine von Cap:

»Hast du Zeb schon gefunden???«

Vega wischte mit dem Daumen über den Bildschirm und tippte zurück: »Bisher nicht. Hier läuft noch was anderes.«

Sie wartete auf die Pünktchen, aber es kam nichts. An der Ostküste war es jetzt acht Uhr abends, vielleicht saß er gerade mit Nell beim Essen oder er arbeitete noch. Oder hockte auf dem Sofa, müde und dünn.

Um zehn nach fünf sah sie im Rückspiegel, wie Riley, der zappelige Jungverkäufer, den Laden verließ. Er zog die Kapuze seines Sweatshirts über, knöpfte sich die Jeansjacke zu und ging in die andere Richtung.

Sie stieg aus und joggte ihm hinterher, eisige Regentropfen klatschten ihr ins Gesicht. Einer landete auf ihrer Unterlippe und sie leckte ihn ab, behielt dabei Riley im Auge, der sich nicht benahm, als wüsste er, dass ihm jemand folgte.

Der Junge hielt auf einen weißen Pick-up zu, richtete seinen Schlüssel darauf und öffnete ihn piepend. Vega wartete, bis sie nahe genug heran war, sagte dann laut: »Riley.«

Er zuckte zusammen und fuhr herum, kam dabei ein bisschen aus dem Gleichgewicht, lehnte sich an die Beifahrertür.

»Was wollen Sie?«, fragte er erschrocken.

»Was ist aus all der roten Farbe geworden, Riley?«

»Was?« Er klang verwirrt, zuckte dann die Achseln. »Ausverkauft, schätze ich.«

»Ausverkauft«, wiederholte sie.

Sie ging näher auf ihn zu. Aus dieser geringen Distanz könnte er zwar leicht tätlich werden – sie in die Nieren boxen, treten, an den Schultern wegstoßen –, aber ihr Gefühl sagte ihr, dass er nichts dergleichen tun würde. Er wirkte eher ängstlich als sauer. Außerdem war er ein bisschen pummelig um die Hüften und ums Kinn, nur wenig größer als sie und hatte vermutlich bei jeder Schulhof-Schlägerei seines Lebens den Kürzeren gezogen. Sie wusste, dass sie ihn im Handumdrehen auf den Gehweg werfen konnte, wenn es sein musste.

»Rote Sprühfarbe ist wahrscheinlich nicht so gefragt, also hat dein Chef erst mal nicht gemerkt, dass sie fehlt, aber wenn er den Warenbestand prüft und die ganzen Kassenbelege, werden ihm die vielen verkauften Dosen auffallen, stimmt's?«

Riley sah jetzt erschrocken drein. Der Regen war ein Vorhang zwischen ihnen, der ihm in die Augen fiel, so dass er blinzeln musste. Er fiel auch Vega in die Augen, aber sie blinzelte nicht, ließ das Wasser einfach über ihre Lider rinnen.

»Es sei denn, du hast was richtig Dummes gemacht und sie verschenkt«, sagte sie.

Das brachte das Fass für Riley zum Überlaufen. Mit einem Seitenschritt befreite er sich aus ihrem unsichtbaren Griff, stolperte den Bordstein hinunter und eilte um den Truck herum zur Fahrerseite.

Vega folgte ihm.

»Hauen Sie ab, verdammt«, rief er mit überschnappender Stimme. »Ich rufe die Polizei.«

Er riss die Tür auf und kletterte hinein. Vega blieb dicht davor stehen, während er mit dem Schlüssel hantierte und schließlich den Motor anließ. Er sah nochmal kurz zu ihr hin, seine Atemwolken ließen das Fenster beschlagen. Dann heizte er die Straße hinunter, überfuhr ein Stoppschild und bog um die Ecke.

Vega stand noch eine Minute im Regen auf der Straße, bevor sie zurück zu ihrem Auto ging. Sie setzte sich hinein und checkte ihre Nachrichten.

Cap hatte geantwortet: »Bring dich nicht in Schwierigkeiten, V.«

Sie schrieb zurück, nur zwei Worte und sicher nicht das, was Cap hören wollte. Aber wenigstens war es ehrlich.

»›Zu spät‹?«, las Cap laut und setzte sich kerzengerade auf.

Nell übernachtete bei Jules, der Fernseher lief, die Sig lag neben ihm auf dem Sofa. Es hatte ihm ein Gefühl der Ruhe vermittelt, Vega zu schreiben. Er versuchte, sie sich vorzustellen, merkte aber, dass er keine Ahnung hatte, in welchem Teil des Landes sie sich gerade aufhielt. In welcher Zeitzone, welcher Klimazone, welchem Staat, welcher Stadt. War sie im Auto oder im Bett oder rammte sie gerade irgendeinem Kerl ihren Ellbogen gegen den Adamsapfel? Und sorgte er sich mehr um sie oder um die Gesamtbevölkerung?

Cap stellte den Fernseher stumm und starrte wieder auf die beiden Worte: »Zu spät.« Er tippte auf ihren Namen am oberen Bildschirmrand und auf das Telefon-Icon. Sie nahm nach dem ersten Klingeln ab.

»Caplan«, sagte sie, als hätte sie seinen Anruf erwartet.

»Was soll das heißen, ›zu spät‹?«, sagte er. »Zu spät für was? Wo bist du überhaupt?«

»In Oregon. Kleinstadt namens Ilona. Ist sogar noch kleiner als Denville. Hat dafür einen eigenen, ethisch herausgeforderten Sheriff.«

Er merkte, dass sie auf Lautsprecher geschaltet hatte, hörte das statische Rauschen im Hintergrund.

»Wie lange bist du jetzt dort – einen Tag?«

»In etwa, ja.«

»Und du hast schon herausgefunden, dass der Sheriff problematisch ist?« Cap stand vom Sofa auf, nahm die Sig in die linke Hand.

»Ihm schien nicht sehr dran gelegen, das zu verbergen.«

»Du hast mit ihm *gesprochen*?«, fragte Cap, auf dem Weg zur Küche.

»Klar«, sagte sie. »Ich bin mir ziemlich sicher, dass sein Sohn sich mit so einer weißnationalistischen Gang eingelassen hat, die die Einheimischen tyrannisiert, darunter Cara Simms, die was mit Zeb Williams hatte, als der sich in den Achtzigern für eine Weile hier aufhielt.«

»Meine Fresse«, sagte Cap. Er legte die Sig auf der Arbeitsplatte ab und machte den Kühlschrank auf. »Hey, warte mal, Vega, das ist aber nicht dein Auftrag, oder? Du solltest doch Zeb Williams finden, nicht wahr?«

Kurzes Schweigen, dann: »Ich mache beides.«

Cap nahm eine Bierdose aus dem Kühlschrank, riss sie auf.

»Sieht dir nicht ähnlich, dich von einem Auftrag ablenken zu lassen«, sagte er und saugte den Schaum aus der Öffnung.

»Ich lasse mich nicht ablenken, Caplan. Aber es gibt hier genug Fragen zu stellen für zwei, also falls du dich mir irgendwann anschließen willst, das Angebot steht.«

Cap lehnte seine Stirn an den Gefrierschrank und drückte das Telefon fest ans Ohr. Das Bier stellte er neben der Pistole ab.

»Du hättest mich nicht angerufen, wenn du nicht wenigstens ein bisschen interessiert wärst«, sagte sie sanft, während das Hintergrundrauschen schwächer wurde.

»Na ja, schon. Wie gesagt, die Geschichte gehört ins Reich von Elvis und Bigfoot, nur halt auf Sport bezogen. Für diejenigen von uns, die sich auf dieses Unterhaltungsniveau herablassen, ist Zeb Williams schon 'ne große Sache.«

»Wenn du den Fall mit mir bearbeitest, signiert er dir garantiert einen Football, sobald wir ihn gefunden haben, da wette ich«, sagte Vega.

Cap lachte. »Du hast echt ein unumstößliches Selbstvertrauen, Mädchen.«

»Hat nichts mit Selbstvertrauen zu tun«, sagte sie.

»Ach nein?« Cap war bewusst, dass er sie provozierte. »Mit was dann?«

Er hörte sie atmen, den leisen Luftstrom am Mikro, und merkte, dass sie den Lautsprecher ausgeschaltet hatte.

»Ist einfach die Wahrheit«, sagte sie. »Braucht man nicht auszuschmücken.«

Cap wünschte, er könnte kurz die Zeit zurückdrehen, sie

nochmal eine Minute bei sich in der Küche sitzen haben.

»Ich mache mir Sorgen um dich, Vega«, war alles, was er hervorbrachte.

»Mach dir keine Sorgen«, sagte sie und klang auf einmal sehr nahe. »Ich wette, du hast immer noch dasselbe Sweatshirt und dieselben Jeans an wie am Sonntag.«

»Vega«, sagte er und stieß sich vom Kühlschrank ab, »wenn das ein Versuch von Telefonsex sein soll, ist er ziemlich lausig.«

»Leck mich«, sagte sie. Dann: »Zieh dich um, iss was und schlaf dich zur Abwechslung mal aus, verdammt.«

Damit legte sie auf. Cap starrte sein Handy an und lachte, denn trotz ihres Geschimpfes und obwohl er etwas anderes glauben sollte, wusste er genau, dass sie ebenfalls lachte.

Vega schwang ihre Beine im Dunkeln zum Handstand hoch. Es war kurz nach fünf Uhr morgens, die Sonne würde erst um zwanzig vor acht aufgehen. Sie hatte nur etwa vier Stunden geschlafen, was nicht ungewöhnlich für sie war. Ungewöhnlich war nur die Tiefe ihres Schlafs gewesen, die Intensität der Träume, das beunruhigende Gefühl, dass niemand es geschafft hätte, sie zu wecken.

Sie war lange auf gewesen, hatte am Laptop gesessen. Bastard hatte auf ihre Anfrage geantwortet:

»Angehängt die Liste der Matthew Klimmer gehörenden Immobilien samt Karte.
Kann Bildschirmnamen von Derek Fenton/Neil Klimmer ohne die Geräte, von denen sie schreiben, auf die Schnelle nicht ermitteln. Ist zwar möglich, dauert aber. Schicke dir ihre Postadressen, Auto-Leasingraten, Stromrechnungen etc.
Gleiches Problem mit der Identifizierung von crinklecut94.
Er postet viel über regionale Treffen im wirklichen Leben für ›junge Menschen, denen etwas an Freiheit liegt‹.«

Darauf hatte sie per Instant Messenger geantwortet: »Irgendwelche Treffen demnächst?«

Bastard schrieb zurück: »So läuft das nicht. Er wählt dich aus.«

Sie war auf Reddit gegangen, hatte ein Profil erstellt, diverse Bildschirmnamen erfunden und wieder gelöscht auf der Suche nach einem, der Crinklecut ins Auge fallen könnte. Weil sie nicht wie eine von den völlig Durchgeknallten rüberkommen wollte, konnte sie nicht so etwas wie »Lynchmob« oder »Hitlerbabe« raushauen. Sie wollte einen ernsthaften, disziplinierten Eindruck machen, denn ihr Gefühl sagte ihr, das Crinklecut darauf anspringen würde. Wenn er versuchte, eine Art Armee aufzubauen, würde er kaum auf irgendwelche Irren scharf sein, die es nicht über die Grundausbildung hinaus schafften.

Lange hatte sie auf das leere Suchfeld unter der Aufforderung »Geben Sie hier Ihren Bildschirmnamen ein« gestarrt. Schließlich hatte sie »Hundertprozentpur« eingetippt und auf »Änderungen speichern« geklickt.

Dann hatte sie nach den jüngsten Posts von crinklecut94 gesucht und sie in einem Forum gefunden, in dem sich darüber ausgelassen wurde, dass das öffentliche Schulsystem immer mehr auf politische Korrektheit hin getrimmt werde. Der Chat dauerte noch an, sie hatte die Posts überflogen und Crinklecuts letzten gelesen: »Lasst nie zu, dass die Maschine für euch denkt, denkt immer selbst.«

Darauf hatte sie eine Antwort verfasst: »Leider darf man als Lehrerin heutzutage keine eigene Meinung mehr äußern. Totale Maulkorbvorschriften.« Sie hatte auf »Senden« geklickt und eine Stunde lang auf irgendwelche Antworten, Kommentare oder Likes gewartet, bevor sie endlich schlafen gegangen war.

Mitten in der Nacht war sie plötzlich aufgewacht, als hätte sie ein Geräusch gehört. Sie hatte aus dem Fenster geblickt, die Tür geöffnet, aber nichts gesehen als ihr Mietauto hinter dem

Betonpoller des zu ihrem Motelzimmer gehörenden Parkplatzes.

Jetzt regnete es in Strömen. Vega hörte das Prasseln draußen, es übertönte das Brummen des Heizkörpers unterm Fenster.

Ein flüchtiges Bild von Cap kam ihr in den Sinn – er trug das alte Sweatshirt und die Jeans von ihrer letzten Begegnung und lehnte Kaffee trinkend am Kühlschrank. Immer noch müde, immer noch dünn. Manchmal, wenn sie Handstand machte, nahmen die Dinge einen bestimmten Glanz an. Die Zahlen verdoppelten, multiplizierten sich und ergaben eine eindeutige Lösung. Jetzt wurde es klar, dass sie Cap so weit gebracht hatte.

Sie hatte das schon gewusst und hatte sich nicht entschuldigt. Denn sie wusste außerdem, dass Cap keine Entschuldigung von ihr brauchte. Was ihr wirklich einen Stich versetzte, war die Erkenntnis, dass er im Moment überhaupt nichts von ihr brauchte.

Vega kam aus dem Handstand und saß einen Augenblick auf dem genoppten blauen Teppichboden. Der Regen schlug unregelmäßig gegen das Fenster. Für viele war das ein beruhigendes Geräusch, die Leute kauften Apparate und luden Apps herunter, mit denen sie es ständig hören konnten, aber für sie klang es eher wie eine mittelalterliche Kriegsmaschine, wie die Zahnräder eines Getriebes, das sich knarrend in Bewegung setzte, um etwas Großes, Böses anzubahnen.

Sie ging ins Bad, duschte kurz und wickelte sich in ein Handtuch. Als sie herauskam, sah sie, dass ihr Handy auf dem Nachttisch eine Textnachricht anzeigte. Sie eilte hin, noch tropfnass, und las.

Die Nachricht war nicht von Cap. Sie war von niemand, mit dem sie gerechnet hätte, machte sie aber im Nu hellwach. Jedes restliche Zögern fiel von ihr ab, während das Wasser an ihr herunterrann und eine Pfütze um ihre Füße bildete.

Rachel Bishop hieß die Kellnerin. Vega wartete um die Ecke vom Ilona Diner im Auto und sah, wie sie am Straßenrand gegenüber parkte. Rachel stieg aus, entdeckte sie sofort und kam in einem grünen Regenponcho herübergetrabt.

Vega öffnete die Beifahrertür, und die junge Frau schlüpfte herein, brachte einen Geruch nach Regen und Haarpflegemitteln mit sich.

»Hi«, sagte sie. Sie schob ihre Kapuze zurück und holte einen goldfarbene E-Zigarette aus ihrer Umhängetasche. »Macht es Ihnen was aus?«

Vega schüttelte den Kopf.

Rachel ließ das Fenster zwei Zentimeter herab, saugte an dem Mundstück und inhalierte.

»Sie sind also kein Cop«, stellte sie fest, während sie den Dampf zum Fenster hinausblies.

Vega schüttelte wieder den Kopf, schnupperte den Minzgeruch.

»Ich konnte Ihnen gestern nichts über Liberty Pure sagen, weil Waldy in der Küche mich gehört und es meinem Chef gesteckt hätte.«

Das sagte sie mit bedeutungsschwerem Unterton, als wüsste Vega, was das hieß.

»Wer ist Ihr Chef?«

»Matt.« Rachel saugte an ihrer Vape. »Ihm gehört der Diner. Und der Spirituosenladen und ein paar Farmen oder so.«

Sie blies schweigend Rauch aus.

»Matt Klimmer«, sagte Vega.

»Genau der. Ich kenne ihn allerdings nicht sehr gut. Er kommt nur manchmal am Wochenende, um das Bargeld zu zählen, die Kasse zu prüfen und so Sachen.«

»Ist Matt einer von denen, diesen Liberty Pures?«, fragte Vega.

»Nee, ich glaube, dafür ist er irgendwie zu alt. Aber sein

Sohn, Neil.« Sie lachte kurz. »Er war ein totales A-Loch in der Highschool, hat immer schlauer getan als alle anderen, was er nicht ist. Seine Eltern waren beide auf der University of Oregon, aber ihn haben sie nicht genommen. Er hat sich noch nicht mal beim Wilson beworben.«

»Wilson? Was ist das?«, fragte Vega.

»Das Community College, auf das alle hier gehen. Ich mache dort Kurse für einen zweijährigen Abschluss, um mich dann vielleicht für ein vierjähriges College zu bewerben.«

Sie verstummte wieder, rauchte vor sich hin.

»Sie haben mir geschrieben, dass Sie mir etwas sagen wollen«, kam Vega zum Punkt. »War das nur Neils Name, oder gibt es da noch was anderes?«

»Ja, da ist noch etwas …« Rachel wischte sich einen Regentropfen von der Nase. »Neil ist voll dicke mit einem anderen Jungen, der ihn in der Mittelschule immer verprügelt hat, aber dann sind sie irgendwann Freunde geworden, zwei totale Loser alle beide, und dieser andere Typ ist riesig, er war im Footballteam, und jetzt verprügelt er Leute für Neil. Er ist wie sein Leibeigener.«

»Sein Leibeigener?«, fragte Vega, nicht sicher, ob sie richtig gehört hatte.

»Ja, so was wie ein Sklave, der auf dem Gut eines Herrn arbeiten muss.«

»Ich weiß, was ein Leibeigener ist«, sagte Vega. »Wie heißt der Riese?«

»Derek Fenton.«

»Der Sohn des Sheriffs?«

»Ja, aber auch …«

Rachel sah sich um, auf einmal nervös und nicht mehr so keck. »Er ist mit meiner kleinen Schwester zusammen.«

»Fenton?«

»Seit ein paar Monaten.« Rachel zog die Mundwinkel nach

unten. »Anfangs hat sie ihn mit nach Hause gebracht, aber er ist so ein Arsch, dass mein Dad meinte, er will ihn nicht mehr bei uns sehen. Anscheinend hat der Sheriff ihm einen Job beim Energieunternehmen besorgt, aber sie lassen ihn da nur den Transporter fahren. Und Claire immer so: ›Ach, seine Kollegen sind so gemein zu ihm‹ und ich so: ›Ja, klar, weil er faul und dämlich ist‹. Habe ich nicht direkt gesagt, aber, na ja, gedacht.«

»Das Problem ist nicht nur, dass Sie und Ihr Vater diesen Derek nicht mögen, oder?«

Rachel seufzte. »Vorher waren mir Neil und Derek und die alle ziemlich egal, sie sprayen halt irgendwelchen Mist und besaufen sich …«

Vega verkniff es sich fürs Erste, Beatrice Dauleys Hund zu erwähnen.

»Aber jetzt kommt Claire dauernd betrunken nach Hause, und sie geht überhaupt nicht mehr zur Schule und ist einfach, na ja …« Sie schluckte. »Ein Arschloch«, flüsterte sie. »Wenn es nur um uns beide ginge, würde es mir vielleicht nicht so viel ausmachen, aber meine Eltern, unsere Eltern, sie haben immer nur gearbeitet, und mein Dad kriegt bestimmt einen Herzinfarkt, wenn Claire die Highschool nicht beendet.«

»Streitet sie sich oft mit Ihnen und Ihren Eltern?«, fragte Vega.

»Ja, dauernd.«

»Worüber?«

»Meine Eltern wollen, dass sie zur Schule geht, damit sie sich nicht ihre Zukunft verbaut und immer pleite ist, aber sie schreit sie an, sie sollen sich um ihren eigenen Kram kümmern und so 'n Quatsch. Meine Mom hat ihr sogar einen Job in dieser Pflanzschule besorgt, sie ist nämlich mit der Inhaberin befreundet, aber Claire hat es geschafft, schon am ersten Tag wieder gefeuert zu werden.«

»Wissen Sie, ob Ihre Schwester eine Englischlehrerin namens Cara Simms hat oder hatte?«

»Ich hatte Miss Simms«, sagte Rachel. »Und Claire hatte sie auf jeden Fall in der Oberstufe, also, bevor sie abgebrochen hat. Sie ist echt streng, aber ich mochte sie. In der Oberstufe ist es den meisten Lehrern egal, ob man Stunden schwänzt oder sonst was, aber nicht Miss Simms. Sie hat einen voll niedergestarrt, wenn man am nächsten Tag reinkam«, sagte sie mit leiser Zuneigung.

»Haben Sie Ihre Schwester mal über Cara Simms reden gehört? Auf negative Art vielleicht?«

Rachel dachte darüber nach. »Ich kann mich nicht erinnern, aber ist gut möglich.« Sie rauchte einen Moment vor sich hin. »Einmal, als ich in der Oberstufe war, hat ein Mitschüler, Marcus, Englisch geschwänzt, und am nächsten Tag hat Miss Simms ihn vor der Klasse einen Monolog aus *Maß für Maß* vorlesen lassen, da, wo der Typ im Gefängnis ist. War eine gute Lektion.«

»Würden Sie sagen, dass Ihre Schwester schnell wütend wird?«

Rachel zuckte die Achseln. »Früher nicht, aber in letzter Zeit ja, ich meine, sie wirft unseren Eltern dauernd so einen Mist an den Kopf. Hat mich angeschrien, dass ich mich verpissen soll, als ich sagte, sie soll sie in Ruhe lassen.«

»Sie halten es also für denkbar, dass Cara Simms sie irgendwie gegen sich aufgebracht hat, zum Beispiel, indem sie sie vor der Klasse bloßgestellt hat?«

»Ja«, sagte Rachel. »Das ist mehr als denkbar. Es ist sogar ziemlich wahrscheinlich.«

Sie verstummte, und Vega hatte das Gefühl, dass sie mit etwas hinterm Berg hielt.

»Spricht Claire noch über andere Sachen, wenn sie betrunken ist, außer dass sie sich mit Ihren Eltern streitet?«, fragte sie.

»Mhm«, machte Rachel und verrieb kreisförmig einen Regentropfen auf ihrem Poncho. »Sie redet jetzt immer so 'nen Mist über Schwarze und Mexikaner, aber das kommt nicht von ihr selbst, wissen Sie, sondern von Derek und Neil und diesen Idioten. Sie ist nur ihr Mikrofon oder so was.«

Rachel warf Vega einen Seitenblick zu und rieb sich die Nase.

»Ich weiß, das hört sich alles an, als wäre sie eine Rassistin und voll unwissend und so, aber das ist sie nicht. Meine Eltern haben uns zu anständigen Menschen erzogen.«

Ihre Augen begannen zu glänzen, doch sie weinte nicht. Ihr Ausdruck wurde weich.

»Sie machen sich Sorgen um Ihre Schwester«, sagte Vega.

»Ja, ich mache mir Sorgen. Deshalb hab ich gedacht, als ich Ihre Karte gesehen habe, also, weil da ›Privatermittlerin‹ draufsteht und weil Sie nach denen gefragt haben … keine Ahnung. Ermitteln Sie gegen die – die Liberty Pure?«

»Nein«, sagte Vega, »ich bin wegen eines Vermisstenfalls hier. Der hat damit nichts zu tun.«

»Ach so«, sagte Rachel enttäuscht. »Dann habe ich Ihnen das alles wohl umsonst erzählt.«

»Das würde ich nicht sagen. Hören Sie, ich habe vor, noch ein paar Tage in der Stadt zu bleiben. Schreiben Sie mir doch eine Nachricht, wenn Ihnen irgendetwas auffällt.«

»Was zum Beispiel?«

Vega zuckte die Achseln. »Es kommen bestimmt eine Menge Leute in den Diner. Irgendwann waren ja auch diese Liberty-Pure-Typen auf der Toilette. Sie scheinen eine aufmerksame Beobachterin zu sein, aber es gibt einen Trick dabei.«

Rachel wandte sich ihr gespannt zu.

»Starren Sie nicht hin, beobachten Sie einfach. Denken Sie nicht darüber nach, versuchen Sie nur, sich alles zu merken.«

»Also, es nicht zu offensichtlich machen?«

»Genau«, sagte Vega. »Wissen Sie, ich falle auf in so einer kleinen Stadt, in der sich alle kennen. Sie aber nicht.«

»Ich brauche mich noch nicht mal zu tarnen.« Rachel, die begriff langsam.

»Genau.«

»Aber worauf soll ich achten?«

»Das wissen wir noch nicht«, antwortete Vega. »Registrieren Sie einfach alles und schreiben Sie mir dann.«

Rachel nickte, doch ihr Blick war nach wie vor ängstlich.

»Woher weiß ich ...« Sie biss sich auf die Zunge.

»Dass Sie mir vertrauen können? Überhaupt nicht. Aber Sie haben sich heute Morgen bei mir gemeldet, also vertrauen Sie mir schon ein bisschen.«

Rachel grinste spöttisch, schüttelte den Kopf. »Da war mal so eine krasse Katze bei uns in der Nachbarschaft, die hat immer die Kompostabfälle gefressen, die wir rausgetragen haben«, sagte sie. »Das hat sie nicht gemacht, weil sie uns vertraut.«

»Nein, sondern weil sie verzweifelt war«, sagte Vega. »Aber betrachten Sie es mal logisch: Ich habe nichts zu gewinnen dabei. Sie können mich googeln, wenn Sie wollen.«

»Habe ich schon«, sagte Rachel.

»Gut«, sagte Vega. »Dann sollten Sie jetzt zur Arbeit gehen.«

Rachel nickte und öffnete die Wagentür.

»Danke«, sagte sie, bevor sie wieder ihre Kapuze überzog.

Vega wollte noch etwas sagen, aber Rachel war schon ausgestiegen. Sie sah ihr nach, als sie über den Bürgersteig auf die Straßenecke zueilte. Der Regen hatte nachgelassen, der Himmel wurde heller.

Beinahe aus Höflichkeit wartete sie, bis Rachel um die Ecke war, bevor sie Bastard eine Mail schrieb, in der sie ihn bat, alles über Rachels Schwester und deren Freunde herauszufinden.

Gerade als sie auf »Senden« tippte, erschien eine Benachrichtigung auf dem Bildschirm: »Crinklecut94 gefällt dein Post.«

Als Erstes fuhr sie zu den Klimmers. Neil wohnte noch bei seinen Eltern, Matthew und Lila, in einem dreistöckigen Haus mit Kirschholzfassade. Es stand auf einem weitläufigen Grundstück mit Wiese und Wald, die nächsten Nachbarn waren einen Kilometer entfernt. Zwei Autos standen auf dem kreisrunden, von hohen, immergrünen Pflanzen umgebenen Parkplatz vorm Haus, und weiter weg war ein Pferdestall zu sehen. Nachdem sie einmal langsam an dem Anwesen vorbeigefahren war, wendete sie und parkte an der Kreuzung vor der Grundstücksgrenze. Sie wartete etwa eine Stunde darauf, dass jemand kam oder ging, aber nur der Postbote tauchte auf.

Dann fuhr sie zu dem Haus, für das Derek Fenton als Mieter eingetragen war, zusammen mit einem anderen Typ namens Duane Smith. Es war ein hellblaues einstöckiges Holzhaus im Ranchstil, nichts Schickes. Ein roter Pick-up in der Einfahrt. Ungemähter, überwucherter Rasen. Eine Bankschaukel und ein Klappstuhl auf der Veranda. Ein Holzzaun rechts vom Haus, der vermutlich den Garten hinten begrenzte.

Sie parkte gegenüber am Straßenrand und saß eine halbe Stunde dort. Einmal glaubte sie, eine Bewegung an einem der Fenster zu bemerken, war aber nicht sicher und sah keinen Grund, länger zu bleiben und nachzuforschen.

Noch nicht.

4

Red Pellers Wegbeschreibung folgend, fuhr Vega aus der Stadt heraus und bog dann rechts bei dem I-Pud ab, das eher wie eine Skihütte aussah als wie ein öffentlicher Versorgungsbetrieb.

Nach etwa vierhundert Metern sah sie die Wohnwagen auf einer Waldlichtung. Vier Stück, quadratisch angeordnet und umgeben von Bäumen, deren Äste geradlinig vom Stamm abstanden wie Hubschrauberflügel. Keines der Gefährte war besonders groß, keine Highway-Monster für Familien, die zum Mount Rushmore wollten. Es waren alles Einraum-Mobile, ein oder zwei in einem besseren Zustand als die anderen, aber allesamt ziemlich schäbig, drei ohne Räder und auf Backsteinen aufgebockt.

Als sie am Wegrand hielt, bemerkte sie ein paar runde Holzkohlegrills und so etwas wie eine Feuertonne – ein großer, rostiger Mülleimer zwischen zwei Trailern, aus dem ein paar dünne Rauchfäden aufstiegen.

Sie stieg aus und ging auf die Tonne zu, wobei ihre Stiefel mit jedem Schritt im Matsch einsanken. Von irgendwo hörte sie Wasser rauschen, es musste ein Fluss oder Bach in der Nähe sein. Ein Geruch nach Lagerfeuer lag in der Luft und nach etwas Fauligem, Erdigem, wie ein Eimer voll alter Pilze.

Dann hörte sie Musik, sah aber niemanden. Es klang wie eine Darbietung aus einem Musical oder einem Film der vierziger Jahre, eine Frau sang von Liebe, begleitet von einem Blasorchester.

In dem ersten Wohnwagen, an dem sie vorbeikam, flimmerte ein Fernseher, doch sie konnte durch die verschmierte Fensterscheibe niemanden darin erkennen. Die Musik kam aus einem CD-Player auf einer Obstkiste vor dem Wohnwagen gegenüber, der nur etwa sieben Meter lang war und die Aufschrift »Stargazer« in verblassten Buchstaben an der Seite trug.

Noch bevor sie die schmale Tür des Stargazers erreicht hatte, tauchte ein Mann daraus auf, in Jeans und mit nacktem Oberkörper, verblasste Tattoos von einstmals fotorealistischen Gesichtern auf Brust und Armen. Vega schätzte ihn auf Anfang fünfzig, obwohl er auch um die vierzig oder gar dreißig hätte sein können, tief gebräunt und ausgemergelt, wie er war. Er hatte einen gelben Eimer in der Hand und nickte ihr zu.

»Was geht?«, sagte er. Heuartiges Haar fiel ihm um die Schultern.

»Hallo«, sagte Vega. »Ich bin auf der Suche nach Dart.«

Der Mann schüttete braunes Wasser aus dem Eimer auf den Boden. Vega sah zu, wie es vom Gras aufgesogen wurde.

»Ach ja? Warum das?«, fragte er, aber nicht aggressiv, sondern eher, als hätte er die Verantwortung, sich zu erkundigen.

»Wissen Sie, wo ich ihn finden kann?«

Der Mann strich sich die Haare aus dem Gesicht. »Mr Abilene Dart mag keinen Besuch. Sind Sie eine Verwandte?«

»Nein«, sagte Vega. »Ich brauche seine Hilfe.«

Der Mann lachte verschleimt und warf den Eimer hin.

»Tja, eins verrate ich Ihnen, er kann sich kaum selbst helfen. Er ist alt und verrückt, und er steht auf Waffen.«

»Sind Sie mit ihm befreundet?«

»Ungefähr so wie mit allen hier«, antwortete er, auf die anderen Wohnwagen zeigend. »Wir sind aufeinander angewiesen hier oben. Der alte Sack da, na ja, ich hoffe bloß, dass er nicht stirbt und ich seinen ganzen Mist wegräumen muss.«

»Welcher Wohnwagen ist es?«, fragte Vega.

Der Mann schüttelte den Kopf, als wäre sie ein hoffnungsloser Fall.

»Da lang.« Er zeigte in die Richtung. »Sein Platz ist ein Stück weiter hinten, er will es so. Ist 'n alter Airstream.«

»Danke«, sagte Vega.

»Halt die Ohren steif und zieh den Kopf ein.« Er stapfte zurück in seinen Wohnwagen.

Vega ging weiter und sah bald den Airstream, aluminiumglänzend und geformt wie ein Burrito, mit Leopardenflecken am unteren Rand. Er stand auf etwa dreißig Zentimeter hohen Betonschalsteinen, Sandsäcke drumherum und nasses Gras.

Sie stieg auf den Rollhocker vor der ovalen Tür und klopfte an.

Die Musik von dem Trailer des Tätowierten war immer noch zu hören. Die Frau sang die ganze Zeit über Liebe, wie happy sie war, sie gefunden zu haben. Leiser zwar hier, aber immer noch laut genug, um sich nähernde schmatzende Schritte im Schlamm zu übertönen.

Nur eine plötzliche Woge von Wärme und ein Luftzug verrieten ihr, dass jemand dicht hinter ihr war.

Sie fuhr herum und blickte in den Lauf einer abgesägten Schrotflinte. Der Mann, dem sie gehörte, war Dart.

»Sind Sie von der Polizei?«, wollte er wissen.

Seine Stimme war ein Krächzen, als hätte er sich die Mandeln versengt.

»Nein«, sagte Vega und hob die Hände.

Sie hatte den Alten sofort nach dem Foto erkannt, seine Züge waren mehr oder weniger unverändert, nur die Haare jetzt schneeweiß. Er war mager, seine Augen blickten trüb und grau. Trotzdem sah er auf eine wettergegerbte Art gut aus, gebräunt, hochgewachsen. Er trug Cowboystiefel, Jeans und ein Flanellhemd. Einen Gürtel mit einer großen Silberschnalle. Trotz seines Alters schien er kein bisschen tatterig zu sein, was schon mal gut war.

»Schickt Ronny Sie?«, fragte er.

»Ich kenne keinen Ronny.«

»Wer dann?«

Er zog die Flinte ein Stück zurück, jedoch ohne die Füße zu bewegen, fasste sie nur fester.

Vega glaubte nicht, dass er schießen würde. Wenn er derart instabil wäre, hätte er schon abgedrückt.

»Man hat mich engagiert, Zeb Williams zu finden. Ich habe gehört, Sie und er hätten sich nahegestanden.«

»Er und wer?«, erwiderte der Alte. »Du weißt nicht mal meinen Namen, Mädchen.«

»Dart, richtig?«, sagte Vega. »Abilene Dart?«

Dart zog eine Schnute, vielleicht um seine Oberlippe vom Schweiß zu befreien.

»Ich weiß nix über Zeb Williams«, sagte er.

Gut möglich, dass das der Wahrheit entsprach. Er war alt, hatte möglicherweise einen Teil seines Lebens in der Psychiatrie verbracht und ein wackeliges Verhältnis zur Realität. Doch sein Zögern eben sagte ihr etwas anderes. Ich kann ihn knacken, dachte sie. Jeder Mensch ist ein Schloss. Nicht so eins mit einem Schlüssel, nur eine Umdrehung und Sesam öffne dich, sondern eher ein Kombinationsschloss: mindestens drei Ziffern, dreimal drehen, eine Reihe. Die erste Ziffer hatte sie mit seinem Namen schon mal richtig eingestellt.

»Sie beide haben zusammen auf Obst geschossen. Wissen Sie noch?«

Dart senkte sein Gewehr ein wenig und ließ die Schultern fallen. Gab die Schießhaltung auf, während Verwirrung über sein Gesicht zuckte, zielte aber trotzdem weiter auf sie.

»Woher wissen Sie das? Sind Sie eine Reporterin?«

»Privatermittlerin«, sagte Vega. »Nicht von der Polizei.«

»Das heißt, Sie arbeiten für wen?«

»In diesem Fall für einen Mr Fohl. Aber er ist nur die Person, die mich dafür bezahlt, Zeb zu finden. Vorwiegend arbeite ich für mich selbst.«

Dart nahm die Flinte noch ein Stück herunter, hielt sie jetzt locker auf ihre Brust gerichtet. Er lachte schnaubend.

»Ich arbeite auch für mich selbst.«

»Ich wette, wir haben noch mehr gemeinsam«, sagte Vega.

Sie hatte immer noch die Hände erhoben, wie ein Kind, das nach einer Stepptanzeinlage »Ta-daa« rief. Schweißtropfen sammelten sich unter ihren Armen.

»Wie wär's, wenn wir darüber reden«, schlug sie vor.

»Darüber reden«, wiederholte Dart.

Vega wusste nicht, wie viel zu ihm durchdrang. In so einem Fall war es besser, ein bisschen mehr zu erklären.

»Hören Sie, ich bin nicht gekommen, um Sie auszurauben oder irgendwo hinzubringen, wo Sie nicht hinwollen«, sagte sie. »Aber es wäre leichter für mich, Ihnen mehr zu sagen, wenn Sie die Waffe ablegen würden.«

Er überlegte einen Augenblick, bewegte dann die Lippen, kaute auf seiner Antwort herum.

»Und warum genau?«

»Wäre mir einfach lieber«, sagte sie. »Dann könnte ich Ihnen ein paar Dinge erzählen, die ich über Ihre Stadt hier erfahren habe.«

»Meine Stadt«, sagte er. »Was zum Beispiel?«

»Zum Beispiel, dass sie nicht für Leute wie Sie und mich gemacht ist. Leute, die für sich selbst arbeiten.«

Sie sah, wie seine Mundwinkel zuckten, dann schnaufte er und nahm das Gewehr vollständig herunter, Mündung nach unten.

Vega setzte sich auf eine fleckige Polsterbank gegenüber einer kleinen Küchenzeile mit einer Kochplatte darauf. Am einen Ende des Wohnwagens gab es ein schmales, zerwühltes Bett, am anderen ein winziges Bad. Dart musste sich zwar nicht gerade bücken, aber er wirkte deutlich zu groß für den Raum – die Möbel waren alle klein, Kleider, Konservendosen und Zeitungen zu seinen Füße angehäuft.

»Ich hab Wasser, Bier, Milch und Schokomilch«, sagte er und bückte sich zu einem Minikühlschrank.

»Ich brauche nichts, danke.«

Mit einem Milchkarton und einer Dose Schokoladensirup in den Händen richtete er sich wieder auf, schloss den Kühlschrank mit dem Knie. Dann nahm er eine durchsichtige Plastiktasse aus einem Hängeschrank und begann, Sirup hineinzulöffeln.

»Die Leute denken sonst was über mich, verbreiten alle möglichen Geschichten. Zum Beispiel, dass mein richtiger Name nicht Abilene Dart ist. Das stimmt. Ich habe ihn 1979 dazu ändern lassen. Mein Geburtsname ist Duncan Richards. Das weiß ich, weil ich eine Geburtsurkunde habe und auch weil mein Sohn Duncan Ronald Richards Junior heißt, alias der Würmling.«

Er goss Milch in die Tasse. Das Verhältnis zum Schokosirup war etwa halb und halb.

»Hier«, sagte er, als wäre ihm etwas eingefallen.

Er ging zu einem niedrigen grauen Aktenschrank an der Wand, zog die unterste Schublade auf und holte ein dickes Fotoalbum heraus, das er Vega reichte.

»Das sind alles echte Fotos. Kein Rumgetrickse mit Computern.«

Vega blätterte durch die klebrigen Seiten, unsicher, was die Bilder beweisen sollten, aber Dart schien Wert darauf zu legen, dass sie sich das ansah. Anscheinend waren es Aufnahmen von Sets seiner Fernsehserie: Dart in der Maske, Dart beim Händeschütteln mit einem Filmpartner, die ganze Crew beim Rauchen, offensichtlich gelangweilt.

»Sie wissen, wer das ist, oder?«, fragte er und zeigte auf das Porträt einer hübschen Rothaarigen, eines der wenigen Farbfotos. Sie trug einen Petticoat und hielt einen rosa Sonnenschirm in der Hand.

»Nein«, antwortete Vega.

»Das ist Martha Vickers. Sie hat in zwei Folgen mitgespielt und in *Tote schlafen fest*. Wissen Sie, was sie über Bogart gesagt hat?«

»Was?«

»Dass er eine Mimose war. Hat beim geringsten Anlass geflennt.«

Dart klopfte den Löffel am Rand seiner Glastasse ab und trank einen Schluck von der Mischung, die so dunkel war wie Kaffee. Dann kam ihm wieder etwas in den Sinn. »Warten Sie mal.«

Er stellte die Tasse auf der Arbeitsplatte ab und ging erneut zu dem Aktenschränkchen, zog die oberste Schublade auf. Kam mit einer Zigarrenkiste zurück, die er Vega gab.

»Los, machen Sie sie auf«, sagte er vergnügt.

Vega tat es. Darin lag ein Wild-West-Sheriffstern. Er war wohl mal silberglänzend gewesen, jetzt aber mattgrau, die Sternspitzen waren schwarz gefleckt.

»Das ist der originale Wurfstern«, sagte er. »Es war meine Idee, wissen Sie. Die Drehbuchschreiber fanden sie toll, und ich musste mit dem Requisitenmensch zusammenarbeiten, damit er so wurde, wie ich ihn mir gedacht hatte.«

Vega nickte und betrachtete den Stern eingehend, um ihm zu zeigen, dass seine Geschichte sie interessierte.

»Die Leute zu Hause am Fernseher konnten das nicht sehen, aber da ist ein Knopf auf der Rückseite, mit dem man die Klingen ausfahren kann. Ein tolles Ding.«

»Scheint in gutem Zustand zu sein«, sagte sie und gab ihm die Kiste zurück.

»Das ist er«, bestätigte er stolz. »Funktioniert auch noch. Nach all der Zeit.«

»Wann sind Sie aus Los Angeles weggegangen?«

»1972.« Er klappte den Deckel zu. »War zu einem Sumpf aus Pornographie verkommen.«

»Aha«, sagte Vega.

»Ein Kerl hatte doch die Stirn, mich zu fragen, ob ich einen Pornowestern drehen will. Mein Agent hat mir zugeraten. Ich hab gesagt, nein danke, das ist nicht mein Fach, und hab die Stadt verlassen.«

Dart erzählte das alles einigermaßen aufgewühlt, aber auch, als hätte er schon oft darüber gesprochen, als sei er gewohnt, sich zu rechtfertigen.

»Und dann sind Sie hierhergekommen?«

»Ich war noch eine Zeitlang in San Fran, bin '74 oder '75 hergekommen. Angenehmer Ort zum Leben.«

Er schien noch etwas hinzufügen zu wollen, tat es aber nicht.

Vega wartete eine Minute, fragte dann: »Auch ein angenehmer Ort zum Bleiben? Sie sind schon eine Weile hier.«

»Nicht die ganze Zeit, aber ja, er ist perfekt«, sagte Dart. »Niemand belästigt einen. Wo soll man sonst hin?«

Darauf hatte sie keine Antwort. »Sie erinnern sich an Zeb Williams?«

»Na klar«, sagte er. »Er war genauso alt wie mein Sohn, bloß kein Trottel.«

»Er war also intelligent – Zeb, meine ich?«

Dart schniefte, zuckte mit den knochigen Schultern. »Ich weiß nicht, was er für Schulnoten hatte, aber er kannte sich mit Menschen aus. Konnte Gesichter lesen.«

»Woher wissen Sie, dass er das konnte?«

»Weil ich es auch konnte und es bei anderen erkannt hab«, antwortete er beinahe beleidigt. »Die meisten Schauspieler können das. Steht alles hier geschrieben«, sagte er und beschrieb mit dem Finger einen Kreis um sein Gesicht.

»Erinnern Sie sich, wann Ihnen zum ersten Mal aufgefallen ist, dass er Gesichter lesen konnte?«, fragte Vega.

»Ach«, sagte Dart seufzend. Er lehnte sich an die Spüle und dachte nach. »Also, dieses Mädchen, die Wirtin. Karen?«

»Cara Simms?«

Dart bewegte die Lippen, sagte sich den Namen lautlos vor.

»Cara Simms, genau. Ihre Eltern waren schwer krank oder gerade gestorben oder so was. Zeb wusste sofort, dass sie traurig war, nur vom Zusehen, wie sie die Tische mit einem Lappen abwischte.«

Dart trank einen großen Schluck von seiner Schokomilch, hatte einen kleinen Bart, als er die Tasse absetzte.

»Die beiden, sie sahen aus wie Steve McQueen und Ali McGraw«, sagte er.

Vega wusste, dass das alte Filmstars waren, hatte aber keine Gesichter vor Augen.

»Wissen Sie noch, wann Zeb die Stadt verlassen hat?«, fragte sie.

Dart schüttelte den Kopf. »Vor langer Zeit.«

Er sah zu dem ovalen Fenster über Vegas Kopf hinaus.

»Es war kalt, so wie heute. Winter.«

Sie zog das Foto aus der Jackentasche, faltete es auf und hielt es Dart hin. »Wissen Sie, wer der Mann mit dem Stock ist?«

Er nahm ihr das Blatt ab und drehte es um, wollte sehen, ob etwas auf der Rückseite stand.

»Wo kommt das her?«, fragte er.

»Jemand, der Zeb kannte, hat es mir gegeben. In Kalifornien.«

»Kalifornien«, echote Dart und starrte darauf.

»Erkennen Sie ihn, den anderen Mann?«

»Klar, jetzt schon«, sagte er. »Er hieß Ivan. Hat ein paar Monate lang in einer alten Scheune vor der Stadt gewohnt. Selbe Farm, wo der Junge und ich auf Obst geschossen haben.«

»Haben Sie auch dort gewohnt?«

»In der Scheune? Nee, ich hatte ein Zimmer bei einer Dame, die untervermietete. Hat mich wöchentlich bezahlen lassen.«

»Sie haben Ivan also seit damals nicht mehr gesehen?«

»Nee, aber suchen Sie jetzt nach ihm oder nach dem Jungen?«, wollte Dart wissen.

»Nach dem Jungen, Zeb«, sagte Vega. »Wenn Ivan zu erreichen wäre, könnte ich ihn fragen, ob er seit damals nochmal was von Zeb gehört hat, das ist alles.«

»Tja, da haben Sie Pech«, sagte Dart. »Eine Zeitlang waren viele von denen hier – Tramps haben wir sie genannt, Leute, die sich vorübergehend in der Stadt aufhielten. Cara hat ihnen hin und wieder einen Kaffee spendiert. Bevor dieser Klimmer alles aufgekauft hat, auch die Wiese.«

Er machte eine wegwerfende Geste.

»Matt Klimmer?«

»Genau der. Keine Gratisgetränke mehr.«

Die Tasse in der Hand, starrte Dart ins Leere, war einen Moment ganz woanders, und Vega störte ihn nicht.

»Ich weiß noch, wie ich gedacht hab, den Kampf würd ich gerne sehen«, sagte er schließlich. »Zwischen Zeb und Klimmer.«

»Sind die beiden sich begegnet?«, fragte Vega.

»Oh ja. Zeb konnte ihn nicht leiden. Hat ihn glatt durchschaut«, sagte Dart. »Ich hab sie mal gesehen, mitten auf der Straße, haben praktisch Stirn an Stirn gestanden und sich gestritten.«

»Wissen Sie, worüber?«

Dart rieb sich das Kinn, dann die Augen, als breitete sich ein Juckreiz in seinem Gesicht aus. »Nee«, sagte er kopfschüttelnd. »Sie könnten Klimmer fragen. Nicht, dass der einen Finger rühren würde, um irgendwem zu helfen, aber Sie könnten es versuchen.«

»Mache ich vielleicht«, sagte Vega.

Dart betrachtete wieder das Foto, das ein wenig zitterte in seiner Hand.

»Kann ich eine Kopie davon haben?«, fragte er. »Ich würde es gern in eins meiner Alben kleben.«

Seine Augen waren feucht, als er ihr das Blatt zurückgab.

»Ich kann Ihnen eine machen«, sagte Vega. »Aber ich habe eine Bedingung.«

»Keine Bedingungen«, sagte er und formte ein X mit den Händen. »Kein Deal.«

Seine Weigerung klang nicht sehr strikt in ihren Ohren.

»Wollen Sie sich's nicht erst mal anhören? Ich glaube, die Idee wird Ihnen gefallen.«

»Ich will nirgends hingehen und niemanden sehen«, sagte er. Dann sah er an sich herunter. »Und ich will mich nicht umziehen.«

»Zwei von den drei Sachen sind drin«, antwortete Vega. »Und Sie dürfen Ihre Lieblingswaffe mitnehmen.«

Dart zog abwägend die Mundwinkel herunter und die drahtigen Augenbrauen hoch, und sie wusste, dass sie ihn geknackt hatte.

Eine halbe Stunde später standen sie zusammen in kniehohem Gras, die Halme waren vom Regen gebeugt. Eine alte Bogendachscheune mit verblichenem roten Anstrich und zerbrochenen Fenstern ragte schief vor einer Wand aus Bäumen auf.

Dart war mit seinem eigenen Wagen gekommen, einem Pick-up, den er mitten auf der Wiese abgestellt hatte. Vega traf ein paar Minuten nach ihm ein, weil sie noch bei einem Farmerstand an der Straße gehalten hatte, um Birnen zu kaufen. Dem Mädchen dort hatte sie einen Zwanziger extra für zwei Obstkisten gegeben.

Sie parkte ihr Mietauto neben Darts Truck, baute die Kisten vor der Scheune auf und legte ein halbes Dutzend Birnen darauf. Dann ging sie zurück zu Dart, holte sich nasse Hosenbeine dabei.

»Dieses Grundstück gehört Matt Klimmer, stimmt's?« Sie dachte an die Karte, die Bastard ihr geschickt hatte.

»Ja«, sagte Dart. »Hat es Fentons altem Herrn abgekauft.« Er spuckte seitlich aus.

»Klimmer scheint sich keine großen Sorgen wegen unbefugten Betretens zu machen«, bemerkte sie und zog ihre Springfield aus dem Holster.

»Nee«, sagte Dart. »Er kann nichts mit diesem Land anfangen. Zu nass, um was anzubauen. Man merkt es nicht, wenn man draufsteht, aber das ist Tiefland hier. Klimmers Ranch liegt auf einer Anhöhe mit vielleicht sechs oder acht Prozent Steigung.« Er spähte mit zusammengekniffenen Augen zu den Birnen hin. »Sind das fünfzehn Meter?«

»Ungefähr«, sagte Vega.

»Mit dem Ding wollen Sie schießen?« Er beäugte die Springfield, als wäre es eine Wasserpistole.

»Klar.« Vega deutete mit dem Kopf auf sein Gewehr. »Ein doppelläufiges Shorty sieht prima aus, aber Ziele wie die hier mit Ihrer Flintenmunition zu treffen, ist so eine Sache.«

»Abwarten«, sagte er und steckte sich einen blauen Stöpsel ins Ohr.

Vega tat es ihm nach.

Dart legte an, stützte seine Flinte auf dem linken Unterarm ab und schoss.

Der Knall war laut und zog ein hohles Echo nach sich. Eine der Kisten zersplitterte und die Birnen purzelten durch die Luft. Dart trat einen Schritt zurück, lehnte sich an seinen Truck.

»Hab die Birne verfehlt«, sagte er. »Tut mir leid wegen der Kiste.«

Vega zuckte die Achseln und trat vor. Sie hob die Springfield, blickte an der Linie ihres Arms entlang. Fünfzehn Meter, also würde die Flugbahn der Kugel höchstens zwei Zentimeter absinken, schätzte sie. Es war schwer zu kalkulieren, ob die Wiese hier etwas abfiel, wie sich der leichte Wind auswirkte, ob ihre Haltung wegen des nassen Untergrunds nicht ganz gerade war. Sie schoss und traf die Scheune hinter den Birnen, eine Holzlatte splitterte.

»Sie wissen, wie man schießt«, sagte Dart ohne Herablassung. »Früher haben Frauen keine Waffen getragen. Höchstens so kleine Damendinger, die aussahen wie Spielzeuge. Jetzt gibt es Waffenmessen speziell für Frauen. Hab neulich ein Plakat gesehen.«

»Ich habe sie nur von Berufs wegen«, sagte Vega.

»Privatschnüfflerin, sagen Sie?«

»Ermittlerin. Spezialisiert auf Vermisstenfälle.«

Dart nickte, schien jetzt erst richtig zu verstehen, was sie machte.

»Keine Farm, keine Landwirtschaft, warum will Klimmer das hier dann besitzen?«, fragte sie und sah sich um.

Dart schniefte, zuckte die Achseln. »Warum reiche Leute halt was besitzen wollen. Weil sie sich's leisten können.«

Vega nickte, zeigte dann auf die Scheune. »Da hat Ivan also gewohnt? Und auch andere Leute auf der Durchreise?«

»Ja.« Dart sah blinzelnd auf die Birnen und die Scheune dahinter. »Dem alten Fenton war das schnurzegal. War ja nicht so, als hätten sie sich Drogen in die Augenlider gespritzt und so 'n Zeug.« Seufzend legte er die Flinte wieder über den linken Arm. »Wahrscheinlich ging ein bisschen Whiskey oder Bier rum.«

Auf einmal stockte er und richtete das Gewehr zum Himmel, schien angestrengt nachzudenken. Vega merkte, dass er sich an etwas erinnerte.

»Haben Sie mal was mit Ivan getrunken?«, fragte sie.

»Ja«, sagte Dart, als hätte er eine plötzliche Eingebung. »Ja, ein paarmal. Ich weiß noch, wie wir einmal hier waren, ich, der Junge, Ivan und eine Flasche Jack Daniels. Der Junge und ich haben geschossen. Ich glaube, auf Kürbisse, weil, Mannomann, die hat es vielleicht gefetzt. Auch ein tolles Geräusch, als würde man Holz hacken.«

»War Zeb ein guter Schütze?«, fragte Vega.

»Nee, er hatte mit Waffen nichts am Hut. War nur so zum Spaß. Ivan, der alte Ivan, hat ein bisschen herumgetanzt, so 'ne Art Freudentänzchen. Er kannte meine Fernsehserie. Meinte, er könnte Slim Pickens imitieren.«

Vega sah die drei geradezu vor sich, es war nicht allzu schwer. Drei Typen mit Waffen, betrunken auf einer Wiese. Da konnte sonst was passieren.

»Hat er auch geschossen?«, fragte sie. »Hatte Ivan eine Waffe?«

Dart lachte. »Nein, Ivan sah nicht besonders gut. Sagte, er wäre praktisch blind.«

Vega dachte an den Stock in Ivans Hand auf dem Foto des Detektivs.

Dart schüttelte den Kopf. »Ich hab seit Jahren nicht mehr an diesen Abend gedacht.«

»Manchmal muss man dazu an den Ort zurückkehren«, sagte Vega.

»Sie sind schlau«, sagte er und zeigte mit seinem knochigen Finger auf sie.

Dann grinste er, dass seine Oberlippe sich über den Gaumen spannte und gelbe, aber vollkommen gerade Zähne entblößte.

»Nicht immer«, sagte Vega.

Sie stellte sich wieder in Positur, die Beine schulterbreit auseinander, die Knie leicht gebeugt, und zielte, hielt die Springfield fest, aber nicht zu fest, umfasste die rechte Hand mit der linken, schoss. Eine Birne explodierte in der Luft.

»Ohoo«, rief Dart beeindruckt. »Die haben Sie geradewegs in den Birnenhimmel zu Ihrer Oma geschickt.«

Nachdem Vega sich von Dart verabschiedet hatte, beschloss sie, Matt Klimmer einen Besuch abzustatten. Sie fuhr auf den kreisförmigen Vorplatz, parkte hinter einem schwarzen Camry und ging zum Haus. Die Sonne war herausgekommen, und ein intensiver Blumengeruch lag in der Luft, der sie an Beerdigungsinstitute erinnerte. In der Ferne sah sie eine Gestalt auf einem trabenden dunklen Pferd, hörte aber das dazugehörige Geräusch nicht, hörte nichts außer dem Regenwasser, das noch von den Büschen um den Platz tropfte.

Noch ehe sie es auf den »Welcome«-Fußabtreter geschafft hatte, wurde die Tür geöffnet. Von einem jungen Mann um die zwanzig, vermutlich Neil Klimmer. Er war dünn, hatte ein rundes, blasses Gesicht und strähnige schwarze Haare mit mausbraunem Ansatz.

»Verdammt, wer sind Sie?«, begrüßte er sie mit Betonung auf »sind«, als sollte die Frage eigentlich lauten »Für wen halten Sie sich?«

»Alice Vega«, sagte sie. »Neil, richtig?«

Er kam aus dem Haus, ließ die Tür hinter sich offen. Der Abstand zwischen ihnen betrug nur noch zwei Handbreit, aber Vega rührte sich nicht vom Fleck.

»Das ist ein Privatgrundstück«, sagte er. »Sie haben hier nichts verloren.«

»Ich will nicht zu dir«, sagte sie. »Ist dein Vater da?«

Sein Gesicht zuckte vor Ärger. »Nein.«

»Ist er das?«, fragte sie, auf den Reiter zeigend, der samt Pferd gerade herbeikam.

»Nein«, sagte Neil schwach.

Vega sah den Reiter an, dann wieder den Jungen.

»Billige Bitch«, stotterte er.

»Mieser Lügner«, erwiderte sie.

Matt Klimmer ritt sein Pferd bis zum Rand der Koppel, wo die gekieste Einfahrt begann.

»Howdy«, rief er beim Absteigen. Er kam durch eine Lücke in den Büschen auf sie zu, zog seinen Lederhandschuh aus und gab ihr die Hand. »Matt Klimmer.«

Das gleiche Gesicht wie Neil, rund, blass, mit hellblauen Augen und kurzen grauen Haaren. Das Pferd war groß und fuchsbraun und hatte einen weißen Stern auf der Stirn.

»Alice Vega«, sagte sie, seine Hand schüttelnd. Schwitzig, kalt.

»Sie sind das also«, sagte er freundlich. »Sie suchen nach Zeb Williams?«

»Genau.«

»Da sind Sie ein bisschen spät dran, wissen Sie?« Er lachte.

»Ich hatte gehofft, Ihnen ein paar Fragen stellen zu können«, sagte sie. »Sie und Ihre Familie sind schließlich Alteingesessene hier in der Stadt.«

»Wir haben Ihnen nichts zu sagen«, maulte Neil.

»Immer mit der Ruhe, Neil«, sagte Klimmer und lachte wieder. »Geh doch schon mal ins Haus.«

»Dad …«

»Na, geh schon«, sagte Klimmer sanft.

Neil warf Vega noch einen bösen Blick zu, ehe er sich trollte, die Tür hinter sich zuwarf.

»Wollen Sie mich zum Stall begleiten?«, fragte sein Vater und deutete mit dem Kopf in die Richtung. »Ich muss das Mädchen hier versorgen.«

»Gern.«

Sie gingen durch das nasse Gras, wobei Klimmer das Pferd auf seiner rechten Seite am Zügel führte. Vega hatte nicht viel Erfahrung mit Pferden. Tiere dieser Größe waren ihr nicht vertraut, ihr letzter Zoobesuch lag auch schon lange zurück. Sie sah seine Schönheit, war sich aber auch seines Gewichts und seiner Kraft bewusst und wollte ihm nicht zu nahe kommen.

»Ich muss mich für Neil entschuldigen«, sagte Klimmer. »Er

hat einen starken Beschützerinstinkt mir und seiner Mutter gegenüber, nicht wahr.«

Vega lächelte höflich, obwohl der Mann geradeaus blickte und sich offensichtlich nicht für ihre Reaktion interessierte.

»Er ist einer von diesen jungen Leuten, die immer gute Noten in der Schule hatten, zu den Besten der Klasse gehörten, aber sich nicht für eine bestimmte Richtung entscheiden können. Langweilt sich leicht. Ich habe ihm gesagt, dass er es schon merkt, wenn er den richtigen Beruf gefunden hat. Bin nur froh, dass er noch zweimal die Woche mit seinem alten Herrn Golf spielt, sogar bei der Kälte, nicht wahr?«

Er lachte. Vega fiel auf, dass er oft »nicht wahr?« sagte, aber weniger, weil er eine Antwort von seiner Gesprächspartnerin erwartete, sondern eher, als würde er sich selbst etwas erklären.

»Er verbringt viel Zeit in den sozialen Medien, so vernetzt sich seine Generation nun mal heute. Unsereins, wir haben den Leuten einfach die Hand geschüttelt.«

Sie kamen zum Stall, wo Klimmer eine doppelschlägige Holztür entriegelte und das Pferd hineinließ. Vega folgte ihm an ein paar Boxen vorbei, die alle leer waren bis auf zwei ganz hinten, in denen ein dunkelbraunes Pferd mit einer Blesse und ein Palomino standen, beide still wie Statuen. Der Geruch erinnerte sie an eine Tierhandlung, Heu und Holzspäne und eine Spur von Urin. Sie fand es überraschend warm, und als sie nach oben sah, verstand sie, warum: In jeder Box hing ein schmaler, orange glühender Infrarotstrahler.

Klimmer führte das Pferd in eine offene Box und drehte es sachte herum, so dass es nach vorn zum Gang blickte. Dann schnallte er den Sattel auf, nahm ihn ab und hängte ihn an zwei große Haken an der Stallwand. Daneben war ein beiges Wählscheibentelefon angebracht. Vega starrte darauf.

»Ja, ein echtes Fossil«, sagte er, als er ihren Blick bemerkte.

»Mein Vater hat es damals installieren lassen, damit er, auch wenn er arbeitete, Zeit bei den Pferden verbringen konnte.«

»Benutzen Sie es noch?«, fragte Vega.

»Oh nein.« Klimmer lachte in sich hinein. »Ich lasse es nur hängen, weil es mich an meinen Dad erinnert. Immer am Arbeiten.«

»Was hat er beruflich gemacht?«

»Er war Miteigentümer von Western View Logging – mal davon gehört?«

Vega schüttelte den Kopf.

»Wahrscheinlich das größte Holzfällerunternehmen seiner Zeit hier bei uns im pazifischen Nordwesten«, sagte er mit einem Seitenblick, um festzustellen, ob sie beeindruckt war.

»Es hat ihm gehört?«

»Zu einem Drittel. Es gab zwei Partner, aber unter uns gesagt, hat er den Laden geschmissen.« Er zwinkerte ihr zu. Unser kleines Geheimnis.

»Haben Sie nie daran gedacht, in seine Fußstapfen zu treten?«

»Bei Western?« Klimmer klang erstaunt. »Nein. Er ... also, er wurde schwer krank, daraufhin habe ich seine Firmenanteile verkauft, und dann ist er gestorben.«

Vega hatte noch mehr Fragen zu seinem Vater, merkte aber, dass es angebracht wäre, ihr Beileid auszudrücken.

»Tut mir leid, das zu hören.«

»Danke«, sagte er mit einem Lächeln wie ein Heiliger auf einem Gemälde und begann, dem Pferd die Zügel abzunehmen. »Reiten Sie auch?«

»Nein«, sagte Vega und dachte plötzlich daran, wie Cap antworten würde. »Vielleicht mal ein Pony auf einem Jahrmarkt als Kind.«

Klimmer grinste schief. Offenbar tat sie ihm ein bisschen leid.

»Pferde entwickeln schon früh ihre eigene Persönlichkeit. Später, mit dem Älterwerden, merkt man immer noch, wer sie sind, aber das Feuer lodert schwächer. Genau wie bei uns.«

Er nahm dem Pferd die Kandare aus dem Maul und hängte sie an einen Haken an einem Holzbalken. Das Tier stampfte mit den Hufen.

»Also«, sagte Klimmer, während er einen Striegel von einem anderen Haken nahm. »Sie suchen nach Zeb Williams?«

»Genau.«

»Aber Sie sind keine von den Zweiern.«

»Woher wissen Sie das?«

»Spricht sich rum«, sagte er und begann, dem Pferd den Kopf zu striegeln, zuerst zwischen den Ohren, dann die Nase. Der Fuchs schloss die Augen. »Und ehrlich gesagt sehen Sie mir nicht nach in die Jahre gekommener Footballfanatikerin aus.«

Vega breitete die Hände aus. »Stimmt alles.«

»Jemand hat Sie engagiert, um ihn nach all der Zeit aufzuspüren.« Anscheinend erwartete er keine Antwort darauf. »Glaube kaum, dass ich irgendetwas weiß, aber ich helfe gern, wenn ich kann.«

Sein Entgegenkommen beschränkte sich auf seine Äußerungen und ein schmales Lächeln. Kein Kräuseln der Stirn, kein Leuchten in den Augen.

»Danke, ich weiß das zu schätzen«, sagte Vega. »Sie leben schon immer in Ilona, ist das richtig?«

»Das ist richtig. Ich habe an der University of Oregon studiert, bin dann nach Hause zurück.«

»Wie ich höre, besitzen Sie einiges an Ackerland. Außerdem Geschäfte, die Sie verpachten. Den Diner in der Innenstadt und den Spirituosenladen nebenan«, zählte Vega auf.

»Stimmt«, sagte Klimmer, während er den Pferdehals striegelte.

Das Pferd hörte auf zu stampfen.

»Das Haus haben Sie Cara Simms abgekauft.«

»Richtig.« Er lächelte wieder, wobei sich diesmal sein ganzes Gesicht bewegte. »Und was hat Zeb Williams Ihrer Meinung nach mit meinen geschäftlichen Aktivitäten zu tun?«

Vega zögerte mit der Antwort. Das einzige Geräusch im Stall war das Schaben des Striegels über das Pferdehaar. Das Tier war ruhig, schwang seinen Schweif im Rhythmus einer Ballade. »Um herauszufinden, was aus ihm wurde, ist es von Vorteil, mir ein vollständiges Bild von dem Ort zu machen, an dem er zuletzt gesehen wurde. Und das ist hier.«

Klimmer machte sich daran, die Mähne zu striegeln.

»In Ilona. Und Ihnen gehört viel von Ilona«, fügte sie hinzu.

»Außenstehenden mag das seltsam vorkommen, aber viele von den Orten hier in der Gegend sind überwiegend im Besitz einer einzigen Person oder eines Unternehmens. Meiner Ansicht nach läuft es dann runder für alle. Wenn wir hier eine Schlammlawine haben, rufe ich meinen Mann bei der geophysikalischen Kommission an, und er kümmert sich darum«, sagte Klimmer. »Probleme mit dem Abwassersystem, der Stromversorgung – die Leute vom I-Pud können sich an meine Freunde bei der zuständigen Staatsbehörde wenden ...«

»Ein Haufen Mist auf der Straße?«, schlug Vega vor.

Klimmer unterbrach sein Striegeln und grinste.

»Tja, ich kenne auch jemand, der sich um so was kümmern kann.« Er machte weiter. »Also, wegen Zeb Williams, soweit ich mich erinnere, bin ich ihm nur ein- oder zweimal begegnet, als er sich hier aufhielt. Ich war damals frisch von der Uni zurück. Ein unaufdringlicher Typ, viele Leuten wussten nicht mal, wer er war.«

»Wussten Sie's?«, fragte Vega.

»Na klar«, sagte Klimmer, den Blick unverwandt auf das Pferd gerichtet. »Ich hab mich für College-Football interessiert und ihn sofort erkannt, als ich ihn sah. Kommen nicht viele Berühmtheiten hierher.«

»Nach allem, was ich gehört habe, haben die Leute ihn bewundert oder gehasst für seine Aktion bei dem großen Spiel. Auf welcher Seite standen Sie?«

»Bin nicht sicher, ob ich auf einer war. Wenn es ein Match Bears gegen Ducks gewesen wäre, wäre das was anderes, verstehen Sie?«, antwortete er jovial.

»Wissen Sie noch, wie Sie seine Bekanntschaft gemacht haben?«

Klimmer blickte nachdenklich über den Rücken des Pferdes hinweg.

»Wahrscheinlich, als er in dem Café gearbeitet hat. Kann sein, dass Cara uns einander vorgestellt hat.«

»Hatten Sie und Cara ein freundschaftliches Verhältnis zueinander?«

»Sicher«, sagte Klimmer lachend, wobei sein Blick von dem Striegel zu ihr und dann zu der Stalltür hinter ihr schnellte. »Wir sind beide hier aufgewachsen, wissen Sie? Sind auf dieselben Schulen gegangen.« Er hustete. »Also hat sie mir Zeb vermutlich vorgestellt, aber wir haben nur hallo gesagt, wie geht's.«

Klimmer ging auf die andere Seite, um die Flanke des Fuchses zu bearbeiten. Er schien voll konzentriert, wenn Vega auch nicht wusste, ob auf das Pferd oder seine Erinnerung.

»Und dann?«, hakte sie nach.

»Dann ...« Er hielt die Bürste hoch, als wollte er ihr den Staub an den Borsten zeigen. »Dann nichts. Nach etwa zwei Monaten hat er die Stadt wieder verlassen, insgesamt habe ich vielleicht zehn Worte mit ihm gewechselt.« Er striegelte weiter, jetzt mir kürzeren, schnelleren Strichen.

Vega betrachtete den Kopf des Pferdes. Er schimmerte, die kurzen Haare glatt und seidig. Im Licht der nackten Glühbirne sah sie, dass sie kupferfarben waren wie eine Münze.

Sie legte ihm sachte die Hand auf den Nasenrücken und

streichelte ihn. Das Pferd schien nichts dagegen zu haben, es senkte die Augenlider.

»Sie erinnern sich nicht, je eine Auseinandersetzung mit ihm gehabt zu haben?«

Klimmer kniff den Mund zusammen und schüttelte knapp den Kopf. »Glaube ich nicht. Vielleicht hat er mal die falsche Bestellung gebracht?«, tippte er, als hätte sie ihn aufgefordert zu raten.

»Vielleicht. Ich habe mit jemandem gesprochen, der behauptet gesehen zu haben, wie Sie und Zeb sich einmal vor dem Coffee Shop stritten, mitten auf der Straße.«

Klimmer hörte auf zu striegeln, kniff die Augen zusammen. Dann lächelte er.

»Ich muss sagen, daran erinnere ich mich wirklich nicht. Es ist lange her, und ich hatte mit dem Jungen nicht viel zu tun.«

Er nahm seine Striegelei wieder auf, ging jetzt etwas grober vor. Das Pferd zuckte mit dem Schweif, der sich fächerartig ausbreitete wie Wasser aus einem Springbrunnen.

Vega musterte Klimmer. Wie könnte man ihn gegen den Strich bürsten?

»Ja, es ist lange her«, sagte sie. »Aber wenn man sich die Ereignisse ansieht – Zeb hat irgendwann im Winter '85 die Stadt verlassen, und Cara Simms hat Ihnen das Café im Februar verkauft. Zeb hatte dort vor seinem Weggang gearbeitet.« Sie stieß ihre Stiefelspitze in das Stroh auf dem Boden. »Das sind schon ein paar Verbindungen.«

Klimmer warf ihr einen Blick zu, hielt wieder mit seinem Tun inne. Vega reckte den Hals über das Pferd, fühlte die Wärme, die von seinem Körper ausging.

Achselzuckend striegelte Klimmer weiter.

»Wünschte, ich könnte Ihnen mehr sagen. Nur so aus Neugier – wer hat gesagt, er hätte mich mit Williams auf der Straße streiten sehen?«

Vega dachte an Dart, sah ihn durch die verklebten Seiten seines Fotoalbums blättern. Sie rieb ihre Unterlippe mit dem Daumen, als versuchte sie, sich zu erinnern.

»Wissen Sie, ich habe mit so vielen Leuten gesprochen, seit ich hier bin, ich bin mir nicht sicher.«

»Verstehe«, sagte Klimmer. »Tja, er oder sie irrt sich. Aber beeindruckendes Gedächtnis, so viel steht fest.«

Er ging um das Pferd herum und fuhr mit dem Striegel über dessen Hinterteil, zog ihn grob hin und her, als würde er ein Auto waschen.

Mit einem gezwungenen Lachen kam er nach vorn, stellte sich dicht neben Vega. Er sah einen Augenblick zu, wie sie das Pferd streichelte, griff dann auf einmal fest in die Mähne und riss seinen Kopf zurück. Vega zog ihre Hand weg. Das Pferd öffnete weit die Augen, so dass sie das Weiße sah, bleckte die Zähne und schnaubte. Vega roch seinen erdigen Atem.

»Sehen Sie, was ich meine?«, sagte Klimmer. »Wegen der Persönlichkeit?«

Cap sah zum Wohnzimmerfenster hinaus und betrachtete den Kegel aus kleinen wirbelnden Schneeflocken im Licht der Straßenlampe.

Nell war wieder bei Jules, was bedeutete, dass ihm eine weitere lange Nacht bevorstand. Jedes Mal, wenn er auf die Kabelbox blickte, hoffte er, dass mehr Zeit vergangen wäre, aber jetzt war es schon seit gefühlt einer Stunde zehn Uhr.

Schließlich ging er zurück zum Sofa, der Pistole und seinem Bier. Er stellte den Ton des Fernsehers an und schaltete von den Lokalnachrichten auf ESPN. Höhepunkte der College Bowl Games – Quarterback Sacks, Pass-Rushs, Pässe. Ein paar ansehnliche Läufe. Alles vom Feinsten.

Er stand auf und holte seinen Laptop aus dem Arbeitszimmer, ließ sich wieder auf der Couch nieder und suchte nach Zebs Lauf, klickte auf den ersten Videolink-Treffer.

Als er sich den Clip ansah, musste er unwillkürlich lächeln. Es war so verrückt! Und natürlich empörend. Cap hatte keine Aktien in einem der beiden Teams, konnte jedoch wie alle Sportbegeisterten im Land gut das Entsetzen der Cal-Fans nachempfinden.

Zugleich war da aber auch eine seltsame Freude, die überwältigende Feststellung, dass so etwas möglich war.

Er sah sich die Aufnahme noch einmal an und achtete diesmal mehr auf Zebs Mannschaftskameraden. Linebackers, Runningbacks, sie konnten ihn einfach nicht einfangen. Nicht mal mit der ganzen Wut, die sie antrieb.

Der Holder, der hatte doch so einen ungewöhnlichen Namen, oder? Cap suchte und fand ihn: Bear Thomas. Heute Inhaber einer Immobilienfirma namens Binghamton Realty. Cap klickte auf das Porträt. Er war es, sehr viel älter natürlich. »Wir bieten mehr als einen guten Preis für Ihr Haus – wir geben Ihnen ein gutes Gefühl.«

Ostküste, stellte er überrascht fest. Ohne lange zu überlegen, klickte er auf einen Routenplaner und gab seine Adresse als Ausgangspunkt an, Binghamton Realty als Ziel.

Zwei Stunden und einundvierzig Minuten. Leichtes Verkehrsaufkommen.

Er klappte den Laptop zu und warf ihn neben die Sig auf die Couch. Nahm die Fernbedienung und stellte den Ton lauter, zappte zurück zum Nachrichtenkanal, dann zu einer Hausrenovierungssendung, dann zu einer Wettkampf-Realityshow.

Weniger als drei Stunden Fahrt, dachte er. Er könnte um sieben losfahren und um zwei zurück sein, berufliche Telefonate unterwegs erledigen.

Cap nahm den Laptop und rief erneut die Website von Binghamton Reality auf. Klicken Sie hier für einen Termin bei Bear.

Cap klickte. Morgen, zehn Uhr.

»Okay«, sagte er laut.

Dann gähnte er und merkte, dass er müde war. Er schaltete den Fernseher aus, verstaute Laptop und Pistole und ging nach oben ins Bett. Zum ersten Mal seit einer ganzen Weile wachte er nicht vor den Vögeln auf.

Vega wartete im Auto auf Cara Simms, an der Straße unterhalb des Hauses. Es war kurz nach fünf Uhr nachmittags, Cara würde vermutlich bald von der Schule nach Hause kommen.

Es hatte den ganzen Tag über immer wieder geregnet, doch jetzt schien erst mal Pause zu sein. Die Sonne war gerade untergegangen, und die feuchte Brise hatte sich zu einem eisigen Wind gesteigert.

Der silberne Kombi kam bald vorne in Sicht. Vega hatte kein Bedürfnis, sich zu verstecken, sah keinen Sinn darin, ihre Anwesenheit oder ihre Absichten zu verbergen. Es galt einfach abzuwarten, wie Cara reagieren würde, ob sie sich weigern würde oder nicht, sie anzuhören.

Sobald sie die Frau hinter der Windschutzscheibe erkennen konnte, erkannte Cara auch sie, und ihr Ausdruck wurde gereizt, ängstlich und wütend zugleich. Sie beschleunigte und hielt neben ihr, so dass die Fenster der Fahrerseite auf gleicher Höhe waren. Ein Junge saß auf dem Beifahrersitz, etwa elf oder zwölf Jahre alt.

Cara ließ das Fenster herab, Vega ebenfalls. »Ich habe Ihnen doch gesagt, dass ich die Polizei rufe«, legte Cara sofort los.

»Das scheint hier niemand sehr ernst zu nehmen«, erwiderte Vega, worauf die Frau nicht gleich eine Antwort wusste. »Sie schätzen mich vielleicht nicht so ein, Ms Simms, weil wir uns gerade erst begegnet sind, aber bei manchen Leuten ecke ich schnell an. Sheriff Fenton gehört dazu.«

Caras Miene hellte sich ein wenig auf, zeigte Überraschung, Anerkennung.

»Meinen Sie, wir könnten uns kurz unterhalten?«, fragte

Vega mit Blick auf den Jungen, der mit seinem Handy spielte. »Nach allem, was ich erfahren habe, ist möglicherweise Fentons Sohn für die Schmierereien an Ihrem Haus verantwortlich. Er und seine Freunde. Meiner Vermutung nach haben sie auch Ihr Auto beschädigt, das alte, das Sie vor diesem hatten.« Sie deutete mit dem Kinn auf den Kombi.

»Ich dachte, Sie sind hier, um Nachforschungen über Zeb Williams anzustellen«, sagte Cara, nicht unbedingt streitlustig.

»Bin ich auch.« Vega sah kurz nach vorn. »Aber ich stelle auch Nachforschungen über andere Leute an.«

»Wie den Sohn des Sheriffs?«

»Ja. Und Neil Klimmer.«

Cara blickte in den Rückspiegel und über ihre Schulter, dann auf den Jungen neben sich.

»Sie können hinter mir parken«, sagte sie.

Vega folgte ihr die Einfahrt hinauf, stieg aus und lehnte sich an ihr Auto, während sie zusah, wie der Junge, gebeugt unter dem Gewicht eines riesigen roten Rucksacks, aus Caras Auto kletterte. Er warf ihr einen Blick zu, wirkte aber weder beunruhigt noch beeindruckt. Dann zog er einen Schlüssel an einer Kette um seinen Hals hervor, schloss die Haustür auf und ging hinein.

Cara Simms war mit einer quer umgehängten Kuriertasche und einer kleinen Handtasche ausgestiegen. Sie öffnete die Rücksitztür, beugte sich hinein und tauchte mit zwei vollen Einkaufsbeuteln aus Stoff wieder auf.

»Kann ich Ihnen helfen?«, fragte Vega.

»Nein, danke«, sagte Cara, ohne sie anzusehen.

Sie wird dir zuhören, aber viel Zeit hast du nicht, dachte Vega.

Als Cara die Beutel die Verandatreppe hinaufschleppte, blieb sie ein Stück zurück, um ihr Raum zu geben. Beim Hineingehen schob Cara mit dem Fuß einen Türstopper aus Gummi unter die Tür, damit sie offen blieb. Vega trat ein.

Rechts war die Küche, dort brannte Licht. Cara stellte ihre Taschen auf einem runden Tisch in der Mitte ab.

Der Junge saß schon dort, aß Cracker aus einer wiederverwendbaren Essensbox und schrieb etwas in einen Ringordner.

»Ethan, sag Miss Vega hallo«, forderte Cara ihn auf, als Vega in die Küche kam.

»Hallo«, sagte Ethan.

»Hallo«, sagte Vega.

Ethan wandte sich wieder seinen Hausaufgaben zu, während Cara die Einkäufe auszupacken begann. Vega stand an der Tür und sah ihnen zu als wäre sie im Theater. Ethan kritzelte in seinen Ordner und schaufelte dabei so viele kleine orangene Cracker auf einmal in seinen Mund, wie er mit Daumen und Zeigefinger zu fassen bekam.

Cara räumte die Lebensmittel weg, sah dabei aber hin und wieder verstohlen zu Vega hin. Nachdem sie den einen Beutel ausgepackt hatte, faltete sie ihn zusammen, legte ihn auf den Tisch und strich glättend darüber, machte keine Anstalten, den zweiten zu leeren.

Sie stützte sich mit den Händen auf den Stuhl vor ihr und sagte zu dem Jungen: »Eeth, kannst du ein Weilchen in deinem Zimmer weiterarbeiten?«

Der Junge sah beleidigt auf, wollte Einwände erheben, aber Cara kam ihm zuvor.

»Du darfst auch eine halbe Stunde extra Switch oder Roblox spielen.«

Plötzlich wurde der Junge hellwach, sprang auf und rannte hinaus, ließ Cracker und Hausaufgaben liegen.

»Ich bin nicht sicher, was ich für Sie tun kann«, begann Cara. »Wie ich Ihnen neulich schon sagte, war Zeb Williams einfach ein junger Mann, den ich mal kurz kannte. Er wollte nichts von mir, außer im Coffee Shop bedienen und auf meiner Couch schlafen.« Sie zuckte die Achseln, das Gesicht starr. »Dann spürten die Zweier ihn auf, Sie wissen schon, seine Fans, und er ging. Sagte, er würde wiederkommen, aber das tat er nicht. Ich hatte auch nicht damit gerechnet.«

Sie atmete tief durch die Nase ein.

»Ich wusste nicht, wer er war, hatte keine Ahnung von Football, das interessierte mich nicht. Ich war zweiundzwanzig, mein Vater war gerade gestorben. Meine Mutter wollte den Laden verkaufen, sobald er unter der Erde war, aber ich wollte ihn behalten. Sentimental«, sagte sie eine Spur selbstironisch. »Sie zog mit meiner Schwester, die noch ein Teenager war, nach Eugene, während ich hierblieb. In dem Haus, in dem ich aufgewachsen bin.« Sie sah sich in der Küche um. »Zeb kam und dann ging er wieder. Ich habe nie mehr was von ihm gehört.«

Sie machte eine wegwerfende Bewegung. Ein halbes Schulterzucken.

»Er hat nicht angekündigt, wann er gehen würde, und auch nicht, wohin. Ich habe ihn nicht danach gefragt.«

Vega lehnte sich an den Türrahmen, ohne etwas zu sagen, wartete auf mehr.

»Er war ziemlich gut im Bett«, sagte Cara lachend. »Ich wüsste nicht, was ich Ihnen sonst noch erzählen soll.«

»Haben Sie mal gesehen, dass Zeb sich mit Matt Klimmer gestritten hat?«, fragte Vega.

Das überraschte Cara.

»Was? Zeb und Matt? Nein. Wo haben Sie das denn gehört?«

»Von einem Mann namens Dart.«

»Dart?«, sagte Cara. »Der Alte? Er wohnt noch in der Stadt?«

»Ja, in einem Wohnwagen beim I-Pud. Kennen Sie ihn gut?«

Cara strich wieder über den Stoffbeutel, blickte nachdenklich auf den Tisch.

»Ich habe ihn schon lange nicht mehr gesehen. Glaub nicht, dass er sich an mich erinnern würde. Ein paar Jahre nach Zeb kam sein Sohn her und brachte ihn weg. Ich dachte, er sei in eine psychiatrische Einrichtung gezogen, so was in der Art.«

»Haben Sie eine Idee, worüber Zeb und Matt sich gestritten haben könnten?«

»Nein. Das ist alles eine Ewigkeit her, müssen Sie bedenken.« Cara faltete den Beutel nochmal, so dass er jetzt die Größe einer Serviette hatte, drückte mit beiden Handballen darauf.

»Sie haben den Coffee Shop an Matt Klimmer verkauft, nicht wahr?«, sagte Vega.

»Ja, aber das ist kein Geheimnis.«

»War es ein gutes Geschäft?«

»Ich brauchte das Geld, also war jedes Geschäft ein gutes Geschäft«, sagte Cara. »Ich musste noch die Krankenhausrechnungen meines Vaters bezahlen, den Rest habe ich meiner Mutter überwiesen. Sie hatte letztendlich recht, das Café lohnte sich nicht. Aber ich habe einen fairen Preis dafür bekommen, wenn Sie das meinen.«

»Hatten Sie ein gutes Verhältnis zur Familie Klimmer?«

Endlich entspannte sich Caras Miene, sie wirkte müde, aber ruhig.

»Jack, Matts Vater, war mit meinen Eltern befreundet, vor allem mit Dad. Sie kannten sich von klein auf. Jack war immer anständig zu meinem Vater, obwohl er tonnenweise mehr Geld hatte.«

»Jack Klimmer war also anständig, weil er ihm seinen Reichtum nicht unter die Nase rieb?«

Cara überlegte. »Ja, genau. Das stimmt.«

»Was ist mit Matt?«

»Wir leben in einer Kleinstadt, umgeben von anderen Kleinstädten. Drei Grundschulen, zwei Mittelschulen, eine Highschool. Ich kenne Matt seit dem Kindergarten. Daran ist nichts merkwürdig«, sagte Cara.

Ihr schien viel daran zu liegen, alles als ganz normal darzustellen, bemerkte Vega.

»Waren Sie mit ihm befreundet?«, fragte sie.

Cara holte Luft, wie um etwas zu sagen, kniff dann aber den Mund zusammen.

»*Sind* Sie mit ihm befreundet?«, hakte Vega nach. »Von wegen Kleinstadt, da müssen Sie sich ja ab und zu über den Weg laufen.«

»Wir sehen uns, wir sind freundlich zueinander. Wir sind keine Freunde.«

Vega hätte schwören können, einen warnenden Unterton herausgehört zu haben. Sie wusste nur nicht, ob die Warnung ihr galt oder jemand anderem.

»Matt Klimmer war ein fieser kleiner Bengel«, fügte Cara hinzu. »Er fing Frösche und knotete ihnen die Beine zusammen, solche Sachen. Er war kein bisschen wie sein Vater. Wir haben uns nie nahegestanden und dann, als wir älter wurden, verkehrten wir in unterschiedlichen Kreisen.«

»Fällt Ihnen irgendein Grund ein, weshalb Zeb und Matt Klimmer aneinandergeraten sein könnten?«, fragte Vega.

»Nein«, antwortete Cara fest.

Sie seufzte, kniff sich in die Nasenwurzel.

»Gibt es sonst noch etwas?«

»Ja.« Vega stieß sich vom Türrahmen ab und ging zu ihr an den Tisch. »Sie haben eine Schülerin namens Claire Bishop?«

Cara blinzelte verwirrt. »Warum?«

»Haben Sie sie schon mal wegen Schwänzens zusammengestaucht?«

»Ja, aber …?«

»Woher ich das weiß? Erzählen Sie mir doch zuerst, wie es dazu kam, dann sage ich es Ihnen.«

Cara sah sie jetzt wieder argwöhnisch an, ungewiss, ob diese Information am Ende gegen sie verwendet würde.

»Ich erlaube es nicht, dass die Kinder meinen Unterricht schwänzen, das gilt auch für die Älteren«, sagte sie sachlich, ohne Anklang von Stolz. »Alle wissen, dass das bei mir so ist. Entweder melden ihre Eltern oder ein anderer Erziehungsberechtigter sie krank, oder ich notiere ihre Abwesenheit als unentschuldigt und dann ...« Sie unterbrach sich, schöpfte Atem. »Erteile ich gewöhnlich eine Strafe im Klassenzimmer.«

Sie konnte ein kleines Zucken im Mundwinkel nicht unterdrücken.

»Albernes Zeug meistens. Ich lasse sie vor der Klasse einen Monolog lesen oder inszeniere ein Puppenspiel mit Bleistiften. Gewöhnlich endet es damit, dass alle lachen, sogar die Bestraften.« Sie schwieg einen Augenblick, fügte dann hinzu: »Manchmal schwänzen Kinder extra, um im Mittelpunkt zu stehen. Das sind die Drama-Kids.«

Jetzt lächelte sie regelrecht, kurz, aber freimütig.

»Was ist mit Claire?«, fragte Vega.

»Sie hat meinen Unterricht an drei Tagen hintereinander geschwänzt, das war vor zwei Wochen, kurz bevor sie dann überhaupt nicht mehr zur Schule kam. Tja ... und je mehr Schwänzen, desto mehr Strafe.« Sie wiegte mimisch ihren Kopf dabei. »Ich habe sie die Balkonszene aus Romeo und Julia spielen lassen, beide Rollen.« Sie grinste. »Es war lustig, die Klasse fand's toll.«

»Claire auch?«

»Das ist mir egal«, sagte Cara. »Ich mag meine Schülerinnen und Schüler, aber ich bin der Boss, nicht ihr Buddy. Respekt ist mir wichtiger als Beliebtsein.«

»War sie eine gute Schülerin, abgesehen vom Schwänzen?«

»Einigermaßen. Bis vor ein paar Wochen. Viele von den Schülern der Abgangsklasse machen nach den Ferien öfters blau, daran bin ich gewöhnt. Aber Claire hatte auf einmal so einen anderen Blick, an den ich leider auch gewöhnt bin.«

»Was für einen?«

Claire seufzte. »Den einer Jugendlichen, die zu viel trinkt und Drogen nimmt, auch unter der Woche. Es ist frustrierend. Manche probieren es nur mal aus. Andere verschwinden in einem Loch und kommen nicht mehr heraus – Claire scheint eine von denen zu sein. Ihre Schwester dagegen«, sagte sie mit Zuneigung in der Stimme, »das war ein helles Köpfchen.«

Einen Moment lang schien sie sich in der Erinnerung an Rachel zu verlieren, doch dann fixierte sie Vega. »So, und was wissen *Sie* nun, Ms Vega?«

»Claire Bishop ist mit Derek Fenton zusammen, dem Sohn des Sheriffs.« Vega bemerkte, wie Cara leicht zurückzuckte, als wäre ein Windstoß durch die Küche gefahren. »Und Derek Fenton ist ein guter Kumpel von Neil Klimmer.«

»Ja«, sagte Cara, eine Spur bitter. »Genau wie ihre Väter in der Highschool. Nur dass Jay Fenton intelligenter war als Matt, er hat ihm sogar seine Referate geschrieben.«

»Aber die Klimmers waren immer reicher als die Fentons, stimmt's?«

Cara dachte darüber nach.

»Jays Familie hat mal einiges an Farmland besessen, aber nachdem Matt den Anteil seines Vaters an der Holzfällerfirma verkauft hatte, hat er sich alles unter den Nagel gerissen, was er konnte, auch das Land der Fentons.«

»Was ist mit Derek und Neil?«, fragte Vega.

»Was soll mit ihnen sein?«, erwiderte Cara abschätzig. »Mäßig intelligent, aber nach einer Weile haben sie beide stark nachgelassen und viel geschwänzt. Neil hat andere gern provoziert, und Derek hat dabei mitgezogen.«

»Inwiefern?«

Cara sah zur Decke, erinnerte sich.

»Neil schien nicht gerade viele Dates zu haben – mir ist klar, dass ich hier nach dem Äußeren urteile, aber er war wirklich schüchtern bei Mädchen, und dann plötzlich, eines Tages, war er es nicht mehr.«

»Er wurde ein kleiner Casanova?«

Cara lachte. »Ach Gott, nein, es ging in die andere Richtung. Er fing an, Mädchen in der Klasse zu unterbrechen und vulgäre Ausdrücke zu benutzen. Ich musste ihn oft zum Nachsitzen verdonnern. Die meisten Jungen haben beifällig gelacht über seine Sprüche, auch Derek.« Cara schüttelte den Kopf. »Sehr viel Nachsitzen in dem Jahr.«

»Waren ihre Väter genauso?«

»Ich glaube, die Sache lag ein wenig anders mit Sheriff Jay und Matt. Matt ist nicht blöd, aber Jay war immer klüger. Niemand hat das richtig wahrgenommen, weil er auch eine Sportskanone war. Ich weiß nicht, wie es dort ist, wo Sie herkommen, aber für Leute in der Provinz ist es manchmal schwer zu begreifen, dass jemand verschiedene Seiten haben kann.« Cara schwieg kurz nachdenklich. »Das ist wirklich ein Jammer, dass Claire sich mit Neil und Derek eingelassen hat.«

»Tja, das sieht sie wohl anders«, sagte Vega. »Ich vermute, sie war sauer, weil Sie sie gemaßregelt haben. Sie hat es ihrem Freund erzählt, und dann haben er und Neil Ihre Veranda beschmiert und Ihr Auto beschädigt.«

»Die beiden sind bei Liberty Pure? Ist das nicht so eine neofaschistische Gruppe? Ich dachte, die hätten einfach zufällig bei mir randaliert, ich sehe den Namen überall in der Stadt.«

»Es war nicht zufällig«, sagte Vega. »Die haben Sie gezielt ins Visier genommen. Und ja, es ist eine neofaschistische Gruppe.«

»Ich spreche in meinem Unterricht viel über Faschismus, auch über neue Strömungen dieser Art. Rege dazu an, ›Richard der Dritte‹ mit gewissen politischen Bewegungen zu vergleichen. Allerdings nicht offenkundig, das sollen wir nämlich nicht.«

»Vielleicht ist das bei Claire Bishop irgendwie falsch angekommen«, vermutete Vega. »Sie hat Ihnen die Rolle der Hippie-Lehrerin zugedacht, die ihr das Recht verwehrt, den Unterricht zu schwänzen und ein Dummkopf zu bleiben. Ich weiß, ich lebe nicht hier, aber wenn Sie wollten, könnten Sie diese kleinen Arschlöcher verklagen, zumal der Sheriff hier offenbar nicht geneigt ist, etwas zu unternehmen.«

»Ich glaube nicht, dass ich das tun werde«, sagte Cara. »Ich habe keine Angst. Wie gesagt, ich lege keinen Wert darauf, mich beliebt zu machen. Aber ich habe auch Ethan.« Sie sah zur Decke. »Ich kann nicht riskieren, dass irgendetwas auf ihn zurückfällt.«

Vega dachte an Cap und Nell und verspürte einen seltsamen Stich, der schwer zu bestimmen war – als würde sie etwas bedauern, was sie noch nicht verpasst hatte.

»Verstehe, Sie müssen an Ihren Sohn denken«, sagte sie.

»Er ist mein Neffe«, korrigierte Cara. »Meine Schwester ist zum achten oder neunten Mal in der Entzugsklinik, deshalb wohnt er bis auf Weiteres bei mir. Die Verantwortung ist beinahe größer, als wenn er mein eigenes Kind wäre.« Ihr Blick wurde eindringlich. »Verstehen Sie das?«

»Ja, das verstehe ich.«

»Wenn Neil Klimmer auf meine Veranda pinkeln will, soll er doch.«

»Was ist mit Ihrem Auto?«

»Ich brauchte sowieso ein neues.« Cara klang jetzt ein bisschen eisig. »Die Lackierung hätte sich nicht mehr gelohnt.«

»Sie haben meine Karte«, sagte Vega. »Rufen Sie mich gern jederzeit an.«

»Okay.« Sie taute wieder etwas auf.

»Falls Sie sich noch an irgendetwas im Zusammenhang mit Zeb erinnern, egal, ob es Ihnen relevant erscheint oder nicht, bitte …« Vega ließ den Satz in der Luft hängen.

»Das bezweifele ich. Es ist wirklich einige Semester her.«

»Wäre es in Ordnung, wenn ich irgendwann mal wieder vorbeikäme?«, fragte Vega. »Ich kann vorher anrufen oder Ihnen eine Nachricht schicken.«

»Das ist in Ordnung«, sagte Cara, freundlicher jetzt.

»Dann störe ich Sie nicht länger. Schönen Abend, Ms Simms.«

Vega ging nicht gleich, sondern folgte Caras Blick hinunter auf den Tisch und bemerkte ein paar verstreute, ungekochte Reiskörner darauf. Sie sahen aus wie winzige schimmernde Patronenhülsen.

»Eine Frage noch«, sagte sie. »Haben Sie eine Schusswaffe im Haus?«

»Wir sind hier in Oregon«, sagte Cara ungerührt. »Ich habe zwei.«

5

Bear Thomas schippte Schnee auf dem Bürgersteig vor seinem Büro, als Cap dort ankam. Bekleidet mit einem voluminösen braunen Parka und schwarzen Handschuhen, schob er die Schaufel mit rhythmischem Kratzen über den Weg und schleuderte den Schnee zum Bordstein hin.

»Hallo, Bear?«, rief Cap, als er heran war.

Thomas sah auf. Sein Gesicht war gerötet unter dem Schirm seiner Schiebermütze, er lächelte breit.

»Mr Caplan.« Er zog einen Handschuh aus und gab ihm die Hand. »Freut mich. Ist es zu glauben, dass Sie mich alten Mann hier schuften lassen?«, sagte er, die Schaufel auf dem Boden abklopfend.

»Sie machen den Eindruck, als seien Sie der Aufgabe ohne Weiteres gewachsen, wenn ich das sagen darf«, entgegnete Cap.

»Wenn Sie damit meinen, dass ich noch gut in Form bin, dürfen Sie das gerne sagen.«

Thomas richtete sich lachend auf, und Cap sah, wie groß er war, über eins fünfundachtzig, dazu immer noch der breite Brustkasten wie in den Videoclips.

»Sie sind ein bisschen früh dran, oder?«, sagte Thomas mit Blick auf seine Armbanduhr. Ehe Cap antworten konnte, fuhr er schmunzelnd fort: »Macht's Ihnen was aus, wenn ich das Stück hier fertigschippe? Rutscht jemand vor meinem Laden aus, ruft der gleich seinen Anwalt an.«

»Lassen Sie sich ruhig Zeit«, sagte Cap und machte ihm Platz.

»Nett von Ihnen. Sie sind aus Pennsylvania unten, stimmt's?«

»Ja«, sagte Cap. »Nördlich von Philly. Aber ursprünglich aus Brooklyn.«

»Schöne Stadt«, sagte Thomas. »Nur Hammerpreise da in NYC. Hier oben kriegen Sie mehr für Ihr Geld, was die Lebensqualität angeht.«

»Man kriegt überall außerhalb der fünf Boroughs mehr fürs Geld.«

»Wohl wahr.«

»Gibt nicht viele Ecken, die so teuer sind. New York und vielleicht noch die Bay Area«, sagte Cap.

»Pfft«, machte Thomas, während er noch mehr Schnee auf den Haufen warf. »Ist komplett irre da.«

»Ich hab Geschichten gehört ... Dass Leute mit Koffern voll Bargeld ankommen, um ein Haus zu kriegen.«

Cap atmete tief durch die Nase ein und aus und merkte, wie sich winzige Eiszapfen in seinen Nasenlöchern bildeten. Fast zehn Grad kälter hier als in Denville, dachte er.

»Sie haben früher dort gelebt, wenn ich mich nicht irre«, sagte er gedämpft.

Auch wenn Bear Thomas aussah, als könnte er ihn problemlos aufs Pflaster werfen, wollte Cap ihm doch signalisieren, dass er keine Bedrohung darstellte, also blieb er auf Abstand und hielt sich still.

Thomas unterbrach sein Schippen, nahm die Schiebermütze ab und kratzte sich am Kopf, der fast kahl war.

»Sie sind also ein Fan von College-Football?«

»Klar«, sagte Cap und schob die Hände in die Hosentaschen. »Auch NFL.«

Thomas stieß ein kurzes Lachen aus. »Dann sind Sie bei mir an der falschen Adresse.«

»Glaube ich nicht«, sagte Cap. »Die LA Chargers haben Sie angeworben, wenn mich mein Gedächtnis nicht täuscht.«

Thomas setzte die Mütze wieder auf und grinste. »Bin nicht übers Trainingslager hinausgekommen«, sagte er, ohne betrübt zu klingen.

»Das ist nicht wenig.«

»Nein, wohl nicht.« Thomas stieß die Schaufel kraftvoll in einen Placken Eis unter den Schneemassen. »Aber ich habe schon lange nicht mehr gespielt.«

Er schippte die Eisbrocken auf den Haufen und sah Cap an.

»Sagen Sie mir doch nochmal, nach was für einer Art Haus Sie suchen?«

Es gab immer diesen Moment, dachte Cap, in dem man entweder mit der Wahrheit herausrücken oder sich voll auf die Rolle einlassen musste. Beides war mit Risiken und Chancen verbunden, aber er wusste, dass er es im Moment nicht schaffen würde, mit einer ausgeklügelten Lüge aufzuwarten, allein schon, weil er zu erschöpft war, um die ganzen fingierten Einzelheiten auf die Reihe zu kriegen.

Außerdem verließ er sich gern auf den ersten Eindruck, und der sagte ihm, dass Thomas ein netter Kerl war, einfach nur ein bisschen zugeknöpft, was seine Vergangenheit betraf.

»Eigentlich bin ich momentan nicht auf Haussuche«, sagte er.

Thomas nickte, als hätte er sich das schon gedacht. Er stieß mit der Schaufel auf den Boden. Einmal, zweimal.

»Und wonach suchen Sie dann?«

Immer noch freundlich, nur noch etwas zugeknöpfter. Cap antwortete nicht, hielt kurz die Luft an.

»Verstehe«, sagte Thomas nickend. »Nicht wonach, sondern nach wem, richtig?«

»Tut mir leid, dass ich nicht gleich offen zu Ihnen war. Ich weiß selbst nicht genau, weshalb ich hergekommen bin,« sagte Cap und blickte zu den Geschäften auf der anderen Straßenseite hinüber. »Nein, das ist eigentlich auch nicht ganz wahr.«

»Sie scheinen mir ein wenig wahrheitsscheu zu sein, Mr Caplan«, sagte Thomas, zog dann die Augenbrauen hoch. »So heißen Sie doch, oder?«

»Ja, so heiße ich«, bestätigte Cap. »Hören Sie, ich bin ein privater Ermittler und ich habe eine Geschäftspartnerin – also, ganz ehrlich jetzt, eine gelegentliche Geschäftspartnerin –, die engagiert wurde, um Zeb Williams zu finden. Als ich Sie gegoogelt und gesehen habe, wo Sie wohnen, dachte ich, ich könnte versuchen, Sie zu treffen, und vielleicht sind Sie ja in der Stimmung, ein wenig in Erinnerungen zu schwelgen.«

Thomas stützte sich auf die Schaufel und starrte ihn an. »Um Ihrer gelegentlichen Geschäftspartnerin zu helfen?«

»Genau«, sagte Cap und merkte, wie fadenscheinig das alles klang.

Thomas fegte verstreute Eisbrocken mit der Schaufelkante vom Gehweg. Cap wusste, dass er kein Gehör mehr bei ihm finden würde, wenn er jetzt nicht weitersprach.

»Es ist kompliziert …«, begann er.

Thomas schüttelte den Kopf. »Nein, ist es nicht Mr Caplan. Das klingt für mich ziemlich simpel.«

»Ach ja?«

Cap stellte sich darauf ein, zum Teufel gejagt zu werden, war sich aber auch der Unwägbarkeit der Situation bewusst. Schließlich war das dieselbe Welt, in der ein Zeb Williams in die andere Richtung gelaufen war.

»Ja«, sagte Thomas. »Sie haben mir verraten, warum Sie wirklich hier sind, und ich verstehe das. Ich hatte auch mal so eine.«

Cap blinzelte ihn verwirrt an. »Eine gelegentliche Geschäftspartnerin?«

Thomas lachte. Lauter, echter als anfangs, als er noch auf die Provision für einen Hausverkauf spekulierte, und freudiger als in dem Moment, in dem ihm klar wurde, dass nichts daraus würde.

»Nein, Sie Trottel«, sagte er, immer noch lachend. »Eine *Partnerin.*«

Vega öffnete die Augen und sah die umgedrehte Tür ihres Motelzimmers durch ihren Haarvorhang hindurch. Schwungvoll nahm sie die Beine herunter und kam aus dem Handstand.

Ihr war gerade eine neue Idee gekommen, was Crinklecut, der Rattenfänger, wohl gerne hören würde. Sie loggte sich in Reddit ein und begann, dort herumzulesen. Es dauerte nicht lange, bis sie ihn fand: Das Subreddit, in dem er zuletzt gepostet hatte, war unter /freie.rede.strategie eingetragen. Sein jüngster Kommentar, drei Stunden alt, lautete: »Nicht genug junge Leute engagieren sich. Es reicht nicht, wütend zu sein.«

Vega postete als Antwort: »Gute Schüler brauchen einen guten Lehrer.«

Sie ließ den Laptop auf dem Bett liegen und ging duschen. Als sie wenig später in ein Handtuch gewickelt aus dem Bad kam, sah sie ihr Handy auf dem Nachttisch aufleuchten.

Es war kein Like von Crinklecut, sondern eine Sprachnachricht von ihrem Vater. Sie hatten wenig Kontakt zueinander, hatten sich nicht viel zu sagen. Er und ihre Mutter hatten sich scheiden lassen, kaum dass Vega zu laufen begonnen hatte. Er war ein Quartalssäufer, konnte ein oder zwei Monate nüchtern bleiben und sich dann ein halbes Jahr am Stück besaufen. Auf und ab, ihre ganze Kindheit hindurch.

Als sie zwanzig war, war ihre Mutter an Krebs gestorben, woraufhin ihr Vater nicht nur nüchtern zur Beerdigung erschienen war, sondern auch verkündet hatte, endgültig mit dem Trinken aufhören zu wollen. Der Tod seiner Exfrau hatte ihm offenbar die Augen geöffnet. Getreu den zwölf Schritten der Anonymen Alkoholiker hatte er seine Tochter um Verzeihung gebeten, aber Vegas Anerkennung für seine Bekehrung hielt sich in Grenzen.

Sie besuchte ihn und seine zweite Frau gelegentlich an irgendwelchen Feiertagen, und er schickte ihr manchmal einen Link zu einer Website über Jesus. Ein Nebeneffekt seiner Abstinenz und seiner Heirat mit einer Frau, die er in der Kirche kennengelernt hatte, war neuerdings eine gewisse Jesusfixiertheit. Als Vega das letzte Mal bei ihnen war, hatte sie ein mannsgroßes, aufblasbares Kreuz in ihrem Garten gesehen, wie ein Pool-Floatie, nur dass sie keinen Pool hatten.

Ein Anruf morgens um 7.07 Uhr war allerdings ungewöhnlich für ihn. Vega dachte zuerst, er hätte sich verwählt, aber dann tippte sie auf »Info« und sah, dass er eine Nachricht von knapp unter einer Minute hinterlassen hatte. Kein Versehen also. Sie hörte die Voicemail ab.

»Alice, da ist was an unserem Auto ... das Auto ...«, stammelte er, sagte dann anscheinend zu Bitsy, seiner Frau: »Ich spreche ihr gerade eine Nachricht aufs Band.« Fuhr fort: »Jemand hat das Auto vollgesprüht, da steht dein Name. Und so ordinäre Ausdrücke, so können wir nicht damit rumfahren.« Wieder zu Bitsy: »Geht es mit dem Lysol ab?« Wieder zu Vega: »Bist du zu Hause oder arbeitest du?« Er machte eine Pause, schnaufte schwer. »Ich hoffe, du rufst bald zurück.«

Die Verbindung wurde noch einen Moment gehalten, dann brach sie ab. Er hatte nicht bekümmert geklungen, nur verwirrt, müde, alt. Sie tippte auf seinen Namen und hielt das Handy ans Ohr. Er ging beim ersten Klingeln ran.

»Alice?«, sagte er, immer noch atemlos.

»Ja, Dad, ich bin's. Was ist mit deinem Auto passiert?«

Er schnaubte. »Bitsy ist heute Morgen als Erste raus und hat's gesehen. Jemand hat es vollgesprüht. Überall ›Bitch‹ und vorn auf der Motorhaube steht dein Name.«

»Dad, was steht da genau?« Vega versuchte, gleichmäßig zu atmen, damit ihre Herzfrequenz nicht anstieg.

»Überall das Wort ›Bitch‹ und dass du ... na ja, dass du eine ... Schlampe bist«, antwortete er, über das Wort stolpernd.

»Hat Bitsy jemanden dabei gesehen?«

»Was? Nein, sie ist aus dem Haus und da war es schon so. Jetzt sind alle Nachbarn rausgekommen.«

»Okay. Hör zu, Dad.« Vega versuchte, ihn dazu zu bringen, sich auf das Wesentliche zu konzentrieren. »Ich möchte, dass du jetzt auflegst, ein paar Fotos von dem Auto machst und sie mir schickst. Dann frag bitte eure Nachbarn, ob sie jemanden gesehen haben. Dann fahr zu deiner Werkstatt, ich überweise dir das Geld, damit du die Schmiererei entfernen oder überlackieren oder was auch immer lassen kannst. Das sind also fünf Dinge. Auflegen, die Fotos machen, sie mir schicken, mit den Nachbarn reden, dein Auto in Ordnung bringen lassen. Hast du das verstanden?«

»Ja, Alice, ich hab's verstanden«, sagte er leicht gereizt. »Ich weiß nicht, in was du da wieder reingeraten bist.«

»Mir geht's gut, Dad«, sagte sie. »Es tut mir leid, dass das passiert ist. Ich glaube, es hat mit dem Fall zu tun, an dem ich gerade arbeite, aber ich werde dem nachgehen. Wird nicht wieder vorkommen.«

»Ich bete jeden Abend für dich, Niña«, sagte er. Es klang wie eine Warnung.

»Du solltest die Zeit lieber nutzen, um aus dem Fenster vorne zu sehen und aufzupassen, dass niemand dein Eigentum beschädigt«, sagte Vega. »Tut mir echt leid, Dad. Denk an die fünf Dinge.«

»Alice …«

Sie beendete den Anruf und schickte eine Nachricht an Bastard: »Was ist die schnellste Möglichkeit, einen privaten, zweiseitigen E-Mail-Verkehr abzufangen, ausgehend von einem Server des Typs Gmail o.Ä.?« Sie sah die drei blinkenden Pünktchen und wartete auf die Antwort: »Besorg mir den Laptop, ich werde sehen, was ich tun kann.«

Vega trocknete sich fertig ab und zog sich rasch an. Sie begutachtete sich in dem Spiegel über der Kommode und zupfte die Ärmel ihres Jacketts zurecht wie ein Bräutigam, der sich für den großen Tag bereit macht. Ein Bräutigam braucht eine Braut, dachte sie.

Ihr Handy brummte, ihr Vater hatte die Fotos geschickt. Vorderseite, Hinterseite, Fahrerseite, Beifahrerseite. »Bitch« und »Billige Bitch« in roter Sprühfarbe auf der Motorhaube, an den Türen, über den Fenstern, überall, in großer Schrift, kleiner Schrift. Am Heckfenster stand zusätzlich ihr Name, um ganz sicherzugehen, dass die Botschaft auch ankam.

Sie blickte noch einmal kurz in den Spiegel, sagte laut: »Angekommen.«

Bastard brauchte nicht lange, um Matt Klimmers Golfclub ausfindig zu machen und herauszubekommen, dass er und Neil sich immer für Dienstag und Donnerstag anmeldeten, Abschlagzeit 9 Uhr. Heute war Dienstag, und obwohl Vega nicht viel auf Glück gab, wusste sie doch, wann sie einen Trumpf in der Hand hatte, und würde ihn nicht verschwenden.

Als Erstes fuhr sie zum Ever Creek Golf Club, rund dreißig Kilometer südlich von Ilona, parkte in der Sackgasse vor dem Eingang hinter einem Lieferwagen und tat, als gehörte sie dazu.

Um Viertel vor neun sah sie Matt und Neil Klimmer in Matts Range Rover vorfahren. Matt stieg aus und übergab dem Mann vom Parkdienst die Schlüssel, schwatzte lachend dabei. Kurz darauf stieg auch Neil aus, er guckte auf sein Handy, hatte die Kapuze seines Sweatshirts tief in die Stirn gezogen. Matt ging um den Range Rover herum und richtete seinen Funkschlüssel auf den Kofferraum, dessen Klappe aufsprang und sich hob.

Er rief Neil und zeigte dabei auf seine Füße, so wie man einen Hund ruft, der gerade auf den Teppich gepinkelt hat. Mit hochgezogenen Schultern steckte Neil sein Handy ein. Er öffnete die Heckklappe ganz, zog zwei Golftaschen heraus, die er sich über die Schultern hängte, nahm noch eine Sporttasche in die Hand und schloss den Kofferraum wieder.

Matt sagte etwas zu Neil, das Vega nicht verstand. Sie war zu weit weg, und der Lieferwagen vor ihr hatte den Motor laufen, aber er redete aus nächster Nähe auf seinen Sohn ein und sah dabei aus, als kaute er auf etwas herum, auf dem er nicht kauen wollte. Dann ging er ins Clubhaus, während Neil mit der gesamten Ausrüstung hinterhertrottete.

Sobald die beiden drinnen waren, fuhr Vega los, zurück nach Ilona. Sie passierte das Anwesen der Klimmers und parkte etwas weiter unten an der Straße, ging zurück zum Haus, klingelte und wartete.

Eine korpulente Frau um die sechzig in Jeans und einem Hauskittel öffnete.

»Hallo, ich möchte zu Lila Klimmer«, sagte Vega.

Besorgnis zuckte über das Gesicht der Frau, die stumm einen Finger hob und sich wieder ins Haus zurückzog, die Tür aber offen ließ.

Vega blickte hinein, sah ein Wohnzimmer mit hoher Decke, Panoramafenstern und Oberlichtern. Dann kam die korpulente Frau eine geschwungene Treppe herunter, gefolgt von Lila Klimmer. Vega machte sich bereit, einen Wortschwall von sich zu geben.

Die Haushälterin zeigte mit ausgestrecktem Arm auf sie, und Lila trat an die Tür.

Sie war etwa gleich groß wie Vega, dabei aber grobknochig auf die Art, die sie mit Skandinavierinnen verband. Schulterlange blonde Haare, frisiert wie bei einer Nachrichtensprecherin, Leggings und ein leichtes Fitness-Hoodie. Ein dünner Schweißfilm überzog ihr Gesicht.

»Hallo, Ms Klimmer? Ich bin Alice Vega. Ich habe gerade bei der *South Oregon Gazette* angefangen und wollte Sie fragen, ob Sie ein paar Minuten Zeit für mich hätten?«

Sie sprudelte das alles hervor, als würde eine Stoppuhr laufen.

»Oh, ich …«, sagte Lila. »Ich bin gerade beschäftigt.«

»Verstehe, es ist nur, dass …« Vega stockte. »Ich hatte gehofft, Sie kurz interviewen zu können?«

Lila spielte mit ihren Haarspitzen, rieb sie zwischen den Fingern. »Was schreiben Sie denn für einen Artikel?«

»Es geht um Familienunternehmen im südlichen Oregon.«

Die Frau legte eine Hand auf die Hüfte und stand lockerer. Lachte ein wenig. »Dann sollten Sie mit meinem Mann sprechen. Er ist aber nicht da.«

»Eigentlich wollte ich gern etwas aus Ihrer Perspektive erfahren«, sagte Vega. »Alle wissen, dass die Ehefrauen von jeher die tragenden Säulen des Unternehmens sind. Deshalb wollte ich gern mit Ihnen sprechen, einer modernen Pioniersfrau.«

Lila hörte auf, an ihren Haaren herumzuzupfen, und richtete sich gerade auf, sofort ein paar Zentimeter größer. Anscheinend sah sie sich gern als Pionierin.

»Bitte kommen Sie herein. Alice, sagten Sie?«

»Ja, genau.«

Mit einem Lächeln führte Lila sie in die Küche.

Ein schwerer rechteckiger Holztisch stand in der Mitte. Lila zeigte auf die Holzhocker um ihn herum, und Vega nahm Platz.

»Möchten Sie etwas trinken? Ein Mineralwasser?«

»Danke, das wäre nett.«

Vega sah sich um, registrierte die weißen Porzellanschalen auf einem Holzregal neben dem Fenster über der Spüle, hörte das Summen des Edelstahlkühlschranks. Die Raumtemperatur war angenehm kühl, und es duftete leicht nach Zimt.

Lila ging zum Kühlschrank und füllte ein Glas mit Eiswürfeln aus einem Automaten. Dann öffnete sie die Tür und nahm eine Flasche Wasser heraus.

Vega zog ihr Handy aus der Jackentasche, legte es auf den Tisch.

»Ist es Ihnen recht, wenn ich unser Gespräch aufnehme?«, fragte sie.

»Ach so, ja, natürlich«, sagte Lila.

Vega tippte auf die Taste.

»Sie sind also sozusagen Teil einer Dynastie hier in Ilona«, begann Vega. »Sie fängt mit Ihrem Schwiegervater an, oder?«

»Nun ja«, sagte Lila, »im Grunde schon vorher. Matts Familie lebt seit über hundert Jahren in der Gegend, schon seit damals, als es noch der Wilde Westen war.«

»Richtig«, sagte Vega. »Umso interessanter, dass Ihr Mann nicht die Holzfällerfirma seines Vaters übernommen hat.«

»Nein«, sagte Lila, als fände sie es betrüblich, die Tatsache bestätigen zu müssen. Dann lachte sie. »Ich meine, ja, es ist interessant, aber nein, er hat seine Berufung im Immobiliengeschäft gefunden, besitzt kleinere Lokale und Betriebe.«

»Den Diner in der Stadt.«

»Genau, und viele von den Geschäften. Er hat einen guten Riecher dafür, wann der Zeitpunkt günstig ist, etwas zu kaufen.« Sie spulte das ab, als hätte sie es schon einige Male zuvor gesagt.

»Also«, sagte Vega munter, »vom Holzfällergeschäft zu Immobilien zu ...« Sie kippte ihre Handfläche nach hinten, als wäre sie eine Kellnerin mit einem Tablett. »Was hat die nächste Generation vor?«

Lila blickte etwas hilflos drein.

»Ach so, Neil?«, sagte sie dann, als hätte sie einen Geistesblitz gehabt.

»Ja.« Vega lächelte. »Ihr Sohn. Er ist zwanzig?«

»J-ja.«

Kleines Stottern, Zurechtrücken des Fitnesstrackers an ihrem Handgelenk. Was war mit dem Alter des Sohns?, fragte sich Vega.

»Er geht vermutlich auf die University of Oregon wie sein Vater?«, Als Lila nicht antwortete, legte sie nach: »Sagen Sie nicht, er hat Ihnen das Herz gebrochen und geht auf die Oregon State?«

Das brachte Lila zum Lachen. »Oh, nein. Das wäre wirklich schlimm. Nein, Neil arbeitet an ein paar Projekten zusammen mit Matt und probiert sich aus. Es ist alles bestens«, sagte sie.

»Da bin ich sicher. Hat er irgendwelche Hobbys?«

»Neil?«, fragte Lila, als wäre ihr entfallen, über wen sie redeten.

»Ja, Neil. Irgendwelche Hobbys? Ist er der Mannschaftssport-Typ oder eher der Pferdetyp? Könnte ein Hinweis darauf sein, in welche Richtung er tendiert, beruflich gesehen.«

»Er arbeitet manchmal als freiberuflicher Programmierer, von zu Hause aus.«

»Programmierer!«, rief Vega. »Er ist also ein Computerfreak, ja?«

»Ja, das kann man sagen«, antwortete Lila bescheiden.

»Da liegt richtig Geld drin. Was programmiert er denn so?«

»Im Moment Sachen für eine Versicherungsgruppe, Abrechnungen und so etwas.«

»Hm, das klingt langweilig«, sagte Vega mit gespielter Enttäuschung. »Was möchte er denn wirklich machen? Was begeistert ihn?«

»Ach herrje, das ist schwer.« Lila wirkte wacher jetzt, aufgemuntert von Vegas Enthusiasmus. »Wie gesagt, er ist noch auf der Suche, aber vielleicht schafft er es ja irgendwann runter ins Silicon Valley?«

Zweifelnd, aber hoffnungsvoll, dachte Vega. Gut.

»Lustig, dass Sie das sagen. Ich bin nämlich aus Kalifornien.« Vega legte eine Hand auf ihre Brust. »Und ich habe einen Freund in der Gegend von Palo Alto. Eventuell könnte ich mal mit ihm wegen Neil sprechen.«

»Meinen Sie?«, sagte Lila. »Das wäre ja großartig.«

»Aber gerne doch«, sagte Vega, als sei sie selbst ganz entzückt von der Idee. »Ich finde es toll, Leute zusammenzubringen.« Sie nahm ihr Handy vom Tisch. »Allerdings ...«

Vega presste gespielt nachdenklich die Lippen aufeinander.

»Was denn?«, fragte Lila bang.

»Ich habe früher selbst ein wenig programmiert …«, sagte Vega mit einer wegwerfenden Geste. »Und wenn ich mir ansehen könnte, was Neil so macht, könnte ich meinem Freund schon mal einen Eindruck von seinen Fähigkeiten geben.«

»Das wäre wunderbar«, sagte Lila. »Könnten Sie … könnten Sie nochmal wiederkommen, wenn er da ist? Dann kann er Ihnen zeigen, woran er arbeitet.«

»Ja, bestimmt. Aber warum Zeit verschwenden? Wenn es möglich wäre, einen Blick auf seine Arbeit zu werfen, könnte ich meinem Freund gleich jetzt eine Nachricht schreiben.«

Lila senkte betreten den Blick. »Es ist nur so, ich wüsste nicht, was ich Ihnen zeigen soll.«

»Ich will mich ja nicht brüsten«, sagte Vega, »aber ich finde mich ganz gut zurecht in einem Computer. Wenn Sie seinen Laptop für mich hätten, könnte ich mich da vielleicht kurz reinpfriemeln.«

Lila schwieg, wurde sich offenbar bewusst, dass sie Vega gerade erst kennengelernt hatte. Also erst mal Rückzug.

»Hey, kein Problem. Natürlich kann ich wiederkommen. Ich meine, ich muss morgen für ein paar Tage weg, aber nächste Woche könnte ich nochmal vorbeischauen.« Vega tippte auf ihrem Handy herum, sah in ihren Kalender.

»Sind Sie sicher? Nächste Woche?«

»Ziemlich sicher. Wenn nicht, gebe ich Ihnen Bescheid.«

Lila legte die Finger an die Lippen, überlegte. Vega wusste nicht genau, was sich in ihrem Kopf abspielte, aber eins wusste sie: Stellte man jemandem etwas in Aussicht und die Person musste befürchten, dass es ihr durch die Lappen ging, spielte es keine Rolle, was es war, nur dass sie es praktisch schon sicher gehabt hatte und es sich entgehen ließ.

»Warten Sie«, sagte Lila. »Vielleicht kann ich seinen Laptop kurz heraufholen. Ich kenne zwar sein Passwort nicht, aber, na ja, für alle Fälle.«

»Unbedingt!«, sagte Vega. »Für alle Fälle.«

Lila stand auf und ging zu einer Tür am anderen Ende der Küche. Vega grinste wie eine Idiotin, bis sie außer Sicht war, dann überlegte sie vage, wie sie die Frau davon überzeugen sollte, ihr den Laptop zu überlassen.

Ehe sie weit damit kam, hörte sie das Brummen eines Automotors, drehte sich auf ihrem Hocker herum und sah Klimmers Range Rover auf den runden Vorplatz fahren. Matt saß am Steuer, Neil neben ihm. Matt redete, blickte dabei aber geradeaus, riss den Mund weit auf. Schimpfte. Neil ließ sich gegen die Beifahrertür sinken und warf seinen Sitzgurt ab.

Enttäuscht schnalzte Vega mit der Zunge. Beobachtete, wie Neil ausstieg und aufs Haus zustampfte, dabei mit sich selbst redete, höhnisch den Mund verzog.

Beim Hereinkommen brüllte er: »Mom! Wo ist der verdammte Mallet-Putter?«

Er murmelte wieder vor sich hin. Sie verstand nicht, was er sagte, sah ihn in einer Art Schattenkäfig auf dem Fußabtreter gefangen, von einem Fuß auf den anderen treten. Matt war im Auto geblieben, blickte auf sein Handy.

»Mom!«, schrie Neil erneut, mit überschnappender Stimme.

»Sie ist unten«, rief Vega ihm zu.

Erschrocken und peinlich berührt starrte er sie an, stürmte dann in die Küche, verteilte Schlamm auf den Fliesen.

»Verflucht, was soll das?«

Obwohl sein Ton aggressiv war, kam er nicht näher, sondern blieb am anderen Tischende stehen. Es war sein Zuhause und Vega der Eindringling, aber er machte ein Gesicht wie jemand, der sich ertappt fühlte.

»Mit wem hast du denn da eben geredet, Neil?« Sie deutete mit dem Kopf zur Haustür. »War wohl 'ne hitzige Diskussion.«

»Verlassen Sie mein Haus.«

»Sonst was?«, fragte sie und trank einen Schluck Wasser.

Neil schlug mit der flachen Hand auf den Tisch. »Sonst rufe ich den Sheriff.«

»Und was willst du ihm sagen? Dass deine Mutter mich hereingebeten und mir ein Glas Wasser angeboten hat?«

Darauf hatte er keine Antwort, stierte sie nur weiter an. In dem Moment kam Lila zurück, einen Laptop mit sechs oder sieben Kabeln daran in der Hand.

»Neil!«, rief sie freudig überrascht.

»Scheiße, was machst du da?«, schrie Neil.

Er stürzte auf seine Mutter zu und entriss ihr den Laptop.

»Neil, nicht«, sagte Lila, als handelte es sich nur um ein dummes Missverständnis. »Das ist Alice, sie kennt jemanden, der dir vielleicht einen Job besorgen kann.«

»Bestimmt nicht!« Neil war stinksauer. »Und du wolltest ihr gerade meinen verfickten Computer geben! Scheiße, Mom!«

»Sie arbeitet für die *Gazette*, Neil«, sagte Lila wie zu einem kleinen Kind.

»Fuck, nein, du hohle Nuss!«, brüllte Neil. »Sie hat dich reingelegt. Sie ist eine Detektivin.«

Lilas Mund verzog sich zu einer schiefen Linie, als sie Vega fragend ansah.

»Detektivin …«, hauchte sie.

»Privatermittlerin«, sagte Vega und stand auf.

»Sie haben gestern mit meinem Mann im Stall gesprochen.«

»Ja.«

»Was wollen Sie?«, fragte Lila.

»Verschwinden Sie jetzt endlich, verdammt nochmal«, rief Neil, immer noch, ohne sich auf sie zuzubewegen. Er klappte den Laptop auf und drückte eine Taste. »Mom, warum hast du das gemacht? Du sollst doch die Finger davon lassen.«

»Ich konnte ihn noch nicht mal einschalten, Neil«, sagte Lila.

Ruhig und kläglich, dachte Vega. Was Neil wütend und kläglich machte.

Sie malte sich die nächsten Schritte aus: Neil den Laptop entreißen, ihm damit einen Schlag aufs Kinn versetzen, das Wasserglas schnappen und es Lila in ihr breites Gesicht knallen. Dann würde die Haushälterin den Sheriff rufen, der sie in eine stickige Arrestzelle in Yosemite Sams Wache werfen würde.

»Sie sollten jetzt gehen«, sagte Lila zu ihr.

Vega trank noch einen Schluck Wasser und drückte die Taste zum Beendigen der Aufnahme.

»Das sollte ich. Danke für das Wasser. Erfrischend.«

Auf dem Weg zur Tür sagte sie zu Neil: »Und du solltest deinen Dad nicht warten lassen, oder? Seine Golfschläger tragen sich nicht von allein.«

Beim Hinausgehen hörte sie ihn weiter seine Mutter anbrüllen. »Scheiße, Mom, echt jetzt!«

Vega hielt direkt auf den Range Rover zu.

Klimmer sah auf. Sein Blick war zuerst steinern, aber dann fügte er ein Lächeln hinzu, entblößte eine Reihe unregelmäßiger Zähne. Er ließ das Fenster herab.

»'n Morgen, Ms Vega«, sagte er. »Was führt Sie her?«

»Ich hatte gestern keine Gelegenheit, Ihre Frau kennenzulernen. Kam mir unhöflich vor.«

»Was das wirklich der Grund?«, fragte er, sein Lächeln beibehaltend.

»Mehr oder weniger.« Vega warf einen Blick über ihre Schulter. Neil putzte immer noch seine Mutter herunter. »Mein Vater, er lebt in Kalifornien. Sein Auto ist beschmiert worden.«

»Das tut mir sehr leid zu hören«, sagte Klimmer, als wäre ihr Vater im Krieg gefallen.

»Ist schon komisch, ich glaube, die Täter sind über einen Kontakt in den sozialen Medien dazu angestiftet worden.«

»Soziale Medien sind was für Dummköpfe«, sagte Klimmer, während er sich im Seitenspiegel betrachtete.

»Ich dachte, so vernetzt sich seine Generation nun mal«, entgegnete Vega. »Deshalb verbringt Neil so viel Zeit damit.«

Klimmer warf ihr einen schrägen Blick zu.

Auf einmal kam Neil zur Haustür herausgestürmt, immer noch den Laptop in der Hand.

»Was gibt's, Neil?«, fragte Vega fröhlich.

Er steuerte auf sie zu, blieb aber vor dem Rover stehen.

»Ms Vega wollte sich gerade verabschieden, Neil«, sagte Klimmer.

»Nicht nur von hier«, stieß Neil zwischen zusammengebissenen Zähnen hervor. Seine Augen waren trüb und dunkel. »Sie sollten die Stadt verlassen.«

»Neil!«, schrie Klimmer. »Geh zurück ins Haus.«

Neil schäumte vor sich hin, seine Fingerknöchel traten weiß hervor, als er den Laptop an seine Brust drückte. Dann machte er kehrt und trabte hinein.

»Viel Glück mit Ihrem Fall, Ms Vega«, sagte Klimmer. »Ich hoffe, Sie können ihn aufklären.«

»Danke. Bitte sagen Sie Neil und Lily auf Wiedersehen von mir.«

»Lila«, verbesserte er sie.

»Natürlich, Lila«, sagte Vega glucksend. »Gut, dass einer von uns sich an ihren Namen erinnert.«

Ohne seine Reaktion abzuwarten, stieg sie in ihr Auto, schnallte sich an und fuhr los. Auch als sie auf die Straße abbog, die von dem Grundstück wegführte, blickte sie nicht zurück, sondern streckte nur den Arm aus dem Fenster und winkte für den Fall, dass er ihr nachsah.

Sie fuhr zurück zum Motel und rief einen ihr bekannten FBI-Ermittler namens Cartwright an, hinterließ ihm eine Nachricht.

Danach verbrachte sie einige Zeit damit, sich sogenannte Alternativerzählungs-Videos von Weißnationalisten auf You-

Tube anzusehen. Sie wusste natürlich, dass es solche Leute dort draußen gab, genauso wie sie wusste, dass man sich fleischfressende Bakterien in einem Erlebnisbad holen konnte, war aber selbst noch nie mit ihnen in Kontakt gekommen. Ein Video ging ins nächste über. Das erste handelte davon, dass der Holocaust eine Inszenierung sei, ein anderes war eine Montage von Berichten auf Lokalsendern über Verbrechen von Schwarzen an weißen Opfern. Dann gab es ein Interview mit einem ernsten Typen, der aussah wie jemandes dicklicher, arbeitsloser Onkel und eine Lederjacke trug, die ihm vielleicht mal in der Highschool gepasst hatte. Er machte einen Podcast und hatte ein Buch darüber geschrieben, wie junge weiße Männer wegen des Feminismus ihre Stellung in der Gesellschaft verlören. Geschlechtsspezifisches Lohngefälle war eine Mär, Gebären war nicht schmerzhaft und Vergewaltigungen, man höre und staune, existierten nicht.

Da bin ich aber erleichtert, dachte Vega.

Sie sah sich gerade einen Clip mit dem Titel »Rasse und IQ« an, als Cartwright zurückrief.

»Alice Vega, dachte ich's mir doch, dass das Ihre Nummer ist«, sagte er. Sie erkannte seinen singenden Carolina-Tonfall wieder.

»Special Agent«, sagte sie. »Ich brauche Ihre Hilfe.«

»Das war's schon mit dem höflichen Vorgeplänkel, ja?«

»Entschuldigung, ich stecke gerade mitten in einer Sache.«

»Ja, ich erinnere mich«, erwiderte er höflich. »Sie stecken gern mitten in etwas. Schießen Sie los.«

»Ich bearbeite gerade einen Vermisstenfall und bin dabei auf ein paar von diesen weißnationalistischen Typen gestoßen. Sind die Ihnen schon mal untergekommen bei Ihrer Arbeit?«

»Mir persönlich nicht, aber ich kann Ihnen ein paar Namen und Telefonnummern geben. In welcher Gegend?«

»Südoregon.«

Vega hörte ein Auto direkt vor ihrem Zimmer. Sie ging zum Fenster und spähte durch die Vorhänge, sah den Sheriffwagen neben ihrem Mietauto parken.

»Scheiße, klar«, sagte Cartwright lachend. »Wohnen ja auch ungefähr vier Schwarze in dem Staat. Haben die Namen, diese Typen?«

»Liberty Pure.«

»Liberty Pure?«, fragte er nach.

Vega sah Sheriff Fenton auf der Beifahrerseite aussteigen. Rutledge, der zerknitterte Deputy, saß am Steuer. Fenton hielt auf ihr Zimmer zu.

»Genau.«

»Vielleicht habe ich da was«, sagte Cartwright. »Ich rede mal mit einem Bekannten und rufe Sie zurück.«

»Geben Sie mir einen Wink?«

»Nein, Ma'am«, antwortete er. »Ich will erst mal sichergehen, dass da bei mir das richtige Glöckchen klingelt.«

»Vielen Dank«, sagte Vega. »Ich muss jetzt Schluss machen.«

Kaum hatte sie den Anruf beendet, klopfte es. Sie öffnete die Tür, und da stand Fenton in voller Lebensgröße. Erst jetzt merkte sie richtig, was für ein Riese er war, sie reichte ihm gerade mal bis zur Brust.

»Tag«, sagte er.

»Hallo, Sheriff.«

Er wartete offenbar darauf, dass sie die erste Frage stellte, und als nichts kam, gab er trotzdem eine Antwort.

»Haben nicht viele Unterkunftsmöglichkeiten für Touristen hier bei uns«, sagte er und breitete die Arme aus. »Und ich kenne Marty am Empfang.«

Vega nickte zum Zeichen, dass sie ihm zuhörte. Weitere Sekunden vergingen. Fenton wirkte zwar nicht nervös, aber auch nicht entspannt, zog mit beiden Händen seinen Gürtel zurecht und rollte die Schultern, als hätte er einen steifen Nacken.

»Wie ich höre, haben Sie den Klimmers einen Besuch abgestattet«, sagte er.

»Ich wusste nicht, dass so etwas eine Angelegenheit für die Polizei darstellt.«

Fenton grinste. »Versuchter Diebstahl schon. Lila Klimmer sagt, Sie hätten sich beinahe mit dem Laptop ihres Sohns davongemacht.«

»Eine andere Art auszudrücken, dass sie mir den Laptop ihres Sohns beinahe gegeben hätte«, sagte Vega.

Fenton überhörte das. »Sie sagt, Sie hätten sich als jemand anders ausgegeben.«

»Das stimmt. Ich habe mich als Reporterin vorgestellt, die sich ein bisschen mit Programmieren auskennt. Aber ich habe mich nicht als Polizistin ausgegeben«, sagte sie achselzuckend. »Wenn es hier gegen das Gesetz ist, manchmal in die Rolle von jemand anderem zu schlüpfen, müssen Sie an Halloween alle Hände voll zu tun haben.«

Der letzte Rest von Jovialität verschwand aus Fentons Gesicht. Er neigte den Kopf zur einen Seite, dann zur anderen, dehnte seinen Nacken. Immer noch steif, was?

»Wie lange haben Sie noch vor, in der Stadt zu bleiben, Miss Vega?«

»Das weiß ich nicht, Sheriff. Solange es dauert, um meinen Fall abzuschließen.«

Fenton lachte. »Inzwischen müssten Sie wissen, dass Zeb Williams nicht hier ist. So viele Versteckmöglichkeiten gibt es nicht in Ilona.«

»Da haben Sie wahrscheinlich recht. Trotzdem würde ich zur Sicherheit gern noch ein paar Tage bleiben.«

»Wie Sie meinen. Ich wollte nur mal vorbeischauen ...« Er beugte sich ein Stück vor, las die Nummer an der Tür. »Zimmer acht. Um Sie wissen zu lassen, dass Sie an einem Ort wie diesem nie wirklich allein sind.«

Er gab sich solche Mühe, unheilvoll zu klingen, dass er Vega beinahe ein bisschen leidtat. Sie hörte ihr Handy hinter sich brummen und hoffte, er würde mit seinen Einschüchterungsversuchen bald zum Ende kommen.

»Ach, ich bin nicht allein«, sagte sie. »Reichlich Freunde. Marty am Empfang zum Beispiel.«

Fenton rollte nochmal seine Schultern, schien zu merken, dass er auf die Schippe genommen wurde.

»Passen Sie auf sich auf, Ms Vega.«

»Sie auch, Sheriff. Danke fürs Vorbeikommen.«

Er stieg wieder in den Streifenwagen. Vega schloss die Tür und lugte durch den Vorhangspalt, sah ihn mit Rutledge sprechen, der den Motor anließ. Sie wartete, bis der Deputy vom Motel-Parkplatz gefahren war, bevor sie sich umdrehte.

Sie blickte auf ihr Handy, rechnete mit einem verpassten Anruf von Cartwright, aber es war eine Mitteilung: »Sie haben eine neue Nachricht von u/crinklecut94.«

Vega klickte sie an.

> Hallo, ich finde Ihre Kommentare im Amerika-Forum klug und durchdacht, Sie scheinen zu wissen, wovon Sie reden. Besteht eventuell die Chance für ein persönliches Treffen?
> Vorausgesetzt, Sie wohnen im südlichen Oregon?
> Freue mich, von Ihnen zu hören.

Vega schloss die Augen und überlegte lange, was sie ihm antworten sollte, ehe sie zu tippen begann. Sie musste eifrig und jung klingen, was nicht allzu schwer sein dürfte, aber es galt, noch etwas anderes zu bedenken. Falls Crinklecut wirklich Neil Klimmer oder Derek Fenton angeworben hatte, würde sie darauf setzen müssen, dass sie entweder keinen besonders engen

Kontakt zueinander hatten oder dass Neil nicht vorausschauend genug war, um seinem Mentor von einer Privatermittlerin zu erzählen, die Ärger in der Stadt machte.

Besser war es, sich zu verstellen, und zwar überzeugend genug, dass Crinklecut gar nicht auf die Idee kam, an ihr zu zweifeln.

Sie rief sich den Ton der Posts in den Reddit-Untergruppen in Erinnerung und beschloss, möglichst wie eine Normalbürgerin zu klingen, der schlimmes Unrecht widerfahren war.

Cap saß Bear Thomas an dessen Schreibtisch in der Ecke seines Immobilienbüros gegenüber. Sie tranken Kaffee aus kleinen Pappbechern. Der von Thomas wirkte wie ein Fingerhut in seinen Pranken, seine Schultern waren fast doppelt so breit wie die Kopfstütze seines ergonomischen Schreibtischsessels.

»Waren Sie mit ihm auch außerhalb des Spielfelds befreundet?«, fragte Cap.

»Klar, waren wir alle«, sagte Thomas. »Haben Sie mal Mannschaftssport gemacht?«

»Nicht auf diesem Level.«

»Okay«, sagte Thomas. »Es gibt viel Kameradschaft. Alle sind heiß darauf, es in das Cal-Team zu schaffen und im Memorial-Stadion zu spielen.« Er hing anscheinend seinen Gedanken nach, blickte auf die Schreibtischplatte. »Aber es stimmt, Zeb und ich waren befreundet, auch außerhalb des Trainings. Wir sind auch ein paarmal zu viert ausgegangen, mit unseren Freundinnen.«

»Als er mit Carmen Fohl zusammen war? Vielmehr Carmen Wirth damals, richtig?«

»Genau, Carmen«, erinnerte sich Thomas.

»Hatten Sie später noch Kontakt zu ihr?«

Thomas seufzte. »Nein. Ich fand sie ein bisschen versnobt, unnahbar. Sie und Zeb waren ein seltsames Paar, aber Zeb war auch ein seltsamer Typ.«

»Inwiefern?«

Thomas dachte nach. »Wenn er mit dir sprach, war er voll bei der Sache, stellte dir zwanzig Fragen hintereinander über alles, was du so machtest, und dann wieder, einen Tag später, konntest du froh sein, wenn er dir überhaupt zunickte.«

»Dann war er wohl auch unnahbar?«, bemerkte Cap.

»Ich glaube, er war einfach immer ...« Bear hob seine Hand senkrecht vor die Augen und ließ sie wie zu einem Karateschlag herabschnellen. »... voll konzentriert.«

Cap dachte daran, wie Zeb übers Feld gerannt war.

»Waren Sie sauer nach seinem ›Lauf‹?«

»Na klar«, sagte Thomas. »Waren wir alle. Für mich spielte es nicht mal eine Rolle, dass es das ›große Spiel‹ war. Es war ein Spiel, verdammt. Wir hatten hart dafür trainiert, Mann. Hinterher hing ein Foto von ihm im Umkleideraum, das aussah wie Schweizer Käse mit all den Löchern von den Darts, die wir drauf geworfen haben.«

»Sind Sie's immer noch?«, fragte Cap.

»Sauer? Nein«, sagte Bear lachend. »Ich bin ein alter Mann, hab nicht mehr die Energie. Jedes Jahr die Wiederholung zu sehen, in den beklopptesten Zusammenschnitten – nach einer Weile hat's mir nichts mehr ausgemacht.«

»Und Zeb hat sich nie bei Ihnen gemeldet?«

»Nach dem Lauf? Nee«, sagte er und warf seinen leeren Becher in einen ein paar Meter entfernt stehenden Papierkorb. Er nahm einen Bleistift vom Schreibtisch, lehnte sich zurück. »Wissen Sie, ich habe lange nicht mehr an das alles gedacht, aber mir fällt ein, dass ich Carmen ein oder zwei Monate danach zufällig getroffen habe. Sie hat mich umarmt, was untypisch für sie war.«

»Wegen ihrer Unnahbarkeit«, sagte Cap.

»Genau.« Thomas grinste. »Und nach der Umarmung hat sie so was gesagt wie ›Es tut ihm leid, Bear, das alles tut ihm sehr leid‹.«

»Sie waren mal ein Paar«, gab Cap zu bedenken. »Vielleicht fand sie es angebracht, für ihn zu sprechen.«

»Vielleicht«, sagte Thomas und stellte den Bleistift auf die Spitze, legte seinen Zeigefinger auf den Radiergummi am Ende. »Aber jetzt, wo ich darüber nachdenke, klang es eher so, als wüsste sie es sicher. Als hätte er es ihr gesagt.«

Cap beobachtete, wie Thomas den gespitzten Bleistift in der Balance hielt. Natürlich würde er nicht stehen bleiben, wenn Thomas den Finger wegnahm, aber er sah trotzdem zu, in der Hoffnung, überrascht zu werden.

Vega ging durch den Waschsalon, avocadogrüne Waschmaschinen auf der einen Seite, schmutziggelbe Trockner auf der anderen. Kaum eine Maschine lief, nur zwei oder drei klackten und schleuderten. Es roch nach Weichspüler, und Vega sah die im Wind trocknenden Bettlaken an einer Wäscheleine auf dem Etikett der Marke vor sich.

Ein alter Mann mit einer dicken schwarzen Brille saß in einer erhöhten Kabine und starrte blinzelnd auf sein Handy. Er warf ihr einen Blick zu und deutete dann mit dem Kinn auf den hinteren Teil des Raums.

Der Mann, den sie suchte, saß auf dem letzten Stuhl am Ende der Doppelreihe, weißes T-Shirt, Jeans, schwarze Stiefel. Tätowierte durchtrainierte Arme. Schlank und jung, vermutlich flink auf den Beinen. Die einzige andere Kundin war eine Latina, die an einem Tisch in der Nähe des Eingangs Kleider zusammenlegte. Ein Kleinkind schlief in einem Kinderwagen neben ihr.

Auf dem Stuhl neben dem Typ lag eine zerknitterte Zeitschrift.

»Hallo«, sagte Vega, gespielt schüchtern. »Ist der Platz besetzt?«

Er nahm die Zeitschrift, rollte sie zusammen und bedeutete ihr mit einer Bewegung seines Kopfs, der an den Seiten fast kahlrasiert war und oben mit kaum längeren Haaren bedeckt, sich zu setzen. Um die dreißig, schätzte sie.

Sie hatte lange überlegt, wie sie sich nennen sollte, und war schließlich auf den am harmlosesten klingenden Namen verfallen, den sie kannte, zufällig auch der Kosename ihrer Stiefmutter.

»Ich bin Bitsy«, stellte sie sich vor. Leiser dann: »Sie sind Crinklecut?«

»Eigentlich Edward Cooper«, sagte er und gab ihr die Hand. »Aber stimmt, das bin ich. Schön, dich kennenzulernen.«

Wenn er lächelte, hellte sich sein Gesicht auf, die Mundwinkel, Augenbrauen und Lider hoben sich wie von unsichtbaren Fäden nach oben gezogen. Eine lange, gräuliche Prellung zog sich über seinen linken Wangenknochen. Vega kannte sich mit so etwas aus und wusste, dass sie mal Teil eines blauen Auges gewesen war.

»Ich mag deine Tattoos«, sagte sie, auf seinen Arm zeigend. »Wie viele hast du?«

»Keine Ahnung, wahrscheinlich dreißig kleinere.« Er zeigte ihr die Innenseite seines Unterarms mit dem Bild einer Faust innerhalb eines Lorbeerkranzes. »Auch ein paar größere. Ziemlich großes Teil am Rücken. Kann ich dir hier aber nicht zeigen«, sagte er lachend, und sie stimmte mit ein. »Hast du welche?«

»Noch nicht«, sagte Vega. Sie zog die Schultern hoch und stellte ihre Stiefelspitzen auf den Boden, wackelte damit wie eine gelangweilte Sechstklässlerin. Alles, um jünger und kleiner zu wirken. »Aber bald, hoffentlich.«

»Was schwebt dir vor?«

Vega blies die Backen auf.

»Was Einfaches, denke ich«, sagte sie. »Wie eine 88 in einer Rose, so dass sie quasi versteckt ist, weißt du?«

»Das ist eine gute Idee«, sagte er. »Das mit dem versteckt, meine ich.«

Cooper schlug die zusammengerollte Zeitschrift in seine Handfläche. »Mir hat gefallen, was du online zu sagen hattest.«

»Danke«, sagte Vega beflissen.

»Das meine ich ernst«, fuhr er fort, schlug weiter die Zeitschrift in seine Hand wie ein Baseballer der Little League, der seinen Handschuh lockern will. »Eine Menge Leute haben gute Absichten, aber nicht viele können sich so konkret äußern wie du.« Er knickte die Zeitschrift zusammen. »Was machst du beruflich?«

»Ich, äh«, sagte Vega und sah sich verstohlen um, »ich bin Lehrerin an einer Highschool.«

»Wusste ich's doch«, freute sich Cooper. »Hab ich an deinen Posts gemerkt, dass du nicht nur so daherredest. Welche Schule?«

Vega zog eine Grimasse. »Hey, ich ... also, wenn das okay ist, würde ich gern erst mal ein paar Dinge für mich behalten.«

Cooper sah sie durchdringend an. Seine Augen schillerten zwischen Dunkelgrau und Braun.

»Es ist nur ...« Sie strich sich die Haare hinter die Ohren. »Ich habe so was noch nie gemacht. Mich mit jemandem im wirklichen Leben zu treffen, den ich im Internet kennengelernt habe, meine ich.« Sie lachte verlegen. »Ich hatte auch noch nie ein Online-Date.«

Cooper lümmelte sich schmunzelnd in seinen Sitz. »Das ist gut«, sagte er. »Du bist klug. Ich könnte sonst wer sein.«

Vega blickte lächelnd auf ihre Hände.

»Ich mach dir einen Vorschlag«, sagte Cooper. »Wir lernen uns erst ein bisschen kennen, und du erzählst mir mehr über dich, sobald du dich wohl dabei fühlst. Ich habe eine Idee.« Er zog einen Kuli aus seiner Hosentasche. »Ich gebe dir meine Handynummer, dann kannst du mir eine Nachricht schreiben, wenn du Lust hast und das nicht online machen willst. Okay?«

Vega wandte sich ihm ganz zu und nickte.

Lächelnd riss er eine Ecke vom Titelblatt der Zeitschrift ab, schrieb seine Telefonnummer darauf.

»Gut«, sagte er und gab sie ihr. »Darf ich fragen, wie lange du schon unterrichtest?«

»Ein paar Jahre«, sagte Vega achselzuckend, seufzte dann. »Es ist irgendwie ein frustrierender Job.«

»Ach ja?«, sagte Cooper. »Wieso?«

»Zum Beispiel, weil es uns untersagt ist, mit den Schülern über unsere persönlichen Ansichten zu sprechen«, murmelte sie halblaut. »Aber ich sehe sie manchmal auch außerhalb der Schule. Ach was, öfter als manchmal, ich wohne schließlich in Ilona, meine Güte. Du kennst es, oder?«

»Oh ja, ist so ein Bremsspur-Ort. So groß wie 'ne Bremsspur in deiner Unterhose, weißt du.«

Vega machte ein überraschtes Gesicht, lachte dann.

»Entschuldige«, sagte Cooper mit einem zufriedenen Grinsen. »Ich habe die Highschool abgebrochen, deshalb drücke ich mich vielleicht nicht immer besonders fein aus.«

»Das war eine sehr anschauliche Beschreibung.«

»Ja, kann man so sagen.« Cooper lachte. »Ich ziehe gern über diese Käffer her, aber irgendwie mag ich sie auch, weißt du? Bist du in Ilona aufgewachsen?«

»Nein, in Kalifornien«, antwortete sie. »Aber es ist überall das Gleiche, mit den kleinen Städten, meine ich.«

»Stimmt genau«, sagte Cooper ernst. »Es ist im ganzen Land das Gleiche. Kleinstädte sind wie diese ... weißt du, was ein Terrarium ist?«

»So was wie ein Garten in einem Glaskasten?«

»Ja. Was ich meine, ist, diese Orte stehen stellvertretend für das ganze Land. Das Gute und das Schlechte fechten es ständig untereinander aus, genau wie in den Großstädten.« Er musterte sie von Kopf bis Fuß. »Darf ich fragen, wie alt du bist?«

Sie stellte eine schnelle Berechnung an. Für je jünger er sie hielt, desto glaubwürdiger würde ihre Nummer sein. Wenn er um die dreißig war und Neil Klimmer angeworben hatte, als der noch zur Schule ging, musste sie ihr Alter möglichst tief ansetzen. An Tagen, an denen sie nicht zu müde war, ging sie zwar noch für Ende zwanzig durch, aber sie wollte lieber nichts riskieren. Schließlich hatte sie als Teenager viel Zeit in der Sonne verbracht und die Lachfältchen um Augen und Mund waren nicht zu verbergen, aber ein paar Jährchen konnte sie ruhig abziehen.

»Zweiunddreißig«, sagte sie und sah auf ihre Schuhspitzen. »Alt, ich weiß.«

»Ich bitte dich«, sagte Cooper. »Du siehst keinen Tag älter aus als dreißig, echt. Und ich bin auch schon einunddreißig.«

»Ich weiß halt nur, dass die Leute, die aktiv werden, eher jünger sind.«

»Kennst du jemand Bestimmten?«, fragte er.

Vega gestattete sich ein verhaltenes Lächeln. »Ich, äh, hatte mal ein, zwei Schüler vor ein paar Jahren, sie wohnen immer noch in der Stadt. Sie sprühen Wände voll, machen so Kinderkram.« Flüsternd fügte sie hinzu: »Nennen sich Liberty Pure.«

»Oh ja«, sagte Cooper lebhaft, »die LPs von Ilona sind so was wie unsere Jugendgruppe. Mag Kinderkram sein, aber jeder Beitrag zählt.«

»Da stimme ich dir vollkommen zu«, sagte sie. »Nur, ich würde gern etwas Sinnvolleres tun.«

»Hört sich an, als hättest du dir schon einige Gedanken gemacht«, sagte Cooper. »Was ich toll finde. Aber eins kann ich dir sagen, Bitsy – die Jugendlichen sind wichtig für unsere Arbeit, keine Frage. Kids, die online posten, Kids, die sprühen, Kids, die Böller im Keller basteln – so war ich auch mal. Auf ihre Art sind das auch sinnvolle Aktionen, und die Führung ist nicht darauf aus, jede Kleinigkeit zu überwachen. Meine Aufgabe ist es, sie zu ermutigen und so etwas wie ein Bezugspunkt für sie zu sein, aber was immer sie da in Ilona machen, ist ihre Idee, und das ist auch gut so. Wir wissen, dass sie da sind, wenn wir sie brauchen, verstehst du?«

Vega nickte.

Sie hatte das Ganze nicht geplant. Im Grunde ging sie bei vielen ihrer Fälle nicht nach Plan vor. In ihrem Job war es eher so, als würde man mit verbundenen Augen durch den Wald stolpern, die Arme ausgestreckt, um die Bäume zu ertasten, bevor man mit ihnen zusammenstieß.

Mit gekrümmtem Finger winkte sie Cooper näher heran. Als er sich vorbeugte, brachte sie ihre Lippen an sein Ohr, das nach Rasiercreme roch und drei Löcher im Läppchen hatte.

»Die Schüler heißen Neil Klimmer und Derek Fenton. Kennst du sie?«

Cooper lachte bestätigend.

»Klar kenne ich sie. Sind gute Jungs. Denken über vieles nach. Weißt du, Bitsy, auch wenn du glaubst, dass du nichts bewirkst, hast du sie vielleicht doch beeinflusst, als sie in deiner Klasse waren.«

Vega strahlte ihn an. »So habe ich das noch nie betrachtet.«

»Solltest du aber. Du hast schon angefangen, etwas zu tun.«

Eigentlich hatte sie bei diesem Mann nur ein bisschen auf den Busch klopfen wollen, sehen wollen, ob etwas über eine Verbindung zwischen ihm und Neil und Derek herauskam, aber hier tat sich eine viel größere Lücke im Dickicht auf, als sie erwartet hatte. Okay, wenn dieser Typ eine reine weiße Jungfer retten wollte, sollte er sie bekommen.

»Wäre es okay …«, sagte sie zögerlich und mit leicht gequältem Ausdruck, »wenn du ihnen erst mal nicht erzählst, dass du mich getroffen hast? Ich hätte gern, dass das unter uns bleibt.«

Sie konnte Cooper nicht direkt ansehen, weil sie immer noch einen auf schüchtern machte, aber sie stellte mit einem Seitenblick fest, dass ihm ihre Bitte nicht richtig schmeckte. Er brauchte ein paar Sekunden, um zu antworten.

»Wie gesagt, wir können das so langsam angehen, wie du möchtest. Ich will dich zu nichts drängen.«

»Ist schon gut«, sagte sie und tätschelte flüchtig sein Bein. »Ich muss lernen, nicht immer vor allem Angst zu haben.«

»Ach, komm«, sagte Cooper. »Du bist schließlich hier, oder?«

Jetzt sah sie ihm ins Gesicht. »Ja, du hast recht, ich bin hier.« Dann warf sie einen Blick auf ihre Uhr. »Ich muss gehen, aber ich bin wirklich froh, dass ich heute hergekommen bin.«

»Ich auch, Bitsy«, sagte Cooper und sah ihr in die Augen. »Wenn man erst mal aufgewacht ist, kann man nicht mehr weiterschlafen. Weißt du, was ich meine?«

Cap spürte eine ungewohnte Leichtigkeit in den Gliedern, als er durch Scranton und Wilkes-Barre fuhr. Die Poconos im Osten wirkten majestätisch unter ihrer Schneehaube, dabei hatte er normalerweise nicht besonders viel für die landschaftlichen Schönheiten Pennsylvanias übrig, erstens, weil er schon so lange hier lebte, und zweitens, weil er New York als seiner Heimatstadt die Treue geschworen hatte (die Poconos waren hübsch, aber keine Catskills). Auf einmal hatte er das dringende Bedürfnis, das alles jemandem mitzuteilen, seine Stimmung, die Neuigkeiten, die Pracht der Berge. Er wies den Sprachassistenten an, Nell mobil anzurufen. Irgendwann musste er ihr schließlich gestehen, dass Vega bei ihm gewesen war und ihn um seine Mitarbeit gebeten hatte, dass er abgelehnt hatte und jetzt feststellte, dass er sich nützlich machen, neuen Herausforderungen stellen, sein Gehirn anstrengen wollte.

»Nell mobil wird angerufen«, antwortete die nette Dame. Sogar sie wirkte heute besonders hilfsbereit.

Nach dreimaligem Klingeln meldete sich die Voicemailansage. »Hey, Bug, ich bin fast zu Hause. Hab dir viel zu erzählen, aber nur Gutes, keine Sorge. Ich, äh, gucke gerade auf die Poconos – weißt du noch, wie wir dort mal mit dem Reifenschlauch rodeln waren? Du musst so zehn oder elf gewesen sein. Ich hatte das fast vergessen. Zuerst hat's dir nicht gefallen, und dann konnten wir dich nicht mehr aus dem Ding rauskriegen.«

Er sah sich im Rückspiegel lächeln. Google-Bild zum Stichwort »wehmütig«, dachte er.

»Anruf von Nell mobil«, kündigte die Bluetooth-Dame an.

»Annehmen«, sagte Cap, mit froherem Lächeln jetzt.

»Dad?«, sagte Nell.

»Hallo! Ich bin gleich zu Hause ...«

»Hast du meine Nachrichten gesehen?«, unterbrach sie ihn.

»Nachrichten?«, fragte er mit einem Blick auf den Monitor im Armaturenbrett. »Nein, aus irgendeinem Grund werden sie nicht über Bluetooth angezeigt.«

»Okay.« Sie seufzte bedrückt. »Guck jetzt aber nicht auf dein Handy, ja?«

»Was ist passiert, Nell?«

»Mir geht's gut. Alles gut.« Sie erinnerte ihn an eine Flugbegleiterin in einem Flieger, der stetig an Höhe verlor.

»Nell!«, sagte er streng. »Sag mir, was los ist.«

»Nein, Dad, alles okay«, antwortete sie ebenso streng. »Em ist schon auf dem Weg hierher. Komm bitte einfach bald.«

Cap war deutlich über Tempolimit, ohne sich darum zu scheren. Wie oft schon hatte er Nell heruntergeputzt, wenn sie über Denvilles Straßen heizte, und hier bretterte er über die Temposchwellen um den Zebrastreifen vor der Mittelschule. Er nahm den Fuß vom Gas, als er in seine Straße einbog, tippte nur kurz die Bremse an und riss das Steuer nach links, um nicht auf den Bürgersteig aufzufahren, verlangsamte beim Anblick des blinkenden roten Lichts eines Zivilfahrzeugs vor seinem Haus.

Als er in die Einfahrt fuhr, sah er Nell und seinen alten Partner Em auf dem Rasen miteinander reden, sie wirkten ruhig. Nell war offenbar nichts passiert, ihr Gesichtsausdruck erinnerte ihn an den von Eltern, deren Kind krank war, aber nicht ernstlich, nur ein Magen-Darm-Infekt oder so. Eher erschöpft als angstvoll. Trotzdem spürte er etwas Heißes, Bitteres in der Kehle, eine aufsteigende Übelkeit.

Er sprang aus dem Auto und umarmte Nell wortlos.

»Dad, mir geht's wirklich gut«, sagte sie fest.

Em sagte auch irgendetwas, aber Cap verstand es nicht. Seine ganze Aufmerksamkeit war auf Nells Kopf an seiner Schulter gerichtet, sie war jetzt nur noch etwa drei Zentimeter kleiner als er.

»Du bist okay.« Er ließ sie los.

»Ja, Dad, hab ich doch gesagt.«

Cap hatte den Eindruck, dass sie sich beherrschen musste, um nicht von seiner Besorgnis genervt zu sein, geschürzte Lippen, verschränkte Arme.

»Hallo, Kumpel«, mischte sich Em ein.

»Hallo«, sagte Cap, ließ sich von ihm die Hand schütteln und auf die Schulter klopfen.

Erst dann sah er richtig hin. Er war so auf Nell fixiert gewesen, dass er ihre Nachricht wegen ihres Autos gar nicht richtig verarbeitet hatte. Jetzt verstand er. Die Hände auf die Hüften gestemmt, ging er darauf zu.

Das Heckfenster war eingeschlagen worden, ein Loch mit gezacktem Rand in der unteren rechten Ecke, strahlenförmige Risse in der Scheibe. Die Bassdrum lag noch im Kofferraum, und als er davorstand, wurde ihm das Ausmaß des Schadens endlich klar.

Ein Loch von der Größe einer Grapefruit war säuberlich in das Schlagfell geschnitten worden.

Cap legte die Hand an die Stirn, wie um zu fühlen, ob er Fieber hatte. Er versuchte, eine erste Frage zu stellen.

»Ich habe zwei Officers herbeordert, die alles untersuchen und Fingerabdrücke sichern werden«, sagte Em. »Herumfragen, ob jemand was beobachtet hat.«

»Erzähl mir nochmal, was passiert ist«, sagte Cap zu Nell.

»Ich war in meinem Zimmer und hab Musik gehört. Als ich nach unten bin, um mir ein Glas Wasser zu holen, habe ich es auf dem Boden vor der Tür gesehen.«

»Vor der Tür?«, fragte Cap. »Im Haus?«

Nell und Em sahen sich an. Offenbar hatten sie schon darüber gesprochen. Nell hielt die Scheibe aus milchiger Polyesterfolie in die Höhe, die aus ihrer Trommel herausgeschnitten worden war.

»Durch den Briefschlitz«, sagte sie.

Cap ging auf sie zu, zeigte auf die Scheibe.

»Im Haus«, sagte er. »Du hast sie angefasst.«

»Wir werden sie trotzdem mit Puder behandeln«, sagte Em beschwichtigend. »Vielleicht können wir Nells Abdrücke separieren.«

»Ich habe ja nicht gleich an ein Beweisstück von einem Tatort gedacht«, sagte Nell. »Es war bloß so ein komisches Ding auf dem Boden.»

Cap rieb sich das Kinn. »Hast du jemanden gesehen?«

Nell schüttelte den Kopf. »Ich bin rausgegangen, habe das Auto gesehen, aber sonst nichts. Niemanden. Hab dir eine Nachricht geschrieben, dann ihn angerufen«, sagte sie, auf Em deutend. »Dann hast du zurückgerufen.«

»Wir werden keine Fingerabdrücke bekommen«, murmelte Cap in sich hinein.

»Einen Versuch ist es trotzdem wert, Mann«, sagte Em.

»Ja, ich meine, vielleicht hat er ja keine Handschuhe getragen, unser Vandale«, sagte Nell im Weggehen.

»Wo willst du hin?«, fragte Cap.

»Bosch fragen, ob er oder Mama Bosch was gesehen haben.« Sie hielt auf das Nachbarhaus zu.

»Willst du nicht auf meine Leute warten?«, rief Em ihr nach.

»Die beiden sind 'n bisschen scheu bei Fremden«, rief Nell zurück.

»Sie hat recht«, sagte Cap. »Sie wird mehr aus ihnen herauskriegen als deine Jungs.«

Em nickte und machte einen Schritt auf ihn zu, blieb aber ein wenig auf Abstand.

»Cap, ich hab einen Neuling zur Überwachung abgestellt heute Nacht«, sagte er und zeigte auf die Straße. »Gleich hier vorn. Damit du und Nell ruhig schlafen könnt.«

»Hm, keine Chance.« Cap starrte benommen auf die kaputte Heckscheibe. »Aber danke.«

»Wenn ich sonst noch was tun kann ...« Em folgte seinem Blick zum Briefschlitz. »Ist nicht das Gleiche, als wäre dein Haus mit Eiern beworfen worden, weißt du? Kommt mir nicht wie ein Streich vor.«

»Nein«, sagte Cap. »Mir auch nicht.«

»Fällt dir irgendwer ein, der dir oder Nell was heimzahlen will? Euch Angst einjagen will, so Marke großer böser Wolf?«

Groß und böse, dachte Cap.

»Nicht spontan, aber ich kenne jemand, der möglicherweise eine Idee hat«, sagte er.

Sie standen noch einen Moment da und starrten auf den Briefschlitz. Auf einmal war Cap nicht mehr ganz so panisch. Nachdem er Nell und den tatsächlichen Schaden gesehen hatte, hatte sich die Angst gelegt. Sie würde wiederkommen, wusste er, aber im Moment spürte er nur die vertraute Ruhe distanzierter Beobachtung, durch die hin und wieder die stumpfe Schneide einer Stinkwut schnitt.

Cartwright, der FBI-Mann, rief Vega an, als sie im Auto vor Cara Simms' Einfahrt wartete.

»Liberty Pure ist in der Tat ein Problem«, sagte er. »Typisch, dass gerade Sie auf die stoßen.«

»Ach ja?«, fragte Vega interessiert.

»Sie werden landesweit mit ein paar unschönen Vorfällen in Verbindung gebracht, haben bis jetzt aber noch keine große Aufmerksamkeit auf sich gezogen. Ein paar tätliche Angriffe, hier und da Sachbeschädigung, ein paar Bombendrohungen.«

»Irgendwelche echten Bomben?«

»Dazu wollte ich gerade kommen«, sagte Cartwright. Vega stellte ihn sich in einem Büro vor, die Füße auf dem Schreibtisch. »Wir haben was munkeln hören, dass bald eine größere Sache passieren soll. Ein religiöses Gebäude, vielleicht auch ein Denkmal.«

Vega kniff nachdenklich die Augen zusammen, so dass Caras Haus verschwamm.

»Sie wissen nicht, was von beidem, oder Sie dürfen es mir nicht sagen?«

Cartwright lachte auf diese gedämpfte Art, die sie immer mit Südstaatlern verband.

»Ich kann Ihnen verraten, was relevant ist für das, was Sie da treiben. Sie sagen, diese Typen sind alles Jugendliche?«

»Soweit ich sehe, ja.«

»Okay. Also, wir wissen, dass es noch sehr viel mehr von denen gibt, und zwar schon seit geraumer Zeit.«

»Diese Jungs hier in Ilona, Oregon, haben also vermutlich nicht viel zu sagen.«

»Eher nicht«, sagte Cartwright. »Es sieht so aus: Die Führungsriege ist ziemlich gewieft und schlüpfrig, aber vieles deutet stark auf die Westküste hin. Und da, wo Sie gerade herumstochern, könnte genau das Zentrum sein.«

»Was Sie nicht sagen«, murmelte sie, während sie Caras Wagen in die Straße zu ihrem Haus einbiegen sah.

Sie verabschiedete sich rasch von Cartwright und winkte Cara zu, als sie heran war, doch die winkte nicht zurück. Der Junge, Ethan, saß mit hängendem Kopf auf dem Beifahrersitz.

Cara hielt direkt vor ihr, Schnauze an Schnauze, und stieg aus. Sie hatte einen Ausdruck, den Vega kannte, diese brüchige Maske aus Verzweiflung und Wut von Eltern, wenn etwas mit ihren Kindern passiert ist. Sie stieg ebenfalls aus.

»Was machen Sie hier?«, fragte Cara und schlug die Wagentür zu.

»Ich wollte mal nach Ihnen sehen.« Vega deutete mit dem Kopf auf Ethan. »Ist alles in Ordnung mit ihm?«

»Nein, ist es nicht.« Caras Stimme schwankte. »Er sagt, dass ein paar Jungs, die er nicht kennt, ältere Jungs, ihn mit Paintballs beschossen haben, als er mit dem Fahrrad von der Schule aus zu einem Freund gefahren ist. Seine Brust ...«

Vega sah zu Ethan hin und erkannte jetzt rote Spritzer auf seinem Shirt, seinem Hals und seinem Kinn.

»Prellungen?«, fragte Vega, obwohl sie die Antwort schon kannte.

»Ja, Prellungen.« Cara wurde zunehmend wütend. »Manche so dick wie Baseballs, Herrgott nochmal. Dunkelviolett ...« Sie schüttelte den Kopf. »Ich habe Ihnen erklärt, was das bedeutet, Ms Vega, diese Verantwortung. Wenn man Kinder hat, für die man sorgen muss, kann man nicht mehr tun und lassen, was man will.«

»Ich habe niemandem etwas über Sie erzählt«, sagte Vega. »Ich habe nichts von dem weitergegeben, was Sie mir anvertraut haben.«

»Dann wird mein Haus wohl beobachtet«, sagte Cara mit höhnischem Unterton. »Oder Sie werden beschattet.«

»Beides möglich.«

»Die hatten ihre Meinung schon deutlich gemacht«, zischte sie leise. »Hatten mit der Sprüherei ihren Stempel hinterlassen. Die Sache war erledigt. Das hier ist jetzt nur Ihretwegen passiert.«

Sie hatte recht, wusste Vega.

»Es tut mir leid. Muss er in eine Notfallklinik?«, fragte sie.

»Ich habe morgen einen Termin beim Kinderarzt mit ihm.« Caras Augen waren wie kleine Laser. »Ich möchte, dass Sie mich und meinen Neffen von jetzt an in Ruhe lassen. Bitte nehmen Sie keinen Kontakt mehr zu mir auf, haben Sie verstanden?«

»Ja, ich verstehe«, war alles, was Vega sagen konnte.

Cara funkelte sie noch einen Moment länger an, stieg dann ins Auto und fuhr ihre Auffahrt hinauf.

Vega fühlte ihr Handy vibrieren, wollte aber zuerst von Caras Straße weg, ehe sie ranging. Sie setzte sich ans Steuer und schlug die Richtung zum Motel ein.

Als sie auf den Bildschirm blickte, sah sie eine Nachricht von Cap – das Foto eines Autos und »Bitte ruf mich an«. Sie steckte sich einen kabellosen Stöpsel ins Ohr, tippte mit dem Daumen auf Caps Namen und auf »Audio«. Er meldete sich sofort.

»Hey.« Er klang nicht besonders panisch.

»Hey«, sagte sie. »Was ist das für ein Auto?«

»Nells«, antwortete Cap. »Sie war oben, als das passiert ist. Ich war nicht da.«

Vega schloss kurz die Augen, merkte, dass sie bis zu diesem Moment gehofft hatte, es ginge nicht um Nell.

»Ist jemand ins Haus eingedrungen?«

»Nein«, sagte Cap. »Aber der Kerl hat nicht nur die Heckscheibe eingeschlagen, sondern auch ein Loch in Nells Trommel geschnitten, die im Kofferraum lag. Dann hat er das ausgeschnittene runde Stück durch den Briefschlitz in der Haustür geworfen.«

Vega schlug mit der Hand aufs Lenkrad ein.

»Hast du Junior angerufen?«

»Nein, Nell hat Em geholt«, sagte Cap. »Er hat das Grundstück abgesucht und ein paar Officer mit der Untersuchung beauftragt.«

»Was ist mit Bosch?«

»Nell spricht gerade mit ihm und seiner Mutter.«

»Sie reden eher mit ihr als mit einem Cop«, schloss Vega.

»Genau. Hör mal, Vega, wir wissen nicht, ob das nicht Zufall war. Vielleicht nur ein böser Schabernack.« Caps Ton wurde zunehmend bitter. »Oder es war jemand, dem ich beim Ermitteln für Vera auf den Schlips getreten bin.« Er lachte auf. »Ein gekränkter Beschuldigter. Vielleicht gibt es auch irgendwo auf der Welt tatsächlich einen Menschen, der etwas gegen Nell hat.«

Vega stellte ihn sich vor: die schief hängende Krawatte, Ringe unter den Augen, auf und ab tigernd.

»Alles recht unwahrscheinlich«, sagte sie.

»Allerdings«, sagte er, ließ das S am Ende zischen. »Ziemlich. Echt kein Thema, wie Nell sagen würde. Ein Thema ist dagegen, dass ich in letzter Zeit nur ein einziges Mal in den Nachrichten war, nämlich bei dem Brandt-Fall. An dem ich zusammen mit dir gearbeitet habe.«

Vega hielt an einer roten Ampel, machte eine lockere Faust mit der rechten Hand.

»Tut mir leid wegen des Autos. Und der Trommel«, sagte sie.

Er antwortete nicht. Sie hörte nichts als das Rauschen von Wind im Hintergrund.

»Ich kann dir noch heute Geld überweisen«, sagte sie. »Für die Reparatur.«

»Ich will dein Geld nicht, Vega. Ich will, dass du keine Leute anpisst, die wissen, wo meine Tochter wohnt.«

»Caplan, du bist wütend. Ich verstehe das ...«

»Du verstehst überhaupt nichts«, blaffte er. »Du lebst dein

Leben ohne Plan, und das ist okay, das ist prima, deine Intuition hat dir immer gute Dienste geleistet, aber mir und meinem Kind hilft das wenig. Kapierst du das, Vega?«

Es wurde grün, aber sie fuhr nicht los, keine Fahrzeuge hinter ihr.

»Bist du noch da?«, fragte er.

»Ja«, sagte sie. »Bin da.«

Sie hörte seinen Atem.

»Hast du irgendwas zu sagen?«, fragte er nach ein paar Sekunden.

»Es tut mir leid, und ich bezahle alles.«

»Das hast du schon gesagt. Aber das reicht nicht.«

Cap legte auf.

Die Ampel war wieder rot geworden. Vega warf ihr Handy auf den Beifahrersitz, legte die Parkstellung ein und stieg aus. Auf einmal wusste sie nicht, wohin mit ihren Händen, sie waren schwer und kribbelten, als hätte sie auf ihnen geschlafen. Sie hob die geballte Faust, bereit, sie wie einen Richterhammer auf das Autodach niedergehen zu lassen, senkte sie aber nur langsam ab.

Dann kam ein anderes Auto, es wurde grün und sie fuhr weiter, mit immer noch tauben Händen.

Später, nachdem er und Nell alle Fragen beantwortet und nachdem Em und seine Kollegen sich verabschiedet hatten und der Neuling sich in seinem Streifenwagen auf der anderen Straßenseite in Position gebracht hatte, kochte Cap zum Abendessen eins von den drei Gerichten, die er konnte, den Tortellini-Auflauf mit Grillhähnchen. Grillhähnchenreste mit gekochten Tortellini aus der Packung und viel Tomatensoße in eine Auflaufform, überbacken mit geriebenem Käse.

Nell hatte nicht viel gesagt, seit die Polizei weg war, hatte am Küchentisch abwechselnd mit Freunden gechattet und an einer Hausaufgabe für ihren Physik-Leistungskurs gearbeitet.

Cap erhaschte einen Blick auf die Gleichungen, als er den Tisch deckte, und bekam beinahe Kopfschmerzen.

»›Wie hoch ist die Geschwindigkeit eines rollenden Katapults, nachdem das Geschoss abgefeuert wurde?‹«, las er laut. »Klingt gefährlich.«

»Du glaubst nicht, wie gefährlich es in fortgeschrittener Physik zugeht«, bestätigte Nell. »Ständig werden Gewichte von Katapulten geschleudert, Kanonenkugeln abgefeuert, Kugeln aus Gewehren.« Sie tippte mit dem Radiergummi ihres Bleistifts auf das Blatt. »Eine Aufgabe wird immer wieder gestellt, in der zwei Lasten unterschiedlichen Gewichts an einem Flaschenzug befestigt sind, und man muss berechnen, welche Seite zuerst runterkommt. Es ist nicht unbedingt die mit der schwereren Last.«

»Ich bin schon bei den Gewehren ausgestiegen«, sagte Cap.

Nell lachte mit geschlossenem Mund, nur ein »Hmpf«.

»Hey, Dad?«, sagte sie dann, als hätten sie sich nicht eben schon unterhalten.

»Ja, Bug?«

»Ich habe deine Nachricht abgehört. Du meintest, du hättest mir viel zu erzählen?«

Cap lehnte sich an den Küchenschrank. Er hatte eine vage Erinnerung daran, wie unbeschwert ihm zumute gewesen war, als er die Nachricht hinterließ, wie der Anblick der schneebedeckten Berge in der Ferne ihn die Schönheit des Tags hatte erkennen lassen. Es schien lange her zu sein.

»Stimmt«, sagte er und verschränkte die Arme. »Ich war heute in Binghamton und habe mit einem Mann namens Bear Thomas gesprochen.«

Er berichtete ihr alles, begann mit seinem Gespräch mit Bear und endete mit Vegas überraschendem Besuch davor. Nell zeigte mit ihrem Bleistift auf ihn.

»Ich kann's nicht fassen, dass du mir nichts davon erzählt hast«, sagte sie, jedoch ohne sauer zu klingen. »Vega war tatsächlich hier?«

»Ja.«

»Und du bist los, um jemand wegen ihres Falls zu befragen, obwohl du nicht an dem Fall mitarbeitest?«

Cap kratzte sich am Kopf. »Genau.«

»Aha«, sagte sie.

»Was soll das heißen?«, fragte er, während er die Ofenhandschuhe überzog.

»Nichts. Nur ›aha‹.«

»Komm mir nicht so.« Er wedelte mit der behandschuhten Hand. »Das war ein aufgeladenes Aha.«

Nell hielt den Bleistift zwischen zwei Fingern und ließ ihn auf ihr Heft wippen.

»Vom Standpunkt eines neutralen Beobachters aus stellt es sich so dar, als hättest du Vegas Angebot vielleicht annehmen sollen.«

Cap breitete die Hände aus. »Siehst du hier irgendwelche neutralen Beobachter?«

»Ich habe den Vorteil, zum ersten Mal davon zu hören, mit frischem Ohr sozusagen.«

»Frisches Ohr«, spottete Cap und lugte durch die Glasfront in den Backofen.

»Sag nichts gegen mein frisches Ohr«, erwiderte Nell lachend. »Du musst zugeben, dass du Vegas Fall einfach hättest annehmen sollen. Und sei es in der Funktion als Ermittler aus der Ferne.«

»Ich gebe gar nichts zu«, sagte Cap, stur auf den Auflauf blickend. »Höchstens gestehe ich ein, dass es ein gutes Gefühl war, mit Bear Thomas zu reden, an etwas beteiligt zu sein, was ein bisschen interessanter ist als das, was ich für Vera mache.«

»Eingeständnis akzeptiert«, sagte Nell. »War doch gar nicht so schwer, oder?«

Sie legte den Bleistift ab und sah auf ihr Handy, während Cap den Backofen aufmachte.

»Übrigens habe ich neue Informationen. Ich habe ein bisschen rumgetextet. Da ist so ein Mädchen, das auf die St. Paul's geht. Anscheinend ist sie im Internet von ein paar Typen gemobbt worden, und kurz darauf wurde ihr Auto aufgebrochen.«

»Ach ja?«, sagte Cap, während ihm die heiße Luft ins Gesicht schlug.

»Ja«, sagte Nell. »Ihre Jacke lag auf dem Vordersitz, und der Täter hat ein Loch hineingeschnitten und es in ihren Spind gelegt – also das Stück Stoff.« Sie zuckte die Achseln. »Hört sich ähnlich an wie das, was bei uns passiert ist, meinst du nicht?«

Cap umfasste die Auflaufform mit den Handschuhen und zog sie aus dem Ofen.

»Gibt 'ne Menge Arschlöcher da draußen.« Er stellte den Auflauf vorsichtig auf den Herd.

»Ich glaube, ich spreche mal mit ihr. Der St. Paul's-Schülerin«, sagte Nell.

Cap drehte sich zu ihr um, zog die Ofenhandschuhe aus und warf sie neben sich auf die Arbeitsplatte.

»Wie wär's, wenn ich stattdessen Em davon erzähle?«

Nell ließ den Bleistift – Spitze, Gummi – wieder auf ihre Hausaufgaben wippen.

»Dad«, sagte sie in einem Ton, als hätte sie diese Diskussion schon eine Weile aufgeschoben und könnte sie jetzt nicht mehr vermeiden. »Ich kenne einige von den Leuten. Es sind Gleichaltrige.«

»Nell«, sagte Cap, »soll ich dir die Gründe aufzählen, warum du das besser den Profis überlassen solltest?«

Nell legte den Radiergummi ihres Bleistifts an den Zeigefinger, zählte ab.

»Erstens, die Person oder Personen, die das Auto aufgebrochen und die Trommel zerschnitten haben, könnten gefährlich sein. Ich halte dagegen, dass das übertrieben ist. Wenn sie uns Gewalt antun wollten, hätten sie sich nicht so viel Mühe mit dem Versuch gemacht, uns Angst einzujagen. Zweitens« – der Radiergummi landete auf ihrem Mittelfinger – »die Polizei von Denville ist effektiver. Das würde ich bestreiten. Schick ein paar Cops zur Befragung los, und sämtliche Jugendlichen werden dichtmachen, weil sie sich keinen Ärger einhandeln wollen, selbst wenn sie nichts angestellt haben. Drittens«, fuhr sie fort, auf den Ringfinger tippend, »die Polizei von Denville ist klüger und erfahrener als ich.«

Sie warf ihm einen ironischen Blick zu. Hätte sie eine Bibliothekarinnenbrille aufgehabt, hätte sie ihn über den Rand hinweg angesehen.

»Letzteres gestehe ich dir zu, aber nicht Ersteres. Viertens, die Polizei hat Zugang zu relevanten Informationen wie Vorstrafen et cetera. Ich wende ein, dass das nicht notwendigerweise hilfreich ist, um unsere Täter zu finden.«

»Wieso nicht?« Cap legte einen sechseckigen Untersetzer aus Silikon auf den Tisch. Er konnte es sich nicht verkneifen, Nells Argumente von allen Seiten zu beschnüffeln.

»Meine Quellen sagen, dass das Mädchen von St. Paul's diese Typen in Subreddits kennengelernt hat«, sagte sie und scrollte durch ihr Handy. »Du weißt, was das ist, Dad?«

»Klar.«

Nell sah ihn skeptisch an, worauf er lachte.

»Ich lebe nicht hinterm Mond, weißt du. Und ich lese ab und zu Nachrichten«, sagte er, während er den Auflauf auf den Untersetzer stellte.

»Gut, dann weißt du, dass es stimmt, was ich sage. Redditors und andere Web-Loser verbringen viel, sehr viel Zeit damit, andere online zu bedrohen. Wahrscheinlich aus den Kellern der Vorstadthäuser ihrer Eltern.«

Cap schöpfte einen Berg Auflauf auf Nells Teller, dann auf seinen eigenen.

»Soll heißen?«, sagte er.

»Soll heißen, dass sie nicht vorbestraft sind!«, rief sie frustriert. »Die haben wahrscheinlich noch nicht mal eine rote Ampel überfahren. Das da war vermutlich das Riskanteste, was sie je im echten Leben gemacht haben.« Sie wedelte in Richtung Vorderseite des Hauses.

»Okay«, sagte Cap. »Zu deinem ersten Punkt, der der wichtigste ist: Ich habe, wie gesagt, hier und da ein paar Artikel gelesen. Und genau diese Bevölkerungsgruppe hat die Tendenz, sich irgendwann auf den legalen oder illegalen Kauf von Feuerwaffen zu verlegen. Und von da ist es nur ein kleiner Schritt zum Inlandsterrorismus.«

Cap unterbrach sich, merkte, dass er ihr noch mehr zu sagen hatte.

»Vega ist mit solchen Typen aneinandergeraten, im Zusammenhang mit ihrem aktuellen Fall«, sagte er. »Ich denke, dass wir deshalb zur Zielscheibe geworden sind. Man braucht schließlich nicht lange, um meinen Namen in Verbindung mit Vega im Internet zu finden. Wäre ein zu großer Zufall.«

Er beobachtete, wie die Information bei ihr ankam.

»Ich dachte, sie sucht nach diesem Footballspieler.«

»Tut sie auch. Aber dabei hat sie es geschafft, einer Gruppe von Rechtsradikalen auf die Füße zu treten, deren Reichweite anscheinend über die Westküste hinausgeht. Wir wissen noch nicht genau, wozu die fähig sind.«

»Warum hast du mir diesen Teil nicht schon früher erzählt?«

»Hey, Prinzip Kenntnis nur bei Bedarf, okay?«, sagte er, ihrem Blick ausweichend. Er aß eine Gabel von seinem Auflauf, versuchte, sich wie ein normaler Mann bei einem normalen Abendessen zu benehmen.

»Na schön. Wäre also korrekt zu sagen, dass ein paar von diesen Typen gefährlich sind. Aber nicht alle, Dad.« Nell kaute, schluckte. »Ich würde sogar behaupten, nicht mal die meisten. Die meisten holen sich einfach bei ihrem Cyberstammtisch gemeinsam einen runter.«

Cap schluckte zu schnell und verbrannte sich den Gaumen an der heißen Tomatensoße.

»Schon gut, schon gut«, sagte er hustend.

Nell grinste, freute sich, ihn schockiert zu haben.

»Bitte, Dad«, sagte sie und faltete gespielt flehend die Hände. »Bitte lass mich der Sache nachgehen. Das ist alles, was ich mir zum Schulabschluss wünsche.«

»Ich dachte, du wolltest ein Auto mit anständiger Leistung zum Schulabschluss.«

»Ein Auto mit anständiger Leistung und das«, sagte sie. »Ehrlich, ich versprech's dir, ich stelle ein paar Nachforschungen an und berichte dir. Du kannst es an Em weiterleiten oder auch nicht. Lass mich nur mit diesem Mädchen von der St. Paul's sprechen und herausfinden, was sie weiß. Oh, und ich habe noch ein Argument – Nummer fünf.«

»Was ist Nummer fünf?«

»Es war meine Trommel, die sie zerstört haben«, erklärte sie ruhig und ernst. »Du weißt, was ich damit sagen will, oder?«

Cap zuckte die Achseln.

»Diesmal ...«, begann Nell leise.

»Sag's nicht!«

»Ist es persönlich.«

Cap schüttelte den Kopf und dachte kurz daran, sie wegen der zurückgelassenen Fußmaschine zur Rede zu stellen, ließ es aber sein. Seufzend brachte er einen letzten, schwachen Einwand vor.

»Mach bitte zuerst deine Hausaufgaben fertig.«

Nells Augen leuchteten, als sie aufsprang und ihm einen Kuss auf den Kopf drückte.

»Mach ich, versprochen. Bester Dad der Welt!«

Cap verdrehte theatralisch die Augen, war aber insgeheim stolz und froh, eine Tochter zu haben, die nicht aufhörte, Fragen zu stellen, und nur eine Pause einlegte, um ihrem alten Herrn einen Kuss zu geben.

Vega versuchte, Cap eine Nachricht zu schreiben, nachdem er einfach aufgelegt hatte, kam aber nicht weit damit. Fing noch nicht einmal an zu tippen. Entschuldigt hatte sie sich bereits, was blieb da noch zu sagen? Sie saß in ihrem Motelzimmer auf der Bettkante und ging stattdessen ihre E-Mails auf dem Laptop durch, das Handy neben sich. Draußen war es dunkel, im Zimmer still. Die Heizung unterm Fenster summte nicht, die Lüftung im Bad war ausgegangen. Sie konnte sich nicht erinnern, irgendwelche anderen Gäste gehört zu haben, weder in den angrenzenden Zimmern noch draußen vorm Fenster. Ein paar an- und abfahrende Autos, aber keine Menschen.

Gegen sechs leuchtete ihr Handy mit der Anzeige einer Textnachricht auf, und sie griff schnell danach. Die Nachricht war von Rachel, der Kellnerin, die um ihren Anruf bat. Vega schluckte ihre Enttäuschung herunter und tippte auf Rachels Namen. Sie meldete sich sofort.

»Hallo. Claire hat mir eine Nachricht geschrieben, dass sie meine Hilfe braucht«, sagte Rachel leise.

»Wobei?«

»Sie ist seit zwei Tagen nicht nach Hause gekommen, hat meiner Mom gesagt, sie wäre bei Derek.«

»Möchte sie, dass Sie sie dort abholen?«, fragte Vega.

»Nein.« Rachel stockte. »Sie sagt, dass Neil und Derek heute Nacht zu diesem Burger Village an der Interstate wollen, in der Nähe von Boynton, und sie glaubt, dass sie vorhaben, dort was anzustellen, wenn der Laden geschlossen hat. Aber sie meint, sie hätte total Schiss, deshalb denke ich, dass sie vielleicht mehr planen, als nur zu sprayen.«

»Was Genaueres hat sie nicht gesagt?«

»Nein, es war bloß eine Nachricht. Nur: ›Ich hab Angst, kannst du dahin kommen? Bring irgendwen mit, der vielleicht helfen kann, aber nicht unsere Eltern.‹«

»Um welche Uhrzeit?«

»Das Burger Village schließt um elf, also schätze ich, direkt danach. Viertel nach elf oder so?«

»Glauben Sie, sie sagt die Wahrheit?«, fragte Vega.

»Was meinen Sie? Damit, dass sie Angst hat? Doch, schon. Sie hat mich ewig nicht mehr um Hilfe gebeten ... keine Ahnung, vielleicht noch nie.«

»Ich kann dorthin fahren«, sagte Vega. »Sie müssen nicht mitkommen, wenn Sie nicht wollen.«

»Nein, ich will dabei sein. Sie hat mich schließlich gebeten zu kommen. Können wir uns dort treffen?«

»Natürlich. Wir sollten uns aber überlegen, was wir erreichen wollen.«

»Stimmt«, sagte Rachel, darum bemüht, sich zu konzentrieren. »Ich glaube, ich will sie einfach nur da rausholen, und dann kann sie mit mir nach Hause fahren, wenn sie will.«

»Meinen Sie, dass Derek sich dagegen wehren wird?«, fragte Vega.

»Gut möglich«, antwortete Rachel. »Ich weiß es nicht ... Vielleicht, wenn Sie bei mir sind ... vielleicht ist es dann einfacher, als wenn wir bei ihm zu Hause auftauchen? Und wir könnten die Polizei rufen wegen des Vandalismus, oder? Natürlich nicht die von Ilona.«

»Sie möchten ihr einen Ausweg eröffnen, wenn sie das will«, stellte Vega klar.

»Ja, genau, das ist es.« Rachel klang erleichtert, dass Vega sie verstand. »Also, was wollen wir sagen, Viertel vor elf?«

»Lieber halb elf zur Sicherheit. Aber unter einer Bedingung: Wenn ich Sie wegschicke, müssen Sie gehen. Ohne Diskussion, okay?«

Sie hörte Rachel atmen. Dann ihre Antwort: »Okay.«

Nachdem sie Schluss gemacht hatten, nahm Vega ihre Ohrstöpsel heraus und legte sie auf den Tisch. Sie griff zum Handy und schlug es fest gegen die Knöchel ihrer linken Hand, während sie über alles nachdachte. Irgendwie half ihr das Klopfen beim Denken. Außerdem bewirkte es, was sie vorhin verpasst hatte, als sie sich gegen den Schlag aufs Autodach entschieden hatte: Eine kleine Prellung fühlte sich immer gut an.

6

Gegen zehn fuhr Vega auf den Parkplatz des Burger Village. Sie parkte so weit wie möglich weg von dem Restaurant, in einer von Bäumen umgebenen Ecke, die Äste schwarz in der Dunkelheit. Es standen nur zwei andere Autos auf dem Platz, beide näher am Eingang. Sie sah einen PKW und drei Lastwagen beim Drive-in-Schalter halten und wieder davonfahren.

Um halb elf schrieb sie zwei Worte an Rachel: »Bin da.«

Keine Antwort, nicht einmal Pünktchen. Vega schätzte, dass sie unterwegs war und nicht aufs Handy gucken wollte.

Um zwanzig vor elf rollte ein weißer Viertürer langsam auf den Parkplatz, blieb stehen, fuhr wieder an. Fünf Plätze von ihr entfernt hielt er, der Motor wurde abrupt abgeschaltet. Vega bezweifelte, dass man sie von dort aus sehen konnte, rutschte aber trotzdem ein Stück tiefer in ihren Sitz.

Claire Bishop stieg aus, sichtlich betrunken. Vega erkannte sie von den Fotos im Internet. Sie war pummeliger als Rachel, trug aber engere Klamotten, ausgewaschene Jeans mit Rissen am Knie und ein Schlauchtop.

Offenbar hatte sie Mühe mit jeder Handlung – die Fahrertür zumachen, den Autoschlüssel in ihren kleinen Plüschrucksack stecken. Sie schwankte stark und redete irgendwas, obwohl Vega sonst niemanden im Wagen sah.

»Ihre Schwester ist hier«, textete sie Rachel. »Sie ist allein, alles in Ordnung mit ihr.« Sie sah keine Notwendigkeit, Claires betrunkenen Zustand zu erwähnen, das würde Rachel schon bald selbst merken.

Plötzlich strauchelte Claire. Als Vega später an diese Momente zurückdachte, erinnerte sie sich, dass es nicht so ausgesehen hatte, als sei sie über ihre eigenen Füße oder ein Loch im

Asphalt gestolpert. Es war eher, als würden ihre Beine nacheinander einknicken, so dass sie nicht zu hart fiel, auf allen vieren landete. Sie machte keine Anstalten aufzustehen.

Eine Minute verging. Dann noch eine. Claire war immer noch auf allen vieren.

Vega sah erneut nach, ob Rachel sich gemeldet hatte. Nichts. Sie stieg aus und eilte auf Claire zu, kalter Wind rauschte in den Bäumen. Das Mädchen drehte den Kopf in ihre Richtung, rührte sich aber nicht vom Fleck.

»Hey, bist du okay?«

»Nein«, murmelte Claire und dann etwas Unverständliches.

Vega hockte sich neben sie und roch etwas beißend Bitteres in ihrem Atem. Wodka mit feinen Aromen von Nagellackentferner, schätzte sie.

»Du bist Claire, stimmt's? Rachels Schwester?«

»Jaah«, stöhnte das Mädchen, ohne sie anzusehen. »Ich bin voll.«

»Ja«, sagte Vega. »Ich kann dich nach Hause fahren. Meinst du, du kannst aufstehen?«

»Nein«, antwortete sie ohne Zögern. »Keine Chance.«

»Okay, versuch mal, dich hinzusetzen.« Vega legte ihr einen Arm um die Schultern. »Dann kann ich dir aufhelfen.«

Claire ließ sich auf den Asphalt sinken, sagte laut: »Lass mich nich fallen, okay?«

Ich kann dich schlecht fallen lassen, wenn ich dich noch nicht mal halte, dachte Vega.

Dann ging alles rasend schnell. Claire mit dem Gesicht nach unten auf dem Parkplatz, die sich plötzlich öffnende Hintertür des Wagens, zwei Gestalten, die herauskletterten.

Vega ließ Claire los und griff nach ihrer Springfield, um sie aus dem Holster zu ziehen, aber das waren schon ein paar Sekunden zu viel – der erste Typ warf sich auf sie, drückte ihr die Arme an den Ellbogen auf den Boden. Er war groß, mindestens eins fünfundachtzig, und stark, trug eine Greisen-Gummimaske mit labbriger Nase und labbrigen Ohren. Vega roch das Latex, sah die Lippen und Zähne des Typs durch das Mundloch der Maske.

Sie hob ruckartig den Kopf und stieß ihn mit aller Kraft gegen seine Zähne. Er grunzte, und sie merkte, wie der Griff um ihre Arme sich etwas lockerte, doch dieser kleine Vorteil verpuffte sofort, weil in dem Moment der zweite Kerl auftauchte, in Sweatshirt, Jeans und der gleichen Greisenmaske, und seinen Stiefel auf ihr rechtes Handgelenk niedergehen ließ. Als würde eine Kofferraumklappe aufspringen, spreizte sie unwillkürlich die Finger, hatte keine Kontrolle mehr über ihre Hand.

Der erste Typ kniete immer noch auf ihr, atmete ihr seinen Latexatem ins Gesicht, und dann trat der zweite sie rechts in die Niere und in die Rippen, und dann war da noch einer, sie hörte schnelle Schritte vom Wald herbeikommen. Der erste stand auf und zog sie mit sich hoch, packte sie fest an den Oberarmen, worauf sie ihm das Knie zwischen die Beine stieß, jedoch nicht so fest wie beabsichtigt, er war zu groß und ihre Haltung durch die heftig schmerzenden Rippen gekrümmt. Ohne die Fähigkeit, ihre Bauchmuskeln anzuspannen, war jede Gegenwehr, jeder mögliche Fausthieb, jeder Ellbogenblock, jeder Clinch geschwächt.

»Scheiße!«, schrie der erste Typ.

Sein Klammergriff wurde schwächer und sie entriss ihm ihren linken Arm, aber dann war auf einmal der dritte, der aus dem Wald, hinter ihr und zerrte ihr die Arme nach hinten, so dass sie unwillkürlich einen Laut ausstieß, der Schmerz ein weißglühender Pflock durch ihre rechte Hand, das Handgelenk, die Schulter. Der zweite Kerl von der Rückbank, der kleiner war, schlug sie mit einem Seitwärtshaken in die Rippen, dass sie hustete, aber sie sah immer noch klar, sah schlammbraune Augen durch die Löcher seiner Maske, und obwohl Zucker und

Adrenalin durch ihren Blutkreislauf rauschten, um ihren Körper auf die Verletzungen vorzubereiten, die ihm bevorstanden, konnte sie immer noch denken und würde sich später daran erinnern, gedacht zu haben, dass dieser erste Hieb gegen ihre Rippen sich nicht sehr selbstsicher angefühlt hatte. Doch dann schlug er wieder zu, gezielter und härter, und dann nochmal, und sie wusste, falls ihre rechtsseitigen Rippen nicht schon gebrochen gewesen waren, so waren sie es jetzt. Dann schlug er sie zweimal ins Gesicht, erst eine Gerade gegen ihr linkes Jochbein, dann ein Kinnhaken, der ihr den Rest gab. Ihre untere Zahnreihe krachte gegen die obere, alles begann sich zu drehen und sie musste die Augen schließen.

Als Vega sie wieder aufmachte, lag sie auf dem Boden, auf der linken Seite. Sie betastete ihren schmerzenden Kopf und begriff, dass sie nach dem Kinnhaken fallen gelassen worden war. Ihr linkes Auge schwoll schnell zu, so dass sie nur noch einen milchigen Lichtschimmer sah. Das rechte Lid ahmte das linke nach, flatterte reflexartig.

Sie sah die drei Typen, immer noch mit ihren Greisenmasken, Atemwolken vor den Mündern, von hinten beleuchtet durch die LED-Lampen des Parkplatzes. Sie sah auch Claire, die beim Wagen stand. Die Typen beobachteten Vega. Claire nicht, sie schrieb eine Textnachricht.

»Hast du kapiert?«, sagte der zweite, der zuerst zögerlich zugeschlagen hatte. »Kümmer dich um deinen eigenen Dreck. Verschwinde von hier, bevor du noch so einen Unfall hast.«

Sie wollte ihre rechte Hand zur Faust ballen, doch die Hand gehorchte ihr nicht, fühlte sich an wie ein Beutel Reis an ihrem Handgelenk, und wieder schoss der blitzartige Schmerz ihren Arm hinauf.

»Yeah, du bist echt ungeschickt, billig«, sagte der Große, der sie als Erster angegriffen hatte.

Ein Laut stieg aus ihrer Kehle auf, aber es kamen keine Worte, die Augen fielen ihr zu. Das Letzte, was sie erkannte, war Claire, die immer noch sturzbetrunken war, aber sie endlich, endlich ansah.

Sie nahm Geräusche und Bewegungen wahr: das Öffnen und Schließen von Autotüren, angelassene Motoren, die murmelnden Stimmen ihrer Angreifer. Bewusstlosigkeit vortäuschend, blieb sie still liegen, bis alle Geräusche verstummt waren.

Dann machte sie das rechte Auge auf, das linke wollte nicht folgen. Sie scharrte mit den Füßen über den Boden, probierte, ob ihre Beine sie trugen, aber es ging nicht.

Ihr Mund war voll Blut, sie spuckte einen langen Faden davon aus.

Mit angehaltenem Atem verlagerte sie ihr Gewicht auf den linken Unterarm wie zum Seitarmstütz. Die rechte Seite ihres Oberkörpers pochte vor Schmerz, als sie sich aufsetzte, und jede Bewegung wurde von tief aus dem Rachen kommenden Grunzlauten begleitet.

Sie merkte, dass ihr Handgelenk und die Hand weniger wehtaten, wenn sie den rechten Arm diagonal an die Brust drückte. Schließlich stemmte sie sich mit der linken Hand vom Boden hoch und stand langsam auf, leicht vorgebeugt, um jede Streckung von Bauch und Brustkorb zu vermeiden. Die rechte Seite schmerzte bei jedem Atemzug. Sie hatte schon einmal vor Jahren eine gebrochene Rippe gehabt, als sie noch als Kautionsagentin tätig gewesen und ein störrischer Flüchtiger mit einer Bratpfanne auf sie losgegangen war. Jetzt war es schlimmer. Entweder mehrere Brüche oder kompliziertere oder beides.

Mit kleinen Schritten schleppte sie sich zu ihrem Mietwagen, fischte den Schlüssel aus der Hosentasche, schloss auf. Sie drehte sich mit dem Rücken zum Fahrersitz, hielt wieder die Luft an und bückte sich ein wenig, um einsteigen zu können.

Als die Muskeln zwischen ihren Rippen gegeneinandergedrückt wurden, stieß sie drei kurze, abgehackte Schreie aus, dann fiel sie in den Sitz und schwang die Beine in den Fußraum.

Sie zog die Tür zu und betrachtete sich im Rückspiegel. Die linke Gesichtshälfte war aufgedunsen, das Auge zugeschwollen. Ein kleiner Schnitt an der Stirn, wo sie dem großen Kerl den Kopfstoß gegen die Zähne verpasst hatte. Sie hob ihr Kinn, das jetzt rundum anzuschwellen begann. In Mund und Rachen hatte sich noch mehr Blut angesammelt. Auf einmal merkte sie, dass sie die Zähne zusammenbiss, also öffnete und schloss sie ein paarmal den Mund, spürte dabei einen losen Zahn unten. Als sie ihn mit der Zunge befühlte, fiel er einfach heraus. Sie drückte den Anlasserknopf, ließ das Fenster herunter und spuckte den Zahn samt einem Blutschwall nach draußen.

Anschließend untersuchte sie ihre Zähne im Rückspiegel, steckte die Zungenspitze durch die Lücke. Es war ein Eckzahn gewesen. Blut kam jetzt nicht mehr viel.

Inzwischen war es nach halb zwölf. Rachel war nicht erschienen.

Sie schnallte sich mit der linken Hand an und schloss die Finger der rechten so fest es ging ums Lenkrad, ohne das Handgelenk zu sehr zu drehen. Sah aus, als könnte sie die Hand beim Lenken benutzen, was genügte, um zurück zum Motel zu kommen. Alles andere konnte warten.

Im Motel suchte sie ihre Sachen zusammen. Viel hatte sie nicht. Eine kleine und eine etwas größere Reisetasche, eine Laptoptasche. Zahnbürste, Handcreme, Sonnenschutz fürs Gesicht.

Sie brauchte zehn Minuten, um zu pinkeln. Nur ein paar Sekunden für das Eigentliche und ein Vielfaches, um die Hose unter minimalem Einsatz der rechten Hand runter- und raufzuziehen, mit den vom Bauch ausstrahlenden Schmerzen aufzustehen.

Auf das Waschbecken gestützt, spülte sie sich den Mund mit

warmem Wasser aus und beobachtete, wie die Blutfäden in den Abfluss strudelten.

Dann nahm sie die beiden Kartenschlüssel für das Zimmer aus ihrem Portemonnaie und legte sie neben das Telefon auf den Nachttisch. Sie trug ihre Taschen nacheinander hinaus, stellte sie vor der Tür ab, griff sich einen Reinigungsbeutel aus dem Schrank und den leeren Eiskübel und verließ das Zimmer.

Draußen tippte sie auf die Ryde-App auf ihrem Handy, stellte eine kurze Berechnung an. Sie gab Medford als Ziel an, etwa zweihundertzwanzig Kilometer südlich von Ilona. »Suche nach Fahrgelegenheiten läuft«, blinkte es am unteren Bildschirmrand.

Währenddessen schlurfte sie zum Ende des Gangs vor den Zimmern, wo es zwei Verkaufsautomaten und eine Eismaschine gab. Sie stellte den Kübel auf die Ablage und drückte auf die Ausgabe, sah zu, wie eine Handvoll Eiswürfel nach der anderen aus der Rutsche kam. Den vollen Kübel trug sie anschließend zu ihren Reisetaschen. Sie hielt den Reinigungsbeutel mit ihrer verletzten Hand auf und schaufelte mit der heilen etwas Eis hinein, drehte dann das obere Ende zu und hielt den Beutel sachte an ihr blaues Auge, ächzte vor Erleichterung. Die Kälte half zwar nicht viel gegen die Schmerzen, fühlte sich aber angenehm an. Sie hatte gar nicht gemerkt, wie heiß ihr Gesicht war.

»Fahrer gefunden!«, blinkte die Ryde-App. »Enrique wird in 40 Minuten da sein.« Dem Ryde-Tracker zufolge war Enrique derzeit vierzig Kilometer entfernt, in Eugene, und fuhr Richtung Süden.

Vega lehnte sich an die Tür und kühlte weiter ihr Auge, machte alle paar Minuten eine Pause, wenn das Eis zu brennen begann. Sie scrollte durch die Karte auf ihrer Landkarten-App, verfolgte die Ader der I5, die sich hinunter nach Kalifornien zog, und dachte, dass Enrique, wenn er für den Nachtzuschlag-Preis bereit war, vierzig Minuten bis zu ihr zu kutschieren und dann noch weitere zweieinhalb Stunden bis Medford, vielleicht auch bereit war, noch ein bisschen weiter zu fahren.

»Enrique ist eingetroffen! Halte Ausschau nach einem weißen Toyota Corolla.«

Vega setzte ihre Sonnenbrille auf, als das Auto auf den Parkplatz neben ihrem Mietwagen fuhr. Sie hängte sich ihre Laptoptasche über die Schulter, nahm den Eiskübel.

Enrique stieg aus und beeilte sich, ihr restliches Gepäck zu holen. Er war einen Kopf größer als sie und schlank. Seine nackten Arme waren nicht besonders muskulös, seine schwarzen Haare zu einer Igelfrisur gegelt.

»Hallo – Alice?«, sagte er gedämpft. Es war mittlerweile kurz nach eins.

»Ja«, antwortete sie und ging zum Wagen. »Enrique, richtig?«

Er nickte lächelnd, schien sich nicht weiter über ihre Sonnenbrille zu wundern. Während er ihre beiden Taschen in den Kofferraum lud, öffnete sie die Fondtür auf der Beifahrerseite und setzte sich langsam, mit stechendem Brustkorb, auf die Rückbank. Sie versuchte, tief Luft zu holen, was die Schmerzen aber noch verstärkte, also atmete sie flach, hustete. Dann zog sie ihre Beine hinein, hob sie dabei mit dem linken Arm an, um ihre Bauchmuskeln möglichst wenig einsetzen zu müssen, und schloss die Tür.

Sie schnallte sich mit links an und legte ihren rechten Arm vor die Brust, so dass er vom Gurt gehalten wurde, was das Handgelenk stabilisierte und die Schmerzen linderte.

»Ist eine gute Zeit zum Fahren«, sagte Enrique, als er sich ebenfalls anschnallte. »Die I5 wird leer sein.«

Er stieß zurück, fuhr vom Parkplatz. Vega beobachtete ihn im Rückspiegel, Lichtstreifen von der Straße wanderten über sein Gesicht. Er sah nicht zu ihr hin.

»Damit habe ich gerechnet«, sagte sie.

Ihre Stimme klang fremd in ihren Ohren, als hätte sie Wattebäusche in den Backentaschen. Sie nahm die Sonnenbrille ab und hielt sich wieder den Eisbeutel ans Gesicht, schloss das unverletzte Auge und rutschte auf dem Sitz hinunter, was aber sämtliche Schmerzen verstärkte. Sie spürte alles akut, die gesplitterten Rippen, das zerbeulte Kinn, das pochende Loch im Zahnfleisch.

»Brauchen Sie Hilfe?«, fragte Enrique ruhig.

Sie sah, dass er sie im Spiegel musterte, tat aber nichts, um ihr Gesicht zu verbergen. Irgendwann würde er es ja doch sehen.

»Einen Arzt, zum Beispiel?«, fügte er hinzu.

»Nein, es geht schon«, sagte sie. »Aber kennen Sie vielleicht eine Apotheke hier in der Nähe, die rund um die Uhr geöffnet hat?«

»In der Nähe wüsste ich keine. Dazu müssten wir zurück nach Eugene. Möchten Sie das?«

Enrique wartete ihre Reaktion ab, hilfsbereit. Was entweder von seinem freundlichen Wesen herrührte oder einer Abneigung dagegen, dass Leute sein Auto vollbluteten.

»Nein, danke«, sagte Vega. »Ich kann bis Medford warten.«

Enrique nickte höflich, während er die Auffahrt zur Interstate nahm. Es waren nur drei oder vier andere Fahrzeuge unterwegs, Ballen von grauen Regenwolken hingen vor dem schwarzen Himmel.

»Studieren Sie dort oben in Eugene?«, fragte sie.

»Nicht mehr«, sagte er. »Habe ich aber eine Zeitlang.«

Vega konnte ihn nicht richtig einschätzen, was auch schwer war, wenn man nur einen kleinen Ausschnitt des Gesichts sah. Hatte er seinen Abschluss gemacht, hätte er unbefangen geantwortet, mit kaum veränderter Mimik, als wäre er gefragt worden, ob er Links- oder Rechtshänder sei. Hatte er dagegen abgebrochen, hätte sein Gesicht das wahrscheinlich verraten, durch beschämt niedergeschlagene Augen oder einen trotzigen Flunsch.

»Ich hatte zwei Jobs, als ich aufs Community College ging«, sagte sie. »Hab's aber nie zu Ende gemacht.«

»Ich auch nicht«, sagte Enrique. »Ich verdiene mehr Geld mit dem hier, wissen Sie.«

»Klar«, sagte Vega. »Indem Sie gestrandeten Frauen mitten in der Nacht mitten in der Prärie aus der Bredouille helfen.«

Sie begegnete seinem Blick im Rückspiegel und merkte, dass er ihr Auge musterte, das sich blau und violett zu färben begann.

»Hat Ihr Mann Ihnen das angetan?«, fragte er.

»Nein«, antwortete sie. »Bin die Treppe runtergefallen.«

Jetzt sah er weg, aber sie merkte, dass eine Chance bestand. Sie zog den Reißverschluss ihrer Laptoptasche auf.

»Arbeiten Sie morgen auch?«, fragte sie.

»Erst abends wieder«, sagte er. »Aber ich kann mir die Zeit selbst einteilen, wissen Sie, also fange ich vielleicht auch früher an.«

»Flexibel.«

»Genau.«

Vega ließ das einen Moment wirken. Dann öffnete sie ein Seitenfach der Laptoptasche.

»Flexibel ist gut«, sagte sie.

Sie nahm ein Bündel Fünfziger aus dem Fach und legte es säuberlich auf den Sitz neben sich.

»Enrique«, sagte sie.

Er sah in den Spiegel, sein Blick fand die Scheine.

»Das hier sind dreitausend Dollar«, sagte sie. »Die können Sie haben, wenn Sie mich nach Kalifornien bringen.«

Enrique setzte sich gerader hin, sah sie an, dann wieder das Geld.

»Kalifornien ist groß«, sagte er.

»Stimmt. Ich will ins Sacramento Valley. Sollte ungefähr acht Stunden dauern von hier.«

Enrique tippte nervös mit den Fingern aufs Lenkrad.

»Sucht jemand nach Ihnen?«, fragte er.

»Wer zum Beispiel?«

»Die Polizei zum Beispiel?«

»Nein«, sagte Vega. »Ich weiß, wir kennen uns nicht, und Sie haben wenig Grund, mir zu vertrauen – oder zu misstrauen. Aber dafür ist das Geld.«

»Damit ich Ihnen traue?«

»Nein«, sagte sie und musste ein bisschen lachen, was wehtat. »Damit Sie nicht zu viel drüber nachdenken.«

Enrique schluckte. »Zahlen Sie mir auch das Benzin und die Monster Energy Ultra Blacks?«

»Klar, wieso nicht.«

»Wollen Sie trotzdem in Medford bei einer Apotheke Halt machen?«

»Ja.«

Sie schloss die Augen und malte sich aus, wie sie ein Fläschchen Ibuprofen zwischen den Knien hielt und das Sicherheitssiegel mit dem Daumennagel aufritzte.

»Wenn wir halten, zähle ich es, okay?«, sagte Enrique.

Sie machte die Augen auf, sah ihn auf das Geld starren. Im Grunde wusste sie immer noch nicht, ob er ein weiches Herz hatte oder nur auf die Bezahlung aus war.

Sie nickte und schätzte, dass es ein bisschen was von beidem war, was sie vollkommen in Ordnung fand.

Sie hatte nicht geschlafen.

Trotzdem tat sie, als würde sie gerade aufwachen, als Enrique gegen neun Uhr morgens in ihre Einfahrt bog. Sie öffnete ihr unversehrtes Auge und schnallte sich ab, dehnte den Nacken.

Die Schmerzen, sämtliche Schmerzen, waren schlimmer geworden. Seit Oregon hatte sie zehn Ibuprofen eingeworfen und spürte nichts, keinen Unterschied. Ihre Wange und die Augenumgebung waren noch mehr angeschwollen, erinnerten jetzt an eine überreife Frucht, Schattierungen von Pflaumenblau und Weinrot. Das Auge war von einer Kruste aus Blut und Tränen verklebt. Jedes Mal, wenn sie während der Fahrt gerade am Einschlafen gewesen war, war ihr die Kinnlade mit einem lauten Knacken heruntergeklappt. Ihre Rippen reagierten empfindlich auf die leichteste Ausdehnung der Lunge, weshalb sie nur noch kurze, schnelle Atemzüge machte.

Enrique stieg aus und hielt ihr die Tür auf.

»Brauchen Sie ...?« Er bot ihr seinen Arm.

Vega schüttelte den Kopf.

»Aber könnten Sie das Gepäck nehmen?« Sie deutete mit dem Kopf auf die Haustür.

Enrique nickte und ging zum Kofferraum.

Vega hängte sich die Laptoptasche um und schwang die Beine hinaus, stützte sich, so gut es ging, am Sitz und der oberen Kante der Tür ab und stand langsam auf.

Gekrümmt, weil sie jeden kleinsten Bauchmuskel zucken und mucken fühlte, ging sie mit Mäuseschritten auf die kleine Verandatreppe zu. Enrique überholte sie, nahm beide Stufen auf einmal.

Sich am Holzgeländer festhaltend, stieg sie langsam hinauf, das Gewebe um ihre Rippen schmerzte höllisch. Sie hustete, ihr heiles Auge tränte, und sie war außer Atem, als sie auf der Veranda stand.

»Soll ich die Sachen reinbringen?«, fragte Enrique, während er sie von Kopf bis Fuß betrachtete.

Zum ersten Mal sahen sie sich im Hellen ins Gesicht. Er war älter, als sie gedacht hatte, die Schläfen schon leicht ergraut, Lachfalten um den Mund.

Sie nickte, unfähig zu sprechen. Zog die Schlüssel aus der Hosentasche und schloss auf. Zwei Türriegel, dann das eigentliche Schloss. Enrique trug die Taschen hinein, stellte sie im Wohnzimmer ab. Dann kam er wieder heraus auf die Veranda, und Vega ging hinein, tauschte den Platz mit ihm.

»Gehen Sie zum Arzt?«, fragte er, ihr geschwollenes Gesicht taxierend.

»Klar«, sagte sie. »Danke fürs Mitnehmen«, fügte sie hinzu, als hätte er sie als Anhalterin an einer Raststätte aufgelesen.

Enrique nickte und eilte zu seinem Wagen, als hätte er Angst, dass sie es sich anders überlegen könnte wegen des dicken Geldbündels, das sie ihm in Medford gegeben hatte. Dann stieß er rückwärts aus der Einfahrt und fuhr davon.

Vega schloss hinter sich ab, setzte die Laptoptasche auf den Boden.

Das Haus war kühl und jetzt am Morgen erfüllt von indirektem Licht. Im Wohnzimmer roch es nach Reinigungsmitteln. Die Frau, die einmal pro Woche kam, wenn sie unterwegs war, war eine große Befürworterin von Desinfektions-Wischtüchern.

Vega ging in die Küche, wo der Geruch noch stärker war, und der hellbraune Holzfußboden und die gekachelten Arbeitsflächen spiegelten. Eine schmale Tür führte zur Kellertreppe, die sie vorsichtig hinunterstieg. Als sie das Haus vor sieben Jahren gekauft hatte, wurde es als Vorzug angepriesen, dass es einen voll ausgebauten Keller hatte, wohl im Hinblick auf die Möglichkeit, einen Hobbyraum oder Fitnessraum oder ein Spielzimmer für die Kinder daraus zu machen. Sie hatte nichts dergleichen getan, nur die Waschmaschine und den Trockner dort aufgestellt sowie vier Stapel Aufbewahrungsbehälter in einer Ecke.

Die Behälter waren nicht mit Etiketten versehen, aber sie wusste ungefähr, wo sie suchen musste. Was sie brauchte, müsste sich in der mittleren von drei Stapelkisten befinden, die Schwierigkeit war also, die oberste herunterzubekommen. Sie packte den Griff am Deckel und zog fest daran, wobei die rechte Seite ihres Oberkörpers brutal stach. Die Kiste kippte auf den mit Teppichboden ausgelegten Boden, der Deckel fiel ab, und der Inhalt kullerte heraus: alte Handys samt Ladegeräten.

Dann öffnete sie die mittlere Kiste und blickte hinein: etwa zwanzig kleine Behälter mit rezeptpflichtigen Medikamenten. Es hatte mal eine Zeit gegeben, als sie immer etwas aus dem Haus oder der Wohnung eines Kautionsflüchtigen mitgehen ließ. Sie hatte nicht groß darüber nachgedacht, warum sie das tat, es fühlte sich einfach gut an. »Jeder hat so seine Trophäen«, hatte ihr alter Chef Perry trocken bemerkt, als er sie dabei beobachtet hatte. Sie hatte nie etwas davon verwendet, die Pillen und die Phones lagen seit ihrem Einzug unangetastet in den Behältern.

Die Tabletten waren alt, alle längst über dem aufgedruckten Ablaufdatum, aber sie hatte genug Junkies im Müll von alten Leuten herumwühlen sehen, die auf eine Restwirkung der Medikamente setzten, und kramte in den Fläschchen, bis sie das mit dem Oxycodon fand.

Sie ließ das Durcheinander auf dem Boden zurück und stieg ächzend wieder die Treppe zur Küche hinauf. Dort drückte sie das Fläschchen mit dem verletzten Arm an ihre Brust, schraubte den Deckel mit der heilen Hand ab. Sie schüttelte eine Tablette heraus, schluckte sie und beugte sich unter den Wasserhahn, trank einen langen Zug von dem kalten Wasser.

Dann zum Kühlschrank, in dem drei Schachteln mit Energieriegeln lagerten. Sie nahm einen aus der obersten, riss die Verpackung mit den Zähnen auf und begann zu kauen, die grobe Erdnussbutter scheuerte am Gaumen.

Ins Bad, wo sie eine halbe Flasche Duschgel in die Wanne schüttete, dann nicht zu heißes Wasser einlaufen ließ. Sie setzte sich auf den Rand und streifte Hose und Unterhose ab, bückte sich mühsam nach der einen, dann nach der anderen Seite, um die Socken auszuziehen. Schlüpfte nacheinander aus den T-Shirt-Ärmeln, bevor sie das Ganze mit der gesunden Hand über den Kopf zog. Öffnete schließlich den BH mit Daumen und zwei Fingern und rollte die Schultern nach vorn, ließ ihn auf den Boden fallen.

Sie betrachtete sich in dem Ganzkörperspiegel an der Badezimmertür, der zu beschlagen begann. Ein hufeisenförmiger Bluterguss hatte sich um ihr Kinn gebildet und ihre rechte Gesichtshälfte war aufgrund der Schwellung und des düsteren Farbschemas kaum wiederzuerkennen. Auch die Rippengegend hatte sich stark verfärbt, rostbraun und -rot. Dazu stand sie gebeugt, als wäre ihr Kopf ein enormes Gewicht, das ihren Oberkörper nach vorne zog.

Die Badewanne war voll. Behutsam stieg sie hinein, hielt sich am Waschbecken fest und ließ sich Stück für Stück hinab. Das Wasser war angenehm. Sie gab ein paar Grunzlaute von sich, zuerst wegen des Brennens, dann vor Erleichterung, und tauchte einmal mit dem Kopf unter, um ihr Gesicht zu säubern. Am liebsten wollte sie so lange liegen bleiben, bis das Wasser kalt wurde, bis ihre Haut sich kräuselte und weich und weiß wurde. Doch sie sollte hier nicht einschlafen, und sobald das Oxy wirkte, mit seinem lautlosen Sandsturm der Linderung, würde sie die Augen nicht mehr offen halten können.

Sie zog den Abflussstopfen und stemmte sich auf den Wasserhahn und den Wannenrand gestützt in die Höhe. Nachdem sie aus der Wanne gestiegen war, tupfte sie sich einigermaßen trocken und fuhr mit dem Handtuch über ihre Haare, damit sie nicht tropften.

Dann ins Schlafzimmer, zur Kommode, mittlere Schublade. Sie nahm ein Trägerhemd und Yogashorts heraus, zog beides an. Dann legte sie sich aufs Bett, auf die graugestreifte Steppdecke, und betrachtete die langen Lanzen, die die Sonne durch die Jalousie auf den honigfarbenen Holzfußboden warf.

Ihre Atemzüge wurden tiefer, länger. Ihr letzter Gedanke vor dem Einschlafen war, dass ihre Rippen beim Einatmen nicht mehr wehtaten. Gut, dachte sie, untypisch optimistisch. Eine Sorge weniger. Dann war sie weg, schlief, träumte schnulzige Neonträume, vierzehn Stunden lang. Ende und aus.

So machte sie es vier Tage lang. Wachte auf, manchmal bei Tag, manchmal bei Nacht. Noch eine Tablette, noch einen Proteinriegel, noch ein Bad. Eisbeutel aufs Gesicht. Schlief mit dem Arm auf der Brust. Wenn es Tag war, starrte sie auf die Stelle im Schlafzimmer, wo sie jeden Morgen ihren Handstand zu machen pflegte.

Sie schaltete das Handy nicht an.

Als sie wieder genug Energie hatte, legte sie sich den Laptop auf den Schoß und klickte auf den E-Mail-Eingang. Die winzigen Buchstaben verschwammen und es fiel ihr schwer, sich zu konzentrieren, aber sie entzifferte Rachel Bishops Name neben einer Nachricht mit dem Betreff »Sind Sie okay? Bitte rufen Sie mich an«.

Vega starrte auf die Mail, ein einziger langer Textblock, den zu lesen ihr Kopfschmerzen bereitete, weshalb sie nur hier und da ein paar Worte und kurze Sätze aufnahm: »Claire hat mein Handy gestohlen ... meine Reifen aufgeschlitzt ... sie hat gesagt, Sie würden nicht zurückkommen ... bitte rufen Sie mich an!!! Es tut mir so leid!!!«

Sie antwortete ihr nicht. Stattdessen legte sie sich auf die Seite und guckte sämtliche Clips von *The Abilene Dart*, die sie im Internet fand. Dann bestellte sie das komplette DVD-Set und aß Ramen-Bowls und trank Smoothies mit extra viel Banane, während sie alle Folgen der beiden Staffeln immer wieder sah. Dart, die Figur, war offensichtlich der Held der Serie, konnte aber auch ein bisschen ein Schurke sein.

In einer Geschichte sammelt Abilene Dart eine Gruppe von Säufern aus Stymie's, dem örtlichen Saloon, um sich und lockt eine Diebesbande, die die Herrschaft über die Stadt an sich gerissen hat, in eine Schlucht. Dort lauern er und die Säufer der Bande mit Pfeilen und Bogen auf, das Geschenk seines Kindheitsfreunds, eines Apachenhäuptlings.

Schon ziemlich angeschlagen, greift der Anführer der Diebesbande nach seiner Pistole, aber Dart ist den Bösewichtern immer einen Schritt voraus. Es kommt zum Höhepunkt der Folge, als er den Silberstern von seinem Hemd zieht – Vega dachte an die Zigarrenkiste in dem Airstream, in der er ihn wie ein antikes Artefakt aufbewahrte – und ihn seitlich losschleudert. Ein pfeifendes Geräusch schneidet durch die Luft, der Stern wirbelt, die Klingen zwischen den Zacken fahren aus und bohren sich in den Hals des Oberdiebs. Der lässt seine Pistole fallen, tastet nach dem Stern, sackt endlich zusammen und stirbt.

»Nirgends schläft sich's so gut wie unter den Sternen«, sagt Dart.

7

Eine Woche später fuhr sie ihren Vater besuchen.

Sie war bei drei Ärzten und beim Zahnarzt gewesen und trug den rechten Unterarm jetzt bis zu den Fingerknöcheln in einem Gips, der ihr Handgelenk gerade hielt. Die Kieferchirurgin in ihrer Zahnarztpraxis hatte eine Schraube in ihren Unterkiefer gedreht, die sich mit dem Knochen verbinden und dann mit einer Krone versorgt werden würde.

Für ihre Rippen und ihr Gesicht konnte man nichts weiter tun, sie würden von selbst heilen müssen.

Die Schmerzen waren die Schmerzen. Sie ließen mit jedem Tag ein wenig nach, waren nachts jedoch schlimm. Sie hatte mit dem Oxy aufgehört und nahm jetzt Ibuprofen und Paracetamol.

Ihr Vater wohnte in einer kleinen Stadt bei Fresno, kaum zwei Stunden mit dem Auto entfernt. Trotzdem machte sie die Fahrt nicht oft. Die Häuser in seiner Straße waren alle gleich, einstöckig mit schmalen Veranden, fast alles Doppelhäuser. Nur wenige hatten eine Garage, die meisten Bewohner, wie auch Vegas Vater und seine Frau, parkten ihre Fahrzeuge auf der Straße.

Vega hielt hinter dem Auto ihres Vaters, direkt vor seinem Haus. Beim Aussteigen schnupperte sie die Luft wie ein Hund, nahm einen schwachen Geruch von Lagerfeuer wahr und ging einmal ganz um seinen Wagen herum. Die Schmierereien waren mit einem gut deckenden Brombeerblau überlackiert worden.

Sie stieg die drei Stufen zur Veranda hinauf, öffnete die Fliegengittertür und klopfte an die Haustür. Nach ein paar Sekunden machte ihr Vater auf. Er schlug beide Hände vor den Mund, als er ihr Gesicht sah.

»Alice, Alice«, sagte er, als wollte er sich durch die Wiederholung bestätigen, dass sie wirklich vor ihm stand. »Was ist mit dir passiert? Wer war das?«

Er legte ihr die Hände auf die Schultern, sie ließ es zu. Während er sie fassungslos anstarrte, musterte sie ihn ebenfalls und bemerkte, dass er einen dicken Wollpullover mit Rollkragen trug. So etwas hatte sie noch nie an ihm gesehen, aber schließlich sah sie ihn auch nicht oft und verfolgte die Veränderung seines Modegeschmacks nicht wirklich. Als sie heranwuchs, war seine äußere Erscheinung das Letzte gewesen, worauf er geachtet hatte. Häufig trug er fleckige Hemden, die schon im Wäschekorb gelegen hatten, weil regelmäßige Gänge zum Waschsalon keine Priorität hatten. Anders als in ihrer Jugend trug er jetzt auch ständig ein dünnes Goldkreuz um den Hals, selbst beim Duschen, selbst beim Schlafen.

»Bin nur eine Treppe runtergefallen, Dad. Die Birne ist durchgebrannt, ich bin gestolpert.«

»Eine Treppe? Wo?«, fragte er, als könnte er das Ganze besser verstehen, wenn er es vor sich sah.

»Bei mir zu Hause, die Kellertreppe.«

»Tut es weh?« Er fasste sich an seine eigene Wange.

»Ja, klar. Aber es geht schon.«

»Und der Arm auch?« Er deutete auf ihren Gips.

»Ja, das Handgelenk. Kommt in einem Monat runter.«

Vega versuchte, den Mund nicht zu weit aufzumachen, weil sie nicht auch noch ein Palaver über ihren fehlenden Zahn wollte.

»Brauchst du einen Eisbeutel? Oder Aspirin?«

»Ist schon gut, Dad. Ich war beim Arzt. Es heilt alles so, wie es soll. Kann ich reinkommen?«

Er wirkte immer noch besorgt, aber sie hatte genug davon, ihn wegen ihrer Blessuren zu beruhigen.

Sie betrat das Wohnzimmer, in dem es nach Zitronen roch.

Das Haus war im Eisenbahnstil unterteilt, Wohnzimmer, Küche, Schlafzimmer, alles hintereinander, der kleine Garten durch eine Seitentür in der Küche zugänglich.

»Hast du das Auto gesehen? Sieht gut aus«, sagte er, Frage und Antwort in einem.

»Stimmt.«

»Möchtest du einen Kaffee? Ich kann welchen machen.« Er ging zur Küche.

»Nein, danke«, sagte Vega, folgte ihm aber dorthin.

»Ich bin gerade dabei, die Schränke zu bearbeiten«, sagte er. »Sind deine Küchenschränke laut?«

»Laut?«

»Wenn man sie zumacht.«

Er öffnete und schloss den Hängeschrank über der Spüle, wobei es ein kleines, klatschendes Geräusch gab.

»Nein«, sagte Vega.

»Wir mögen das nicht«, sagte er. »Also habe ich die hier besorgt.«

Er zeigte ihr einen Bogen mit kleinen runden selbstklebenden Gummipuffern.

»Meinst du, die bringen was?«, fragte er.

Vega zuckte mit einer Achsel. »Probier's einfach aus.«

Er nickte und starrte die Puffer an, als würde er sich für eine große Herausforderung wappnen.

Ein weiterer Nebeneffekt seines jahrelangen Saufens, dachte Vega. Jahre, in denen er kaum handlungsfähig gewesen war, nicht in der Lage oder nicht willens, die Wäsche zu waschen, eine warme Mahlzeit zuzubereiten, einfache Reparaturen im Haushalt zu erledigen. Er hatte keinen Job länger als ein, zwei Monate behalten und immer wieder zur Untermiete oder in Einzimmerapartments gewohnt. Manchmal auch bei Verwandten, Onkeln, Tanten, Cousins. Vegas Mutter hatte ihm nur erlaubt, seine Tochter zu sehen, wenn er bei jemandem von der Familie lebte.

All die Kleinigkeiten, die zum Alltag eines Menschen mit einem Job, vielleicht einem Kind, einem Haustier, gehörten und die ihr Vater in all den Jahren seines Trinkens versäumt hatte – auch wenn er inzwischen einige davon nachgeholt hatte –, bereiteten ihm immer noch Kopfzerbrechen, selbst einen Silikonpuffer an eine billige Spanplatte zu kleben. Er öffnete die Packung und löste einen der Stopper von der Folie.

»Ich will sie nicht beschädigen«, sagte er in Richtung der Schranktür. »Irgendwann ziehen wir hier aus, dann will ich unsere Kaution zurück.«

»Hast du mit den Nachbarn gesprochen?«, fragte Vega.

»Ja, habe ich«, sagte er. »Also, Bits hat mit der Frau gegenüber geredet, weil sie befreundet sind, aber ich hab mit den Leuten rechts und links von uns gesprochen. Niemand hat was gesehen.«

Er hielt die Schranktür mit einer Hand fest, als wollte er einen Nagel hineinschlagen, und nahm den Puffer zwischen zwei Finger der anderen Hand, brachte ihn in die Nähe des unteren Rands.

»Was hast du gefragt?«, wollte Vega wissen.

»Was meinst du?«

»Was für Fragen hast du den Nachbarn gestellt?«

Er überlegte, ließ die Schranktür los.

»Ob sie jemand gesehen haben, der unser Auto vollgesprüht hat. Hatten sie nicht.«

»Hast du sie noch was anderes gefragt? Zum Beispiel, wann sie aufgestanden sind, wann sie am Abend davor ins Bett gegangen sind. Ob sie irgendwas Ungewöhnliches gesehen oder gehört haben. Ob der Hund zu einer ungewöhnlichen Zeit gebellt hat.«

»Du hast gesagt, wir sollen sie fragen, ob sie was gesehen haben«, erwiderte ihr Vater. »Also habe ich das gefragt. Wir arbeiten nicht für die Polizei. Woher sollen wir wissen, was wir für Fragen stellen sollen?«

Er klang eher trotzig als ungeduldig. Das war schon immer sein Ding gewesen, ob betrunken oder nüchtern – von jeher hatte er sich in der Rolle des Beleidigten wohlgefühlt. Vega war manchmal der Gedanke gekommen, dass er sich deshalb mit solchem Übereifer an die christliche Religion klammerte, weil es ihn beeindruckte, endlich ein noch größeres Opfer gefunden zu haben, als er selbst es war.

»Das sagt einem der gesunde Menschenverstand, Dad. Wenn man Einzelheiten über eine Sache erfahren will, fragt man nach Einzelheiten.«

Er sah sie wehleidig an. »Ich hab genau das gemacht, was du gesagt hast. Es ist unser Auto, das zerstört wurde, also verstehe ich nicht, warum ich mir hier Vorwürfe anhören muss.«

»Es gibt keinen Schaden im Innern oder im Motorraum, hast du gesagt«, entgegnete Vega. »Euer Auto ist nicht zerstört. Es steht dort draußen.«

Er hielt den Puffer wieder an die Ecke der Schranktür, immer noch zögerlich.

»Es war verletzend für Bitsy, das zu sehen«, sagte er.

»Das tut mir leid«, sagte Vega. »Jemand hat herausgefunden, dass du mein Vater bist, und diese Person will sich über dich an mir rächen.«

»Wer, Alice?« Er ließ seine Hand erneut sinken. »Wer ist so wütend auf dich?«

Sie beobachtete, wie ihm ein Licht aufging.

»Du bist nicht die Treppe runtergefallen«, sagte er in vorwurfsvollem Ton.

»Nein.«

»Was ist das für ein Fall, bei dem irgendwelche Mistkerle deine Angehörigen bedrohen?«

Auf einmal wirkte er durcheinander, als hätte er sich auf der Straße verlaufen.

»Hast du mit deinem Bruder gesprochen?« Er schien die Bedeutung seiner Fragen immer erst zu erkennen, als er sie stellte. »Was ist mit seinen Kindern?«

»Tommy geht's gut, Dad«, sagte Vega. »Den Kindern auch. Wir haben unterschiedliche Nachnamen. Die Leute, die dein Auto beschmiert haben, haben dich übers Internet gefunden, weil du Vega heißt. Es gibt keine Verbindung zwischen Tommy und mir in den sozialen Medien, also ist er vor ihnen sicher.«

Ihr Vater schüttelte den Kopf. »Du solltest nicht in so einem Beruf arbeiten. Das ist gefährlich für dich, und jetzt ist es auch gefährlich für mich.«

Wieder hielt er den Puffer zwischen Daumen und Zeigefinger, hatte ihn schon fast an der Schranktür, scheute sich aber immer noch, ihn anzukleben.

»Es ist nicht gefährlich für dich. Es war höchstens gefährlich für dein Auto, das jetzt wieder in Ordnung ist.« Vega starrte ebenfalls auf den Puffer und wünschte, er würde das verdammte Ding endlich anbringen.

»Diesmal war es das Auto, aber was wird es beim nächsten Mal sein?«, sagte er mit resignierter Miene.

Vega spreizte die Finger der rechten Hand, trommelte mit den Nägeln auf die Küchenarbeitsplatte und versuchte, innerlich auf Abstand zu all dem zu gehen, was sie an ihrem Vater ärgerte: die Anmaßung, sich als jemand aufzuspielen, der anderen Ratschläge erteilen konnte, seine plötzliche Missbilligung ihres Berufs, seine Mutmaßung, dass der Angriff auf sein und Bitsys gemeinsames Eigentum weitere, schlimmere Attacken nach sich ziehen könnte, und, das schlimmste Ärgernis von allen, dass er mit dieser Befürchtung auch noch recht haben könnte.

»Deshalb bin ich hier«, sagte sie. »Damit es kein nächstes Mal gibt.«

Ihr Vater öffnete den Mund zu einer Antwort, aber es kam nichts heraus. Er hielt die Schranktür fest, als könnte sie sich in der zugfreien Küche von allein bewegen, und führte den Puffer mit der anderen Hand ganz nah heran, zauderte immer noch.

Vega klaubte das Ding aus seinen Fingern und pappte es innen an die Ecke. Es saß nicht perfekt, etwas näher am unteren Rand als an der Seite, aber egal. Dann schloss sie die Tür grob, ohne sie direkt zuzuknallen, so dass sie mit einem gedämpften Bums auf dem Rahmen auftraf.

Ihr Vater starrte sie ungläubig an.

»Fertig«, sagte Vega. »Wie heißen deine Nachbarn?«

»Der da drüben Gene«, sagte er und zeigte mit dem Daumen über seine Schulter. Dann in die andere Richtung: »Da wohnen zwei Frauen, Marisa und – den Namen der anderen vergesse ich immer. Nicki?«

Er öffnete die Schranktür und beäugte den Puffer, fuhr mit dem Daumen darüber.

»Arbeiten aber alle, werden jetzt nicht zu Hause sein.«

»Was ist mit Bitsys Freundin gegenüber?«, fragte Vega.

»Jocelyn. Sie ist in Rente und geht nicht viel raus. Häuslich.«

»Was ist ihre Hausnummer?«

Ihr Vater dachte nach. »Siebenundzwanzig.«

»Bin gleich wieder da«, sagte Vega und verließ die Küche.

Als sie durch das Wohnzimmer zur Haustür ging, fiel ihr Blick auf das lange Holzkreuz darüber.

»Bitsy hat schon mit ihr gesprochen«, rief ihr Vater ihr nach.

Vega antwortete nicht, hob nur die Hand zum Zeichen, dass sie ihn gehört hatte.

Sie lief hinaus, die Treppe hinunter und geradewegs rüber zu Nummer 27, wo sie auf den abgenutzten Klingelknopf drückte, es drinnen summen hörte.

Es dauerte ein paar Minuten, sie wartete. Schließlich hörte sie langsame, schlurfende Schritte, dann wurde aufgemacht. Eine Frau von Ende siebzig stand an der Tür, mit dunkel gefärbten Haaren und dünnen braunen Linien statt der Augenbrauen.

Ihr helles Puder-Make-up verdeckte kaum die vielen Altersflecken auf ihrer Stirn und den Wangen. Beim Anblick von Vegas Blutergüssen zog sie eine Grimasse. Vega setzte ein breites, herzliches Lächeln auf.

»Hallo, ich bin Alice, Bitsys Stieftochter. Sind Sie Jocelyn?«

Jocelyns Augen wurden groß, und sie lächelte.

»Aber ja, das bin ich. Sie sind Mauricios Tochter?«

»Genau«, sagte Vega und gab ihr die Hand.

»Freut mich sehr, Sie kennenzulernen«, sagte Jocelyn. Sie nahm ihre Hand mit beiden Händen, umschloss sie mit feuchter, kalter Haut. Dann zeigte sie auf Vegas Gesicht. »Geht's Ihnen gut? Das sieht ziemlich schmerzhaft aus.«

»Sieht schlimmer aus, als es ist«, sagte Vega. »Hatte nur ein heftiges Zusammentreffen mit einer Kellertreppe.«

»Du meine Güte«, sagte Jocelyn. »Bitte, kommen Sie doch rein.«

»Ist schon gut«, sagte Vega. »Ich will Sie nicht lange stören. Könnte ich Ihnen vielleicht ein paar Fragen stellen wegen dem, was neulich mit dem Auto meines Vaters passiert ist?«

»Ach ja, das war schrecklich. Eine schreckliche Sache. Das hier ist eine anständige Straße. Glauben Sie mir, ich habe in ein paar sehr viel weniger anständigen gewohnt.«

»Ich auch«, sagte Vega. »Wissen Sie noch, wann Sie an dem Morgen aufgestanden sind?«

»Ich bin immer um fünf auf«, sagte Jocelyn stolz. »Aber ich war hier im Haus.«

»Wann sind Sie zum ersten Mal rausgegangen?«

»Um kurz vor sieben, glaube ich. Bitsy hat bei mir geklingelt und gesagt: Sie haben Maurys Auto ruiniert. Zuerst habe ich nicht verstanden, was sie meinte, aber dann habe ich es gesehen.« Runzeln gruben sich in ihr Gesicht bei der Erinnerung. »Wirklich schlimm. Normalerweise brauchen wir uns wegen solcher Sachen keine Sorgen zu machen.«

Vega nickte verständnisvoll, obwohl sie es müde war zu hören, was für eine anständige Gegend das hier war. Anständige Gegend bedeutete gar nichts. Sie hatte schon so widerwärtigen Mist in den Kellern und Badezimmern und Garagen von anständigen Vierteln gesehen, dass Jocelyn ihre dünnen Augenbrauen von der Stirn rutschen würden, wenn sie davon wüsste.

»Erinnern Sie sich, irgendetwas Ungewöhnliches zwischen fünf und Viertel vor sieben gehört zu haben?«, fragte sie.

Jocelyn schüttelte den Kopf. »Nein, ich glaube nicht. Hätte schon sein können, oder? Jedenfalls nichts Lautes oder was man bemerkenswert nennen würde.«

»Verstehe«, sagte Vega. »Haben Sie ein gutes Verhältnis zu Ihren Nachbarn?« Sie zeigte mit den Daumen nach beiden Seiten.

»Aber ja«, sagte Jocelyn. »Da drüben wohnt Denny.« Sie deutete nach links. »Und auf der anderen Seite sind Micah und Gabby. Sie versuchen, ein Kind zu bekommen«, fügte sie flüsternd hinzu.

»Schön«, sagte Vega.

»Ich habe ihr gesagt, das dauert bestimmt nicht lang. Ist was im Wasser.« Jocelyn grinste wie ein Clown.

»Ach ja?«

»Und ob. Die junge Frau neben ihnen hat drei. Gerade noch ein kleines Mädchen bekommen, vor zwei Monaten. Zuckersüßes Ding, aber die Arme hat alle Hände voll zu tun.«

»Wie heißt sie?«, fragte Vega.

»Naomi. Sie ist ein hübsches Mädchen, nur dass man ihr die Müdigkeit ansieht. Sie meint, sie kriegt vier Stunden Schlaf pro Nacht, wenn sie Glück hat.«

»Das ist nicht viel«, sagte Vega.

Jocelyn legte die Hand an den Mund, als wollte sie ihr ein Geheimnis verraten. »Möchte nicht mit ihr tauschen.«

»In welchem Haus wohnt sie nochmal?«, fragte Vega.

»Nummer einunddreißig. Das mit dem Kinderauto im Vorgarten. Können Sie nicht verfehlen.«

»Danke«, sagte Vega. »Und danke, dass Sie mit mir gesprochen haben. Sie haben mir sehr geholfen.«

Jocelyn strahlte. »Es war schön, Sie kennenzulernen, Alice. Bitsy und Ihr Vater sind ja so stolz auf Sie. Sie reden davon, dass Sie manchmal im Fernsehen sind, und was Sie für gute Arbeit für Kinder tun.«

Sie verabschiedeten sich, und Vega ging zu Nummer einunddreißig weiter, ein weißes Haus mit braunen Fensterrahmen und brauner Sockelverkleidung. Ein Kunststoff-Tretauto stand im Vorgarten, daneben ein leeres Planschbecken und ein Dreirad. Sie öffnete die Gartentür aus Maschendraht und ging zur Haustür, klingelte. Niemand kam, keine Geräusche von drinnen zu hören. Kein schreiendes Baby oder kreischendes Kleinkind. Entweder Mittagsschläfchen oder nicht zu Hause.

Sie versuchte es nochmal mit Anklopfen und ging dann zurück über die Straße zu ihrem Vater. Er war weder im Wohnzimmer noch in der Küche, der Bogen mit den Gummipuffern lag noch auf der Arbeitsplatte. Wahrscheinlich war er im Bad oder im Garten hinten, vermutete sie, hörte aber auf einmal Gemurmel aus dem Schlafzimmer.

Sie näherte sich der Tür zwischen Küche und Schlafzimmer und sah ihren Vater vor dem Bett knien, die Ellbogen auf die Kante gestützt, die Hände gefaltet, Augen geschlossen. Entweder hatte er sie nicht gehört oder er tat nur so, jedenfalls bewegte er bloß die Lippen. Leise murmelte er vor sich hin, seine Mundmuskeln arbeiteten rasch, als würde er ein ihm wohlbekanntes Gedicht aufsagen.

Sie wusste, dass er regelmäßig betete, und war daher nicht sonderlich überrascht, hatte ihn aber noch nie dabei gesehen. Es war seltsam, wie er dort kniete, wie eine kitschige Porzellanfigur. Ihr kam das ziemlich kindisch vor, aber das war wahrscheinlich der springende Punkt bei Leuten, die an Gott glaubten – man war immer das Kind in dieser Beziehung und fühlte sich wohl dabei. Sie hatte nie ernsthaft darüber nachgedacht, aber vielleicht konnte sie genau aus diesem Grund mit der ganzen Sache nichts anfangen: Sie hegte keinerlei sentimentale Gefühle gegenüber der Kindheit. Ihr war es tatsächlich sehr viel lieber, erwachsen zu sein, und was das Knien vor irgendwem anging, so hielt sie davon schon gar nichts.

Vega parkte vor einem Studio mit dem Namen »Yoga Toes«. Vor langer Zeit hatte sie dort mal Kurse besucht, als es noch anders geheißen hatte, das musste acht oder zehn Jahre her sein, überlegte sie, während sie das Auto abschloss.

Obwohl es Morgen war und noch dämmerig, brannte nur schwaches Licht im Studio. Rund ein Dutzend Frauen übten gerade die Krieger-Haltungen. Auf einem Schild an der Tür stand: »Es findet gerade ein Kurs statt. Bitte treten Sie erst ein, wenn er zu Ende ist. Namaste.«

Vega wartete. Über den Rand ihrer dunklen Sonnenbrille hinweg betrachtete sie die Kursleiterin, eine zierliche Latina mit dichten blonden Locken. Sie war geschmeidig wie eine Tänzerin, bog den Rücken jetzt zu einer vollen Brücke durch, stand auf den Zehenspitzen.

Von den Kursteilnehmerinnen konnten es nur zwei oder drei mit ihr aufnehmen, darunter eine hochgewachsene Schwarze in der letzten Reihe. Als die anderen aus der Haltung herauskamen, die Ellbogen beugten und Schultern und Rücken langsam auf den Boden absenkten, näherte die Schwarze ihre Füße auf Zehenspitzen den Händen, hob dann den rechten Fuß, stieß sich mit dem Ballen an der nächsten Wand ab und reckte beide Beine zum Handstand.

Sie kam fix wieder herunter und die Lehrerin zeigte lächelnd auf sie. Die anderen Frauen klatschten. Vega musterte die Schwarze genauer, sie kam ihr bekannt vor. Ihr Gesicht jedenfalls, während sie die Haare anders in Erinnerung hatte, kurz und mit einer weißen Strähne darin. Jetzt trug sie es in langen, zu einem Pferdeschwanz gebundenen Zöpfen und ohne die Strähne.

Die Handstandkünstlerin verbeugte sich kurz schüchtern, dann machte die Lehrerin das Licht an und die Frauen rollten schwatzend ihre Matten zusammen. Vega blieb im Vorraum stehen, bis fast alle gegangen und nur noch die Kursleiterin und die Handstandfrau übrig waren. Sie unterhielten sich, während sie Yogablöcke in einer Ecke aufstapelten.

Vega ging hinein.

»Hallo, wie geht's?«, begrüßte die Leiterin sie herzlich, während sie noch über irgendetwas lachte.

»Gut«, sagte Vega, ohne die Sonnenbrille abzunehmen. »Geben Sie hier auch Privatstunden?«

»Hmm«, machte die Leiterin und kam auf sie zu. »Manche von unseren Lehrenden schon, allerdings nicht hier im Studio. Ich könnte Ihnen ein paar von ihren Karten geben ...?«

»Okay«, sagte Vega mit Blick zu der Handstandfrau, die immer noch Blöcke stapelte, und entschuldigte sich kurz bei der Lehrerin. »Hallo?«, rief sie der anderen zu, die sich umdrehte. »Geben Sie Privatstunden?«

Die Kursleiterin und die Handstandfrau sahen sich überrascht an.

»Ich unterrichte hier nicht mehr«, antwortete die Schwarze.

»Wir haben sie letztes Jahr leider als Lehrerin verloren«, sagte die andere und ging durch den Raum zu einem kleinen Schreibtisch in der Ecke.

»Ich erinnere mich an Sie«, sagte Vega zu der Schwarzen. »Ich war früher öfters hier, als es noch Ashanti Yoga hieß.«

»Das ist lange her«, sagte die Handstandkünstlerin, worauf Vega auch ihren Akzent wiedererkannte, zumindest den Tonfall. Sie hätte ihn nicht einordnen, auf einer Karte auf das Land zeigen können, aus dem er stammte, aber sie erinnerte sich gut an den Klang und das Timbre.

»Sie waren damals noch in der Ausbildung«, sagte sie. »Haben zusammen mit einer Frau namens Kirsten unterrichtet.«

»Sie haben ein gutes Gedächtnis«, sagte die Schwarze. »Kirsten ist vor drei oder vier Jahren nach L. A. gezogen.«

»Also, geben Sie Privatstunden bei Leuten zu Hause?«

»Nein, ich unterrichte gar nicht mehr«, sagte sie. »Aber Laila hat sicher ein paar Namen für Sie. Gute Yoginis.«

»Ich brauche nur paar Minuten hier«, rief Laila von dem Pult aus. Dann, wie zu sich selbst: »Ich schreibe mal Julia eine Nachricht, ob sie noch Privatstunden gibt.«

»Julia wäre perfekt für Sie«, sagte die Handstandfrau. »Ich mache jetzt eine Kochausbildung.«

Vega nahm ihre Sonnenbrille ab. Sie sah, wie sich der Ausdruck der Frau veränderte, aber sie wirkte nicht schockiert. Eher verwundert.

»Das sieht nicht gut aus.« Sie deutete auf ihr Gesicht.

»Könnten Sie mir einen einarmigen Handstand beibringen?«, fragte Vega.

Als die Frau zu Laila hinsah, fiel Vega plötzlich ihr Name ein.

»Ameyo«, sagte sie. »An einem Samstag geboren.«

Jetzt war sie wirklich verblüfft.

»Wie können Sie sich nur daran erinnern?«

»Ich habe hier mal einen Kurs an einem Samstag gemacht«, sagte Vega. »So hat Kirsten Sie vorgestellt.«

»Trotzdem«, sagte Ameyo und zuckte mit einer muskulösen Schulter, »das ist fast unheimlich.« Sie wirkte aber nicht beunruhigt, sondern lächelte amüsiert.

»Ja, ich bin ein bisschen unheimlich«, sagte Vega ohne jede Koketterie.

Sie sah zu Laila hin, die jetzt leise telefonierte, und fühlte sich davon ermutigt, dass Ameyo sich nicht länger abweisend verhielt.

»Meinen Sie, Sie könnten das?«, beharrte sie. »Mir den einarmigen Handstand beibringen?«

Ameyo verlagerte ihr Gewicht auf ein Bein und verschränkte die Arme, musterte sie. Ihr Blick fiel auf ihren Gips.

»Das da wird Sie behindern«, sagte sie. »Am einfachsten kommt man in den einarmigen Handstand vom beidarmigen.«

»Ohne das hier«, sagte Vega, den Gips anhebend, »bin ich sicher im beidarmigen. Danach zu urteilen, wie Sie aus der Brücke da rauf an die Wand gekommen sind, Sie auch.«

»Laila wird Ihnen ein paar andere Frauen nennen, die das genauso gut können wie ich. Vielleicht sogar besser«, sagte Ameyo, klang aber nicht so, als würde sie es selbst glauben.

»Sie reden immer noch mit mir, was bedeutet, dass Sie es sich vorstellen können, obwohl ich offensichtlich behindert bin«, sagte Vega. Leiser fügte sie hinzu: »*Ihr* Handstand hat mir eben gefallen.«

»Jetzt fangen Sie wieder an mit dem Unheimlichsein«, sagte Ameyo, jedoch ohne irgendwelche Anzeichen von Panik.

Im Gegenteil, sie war geschmeichelt, schäkerte, die Augen schmal vor Neugier und Erwartung. Vega war nicht sicher, ob sie sie schon rumgekriegt hatte, aber jedenfalls hatte sie ihr Interesse gewonnen und war zuversichtlich, es noch für ein, zwei weitere Minuten gewinnen zu können. Manchmal genügte das.

8

Cap wachte mit brutalen Kopfschmerzen und schlingerndem Magen auf dem Sofa auf. Am Abend zuvor hatte er sich zum Abendessen ein Sixpack reingezogen, während Nell bei Jules war. Sie hatte eine neue Bassdrum bestellt, Ems Grünschnabel war längst wieder weg, und er hatte kaum geschlafen, ständig auf das Klappern des Briefschlitzes gelauscht. Ächzend rappelte er sich auf, schloss die Sig im Schrank ein und ging joggen, ignorierte seine Schlappheit und Übelkeit. Als er nach Hause kam, zwang er sich zwei Stück Toast rein, duschte und ging dann in sein Arbeitszimmer, wo er einen Bericht für Vera schrieb und ein paar E-Mails wegen eines neuen Falls verschickte.

Auf diese Weise lenkte er sich den größten Teil des Tages ab, machte nur eine Pause, um aufs Klo zu gehen und sich Kaffee nachzuschenken. Er versuchte, nicht dauernd auf die Zeitanzeige am Rand des Laptopbildschirms zu schielen, aber gegen zwei Uhr nachmittags fing er an, die Minuten zu zählen, bis Nell nach Hause kam. Als er sie um 15.53 Uhr an der Tür hörte, atmete er erleichtert auf.

Er eilte aus dem Büro ins Wohnzimmer, wo sie auf dem Hocker neben der Haustür saß und ihre Gummistiefel auszog.

»Ah gut, du bist da«, sagte sie. »Ich habe Neuigkeiten.«

»Okay, bin gespannt.« Cap lehnte sich an die Tür. »Wie geht es dir?«

»Gut«, tat Nell den Smalltalk schnell ab. »Können wir in dein Büro gehen und die große Wand benutzen?«

»Klar«, sagte Cap.

Die »große Wand« in seinem Arbeitszimmer war eine ganz normale Trennwand, jedoch die einzige im Haus ohne ein Bild, einen Haken oder eine Lampe daran. Als Cap sich vor einigen Jahren selbständig gemacht hatte, hatte er damit angefangen, hin und wieder Karteikarten an die Wand zu heften, um seine Gedanken zu ordnen, und Nell saß gern auf dem Zweiersofa gegenüber und sah ihm dabei zu. Sie hatte der Wand auch ihren Namen verpasst.

Cap folgte ihr ins Büro, wo sie direkt zu der freien Fläche ging und ihren Rucksack davor abstellte.

»Ich habe schon mal angefangen, ein paar Notizen zu machen«, sagte sie, während sie einen Stapel gelber Haftzettel mit schwarzer Schrift darauf herausnahm. »Erinnerst du dich an Ruthie Morris?«

»Klar«, sagte Cap. »Aus der Junior High. Sie steht auf Jungs, und die Jungs stehn auf sie, stimmt's?«

»Freundlich ausgedrückt, ja«, sagte Nell und blätterte durch ihre Notizen. »Aber damit du's weißt, ich mache hier kein Slut-Shaming. Kein moralisches Urteil damit verbunden.«

»Leben und leben lassen«, sagte Cap, während er auf ihre Notizen schielte.

Nell drehte sich um, entzog sie seinem Blick. »Lass mich das erst mal ordnen«, schalt sie.

Cap ging grinsend auf Abstand.

»Also«, begann sie dann. »Ich habe mit Ruthie gesprochen, weil sie auch auf die St. Paul's geht. Sie kennt das Mädchen, dessen Auto aufgebrochen wurde. Sie sind nur so Hallo-Bekannte, sagt sie, aber sie hat mir den Kontakt zu einem Typ vermittelt, der mit diesem Mädchen mit dem Auto befreundet ist. Heute Morgen vor der Schule habe ich also bei der St. Paul's Halt gemacht und mit ihr gesprochen. Nennen wir sie einfach ...«

Nell klebte einen Zettel mitten auf die Pinwand, auf dem mit schwarzem Stift »Das Mädchen« stand.

»Hat ›Das Mädchen‹ einen Namen?«, fragte Cap.

»Ja«, antwortete Nell ungeduldig, »aber das tut jetzt nichts zur Sache. Kenntnis nur bei Bedarf, okay?« Sie sah ihn mit hochgezogenen Augenbrauen an.

Cap lächelte. »Erzähl weiter.«

»Also, ihr Freund«, sagte sie und klebte einen Zettel mit der Aufschrift »Boyfriend« neben den ersten. »Er steht darauf, in so einem Subreddit namens ›Central Air PA‹ zu posten. Der ist hauptsächlich für Millennials und Teenager aus Pennsylvania«, erklärte sie, wobei sie einen Zettel mit »Central Air« darauf über die beiden anderen heftete. »Ich habe mir das mal angesehen, scheint viel so Zeug von wegen Redefreiheit und gegen den Bevormundungsstaat zu sein.«

»Lass mich raten, rassistische Sprüche und frauenfeindliche Inhalte?«, sagte Cap.

»Ja, aber nicht so offensichtlich. Man muss schon nach bestimmten Posts suchen.« Nell heftete einen weiteren Zettel mit der Aufschrift »Central Air/JF« an. »Das Mädchen stößt also auf diesen Post in der Gruppe Central Air mit der Überschrift JF.« Sie tippte auf das Kürzel. »Dreimal darfst du raten, wofür das steht.«

Cap legte den Kopf schräg, zuckte die Achseln.

»Judenfrage«, sagte Nell.

Cap lachte, vor allem aus Verblüffung. Auch weil er nicht wusste, wie er sonst reagieren sollte.

»Das Mädchen meinte zu mir, sie würde Schwarzen ja nicht richtig trauen, aber Juden seien doch Weiße, also finde sie das beleidigend.« Nell drehte sich halb zu ihrem Vater um. »Ich habe gar nicht erst versucht, ihr die Mängel in ihrer Logik aufzuzeigen, das wäre gewesen, wie mit einem Welpen zu diskutieren.« Sie sah wieder auf die Wand. »Sie postet also etwas in dem Stil ›Hey, das ist nicht cool, ich habe in Geschichte was über den Zweiten Weltkrieg gelernt, blah blah‹, worauf diese ganzen Typen über sie herfallen und meinen, dass Hitler von den Toten auferstehen und sie vergewaltigen soll. Echt eine Elite der hellsten Leuchten hier«, berichtete Nell einigermaßen emotionslos, den Blick auf ihre Notizen gerichtet.

»Du lieber Gott, das haben sie geschrieben?«, fragte Cap.

»Ja, Dad«, antwortete sie leicht gereizt. »Du hast gesagt, du würdest dich regelmäßig informieren?«

»Tu ich auch. Ich war nur nicht darauf vorbereitet, so was aus deinem Mund zu hören.«

»Gewöhn dich besser dran.« Nell betrachtete prüfend die Notizen an der Wand. »Sie schließt also ihren Account, und als sie am nächsten Morgen aufwacht, ist ihre Windschutzscheibe eingeschlagen und ihre Jacke zerschnitten. Und ...«

Nell zog ihr Handy aus der hinteren Hosentasche und zeigte ihm ein Foto. Cap blickte mit zusammengekniffenen Augen darauf: eine Hand, die ein kreisrundes Stück Jeansstoff zwischen Daumen und Zeigefinger hielt wie ein wissenschaftliches Präparat.

»Wenigstens bleiben sie ihrer Linie treu«, bemerkte er.

»Ja, hilfreich für uns«, sagte Nell. »Inzwischen haben das Mädchen und ihr Freund« – sie tippte auf den Zettel mit »Boyfriend« darauf – »sich getrennt. Sie glaubt nicht, dass er etwas Derartiges tun würde, meinte aber, er könnte wissen, wer es war, also habe ich ihn abgepasst und auch mit ihm gesprochen.«

»Alles noch vor der Schule?«, fragte Cap.

Nell räusperte sich, kratzte sich am Kopf.

»Kann sein, dass ich die erste Stunde verpasst habe.«

»Bug«, sagte Cap.

»Dad, hör auf. Ich hab vielleicht fünfmal in meinem ganzen Leben geschwänzt. Können wir bitte bei der Sache bleiben?«

Er seufzte und bedeutete ihr mit einer Geste zur Wand, weiterzumachen.

»Der Exfreund sagt, dass er ein paar solcher Typen über seinen älteren Bruder kennt«, fuhr sie fort und heftete einen Zettel mit der Aufschrift »Bruder« über den »Boyfriend«. »Bruder hat Boyfriend auch in Central Air eingeführt, und er ist, wie sein eigener kleiner Bruder sagt, ein ›Larry von einem Loser‹, hat keinen Job, das College abgebrochen, wohnt noch zu Hause, verbringt viel Zeit in diesen Subreddits und könnte was wissen, also …«

Nell unterbrach sich und lächelte ihren Vater an, unschuldsvoll blinzelnd wie Bambi im Film.

»Bist du hin und hast auch mit ihm gesprochen?«

»Ja«, räumte sie leicht zerknirscht ein.

»Warst du heute überhaupt in der Schule?«

»Doch, doch«, sagte sie. »Ich habe nur Töpfern und Überblick über die russische Literatur verpasst, und das sind sowieso Wahlfächer.«

Cap rieb sich die Schläfen. »Du hast diesen Typ, diesen Bruder, also bei ihm zu Hause befragt?«

»Ja. Ich glaube, er hat länger mit keiner Frau mehr gesprochen, die nicht seine Mutter ist. Ziemlich schräg.«

Caps Magenschmerzen meldeten sich. Nicht das dumpfe Ziehen von zu viel Bier und zu wenig Essen, sondern das akute Stechen, das sich seit seiner Rückkehr aus Kalifornien immer wieder bemerkbar machte. Er wusste, dass es stressbedingt war, dazu brauchte er keinen Hirnklempner, und die Vorstellung von Nell allein mit einem sozial unterentwickelten Einzelgänger mit rechtsextremen Neigungen in einem Souterrain genügte als Auslöser.

Er krümmte sich, nur ein klein wenig, aber Nell bemerkte es sofort.

»Hey, alles in Ordnung?«

Er nickte. »Ich kann damit leben, dass du Zeugen oder Verdächtige in einer neutralen Umgebung wie der Schule, einem Einkaufszentrum, einem Tatort befragst«, sagte er. »Aber du musst mir versprechen, dass du nie wieder jemanden zu Hause aufsuchst. Dabei gibt es einfach zu viele unbekannte Variablen.«

»Dad, das war völlig okay. Ich habe einen Blick auf ihn geworfen und gewusst, dass ich klarkomme, falls die Lage brenzlig wird.«

»Ich will nur sagen«, fuhr Cap fort, um einen ruhigen Ton bemüht, »dass ich schon in vielen Situationen war, die mir kontrollierbar erschienen und dann ganz schnell außer Kontrolle gerieten.«

»Verstanden. Ich verspreche es dir«, sagte Nell, begierig darauf, weiterzuerzählen. »Also, der Bruder sagt, dass er ein paar von diesen Leuten vor einiger Zeit im wirklichen Leben kennengelernt hat, bei so was wie einem Quizabend für Gelegenheitsrassisten. Einer von denen hätte damit angegeben, dass er seiner Geschichtslehrerin eine Autoscheibe eingeschlagen hat, weil sie eine feministische Lesbe ist und es verdient, wie er meinte, und dann habe ich den Bruder dazu gebracht, mir den Namen dieses Typs zu sagen, und der lautet« – sie zog einen weiteren Zettel für die Wand hervor – »Brett Hardecker.«

»Du hast seinen Namen ermittelt?«

»Ja, und du wirst auch gleich sehen, warum. Das hier«, fuhr Nell fort, während sie sechs weitere Zettel anheftete, »sind die Usernamen von den Aktiven auf Central Air, die besonders widerliche Kommentare zu dem Post des Mädchens abgegeben haben.«

Cap überflog sie: TDNow, IchfressHundefutter, FtzenknchtezuFrolic, FreierAmerikaner06, Baumhauslover, Humbuuug492.

»Wir brauchen jetzt also nur die Bestätigung, dass einer von denen«, sagte sie, auf die Nicknames tippend, »Brett Hardecker ist, dann haben wir, denke ich, genug Beweise zusammen, damit Em ihn zumindest vernehmen kann.«

Eine Weile starrten sie zusammen auf die Wand, dann drehte Nell sich zu ihm um.

»Also, was meinst du?«

Cap wiegte den Kopf.

»Eine überzeugende These«, sagte er, »aber sie beruht nur auf Indizien. Selbst wenn einer von diesen Usern Hardecker ist, können wir Em nicht einfach zu ihm schicken. Vielleicht hatte er gar nichts damit zu tun. Er ist schließlich nicht der Einzige in diesem Forum, der solche Ansichten von sich gibt.«

»Wir sind ja nicht gleich darauf aus, den Typ zu *überführen*. Ich sage nur, dass das eine gute Spur ist«, erwiderte Nell.

Cap lächelte sie an. »Es ist eine ausgezeichnete Spur.«

Sie lächelte zurück, ein bisschen schüchtern. »Findest du?«

Er nickte.

»Danke«, sagte sie und betrachtete erneut die Wand.

»Aber hör mal, wie hast du den Bruder dazu gekriegt, dir all das zu erzählen?«

»Och«, sagte Nell achselzuckend. »Ich hab nur erwähnt, dass ich ungern anonym bei der Polizei anrufen würde, um ihn mit der Beschädigung des Eigentums eines Ex-Cops und persönlichen Freunds des Polizeichefs in Verbindung zu bringen.«

»Du hast ihm gedroht?«, fragte Cap ungläubig.

»Nur ein kleines bisschen. Wir müssen also herausfinden, zu wem diese Usernamen gehören. Irgendwelche Ideen?«

Cap zuckte die Achseln. »Recherchieren wir ein bisschen über Hardecker.«

»Schon dabei«, sagte Nell, eifrig wie eine Rekrutin in der ersten Woche.

Sie fotografierte die Wand mit dem Handy ab und ging zur Tür.

»In einer Stunde mache ich Abendessen«, warf sie noch über die Schulter und war weg, ehe Cap antworten konnte.

Er starrte auf die Wand, die Hände in die Hüften gestemmt. »Okay«, sagte er leise, obwohl ihn kein Mensch hören konnte.

Vega saß vor einem heruntergekommenen Haus im Ranchstil in ihrem Auto, in einer Kleinstadt, die zwanzig Minuten vom Wohnort ihres Vaters entfernt lag. Es war inzwischen Abend, kurz nach zehn, und die Straße war ruhig. Sie hatte den Tag damit zugebracht, mit sämtlichen Nachbarinnen und Nachbarn von Bitsy und Mauricio zu sprechen.

Wie sie vermutet hatte, hatte die junge Mutter tatsächlich mitten in der Nacht etwas gehört – Leute, die draußen vorm Haus lachten. Als sie aus dem Fenster gesehen hatte, während sie ihrem Baby das Fläschchen gab, hatte sie drei anscheinend betrunkene junge Männer beobachtet, die sich gegenseitig foppten und aufforderten, leiser zu sein. Sie balgten sich mitten auf der Straße, und sie dachte daran, die Polizei zu rufen, aber dann wurden die Rowdys ruhig, ihr Baby hatte ausgetrunken, und es wurde Zeit, wieder ins Bett zu gehen, weil sie jede Minute Schlaf brauchte, die sie kriegen konnte. Deshalb hatte sie nicht gesehen, ob es dieselben Männer waren, die das Auto ihres Nachbarn besprüht hatten.

Bevor sie vom Fenster weggegangen war, hatte sie jedoch einen der Typen einen anderen rufen hören, und der Name hatte geklungen wie »Nikolai«. Sie erinnerte sich daran, weil so der Bösewicht in ihrem Lieblingsfilm zur Highschoolzeit hieß.

Wie sich herausstellte, gab es nicht viele Nikolais mit in Kalifornien ausgestellten Führerscheinen im Umkreis von achtzig Kilometern um das Haus von Vegas Vater – genau gesagt nur fünf, und nur drei davon konnten als jung, also unter vierzig, gelten. Von diesen dreien hatte einer vor einem Jahr einen Laptop in einem Best Buy Store in Fresno gekauft, mit einer rückverfolgbaren Seriennummer und IP-Adresse, was es Bastard leicht machte, sich in das Netz des jungen Nikolai zu hacken und ihn als einen zwanzigjährigen aktiven Teilnehmer in bestimmten, von Rassisten und Frauenhassern frequentierten Online-Foren zu identifizieren.

Bastard brauchte sie nicht daran zu erinnern, dass er nur rekonstruieren konnte, wer Nikolai damit beauftragt hatte, das Auto ihres Vaters zu beschmieren, wenn er das Gerät selbst zur Verfügung hatte.

Dem Mietvertrag zufolge, den Bastard ausgegraben hatte, mietete Nikolai das Haus zusammen mit einem Jonathan Purser, neunzehn Jahre alt, der in einer Subway-Filiale arbeitete und in seiner Freizeit entweder Online-Poker spielte (und meistens verlor) oder Ego-Shooter.

Um 22.18 Uhr bekam Vega die Nachricht von Bastard, auf die sie gewartet hatte: eine Liste der Namen von Nikolais und Jonathans Nachbarn zu beiden Seiten. Sie überprüfte ihr Make-up im Rückspiegel. Die Wange und das Auge waren immer noch geschwollen, aber sie hatte die Verfärbung unter Zuhilfenahme von Tipps auf YouTube mit Concealer abgedeckt. Jetzt sah sie aus, als wäre sie von Geburt an leicht entstellt oder litte an einer Gesichtslähmung. Hauptsache, es wirkte einigermaßen natürlich.

Sie hängte sich die Laptoptasche um und überquerte die leere Straße zum Haus. Als sie über die Einfahrt ging, musterte sie rasch die dort stehenden Autos, ein Toyota und ein Honda. Ein paar Aufkleber, »Rettet den Mono Lake«, »Skiparadies Tahoe«, »Stolze Eltern eines Elitestudenten von XXX«, der Name der Uni abgekratzt.

Sie hörte Musik beim Näherkommen, nicht besonders laut, Hip-Hop. Sie klopfte dreimal laut an, die Musik wurde leiser, und gleich darauf öffnete jemand. Es war Jonathan Purser, schulterlange dunkle Haare, langes, schmales Gesicht.

»Hallo, ich bin eine Sicherheitsberaterin von Pacific Gas and Electric und müsste mich mal im Haus umsehen, wenn Sie nichts dagegen haben«, sagte Vega und zückte ihre Privatermittler-Lizenz.

Sie sah, wie Pursers Augen zuerst groß wurden und dann

schmal, als er versuchte, ihren Ausweis zu lesen, den sie rasch wieder einsteckte. Er glotzte auf ihre Wange und ihr Auge, und sie wusste, dass sie schnell weiterreden musste, damit er nicht dazu kam, Fragen zu stellen.

»Ich komme gerade von den Berringers nebenan. Die Kohlenmonoxidwerte in ihrem Keller sind stark erhöht, deshalb müsste ich sie jetzt auch bei Ihnen messen.«

Purser sah sie verdutzt an.

»Sind Sie …« Vega blickte auf ihr Handy. »… Nikolai Stevens oder Jonathan Purser?«

»Jon Purser«, sagte er.

»Ist Nikolai Stevens auch da?«

Purser nickte.

»Dann sollten Sie ihn mal holen«, sagte sie ungeduldig. »Sie haben hier ein ernstes mögliches Gesundheitsrisiko. Entschuldigung.« Sie ging einfach hinein.

Purser versuchte nicht, sie aufzuhalten, gab nur einen erstickten Laut von sich und rief nach hinten: »Niko!«

Vega betrat einen Saustall. Ein großer Fernseher samt Kabelsalat und Spielkonsolen auf der einen Seite, Sitzsäcke und ein fleckiges, ehemals weißes Sofa mit durchgesessenen Polstern auf der anderen. Es roch wie auf einer Schultoilette.

Nikolai erschien, sie erkannte ihn anhand der Fotos im Internet: starker Undercut mit fettigen langen Strähnen oben, helle Augen mit schweren Lidern. Er trug ein übergroßes schwarzes T-Shirt und Schlabberjeans. Sein Blick sagte ihr gleich, dass sie nichts zu befürchten hatte – er sah sie ziemlich gleichgültig an, ein bisschen verwirrt, ein bisschen sauer, dass eine Fremde ihn zu Hause störte. Er hatte keine Ahnung, wer sie war. Was ihren Verdacht bestätigte, dass er und seine Kumpels ihren Namen im Auftrag von anderen auf das Auto ihres Vaters gesprüht hatten.

»Sie ist von PG&E«, sagte Jonathan und klang ein bisschen verzweifelt dabei.

»Sind Sie Nikolai Stevens?«, fragte Vega.

»Ja. Stellen Sie uns wieder den Strom ab?«, murmelte Nikolai.

»Ich hoffe, nicht«, sagte sie, während sie Bitsys Fleischthermometer aus der Innentasche ihrer Jacke zog.

»Worum geht's dann?«

»Ihre nächsten Nachbarn, die Berringers, haben gefährlich hohe Kohlenmonoxidwerte im Keller. Deshalb muss ich die Konzentration jetzt in jedem Haus in der Straße messen, und Sie sind die Ersten.« Sie drückte eine Taste an dem Thermometer, worauf es piepte.

»Sie hat gesagt, wir könnten im Schlaf sterben«, flüsterte Purser.

»Ich riech aber nix«, sagte Nikolai.

»Kohlenmonoxid ist geruchlos«, erwiderte Vega und ging mit dem Fleischthermometer durchs Zimmer. Eine Kappe bedeckte die zwölf Zentimeter lange Edelstahlnadel.

Ein paar Minuten lang herrschte Schweigen. Nikolai starrte sie an, während Purser nervös zwischen ihnen hin und her blickte. Schließlich seufzte sie, trug dick auf.

»Eine gute und eine schlechte Nachricht.«

Sie fügte nicht gleich eine Erklärung hinzu, worauf Purser zunehmend beunruhigt wurde.

»Was ist die schlechte Nachricht?«, fragte er.

»Sie haben hier ein wenig CO in der Luft.«

»Mist.«

»Und was machen wir jetzt?«, fragte Nikolai unbeeindruckt.

»Also, die gute Nachricht ist, dass es nicht sehr viel ist, wahrscheinlich reicht es, wenn Sie einfach mal die Fenster aufmachen. Aber ich muss jedes Zimmer überprüfen.« Wieder drückte sie die Taste an dem Thermometer, ließ es piepen. »Ich würde gern im Keller anfangen, dann Küche, Bad, zuletzt die Schlafzimmer.«

Sie gab vor, eine Textnachricht zu schreiben, und merkte, wie die beiden Jungen sie anstarrten.

»Gibt es ein Problem?«, fragte sie.

»Ich hab einfach nicht gern Fremde in meinem Haus rumlaufen«, maulte Nikolai.

»Ach, glauben Sie mir, ich lege keinen gesteigerten Wert darauf, in Ihrem Haus herumzulaufen. Aber wenn Sie im Schlaf an Kohlenmonoxidvergiftung sterben, wird mein Unternehmen dafür haftbar gemacht. Und wenn jemand unter Ihrem Dach im Schlaf stirbt oder, sagen wir, in den umgebenden Häusern, und Sie selbst davonkommen, weil ihre Lunge eine etwas höhere Toleranz gegenüber CO aufweist, und ich dann in meinem Bericht schreibe, dass der Bewohner ordnungsgemäß vor den möglichen Gefahren gewarnt wurde und es vorgezogen hat, die Warnung zu ignorieren, werden *Sie* haftbar gemacht, Nikolai Stevens«, sagte sie, seinen Namen betonend.

»Mann, lass sie doch machen«, sagte Jonathan.

Nikolai zog die Nase hoch und sah sie finster an, zuckte dann die Achseln. »In den Keller geht's von der Küche aus.«

»Schön, danke«, sagte Vega.

Sie stieg hinunter und lief eine Weile zwischen Kisten und einem schäbigen Waschturm herum. Als sie wieder nach oben kam, saßen Nikolai und Jonathan auf dem Sofa und sahen fern.

»Keller ist in Ordnung«, sagte sie.

Dann brachte sie ein paar Minuten in der Küche zu, das Thermometer vor sich ausgestreckt wie eine Schamanin mit einem Räucherbündel.

»Küche ist auch okay«, verkündete sie, zurück im Wohnzimmer. »Das Bad?«

»Gleich da.« Nikolai deutete auf den Flur, aus dem er gekommen war. »Links.«

Vega nickte, ging ins Bad und schloss die Tür hinter sich. Die gelben Bodenfliesen waren mit Schmutz gestreift, von schlammigen Schuhen oder Füßen, die mit Flipflops draußen gewesen waren. Der Duschvorhang hatte einen rostroten Längsstrich in der Mitte. Spiegel und Armaturen waren matt von Schimmel und Staub. Vega ließ das Thermometer piepen.

Als sie die Badezimmertür wieder aufmachte, stand Nikolai davor. Purser war im Wohnzimmer geblieben, aus dem Fernseher dröhnte eine Heimwerker-Sendung.

»Alles okay?«, fragte Stevens.

»Alles okay«, sagte Vega. »Jetzt nur noch die Schlafzimmer, dann bin ich wieder weg.«

Nikolai sah sie schmaläugig an, zuckte dann mit der Schulter in Richtung einer der Türen. »Das ist seins«, sagte er, deutete mit dem Kopf auf seinen Mitbewohner im Wohnzimmer.

Vega lächelte ihn beflissen an und betrat das Zimmer. Sie schloss die Tür hinter sich, ging herum, drückte dreimal die Taste an dem Thermometer. Als sie wieder herauskam, hatte Nikolai sich nicht vom Fleck bewegt.

»Es gibt noch ein Zimmer?«

Er nickte. »Da hinten ist meins.«

»Sehr gut.«

An der offenen Tür sah sie sich kurz um, erspähte den silberfarbenen Laptop (»Quecksilber-Metallic« hieß die Farbe im Katalog von Best Buy) auf dem zerwühlten Bett. Als sie die Tür hinter sich zumachen wollte, hinderte Nikolai sie daran.

»Ich muss die Tür schließen«, sagte sie, »um eine genaue Messung zu erhalten.«

Sie sah ihn abwägen, über ihre Schulter in sein Zimmer blicken. Denk schnell nach, du Genie, dachte sie, wobei sie Schweißtropfen ihren Nacken hinunterrinnen fühlte. Warum sollte die Sicherheitsberaterin eines Energieunternehmens dich beklauen?

Nach einer Minute ließ Nikolai den Türknauf los. Vega bedachte ihn mit einem höflichen, unpersönlichen Lächeln und machte ihm die Tür vor der Nase zu. Mit schweren Schritten drehte sie eine Runde durch sein Zimmer, für den Fall, dass er draußen lauschte, drückte die Taste an dem Thermometer, ließ es einmal, dann ein zweites Mal piepen, bevor sie es in die hintere Hosentasche steckte und zum Bett ging.

Der Laptop hatte einen quadratischen Aufkleber in der unteren rechten Ecke des Deckels, weiß mit rotem Rand und dem schwarzen Logo einer Schuhmarke. Sie zog ihre Costco-Kundenkarte aus dem Portemonnaie, hockte sich vor das Bett und schob sie unter eine Ecke des Stickers.

Indem sie die Karte vorsichtig hin und her schob, löste sie ihn vollständig ab. Er war zwar ein wenig verknittert, aber es würde schon gehen. Sie pappte ihn auf ihren linken Zeigefinger, ließ die Laptoptasche von ihrer Schulter rutschen und zog sie mit der rechten Hand auf. Darin steckte der gleiche Laptop wie Nikolais, nur nagelneu, nicht verschrammt wie seiner. Sie hatte bei demselben Best Buy in Fresno Halt gemacht, in dem er seinen letztes Jahr gekauft hatte, und glücklicherweise war das Modell noch vorrätig gewesen.

»Hey, was machen Sie da so lang?«, rief Nikolai.

»Ich habe zwei verschiedene Messwerte«, antwortete sie, während sie den neuen Laptop auf dem Bett ablegte. »Ich muss das Gerät neu einstellen. Dauert nur noch eine Minute oder so.«

Vega klebte den Sticker in die untere rechte Deckelecke des neuen Laptops und glättete ihn mit den Fingerspitzen, schob anschließend Nikolais in ihre Tasche. Sie stand auf, zog das Thermometer aus der Hosentasche, drückte die Taste.

Als sie die Tür öffnete, stand Nikolai immer noch davor, sichtlich zappelig.

»So, Sie sind aus dem Schneider«, sagte sie und steckte das Thermometer zurück in die Innentasche ihrer Jacke.

Nikolai starrte sie ausdruckslos an und rührte sich nicht

vom Fleck, als sie das Zimmer verließ, so dass sie um ihn herumgehen musste.

»Ist alles in Ordnung bei uns?«, fragte Purser begierig.

»Ja, alles gut.«

»Super.« Er seufzte erleichtert auf.

Vega sah Nikolai in sein Zimmer gehen.

»Sie sollten keine Probleme haben«, sagte sie, schon mit der Hand am Türgriff. »Falls Ihnen etwas merkwürdig vorkommt, rufen Sie uns gern jederzeit an.«

Nikolai war jetzt in seinem Zimmer, außer Sichtweite. Er konnte sonst was da drin machen. Konnte sich seinen Laptop ansehen.

»Bei welcher Nummer sollen wir anrufen?«, rief Purser ihr nach.

Vega eilte hinaus.

»Kundenservice«, rief sie zurück. »Steht auf der Website.«

Sie hörte noch »Ah, okay« von ihm, als sie die Einfahrt hinunter und auf ihr Auto zulief.

Nikolai klappt gerade den Laptop auf, dachte sie, schaltet ihn ein. Jede Sekunde wird er den faltigen Sticker sehen und den voreingestellten Bildschirmhintergrund eines unkonfigurierten Computers.

Sie schwang sich hinters Steuer, hielt sich nicht damit auf, die Laptoptasche abzulegen oder sich anzuschnallen. Ließ den Motor an und fuhr los, trat aufs Gas. Die Kurve am Ende der Straße nahm sie weit und schnell, sauste dann weiter, ohne auf das Warngeräusch wegen des Gurts zu achten, bis sie kurz vor der Interstate an eine rote Ampel kam. Nikolai konnte unmöglich schnell genug sein, um sie einzuholen, aber sie sah trotzdem in den Rückspiegel, wartete, was als Nächstes passierte.

Cap saß im geparkten Auto und trommelte mit beiden Daumen aufs Lenkrad. Sein Magen fühlte sich wie eine eng gewickelte, glühende Spule an. Der Kaffee, den er sich bei Dunkin' Donuts geholt hatte, steckte unangerührt in dem Halter hinterm Schaltknüppel.

Sein Streit mit Nell vorhin ging ihm nicht aus dem Kopf.

Sie hatte online über Brett Hardecker, ihren Hauptverdächtigen, recherchiert, und nachdem sie eine Reihe seiner Tweets und Facebook-Posts durchgesehen hatte, in denen er die Rechtmäßigkeit von Fördermaßnahmen zugunsten von Minderheiten in Frage stellte und gegen die angeblich von Juden betriebene Medien-Maschinerie wetterte, war klar geworden, dass er durchaus ihr Mann sein konnte. Em war die letzten zwei Wochen stark beschäftigt gewesen, musste einer Heroinschmuggelroute zwischen Philly und Cleveland nachgehen, auf der Denville den Mittelpunkt bildete. Anscheinend konnte er da keine Untersuchung wegen eines langweiligen ollen Falls von Vandalismus einschieben.

Während Nell den Abend zuvor bei Jules verbracht hatte, war Cap zu Bretts Adresse gefahren, die nicht weit von ihm in einem Nachbarviertel lag. Dort hatte er einen Mann, zu alt, um Brett zu sein, aber im richtigen Alter, um dessen Vater zu sein, um halb neun in einer schwarzen Arbeitsuniform mit dem Aufdruck »Levon Pretzels« hinten auf dem Hemd (»Ein bisschen salzig, ein bisschen süß«, fiel ihm sogleich der Slogan ein) das Haus verlassen sehen.

Nell war schon sauer genug gewesen, als sie erfahren hatte, dass er das Haus ohne sie ausgekundschaftet hatte, aber als er sich geweigert hatte, sie zur Klärung dorthin mitzunehmen, war sie richtig ausgeflippt.

»Es hat keinen Sinn, dass du dabei bist«, hatte er gesagt.

»Es hat auch keinen Sinn, dass du hingehst«, hatte sie hitzig erwidert. »Du bist kein Polizist mehr, du arbeitest für eine Anwältin. Ich kann mich wenigstens als eine Freundin des Mädchens ausgeben, die um ihr Wohlergehen besorgt ist.«

»Dann wärst du automatisch auf Konfrontationskurs, und auf die Weise bekommst du keine Informationen und schon gar kein Geständnis.«

»Ach, aber du bekommst ein Geständnis, ja, einfach als, als ...« Sie rang nach Worten. »Als engagierter Mitbürger?«

»Du vergisst, dass du mir versprochen hast, niemanden mehr zu Hause aufzusuchen – wegen der unbekannten Variablen.«

Sie starrte ihn empört an. »Aber ich wäre ja mit dir zusammen. Ich habe versprochen, nicht allein zu jemandem nach Hause zu gehen.«

»Ich kann mich nicht erinnern, dass das Versprechen mit irgendwelchen Einschränkungen verbunden war.«

Das war selbstgerechter herausgekommen als beabsichtigt, und Nells Miene hatte sich verhärtet.

»Willst du mich jetzt mit semantischen Spitzfindigkeiten verarschen?«

»Pass auf, wie du mit mir redest«, hatte er streng erwidert.

Sie hatten sich gegenseitig niedergestarrt, und dann war sie einfach gegangen, hatte sich ihre Autoschlüssel geschnappt und nicht mal so getan, als wollte sie mit der Band proben.

Cap hatte sie gehen lassen. Er konnte ihr nichts mehr verbieten. Nicht, dass er das früher oft getan hätte, nicht, dass es nötig gewesen wäre. Jetzt aber hatte sich etwas grundlegend verändert. Jetzt lag es an ihm, dafür zu sorgen, dass sie bleiben wollte. Bald würde er sich wünschen, dass sie ihn vom College aus anrief, würde darauf hoffen, dass sie ihn am Wochenende mal besuchte. Sie war nicht nur sein erwachsen gewordenes Kind, sie war ein anderer erwachsener Mensch, der frei entscheiden konnte, mit wem er seine Zeit verbrachte. Das tat sie eigentlich schon, seit sie zwölf oder dreizehn war, aber jetzt zeigte sich mit jedem Tag mehr, wie gefestigt sie in ihrer Eigenständigkeit war.

Dann war da noch der brennende Mangel von Vega in seinem Leben, der ihm noch vor zwei Monaten weniger ausgemacht hatte, weil sie so lange keinen Kontakt gehabt hatten. Doch ihr Wiederauftauchen, die anfängliche Distanz zwischen ihnen bei ihrem Besuch, ihre Ehrlichkeit, dann das Neu-Zusammenstückeln der Verbindung zwischen ihnen – all das hatte bewirkt, dass er sich wieder wach und lebendig fühlte, ohne dass es ihm in dem Moment bewusst gewesen wäre. Ja, er war wütend, aber er vermisste sie trotzdem. Die Menschen sind nie nur eines, dachte er und rieb sich die Augen, erschöpft von dem Gedanken. Er war erschöpft davon, so viel zu fühlen, und auch erschöpft davon, sich so viele Monate lang innerlich taub gefühlt zu haben.

Mit Bear Thomas zu sprechen und diese Nachforschungen mit Nell als Partnerin anzustellen, hatte ihm etwas gegeben, musste er sich eingestehen. Ein Ziel – in Ermangelung eines mehr nach Selbsthilferatgeber klingenden Worts. Im Moment war das Ziel ein Geständnis: Ja, ich war es, Loser-Arschloch Brett Hardecker, der das Auto deiner kleinen Tochter aufgebrochen und die verbotene Schwelle deines Zuhauses überschritten hat. Ich habe es getan. Führ mich ab und lass mich von deinen Polizeibekannten wegen Sachbeschädigung anklagen.

Leider deutete nichts in seiner Erfahrung darauf hin, dass es so ausgehen würde.

Er wusste jedoch, dass er ohne die Anwesenheit von Dad eine bessere Chance hatte, an Brett heranzukommen. Selbst wenn Mom zu Hause war, denn Männer neigten eher dazu, wütend zu werden, Frauen dagegen traurig. Er dachte an die zahllosen Befragungen und Vernehmungen, die er als Cop durchgeführt hatte und bei denen es immer die Männer waren, die ihm aggressiv den Finger in die Brust gebohrt hatten, während die Frauen weinten und sich an sein Hemd klammerten. Natürlich gab es auch Frauen, die keine Hemmungen hatten, zuzuschlagen oder ihm ihre Fingernägel in die Wange zu graben. Er würde einfach abwarten müssen, wie die Flipperkugel hier rollte.

Um 20.32 Uhr sah er die Haustür der Hardeckers aufgehen und denselben Mann wie am Vorabend in seiner Brezelfabrik-Uniform herauskommen, ins Auto steigen und davonfahren.

Cap rutschte ein Stück auf seinem Sitz herunter, bis der Mann um die Ecke gebogen war, dann stieg er aus.

Als er die Straße überquerte, dachte er, wie sehr das Haus seinem eigenen glich, zwei schmale, oberirdische Stockwerke, die sich leicht zur Seite neigten, weil in allen Städtchen dieser Gegend die Straßen uneben über den alten Kohleminen angelegt worden waren. Er stieg eine kleine Betontreppe hinauf und klingelte.

Während er wartete, hörte er einen hohen Klagelaut von drinnen, es klang wie ein auf einem schrillen, langen Ton abgewürgtes Akkordeon.

Eine Frau machte auf, doch die schwache Fliegengittertür stand noch zwischen ihm und ihr. Sie war klein und breit, trug eine dicke Brille und einen Pagenschnitt. Cap schätzte sie auf Anfang sechzig.

»Wer sind Sie? Ich bin Mama«, sagte sie.

»Hallo, Mama«, sagte er. »Ich möchte zu Brett Hardecker. Ist er Ihr Sohn?«

»Er ist mein Enkel.«

Mama hatte in der Zahnabteilung nicht viel vorzuweisen, stellte Cap fest, schob seine Vorurteile aber beiseite, weil die Frau bislang entgegenkommender war als die meisten Verwandten von Verdächtigen.

»Ist er zu Hause?«

»Jo. Wer sind Sie nochmal?«, fragte sie, als hätte er sich schon vorgestellt und sie hätte es vergessen.

»Hi«, sagte er, »ich bin Sportlehrer an der Holy-Name-Highschool. Ich habe etwas von Brett gefunden und wollte es ihm zurückgeben.«

Mama wirkte verblüfft. »Was gefunden? Was denn?«

»Ich bin nicht sicher.« Cap griff in seine Jackentasche und zog einen Umschlag heraus. »Aber ich glaube, es ist Geld.«

Er hatte Bretts Namen und Adresse auf den Umschlag gedruckt und ihn mit Ein-Dollar-Scheinen gefüllt. Das war ein alter Trick, den er und andere Cops oft angewandt hatten, um hereingebeten zu werden, wenn sie sich in einem Haus oder einer Wohnung umsehen wollten, ohne erst auf den Durchsuchungsbeschluss warten zu müssen. Als Cop glich man einem Vampir, alle Türschwellen waren verflucht. Der Trick funktionierte allerdings nur bei bestimmten Leuten, bei Kindern, Alten oder sehr Verzweifelten. Die in Denville einen beträchtlichen Teil der Einwohnerschaft ausmachten.

»Wo haben Sie das her?«, fragte Mama mit Augen rund wie Christbaumkugeln hinter ihrer Brille.

»Ich habe es auf dem Schulparkplatz gefunden«, sagte Cap.

»Brett muss es verloren haben«, schlussfolgerte Mama.

»Das denke ich auch«, sagte Cap freundlich. »Ist er zu Hause? Ich würde es ihm gern selbst geben.«

»Ach so, ja«, sagte sie und zog die Fliegengittertür auf. »Kommen Sie rein. Wie heißen Sie nochmal?«

»Williams. Die Schüler nennen mich Coach Williams oder einfach Coach«, sagte Cap und trat ein.

Das Wohnzimmer war klein und dunkel, hellbrauner Teppichboden, braun-gelb-gestreifte Tapete an den Wänden. In einer Ecke stand ein Käfig mit einer Katze darin, die anfing zu schreien, sobald sie Cap sah. Das war das hohe, durchdringende Geräusch, das er vorhin gehört hatte.

»Was ist mit der Katze?«, fragte er.

»Ach, die ist nur läufig«, antwortete Mama, während sie sich etwas mühsam zum Fuß einer Treppe bewegte. »Brett!«

Die Katze lief in dem Käfig auf und ab und schrie weiter. Cap verzog schmerzlich das Gesicht.

Mama schlurfte zu einem abgewetzten Ohrensessel vor dem Fernseher. Der Ton war abgestellt.

»So macht sie das eine Woche lang und dann ist gut«, sagte Mama mit Blick auf den Käfig. »Ich hör es schon gar nicht mehr.«

Cap fand das schwer zu glauben, wollte aber seinen guten Draht zu Mama nicht gefährden, indem er ihr widersprach.

»Na so was«, war alles, was er sagte.

Mama grinste ihn an, bellte dann: »Brett! Dein Lehrer ist hier!«

Cap lächelte zurück. Er wusste, dass er gleich auffliegen würde, und machte sich bereit, schnell drauflos zu reden.

Oben ging eine Tür auf und Brett erschien an der Treppe. Er war groß und eindeutig übergewichtig, hatte fettige Haare und den Dreitagebart eines erwachsenen Mannes.

»Wer sind Sie?«, fragte er mit tiefer Stimme.

»Er ist dein Lehrer!«, rief Mama aus ihrem Sessel.

»Ist er nicht, Mama. Ich hab den Typ noch nie gesehen.«

»Hallo, Brett«, sagte Cap. »Ich heiße Max Caplan.«

Er ließ den Namen eine Sekunde wirken. Gut möglich, dass er Brett nichts sagte und er lediglich die Adresse zu dem Auftrag erhalten hatte.

»Er sagt, er heißt Williams«, kam es von Mama, als hätte sie nicht zugehört. »Er bringt das Geld, das du verloren hast.«

»Ich kenne ihn nicht.« Brett kam ein paar Stufen herunter.

»Er hat recht, Mama«, sagte Cap. »Persönlich kennen wir uns nicht.«

Mama erhob sich nicht aus ihrem Sessel, während ihr Gesichtsausdruck sich dem ihres Enkels anglich.

»Aber er kennt mein Haus, nicht wahr, Brett? Drüben an der Pixley Road?«

Jetzt fiel der Groschen. Brett war der Schreck anzusehen. Er rannte die Treppe herunter, nahm die letzten drei Stufen im Sprung, stieß dabei gegen einen kleinen Beistelltisch unten und warf einen rautenförmigen Spiegel um, der zerbrach.

»Was soll das denn, verdammt?«, brüllte Mama.

Jetzt geht's los, dachte Cap.

»Brett, ich will nur mit dir reden«, sagte er mit ausgestreckten Armen, versperrte ihm den Weg.

Brett stürzte keuchend auf ihn zu, stieß ihn mit beiden Händen zur Seite, riss die Tür auf und türmte.

Cap taumelte gegen einen Tabletttisch und fiel hin, rappelte sich aber schnell wieder auf.

»Wenn Sie die Polizei anrufen, fragen Sie nach Emerson«, rief er im Hinausrennen.

»Emerson«, hörte er Mama noch sagen. »Wer zum Henker ist Emerson?«

Cap sah Brett die Straße hinunterlaufen und verfolgte ihn, verringerte den Abstand rasch. Der Junge war groß, aber nicht schnell, und Caps dreißig Kilometer pro Woche zahlten sich jetzt aus.

Bald hatte er ihn eingeholt, noch fünf Meter, drei.

»Wo willst du hin, Brett?«, rief er.

Brett sah sich um, was ihn sofort bremste.

Cap machte mit ausgebreiteten Armen einen Satz und landete auf seinem Rücken wie ein Eichhörnchen auf einem Baum. Sie stürzten hart auf den Gehweg, und Caps Zähne schlugen aufeinander, als sein Kinn gegen Bretts Hinterkopf krachte.

Zuerst regte sich der Junge nicht, geschockt vom Aufprall. Dann fing er an zu zappeln, aber nicht heftig genug, um Cap abzuschütteln.

»Brett«, presste Cap mit schmerzendem Kiefer hervor, »ich will nur mit dir reden.«

Brett hob den Kopf an und spuckte Blut.

»Wollen Sie mir nicht meine Rechte vorlesen?«

Cap rollte sich von ihm herunter, hockte sich aufs Pflaster.

»Nee, so was mach ich nicht mehr«, sagte er. »Die Polizei ist unterwegs. Du kannst weiter türmen, und ich kann dir weiter hinterherjagen und dich zur Strecke bringen, oder du kannst dich ruhig verhalten und dein Verletzungsrisiko minimieren.«

Brett schien darüber nachzudenken. Langsam stützte er sich mit den Händen ab und setzte sich auf. »Ich sag Ihnen einen Scheißdreck.«

»Wie du willst.«

Cap rieb sich die Kinnlade, die jede Minute anfangen würde zu schmerzen, streckte dann eine Hand aus und stellte fest, dass sie ruhig war. Als er die Sirenen hörte, musste er aus irgendeinem Grund an die anderen Sirenen denken, jene Meereswesen, die vorbeifahrende Schiffer in den Tod lockten. In dem Moment merkte er, dass in seinem Kopf etwas aufgebrochen war, und das war kein schlechtes Gefühl.

Außerdem tat ihm sein Magen nicht mehr weh. Kein bisschen.

Als er gegen Mitternacht nach Hause kam, war Nell immer noch nicht da.

Em war erschienen, hatte Brett zwar nicht festgenommen, ihn aber dazu gebracht, für eine freiwillige Befragung mit aufs Revier zu kommen. Cap hatte während der Vernehmung geduldig am Empfang gewartet. Als Em wieder herauskam, sagte er, dass Brett ein Schlammloch sei und alles ausgespuckt habe, was es nur auszuspucken gab. Er hatte die User-Namen der Typen genannt, die das Ganze geplant hatten (ihre echten Namen behauptete er, nicht zu kennen), und gesagt, es sei seine Idee gewesen, das Auto aufzubrechen und die Nummer mit der Trommel abzuziehen. Hatte Stein und Bein geschworen, dass es ihm leidtue und er so etwas nie wieder machen werde.

Cap war müde gewesen, aber bester Dinge. Obwohl sein Job bei Vera Quinn fast jede Woche zu einem Erfolg führte, all die bearbeiteten und ordentlich in Kisten verpackten Fälle, war das hier doch etwas anderes. Nicht, dass Brett Hardecker ein schwerer Gegner gewesen wäre, aber ihn aufzuspüren und dingfest zu machen, hatte bewirkt, dass er sich fähig und nützlich vorkam wie schon lange nicht mehr.

Er brannte darauf, Nell alles zu berichten, ihr zu sagen, dass ihre Recherchen verlässlich gewesen waren und zu einem gültigen Geständnis geführt hatten. So etwas passierte sonst nur im Fernsehen.

Doch sobald er sah, dass ihr Auto nicht in der Einfahrt stand, verpuffte sein Hochgefühl. Ausnahmsweise einmal machte er sich keine Sorgen, sondern war nur traurig und fühlte sich noch einsamer, weil niemand da war, mit dem er den Triumph des Tages teilen konnte.

Er ging ins Haus, holte sich ein Bier aus dem Kühlschrank und machte den Fernseher an. Wartete. Es wurde eins, dann zwei. Nell musste nicht zu einer bestimmten Zeit zu Hause sein, eine Sperrstunde war noch nie nötig gewesen. Meistens aber war sie gegen elf zurück, und wenn sie bei Freunden übernachtete, schrieb sie ihm immer eine Nachricht, und sei es nur, um zu fragen, ob alles in Ordnung sei, ob er was Richtiges gegessen habe und nicht auf der Couch eingeschlafen sei.

Um 2.18 Uhr leuchteten ihre Scheinwerfer zum Wohnzimmerfenster herein, und Cap stellte den Ton lauter, damit es so aussah, als würde er tatsächlich noch fernsehen und dabei ein Bierchen schlürfen, statt die ganze Zeit auf die Uhr zu schielen.

Nell schien nicht überrascht zu sein, dass er noch auf war. »Hey«, begrüßte er sie.

»Hallo«, sagte sie, ernster und steifer als sonst.

Sie hängte ihren Parka auf und kam zum Sofa, stellte sich neben die Lehne.

»Was schaust du?«, fragte sie.

Cap musste auf den Bildschirm sehen. »History Channel«, antwortete er. »Aliens unter uns.«

»Aha.«

Er war froh, dass sie nicht gleich die Treppe hinauf entschwand, und redete schnell weiter.

»Ich frage mich bloß, warum sollten sich Aliens überhaupt unter uns mischen? Wir sind doch eigentlich ziemlich furchtbar als Spezies, oder?«, sagte er und schielte dabei zu ihr hin, ob sie weich wurde.

»Du guckst das nicht wirklich, oder?«, fragte Nell.

»Nee«, sagte er seufzend.

»Du hast die ganze Zeit hier gesessen und auf mich gewartet, stimmt's?«

»Stimmt.«

Sie nickte, den Blick auf den Fernseher gerichtet. »Tut mir leid, dass ich vorhin einfach rausgerannt bin«, sagte sie. »Ich hatte nur das Gefühl, dass du mir was nicht zutraust, für das ich mich echt bereit fühle.«

»Ich weiß, Bug«, sagte er. »Mir tut's auch leid. Aber verstehst du, ich bin mein ganzes Berufsleben lang, gut fünfundzwanzig Jahre, immer wieder in Situationen mit jeder Menge unbekannter Risikofaktoren gewesen. Und mehr als die Hälfte davon habe ich vermasselt.«

Sie holte tief Luft. Cap merkte, wie ungehalten sie über den Mini-Vortrag war, den sie schon so oft gehört hatte.

»Das verstehe ich ja. Aber meinst du nicht, ich sollte langsam mal die Gelegenheit bekommen, meine eigenen Situationen zu vermasseln?«

»Du gehst bald aufs College«, sagte er, beinahe lachend. »Du wirst in den nächsten vier Jahren mehr als genug Gelegenheiten haben, Situationen zu vermasseln.«

»Okay.« Sie hockte sich auf die Armlehne. »Und wie ist es mit Hardecker gelaufen?«

Cap fiel fast vom Sofa vor Eifer. Er erzählte ihr die ganze Story, und als ihr Lächeln immer breiter wurde, war es, als würde er einem Feuerwerk zusehen.

»Also haben wir ihn, ja? Das bedeutet, wir haben ihn?«, fragte sie aufgeregt.

»Na ja, er muss noch angeklagt und vor Gericht gestellt werden, und dann werden Mama und sein Dad ihm wahrscheinlich einen Anwalt besorgen, der versuchen soll, ihn rauszuhauen, aber ja, sieht so aus, als hätten wir ihn.«

Nell blickte zum Fenster, immer noch lächelnd. »Und er hat auch seine Mittäter preisgegeben?«

»Yep. Jedenfalls den Bildschirmnamen von dem Typ, der ihn für die Aktion bezahlt hat.«

»Hat Vega nicht so jemand, der uns dabei helfen kann?«, regte Nell an.

Caps Enthusiasmus schwand ein wenig, als er an Vega dachte. Er nickte, doch sein Lächeln wurde starr.

»Wann hast du das letzte Mal mit ihr gesprochen, Dad?«

»Hm«, machte er, wog die plausibelsten Lügen ab. »Vor ein paar Tagen?«

»Aha«, sagte Nell. »Und worüber habt ihr geredet?«

»Ich habe ihr gesagt, dass wir an Hardecker dran sind.« Er richtete den Blick wieder auf die Alien-Höhlen im Film.

»Ach ja? Und was hat sie gesagt?«

»Sie ist immer noch an ihrem Fall in Oregon dran«, sagte er. »Jagt Hinweisen nach, tut geheimnisvoll. Wie Vega so ist, du weißt schon.«

»Verstehe«, sagte Nell.

Sie stand auf, verschränkte die Hände und streckte die Arme über den Kopf. »Ich geh jetzt schlafen«, sagte sie. »Willst du mich gar nicht fragen, wo ich so lange war?«

»Ich denke, du wirst es mir schon sagen, wenn du dazu bereit bist.« Er konnte es selbst nicht fassen, wie locker er klang.

»Und das ist okay für dich?«

»Klar.«

Sie zuckte die Achseln, seine Nonchalance nachahmend, und ging zur Treppe, blieb aber nochmal stehen, um sich über das Sofa zu beugen und ihn auf den Kopf zu küssen.

»Du bist ein toller Vater und ein toller Ermittler«, sagte sie freundlich. »Aber ein miserabler Lügner.«

Cap lachte kopfschüttelnd. »Das liegt in der Familie, Bug, pass bloß auf.«

Sie gähnte. »Und was glaubst du, wann du schlafen gehst?«

»Bald«, sagte er. »Mach dir keine Sorgen.«

»Nie und nimmer«, sagte sie und tapste die Treppe hinauf.

Cap guckte die Alien-Doku noch ein paar Minuten auf stumm geschaltet. An der Westküste müsste es jetzt kurz vor Mitternacht sein, schätzte er und überlegte, Vega zu texten, geriet aber schon beim Formulieren im Kopf ins Stocken. »Es tut mir leid, ich hätte dir nicht die Schuld daran geben sollen, was passiert ist. Und deine vagen, spontan gefassten Pläne sind besser als die gut durchdachten, ausgefeilten der meisten Leute.«

Er grübelte noch eine Weile darüber nach und ging sogar so weit, ein paar Worte auf dem Handy zu tippen, löschte sie jedoch wieder. Dann fing er nochmal von vorne an, löschte wieder alles. Und dann war es fast vier Uhr morgens und er legte das Telefon auf dem Sofa ab und stand auf. Vergewisserte sich, dass sämtliche Fenster und Türen abgeschlossen waren, und lauschte vor Nells Zimmer auf ihren Tiefschlafatem, bevor er ins Bett fiel und sofort einschlief, während die Heizkörper sich zischend erwärmten, der neue Kessel unter ihm schon hellwach war.

9

Vega stand jeden Morgen bei Sonnenaufgang auf und machte Liegestütze mit dem gesunden Arm, wobei sie den verletzten, eingegipsten an die Brust gedrückt hielt. Dann machte sie ein paar Kniebeugen und Ausfallschritte, was dazu führte, dass ihr die Rippen wieder wehtaten, aber nicht allzu schlimm, so dass sie hier und da Wiederholungen einbaute.

Danach aß sie in der Küche eine Scheibe Toast mit Erdnussbutter und trank Tee, blickte dabei durch das Fenster in der Tür zum Garten und auf die Palme dort, hörte zu, wie die Vögel von den Baumpflegern und den Rasenmähern in der Nachbarschaft übertönt wurden, während der Morgen seinen Lauf nahm.

Ameyo kam jeden zweiten Tag und half ihr, sich mit anderen Übungen auf den einarmigen Handstand vorzubereiten – Stuhlpose, Krieger-Asanas, Paradiesvogel. Nach ein paar Einheiten sagte Vega, dass sie sich bereit fühle, es mit dem Handstand zu versuchen.

»Du solltest besser nicht darauf fallen«, sagte Ameyo und tippte auf ihren Gips.

»Dann vielleicht gegen die Wand?«

»Hm«, machte Ameyo zweifelnd. »Lieber nicht. Wenn du fällst, brichst du dir am Ende wieder was.«

Vega wusste, dass sie recht hatte. Trotzdem wollte sie es probieren.

Nachdem Ameyo gegangen war, bestellte sie ein paar Gymnastikmatten im Internet. Solche, wie sie sie als Kinder in der Schule beim Turnen gehabt hatten, dunkelblau, dreifach gefaltet, eins zwanzig mal zwei vierzig. Beim nächsten Mal zeigte sie Ameyo die Matten, die leise lachte.

»Die sind nicht besonders weich, was?«, war alles, was sie sagte.

Noch am selben Tag, sobald Ameyo weg war, versuchte Vega es.

Sie breitete eine der Matten aus und begann einarmig mit dem herabschauenden Hund, was ziemlich einfach war. Dann näherte sie die gestreckten Beine dem stützenden linken Arm, der sich direkt vor der Wand befand. Der Arm wurde zunehmend belastet, aber sie fühlte sich kräftig. Sie wusste, dass sie den rechten Arm ausgiebig würde trainieren müssen, sobald der Gips ab war, um die Muskeln wieder aufzubauen, aber der linke war stärker denn je.

Ihre schmerzenden Rippen ignorierend, spannte sie ihre Mitte an und drückte den Rücken gegen die Wand. Sie hob ein Bein mit gebeugtem Knie, streckte es dann langsam. Hob anschließend das andere Bein, wobei der linke Arm zu zittern begann, und versuchte, es ebenfalls zu strecken, als es in ihren Rippen plötzlich heftig stach, als würde gleich etwas brechen. Der linke Arm knickte ein, und sie fiel seitlich auf die Matte, schrie unwillkürlich, erkannte ihre eigene Stimme nicht.

Weil sie den verletzten Arm fest gegen die Brust gepresst hatte, war sie nicht darauf gelandet, aber alles oberhalb der Taille und unterhalb des Halses schmerzte und pochte.

Sie stand nicht gleich auf, sondern blieb ein paar Minuten auf der Matte liegen, ließ ihren Kopf auf dem kühlen Material ruhen. Der Polyethylen-Geruch erinnerte sie an einen gerade zugezogenen Leichensack.

Ameyo regte sich nicht auf über ihren Versuch – Vega hatte keine Ahnung, was passieren musste, damit Ameyo sich aufregte –, wirkte nur leicht bestürzt, ihr Lächeln verhaltener, ihre Stimmer leiser als sonst. Vega hatte kein Bedürfnis, sie anzulügen. Schließlich zahlte sie ihr viel Geld, und ihrer Erfahrung nach scherten die Leute sich nicht um unangenehme Wahrheiten, wenn man sie gut genug bezahlte. Also erzählte sie ihr, wie es zu dem Sturz gekommen war.

Ameyo sagte nicht gleich etwas dazu, forderte sie nur auf, die Kriegerhaltungen zu üben, wobei sie sich neben sie stellte und mitmachte.

»Ich frage mich, warum du das gemacht hast«, sagte sie nach ein paar Minuten, als würde sie laut denken.

»Was?«, fragte Vega, während sie die Hüfte beugte und den Arm zum Dreieck nach unten streckte.

»Warum du den Handstand an der Wand versucht hast, obwohl du weißt, dass dir das nicht guttut.«

Vega schloss die Beine und richtete sich auf.

»Ich dachte, ich wäre so weit.«

»Hm.« Ameyo ging in die Hocke, ihre Knie zeigten nach außen. »Komm, mach mal das hier.«

Vega hockte sich neben sie.

»Ich halte dich für intelligent«, sagte Ameyo, beugte sich vor und stützte die linke Handfläche auf die Matte, mitten zwischen die Beine.

Vega tat es ihr nach.

»Du weißt, dass du noch nicht bereit bist, ja?« Ameyo reckte die Füße auf die Zehenspitzen, so dass ihr Gesäß nach oben zeigte.

Vega machte das Gleiche, fühlte den Druck auf ihren linken Arm, das Kreuz, die Zehen zunehmen.

»Aber du machst es trotzdem«, sagte Ameyo und atmete schnaufend durch die Nase ein.

Sie beugte sich vor, auf den Arm gestützt, brachte ihre Knie parallel zum Ellbogen. Vega versuchte, sie nachzuahmen, worauf ihr linker Arm zu zittern begann.

»Das ist die Krähe«, sagte Ameyo, während sie sich langsam vorwärts neigte, so dass die Füße sich ein Stück vom Boden hoben. »Man macht sie normalerweise mit beiden Armen, aber wir probieren es mit einem.«

Vega machte es nach, fühlte ihre großen Zehen knapp über der Matte schweben. Ihr linker Arm zitterte unvermindert, blieb aber stabil.

»Die Krähe ist nah am Boden«, sagte Ameyo etwas mühsam, während ihre Brust sich stark hob und senkte. Ihr linker Arm war angewinkelt, ihr gesamter Körper balancierte darauf, wie ein in den Sand gesteckter Sonnenschirm.

Vega beugte sich noch ein bisschen weiter vor, versuchte, genau die gleiche Pose einzunehmen.

»Du wirst das nicht lange halten können«, sagte Ameyo. »Aber wenn du fällst ...«

Vega kippte nach vorn, beugte aber den Ellbogen und lehnte sich nach links, so dass sie seitlich auf die Matte plumpste. Ihr tat nichts weh.

»... hast du es nicht weit, stimmt's?«

Vega sah ihr zu. Ameyo blickte gesammelt auf die Matte, wiegte sich dann nach hinten, bis die Zehen wieder den Boden berührten. Dann atmete sie laut aus, lockerte ihren Arm und setzte sich im Schneidersitz auf die Matte. Sie berührte leicht ihre Stirn, als wollte sie den feinen Schweiß dort nur spüren, ohne ihn abzuwischen.

Später starrte Vega auf die Wand, wo sie ein paar Tage zuvor gefallen war. Dann ging sie ins Bad und betrachtete ihr Auge, das immer noch einen blauen Ring hatte, während die hufeisenförmige Prellung am Kinn jetzt grau war. Sie hob ihr Trägerhemd an und untersuchte die Prellungen an Brustkorb und Bauch. Die Haut heilte dort schneller als im Gesicht und zeigte inzwischen ein gelbbraunes Muster, das an ein Tier erinnerte. Sie duschte, zog dazu einen Neoprenhandschuh über den Gips, wusch sich die Haare mit der linken Hand.

Als sie herauskam, stoppte sie die Zeit, die sie brauchte, um sich abzutrocknen und anzuziehen, es waren nur noch acht Minuten im Vergleich zu den dreizehn in der Vorwoche. Anschließend ging sie zurück ins Wohnzimmer, wo ihr Laptop auf dem Sofa bereitstand und die sturzdämpfenden Gummimatten auf dem Boden lagen. Wieder blickte sie auf die Stelle an der Wand, wo sie den Handstand versucht hatte und die Matten sie abgefangen hatten.

Stell dich an und warte, dachte sie. Wenn du an den Anfang der Schlange kommst, warte noch ein bisschen länger.

Eine Woche später saß sie auf dem Sofa und sah ein paar ZIP-Dateien durch, die Bastard ihr geschickt hatte. Er hatte Nikolais Bildschirmnamen auf Reddit gefunden, hatte seine Posts und Nachrichten von sechzig Tagen unter diesem Decknamen und von seiner E-Mail-Adresse aus durchkämmt und einen regen Austausch zwischen ihm und einem Nutzer mit dem Namen RepoRiot zum Thema »Taggen« gefunden. RepoRiots letzte Kurznachricht an Nikolai lautete: »Schreib mir PayNow-Infos für den Auftrag.« Vega schickte Bastard eine Mail, in der sie ihn bat, sich in Nikolais PayNow-Konto zu hacken und festzustellen, was für Zahlungen er in letzter Zeit erhalten hatte.

Dann las sie sich ein paar Bewertungen und technische Daten für Ansteckmikrofone durch, die sie mit ihrem Handy verbinden und an der Innentasche ihrer Jacke befestigen konnte. Sie bestellte eines, dessen Beschreibung mit einer »hohen Reichweite und Empfindlichkeit« prahlte.

Es wurde Zeit, Cooper ausfindig zu machen, sagte sie sich.

Dazu brauchte sie nicht lange. Erst vor ein paar Stunden hatte er etwas in einer Untergruppe mit dem Namen /KlartextfürTeens gepostet. »Man sollte in diesem Land denken und sagen dürfen, was man denkt und sagt, Punkt. Gemeine Worte sind kein Hassverbrechen.« Sein jüngster Beitrag lautete: »Findet Lehrer, denen ihr vertrauen könnt. Es gibt sie dort draußen.«

Vega lehnte ihren Kopf zurück und starrte auf die freiliegenden Deckenbalken oben. Aus diesem Blickwinkel wirkte das dunkle Holz vor dem weißen Putz wie die Sprossen einer Leiter.

Sie stand auf und ging zu ihrem Schlafzimmerschrank, holte die Laptoptasche heraus und fand im vorderen Fach, wonach sie suchte: einen Fetzen aus einer Zeitschrift mit Coopers Nummer darauf.

Damit kehrte sie zum Sofa zurück, nahm ihr Handy und fügte die Nummer zu den Kontakten hinzu, schrieb ihm eine Nachricht: »Hallo, hier ist Bitsy. Fand deinen letzten Post gut.« Gefolgt von einem erhobenen Daumen.

Sie tippte auf den »Senden«-Pfeil und wartete.

Innerhalb von weniger als einer Minute kam die Antwort. »Hey!!! Schön, von dir zu hören. Hab mich gefragt, wo du steckst.«

Vega legte sich aufs Sofa, wackelte mit den Fingern der rechten Hand und fühlte, wie sich die Sehnen tief unter dem Gips dehnten. Sie drückte die Anruftaste mit dem Daumen.

»Bitsy, bist du das?« Cooper klang sehr nah.

»Ja«, sagte Vega, sah wieder zu den Balken hinauf.

»Wie schön, deine Stimme zu hören«, sagte er. »Ich dachte schon, ich hätte dich verscheucht, weil du dich nicht mehr gemeldet hast.«

Vega lachte leise. »Nein, ich musste für eine Weile zurück nach Kalifornien. Mein Vater hat gesundheitliche Probleme.«

»Das tut mir leid. Geht es ihm besser?«

»So langsam, ja«, sagte sie. »Aber es ist gut, dass ich hier bin. Ich wollte nur ... ich wollte mich entschuldigen, weil ich einfach so verschwunden bin.«

»Das brauchst du nicht«, sagte Cooper. »Man muss sich um seine Familie kümmern.«

»Ja.«

Sie schloss die Augen, stellte ihn sich vor. Die tätowierten Arme, weißes T-Shirt, Jeans, schwarze Stiefel, genau wie sie.

»Hey, sitzt du gerade bei dir zu Hause auf dem Sofa?«, fragte sie.

Cooper lachte überrascht, vielleicht sogar ein bisschen schockiert, was sie beabsichtigt hatte.

»Nein, ich bin auf der Arbeit.«

»Wo arbeitest du?«

»Landschaftsgärtnerei. Rasenpflege vom Feinsten«, sagte er im Ton eines Werbespots. »Eigentlich ist es vor allem aufräumen, abgebrochene Äste und Laub wegschaffen, alles hübsch machen.«

»Gefällt es dir?«

»Ja, schon«, sagte er. »Ich bin gern draußen, deshalb ist es ein guter Job für mich, besonders jetzt, wo die Jagdsaison vorbei ist.«

Sie schwiegen beide einen Moment. Vega war gespannt, wie lange er es aushalten konnte. Fast eine Minute, was mehr war, als die meisten Männer schafften.

»Wie gesagt, du brauchst dich für nichts zu entschuldigen.«

»Das ist nicht der einzige Grund, weshalb ich anrufe. Ich wollte dir sagen ...« Sie legte eine Kunstpause ein. »Ich möchte mich gern einbringen. So richtig. Nicht wie die Jugendlichen. Ich möchte die Leute in der Organisation kennenlernen.«

»Das ist eine gute Neuigkeit«, sagte Cooper. »Lass uns darüber sprechen, wenn du wieder in Ilona bist. Du meldest dich, wenn du zurückkommst, ja?«

»Du bist der Erste, den ich anrufe«, sagte sie und legte den Kopf dabei weiter zurück, um ihre Stimme rauchig klingen zu lassen.

»Gut«, sagte er, klang etwas atemlos.

»Gut« wiederholte sie. »Bis bald.«

»Hoffentlich.«

Es war alles eine Frage von Sekunden – in ihrem Beruf, in ihrem ganzen Leben – und ungeheuer schwer abzuschätzen, aber genau das war zufällig auch ihre Stärke. Wie viel war zu viel, wie wenig zu wenig. In diesem Augenblick musste sie blitzschnell entscheiden, was sie sagen sollte, bevor Cooper auflegte. Sie schloss wieder die Augen, sah das weiße Nachbild der Balken unter ihren Lidern. Sah ihn mit dem Telefon in der Hand, wie er gerade die rote Taste drücken wollte.

»Cooper«, sagte sie.

»Ja, bist du noch da? Bitsy?«

»Ich war nicht ganz ehrlich zu dir.«

»Schon gut«, sagte er. »Willst du darüber reden?«

»Ja«, sagte sie, die Augen immer noch geschlossen. »Ich wollte mich nicht nur entschuldigen oder mehr engagieren – ich meine, das auch, aber eigentlich habe ich aus einem egoistischeren Grund angerufen.«

Cooper lachte verhalten.

»Du kommst mir nicht sehr egoistisch vor. Aber sag, warum hast du angerufen?«

Vega holte kurz Luft, tat ihr Bestes, wie jemand zu klingen, der sich ein Herz fasste.

»Ich weiß, dass wir uns erst einmal getroffen haben, aber es fühlt sich an, als würde ich dich schon lange kennen«, sagte sie rasch. »Das ist alles. Bye.«

Sie machte die Augen auf und beendete den Anruf. Legte das Handy auf ihrer Brust ab. Nach einer Minute kam eine Nachricht. Sie war von Cooper und bestand aus einem Wort: »Gleichfalls.«

10

Vega hatte sich mit Jeff Wall vor der Reitschule verabredet, in der er arbeitete, etwa zwei Autostunden nördlich von ihrem Wohnort. Er war nicht schwer zu finden gewesen, nachdem Bastard seinen Namen bei einer Suche nach früheren Angestellten von Jack Klimmer ermittelt hatte. Wall war seit fünfundzwanzig Jahren Reitlehrer und Pferdetrainer, bereitete Pferde auf Wettkämpfe in ganz Kalifornien vor. Allerdings keine Rennbahnen, keine Rennen mit Zwei-Dollar-Wettscheinen dahinter, sondern Reitturniere, Jagd- und Springreiten. Auch wenn er nicht so berühmt war wie die preisgekrönten Reiterinnen und Reiter und deren Trainer, tauchte sein Name doch in vielen Ankündigungen der Branche auf, am Ende des Werbe- und Infoteils. Pferd: Dark Knight oder Christopher Robin oder King Arthur. Trainer: Jeff Wall.

Das Hauptgebäude der Reitschule wirkte wie ein rustikaler Country-Club, scheunenrot gestrichen und mit eingezäunten Reitplätzen dahinter. Kinder saßen auf Pferden, ritten im Kreis, sprangen über Hürden. Vega sah Männer und Frauen mit ihren Sprösslingen ein- und ausgehen, vorwiegend schlanke Mädchen mit strengen Pferdeschwänzen.

Sie lehnte an ihrem Auto, einen Becher Tee in der verletzten Hand und einen mit Kaffee in der anderen. Als Jeff Wall zum Vordereingang herauskam, hob sie den Kaffee in seine Richtung.

Er nickte lächelnd und kam auf sie zu. Groß und durchtrainiert, gebräuntes, faltenzerfurchtes Gesicht, schüttere blonde Haare auf Kopf und Armen.

»Mr Wall«, sagte sie munter.

»Howdy. Alice, nicht wahr?«

»Genau«, sagte Vega und gab ihm den Kaffee. »Ich habe mal geraten, dass Sie Milch und Zucker nehmen.«

»Vormittags mag ich ihn so.« Wall neigte den Kopf zur Seite, besah sich ihren Gips. »Ist das von einem Pferd?«

»Ich wünschte, es wäre so spannend«, sagte Vega. »Leider nur eine Treppe und nasse Stiefel.«

»Ich kann Ihnen gar nicht sagen, wie oft ich mir was gebrochen habe. Beim ersten Mal den Arm, da war ich zehn. Das Pferd hieß Cally.«

»Das erste Mal vergisst man nie«, sagte Vega.

Manchmal half es, eine kleine Zweideutigkeit zu wagen. Männer öffneten sich Frauen, die nicht zimperlich waren.

Wall grinste, blickte aber zu Boden. Gentleman, signalisierte ihr das.

»Sollen wir ein Stück gehen?«, fragte er, auf eine Wiese hinter den Reitplätzen zeigend.

»Gern.«

Sie spazierten am Zaun entlang zu der offenen Weide. Der Tag war warm, aber bedeckt.

»Wie soll Ihre Veröffentlichung nochmal heißen?«

»Pferdefarmen an der Westküste: eine Retrospektive.«

»Klingt wie ein Buch für mich.«

»Es werden vor allem Fotos sein«, sagte Vega. »Wie das, das ich Ihnen geschickt habe. Dazu interviewe ich Leute, die einen besonderen Einblick in das Thema haben.«

»Einblick, ich weiß nicht«, sagte Wall. »Aber ich habe einige Erfahrung, das schon.«

»Genau das, was ich brauche.«

»Na, dann schießen Sie mal los.«

Er führte sie über einen schmalen Pfad auf die Wiese. Vega hörte das Stampfen der Pferdehufe auf der Reitbahn hinten, die Stimmen der Lehrerinnen und Trainer, die Kommandos riefen.

»Wie lange sind Sie schon Trainer hier an der Redwood Riding Academy?«, fragte sie.

»Solange es sie gibt.« Wall blinzelte zum Himmel. »Also sechzehn, siebzehn Jahre?«

»Und davor haben Sie auf Pferdefarmen gearbeitet, richtig? In Ihrem Lebenslauf auf der Website steht, dass Sie mal auf einer unten in Solvang waren, in Südkalifornien?«

»Das stimmt. Ich habe dort Pferde für Internatsschulen trainiert. Es gibt im Süden viele, die Reitkurse anbieten.«

»Haben Sie sich schon immer für den pädagogischen Aspekt des Reitens interessiert?«

Wall gab einen Laut von sich, der halb Husten, halb Lachen war.

»Nein«, sagte er. »Überhaupt nicht. Aber damit kann man halt seinen Lebensunterhalt verdienen, bekommt Sozialleistungen und so weiter.«

»Verstehe«, sagte Vega. »Hungern ist okay, solange man jung ist, stimmt's?« Mit einem Blick auf seine linke Hand und den Ehering dort, fügte sie hinzu: »Dann wird man älter, hat eine Familie zu versorgen.«

»So ist es«, sagte er nickend.

»Haben Sie vor Solvang noch auf irgendwelchen anderen Ranches in Kalifornien gearbeitet?«

»Nur oben in Oregon eine Zeitlang. Von dort komme ich auch.«

»Ach ja? Von wo genau?«, fragte sie.

»Aus einem Kaff, von dem Sie noch nie gehört haben«, antwortete er mit einem höflichen Lächeln.

»Ach, wer weiß?«

»Ilona, südlich von Eugene.«

»Ilona«, wiederholte Vega. »Kommt mir bekannt vor. Ich habe viel recherchiert in letzter Zeit, wissen Sie, bin viel herumgekommen. War da nicht einer, der auch Pferde hielt, ein Holzunternehmer namens Klimmer?«

Wall blieb stehen und sah sie an.

»Jack«, sagte er, als erinnerte er sich an einen Namen aus einem Traum. »Ja, ich habe für Jack gearbeitet, als ich noch jung war, frisch von der Highschool. Waren Sie dort oben?«

»Ja, letzten Monat. Ich habe mit Matt Klimmer gesprochen. Kannten Sie den auch?«

»Der Sohn, stimmt's? Er war ein paar Jahre älter als ich. Ich habe ihn nicht sehr gut gekannt.«

Wall ging weiter, Vega ließ ihm ein paar Schritte Vorsprung. Sie spürte, dass er noch mehr sagen wollte, aber einen Moment für sich brauchte.

»Klimmer, also Matt Klimmer, hält immer noch ein paar Pferde.«

»Mhm«, machte Wall.

Vega betrachtete seinen Hinterkopf. Dir liegt was auf der Zunge, nicht wahr?

»Ihm gehört die halbe Stadt, Lokale, Geschäfte, Farmland.«

Wall schwieg, sah zu einem Wäldchen links hinüber.

»Aber unter uns, er war ein ziemliches Arschloch.«

Wall lachte und blieb erneut stehen, wartete, dass sie aufholte.

»Ich habe es mir verkniffen«, sagte er. Er klang herzlich und ein bisschen verschwörerisch.

Vega lachte ebenfalls, hielt sich dabei sittsam die Hand vor den Mund. »Ich meine, ich konnte den verzogenen Lümmel in ihm sehen, obwohl er zwanzig Jahre älter ist als ich.«

»Da liegen Sie nicht ganz falsch«, sagte Wall. »Ich hätte gedacht, dass er nach so langer Zeit erwachsen geworden wäre, aber Menschen sind wohl, wie sie sind.« Er schüttelte den Kopf. »Wir müssen das nicht vertiefen.«

»Das Merkwürdige ist«, überging sie seinen Versuch, das Thema fallen zu lassen, »dass ich das Gefühl hatte, er hätte etwas zu verbergen.«

Wall sah sie von der Seite an. »Und was?«

»Keine Ahnung. Ich habe ihm nur Fragen über Pferde gestellt, und er hat sich benommen wie ein Mann mit einem Geheimnis.«

»Komisch, dass Sie das sagen«, murmelte er. »Unter uns?« Er sah ihr ins Gesicht, bot ihr einen Handel an.

»Natürlich.«

»Er hatte so einen Zug, er und auch sein Freund.« Wall runzelte die Stirn, versuchte, sich zu erinnern. »Komme jetzt nicht auf den Namen. Großer Kerl. Er und Matt Klimmer waren immer dicke.«

»Fenton?«, half Vega nach.

»Ja, genau. Fenton.«

»Er ist jetzt der Sheriff«, sagte sie.

»Sheriff?«, sagte Wall. »Sie meinen, Polizei?«

»Genau. Überrascht Sie das?«

Wall hob einen dicken Ast auf und stieß ihn in den Boden, benutzte ihn dann beim Weitergehen als Wanderstab. »Wahrscheinlich kann sich jeder ändern. Das ist alles lange her.«

»Ich glaube«, sagte Vega, »Menschen sind eher wie Pferde. Man erkennt ihre Persönlichkeit schon, wenn sie jung sind, und später wachsen sie sozusagen in sie hinein.«

Wall blickte stur geradeaus.

»Mr Wall«, sagte sie, »nehmen Sie's mir nicht übel, aber Sie verhalten sich auch ein bisschen wie ein Mann mit einem Geheimnis.«

Wall lachte in sich hinein. »Ich habe keine Geheimnisse«, sagte er. »Es ist nur so, dass Matt Klimmer und ich uns nicht in bestem Einvernehmen getrennt haben. Sein Vater Jack, der mich eingestellt hatte, baute auf einmal gesundheitlich stark ab. An einem Tag war er noch gesund und fit, und am nächsten komme ich wie immer um fünf zur Arbeit, und Matt fängt mich noch im Auto ab und sagt, dass er seinen Vater über Nacht in eine Pflegeeinrichtung bringen musste. Dann hat er mich auf der Stelle entlassen. Ich durfte mich noch nicht mal von den Pferden verabschieden.«

Eine alte Wunde verbarg sich in dem, was er sagte, aber sie war längst verheilt, nur noch eine Erinnerung an etwas, das einmal wehgetan hatte.

»Haben Sie Jack nahegestanden?«

Wall zuckte die Achseln. »Irgendwie schon. Obwohl ich nur etwa ein Jahr für ihn gearbeitet habe. Es hat mir damals sehr leid getan, dass ich mich nicht mehr persönlich bei ihm bedanken konnte, aber Matt meinte, er wäre zu krank.«

»Wissen Sie, was mit ihm passiert war?«

»Matt hat es mir nicht gesagt.«

Wall blieb wieder stehen. Vega merkte es nicht gleich und ging noch ein Stück weiter.

»Schreiben Sie ein Buch über Pferdefarmen oder über die Klimmers?«, fragte er.

Er schien nicht verärgert zu sein, nur ein wenig beleidigt, weil er hinters Licht geführt worden war.

Vega wusste, dass sie ihre Finte entweder ausbauen oder aufgeben musste. Sie entschied sich fürs Aufgeben, baute darauf, dass sie bei Wall weiterkommen würde, wenn sie ihm reinen Wein einschenkte.

»Weder noch«, antwortete sie. »Ich bin eine Privatermittlerin und suche nach Zeb Williams.«

Wall lehnte sich auf seinen Stock, bohrte das untere Ende in die Wiese.

»Ich habe ihn nie kennengelernt«, sagte er.

»Sie wussten, dass er in der Stadt war?«

»Ja, aber ich habe ihn in Ruhe gelassen«, sagte Wall. »Er war dorthin gekommen, um nicht belästigt zu werden, schätze ich.«

Achselzuckend ging er weiter, an Vega vorbei, als hielte er auf ein Ziel in der Ferne zu. Sie folgte ihm.

»Sie hätten es mir direkt sagen können, Ma'am. Dann hätte ich Ihnen gleich in der Mail mitgeteilt, dass ich nie was mit Zeb Williams zu tun hatte.«

»Ich wollte mit Ihnen persönlich sprechen, deshalb der Vorwand«, sagte Vega. »Ich glaube, dass Klimmer und Fenton etwas über Williams wissen, und suche deshalb nach Leuten, die vielleicht eine Vermutung dazu haben. Tut mir leid wegen der Verstellung.«

Wall blockte ihre Entschuldigung mit erhobener Hand ab, ohne sie anzusehen.

»Ich weiß nichts über das, was Matt Klimmer und Fenton möglicherweise wissen.«

»Trotzdem haben Sie mir schon einiges erzählt. Es hört sich an, als ob Klimmer Sie an dem Morgen, als er Sie gefeuert hat, ganz schnell vom Hof haben wollte. Als hätte er verhindern wollen, dass Sie etwas sahen.«

»Nur die Pferde«, sagte Wall. »Er wollte mich nur die Pferde nicht sehen lassen, wollte mich nicht in die Nähe des Stalls lassen, weil er an dem Morgen gerade mit der Renovierung begonnen hatte.«

»Was für eine Renovierung?«

»Er hatte einen ganzen Trupp geholt, der Beton über den Stallboden gießen sollte, gleich nachdem sein Vater weggebracht worden war. Meinte zu mir, das wäre etwas, was Jack schon länger geplant hätte.« Wall schüttelte den Kopf. »Mit mir hatte Jack nie über irgendwas in der Art gesprochen.«

Vega fand, dass sie ihr Blatt jetzt auch ganz aufdecken konnte.

»Wissen Sie, in welcher Pflegeeinrichtung Jack Klimmer nach seiner angeblichen Erkrankung lebte?«

»Bin nicht sicher«, sagte Wall seufzend. »Und Matt machte es ziemlich deutlich, dass er nicht vorhatte, in Kontakt zu bleiben.« Er überlegte einen Moment. »Es gab da so ein Heim an der Küste, eine Art Luxus-Hospiz – ich weiß noch, dass Matt sagte, sein Dad wäre jetzt nah am Meer und wäre das nicht toll.« Wall zog eine Grimasse. »Und wie hilft Ihnen das nun weiter?«

»Ich weiß es noch nicht genau«, sagte Vega.

Wall warf ihr einen Seitenblick zu. »Sie sagen, Sie sind eine Ermittlerin, so was wie eine Privatdetektivin?«

»Ja.«

»War schon komisch, dass Jack so plötzlich krank wurde und ich gleichzeitig gefeuert wurde. Das habe ich schon damals gedacht, habe mich gefragt, was dahintersteckt. Ich will Ihnen nicht in Ihre Arbeit reinreden, aber wenn Sie schon eine Ermittlerin sind, könnten Sie es ja vielleicht rausfinden.«

Es lag etwas leicht Abschätziges in seinem Ton, aber die kleine Rache hatte er sich wohl verdient, dachte Vega.

»Wenn Sie mich jetzt entschuldigen wollen, ich muss zurück an die Arbeit«, sagte Wall und ging auf dem Pfad zurück. »Schade eigentlich«, rief er ihr noch über die Schulter zu, »ich hatte mich schon darauf gefreut, dieses Buch zu lesen.«

Vega blieb noch ein, zwei Minuten allein auf der Wiese stehen. Dann ging sie zu ihrem Auto, schnallte sich an und sah aufs Handy. Sie hatte eine Sprachnachricht. »Vielleicht Nell Caplan«, lautete die Anzeige.

»Hallo Alice, hier ist Nell Caplan. Ich habe deine Nummer aus Dads Handy. Gib mir doch kurz Bescheid, ob du telefonieren kannst. Hoffe, es geht dir gut.«

Vega tippte auf die Info-Taste und auf Nells Nummer. Sie ging sofort ran.

»Alice, bist du das?«, fragte sie mit hellwacher Stimme.

Vega musste lächeln. »Ja. Hallo, Nell.«

»Hey, wie geht's dir?«

Vega hatte seit dem Brandt-Fall vor fast zwei Jahren nicht mehr mit ihr gesprochen. Sie war damals von dem Mädchen beeindruckt gewesen, von ihrer ungezwungen reifen Art, ihrer mühelosen Freundlichkeit. Selten bei Erwachsenen, noch seltener bei Jugendlichen. Selten bei Menschen jeden Alters.

»Mir geht es gut. Ist alles in Ordnung?«

»Oh ja, nichts Dringendes oder so. Ich habe nur angerufen, weil ich dich fragen wollte …«

Sie unterbrach sich, atmete schwerer. Es klang, als liefe sie irgendwo draußen herum. »Sag mal, hat mein Dad dich über die Situation mit Hardecker hier auf den neuesten Stand gebracht?«

Vega wog ihre Antwort ab. Seit sie Ilona verlassen hatte, hatte sie nicht mehr mit Cap gesprochen. Seit vor dem Parkplatz des Burger Village.

»Ich habe länger nichts von Cap gehört«, sagte sie. »Ich musste für ein paar Wochen zurück nach Kalifornien.«

»Oh, ich hoffe, es ist nichts passiert?«, fragte Nell besorgt.

»Nein, alles gut.«

»Ein Glück. Du hast also gar nicht mit Dad gesprochen?«, Es klang resigniert.

»Nein, habe ich nicht. Ist wirklich alles okay bei euch?«

»Ja, ja!«, sagte Nell. Dann fuhr sie in sachlich-professionellem Ton fort: »Wir haben den Schuldigen gefunden, der mein Auto aufgebrochen und die Trommel zerschnitten hat. Em hat ihn vernommen und den Bildschirmnamen des Mannes erfahren, der ihn dazu angestiftet hat. Dabei ist mir eingefallen, dass Dad mal vor längerer Zeit gesagt hat, du hättest so einen Hacker-Freund?«

»Das stimmt.«

»Soll ich dir mal den Namen schicken? Vielleicht kann dein Freund versuchen, den Mann zu identifizieren?«

»Klar.«

Vega stellte sich lächelnd vor, wie Nell lächelte. Sie hatte nie Kinder haben wollen, erstens, weil sie zu viel Aufmerksamkeit verlangten, und zweitens, weil man sie verlieren konnte. Aber wenn sie ein Kind wie Nell haben könnte, fix und fertig aus einem Kinderbackofen, würde sie es sich vielleicht noch einmal überlegen. Sie dachte daran, was Dart über Zebs Menschenkenntnis gesagt hatte. Manche mussten sie sich erwerben, andere wurden damit geboren. Etwas sagte ihr, dass Nell zur zweiten Kategorie gehörte, und plötzlich war ihr daran gelegen, so viel von ihr zu erfahren wie möglich.

»Ich glaube, ich habe ihn auf einen Zettel in Dads Büro geschrieben. Warte kurz, ich muss nur schnell nach unten laufen«, sagte Nell.

»Ist dir sonst noch irgendwas aufgefallen?«, fragte Vega.

»In Bezug auf was?«

»Alles Mögliche«, sagte sie, während sie zusah, wie das lange Gras der Wiese sich im Wind neigte. »Bei Gesprächen mit Leuten, bei deinen Recherchen. Du hast diesen Hardecker nicht selbst getroffen, oder?«

»Nein, nur Dad.«

Vega meinte, einen leicht grollenden Unterton herauszuhören.

»Ich habe in den sozialen Medien nach ihm geforscht, habe ihn auf eine Handvoll Benutzernamen in seinem örtlichen Reddit-Forum eingegrenzt und dann geraten.«

»Ach ja?«, sagte Vega. »Wie hast du das gemacht?«

»Äh, also ich habe ihn mit seinem echten Namen auf Facebook und Insta gefunden und irgendwo hat er *The Turner Diaries* als sein Lieblingsbuch genannt. Das ist so ein Neonazi-Fantasymüll über einen Rassenkrieg, aber für manche von diesen Typen ist es die Bibel, und einer von den User-Namen, die wir ermittelt hatten, war ›TDNow‹.«

»Turner Diaries Jetzt.«

»Genau«, sagte Nell. »Dieser Typ scheint nicht helle genug zu sein, um seine Online-Persona und sein echtes Leben auseinanderzuhalten. Hier ist der Name von dem Auftraggeber«, sagte sie. »RepoRiot – ich hoffe, das hilft.«

»Danke, Nell. Das hilft auf jeden Fall«, sagte Vega.

»Gut, da bin ich froh.«

Nell schwieg einen Moment. Es hörte sich an, als würde sie schneller gehen, vielleicht eine Treppe hinauf.

»Hey«, sagte sie dann, »habt du und Dad ... Sprecht ihr aus einem bestimmten Grund nicht miteinander, den ich vielleicht kennen sollte?«

Vega dachte schnell nach, sah aber keinen Anlass zu lügen. »Als wir das letzte Mal telefoniert haben, haben wir uns gestritten. Ich glaube, er war wütend, weil ich dich einer Gefahr ausgesetzt habe. Aber du müsstest ihn selbst fragen, wie er das genau sieht.«

»Oh«, sagte Nell. »Das wusste ich nicht.«

Sie klang traurig, was Vega nicht ertrug.

»Weißt du, dein Dad ... ich glaube, er hat recht. Du solltest nicht darunter leiden müssen, was in meinem Fall vor sich geht.«

»Ist schon gut. Ich habe eine neue gute Bassdrum für einen Hunderter auf eBay bekommen.«

Aus einem anderen Mund hätte die Bemerkung vor Bitterkeit triefen können, aus Nells war es nur eine schlichte Feststellung.

»Da fällt mir noch was anderes ein«, sagte sie. »Wenn du und Dad länger nicht miteinander kommuniziert habt – hat er dir überhaupt von Bear Thomas erzählt?«

Vega spitzte die Ohren bei dem Namen. Erste Regentropfen sprenkelten die Windschutzscheibe.

»Der Holder von Cal?«

»Ja. Er wohnt in Upstate New York und Dad ist zu ihm hingefahren.«

»Ach. Wann war das denn?«

»Kurz vor der Sache mit dem Auto und der Trommel, da bin ich mir ziemlich sicher.«

»Weißt du, worüber sie geredet haben?«

»Nicht in allen Einzelheiten«, sagte Nell. »Aber Dad meinte, die größte Überraschung sei gewesen, dass Bear Thomas glaubt, Zeb Williams hätte nochmal Kontakt zu seiner Freundin aufgenommen, ich weiß nicht mehr, wie sie heißt ...«

»Carmen«, sagte Vega.

»Genau, Carmen. Bear denkt offenbar, dass Zeb sie angerufen hat, nachdem er vom Spielfeld gelaufen war.«

Diese Information musste Vega erst mal sacken lassen. »War Bear sich da sicher?«

»Das habe ich mich auch gefragt. Wohl nicht hundertprozentig, aber er hatte so eine Ahnung, dass sie miteinander gesprochen haben.«

Vega starrte auf die Windschutzscheibe. »Das ist eine Überraschung.«

»Ja, nicht wahr?«

Sie überschlug, wie lange sie von ihrem jetzigen Standort nach San Francisco brauchen würde. Vier Stunden vielleicht?

»Nell, ich muss Schluss machen. Aber danke für deine gute Arbeit. Du brauchst nichts weiter zu tun. Ich komme klar.«

»Natürlich, okay«, sagte Nell. »Aber wenn ich auf irgendwas stoße oder mir noch was einfällt, sage ich dir Bescheid, ja?«

»Das wäre super. Danke.«

Nachdem sie aufgelegt hatten, blickte Vega lange auf ihr Handy. Sie formulierte eine Textnachricht im Kopf und formulierte sie ein paarmal wieder um, ehe sie entschied, dass der direkte Weg, wie üblich, der beste war.

Sie schaffte es in knapp drei Stunden. Der Himmel war nach wie vor verhangen und es nieselte, als sie über die Bay Bridge in die Stadt hineinfuhr.

Sie fand den Weg zu dem großen gelben Haus auch ohne GPS, parkte gegenüber und läutete.

Diesmal kam Anton Fohl selbst zur Tür geeilt. Er wirkte ein bisschen derangierter als beim letzten Mal, nicht, was seine Kleidung betraf (immer noch perfekt gebügelt, perfekt sitzend), sondern seinen Ausdruck, seine Haltung. Schmale Augen vor Müdigkeit, hängende Schultern.

Er hantierte am Schloss herum und öffnete, erschrak bei ihrem Anblick.

»Ms Vega«, sagte er. »Was ist mit Ihnen passiert? Ihr Auge!«

»Alles okay«, sagte sie und hob den Gips an, um das Thema hinter sich zu bringen. »Das wird auch wieder.«

»Was kam es dazu?« Fohl trat einladend beiseite.

»Ein Unfall«, sagte sie. »Aber mir geht es gut.«

»Schön«, sagte er, wollte es offenbar nicht genauer wissen. Dann wurde er streng. »Haben Sie zufällig eine meiner Nachrichten abgehört?«

»Nein«, sagte Vega. »Ich habe auch Ihre Textnachrichten nicht gelesen.«

Er seufzte schmollend.

»Dafür habe ich Ihre gelesen.« Er zog sein Handy aus der Hosentasche, blinzelte darauf: »›Ich muss mit Ihrer Frau sprechen. Bin um drei da.‹« Er schwenkte das Telefon vor ihrer Nase. »Also, ich respektiere Ihre unkonventionelle Arbeitsweise, aber ich bin immer noch Ihr Auftraggeber.«

Vega musterte ihn. Der lässige, offenherzige Typ war verschwunden, jetzt war da nur noch der Spross aus altem Gelddadel.

»Sie hatten mir zu verstehen gegeben, dass es kein Problem sei«, fuhr er gedämpfter fort. »Meine Frau nicht einzubeziehen, meine ich.«

»Ich habe das Gespräch etwas anders in Erinnerung, aber das macht nichts.« Vega fuhr fort, ehe er sie unterbrechen konnte. »Ihre Frau außen vor zu lassen, war anfangs unerheblich. Jetzt sind ein paar neue Informationen zu Tage getreten, zu denen ich sie befragen müsste.«

»Würde es Ihnen etwas ausmachen, mir zu sagen, was das für Informationen sind? In Anbetracht dessen, dass ich Ihr Kunde bin?«, erwiderte er mit verschränkten Armen.

Vega warf einen kurzen Blick in die Zukunft, stellte sich vor, wie sie Fohl von Bear Thomas' Vermutung erzählte und er versuchte, es gelassen zu nehmen. Sie hatte in ihrem Job schon viel Zeit mit Männern verschwendet, die versuchten, es gelassen zu nehmen.

»Ich kann es Ihnen beiden zusammen erzählen«, sagte sie. »Oder Sie können mich feuern und ich nehme die Informationen wieder mit.«

Fohl kochte ein wenig vor sich hin. Dann: »Das wird nicht nötig sein.«

Er marschierte in die entgegengesetzte Richtung von dem Raum, in dem sie beim ersten Treffen miteinander gesprochen hatten. Durch eine weiße Schwingtür betrat er eine lange Küche im Restaurantstil mit viel Edelstahl, an deren Ende es eine weitere Schwingtür gab, die er aufstieß und mit zwei Fingern für sie offenhielt.

Vega folgte ihm in einen Wintergarten, der ähnlich geschnitten war wie die Eingangshalle, nur schmaler, eine Wand aus Glas und dahinter Grün. Mit immer noch sportlichem Tempo hielt er darauf zu. Sie sah eine Tür in der Ecke und nahm an, dass sie in den Garten hinausgehen würden.

Als sie sich der Tür näherten, merkte sie jedoch, dass sie keineswegs ins Freie führte, sondern in ein Gewächshaus, das sich hinter der Glaswand befand und die ganze Breite des Hauses einnahm.

»Ich habe ihr übrigens alles erzählt, nur zu Ihrer Information.« Fohl war vor der Tür stehen geblieben.

»Gut.«

»Es gibt keine Geheimnisse mehr zwischen meiner Frau und mir.«

Plötzlich schien ihm viel daran zu liegen, ihr zu sagen, was für eine gute Kommunikation in seiner Ehe herrschte.

»Das ist schön«, sagte Vega. »Kann ich jetzt Mrs Fohl sprechen?«

»Natürlich«, antwortete er, fast ohne die Lippen zu bewegen.

Er öffnete die Tür, worauf ihnen ein Schwall von warmer, dampfender Luft entgegenschlug.

Vega folgte ihm in das Gewächshaus. Die Decke war etwa vier Meter hoch, lange Blattpflanzen und stummelige Sukkulenten säumten die Wände. Die hohe Luftfeuchtigkeit machte ihr das Atmen schwer und ihr brach der Schweiß aus, sammelte sich unter ihrem Armgips.

»Carmen?«, rief Fohl zögerlich.

»Hier«, antwortete eine Stimme.

Er führte Vega auf einen Steinpfad und schließlich sah sie Carmen auf einem Hocker in einem Winkel, umgeben von Kletterpflanzen, die sich um Holzpflöcke in abgezirkelten, viereckigen Beeten rankten.

»Hallo«, sagte sie und sah zu ihr auf.

Sie war schmal, hellhäutig und blond, fast farblose Augenbrauen und Wimpern in einem feinknochigen Puppengesicht – ein Mund wie eine Zierschleife, runde Wangen und eine kleine Himmelfahrtsnase. Wie Mitte fünfzig sah sie sicher nicht aus, aber Vega konnte auch keine der üblichen Anzeichen von Lifting erkennen – keine überstraffe Stirn, keine festgezurrten Augenlider. Sie trug gelbe Gartenhandschuhe und schabte mit einer kleinen Schaufel an der Innenseite eines Blumentopfs mit einer glattblättrigen Pflanze darin entlang.

»Ich würde Ihnen ja die Hand geben, aber …« Sie hielt ihren Handschuh in die Höhe.

»Schon gut«, sagte Vega und hob ihren eingegipsten Arm zur Begrüßung. »Alice Vega.«

Der Anflug eines Lächelns spielte um Carmens Lippen. »Ja«, sagte sie leise, dann, ohne aufzusehen und während sie weiter mit der Schaufel in dem Topf arbeitete: »Ist gut, Anton.«

»Na schön.« Fohl, wischte sich die Stirn mit dem Hemdärmel ab. »Soll ich dir von Minna ein Wasser bringen lassen?«

»Ich habe noch.« Carmen zeigte auf eine auffüllbare Flasche neben sich.

»Okay«, sagte Fohl, »dann gebe ich euch jetzt etwas Zeit.«

Er erinnerte Vega an Samuel, den Assistenten, nur dass er sich nicht erkundigte, ob sie etwas trinken wolle.

»Hatten Sie einen Unfall?«, fragte Carmen, als sie allein waren.

»Ja.«

»Irgendwelche inneren Verletzungen?«

»Nein.«

»Das ist gut«, sagte Carmen. »Trotzdem erschöpfen einen auch die äußeren, schon allein dadurch, dass man seinen Körper den ganzen Tag mit sich herumschleppen muss.«

Sie stellte den Blumentopf auf eines der Beete und nahm sich einen anderen vor, viereckig wie eine kleine Kiste, der mit violetten Blumen bepflanzt war.

»Sprechen Sie aus persönlicher Erfahrung?«, erkundigte sich Vega.

»Ich hatte einen Autounfall, als ich dreizehn war«, sagte Carmen, während sie den Topf herumdrehte und die Blüten begutachtete. »Mein Großvater saß am Steuer, er war eingenickt.«

Mehr sagte sie nicht und Vega fragte nicht weiter nach.

Carmen rieb seufzend ein Blütenblatt zwischen zwei Fingern. »Sie wollten mit mir sprechen.«

»Ja«, sagte Vega. »Ich habe neue Informationen und würde Sie gern etwas fragen.«

Carmen hob den Topf hoch und kratzte mit dem Daumennagel an etwas auf der Unterseite.

»Ich hatte schon früher mit Ihnen gerechnet«, sagte sie fast zärtlich.

Vega war nicht ganz sicher, ob sie mit ihr sprach oder mit den Blumen.

»Ich hielt es nicht für notwendig«, sagte sie. »Bis jetzt.«

Carmen stellte den Topf wieder ab. »Mein Vater hatte damals einen Privatdetektiv engagiert, gleich nach Zebs Verschwinden, doch der kam nicht sehr weit. Wie weit sind Sie gekommen?«

Sie nahm eine grüne Sprühflasche zur Hand und begann, die Blätter der ersten Pflanze mit einer weißen Flüssigkeit zu besprühen.

»Ich war eine Weile in Ilona, diesem Ort in Oregon, wo das Foto gemacht wurde, und habe mit ein paar Leuten gesprochen, die er dort gekannt hat. Dann musste ich vorzeitig zurück nach Kalifornien, um mich um ein paar Dinge zu kümmern, und habe den Fall ruhen lassen.«

Carmens helle Augenbrauen gerieten in Bewegung, sahen aus wie lose Federn aus einem Kissen.

»Ich bin nicht sicher, ob Anton davon wusste«, sagte sie. »Dass Sie den Fall haben ruhen lassen.«

Vega konnte nicht einschätzen, ob das ein Tadel sein sollte.

»Nein, wahrscheinlich nicht«, sagte sie. »Aber ich glaube, es hätte ihm auch nichts ausgemacht.«

»Wie kommen Sie darauf?«, fragte Carmen, immer noch sanft, aber mit einer leisen Andeutung von Schärfe.

»Ich war eben etwa sieben Minuten mit ihm allein, als er mich durchs Haus geführt hat, und er hat sich mit keiner Silbe nach meinen Fortschritten erkundigt. Was mich zu der Annahme veranlasst, dass es ihm nicht in erster Linie um eine zügige Bearbeitung geht.«

»Verstehe.« Carmen senkte den Kopf, um ein Grinsen zu verbergen. »Der erste Detektiv ist aus einem bestimmten Grund nicht weit gekommen. Es war nicht seine Schuld, muss ich fairerweise sagen.«

Damit stand sie auf, und Vega stellte fest, dass sie einen halben Kopf größer war als sie, lange Arme und Beine, die zu den Rankpflanzen hinter ihr passten. Sie hatte eine Gärtnerschürze um, in deren Taschen Scheren in diversen Größen steckten.

»Ich habe ihm keinerlei Anhaltspunkte gegeben.«

Sie ging ein Stück den Mittelweg entlang und blieb bei einem stacheligen Busch voller pinkfarbener und roter Knospen stehen. Vega folgte ihr, betrachtete den Busch. Die Blätter und Knospen erinnerten sie an Weihnachtsdeko aus Plastik, hübsch, aber unglaubwürdig.

»Klingt, als hätten Sie Ihr Geld verschwendet«, bemerkte sie.

»Mein Vater wohl eher.« Carmen zog eine kleine Schere aus der Schürzentasche und fing an, verwelkte Blätter von dem Busch abzuschneiden, die sie in der hohlen Hand sammelte.

»Ich wollte ohnehin keinen Detektiv«, fügte sie hinzu, während sie einen überlangen Zweig stutzte.

»Sie wollten Zeb nicht finden?«

»Das habe ich nicht gesagt«, erwiderte Carmen ruhig. »Ich hatte keine leichte Zeit an der Cal. Alle kannten meine Familie, fanden es witzig, mich Patty Hearst zu nennen.«

Sie wirkte nicht aufgewühlt dabei, sprach über ihre Uni-Zeit in demselben Ton wie über ihren Autounfall: eine traurige, merkwürdige Angelegenheit, an der nun mal nichts zu ändern war.

»Wenn über uns ein Flieger im Landeanflug auf den Oakland Airport war, zeigten sie auf mich und sagten: ›Hey, du wirst abgeholt‹. Solche Sachen.«

»Aber nicht Zeb«, sagte Vega.

»Nein, nicht Zeb. Wir haben uns in einem Seminar kennengelernt, er hatte keine Ahnung, wer ich war, wer meine Familie war, und als ich es ihm sagte, war es ihm völlig egal.«

Carmen beugte sich zu den Knospen vor, atmete tief durch den Mund ein.

»Wir hatten nicht viel gemeinsam«, gestand sie. »Wahrscheinlich hätten wir nie geheiratet. Mein Vater akzeptierte ihn nur, weil er im Football-Team war, und letzten Endes hätte er wohl einen Anfall bekommen, wenn Zeb tatsächlich um meine Hand angehalten hätte.«

»Warum hat er dann einen Privatdetektiv damit beauftragt, ihn zu suchen?«

»Weil er den Skandal nicht ertrug.« Carmen kappte ein weiteres Blatt. »Nach Zebs Flucht sprach es sich schnell herum, dass ich seine Freundin war. Mein Vater sah es als eine Art Affront gegen die Familie an, deshalb engagierte er den Detektiv. Ich vermute, er wollte eine Entschuldigung, wollte, dass Zeb mich und die Institution des College Football um Verzeihung bat.«

Sie steckte die kleine Schere zurück in die Schürze und nahm eine größere heraus, strich mit der Hand über die äußeren Zweige des Strauchs, packte einen und zog.

»Raus mit dir«, sagte sie und riss ihn ab.

»Und Ihnen lag nichts daran, dass er zurückkam?«, fragte Vega.

»Oh doch«, sagte Carmen, jetzt wieder sanfter. »Es war … mir einfach peinlich. Wenn jemand vor einem weglaufen will, hält man ihn doch nicht auf.«

Vega spürte, wie die Hitze im Gewächshaus von ihrer Haut abstrahlte. Sie starrte auf den Zweig in Carmens Hand, ein dorniges, zerbrechliches Ding.

»Als der Detektiv dieses Foto mitbrachte, das, das Anton Ihnen gegeben hat, habe ich nur einen Blick darauf geworfen und …«

Sie ließ den Zweig in einen Eimer auf dem Boden fallen. Er fiel erstaunlich elegant.

»So hatte Zeb mich nie angesehen.«

»Waren Sie wütend?«

Carmen verschränkte ihre Finger, schob die Handschuhe zurecht.

»Ich glaube nicht«, antwortete sie stirnrunzelnd. »Ich wollte nur, dass das alles aufhört ... die Reporter, meine Mitstudenten, die etwas Neues gefunden hatten, um mich zu hänseln. Ich habe Zeb geliebt, als wir zusammen waren, aber was hätte es genützt, wenn ein von meinem Vater losgeschickter Detektiv ihn zu mir zurückgeschleift hätte?«

Sie begann, weitere dürre Zweige aus dem Busch zu ziehen. Zupf, zerr, schnipp, weg. Mit flinken Bewegungen, als wüsste sie genau, wo die toten Triebe saßen.

»Sie hatten sich damit abgefunden, dass er nie zurückkommen würde?«, fragte Vega.

»Ja, praktisch sofort.« Carmen sah zu dem beschlagenen Glasdach auf. »Ich war dabei, als er vom Spielfeld rannte an dem Tag, hatte gesehen, wie meinem Vater die Kinnlade herunterklappte, und meine erste Reaktion war, dass ich lachte. Es war so lustig. So absurd. Aber es war schwer, das anderen zu erklären, also hörte ich auf, darüber zu reden.«

»Und möglicherweise«, sagte Vega, »haben Sie dann bestimmte Informationen zurückgehalten, weil Sie wollten, dass der ganze Rummel aufhört.«

Carmen hielt einen Zweig in die Höhe, der von einem dickeren abgebrochen war, und starrte darauf.

»Wenn Sie Ihren Frieden mit der Situation gemacht hatten«, fuhr Vega fort, »und auch damit, dass Zeb nicht zurückkommen würde, hielten Sie es vielleicht für das Beste, zu schweigen und einem Fremden, der für Ihren Vater arbeitete, nicht alles zu sagen, was Sie wussten.«

Carmen warf den Zweig in den Eimer, zog weitere aus dem Strauch. »Jetzt kommen wir zu Ihren neuen Informationen«, sagte sie mit einem kleinen Lächeln. »Sie haben herausgefunden, dass er mich angerufen hat, nicht wahr?«

»Nicht direkt«, sagte Vega. »Aber ich hatte so eine Vermutung.«

Carmen lächelte immer noch. Vega wusste nicht, ob sie beeindruckt oder beleidigt war.

»Wie sind Sie zu dieser Vermutung gekommen?«

»Es war eigentlich Bear Thomas' Vermutung. Er hat sich gedacht, dass Sie und Zeb irgendwann nach seinem Lauf nochmal miteinander gesprochen haben.«

»Bear Thomas«, sagte Carmen, den Blick auf eine rote Knospe gerichtet. »Es stimmt. Zeb hat mich aus Oregon angerufen. Wie heißt dieser Ort nochmal?«

»Ilona.«

»Genau«, sagte sie. »Ich erinnere mich, dass es ein bisschen wie ›alleine‹ klang.«

»Wann hat er Sie angerufen?«

»Er war etwa seit zwei Monaten weg. Eines Tages rief mich eins der Mädchen in meiner Studentinnenverbindung, wir hatten damals nur wenige Telefone im Wohnheim, und als ich den Hörer nahm, wusste ich sofort, dass er es war, noch bevor er etwas sagte.« Sie unterbrach sich kurz, blickte ins Leere.

»Es gab keine Privatsphäre dort im Flur, also nahm ich das Telefon mit, so weit das Kabel reichte, und hockte mich in eine Abstellkammer. Er hat mich gefragt, wie es mir geht, und dann habe ich ihn gefragt, wie es ihm geht. Wir konnten gar nicht viel zueinander sagen, es war seltsam.«

Carmen nahm den Eimer mit den zerschnittenen Zweigen und ging an Vega vorbei zu einer anderen Pflanze, einem hohen Exemplar an der Glaswand, dessen große, tropfenförmige Blätter fächerförmig von dem schlanken Stiel abstanden.

»Was wollte er?«, fragte Vega.

Carmen stellte den Eimer ab und hockte sich vor die Pflanze, strich mit den Fingern über die Rinde am unteren Ende.

»Er sagte, dass es ihm leidtue. Dass er mich mit alldem allein gelassen hat. Er habe mir nicht wehtun wollen.«

»Haben Sie ihm geglaubt?«

»Ja«, antwortete Carmen ohne Zögern. »Er sagte immer die Wahrheit. Lieber schwieg er, als zu lügen.«

Sie nahm eine neue Schere aus einer ihrer Schürzentaschen und schnitt den krustenartigen braunen Rand von einem Blatt ab.

»Haben Sie ihn gefragt, warum er es getan hat?«, fragte Vega.

»Nein.«

»Warum nicht?«

»Weil es mich nicht interessierte.« Carmen sah gereizt zu ihr auf. »Mich interessierte das alles nicht. Ich habe ihn gefragt, ob er zurückkommen würde. *Das* hat mich interessiert.«

Vega gönnte sich und ihr eine kleine Pause. Sie wollte die Frau nicht verärgern und den Informationsfluss versiegen lassen. »Was hat er geantwortet?«, fragte sie schließlich.

»Dass er es nicht wisse.« Carmen beschäftigte sich wieder mit dem Blatt. »Aber mir war klar, das hieß nein.«

»Sie haben dem Detektiv Ihres Vaters nie etwas davon erzählt?«

»Nein. Ich habe niemandem von dem Anruf erzählt.« Sie seufzte. »Dieses zufällige Zusammentreffen mit Bear – daran habe ich lange nicht gedacht. Ich hatte ihn seit dem Tag des Spiels nicht mehr gesehen. Er war mir immer wie ein anständiger Kerl vorgekommen, und ich weiß nicht mehr, was damals genau in mir vorgegangen ist, aber ich glaube, ich wollte es jemandem anvertrauen, der Zeb gut kannte und nicht wütend werden würde. Wenn ich auf Mitgefühl aus gewesen wäre, hätte ich in jede x-beliebige Kneipe an der Telegraph gehen können.«

Carmen schnitt das Blatt vom Stängel und warf es in den Eimer. Dann stand sie auf und zog ihre Handschuhe aus.

»Mein Mann hat Sie ohne mein Wissen engagiert. Er dachte wohl, wenn ich endlich mit Zeb abschließen könnte, würde mich das glücklich machen und vielleicht unsere Ehe retten«, sagte sie unbekümmert. »Offen gestanden, bin ich da nicht so sicher.«

»Aber er hat nichts von dem Anruf gewusst«, stellte Vega klar.

»Nein«, bestätigte Carmen. »Jedenfalls habe ich Sie im Internet recherchiert. Sie scheinen eine hohe Erfolgsquote beim Auffinden von Menschen zu haben.«

Sie faltete ihre Handschuhe zusammen und steckte sie in die Schürze.

»Mrs Fohl, etwas verstehe ich nicht so ganz«, sagte Vega. »Ihren eigenen Worten zufolge rechnen Sie längst nicht mehr damit, dass Zeb Williams wieder auftaucht, und Sie hatten sich bereits gedacht, dass ich von seinem Anruf weiß. Haben Sie also nur in dieses Treffen eingewilligt, um mir zu sagen, dass der Fall abgeschlossen ist?«

Sie wurde allmählich müde. Ihr tat alles weh nach der langen Fahrt und es fühlte sich zunehmend unangenehm an, wie der Schweiß von ihren Ohrläppchen und Wimpern troff und ihre Unterwäsche durchweichte.

»Ja, aber …« Carmen blickte auf ihre Handschuhe hinunter. »Glauben Sie, Sie haben eine Chance, ihn zu finden? Wie gesagt, der Detektiv meines Vaters kam nicht sehr weit.«

»Arbeite ich jetzt für Sie?«, fragte Vega mit ehrlichem Interesse. »Weil Ihr Mann mich engagiert hat, darf ich rechtlich gesehen nur ihm Bericht erstatten. Wenn ich aber für Sie beide arbeite, kann ich auch Ihnen sagen, was ich weiß. Deshalb …«

Carmen wich ihrem Blick aus, die Bedenken waren ihr anzusehen. Vega fiel auf, dass ihre Haut lediglich von einem dünnen, gleichmäßigen Schweißfilm bedeckt war, als wäre sie eine Selkie, eine mythische Robbenfrau, auf einer Sandbank, ganz in ihrem Element. Vielleicht lag es daran, dass sie mehr Zeit in dem kontrollierten Tropenklima des Gewächshauses verbrachte als sonst wo.

»Ja, ich denke schon«, antwortete sie. »Ich denke, Sie arbeiten jetzt für mich. Für uns beide, meine ich.«

»Gut«, sagte Vega. »Dann berichte ich Ihnen und Ihrem Mann jetzt alles, aber könnte ich zuerst ein Glas Wasser bekommen?«

Eine Stunde später saß sie mit Carmen und Fohl in dem Zimmer, in dem ihr erstes Gespräch mit Fohl stattgefunden hatte. Wieder auf dem Sofa gegenüber dem Spiegel, während das Paar auf dem anderen Platz genommen hatte, an entgegengesetzten Enden.

»Meinen Sie, dieser Klimmer weiß, was aus Zeb wurde?«, fragte Fohl.

»Schwer einzuschätzen«, antwortete Vega. »Wie gesagt, Klimmers Sohn und dessen Freunde haben meine Familie von fern schikaniert, deshalb musste ich zurückkommen und mich darum kümmern. Klimmer mag zwar nicht die Antwort auf alles haben, aber kurz vor Zebs Weggang aus Ilona hatten die beiden einen Streit, der heftig genug gewesen sein muss, dass ein alter Mann, der sie zufällig beobachtet hat, sich daran erinnert. Das ist für mich eine Spur, der es sich nachzugehen lohnt.«

»Glauben Sie, Klimmer und – wie heißt der Sheriff? Fenton?«, sagte Carmen.

Vega nickte.

»Könnten sie Zeb bedroht haben?« Ein angstvoller Unterton lag in ihrer Stimme.

»Möglich«, sagte Vega. »Das werde ich weiterverfolgen, wenn ich wieder dort bin.«

»Wann, denken Sie, wird das sein?«, fragte Fohl.

»Etwa in zwei Wochen. Ich würde das hier zuerst gerne loswerden.« Sie zeigte auf ihren Gips.

»Was ist, wenn Klimmer und Fenton nichts mit der Sache zu tun haben?«, wollte Fohl wissen.

»Dann frage ich weiter herum. Doch normalerweise erzählen einem Leute, die nichts zu verbergen haben, alles, was sie wissen. Besonders, wenn es dabei um eine Berühmtheit geht. Klimmer und Fenton dagegen waren beide ziemlich zugeknöpft.«

Carmen hatte ihr Gärtnerinnenschürze abgelegt und eine frische, gemusterte Bluse und eine weite Jeans mit Umschlag angezogen, in der sie zu versinken schien.

»Was verheimlichen die beiden Ihrer Meinung nach?«

Vega blickte kurz in den geneigten Wandspiegel: ihr blaues Auge, der eingegipste Arm.

»Ihre Söhne treiben beide ziemlich widerliche Sachen im Internet. Ich bin mir über das Ausmaß des Ganzen noch nicht im Klaren.«

»Die sind doch viel zu jung, um etwas mit Zeb zu tun zu haben«, sagte Fohl.

»Klimmer und Fenton haben früher selbst ziemlich widerliche Sachen getrieben«, sagte Vega. »Klar, es mag da kein direkter Zusammenhang bestehen, aber es existiert ein Muster aus Gewalt und Vertuschung durch die örtliche Polizei, ein Geflecht aus großen und kleinen Lügen. Irgendwo da liegt die Erklärung, warum meiner Familie nachgestellt wird. Und irgendwo da findet sich möglicherweise auch ein Hinweis darauf, wohin Zeb damals ging. Oder wo er jetzt ist.«

Fohl und Carmen dachten jeweils auf ihre Art darüber nach. Er hatte die Hände gefaltet und nickte zu einem inneren Takt, wiederholte sich offenbar ihre Argumente, während Carmen noch mehr in ihren Kleidern zu verschwinden schien und ihr Gesicht noch blasser wirkte als zuvor, beinahe durchscheinend.

»Die Spuren kreuzen sich nicht notwendigerweise«, sagte Vega und formte ein X mit ihren Armen, hielt sie dann parallel vor sich. »Aber sie könnten durchaus nebeneinander verlaufen.«

»Wie lange wird es dauern? Um die Sache zum Abschluss zu bringen?«, fragte Fohl.

»Es werden noch zwei oder drei Wochen vergehen, bis meine Verletzungen genug verheilt sind, damit ich wieder arbeiten kann«, sagte sie. »Wenn ich zurück in Ilona bin, werde ich etwa eine Woche brauchen, um mich neu einzufinden. Danach gebe ich Ihnen eine fundierte Einschätzung und Sie können entscheiden, ob ich weitermachen soll.«

Carmen wandte sich von ihnen beiden ab und blickte konzentriert auf eine Topfpflanze vor dem Fenster.

»Seit ich aus Oregon weg bin, habe ich nicht durchgängig gearbeitet, aber ich habe meine Arbeitszeiten notiert und kann sie anteilmäßig verrechnen. Natürlich müssen Sie auch meine Genesungszeit nach dem Unfall nicht bezahlen. Ich werde die nächsten zwei Wochen ebenfalls nur anteilmäßig in Rechnung stellen«, ratterte Vega ohne zu überlegen herunter.

Fohl lächelte so breit wie jemand, dem man gerade einen Gratis-Margarita auf der Straße in die Hand gedrückt hatte.

»Nein«, sagte Carmen mit immer noch abgewandtem Gesicht. »Nein«, wiederholte sie fester und sah Vega an.

Fohl starrte seine Frau an, dann Vega, als könnte sie für ihn entschlüsseln, was da vor sich ging.

»Car?«, fragte er.

»Wir bezahlen Sie für Ihre Zeit. Die gesamte Zeit«, sagte Carmen entschieden.

Vega wollte schon widersprechen. Eigentlich war es ihr Grundsatz, im Zweifelsfall großzügig zu ihren Kunden zu sein, doch dann hörte sie wieder ihren alten Chef Perry: »Nimm das Geld, Kind. Verschließ dich nie einer freigiebigen Regung.«

»Wenn Sie das möchten«, sagte sie.

»Ja, das möchte ich«, sagte Carmen. »Ich finde, Sie sollten wegen Ihrer Verletzungen keine finanziellen Einbußen erleiden. Außerdem ermitteln Sie ja auch online, stellen Recherchen an, so dass sicher nicht viel Zeit ungenutzt bleibt.«

Fohl sah nicht mehr aus wie ein glückstrunkener Tombolagewinner, das Lächeln war ihm vergangen. Er berührte seine Frau am Knie, sagte wieder: »Car?«

»Ja, das ist eine gute Idee«, verkündete Carmen und stand auf. »Ms Vega, ich würde Sie gern hinausbegleiten, wenn es Ihnen recht ist.«

»Natürlich.«

Vega erhob sich ebenfalls, dann auch Fohl, der ein Gesicht machte, als stünde er unter Schock. Sie gab ihm die Hand und ließ ihn in dem Zimmer mit den Sofas zurück.

Carmen war schnell, sie glitt geradezu durch die Eingangshalle. Vega eilte ihr nach und dann standen sie an der Haustür, die Carmen aufschloss. Zielstrebig ging sie hinaus.

»Welches ist Ihres?«, fragte sie auf dem Bürgersteig.

»Das dort drüben.«

Carmen drehte sich zum Haus um. Fohl stand am Fenster und beobachtete sie beide. Carmen winkte schlaff, er winkte zurück. Dann ging sie auf Vegas Auto zu, Vega hinterher.

»Was ich Ihnen noch sagen wollte, ehe Sie fahren ...«, begann Carmen. »Ich hätte nicht geglaubt, dass es mich noch interessiert, was aus Zeb geworden ist, aber als ich wieder an diesen Anruf gedacht habe ... tut es doch.« Ihre Lippen bebten, sie presste sie aufeinander. »Ich muss ihn nicht mehr bei mir haben. Diese Zeit ist ...« Sie schüttelte den Kopf. »Sie ist vorbei, das weiß ich. Es ist Äonen her. Doch die Vorstellung, dass ihm etwas zugestoßen sein könnte, damals oder später – ich würde es einfach gern wissen. Nicht, dass ich ihn hätte retten können, aber falls man jetzt noch etwas tun kann, würde ich das gern.«

»Ich weiß nicht genau, was das sein könnte«, sagte Vega.

Carmens Blick wurde kühl. Selbstsicher. »Ich habe Geld, Ms Vega. So viel, dass die Zahl beinahe bedeutungslos wird, wenn ich sehe, wie meine Kapitalerträge sich Jahr für Jahr anhäufen. Ich bin in der Lage, etwas in Ordnung zu bringen, falls etwas in Ordnung gebracht werden muss. Belassen wir's dabei.«

Vega schloss ihr Auto auf und sagte, sie werde sich melden. Dann stieg sie ein, während Carmen immer noch neben ihrem Auto stand. Sie ließ den Motor an und das Fenster herab. Carmen lehnte sich hinein.

»Ihre Verletzungen«, sagte Carmen. »Ist das in Ilona passiert?«

Vega schnallte sich an, warf einen Blick auf ihr blaues Auge im Rückspiegel.

»Mein Beruf birgt gewisse Risiken. Das ist mir bewusst«, sagte sie schlicht.

»Ja, sicher. Umso mehr Grund, dass Sie dafür entschädigt werden.«

»Ich weiß das zu schätzen«, sagte Vega. »Wie oft möchten Sie auf den neuesten Stand gebracht werden?«

»Ich weiß nicht. Was ist das Übliche in solchen Fällen?«

»Einmal pro Woche. Nach Bedarf häufiger, sollten sich die Dinge schnell entwickeln.«

»Das hört sich gut an«, sagte Carmen und trat zurück, damit Vega aus der Parklücke herausfahren konnte. »Danke, dass Sie gekommen sind, Ms Vega.«

Vega nickte, nahm ihre Sonnenbrille aus dem Becherhalter und setzte sie auf.

Carmen stand mitten auf der Straße, wirkte auf einmal grüblerisch.

»Was ist?«, fragte Vega.

Sie schüttelte den Kopf, kam zurück zum Fahrerfenster, beugte sich hinein.

»Es gibt da etwas, das irgendwie seltsam war bei Zebs Anruf, obwohl ich nie richtig darüber nachgedacht habe. Etwas, das ich im Hintergrund zu hören glaubte, als wir miteinander sprachen.«

»Was war das?«, fragte Vega.

Carmen kniff die Augen zusammen, als wollte sie ihre Erinnerung scharf stellen.

»Das Geräusch war mir vertraut, weil ich es als Mädchen ständig auf der Ranch meines Großvaters gehört habe«, sagte sie. »Ich habe mir das damals nur nicht bewusst gemacht.«

»Was?«, fragte Vega.

»Kurz bevor er aufgelegt hat, eine Art Trommeln im Hintergrund, ein Rhythmus wie …«

Sie schlug leicht mit der flachen Hand gegen ihr Bein. Eins, zwei, drei, eins, zwei drei, schnell hintereinander. Sie brauchte es nicht zu sagen, Vega wusste Bescheid.

»Pferde.«

11

Cap kam gegen sechs von der Arbeit nach Hause und sah zu seiner Überraschung Nells Auto in der Einfahrt stehen. Panisch überlegte er, ob sie heute bei ihm oder bei Jules übernachten sollte.

»Donnerstag, es ist Donnerstag«, murmelte er, als er hinter ihr hielt.

Ganz klar war Jules heute dran und Nell hielt sich normalerweise an Absprachen. Also stimmte etwas nicht, entweder mit ihr oder mit Jules. Schnell lief er die Treppe hinauf und ins Haus.

»Nell!«, rief er, weil sie weder im Wohnzimmer noch in der Küche war.

Keine Antwort. Er rannte hinauf, öffnete die Tür zu ihrem Zimmer.

Sie saß mit ihren riesigen Kopfhörern am Schreibtisch. Als sie ihn bemerkte, nahm sie die Hörer ab und hängte sie sich um den Hals.

»Hallo, Dad«, sagte sie fröhlich.

»Hallo«, sagte er außer Atem. »Alles in Ordnung?«

»Ja. Was ist los mit dir?«

»Ist nicht mein Abend. Solltest du nicht bei deiner Mutter sein?«

»Ja, schon.« Sie streckte die Arme über den Kopf. »Ich habe ihr gesagt, dass ich heute Abend hier rumhängen will und dafür nächste Woche einen Abend mehr bei ihr verbringe, wenn's dir recht ist.«

»Mir recht …«, wiederholte Cap verdutzt.

»Cool«, sagte Nell.

Sie nahm die Kopfhörer ganz ab und legte sie auf den Schreibtisch.

»Weil ich nämlich gern mit dir reden würde.«

Eine dumpfe Besorgnis löste seine anfängliche Panik ab, begleitet von sofortigen Schuldgefühlen.

»Ich glaube, dafür brauche ich ein Bier.«

»Glaube ich auch«, sagte Nell.

Er ging wieder nach unten, Nell hinterdrein. In der Küche nahm er sich ein Bier aus dem Kühlschrank und warf Nell eine Flasche Wasser zu.

»Ich habe gestern mit Vega telefoniert«, sagte sie.

»Wie bitte?«

»Alice Vega. Ich habe mit ihr telefoniert. Gestern.«

Cap hatte es gleich verstanden. Es fiel ihm nur schwer, sich ein Szenario auszumalen, in dem Vega und Nell ohne ihn miteinander sprachen.

»Sie hat dich angerufen?«

»Nein«, sagte Nell. »Ich sie.«

»Du hast sie angerufen.«

»Ja.«

Sein erster Impuls war, nach dem Warum zu fragen, aber dann gewann seine Polizistenausbildung die Oberhand, und er beherrschte sich. Das würde sich schon klären, zuerst die Fakten.

»Was hat sie gesagt?«, fragte er.

»Sie meinte, sie hätte seit ein paar Wochen nichts mehr von dir gehört.«

Cap ging zum Küchentisch und stellte sich hinter den Stuhl, auf dem Vega bei ihrem Kurzbesuch gesessen hatte. Es schien ihm jetzt sehr lange her zu sein.

»Stimmt das?«, fragte Nell.

»Jeder lügt mal«, sagte er. »Auch Vega.«

»Mag sein, aber sie hat keinen Grund, mich anzulügen, und wenn sie nicht lügt, dann …« Nell überließ es ihm, den Satz zu beenden.

»Lüge ich.«

Sie starrte ihn an, blinzelte dann einmal.

»Lügst du«, sagte sie leise.

Er schlürfte einen langen Zug aus der Dose. Nell hielt ihre Wasserflasche wie eine Brechstange, die sie zu Bestrafungszwecken einsetzen wollte, schlug den Verschluss in ihre Handfläche.

Cap zuckte die Achseln, seufzte. »Ja, ich habe dich angelogen. Ich habe Vega nie erzählt, dass ich mich mit Bear Thomas getroffen habe oder dass wir Hardecker geschnappt haben.«

»Aber warum?«, fragte Nell. »Ich dachte, wir arbeiten alle zusammen. Ist jetzt nicht mehr wichtig, ich habe ihr alles erzählt, aber warum hast du ihr das verschwiegen? Und mich deswegen angelogen?«

»Bug, es gibt da ein paar Dinge, bei denen ich nicht immer hundertprozentig offen zu dir sein kann«, sagte er.

»Ach, ich bitte dich.«

Ihre abschätzige Reaktion brachte ihn aus der Defensive.

»Du bist auch nicht immer hundertprozentig offen zu mir, oder?«

Nell hörte mit der Wasserflasche auf und sah zu Boden, nicht unbedingt beschämt, eher nachdenklich.

»Das ist okay, Bug, du bist erwachsen. Ich meine, du bist schon länger erwachsen, aber jetzt auch offiziell, und es ist in Ordnung. Du darfst mir Dinge vorenthalten. Und ich bin ebenfalls erwachsen und darf dir Dinge vorenthalten, vor allem, wenn sie gefährlich sein könnten.«

»Aber das war unser gemeinsames Ding, an dem wir zusammen gearbeitet haben, als zwei Erwachsene«, entgegnete sie. »Drei, Vega mitgerechnet.«

»Ich hatte nicht vor, dich von irgendetwas auszuschließen. Ich bin nur sauer auf Vega geworden, als …« Er suchte nach den richtigen Worten. »Ihr Scheiß in unser Leben übergeschwappt ist. In unser Haus.«

»Ich verstehe deinen Standpunkt«, sagte Nell wie eine Prozessanwältin. »Und was genau, glaubst du, erzähle ich dir nicht?«

»Ich weiß nicht«, wich Cap aus. »Vielleicht, wo du hingehst oder was du für Leute triffst, wenn du mit deinen Freunden unterwegs bist.«

»Gab es einen bestimmten Moment, in dem du dich das gefragt hast?«

»Nein«, trieb er den Bluff weiter.

Nell schraubte die Flasche auf und trank einen Schluck.

»Soll heißen, wenn ich dir immer erzählen würde, wo ich jede Minute … halt«, sagte sie und hob einen Finger. »Lass mich's anders ausdrücken. Wenn ich dir immer erzählen würde, wo ich in jeder Minute bin, in der du dir sonst was vorstellst, hättest du mir die Wahrheit gesagt? Das glaube ich nicht.«

»Okay«, gab sich Cap geschlagen. »Okay, schon gut.«

Nell grinste zufrieden.

»Und, hatte sie Neuigkeiten?«, fragte er. »Deine neue Partnerin, Vega?«

»Wir haben nicht näher darüber gesprochen. Sie musste für eine Weile zurück nach Kalifornien, hat aber nicht gesagt, warum.«

»Kalifornien?«, fragte Cap, als hätte er noch nie davon gehört. »Sie ist nicht mehr in Oregon?«

»Als wir telefoniert haben, war sie's jedenfalls nicht. Ich hab sie gefragt, ob alles in Ordnung ist, und sie meinte, ja, aber das würde sie immer sagen, oder?«

»Allerdings.«

»Dad, du solltest sie anrufen. Ich bin sicher, dass sie neue Informationen in dem Fall hat, die sie mir nicht mitteilen wollte. Außerdem …«

Nell unterbrach sich. Cap wusste, dass es keine Kunstpause war, aber er konnte sich nicht gedulden, bis sich der Rest herauskristallisiert hatte.

»Was?«

»Ihre Stimme klang anders«, sagte Nell.

»Wie anders?«

»Ich weiß nicht.« Sie schüttelte den Kopf, wie um sich klarer zu erinnern. »Sie hat nicht direkt gelispelt oder so, aber ihre Sprechweise war irgendwie anders. Als hätte sie was im Mund.«

»Wie Kaugummi?«, fragte Cap, obwohl er Vega noch nie Kaugummi kauen gesehen hatte.

»Keine Ahnung. So ähnlich wie als ich diesen Zahn gezogen bekommen hatte und die Watte da in der Lücke behalten musste«, sagte sie und zeigte auf ihren Unterkiefer. »Als ich dreizehn war, weißt du noch? So hat sich das angehört.«

Cap starrte auf seine Bierdose und dachte über die wahrscheinlichste Erklärung nach. In Anbetracht dessen, dass Nells Musikerinnengehör praktisch perfekt war – oft rief sie ihre Highschool-Blaskapelle zur Ordnung, sobald die auch nur den Bruchteil einer Sekunde neben dem Takt lag – und sie etwas Merkwürdiges an Vegas Sprechweise bemerkt hatte, war es nicht wahrscheinlich, dass Vega Kaugummi gekaut, ein Minzdragee gelutscht oder ein M&M gegessen hatte. Wahrscheinlicher war: Ihr Mund war geschwollen und/oder sie hatte irgendetwas mit den Zähnen. Entweder nach einem Zahnarztbesuch oder vielleicht, vermutlich, höchstwahrscheinlich nach einem Kampf.

Vega wachte früh auf, selbst für ihre Verhältnisse. Es war erst kurz nach halb fünf, draußen herrschte noch tiefste Nacht. Lauter Sterne, keine Vögel.

Am Abend zuvor hatte sie über Cooper, Neil Klimmer und Zeb Williams nachgedacht und wo deren Wege sich kreuzten oder trennten. Dann hatte sie Cartwright, den FBI-Mann, angerufen.

»Wenn Sie irgendwas Konkretes für uns herausfinden könnten, einen Namen zum Beispiel, könnten wir mit den Pure an der Westküste richtig vorankommen.«

»Wollen Sie einen Deal mit mir machen, Special Agent?«

»Hören Sie, Vega, ich biete Ihnen hier kein Leckerli im Austausch für Informationen an. Ich kann morgen jemand aus der Dienststelle in Portland hinschicken, wenn Sie möchten, kein Problem. Wenn Sie die wegen Vandalismus und Tierquälerei verhaften lassen wollen, okay, bringen Sie sie vor Gericht. Sehen Sie zu, wie alles seinen Gang geht, und ehe Sie sich's versehen, sind sie wieder draußen, stinkiger denn je, und piesacken kleine alte Damen wie zuvor. Wir können die nur richtig drankriegen, wenn wir an ihre Anführer rankommen. Hackt man den Kopf ab, sterben auch die Glieder.«

»Ich dachte, so funktioniert das nicht bei denen«, erwiderte Vega. »Wachsen die Glieder nicht nach? Wie bei Seesternen?«

»Ich wollte gerade sagen, wie bei dem ›Ding aus dem Sumpf‹, aber kommt aufs Gleiche raus«, antwortete Cartwright. »Klar werden die nachwachsen, aber mit Verzögerung, und das ist immerhin etwas. Das Muster einer Schläferzelle: Es gibt eine neue Generation und wieder eine neue, aber wir können sie plattmachen, wo es geht. Dazu wäre es hilfreich, ein paar Namen zu kennen.«

»Ich werde sehen, was ich tun kann«, sagte sie. »Wenn ich Erfolg habe, würden Ihre Leute von der Außendienststelle mir eventuell bei einer anderen Sache helfen?«

»Was für eine Sache?«

Sie hatten noch eine Weile miteinander gesprochen, dann war sie endlich schlafen gegangen.

Jetzt setzte sie sich halb auf, als hätte sie etwas gehört. Sie schlüpfte aus dem Bett, spürte das wunde Zahnfleisch um ihre nagelneue Krone herum und einen leichten Schmerz in den Rippen. Doch die Schmerzen behinderten sie nicht mehr, machten das Atmen und Bewegen nicht zur Qual, vernebelten ihren Verstand nicht.

Sie ging von einem Zimmer zum anderen, sah in jedes hinein, bis sie zum Wohnzimmer kam. Dort machte sie eine kleine Lampe in der Ecke an und blickte auf die blauen Turnmatten an der Wand. Vielleicht war es das, was sie geweckt hatte. Ein innerer Wecker. Bereit.

Sie stellte sich auf eine der Matten und beugte sich zu ihren Zehen hinunter, berührte den Boden, fühlte die Dehnung an der Rückseite ihrer Beine und im Kreuz, legte dann die linke Hand flach auf die Matte, parallel zum Kopf. Sie nahm die Haltung des herabschauenden Hunds ein und schob ihre Füße auf ihre Hand zu. Tief einatmend hob sie schwungvoll das rechte Bein, Knie gebeugt, Fuß an der Wand. Wartete, bis sie sich stabil fühlte. Ihre Rippen protestierten nur höflich, statt Unflätigkeiten zu brüllen.

Sie hob auch das linke Bein, ebenfalls angewinkelt, so dass ihr Körper ein umgedrehtes L bildete. Bauch fest angespannt, linker Arm leicht zitternd unter der Belastung, aber ohne einzuknicken. Langsam streckte sie das eine Bein, dann das andere, ihre Fußknöchel berührten nur knapp die Wand.

Die Rippen beschwerten sich jetzt lauter, sie atmete tief, sog kräftig Luft in die Lunge. Ihre linke Schulter und der Arm brannten und jagten Hitzeströme bis hinauf in ihren Hals, aber es war auszuhalten. Vor allem merkte sie, dass sie nicht fallen würde. Vorsichtig löste sie die Füße von der Wand, nur etwa zwei Zentimeter, damit sie nicht das Gleichgewicht verlor, und stand nun frei, stützte sich nirgends ab. Ihr linker Arm trug ihren ganzen Körper, einschließlich des Gipses.

Vega blieb nur ein oder zwei Minuten im Handstand und schaffte es dann, die Beine herunterzunehmen, ohne umzukippen. Als sie sich aufrichtete, spürte sie ihren linken Arm prickeln und zittern. Sie rieb sich die Halsmuskeln und schätzte, dass es jetzt kurz vor fünf war.

Wenn sie gleich duschte, sich anzog und eine Tasche packte, konnte sie um sechs unterwegs sein. Vielleicht hatte sie vorher sogar noch Zeit zum Tanken.

12

Es war schon dunkel, als Vega Portland erreichte. Sie nahm sich ein Zimmer in einem Hotel nahe der Interstate und las noch einmal die E-Mail, die Bastard ihr vor ein paar Wochen wegen des Altersheims, in dem Jack Klimmer vermutlich untergebracht gewesen war, geschrieben hatte. »Gute/schlechte Nachrichten« lautete der Betreff.

> Nur ein einziges Hospiz/Pflegeheim an der Küste von Südoregon in den 1980ern: Name: Shady Days.
> Die schlechte Nachricht: Keinerlei Patientenakten vorhanden, keine Scans, keine Namen. Originale vielleicht irgendwo eingelagert, aber würde ich nicht drauf bauen.
> Die gute Nachricht: Sieht aus, als hätte eine Pflegerin das Schattenheim verklagt, nachdem sie gefeuert wurde. Es gab eine außergerichtliche Einigung. Keine große Einrichtung, also nicht viel Personal, nicht viel Fluktuation. Jetzt der Bonus: Sie wurde im Frühjahr 85 entlassen, passt also bestens. Die von ihren Anwälten eingereichte Klage hänge ich an.

Vega öffnete den Anhang und las sich das Ganze durch. Juristenkauderwelsch war nicht unbedingt ihre Stärke, aber das Wesentliche begriff sie ohne Weiteres. Vor allem den Teil, in dem es um den letzten Patienten ging, den die Klägerin gepflegt hatte.

Die Pflegerin lebte noch und arbeitete in einem Krankenhaus in Portland, also war das Vegas erste Station in Oregon. In ihrer E-Mail an die Frau hatte sie den Grund, weshalb sie um ein Treffen bat, offen benannt, und Linda Vincent hatte zugestimmt.

Vega traf sich mit ihr auf einem Platz vor dem Haupteingang. Als Linda durch die Drehtür kam, erkannte sie sie gleich aufgrund eines Fotos, das Bastard ihr mitgeschickt hatte. Sie war klein und rundlich, trug ihre rotblonden Haare kurz geschnitten und hatte etwas Jugendliches an sich, obwohl sie schon über sechzig war.

»Linda?«, sagte sie und wollte ihr die Hand geben. »Alice Vega.«

»Hallo.« Linda wedelte energisch mit beiden Händen. »Sorry, ich habe sie gerade desinfiziert.«

Vega nickte. »Kann ich Ihnen einen Kaffee holen?«, fragte sie und deutete auf einen Imbisswagen am Rand des Platzes.

»Oh, ich hätte liebend gern einen Tee.«

Sie gingen gemeinsam dorthin und Vega bestellte zwei Tee. Während der Mann in dem Wagen sie zubereitete, redete Linda drauflos.

»Es hat mich schon lange niemand mehr nach Shady Days gefragt. Ein paar Jahre nach meiner Kündigung hat sich mal eine Lokalzeitung dafür interessiert und ich habe damals McElhinny, dem Geschäftsführer, gesagt, dass ich reden würde. Zwar hatte ich mal eine Vertraulichkeitserklärung unterschrieben, aber die war längst verjährt.«

Vega bezahlte und reichte ihr einen der Becher.

»Entschuldigung«, sagte sie, »würde es Ihnen etwas ausmachen, ein bisschen vorher anzufangen? Was war passiert, bevor man Sie entlassen hat?«

»Setzen wir uns doch.« Linda ging auf eine Steinbank an der Gebäudefront zu und Vega folgte ihr.

Die Pflegerin nahm den Deckel von ihrem Becher ab und wickelte den Faden des Teebeutels um ihren Finger, ließ ihn auf und ab hüpfen. »Ich war damals neunundzwanzig und arbeitete seit zwei Jahren in Shady Days. Es war zu der Zeit mein großer Wunsch, mich um alte Menschen zu kümmern. Und wir waren an eine bestimmte Routine gewöhnt, was die Patientinnen und Patienten anging – sie wurden aufgenommen, die Ärzte führten das Aufnahmegespräch, dann richteten sie sich in ihren Zimmern ein, und wir Pflegerinnen machten die Runde und versorgten sie.«

»Beim Lesen der Klageschrift hatte ich den Eindruck, dass es verschiedene Pflegestufen gab, also dass manche Patienten mehr Pflege brauchten als andere«, sagte Vega.

»Das stimmt, das ist üblicherweise so«, sagte Linda. »Ich habe meist mit den Gebrechlicheren gearbeitet, das nannte sich Stufe drei. Stufe eins waren die Leute, die am wenigsten Betreuung brauchten, Stufe zwei die in der Mitte und Stufe drei diejenigen, die Windeln brauchten und Hilfe beim Essen, Trinken und Anziehen. Ich war jung und kräftig und konnte das alles leisten, den Patienten beim Aufsetzen helfen, sie herumdrehen und so weiter.«

»Dann kam Patient X«, sagte Vega.

»Ja.« Linda trank einen Schluck Tee, schnalzte mit der Zunge. »Holla, ist das heiß.« Sie schüttelte sich, als hätte sie einen Tequila gekippt. »Patient X trifft ein, wird im Rollstuhl gefahren und in ein Zimmer auf meiner Runde gebracht, aber ich weiß gleich, dass er nicht dorthin gehört.«

»Wieso?«

»Auf seinem Krankenblatt stand ›Schlaganfall‹«, antwortete Linda. »Aber das war nicht sein eigentliches Problem.«

»Sondern?«

Linda schnaubte empört. »Der Mann hatte eine Kopfwunde und überall Blutergüsse.« Sie beschrieb einen Kreis über ihrem Kopf. »Von einem Sturz, hieß es.«

»Sagte er, dass er gefallen sei?«

»Er hatte Schwierigkeiten, sich verständlich zu machen. Es gab aber Momente, in denen er klar sprechen konnte, und einmal sagte er zu mir, dass er verprügelt worden sei. Ich fragte ihn, von wem, aber darauf hat er nicht geantwortet.«

»Was haben Sie gemacht?«

Lina lachte abfällig. »Wie es in der Klageschrift steht, bin ich zuerst zu unserem zuständigen Arzt im Heim gegangen, Dr. Delorio, und habe ihm gesagt, dass dieser Mann meiner Ansicht nach nicht am richtigen Platz ist. Er hatte vielleicht eine Gehirnerschütterung und brauchte eine andere Art von Rehabilitation, als wir sie anbieten konnten. Möglich, dass er aufgrund der Kopfverletzung auch einen Schlaganfall erlitten hatte, aber die Verletzung war noch nicht mal in seiner Patientenakte aufgeführt.« Sie unterbrach sich kurz, schüttelte den Kopf.

»Delorio und ich kamen gut miteinander aus, und er meinte, Roy McElhinny, der Geschäftsführer, hätte ausdrücklich angeordnet, dass dieser Patient in diesem Zimmer und auf dieser Station untergebracht werden sollte. Delorio hat zwar nicht ausdrücklich gesagt ›Ich bin ganz deiner Meinung, Linda‹, aber ich habe gemerkt, was er dachte, er war nicht blind. Also bin ich zu McElhinny gegangen. Er war ein aufgeblasener Fatzke, aber ich hatte bis dahin nie Ärger mit ihm gehabt, er machte seinen Job, kannte die Namen von allen und ihre jeweiligen Aufgaben. Ich teilte ihm mit, dass dieser Patient eine Kopfverletzung hatte und dass derjenige, der ihn untersucht hatte, ihn falsch eingewiesen hatte. Er gehörte nicht auf Stufe drei, er gehörte nicht mal auf Stufe eins. Meiner fachlichen Einschätzung nach gehörte er in ein Krankenhaus.«

Vega nahm den Deckel von ihrem Becher und ließ den Dampf in ihr Gesicht steigen. »Weil die Wunde frisch aussah?«

»Genau«, sagte Linda. »Ich hatte davor mal eine Zeitlang in einer Praxis für Opfer häuslicher Gewalt gearbeitet, ich erkenne Misshandlungen, wenn ich sie sehe.«

»Wie hat McElhinny reagiert?«

Linda beugte sich zu ihr vor, kniff die Augen zusammen. »Er meinte, die Einstufung von Patienten unterliege nicht meiner Verantwortung und ich solle mich um meinen eigenen Dreck kümmern.« Sie lehnte sich an die Wand, schnaubte wieder. »›Dreck‹ hat er zwar nicht gesagt, ich glaube, so was habe ich nie aus seinem Mund gehört, aber jedenfalls sollte ich mich da raushalten.«

»Was haben Sie geantwortet?«

Linda schlürfte vorsichtig ihren Tee. »Ich sagte, ›Entschuldigen Sie, Mr McElhinny, Sir, aber das gehört sehr wohl zu meiner Verantwortung, ich muss doch wissen, wie ich meine Patienten behandeln soll. Es sind Labortests nötig und ein MRT. Und überhaupt, ist es der Familie dieses Patienten denn egal, dass er falsch eingewiesen wurde?‹«

Linda holte Luft und blickte schmaläugig in die Ferne.

»Und da hat er Sie entlassen«, sagte Vega.

Linda lachte höhnisch. »Nicht auf der Stelle. Aber am nächsten Tag ruft er mich zu sich und sagt, er müsse Entlassungen vornehmen, keine Angabe von Gründen, nichts. Ich war zuerst so schockiert, dass ich nicht zwei und zwei zusammengezählt habe, verstehen Sie. Dann bin ich nach Hause und habe es meinem Mann erzählt, und da erst habe ich den Zusammenhang begriffen. Mein Mann meinte, McElhinny ist vielleicht einer, der sich nicht gern von einer Frau was sagen lässt, aber dort haben viele Frauen gearbeitet, und wir haben alle unsere Meinung gesagt.«

Sie schüttelte den Kopf. »Nein, es war dieser Patient. Er wollte nicht, dass ich wegen dieses speziellen Patienten Ärger mache.«

»Also haben Sie ihn verklagt?«, fragte Vega.

»Jawoll«, sagte Linda stolz. »Hören Sie, ich will offen zu Ihnen sein, ich habe mich für diesen Patienten nicht mehr und nicht weniger interessiert als für alle meine Patienten, das heißt, genug, um meine Arbeit gut zu machen, aber nicht zu sehr, damit ich nachts noch schlafen kann. Ich hatte mir nie etwas zuschulden kommen lassen auf dieser Stelle, und eine

Kündigung in meinem Lebenslauf, das kam nicht in Frage. Ich habe aus Selbstschutz gegen ihn und Shady Days geklagt.«

»Verstehe«, sagte Vega. »Das Recht war auf Ihrer Seite, und McElhinny hat sich mit Ihnen auf eine Entschädigung geeinigt.«

»Ja, das hat er«, sagte Linda nickend. »Ich erwarte nicht, einfach Geld für mein hübsches Gesicht zu bekommen, aber ich fand, er war mir was schuldig.«

»Haben Sie je erfahren, was aus dem Patienten wurde?«

»Nein«, sagte Linda mit leichtem Bedauern. »Ich musste mich ja fernhalten von dem Heim nach diesem Rechtsstreit. Ich hoffe, er hat sich wieder erholt, aber ehrlich gesagt, ich weiß es nicht.«

Vega nahm ihr Handy heraus und scrollte zu einem Foto von Jack Klimmer, das Bastard in einem Zeitungsbericht über die Auswirkungen der Orkane von 1981 auf die Holzfällerindustrie gefunden hatte.

»Ist er das?«, fragte sie.

Linda hielt sich das Handy dicht vor die Augen.

»Ja, eindeutig«, sagte sie lächelnd. Dann verblasste ihr Lächeln. »Da war er noch ein gesunder Mann.«

»Das stimmt«, sagte Vega.

Sie vermutete, dass Linda ein schlechtes Gewissen hatte, und überlegte kurz, etwas Tröstliches zu sagen, entschied sich aber dagegen. Was sollte ihr das nützen von einer Fremden – oder überhaupt von irgendwem? Aus eigener Erfahrung wusste sie, dass man bei Schuldgefühlen wegen etwas, das man vor langer Zeit getan oder unterlassen hatte, nachts mit sich und dem Badezimmerspiegel allein war, da half alles nichts.

Es war bereits dunkel, als sie am I-Pud vorbeifuhr. Sie hatte das Abblendlicht an und verlangsamte in der Nähe der Wohnwagen, fuhr dann rechts ran, machte die Scheinwerfer aus und wartete, beobachtete. Alle Trailer hatten kleine Lampen über den Türen oder Fenstern, manche brannten, andere nicht. Angestrengt blickte sie nach hinten, wo Darts Wohnwagen stand, konnte aber nicht einmal dessen Umriss erkennen.

Gegen zehn ging die Tür des winzigen Stargazers auf und der Tätowierte, der ihr den Weg zu Darts Platz gezeigt hatte, kam heraus. Er trug diesmal ein Hemd, schüttete Wasser aus dem gelben Eimer aus wie beim ersten Mal und verzog sich dann wieder hinein.

Vega nahm einen kleinen schwarzen Rucksack vom Beifahrersitz und stieg aus. Zuerst trat sie vorsichtig auf, aber als sie merkte, dass der Boden vom Regen durchweicht war und es kein Geräusch gab, ging sie schneller auf den Stargazer zu und klopfte mehrmals hintereinander an.

Der Tätowierte machte sofort auf, wobei eine Wolke von blumigem Räucherstäbchengeruch herauswehte. Er blickte leicht verwirrt drein, jedoch nicht verärgert.

»Hi, erinnern Sie sich an mich?«, sagte Vega, ohne ihm Zeit zum Nachdenken zu geben. »Ich war vor ein paar Wochen schon mal hier, Sie haben mir gezeigt, wo ich Darts Trailer finde.«

»Stimmt«, sagte er, als wäre es ihm im nächsten Moment von selbst eingefallen.

Vega machte den Rucksack auf und zeigte ihm den Inhalt.

»Könnte ich vielleicht ein paar Minuten reinkommen?«

Er starrte in den Rucksack, hielt ihr dann die Tür auf. Vega packte den Griff an der Innenseite und zog sich hinauf in die Kabine.

Rasch sah sie sich um: alles wie bei Dart, nur kleiner, eine Isomatte mit Schlafsack in der einen Ecke, eine Kochplatte und ein Mini-Spülbecken in der anderen. Kein großes Durcheinander, ein Klappstuhl, zwei Koffer, ein kleiner runder Tisch, ein Fernseher. Was für eine angenehme Überraschung.

»Da drin sind siebentausendfünfhundert Dollar«, sagte sie und stützte sich auf den Türgriff. »Ich möchte Ihren Wohnwagen für drei Wochen mieten. Wenn Sie einverstanden sind, lasse ich Ihnen eine Stunde Zeit, um Ihre Sachen zu packen und ein paar Vorbereitungen zu treffen. Dann geben Sie mir den Schlüssel, und ich gebe Ihnen das da.« Sie hielt den Rucksack in die Höhe. »Keine Fragen von beiden Seiten.«

Der Tätowierte starrte abwechselnd sie und den Rucksack an.

»Also?«, fragte sie.

Er kratzte sich am Kopf, kämmte mit den Fingern durch seine gesplissten Haarspitzen.

»Du gibst mir einfach die Kohle da«, sagte er.

»Ja. Im Austausch für deinen Trailer.«

»Für drei Wochen.« Langsam schien er die Einzelheit zu erfassen.

»Für drei Wochen.«

Er sah sich um. »Und ich muss sofort gehen.«

»Ich gebe dir eine Stunde.«

»Um meine Sachen zu packen.«

»Ja«, sagte Vega. »Ist das möglich?«

»Yeah, ich hab Freunde«, sagte er.

»Schön. Also?«

Er schnaufte und hustete, zeigte auf die Spüle. »Die Wasserpumpe funktioniert, aber der Abfluss leckt. Du musst den Eimer hier drunterstellen und ihn ausleeren.« Dann ging er zu einer klobigen Kunststoffkiste, etwa sechzig mal sechzig Zentimeter. »Das hier ist die Toilette. Fasst etwa zwanzig Liter. Wir leeren sie bei den Dixie-Klos auf der Baustelle kurz vor Creighton aus.« Er machte eine Pause, fügte dann hinzu: »Ist nicht legal oder so.«

»Damit habe ich kein Problem«, sagte Vega. »Also?«

Der Tätowierte nickte, zuerst nur andeutungsweise, dann schien er immer mehr in Schwung zu kommen.

»Eine Stunde?«, sagte Vega.

»Scheiße, ich brauch keine Stunde.« Er schniefte laut. »Gib mir fünf Minuten.«

»Klar«, sagte Vega. »Ist es okay, wenn ich hierbleibe, oder willst du deine Privatsphäre?«

»Ich brauch keine Privatsphäre«, sagte er und schüttelte sich die Haare aus der Stirn. Er schien die Situation völlig locker zu nehmen. »Lass mich nur eben mein Waschzeug holen.«

Von dem kleinen Waschbecken sammelte er eine Zahnbürste, Zahncreme und ein Reisefläschchen Flüssigseife zusammen, nahm dann einen der Koffer und warf alles hinein.

Vega schloss den Reißverschluss des Rucksacks, während sie zusah, wie er Kleider aus Schrankfächern und Schubladen zog und ebenfalls in den Koffer stopfte. Es dauerte weniger als zehn Minuten, dann war er fertig.

Zum Schluss nahm er einen schwarzen Gummistiefel vom Boden neben der Tür, drehte ihn um und schüttelte einen Schlüssel heraus, den er Vega gab.

»Du kannst ihn ausprobieren, wenn du willst.«

»Nein, ist schon gut«, sagte sie.

Nicht unbedingt weil sie ihm vertraute, sondern weil sie sich keine Gedanken ums Abschließen machte.

Sie gab ihm den Rucksack. Er zog ihn auf, besah sich erneut das Geld.

»Deine Nachbarn«, sagte Vega. »Ich erzähle ihnen, dass ich deine Cousine bin und du verreisen musstest.«

»Okay.« Daran hatte er offensichtlich noch nicht gedacht. »Du musst dir keine Sorgen machen wegen ihnen, eigentlich. Josie in dem Camper gegenüber braucht manchmal Hilfe mit ihrem Müll und dem Kompost. Seyla und Brock, das sind die in dem hellblauen Wohnwagen, sie arbeiten hin und wieder in einem von den Holzfäller- oder Fischzuchtbetrieben, sind also manchmal da, manchmal nicht. Ich füttere ihre Katze, wenn's nötig ist, gieße die Pflanzen drinnen. In dem anderen Camper wohnt Angelo, er kaut den ganzen Tag Gummibärchen und so 'n Zeug. Dart kennst du ja schon, er ist einfach gaga, frag mich nicht.«

»Eine Sache noch«, sagte Vega.

»Was?«

»Du darfst nicht in Ilona bleiben und niemandem außerhalb dieses Camps von mir erzählen. Für alle hier bin ich deine Cousine Bitsy. Geht das klar?«

»Bitsy«, sagte er.

»Genau. Hast du einen Verwandten, der krank sein könnte?«

Zuerst verstand er nicht, dann ging ihm ein Licht auf.

»Genau, ich hab einen Onkel. Er wohnt in der Nähe von Portland.«

»Gut, da bist du dann also, Cousin ...?«

Sie wartete, bis er es schnallte.

»Jason«, sagte er.

»Cousin Jason.« Vega zeigte auf sich, als würde sie sich einem Alien vorstellen. »Cousine Bitsy.«

»Cousine Bitsy«, wiederholte Jason und begann zu lachen. Er hängte sich den Rucksack über eine Schulter und nahm seinen Koffer. »Wir sehen uns in drei Wochen.«

»Nein,«, sagte Vega, »bis dahin bin ich weg. Ich lege den Schlüssel wieder in den Stiefel und den Stiefel unter die Kiste mit dem CD-Player draußen.«

»Wie du meinst, Cousinchen.« Er schien sich prächtig über das Spiel zu amüsieren. »Danke für die Kohle.«

Vega sagte nichts von gern geschehen, hielt ihm nur die Tür auf, damit er den halben Meter hinunterspringen konnte mit seinem Gepäck.

»Denk daran«, sagte sie, »niemand in Ilona weiß, dass ich hier bin.«

»Also ehrlich, Cousinchen«, sagte Jason lachend, »meinst du vielleicht, ich bleib in diesem Scheißkaff, jetzt, wo ich bei Kasse bin?«

Am nächsten Morgen war es wie üblich noch dunkel, als Vega aufwachte. Regen klatschte gegen die Fenster des Stargazers. Sie machte ihren einarmigen Handstand und entdeckte mit dem Kopf nach unten ein orangenes zusammengeknülltes Stück Stoff unter der Spüle.

Als sie fertig war, ging sie hin und zog es heraus. Es fühlte sich steif an, wie mit Pappmaché überzogen, und sie vermutete, dass Jason es dorthin gestopft hatte, um das aus der lecken Leitung tropfende Wasser aufzusaugen. Sie rollte das Stoffknäuel auf, breitete es flach auf dem Boden aus. Es war ein ärmelloses T-Shirt mit einem Baum und einem Waschbär darauf. »Pine Preservation« stand unter dem Baum. Sie schüttelte das Shirt ein paarmal aus und zog es dann über ihr Tanktop. Es schmiegte sich um ihren Oberkörper wie eine Hülle.

Als die Sonne aufgegangen war und der Regen etwas nachgelassen hatte, nahm sie ihr Handy und sprang aus dem Wohnwagen. Sie ging ein Stück in Richtung Straße, setzte ihre Sonnenbrille auf und machte breit grinsend ein Selfie, wobei sie das Handy so weit wie möglich von sich hielt, um die Bäume und den Himmel im Hintergrund mit drauf zu bekommen.

Das Foto schickte sie an Bastard mit der Bemerkung: »Anweisungen folgen.«

Als sie zum Camp zurückkam, sah sie eine ältere Frau in einem grünen Bademantel und Flipflops in der Tür des Wohnwagens gegenüber dem Stargazer lehnen.

»Hallo«, sagte sie laut und freundlich. »Sie müssen Josie sein.«

»Scheiße, ja«, sagte Josie, aber nicht aggressiv. »Und wer bist du?«

»Ich bin Jasons Cousine Bitsy. Er muss nach unserem Onkel in Portland sehen und solange passe ich auf seinen Wohnwagen auf.«

»Gibt's nicht viel aufzupassen«, sagte Josie.

Vega lachte, als hätte sie nie etwas Lustigeres gehört. »Er hat gesagt, dass Sie witzig sind.«

Josie grinste. »Wie heißt du nochmal?«

»Bitsy«, sagte Vega und deutete mit zwei Fingern ein kleines bisschen an. »Kurz für Elizabeth.«

»Josie«, sagte Josie. »Kurz für Josie.«

»Freut mich sehr, dich kennenzulernen.« Vega gab sich Mühe, ein wenig piepsig zu klingen.

»Yeah, okay«, sagte Josie. »Freut mich auch, Kleinbisschen.«

Vega nickte und winkte lächelnd, ehe sie wieder in den Stargazer kletterte. Erleichtert, allein zu sein, rieb sie sich ein paar Minuten lang die vom vielen Lächeln schmerzenden Wangen.

Am Abend traf sie sich mit Cooper vor dem Waschsalon. Sie sah ihn, bevor er sie sah – immer noch groß und durchtrainiert, breites Kreuz, das sich zu schmalen Hüften verjüngte. Er hielt sein Telefon in der Hand und scrollte mit dem Daumen rauf und runter.

Nervös, dachte Vega.

»Hey«, rief sie, als sie nahe heran war.

Cooper sah auf und winkte ausholend mit dem ganzen Arm, als wäre sie auf einem anlandenden Boot. Er lächelte, seine Brust dehnte sich mit einem tiefen Atemzug. Sie bemerkte, dass er links an der Oberlippe einen Schnitt hatte, wie eine tiefe, frische Papierschnittwunde, der Mundwinkel war rot und rissig.

»Hey, Bitsy«, sagte er, sah dann ihren Gips und wurde ernst. »Was ist denn mit dir passiert?«

»Nicht so wichtig«, sagte sie, schluckte dabei aber schwer.

»Ich war auf einem Parkplatz, da bei mir zu Hause, und ein paar Jugendliche haben mir meine Tasche abgenommen. Ich wollte sie wieder an mich reißen, da hat einer von denen mich gestoßen, und ich bin falsch auf der Hand gelandet.«

Cooper rieb sich die Wange, ballte die Faust und schlug sie gegen seinen Oberschenkel.

»Das ist verdammt unerhört und gemein«, sagte er. »Ausgerechnet du, die versucht, den Kids was beizubringen, und dann …« Er schien zu aufgebracht, um weiterzusprechen.

Vega nickte, zog ihre Mundwinkel herab. »Ich weiß nicht, vielleicht bin ich selbst schuld. Vielleicht haben sie gemerkt, dass ich sie nicht mag.«

»Es waren Schwarze, stimmt's?«

Sie nickte wieder.

»Die machen, was sie wollen«, sagte Cooper. »Dieser Müll, den man in den Nachrichten hört, von wegen weiße Polizisten, die unbewaffnete schwarze Jugendliche umbringen, das ist voll die Ausnahme.«

»Ich versuche, mir solche Nachrichten gar nicht anzusehen«, sagte Vega.

Das brachte ihn zum Lachen. »Recht hast du.«

Sie stimmte mit ein, sah dann zu Boden. »Es tut eigentlich nicht mehr weh. Ich will nicht, dass du dir deswegen Gedanken machst.«

»Vergiss es«, sagte Cooper. »Ich bin froh, dass es nicht mehr wehtut, aber ich werde mir Gedanken machen und mich darüber aufregen.«

Sie deutete ein schüchternes Lächeln an und zeigte auf seinen Mund. »Was ist mit deiner Lippe?«

»Ach, das ist wirklich nichts!« Er lachte selbstironisch. »Bitsy, eins solltest du über mich wissen, ich prügele mich oft. Manchmal sage ich was, das die Leute nicht hören wollen, und dann knallt's eben.«

»Es, äh, blutet.«

»Ach ja?« Cooper fasste sich an die Lippe, sah nach. »Mist, tut mir leid, das ist eklig.« Er klopfte seine Jeanstaschen ab, zog ein ordentlich zusammengefaltetes Taschentuch heraus und betupfte den Schnitt damit.

»Ich bin nicht zimperlich bei Blut«, sagte Vega.

»Ja, das habe ich mir schon gedacht. Ich glaube, das ist überhaupt dein Trick, du bist härter, als du aussiehst.«

Sie zuckte die Achseln. »Du hast noch nichts zu meiner Idee gesagt.«

»Bist du sicher, dass du das heute Abend machen willst?«, fragte er. »Es ist schon spät.«

»Ich bin bereit.« Sie präsentierte ihren Gips. »Ich rege mich auch über einiges auf.«

Er sah sie einen langen Moment an, und Vega spürte es in ihrem Bauch. Sie war Bitsy, die nazigeile Lehrerin, und sie war es nicht. In diesem Moment fühlte sich der Zusammenstoß der beiden wie eine willkommene Übernahme an.

Dann brummte Coopers Handy. Sie versuchte, unauffällig auf den Bildschirm zu spähen, konnte aber keine einzelnen Worte in dem weißen Textblock unterscheiden.

»Okay, Bitsy«, sagte er mit tiefer, rauer Stimme. »Lust auf eine Spritztour?«

Sie behauptete, anfällig für Reiseübelkeit zu sein, wenn sie nicht selbst fuhr, und deshalb ihr eigenes Auto nehmen zu müssen. Dann folgte sie ihm etwa hundertfünfzig Kilometer ostwärts, auf die Mitte des Staats Oregon zu.

Während der Fahrt ließ sie das Fenster offen, so dass es schräg hineinregnete. Die Wipfel der Bäume zu beiden Seiten der Interstate neigten sich über die Straße, sie konnte sie riechen und beinahe schmecken, herb und salzig hinten in der Kehle.

Cooper nahm eine Ausfahrt kurz hinter Bend, fuhr dann eine Weile über gut ausgebaute Straßen, die schließlich zu schmalen Landstraßen wurden. Er setzte den linken Blinker etwa fünfhundert Meter bevor er schließlich abbog, kündigte es mehr als rechtzeitig an.

Die neue Straße war noch schmaler und verlief durch dichten Wald. Bald öffnete sie sich zu einer Auffahrt, die zu einem dreistöckigen Haus mit echter Zedernverkleidung und hohen Fenstern in jedem Stockwerk führte.

Vega parkte hinter Cooper und tippte auf die rote Aufnahmetaste ihres Handys, klemmte das winzige Mikrofon an die Innentasche ihrer Jacke. Sie sah ihn aussteigen und sich strecken, den Oberkörper hin und her drehen. Dann kam er zu ihr, beugte sich ans Fenster.

»Bist du so weit?«, flüsterte er.

Sie stieg ebenfalls aus und sie gingen zusammen auf das Haus zu. Einige der Fenster waren erleuchtet, andere dunkel, so dass die Front an einen Adventskalender erinnerte.

Cooper klopfte an die Haustür, sie warteten.

Der Mann, der ihnen aufmachte, war Anfang sechzig, sportliche Figur, kleine oder momentan zusammengekniffene Augen, schwer zu sagen. Sein Gesicht war uneben, leicht narbig und zerklüftet, als hätte es Bekanntschaft mit einer Käsereibe gemacht. Vega hielt eine Verbrennung für wahrscheinlicher.

Sein Blick schnellte von Cooper zu ihr hin.

»'n Abend«, sagte er und gab Cooper die Hand, anschließend auch ihr. »Joe Lanahan.«

Vega schüttelte sie. »Ich bin Bitsy.«

»Bitsy«, wiederholte Lanahan gedehnt.

»Kurzform von Elizabeth.« Vega machte wieder auf verlegen.

»Wie geht's Ihrem Arm da?«, fragte er mit einem Seitenblick zu Cooper.

»Er heilt gut«, sagte sie. »Der Gips kommt in zwei, drei Wochen runter.«

»Freut mich zu hören«, sagte Lanahan. »Kommt doch rein, statt da draußen rumzustehen wie Bibelverkäufer.«

Cooper lachte überschwänglich. Vega lächelte nur, vermied allzu viel Blickkontakt.

Sobald sie im Haus waren, schloss Lanahan die Tür hinter ihnen. Das Erdgeschoss bestand aus einem weitläufigen Wohnzimmer mit hohen Bogenfenstern und einer offenen Küche, nur durch einen Tresen abgeteilt.

Lanahan bot ihnen etwas zu trinken an, aber Cooper sagte nein, danke, also sagte Vega auch nein, danke.

»Kommen Sie, Bitsy, seien Sie nicht schüchtern. Wenn Sie Durst haben, sagen Sie's ruhig«, forderte Lanahan sie auf.

»Also, ich glaube, ein Glas Wasser wäre nicht schlecht.«

»Na, also«, sagte Lanahan selbstzufrieden. »Cooper, du auch?«

Cooper antwortete mit einem kleinen Achselzucken, das ihn jünger, unbeholfener wirken ließ. »Wasser ist gut.«

»Schön, zwei Wasser aufs Haus.« Lanahan sprach mit Betonung, jedoch ohne zu lächeln, und sein Blick blieb starr.

»Setzt euch, ich komme gleich wieder.«

Vega folgte Cooper in den Wohnbereich, wo es ein Sofa mit Kuhfleckenmuster gab, rechts und links davon je einen hellbraunen Ledersessel. Cooper setzte sich an das eine Ende des Sofas, Vega ans andere, ganz vorn an die Polsterkante.

Lanahan trug ein rundes Tablett mit Goldrand herbei und stellte es auf die Holztruhe vor dem Sofa. Auf dem Tablett standen zwei hohe Gläser voll Wasser und ein kleiner Teller mit Käsewürfeln und Crackern.

»Na los, greift zu«, sagte er und setzte sich in einen der braunen Sessel. »Es gibt noch mehr, ich dachte nur, dass ihr so spät abends vielleicht nicht mehr viel essen wollt.« Er sah auf seine Armbanduhr. »Schon kurz vor Mitternacht.«

»Danke«, murmelte Vega und nahm sich einen Cracker.

»So«, sagte Lanahan, »da sind Sie also. Ich kenne Cooper schon lange. Wenn er sagt, ich sollte jemanden treffen, dann vertraue ich ihm.«

Vega biss in den Cracker. Sie hatte schon lange keinen mehr probiert und vergessen, wie bröselig die Dinger waren. Eine Lawine von Krümeln stürzte aus ihrem Mund, aber weil das gut zu Bitsy passte, machte sie es sich zunutze.

»Oh, tut mir leid«, hauchte sie und hielt die Hand über ihren Schoß, als wollte sie die Krümel beschützen.

Cooper sprang auf, nahm eine Serviette von dem Tablett und reichte sie ihr. Sie nickte ihm dankbar zu.

Lanahan verfolgte alles, lächelte zwar immer noch nicht, war aber, soweit sie es beurteilen konnte, auch nicht verärgert.

»Also, ich bin Lehrerin ...«, begann sie zögerlich, während sie die Krümel auf die Serviette fegte.

»Ja, ich habe Ihr Profil auf der Website der Cascade High School gesehen«, sagte Lanahan. »Englisch, Mittelstufe.«

Vega wusste, dass Bastard sie nie im Stich lassen würde, war aber trotzdem erleichtert, dass er es geschafft hatte, sich auf die Webpage mit der Lehrerschaft zu schleichen und ihr Profil samt Foto einzustellen. Sie hatte ihn gebeten, es um sechs Uhr morgens wieder zu löschen, weil sie darauf baute, dass niemand über Nacht Wartungsarbeiten an der Website vornehmen würde. Zusätzlich hatte er falsche LinkedIn- und Facebook-Seiten für sie erstellt.

»Ja, genau.« Sie tat peinlich berührt. »Ist leider kein tolles Foto, ich weiß nicht, was ich mir bei dem orangenen Shirt gedacht habe.«

Lanahan lächelte höflich.

»Neil Klimmer und Derek Fenton waren vor ein paar Jahren in meiner Klasse. Als sie noch, na ja, Pubertätspickel hatten.« Sie lachte über ihren eigenen Scherz. Lanahan wirkte nicht amüsiert, aber sie plapperte einfach weiter. »Cooper kennt diese Jungs, Sie ja vielleicht auch.«

Lanahan bedachte Cooper mit einem Seitenblick und räusperte sich. »Er hat mir von ihnen erzählt.«

»Oh, gut«, sagte sie, beinahe hechelnd vor Erleichterung. »Jedenfalls, wie ich schon sagte, ich glaube, ich hätte ein paar gute Ideen, um eure Botschaft zu verbreiten.«

»Und was für eine Botschaft wäre das?«, fragte Lanahan.

»Ähm ...«, stotterte sie, war tatsächlich unsicher, was er hören wollte.

Lanahan beugte sich eindringlich zu ihr vor. »Ihnen muss eines klar sein, Bitsy, wir kämpfen hier einen schweren Kampf – aber ich denke, das wissen Sie bereits. Es gibt keine unbegrenzte Zahl an Chancen, deshalb müssen wir aus jeder etwas machen.« Er unterbrach sich, sah sie bedeutungsvoll an. »Ich bitte Sie also, ganz konkret zu antworten, wenn ich Sie frage: Was für eine Botschaft wäre das?«

Vega schluckte den restlichen Cracker herunter und knüllte die Serviette in der Faust zusammen.

»Die Botschaft ist einfach«, sagte sie und ließ ihre Stimme fester, sicherer klingen. »Rettet die weiße Rasse. Rettet die Welt.«

Sie hielt Lanahans Blick stand und bemerkte aus dem Augenwinkel, wie Cooper sich aufrechter hinsetzte. Plötzlich konnte sie sich und die beiden Männer atmen hören.

»Gut gesprochen.« Lanahan deutete mit dem Finger auf sie. »Und wie wollen Sie uns helfen, das zu tun?«

»Ich habe einen guten Draht zu einer Menge Jugendlicher. Viele von ihnen, vor allem die Mädchen, vertrauen mir. Also, wenn man durch die Cascade geht – oder eigentlich jede beliebige Highschool – und einen Pfeil wirft, trifft man garantiert einen wütenden männlichen Teenager. Dagegen die Mädchen – also das, was man immer hört, nämlich dass Mädchen schneller reif werden als Jungen, das stimmt. Die Jungs neigen dazu, schlampig und undiszipliniert zu sein, sie machen dumme Fehler. Wenn man aber die Mädchen zum richtigen Zeitpunkt packt, nämlich dann, wenn sie merken, dass man sie entweder als Schlampe oder als Jungfrau abstempeln wird, wenn sie erkennen, wie die Welt sie darauf konditioniert zu versagen, wenn man sich das zunutze macht ... Da kann sich jeder Junge mit seinen blöden Schlappschwanzausreden für seine Wut dahinter verstecken.«

Lanahan starrte sie an. Cooper rieb sich die Hände an seinen Jeans und blickte zwischen ihnen hin und her.

»Cooper hat mir gesagt, dass Sie und er all die Jungs von Liberty Pure, die manchmal Probleme machen, unmöglich im Auge behalten können, richtig?«

Cooper nickte zuerst, dann Lanahan.

»Das könnte ich langfristig für euch übernehmen. Aber im Moment ist es mein Ziel, die Mädchen zu organisieren. Und wenn ich die Mädchen organisiere, schaffe ich es auch, die Mütter zu organisieren.«

Einen Moment herrschte Schweigen. Vega konnte das Brummen des Kühlschrankmotors in der Küche hören.

Dann atmete Lanahan schnaufend aus und sagte: »Ich habe eine Frage an dich, Bitsy.«

»Ja?«

»Wo zum Teufel hast du dich bisher versteckt?«, sagte er ernst.

Es war, als hätte jemand ein Fenster aufgemacht und frische Luft hereingelassen. Cooper lachte, Vega lächelte.

»Alles, was du gerade gesagt hast, sage ich auch schon seit Jahren zu meiner Frau. Ich glaube, dass die Frauen ungeheuer wichtig sind für diesen Kampf. Es schon immer waren. Das Internet ist die eine Sache, aber wenn man mit Menschen, mit Jugendlichen, im direkten Gegenüber spricht, dann bringt man sie zum Zuhören. Wir hatten nur bisher niemanden wie dich, der willens und talentiert genug war, diese Aufgabe zu übernehmen.« Er unterbrach sich kurz, zog die Augenbrauen hoch. »Allerdings ist das, was wir hier tun, mit einigem Risiko verbunden. Risiko für dich persönlich, verstehst du?«

»Ich weiß, dass meine Überzeugungen kontrovers sind«, sagte Vega. »Und ich weiß, wann und wo ich meinen Mund halten muss.«

»Das glaube ich dir«, sagte Lanahan. »Aber du musst eines wissen, wenn du dich engagierst – falls du entlassen oder festgenommen wirst, irgendwem meinen Namen oder Coopers nennst oder irgendwelche Informationen über die Pure und unsere Aktivitäten preisgibst, werden wir abstreiten, dich zu kennen.«

»Das heißt, selbst wenn ich nicht ausplaudere, dass ihr die Führerschaft an der Westküste seid, bin ich auf mich allein gestellt?«

Lanahan schwieg. Der Kühlschrank hatte aufgehört zu brummen, doch jetzt war da ein anderes Geräusch, ein ständiges Ticken oder Klicken, zu schnell und ungleichmäßig für den Sekundenzeiger einer Uhr. Vega konnte es nicht einordnen, maß aber damit, wie lange Lanahan brauchte, um zu antworten. Siebenundzwanzig Klicks.

Schließlich sagte er: »Richtig.«

Sie zuckte die Achseln. »Das ist auch nicht viel anders, als ich sonst jeden Tag lebe. Auf mich allein gestellt, meine ich.«

Sie sah zu Cooper hin. Seine Augen hatten erneut die Farbe gewechselt, waren jetzt grün, moosartig, wie etwas, das auf dem Waldboden wächst.

»Sehr gut«, sagte Lanahan und legte die Handflächen ineinander. »So, ich möchte nicht unhöflich sein, aber es ist spät, und morgen ist wieder ein Arbeitstag. Bestimmt müsst ihr auch früh aufstehen.«

Als sie alle drei aufstanden und zur Tür gingen, hörte Vega das Klicken deutlicher. Lanahan eilte an ihr vorbei und schlug mit der Faust an die Wand neben der Küche. Das Geräusch hörte auf.

»Wir haben eine ganze Mäusefamilie dahinter«, sagte er lächelnd. »Mama, Papa, ein Stall voll Kinder. Sind gerade eingezogen. Der Kammerjäger kommt morgen.«

Vega lachte, dann lachten auch Lanahan und Cooper. Sie verabschiedeten sich und Cooper und sie gingen zu ihren Autos.

»Danke nochmal für alles«, sagte sie ernst zu ihm.

»Du dankst mir? Was du da drin gesagt hast – ehrlich, so was habe ich noch nie gehört.«

»Ist einfach die Wahrheit.«

Auf der dunklen Einfahrt konnte sie sein Gesicht nicht genau erkennen. Er machte einen Schritt auf sie zu und sie dachte im ersten Moment, er wolle sie umarmen, aber er gab ihr nur die Hand. Sie nahm sie und er hielt sie fest und ließ nicht los. Dann zog er sie an sich, so eng, dass sie seinen feuchten Atem auf ihrem Gesicht spürte. Immer noch sah sie nur die vagen Umrisse seiner Züge, wie eine Bleistiftskizze.

»Nennt dich irgendwer Elizabeth?«, fragte er und drückte ihre Hand noch fester, presste jedes bisschen Luft in dem Zwischenraum heraus.

»Manche, aber sie brauchen meine Erlaubnis«, sagte sie. »Du darfst es.«

Die Bitsy, die sie spielte, hätte jetzt gekichert, aber Vega fand, sie sollte sich entwickeln, um Cooper ebenbürtig zu sein. Du hältst das hier schon für Knistern? Wart's ab.

In der Dunkelheit sah sein Lächeln aus wie eine Wunde.

»Nachdem du angerufen hattest, musste ich ständig an dich denken. Ich hab versucht, damit aufzuhören, aber es ging nicht. Geht immer noch nicht«, sagte er.

»Versuch's nicht«, sagte Vega.

Er zog sie noch näher an sich.

Da küsste sie ihn. Er schmeckte nach Blut und Schweiß, nach Leben und Jugend. Die Übernahme war noch in vollem Gange. Na so was.

Zurück im Stargazer, nachdem sie die schäbige Tür abgeschlossen hatte, schickte sie Cartwright, dem FBI-Mann, zwei große Audiodateien und schlief schließlich ein, die Pistole neben sich auf dem Kopfkissen wie ein Ehemann.

13

Cap versuchte, in seinem Büro zu arbeiten, kam aber nicht weit. Er hatte das Thermostat stark heruntergedreht, weil der Heizkessel die Ausfälle seines Vorgängers offenbar übermäßig wettmachen wollte, und jetzt war es zu kalt, aber er konnte sich nicht aufraffen, hinunter in den Keller zu gehen und es neu einzustellen.

Wieder sah er auf sein Handy, um sich zu vergewissern, dass in den letzten dreißig Sekunden nichts Neues eingegangen war. Nichts. Dann scrollte er durch die Textnachrichten bis zu seiner letzten Mitteilung an Vega, das Foto von Nells Auto mit dem kaputten Fenster. Er scrollte noch etwas weiter runter zu der Stelle: »Bring dich nicht in Schwierigkeiten, V.«

Und ihrer Antwort: »Zu spät.«

Cap tippte auf ihren Namen und auf »Audio«. Er ging zum Fenster, lief auf und ab, lauschte dem dumpfen Brummton. Nach zweimaligem Klingeln meldete sie sich.

»Caplan«, sagte sie, als hätte sie mit ihm gerechnet.

»Vega«, sagte er und stand still. »Kannst du sprechen?«

»Ja.«

Sie klang ein wenig atemlos, im Hintergrund war ein stetes Rauschen zu hören. Cap vermutete, dass sie mit dem Auto unterwegs war.

»Ist alles …«, begann er, stockte dann. »Geht's dir gut, Vega? Nell hat gesagt, du musstest zurück nach Kalifornien.«

Sofort war ihm leichter ums Herz. Warum sich verstellen?, dachte er. Zeit zum Streiten würde immer sein.

»Ja, ich war ein paar Wochen zu Hause«, sagte sie. »Bin jetzt wieder zurück in Oregon.«

Eine Pause entstand. Vega beeilte sich nicht gerade, die Lücken für ihn zu füllen, und er hatte so lange nicht mit ihr gesprochen, dass ihn das Schweigen verunsicherte.

»Wo wohnst du?«, platzte er heraus.

»In einem Stargazer. Er steht in einer kleinen Wohnwagensiedlung. Ich habe ihn gemietet.«

»Zur Untermiete sozusagen?«

»Genau«, sagte Vega. »Ist alles in Ordnung mit dir?«

Cap konnte nicht feststellen, ob ihre Stimme noch merkwürdig klang. »Ja«, sagte er, lang ausatmend.

»Ich bin froh, dass du angerufen hast.«

Er sah sich um, als würde jemand mithören. »Ich auch.«

»Ich habe da so eine Theorie«, sagte sie. »Ich glaube, du würdest sie verstehen.«

»Warte, lass mich dich erst fragen, was ich fragen wollte, als ich angerufen habe«, sagte Cap. »Okay, dir geht's gut, aber hast du dir einen Zahn ausschlagen lassen oder so was?«

Vega antwortete nicht, und sein Herz fing an zu hämmern, weil er wusste, dass er richtig lag.

»Vega, bist du in Oregon in eine Schlägerei geraten und musstest deswegen zurück nach Kalifornien? Abgesehen von dem, was sie mit dem Auto von deinem Vater gemacht haben?«

Er war nicht sicher, ob er sie wirklich atmen hörte oder ob es nur das Hintergrundrauschen der Freisprechanlage war.

»Leg auf, okay?«, sagte Vega.

»Äh, nein«, sagte Cap.

Vega seufzte. »Nur für eine Sekunde. Ich halte irgendwo und ruf dich per Video zurück.«

Er legte auf und wartete. Fuhr sich mit der Hand durch die Haare, als würde er dadurch weniger müde aussehen, dabei war ihm klar, dass in der Hinsicht nicht viel zu machen war, was nicht viel Zeit und möglichst eine Maskenbildnerin und einen Beleuchter erforderte. Nach einer Minute kündigte sein Telefon »Alice Vega« an und das Kamera-Icon blinkte. Er tippte auf den Bildschirm. Verbindung ... Verbindung ...

Sie saß am Steuer ihres Autos. Ihr Gesicht zu sehen war wie ein Schwall kaltes Wasser am Morgen.

Sie zog ihre Unterlippe herunter und zeigte ihre Zähne wie ein Pferd, tippte auf den Eckzahn. »Der hier ist neu. Er ist mir ausgeschlagen worden.«

Caps Kehle fühlte sich an, als hätte er eine Handvoll Würfel verschluckt. »Du hast dich geprügelt.«

»Nein. Ich wurde verprügelt.«

Die Würfel wurden mehr, er hatte die Ausstattung eines Craps-Spieltischs in Atlantic City im Hals. »Von wem?«, war alles, was er herausbrachte.

»Drei Typen auf einem Parkplatz«, sagte sie. »Bin mir ziemlich sicher, dass es diese Baby-Nazis aus der Stadt waren.«

»Du konntest sie nicht sehen?«

»Sie hatten Masken auf. Einen nach dem anderen hätte ich sie vielleicht gepackt – aber alle drei auf mich, dabei ist das herausgekommen.« Sie zeigte wieder auf ihren Zahn. »Ein blaues Auge, drei gebrochene Rippen, die inzwischen so gut wie verheilt sind, und …«

Sie schob das Handy weiter zurück auf dem Armaturenbrett, so dass es von alleine stand und sie beide Hände frei hatte. Dann hielt sie ihren rechten Arm in die Kamera und schob den Jackenärmel hoch, brachte einen Gips am Unterarm zum Vorschein, der an Daumen und Handteller endete.

»Ein gebrochenes Handgelenk«, sagte sie. »Das ist inzwischen auch fast verheilt, aber ich musste hierher zurückkommen, bevor der Gips runter konnte.«

Cap schlug die Hand vor den Mund. Er hatte schon miterlebt, wie Vega einiges abbekommen hatte – ein rostiger Nagel aus einem Brett in die Stirn, knapp über der Augenbraue, ein Messerstich in den Bauch. Es war zwecklos, sich Sorgen zu machen, das wusste er, und meistens hatte er sich schon deshalb keine gemacht, weil er in diesen Situationen bei ihr gewesen war und ähnliche oder schlimmere Verletzungen davongetragen hatte. Doch das hier war zum Aus-der-Haut-Fahren, weil sie ganz allein gewesen war.

»Das tut mir leid«, sagte er leise.

»Berufsrisiko. Kann ich dir jetzt von meiner Theorie erzählen?«

»Okay.« Er fuhr mit seinem bestrumpften Fuß am Schreibtischgestell entlang. »Schieß los.«

»Hier gibt es einen Mann namens Matt Klimmer, er besitzt einiges an Land, das früher zur Ranch seines Vaters gehörte. Ich habe mit einem ehemaligen Angestellten des Vaters gesprochen, einem Jeff Wall, der 1984 bis 85 für ihn gearbeitet hat. Wall sagt, Klimmer hätte eines Tages behauptet, dass sein Vater einen Schlaganfall hatte und er ihn über Nacht in eine Pflegeeinrichtung bringen musste. Danach hat er Wall gefeuert, die Ranch dichtgemacht und im Stall einen Betonboden gießen lassen. Direkt danach. Und das alles passiert kurz nachdem …«

Vega unterbrach sich. Cap hatte das Gefühl, etwas sagen zu müssen.

»Nachdem was?«

»Kurz nachdem Zeb Williams von einem Zeugen zum letzten Mal in Ilona gesehen wurde, das heißt, das letzte Mal überhaupt, abgesehen von den Wunschphantasien einiger Fanatiker.«

»Du denkst also«, sagte Cap, »Klimmer hat seinen Vater aus dem Verkehr gezogen, weil er etwas gesehen hat?«

»Das denke ich«, sagte Vega. Sie blickte über den Bildschirm hinweg, auf irgendetwas hinter der Windschutzscheibe, dachte Cap. »Dann ist da noch ein Indiz – ich glaube, Matt Klimmer stand auf Cara Simms.«

»Wie kommst du darauf?«, fragte er.

»Zeb und Klimmer hatten einen heftigen Streit, und niemand weiß genau, worum es ging.«

Cap pustete Luft aus dem Mundwinkel aus.

»Als du mit dieser Cara gesprochen hast, hat sie das aber nicht erwähnt, oder? Dass Klimmer Gefühle für sie hatte?«

»Vielleicht hatte sie keine Ahnung«, sagte Vega. Sie schwieg einen Moment, blickte immer noch in die Ferne. »Du weißt, dass Nell mich angerufen hat.«

»Ja, ich habe hinterher davon erfahren.« Cap versuchte, nicht zu sehr zu lächeln.

Jetzt gefiel ihm die Vorstellung, dass die beiden miteinander gesprochen hatten, statt ihn wie anfangs zu stressen.

Dann sagte Vega: »Caplan, es ist alles geregelt zwischen uns, okay?«

»Was meinst du?«

»Ich weiß es zu schätzen, dass du mit Bear Thomas gesprochen hast.« Sie sah ihn wieder an. »Und mit dir über den Fall zu reden hilft mir, aber ich denke, du hattest mit einer Sache recht.«

Cap riss die Augen auf und setzte sich ruckartig gerade, so dass er mit seinem Bürostuhl ein Stück zurückrollte. Die übertriebene Reaktion sollte sie zum Lachen bringen, aber er war tatsächlich verblüfft.

Sie lachte nicht, schüttelte den Kopf.

»Ich meine es ernst und ich sage es nicht nochmal. Du hattest recht damit, diesen Auftrag nicht zusammen mit mir anzunehmen. Es war mies von mir, dich darum zu bitten.«

»Vega ...«, begann er, doch sie unterbrach ihn sofort.

»Halt einfach mal kurz die Klappe und lass mich das zu Ende bringen.«

Cap bekam taube Finger, weil er das Handy so fest hielt. Die Art, wie sie »zu Ende bringen« gesagt hatte, klang nach düsterer Unvermeidlichkeit.

»Ich werde dich um nichts mehr bitten«, sagte sie.

»Vega, du kannst mich jederzeit um alles bitten.«

»Du verstehst nicht, worum es mir geht. Es hat nichts damit zu tun, dass ich dich nicht belästigen will. Das auch, aber ich werde dich um nichts mehr bitten, weil ich dich nicht hier bei mir haben will.«

Cap spürte einen punktuellen Schmerz oben am Kopf, als würde jemand gerade die Stelle markieren, wo er ihm mit einem feinen Stahlinstrument in den Schädel bohren wollte.

»Okay.« Er wusste nicht, was er sagen sollte.

»Okay«, sagte Vega. »Du brauchst dich auch sonst nicht um mich zu kümmern.«

Cap lachte, versuchte, einen leichteren Ton anzuschlagen.

»In Anbetracht deiner vielen Verletzungen sollte ich das vielleicht aber doch.«

Sie zuckte die Achseln und blickte wieder über das Telefon hinweg, abgelenkt oder gar gelangweilt.

»Vielleicht macht das irgendwann jemand«, sagte sie. »Aber das wirst nicht du sein. Bye, Cap.«

Sie legte einfach auf. Cap spürte seine Finger nicht mehr. Hundert Mikrobohrer drangen jetzt in seinen Kopf ein. Er starrte eine Minute lang auf den dunklen Bildschirm, rief dann wieder an. Sie nahm nicht ab, also versuchte er es wieder. Und noch ein paarmal.

Schließlich gab er auf und schrieb ihr eine Nachricht, hielt anschließend das Handy an die Stirn, als versuchte er, die darin eingeschlossene Zukunft zu lesen.

Vegas Daumen lag noch immer auf der roten Taste zum Beenden des Anrufs, während sie mit geschlossenem Mund ein bellendes Geräusch in der Kehle machte.

Sie lauschte dem leichten Regen, der auf die Scheiben traf, und atmete tief in den Bauch, senkte ihre Herzfrequenz. Schloss die Augen. Das Telefon meldete brummend Anrufe, die sie ignorierte.

Nach ein paar Minuten nahm sie das Handy vom Beifahrersitz. Cap hatte ein halbes Dutzend Mal angerufen und eine Nachricht geschickt: »Wegen Klimmers Gefühlen für Cara – die Frau weiß immer Bescheid.«

Sie traf sich mit Cara Simms in einem Tacoladen an der Interstate. Wartete auf sie an einem Ecktisch, einen unangerührten Bohnen-Burrito in einem Körbchen vor sich. Cara kam herein und sah sich um, Vega winkte.

»Sie sind zurück«, sagte Cara. »Ihr Arm – was ist passiert?«

»Ein Unfall«, sagte Vega. »Möchten Sie etwas essen?«

Cara sah kurz zur Theke und schüttelte den Kopf.

»Ich esse so was nicht«, sagte sie in neutralem Ton und setzte sich ihr gegenüber. »Wer hat das getan?«

»Ist nicht wichtig.«

»Scheint mir aber doch«, sagte Cara streng.

»Ich konnte ihre Gesichter nicht sehen.« Vega kniff ein Auge zusammen, schüttelte den Kopf. »Aber ich bin mir ziemlich sicher, dass es Neil Klimmer und Derek Fenton waren, plus ein Kumpel.«

Cara knirschte mit den Zähnen. »Deshalb haben Sie die Stadt verlassen.«

»Es gab mehrere Gründe.«

»Ich hatte Sie vor so etwas gewarnt«, sagte Cara. »Warum sind Sie zurückgekommen? Was wollen Sie hier erreichen, ganz allein?«

»Nicht allein«, sagte Vega und tippte in Caras Richtung. »Sie sind auch noch da.«

Cara kratzte sich mit einem Finger am Haaransatz, wartete ab.

»Ich möchte Sie etwas wegen Matt Klimmer fragen«, sagte Vega.

»Was?« Angst flackerte in Caras Blick auf.

»Hatten Sie je einen Flirt, ein Verhältnis mit ihm?«

»Wie bitte?«

»Waren Sie und Matt Klimmer je ein Pärchen, als Teenager vielleicht?«

»Was hat das denn mit alldem zu tun?«

»Ich versuche abzuschätzen, wie wütend er auf jemand gewesen sein könnte, mit dem Sie etwas hatten«, sagte Vega. »Zu was er fähig wäre.«

Cara blickte auf ein Werbeplakat für ein Frühstücksangebot an der Wand, zwei für den Preis von einem.

»Dart hat Klimmer und Zeb auf offener Straße miteinander streiten sehen«, fuhr Vega fort. »Als er mir davon erzählt hat, dachte ich zuerst, dass Zeb Matt Klimmer vielleicht davon abbringen wollte, Ihren Laden aufzukaufen. Inzwischen aber glaube ich, dass Klimmer sich wegen eines Immobiliengeschäfts nicht so aufgeregt hätte, zumal er meines Wissens reichlich Geld von seinem Vater hatte. So etwas hätte ihn wohl kaum aus der Fassung gebracht.«

Cara sah sie wieder an.

»Aber vielleicht etwas anderes. Zum Beispiel, wenn er sich in irgendeiner Weise abgelehnt fühlte. Das schmerzt.«

Cara griff sich das Besteckset, das zu Vegas Mahlzeit gehörte. Sie riss die Plastikhülle auf und zog die Papierserviette heraus, rieb sich die Nase.

»Ich habe einmal mit ihm geschlafen«, sagte sie. »Kurz bevor Zeb wegging. Er war seit der Highschool hinter mir her, aber ich habe nie ... ich habe mich nie für ihn interessiert.«

»Warum nicht?«, fragte Vega.

»Ich wusste, wie er war.« Cara tippte mit einem Finger auf den Tisch. »Verwöhnt und kalt.«

»Hat Fröschen die Beine verknotet.«

»Ja«, sagte Cara, eine Spur trotzig.

»Manche Frauen mögen das an einem Mann.«

»Ich nicht. Und ich fand ihn auch körperlich abstoßend«, sagte sie rundheraus. »Erinnern Sie sich, dass ich sagte, es sei ein fairer Handel gewesen? War es nicht. Matt hat mir ein viel zu niedriges Angebot gemacht, aber ich war verzweifelt. Ich brauchte mehr, was er genau wusste.«

Sie nahm die Serviette und knüllte sie zusammen.

»Ich kann mich nicht mal mehr erinnern, dass er mir einen sexuellen Antrag gemacht hätte. Oder dass ich zugestimmt hätte. Es war einfach ... abgemacht.«

Sie stockte, wartete auf Vegas Reaktion. Als Vega still blieb, fuhr sie fort.

»Ich habe mit ihm geschlafen.« Cara schüttelte seufzend den Kopf. »Damit er mir ein bisschen mehr Geld für das Haus gab.«

»Und?«

»Und was?«, fragte sie gereizt.

»Hat er Ihnen mehr Geld gegeben?«

»Ja, hat er«, antwortete sie verärgert, weil Vega sie zwang, es zu sagen. »Nicht viel, aber ich brauchte es.«

»Und danach?«, fragte Vega.

»Was meinen Sie?«

»Hat Matt Sie danach angerufen? Ist bei Ihnen zu Hause aufgetaucht?«

»Er kam später oft zum Café, als ich am Ausräumen war«, sagte Cara. »Zu dem Zeitpunkt habe ich ihm wieder die kalte Schulter gezeigt. Wie zuvor.« Sie rieb sich die Arme, als wäre ihr kalt. »Meinen Sie, dass ich ... dass Matt ihm wirklich etwas angetan hat, also Zeb?«

Vega lehnte sich zurück. »Ich denke, Matt hatte viele Mittel, dazu einen unausgeglichenen Charakter. Und wenn er, sagen wir, sich eingeredet hatte, dass Sie und er irgendwann ein Paar würden, und dann taucht plötzlich ein gutaussehender Fremder in der Stadt auf und durchkreuzt seine Pläne, da könnte es schon sein, dass er sich zu einer unbedachten Handlung hinreißen ließ.«

Cara blickte stirnrunzelnd auf den Tisch.

»Ich hätte nie gedacht, dass ich so viel damit zu tun haben könnte«, sagte sie. Dann sah sie ruckartig auf. »Zeb ist seitdem gesehen worden. Die Zweier posten immer noch Fotos von ihm.«

»Ist wie bei Elvis und Bigfoot«, sagte Vega. »Alle total verschwommen, nichts davon bestätigt. Es ist jetzt auch sehr lange her. Ohne DNA oder Gebissvergleich haben wir gar nichts.«

Cara nickte bedrückt.

»Und jetzt?«

»Sie sollten nach Hause fahren. Der Plan bleibt derselbe – sagen Sie niemandem, dass Sie mich gesehen haben. Ich muss mir noch über ein paar Dinge Klarheit verschaffen.«

»Ist gut.« Cara sah aus, als würde ihr etwas zu schaffen machen.

»Wirklich?«, fragte Vega.

Cara schüttelte den Gedanken ab, was es auch war, jedoch nicht ganz. »Ich habe Sie nicht gesehen«, bekräftigte sie.

Dann blickte sie in ihren Schoß, so konzentriert, dass Vega schon dachte, sie hätte etwas fallen lassen.

»Gibt es noch etwas anderes, über das Sie reden möchten?«, fragte sie.

Cara kniff Augen und Mund zusammen. Sie erinnerte Vega an ein trotziges Kind, das die Luft anhielt, um seinen Willen durchzusetzen. Dann richtete sie schlagartig den Blick auf sie, herausfordernd.

»Ich möchte, dass Sie raten«, sagte Cara. »Sie wissen ja sowieso alles. Aber es gibt ein Detail, das ich Ihnen nicht erzählt habe. Ich will sehen, ob Sie es erraten.«

Die meisten Leute hätten sie mit einem solchen Spielchen gründlich gegen sich aufgebracht, aber bei Cara vermutete Vega einen Zweck dahinter, also beschloss sie mitzuspielen.

»Gut«, sagte sie. »Wie viele Versuche habe ich?«

Caras Miene entspannte sich etwas. »Ich gebe Ihnen zwei.«

»Sagen Sie mir, was es ist, auch wenn ich falsch rate?«

»Machen Sie sich darüber keine Gedanken. Raten Sie einfach. Der einzige Hinweis ist, dass es sich um etwas handelt, das ich Ihnen noch nicht gesagt habe.«

Vega hob den Zeigefinger.

»Ich habe eine Frage zu diesem Hinweis.«

»Sie sind wie meine Schüler«, sagte Cara belustigt. »Wie die, die eine Zwei plus auf eine Eins minus raufhandeln wollen. Die Notenfeilscher.«

»Sie geben mir nur einen einzigen Tipp«, sagte Vega. »Dann sollte ich wenigstens eine Frage stellen dürfen.«

»Schön, Sie bekommen Ihre Frage.«

»Dieses Detail, von dem Sie mir nichts erzählt haben – war das, weil Sie es nicht für relevant hielten oder weil Sie es vergessen hatten oder ...« Vega beobachtete Caras Gesicht, das ruhig blieb, bis sie sagte: »... oder weil es zu schmerzlich war, um es zu erwähnen?«

Cara blinzelte und wich ihrem Blick aus. Was konnte ihr so nachgehen?, überlegte Vega. Eine Schwangerschaft? Nein, nichts so Dramatisches.

»Ein Streit«, sagte sie. »Haben Sie und Zeb sich gestritten?«

»Ja, das haben wir«, sagte Cara, traurig jetzt, da das Spiel vorbei war und ihr nur noch die unangenehme Erinnerung blieb.

»Ist er deshalb fort?«, fragte Vega.

Cara zuckte die Achseln.

»Ich wusste nicht, dass es für immer war«, sagte sie. »Wir hatten diesen Streit, dann hat er seine Sachen genommen und ist gegangen. Ich dachte, dass er am Morgen bestimmt wieder zurück wäre, aber er kam nicht mehr.«

Vega sah sie nachdenklich an und versuchte, die Abfolge der Ereignisse im Kopf zu ordnen.

»Und das war das letzte Mal, dass Sie ihn gesehen haben?«

»Ja.«

»Worum ging es bei dem Streit?«, fragte Vega.

Cara seufzte. »Es fing damit an, dass er mich nach Matt fragte, in welcher Beziehung ich zu ihm stünde – was mir jetzt klarer wird, wenn Dart sie bei einer Auseinandersetzung gesehen hat. Ich weiß noch, dass ich dachte: Was will dieser Typ? Kommt einfach hierher, mit seiner reichen Erbin dort unten in Berkeley, und glaubt, er kann mir die Hölle heiß machen, weil ich Matt ein bisschen an der Nase rumgeführt habe? Das war heuchlerischer Macho-Mist«, sagte sie erzürnt. »Ich habe ihm nie Fragen gestellt, ihn nie um irgendwas gebeten, und plötzlich ist er sauer, weil ich ein Leben hatte, bevor er hier aufgetaucht ist.«

»Und dann ist er gegangen«, sagte Vega.

»Ich habe ihn weggeschickt.« Cara wirkte jetzt wieder gefasster. Sie senkte den Blick, rieb sich die Stirn mit dem Handballen. »Ich dachte wirklich nicht, dass ich ihn nie wiedersehen würde.«

»Erinnern Sie sich, wohin er wollte?«, fragte Vega.

Cara sah sie finster an. »Ich habe Ihnen doch schon gesagt, dass er mir nie etwas von seinen Plänen erzählt hat.«

»Nein, ich meinte an diesem Abend. Nachdem Sie ihn rausgeworfen hatten, hat er da erwähnt, wo er die Nacht verbringen wollte?«

Cara dachte nach. Ein paar Teenager kamen herein, ausgelassen und albern. Sie sah kurz über die Schulter zu ihnen hin.

»Die Scheune, das muss es sein«, sagte sie dann, als sei das offensichtlich.

»Die Scheune auf der Wiese, die mal dem alten Fenton gehört hat und dann Klimmer?«, fragte Vega. »Wo Dart und Zeb auf Obst geschossen haben?«

»Ja. Ich habe irgendwie nie darüber nachgedacht, ich war dermaßen sauer auf ihn.«

»Warum sind Sie so sicher, dass Zeb in dieser Nacht in der Scheune schlafen wollte? Hat er das gesagt?«

»Nicht ausdrücklich, das ist es ja«, antwortete Cara. »Das Letzte, was er sagte, nachdem ich ihn fortgejagt hatte, war ›Gut, lieber wache ich in einem Haufen Fledermausscheiße auf, als hier zu schlafen‹.«

»Fledermausscheiße?«

»Genau, jetzt fällt es mir ein ...«, sagte Cara, bemerkte dann Vegas gespannten Ausdruck. »Die alte Scheune da war voller Fledermäuse. Wir hatten darüber gewitzelt, dass Ivan es nur dort aushielt, weil er zu blind war, um sie oben im Gebälk zu erkennen.«

Sie blickte zur Decke, als hinge sie voller Fledermäuse, und lachte.

»Das klingt gemeiner, als es war.«

Ihr Blick schweifte zu den lauten Kids hinüber, die zwischen ihren Bestellungen wiehernd lachten.

»Wissen Sie, was das Komische ist?«, fragte sie.

»Was?«

»Ich bin Lehrerin an einer Highschool, aber ich mag Teenager eigentlich nicht. Weder die glücklichen noch die unglücklichen.«

»Sie mögen Ihren Neffen«, entgegnete Vega.

»Das stimmt«, sagte Cara ohne weitere Erklärung. Sie nahm die zerknüllte Serviette und stand auf, warf noch einen Blick auf die Gruppe. »Es ist mein Problem. Nicht ihre Schuld, dass ich schon wütend auf die Welt gekommen bin.«

Später im Wohnwagen las Vega erneut Rachels letzte Nachricht, die sie noch in Kalifornien erreicht hatte: »Ich weiß, Sie haben keinen Grund, mir zu glauben, aber aus irgendeinem Grund vertraue ich Ihnen, und ich finde, Sie sollten mir auch vertrauen, weil es nicht anders geht.«

Beim ersten Lesen hatte sie dem keine große Beachtung geschenkt. Sie war immer noch nicht hundertprozentig davon überzeugt, dass Rachel nicht an der Falle auf dem Parkplatz beteiligt gewesen war, fand aber, dass ihr Bedauern aufrichtig klang. Was zu ihrem ersten Eindruck von ihr bei dem Gespräch im Auto passte, als der Regen aufs Dach geprasselt war. Sie hatte Rachel auch geglaubt, als sie sagte, sie werde die Kunden des Diners im Auge behalten.

»Lass mich wissen, ob du sprechen kannst«, textete sie ihr.

Nach einer Minute brummte ihr Handy, und Rachels Name wurde angezeigt.

»Hallo.«

»Oh mein Gott, sind Sie das?«, sagte Rachel im Flüsterton.

»Ja.«

»Sind Sie okay? Es tut mir so leid, was passiert ist. Ich habe versucht, Sie anzurufen. Wo sind Sie?«

»Ich musste zurück nach Kalifornien«, sagte Vega.

»Oh«, machte Rachel. »Aber geht es Ihnen gut? Claire hat es mir erzählt. Ich meine, sie hat mir einen Teil erzählt, nicht alles. Sie hat gesagt, die hätten Ihnen den Arm gebrochen, stimmt das?«

»Das Handgelenk war gebrochen, ja. Ist jetzt wieder in Ordnung.«

»Ich hätte nie gedacht, dass sie so was tun würden«, sagte Rachel, lachte dann. »Das ist Quatsch. Natürlich tun sie so was, sie sind ein Haufen Dumpfbacken. Aber ich hätte nicht gedacht, dass Claire so was machen würde. Ich weiß, das ist naiv. Sie hängt jetzt ständig mit denen ab.« Sie seufzte. »Sind Sie, äh, zur Polizei gegangen?«

»Nein«, sagte Vega, während sie die E-Mail überflog, die Bastard ihr gerade geschickt hatte.

»Klar, was würde das auch nützen«, sagte Rachel mit einer Mischung aus Erleichterung und Frustration. »Ich meine, das ist wirklich die totale Ironie, der Sheriff ist der Letzte, an den man sich wenden kann …«

»Rachel«, unterbrach Vega sie. »Ich muss dich etwas fragen. Ich möchte, dass du mir ehrlich antwortest.«

»Okay«, sagte Rachel bereitwillig.

»Hast du irgendwie gewusst, dass Claire uns an dem Abend eine Falle stellen wollte?«

»Nein«, sagte Rachel so gedehnt, dass es nach zwei Silben klang, wie bei kleinen Kindern: Nah-ein. »Sie hat sich mit mir zu Hause getroffen und voll ängstlich getan. Ich wollte sie dazu bringen, dazubleiben und nicht zu diesem Burger Village zu fahren, aber sie meinte, sie müsste hin, sonst würden die anderen misstrauisch werden. Dann hat sie sich mein Handy ausgeliehen, und als ich aus dem Haus wollte, um mich mit Ihnen zu treffen, hatte sie meine Reifen aufgeschlitzt. Ich musste warten, bis mein Dad um Mitternacht von seiner Schicht kam, damit ich sein Auto nehmen konnte, aber da war es schon zu spät.«

Sie weinte jetzt, merkte Vega.

»Ich hab Sie ja überhaupt nur erwähnt, weil ich zu ihr meinte, diese Frau kann uns helfen, aber das war so blöd von mir, weil, so haben die Sie dorthin gekriegt – wegen mir.«

»Rachel.« Vega überlegte, was sie sagen könnte, damit sie ihr zuhörte. »Scheiß auf die Schuldgefühle, okay? Ich möchte, dass du dich konzentrierst. Hast du mit deiner Schwester gesprochen?«

Rachel schluckte. »Nicht mehr seit diesem Abend. Sie ist wie ausgewechselt, ich weiß, aber ich wollte ihr helfen, verstehst du, weil ich eine Idiotin bin. Ich hab gedacht, sie ist wie Sir Thomas More, aber sie ist eigentlich Heinrich der Achte, weißt du, aus ›A man for all seasons‹?«

»Aha«, sagte Vega.

»Hast du das Stück gelesen? Oder den Film gesehen?«

»Klar«, sagte Vega.

Sie hatte weder das eine noch das andere.

»Ich dachte, sie hätte irgendwelche Ideale, Prinzipien oder so, aber jetzt glaube ich das nicht mehr«, sagte Rachel, von Schniefen unterbrochen. »Sie ist einfach nur wie diese Leute, die widerlichen Mist auf Reddit posten, wie ein Roboter. Die scheren sich um nichts und niemand und halten das auch noch für originell. Als wären sie die ersten Menschen auf der Welt, denen alles scheißegal ist, verdammt nochmal. Denken die, das macht sie zu was Besonderem?«

Sie holte Luft, aber Vega hörte sie wieder weinen.

»Verflixt, ich fasse es nicht, dass mich das auch noch zum Fluchen bringt, über die zu reden«, sagte sie stockend. »Normalerweise versuche ich, keine Schimpfwörter zu benutzen. Mein Dad sagt, dafür bin ich zu intelligent, und er ist so ein guter Mensch, seinetwegen will ich mehr lernen.«

Vega zog eine Grimasse. Rachels Selbstermahnung traf einen undefinierbaren wunden Punkt bei ihr, Zitronensaft auf einen Schnitt, von dem sie nichts gewusst hatte.

Rachel seufzte. »Ich liebe meine Schwester immer noch, weißt du, die Liebe strömt einfach so aus mir heraus! Ich mache mir Sorgen um sie, dabei sollte es eher umgekehrt sein bei dem Umgang, den sie hat. Du hältst mich wahrscheinlich für eine beschi … für eine schöne Versagerin.«

»Nein«, sagte Vega. »Ich halte dich für jemand, der sehr ehrlich ist, und das ist eine Seltenheit. Arbeitest du immer noch in dem Diner?«

»Ich war heute dort«, näselte Rachel. »Matt kam kurz rein.«

»Wollte er die Kasse machen?«

»Glaube ich nicht. »Manchmal schaut er einfach nur vorbei, auf dem Weg zu seiner Freundin.«

»Matt Klimmer hat eine Freundin?«

»Ja, ich dachte, das wüsstest du«, sagte Rachel. Sie lachte, bremste sich dann aber. »Sorry, du scheinst immer alles zu wissen. Ich dachte, du weißt auch das mit Abby.«

»Abby«, wiederholte Vega. »Weiß seine Frau davon?«

»Keine Ahnung«, sagte Rachel. »Ist aber kein großes Geheimnis hier.«

»Ist dir sonst noch irgendwas aufgefallen im Diner?«

»Eigentlich nicht. Aber warte, ich habe mir ein paar Sachen notiert. Moment.«

Vega las noch einmal die Mail von Bastard und verarbeitete sie. Nach zwei Minuten war Rachel wieder da.

»Also, das ist jetzt schon eine Weile her, war etwa um die Zeit, als du weg bist, vielleicht ein bisschen vorher. Ich habe eine Kollegin, Kelsey, sie bedient auch im Diner. Wir sind zusammen zur Schule gegangen, waren aber nie wirklich befreundet. Sie hat einen Bruder namens Conor, er ist siebzehn oder achtzehn, und er ist eines Tages reingekommen, um sich ihren Autoschlüssel geben zu lassen. Sie haben sich gestritten, und ich hab sie belauscht, aber so getan, als würde ich nicht zuhören, weißt du? Er hatte zwei Freunde bei sich, und sie hatten Waffen.«

»Was für Waffen?«, fragte Vega.

»Hm, so lange. Ich kenne mich nicht damit aus. Mein Vater hat eine Pistole, aber das waren eher so Gewehre. Sahen irgendwie komisch aus.«

»Hatten sie lange Läufe?«, fragte Vega und tippte einen Suchbegriff in Google ein.

»Ja.«

»Mit so einem Ding vorne dran, sieht aus wie eine Trinkflasche?«

»Ich glaube, ja.«

»Ich schick dir gleich ein Foto, dann kannst du mir sagen, ob die Jungen so was bei sich hatten.«

Vega kopierte ein Foto von einem Onlinehändler und leitete es an Rachel weiter.

»Ja, genau so sahen sie aus!« rief sie. »Woher hast du das gewusst?«

»Das sind Paintball-Guns«, sagte Vega. »Weißt du Kelseys Adresse?«

Rachel konnte ihr ungefähr sagen, wo Kelsey zusammen mit ihren Eltern und ihrem Bruder wohnte. Vega schrieb es sich auf und dankte ihr. Zuerst hatte sie ein schlechtes Gewissen, weil sie das Mädchen hatte glauben lassen, dass sie noch in Kalifornien war, aber das hielt nur eine Sekunde an. Immerhin weinte Rachel nicht mehr, als sie sich verabschiedeten.

Vega ging zum Vorderfenster des Wohnwagens, sah ein paar Sterne über dem Baldachin der Bäume. Durch das Fenster betrachtet, war es wie ein Bild im Fernsehen. Ein hübscher Anblick, das Licht milchig durch die verschmierte Scheibe.

Es ging auf Mitternacht zu und sie wusste, sie sollte versuchen, etwas Schlaf zu bekommen, sich wenigstens hinlegen und so tun, als ob. Ohne es zu wissen, hatte Rachel ihr einen guten Ansatzpunkt geliefert. Vega fuhr mit der Zunge über ihren neuen Zahn. Er war jetzt nicht mehr empfindlich oder ungewohnt, fühlte sich an, als hätte sie ihn schon immer gehabt.

Cap fiel es schwer, sich zu konzentrieren. Er hatte gerade mit Em telefoniert und Nell mithören lassen. Brett Hardecker hatte gestanden, Nells Auto aufgebrochen zu haben, und behauptete, allein gehandelt zu haben. Seine Eltern hatten angeboten, für den Schaden aufzukommen, wenn die Bezirksstaatsanwaltschaft die Anklage fallen ließ und ein Gerichtsprozess vermieden wurde. Em sagte, es sei Caps Entscheidung. Dem DA gehe es am Arsch vorbei, ob ein Fall von jugendlichem Rowdytum vor Gericht kam oder nicht. Und dummerweise sei Brett noch unter achtzehn.

Jetzt half er Nell wieder mit ihrer Bassdrum, während sie um eine Auseinandersetzung herumtänzelten.

»Du findest, wir sollten die Sache fallen lassen«, sagte Nell vorwurfsvoll.

Cap zuckte die Achseln.

»Er ist noch ein Junge, Bug. Jugendliche machen dummes Zeug.«

»Und du denkst, dass man ihnen das durchgehen lassen sollte?«, erwiderte sie. »Selbst wenn dieses dumme Zeug rassistisch motiviert ist? Apropos, wenn er ein schwarzer Junge in Philly wäre, würden sie den Schlüssel wegwerfen.«

»Da widerspreche ich dir nicht«, sagte Cap. »Aber lass mich ausreden. Wir haben ihm einen Scheißschreck eingejagt, kann sein, dass er seine Lektion gelernt hat. Sinn und Zweck des Ganzen, das bestmögliche Ergebnis strafrechtlicher Verfolgung ist doch, dass die Menschen sich bessern.«

Nell nahm die Snare und öffnete kopfschüttelnd die Haustür.

»Nette Geschichte, Dad«, sagte sie. »Ist zwar ein Haufen gequirlte Kacke, aber eine nette Geschichte.«

»Ach, komm«, sagte Cap, während er die Trommel zu ihrem Auto trug.

Sie machte den Kofferraum auf.

»Du kannst ihn immer noch online stalken, wenn du willst«, sagte er

»Bitte bevormunde mich nicht.«

»Ich bevormunde dich nicht. Du kannst diesen Jungen nach Herzenslust beschatten. Wenn er wieder Ärger macht, sagen wir Em, dass er ihn sich vornehmen soll.«

Cap hievte die Trommel ins Auto. Die Fußmaschine sah er nirgends, sagte aber nichts. Nell schob die Snare hinein, schloss dann die Klappe.

»Aha, wenn er also online geht, kaum dass der Bezirk ihn laufen gelassen hat, und damit angibt, wie er die Juden von Denville verarscht hat, bringen wir ihn wieder auf die Wache?«

»Ich würde Em selbst anrufen«, versicherte Cap.

Er sah, dass sie darüber nachdachte. Neuerdings trug sie immer eine schwarze Bomberjacke aus Leder, die mal Jules gehört hatte. Sie reichte ihr nur bis zur Taille, weil sie größer war als ihre Mutter, und er fand, dass sie damit richtig erwachsen aussah. Wie eine Frau von Anfang zwanzig, die ihm irgendwo im Supermarkt oder auf einem Flughafen über den Weg laufen könnte. Es machte ihn stolz und bang zugleich.

»Ich muss los«, sagte sie ernst. »Aber die Diskussion ist noch nicht beendet.«

Cap hob abwehrend die Hände. »Habe ich auch nicht angenommen.«

Ihr Ausdruck wurde weicher. »Warte nicht auf mich, Dad. Im Ernst.«

»Mache ich nicht«, sagte er. »›Die Juden von Denville‹, das klingt wie eine Serie auf PBS. ›Von den Machern von *Downton Abbey*‹.«

Nell verdrehte die Augen, lachte aber. »Echt daneben, Dad«, sagte sie, bevor sie einstieg.

Stampfender, säuselnder Ambientsound dröhnte aus dem Wagen, als sie den Motor anließ. Cap klopfte zweimal aufs Dach, als wäre er in einer Autofabrik und würde das Fahrzeug zur Inbetriebnahme freigeben. Dann trat er zurück.

»Hab dich lieb«, rief sie über die Musik hinweg.

»Hab dich lieb«, rief er, war aber nicht sicher, ob sie ihn hörte.

Sie fuhr los und er kehrte ins Haus zurück. Schloss hinter sich ab und ging nach oben, um sich umzuziehen, weil er noch seinen Anzug von der Arbeit anhatte.

Als er an ihrem Zimmer vorbeikam, sah er, dass ihr Schreibtischstuhl umgekippt war. Er ging hinein und richtete ihn auf, schob ihn unter den Tisch.

Diesmal lag die Fußmaschine deutlich sichtbar neben ein

paar Schulbüchern, verspottete ihn mit ihrer Anwesenheit. Er nahm sie und drückte das Pedal herunter.

»Nee, nee, nee«, murmelte er und ging wieder nach unten.

Er zog sein Telefon aus der Hosentasche, sagte sich dann aber, dass er ihr etwas Zeit lassen sollte, um zu merken, dass sie das Ding vergessen hatte. Vielleicht würde sie dann zurückkommen. Also wartete er. Er zog sich nicht um, sondern setzte sich aufs Sofa, warf die Fußmaschine neben sich aufs Polster. Machte den Fernseher an und zappte zwischen Sport- und Nachrichtenkanälen hin und her, überflog die Ticker, nahm aber nichts von all den Zahlen wirklich wahr, Spielstände, Wettquoten, Staatsverschuldung, Arbeitslosenrate.

Mit einem Blick auf die Zeitanzeige der Kabelbox stellte er fest, dass Nell seit einer halben Stunde weg war. Ohne zurückzukommen.

Die Frequenz, mit der er zwischen überfürsorglichem Helikopter-Dad und vernünftigem Cool-Dad schwankte, nahm zu, und am Ende schaffte er es nicht mehr, den Gelassenen zu spielen. Er konnte nicht mehr so tun, als würde er sich keine Sorgen machen, nicht Nell gegenüber, niemandem gegenüber. Wozu auch? Was hatte er davon?

Er ging die Kontakte auf seinem Handy durch, fand die Nummer von Gwen, der Mutter von Nells Freundin Carrie, und schrieb ihr eine Nachricht. »Hi Gwen, hier ist Max Caplan. Kannst du mir sagen, ob Nell heute bei euch ist und mit Carrie und Nick probt?«

Dann surfte er weiter durch die Programme, blieb schließlich beim Hockey hängen. Er spielte ein kleines Spiel mit sich selbst, indem er so tat, als würde er nicht auf sein Handy schielen, aber er schielte die ganze Zeit darauf.

Schließlich kam Gwens Antwort. »Hi Max! Nell und Nick sind heute Abend nicht hier. Ist alles okay?«

Cap stand auf, las die Nachricht mehrmals. Alles okay?

»Ja, klar. Danke«, schrieb er zurück.

Er dachte daran, Jules zu schreiben, verwarf das aber schnell wieder. Auch wenn es nicht seine größte Sorge darstellte, dass Jules ihn für einen noch weniger verantwortungsvollen Vater halten könnte als ohnehin schon, war es doch ein Faktor. Außerdem, warum sie auch noch beunruhigen.

Seine Magenschmerzen meldeten sich wieder. Er spürte sie bis unter den Brustkorb, legte die Hand auf den Bauch und krümmte sich ein wenig.

Ächzend tippte er Nells Nummer an und dachte, scheiß drauf. Direkt zur Mailbox. Er legte auf, bevor die Ansage endete.

Einen Augenblick später rief sie zurück.

»Alles in Ordnung?«, fragte sie leicht atemlos.

»Ja, Bug, mir geht's gut.« Er zwang sich, ruhig zu sprechen. »Wie läuft die Probe?«

»Gut«, sagte Nell.

Cap hatte den Eindruck, dass sie etwas vorsichtig klang.

»Mit den Drums alles okay – funktioniert alles?«

»Ja, ja«, sagte sie, verwirrt jetzt. »Dad, geht's dir wirklich gut?«

Cap wischte sich die Stirn mit dem Handrücken ab.

»Du hast die Fußmaschine für die Bassdrum vergessen«, sagte er. »Und ich habe bei Gwen nachgefragt.«

Er lehnte sich an die Wand, hörte Nell seufzen.

»Warum bist du nicht gleich damit herausgerückt? Wieso musstest du mich bei einer Lüge ertappen? Damit der Staatsanwalt Milde walten lassen kann?«

»Ich wollte dir die Gelegenheit zu einer Erklärung geben, im Zweifel für die Ange ...«

»Ich komme jetzt nach Hause, okay?«, unterbrach sie ihn verärgert und legte auf.

»Okay«, sagte er zu seinem Handy.

Er ging nach oben, und während er den Anzug gegen Jeans

und sein Eagles-Sweatshirt tauschte, merkte er, dass die Magenschmerzen nachließen. Wieder unten, nahm er sich ein Bier aus dem Kühlschrank und trank es schnell, starrte auf die Tupperdosen in den Fächern. Er wusste, dass er etwas essen sollte, so wie er wusste, dass ihm kalt sein sollte, wenn er sich länger draußen aufhielt, aber die Spaltung, die schon seit einer Weile zwischen seinem Kopf und seinem Körper herrschte, schien sich noch verstärkt zu haben.

Also trank er noch ein Bier.

Bald sah er Nells Autoscheinwerfer und setzte sich schleunigst vor den Fernseher, um den Eindruck zu erwecken, er sei die ganze Zeit in das Hockeyspiel vertieft gewesen.

Sie kam herein, blieb an der Tür stehen.

Cap drehte sich zu ihr um. »Hey.«

»Ich bin immer noch sauer auf dich«, sagte sie.

»Wie bitte?«

»Schon richtig gehört«, sagte sie, ohne sich von dem Läufer im Flur wegzubewegen. »Du misstraust mir schon länger, hast aber so getan, als würdest du es locker nehmen. Was ich dir zwar nicht abgenommen habe, aber ich hätte auch nicht gedacht, dass du erstens bei Gwen nachfragen« – sie zählte an den Fingern ab – »und zweitens in meinem Zimmer rumschnüffeln würdest.«

»Ich habe nur deinen Stuhl aufgehoben«, sagte Cap und stand auf. »Ich habe nirgends rumgeschnüffelt. Die Fußmaschine lag mitten auf deinem Schreibtisch.«

»Na und? Vielleicht hat Carrie ja eine zweite. Warum musstest du Gwen texten?« Sie klang gekränkt.

»Ich habe mir Sorgen gemacht.« Er ging um das Sofa herum auf sie zu. »Ich mache mir dauernd Sorgen. Um dich, um mich. Ob unsere Türschlösser funktionieren. Ich kann nicht mal sagen, es bereitet mir schlaflose Nächte, denn es ist die ganze Zeit so. Ich rechne ständig damit, dass etwas passiert.«

Nell entspannte sich etwas und senkte den Kopf. Strich mit der Schuhspitze über den Läufer.

»Hat Carrie eine zweite?«, fragte Cap.

»Nein«, sagte Nell, nicht wirklich unterlegen. »Willst du einen Ausflug machen und sehen, wo ich abends oft war in letzter Zeit?«

»Jetzt?«

»Ja, jetzt.«

Cap sah auf die Uhr. Es war zu spät für mitten in der Schulwoche, zu spät für einen Mann in seinem Alter, um sich noch auf der Straße herumzutreiben. Plötzlich fühlte er sich unpassend angezogen.

»Kann ich so gehen?«

Nell sah ihn verdutzt an.

»Wie – du meinst deine Klamotten? Ja, natürlich. Was denkst du denn, wo wir hinfahren?«

»Ich übe mich in null Erwartung«, sagte er und nahm seine Jacke vom Haken.

Nell fuhr zu einer Ausfallstraße im Viertel Black Creek und missachtete eine Straßensperre mit einem großen orangefarbenen Schild in der Mitte: »Kreisverkehr vorne geschlossen.« Sie manövrierte den Kombi zwischen einem Verkehrskegel und der Bordsteinkante hindurch, und Cap biss sich auf die Zunge. Schließlich wollte er nicht riskieren, dass sie es sich anders überlegte und umkehrte.

Gut ein Dutzend Autos standen auf dem kurzen Straßenabschnitt vor dem Kreisel, die meisten mit eingeschaltetem Licht. Dazwischen zwanzig oder dreißig Jugendliche in Nells Alter oder ein bisschen älter, von denen er niemand kannte. Sie hockten auf den Motorhauben oder lehnten sich an die Türen, rauchten Zigaretten oder vapten.

Nell parkte hinter einem der Autos und stellte den Motor ab, ließ aber das Licht an.

»Das macht deine Batterie leer«, sagte Cap, während er immer noch rätselte, um was es hier ging.

»Dauert nur etwa eine Stunde.«

Nell stieg aus, beugte sich zu ihm herein.

»Verlierst du die Nerven oder was?«

»Ich verliere gar nichts«, sagte er.

Er stieg ebenfalls aus, stützte die Ellbogen aufs Dach und sah sich die Leute an. Sein erster Gedanke war, dass es sich um eine Art politische Versammlung handelte, doch dafür wirkten sie zu entspannt. Dann dachte er an eine Party, aber sie tranken alle Kaffee und Energydrinks, kein Bier. Und er roch nur normalen Zigarettenrauch, kein Gras.

Nell ging um den Wagen zu ihm herum. »Was meinst du?«

»Sieht nach einer Gruppe von netten jungen Leuten aus«, sagte er. »Gesundheitsbewusst. Gesetzestreu, abgesehen davon, dass sie auf einer gesperrten Straße stehen.«

»Du weißt nicht, was das ist?«

Cap sah sich erneut um und schüttelte den Kopf.

Nell folgte seinem Blick, versuchte, das Ganze mit seinen Augen zu sehen.

»Okay«, begann sie. »Es war letztes Jahr im Oktober, glaube ich, ich war in der Schule und hatte ein Buch im Auto vergessen, also bin ich raus, um es zu holen. Da habe ich so zwei Typen in einem alten Corolla gesehen, die Haarnadelkurven auf dem Parkplatz fuhren. Sie fuhren relativ schnell, so fünfunddreißig, vierzig km/h, und zuerst dachte ich, sind diese Arschlöcher blind? Es gibt überall freie Plätze. Dann habe ich ihnen einfach ein Weilchen zugesehen.«

Cap blickte über ihre Schulter, während sie sprach, und dabei fiel ihm einiges auf. Die Zufahrt zum Kreisel war frei, kein Auto blockierte sie. Direkt davor am Straßenrand standen ein Corolla, ein Ford Focus und ein schnittiger alter Mustang mit einem an der Motorhaube angebrachten bescheidenen Ansaugstutzen. Zwei Männer standen in der Mitte des Kreisels, einer davon sah in den Flipscreen eines Camcorders.

»Der Fahrer hatte voll die Kontrolle über den Wagen, weißt du«, fuhr Nell fort. »Er startete an der Zufahrt und schlängelte sich total speedy und leise über den Platz, kein Schleudern, kein Quietschen, dann wieder von vorn. Sein Beifahrer hatte das Handy in der Hand, filmte entweder oder stoppte die Zeit. Ich habe gewartet, bis sie fertig waren, dann bin ich hin und habe mit ihnen gesprochen. Sie gehen nicht auf unsere Schule, sind schon einundzwanzig, aber sie fanden den Parkplatz gut, weil er ein prima Parcours ist.«

»Es sind Autofreaks«, sagte Cap einigermaßen erleichtert. »Ich hab in der Schule ein paar Autofreaks gekannt.«

»Ja«, sagte Nell ermutigt. »Ich habe sie und ihre Freunde kennengelernt und angefangen, ein- bis zweimal die Woche hierherzukommen und ihre Autos zu fahren. Wir trainieren Driften und Powersliding, weißt du, was das ist?«

»Driften?«, sagte Cap. »So was wie Drag Racing?«

»So ähnlich. Es geht aber ums Kurvenfahren, um die Länge des Drifts und wie schnell man wieder rauskommen kann. Du trittst die Kupplung, bevor du in die Kurve gehst, und lässt sie in letzter Sekunde los, so dass die Hinterräder blockieren und du driftest. Du kannst auch die Handbremse einsetzen. Ein paar von diesen Jungs schaffen das auch mit einem Automatik, aber so weit bin ich noch nicht, deshalb nehme ich ihre Autos mit Schaltgetriebe.«

Cap starrte sie an, begriff endlich, was sie ihm da erzählte.

»Du fährst jetzt Autorennen?«

Nell stöhnte.

»Nein, Dad, das ist nicht NASCAR. Es ist Driften – ich meine, klar, es ist nicht hundert Pro sicher, aber auch nicht gefährlich, an sich.«

»An sich«, wiederholte Cap im Schockzustand.

»Das ist kein Todestrieb-Ding oder so was. Die Leute hier stehen einfach auf Autos und darauf, die Rennen zu filmen und über Techniken zu reden. Und wie sich herausstellt, bin ich ziemlich gut darin«, sagte Nell.

Cap sah wieder zu den Autos und den Jugendlichen hin, rieb sich die Kinnlade.

»Du bist in allem gut«, sagte er.

»Nee, stimmt nicht, aber danke.«

»Nell«, sagte er und spürte einen beginnenden Kopfschmerz an den Schläfen, »nachdem ich das jetzt weiß, kannst du nicht von mir verlangen, es deiner Mutter zu verheimlichen.«

»Mach dir keine Gedanken. Mom weiß es schon.«

»Sie *weiß* es?«

»Ich habe es ihr vor etwa zwei Monaten erzählt. Sie ist mal einen Abend mitgekommen und hat zugeguckt. Die ganzen Jungs haben mich hinterher verarscht, weil sie so eine scharfe Mutter ist und so weiter.«

»Jules weiß das?« Cap zeigte auf den Kreisel. »Du hast es ihr gesagt, hast sie mit hierher genommen und mich nicht?«

»Dad, mach jetzt kein Theater«, sagte Nell. »Wir haben überlegt, ob wir es dir sagen sollen, und beschlossen, noch zu warten, weil du zurzeit ein bisschen labil wirkst.«

»Labil?«, sagte Cap, als hätte er das Wort noch nie gehört.

»Ja, Dad, labil. Und paranoid und überängstlich und all das. Du hättest deine Therapie damals nicht abbrechen sollen, weißt du?«

Das war zu viel auf einmal, Cap konnte kaum alles verarbeiten. Seine erste Regung war, sich zu wehren. »Wir beide haben gerade eine Neonazi-Zelle infiltriert«, sagte er. »Das ist nichts für Labile.«

»Okay, aber ich würde Hardecker jetzt nicht gerade als ›Neonazi-Zelle‹ bezeichnen.« Nell drehte sich halb um. »Du kannst mir und den anderen beim Fahren zusehen, und dann mache ich dich mit dem Typ bekannt, den ich auf unserem Schulparkplatz kennengelernt habe. Slouch. Ich glaube, du wirst deinen Spaß haben.«

»Slouch?« Cap sah blinzelnd zu der kleinen Menge hin, die sich jetzt an der Kreiseleinfahrt versammelte. »Du hältst dich für erwachsen, weil du Freunde mit Spitznamen hast, die auf ihre schlechte Haltung anspielen?«

Nell zog die Augenbrauen hoch. »Eigentlich hält er sich immer sehr gerade.«

Cap verschränkte die Arme. »Du hältst dich für erwachsen, weil du Freunde mit ironischen Spitznamen hast?«

Nell lächelte schwach.

»Dad«, sagte sie und kam einen kleinen Schritt näher. »Ich weiß, es ist schwer zu glauben, aber das hier« – sie deutete in Richtung des Kreisels – »ist für mich die Brücke zurück ins Leben gewesen. Schlagzeug spielen hilft, die Therapie hilft, du und Mom natürlich und meine Freunde, aber wenn ich ehrlich bin, wenn du wissen willst, wobei ich mich wirklich lebendig und sicher und hm … glücklich fühle? Dann ist es diese Sache hier.«

Cap sah ihr ins Gesicht. Als sie klein war, hatte sie immer am glücklichsten gewirkt, wenn sie mit etwas beschäftigt gewesen war: Betten aus Schuhkartons für ihre Puppen basteln, ein Comic-Heft zeichnen, eine Schnitzeljagd im Garten organisieren. Spuren von diesem Glück leuchteten jetzt in ihren Augen, aber auch eine Aufregung, eine Euphorie, die er seit einem Heiligabend vor langer Zeit nicht mehr bei ihr gesehen hatte.

»Vielleicht ist Vega ja deine Brücke«, fügte sie hinzu und tippte sich an den Kopf. »Denk mal drüber nach, Caplan.«

Er sah ihr nach, als sie zu ihren Freunden hinüberging, sie abklatschte oder per Fauststoß begrüßte. Kurz darauf zerstreuten sich alle, während Nell sich neben den Mustang stellte und den Schlüssel dafür sichtbar hochhielt, ihn um ihren Zeigefinger wirbelte. Dann stieg sie ein, startete den Motor und fuhr zu der Einfahrt in den Kreisel.

Alle schienen ihre Plätze einzunehmen, die meisten standen am Rand, in dem stoppeligen Gras, das durch die Risse im Asphalt wuchs. Ein hochgewachsener, schlaksiger junger Mann mit einem Telefon in der Hand stellte sich vor Nells Wagen und sprach mit ihr. Der Filmer in der Mitte ging auf ein Knie und richtete seine Kamera auf den Mustang.

Einen Augenblick war alles still, dann begannen die Zuschauer zu klatschen und zu pfeifen. Nell ließ den Motor aufheulen, und die Menge wurde noch lauter.

Cap schlug sich mit der flachen Hand gegen den Kopf. Es war immer dieselbe Botschaft, jedes Mal: Vertrau dem Mädchen.

Der lange Lulatsch ging zur Seite. Er blickte konzentriert auf sein Handy und hob den freien Arm wie eine automatische Parkschranke. Dann ließ er ihn zackig heruntersausen, und Nell war weg. Nicht mal eine Staubwolke hinter ihr.

14

Früh am nächsten Morgen ging Vega zu Darts Wohnwagen und klopfte dreimal an. Sie hörte ihn drinnen, sah den Boden des Airstream unter seinen Schritten erzittern. Gleich darauf nahm sie seinen Atem auf der anderen Seite der Tür wahr.

»Dart«, sagte sie, »ich bin's, Alice Vega. Die nach Zeb Williams sucht.«

»Ich hab Sie vom Fenster aus gesehen«, sagte er. »Wo kommen Sie her?«

»Ich übernachte in dem Stargazer. Hab ihn von Jason gemietet. Erinnern Sie sich an mich?«

Dart schwieg, schien die Information zu verdauen.

»Jason, der Musiker?«

»Ja, kann sein. Wollen Sie vielleicht die Tür aufmachen?«

Die Tür wurde entriegelt und Vega trat einen Schritt zurück, als sie aufschwang. Dart hielt einen alten Revolver in der herabhängenden Hand. Sie wusste nicht viel über ältere Handfeuerwaffen, schätzte aber, dass es eine Art Spezialanfertigung von Smith & Wesson war, die in den Siebzigern an die Cops ausgegeben wurde. Sie musterte Darts Gesicht. Zuletzt hatte sie ihn auf ihrem Laptop-Bildschirm in einer Folge seiner fast sechzig Jahre alten Serie gesehen. Er war ein Hollywood-Beau gewesen, helle Augen, die aus dem Schwarzweißbild herausfunkelten, ein freundliches Lächeln mit Schalk darin. Weißer Hut, silberner Stern.

»Erinnern Sie sich an mich?«, fragte sie erneut.

Jetzt waren seine Augen trüb vor Müdigkeit.

»Yeah, Sie suchen nach Zeb. Aus Kalifornien.«

»Genau. Darf ich reinkommen?«

Er nickte, hielt ihr die Tür auf. »Ja, okay. Ich hab Kaffee, aber nur instant. Aus der Tüte. Trinken Sie so was?«

»Nein, danke, ich brauche nichts«, sagte sie und trat ein.

Dart ging zu einem hohen Schrank in der Ecke und hängte den Revolver auf einen Faustwaffenhänger an der Innenseite der Tür. Vega sah auch zwei aufrecht stehende Gewehre darin.

»Habe ich Sie geweckt?«

»Nee«, sagte Dart. »Ich schlafe nicht viel.«

»Ich auch nicht.«

»Was ist mit Ihrem Arm da passiert?«, erkundigte er sich, während er zu dem Küchenschrank mit der Kochplatte darauf schlurfte.

»Gebrochenes Handgelenk. Hab ich Matt Klimmers Sohn und seinen Freunden zu verdanken.«

»Die haben Ihnen eine verpasst?«

»Mehrere.«

»Einer Frau? Ihnen?«, fragte er schockiert.

»Ja, mir.«

»Arschlöcher«, schnaufte er. »Die machen vor nichts Halt.«

»Das stimmt.«

»Zum Sheriff hier sind Sie aber nicht gegangen, schätze ich«, sagte Dart.

»Nein«, sagte Vega. »Ich bin für eine Weile zurück nach Kalifornien, habe dort ein bisschen recherchiert. Ich hatte gehofft, dass Sie mir bei etwas helfen können, Dart.«

»Bei was denn?«

»Haben Sie irgendeine Art von Sprengsatz hier?«, fragte sie.

Er wirkte nicht so überrascht, wie sie erwartet hatte. Schnaubte nur laut.

»Hatte mal eine Mischung aus Schwarzpulver und Titan, aber das ist Jahre her. Der Würmling hat es entsorgt, als er mein Haus ausgeräumt hat.«

Er steckte den Stecker der Kochplatte ein und setzte den Kessel auf.

»Was wollen Sie denn in die Luft jagen?«

»Matt Klimmers Stall.«

»Aha«, sagte Dart, während er Kaffeepulver in eine Tasse löffelte. »Und hat diese Aktion einen bestimmten Zweck?«

»Hat sie«, sagte Vega. »Ist eine lange Geschichte. Ich kann es jetzt nicht erklären, aber werde ich noch. Morgen.«

Der Kessel fing an zu pfeifen. Zuerst leise und abgehackt, dann laut und schrill. Dart trug ihn zu seiner Tasse, kratzte sich die Bartstoppeln am Kinn.

»Klimmer hat einen Flüssiggastank«, sagte er. »Er stand immer hinterm Pferdestall. Wenn Sie da ein, zwei Ladungen reinschießen, kriegen Sie ein hübsches Feuerwerk. Könnte die Polizei auf den Plan rufen.«

»Das macht nichts«, sagte Vega. »Würden Sie vielleicht mitkommen?«

»Zu Klimmer? Ich hab ihm nichts zu sagen.«

»Müssen Sie auch nicht«, erwiderte sie. »Ich möchte nur, dass Sie mit den Pferden sprechen.«

Am nächsten Tag schien die Sonne.

Vega fuhr zu dem Haus, in dem Rachels Kollegin Kelsey Sullivan samt Eltern und kleinem Bruder wohnte, und parkte mit laufendem Motor am Straßenrand gegenüber. Um sieben Uhr fünfunddreißig kam ein Mann von Mitte fünfzig mit Bauch und Bart heraus und stieg in einen kupferfarbenen Kombi, der schon einige Jahre auf dem Buckel hatte. Sie wusste, dass sie nicht viel länger zu warten brauchte. In der Cascade High klingelte es um fünf nach acht zur ersten Stunde.

Um zehn vor acht ging die Haustür wieder auf, und heraus kam Conor Sullivan. Er trug eine Baseballkappe, Jeans und eine orangene Puffajacke, stieg in einen braunroten Kleinwagen und schoss zu schnell aus der Einfahrt.

Vega wartete eine Minute, folgte ihm dann. Er musste sich für eine von zwei möglichen Routen zur Schule entscheiden und würde vermutlich die kürzere nehmen, weil er spät dran war. Als sie vor Verlassen des Wohnwagens die Ortskarte auf dem Handy studiert hatte, hatte sie gesehen, dass es an der Ecke River Road und Fourth Street eine Ampel gab. Sie schätzte, dass Conor immer noch etwa eine Minute Vorsprung hatte und die Ampel mindestens eine Minute lang rot sein würde, also gab sie Gas, als sie von der Third Street in die Fourth Street abbog, und sah ihn gerade bei Rot halten.

Sie verlangsamte auf dreißig km/h, zählte bis zehn, verlangsamte auf zwanzig, auf zehn, tippte dann das Gaspedal an und stieß gegen sein Auto, hörte das Knirschen der beiden Stoßstangen. Keine große Delle, aber gerade so viel, dass er es merkte.

Sie sah, wie sein Kopf nach vorn ruckte und dann ärgerlich zu ihr herumfuhr. Lächelnd zuckte sie die Achseln. Ich Dummerchen.

Er stieg aus, und sie sah, dass er Sommersprossen und rote Reizflecken im Gesicht hatte. Mit einer Grimasse in ihre Richtung bückte er sich, um den Schaden zu begutachten. Vega blickte in den Rückspiegel. Bis jetzt kam niemand.

»Verdammter Mist«, sagte er und schob seine Kappe zurück.

»Tut mir leid«, rief sie zum Fenster hinaus. »Sollen wir an den Rand fahren?«

»Nein«, sagte er, noch leicht unter Schock, der sich aber schnell in Wut verwandelte. »Wieso haben Sie mich nicht gesehen? Ich war direkt vor Ihnen!«

Vega löste ihren Gurt und stieg aus, sah die Straße hinunter. Ein Auto kam, sie winkte den Fahrer herum.

»Ach, ich weiß nicht. Muss wohl abgelenkt gewesen sein.«

»Was?«, rief Conor und zog sein Handy aus der Hosentasche. »Ich muss meinen Vater anrufen.«

Er schrieb aber nur eine Nachricht, statt anzurufen, was gut war.

Vega schloss ihre Tür und beugte sich ebenfalls über die Stoßstangen.

»Oh, ja, jetzt sehe ich es«, sagte sie mit Blick auf die Delle, die sie in seine hintere gedrückt hatte.

»Ich brauche wohl Ihre Personalien und Papiere und so.« Conor klang beinahe, als wäre ihm das unangenehm.

»Ja, klar, ich gebe sie dir«, sagte Vega, immer noch vorgebeugt. »Herrje, ich hab mich echt mit dem Abstand verschätzt – ist dir so was schon mal passiert?«

Conor sah von seinem Handy auf, rot im Gesicht. Er zuckte die Achseln und murmelte etwas Unverständliches.

»Die Delle da in der Mitte, vielleicht könnte man sie mit einer Saugglocke ausbeulen«, sagte sie. »Hast du schon mal gesehen, wie sie das im Fernsehen machen?«

Sie richtete sich auf.

»Hast du?«

Er umklammerte sein Telefon.

»Ich weiß nicht«, sagte er, mühsam beherrscht. »Ich muss meinem Dad Bescheid geben, okay? Könnten Sie einfach Ihre Papiere holen, bitte?«

»Hmm«, machte sie und blickte mit zusammengekniffenen Augen auf die Beule. »Ich glaube, der Schaden könnte bei mir tatsächlich größer sein als bei dir. Und weißt du, du hast wirklich sehr abrupt gebremst.«

Jetzt hob er ruckartig den Kopf, plötzlich in Alarmbereitschaft.

»Blödsinn«, keuchte er.

»Sieh selbst.«

Conor beugte sich über die Stoßstange. Als er nahe heran war, legte Vega ihre linke Hand auf die rechte und stieß beide Hände nach unten, so dass ihr Gips seinen Nacken traf. Er krachte mit der Stirn gegen die Stoßstange und spannte sich an wie zum Kampf, allerdings ein paar Sekunden zu spät. Dann rutschte er seitlich auf den Boden, wollte sich noch mit einem Arm auffangen, schaffte es aber nicht vor Benommenheit.

Vega kniete sich vor ihn und schlug ihn mit der eingegipsten Hand ins Gesicht. Conor riss beide Hände zu einem unkoordinierten Abwehr- oder Angriffsschlag hoch, versagte aber in jeder Hinsicht. Sie rammte ihm den Ellbogen in die Wange und verursachte eine Platzwunde unter dem Auge, so dass er aufschrie und versuchte, sein Gesicht zu bedecken.

»Lass die Hände unten, sonst breche ich sie dir«, befahl sie. »Und sag nichts. Du brauchst nur zu nicken, wenn du mich verstehst.«

Er nickte, seine Finger zuckten.

»Du heißt Conor Sullivan, richtig?«

Er nickte.

»Du magst Paintball, Conor?«

Er rührte sich nicht, hielt sich das Auge. Aus der Wunde troff das Blut nur so.

Vega ohrfeigte ihn auf die andere Seite. »Ich will dich nicht zweimal fragen müssen, verdammt. Magst du Paintball?«

Er nickte schnell.

Sie hörte ein Auto herannahen.

»Rühr dich nicht«, sagte sie.

Sie stand auf, sah eine Frau in einem Jeep verlangsamen. Lächelnd winkte sie sie weiter.

»Soll ich irgendwen für Sie anrufen?«, fragte die Frau aus dem Fenster heraus.

»Nein, danke, wir kommen klar«, rief Vega munter.

»Hilfe!«, lallte Conor.

Der Blick der Frau wurde misstrauisch, dann erschrocken, als sie versuchte, zwischen den Wagen einen besseren Blick auf Conor zu erhaschen. Sie starrte Vega an und brauste davon.

Vega schnalzte tadelnd mit der Zunge in seine Richtung und ging zum Kofferraum. Sie nahm eine der Sprühdosen mit blauer Farbe heraus, die sie vor einigen Wochen bei Pellers Heimwerkerbedarf gekauft hatte – hübsches kleines Andenken –, und schüttelte sie kräftig, klick-klick, klick-klick.

Conor versuchte, sich aufzurappeln, zog sich an den Stoßstangen hoch wie Rocky an den Seilen. Vega trat ihm locker gegen die Brust, worauf er den Halt verlor. Er packte ihren Stiefel, aber sie schüttelte ihn ab, beugte sich zu ihm herunter, sah ihm ins Gesicht.

»Die Lady wird die Polizei rufen, deshalb mache ich es kurz«, sagte sie und zog die Kappe von der Dose. »Wer hat dich vor sieben Wochen beauftragt, Paintballs auf einen elfjährigen Jungen zu schießen?«

Conor starrte auf die Sprühdüse wie auf ein winziges, böses Auge.

»Leck mich«, murmelte er.

»Schon gut, ich kenne ihn.« Vega zielte. »Mach Augen und Mund zu, Conor.«

Duane Smith war Derek Fentons Mitbewohner. Nach ein paar Minuten Online-Recherche hatte Vega herausgefunden, dass er als Lehrling in einem Tattoo-Studio in Amera, dem nächsten Nachbarort, arbeitete. Sie scrollte durch Facebook- und Instagram-Accounts auf der Suche nach Fotos von ihm. Seine Körpergröße war aufgrund der Bilder schwer zu schätzen, aber er sah schlank und drahtig aus, muskulöse Arme – genug, um jemanden von hinten im Klammergriff zu halten.

Dann fiel ihr etwas auf der Website des Ladens ins Auge. Versteckt in einer Diashow mit traditionell amerikanischen Motiven, Herzen und Pin-up-Girls, gab es ein Foto von einem Hals-Tattoo: zwei dicke, gezackte Blitze nebeneinander. Die Siegrune, gern getragen von Rechtsextremen und Rassisten, Symbol von Himmlers SS. Besonders beliebt im Knast.

Vega hatte keine Tätowierungen. Sie klickte auf »Einen Beratungstermin vereinbaren« und dachte, es gibt für alles ein erstes Mal.

Amera schien noch kleiner zu sein als Ilona. Die Hauptstraße, in der sich »Red Rose Specialty Tattoos« befand, umfasste kaum zwei Häuserblocks.

Vega ging hinein und wurde von einem Geruch nach Krankenhausseife und Zigarettenrauch empfangen. Plakate mit Tattoo-Designs an den Wänden: Anker, Frauen, Pfeile, Herzen, Messer, dicke Blutstropfen.

Sie ging zur Theke und schlug auf die Klingel, sah einen langen Lederstuhl mit Kopfstütze und Beinstütze. Außerdem ein Waschbecken und ein paar Tabletttische mit Tätowiernadeln und kleinen Bechern. Müßig blätterte sie durch einen Ordner voller Zeichnungen von Schiffen, Grabsteinen und Matrosen.

Ein kleiner, untersetzter Mann in einem schwarzen Muscleshirt und schwarzen Jeans kam aus einem Hinterzimmer. Vega kannte ihn von der Website als Kuffy. Mit ihm hatte sie auch hin und her gemailt und diesen Termin um zwölf Uhr mittags vereinbart.

»Hallo. Kuffy, nicht wahr?«, sagte sie, gab sich schüchtern.

»Genau.« Seine Stimme klang rau, aber überraschend hoch. »Betsy?«

»Bitsy, eigentlich.« Sie deutete mit Daumen und Zeigefinger etwas Kleines an. »Wie die kleine Spinne Itsy Bitsy aus der Zeichentrickserie?«

»Ach ja«, sagte Kuffy. »Niedlich.«

Mit Ausnahme des Gesichts war er am ganzen Körper tätowiert. Vega ließ den Blick über die Motive schweifen, aber sie waren so sehr ineinander verschlungen, dass es schwer war, einzelne zu erkennen.

»Meinen Sie, Sie könnten mir entgegenkommen? Wie ich in meiner Mail geschrieben habe?«, fragte sie.

»Sie meinen, wegen dem Preis?«

»Ja. So wie man manchmal einen billigeren Haarschnitt bei einer Frisörin in der Ausbildung bekommt? Sie meinten, Sie hätten vielleicht jemanden zu einem günstigeren Preis?«

»Ich hab da einen tollen Jungen für Sie«, sagte Kuffy. »Er kommt in etwa einer Viertelstunde. Tätowiert schon fast seit einem Jahr, und ich könnte ihnen dreißig Prozent Rabatt geben.«

»Oh, wow, meinen Sie echt?«, sagte sie mit Augenaufschlag.

»Kein Problem.« Kuffy machte auf großzügig. »An was für ein Motiv haben Sie denn gedacht?«

»Ich bin mir noch nicht sicher«, sagte Vega und blickte auf die Abbildungen an der Wand. »Irgendwie hatte ich gehofft, dass Sie mir bei der Entscheidung helfen können.«

»Klar, können wir«, sagte er. »Kompletter Service. Haben Sie was in der Mappe oder an der Wand gesehen, das Ihnen spontan gefällt?«

»Ehrlich gesagt, nicht so«, antwortete sie, beinahe entschuldigend. Dann lehnte sie sich über die Theke und sagte leise: »Macht ihr hier zufällig auch so White-Pride-Sachen?«

Kuffy hatte auf einmal ein breites Grinsen im Gesicht. Er griff unter den Tisch und zog einen anderen Ordner hervor, viel dicker als der offen ausliegende.

»Hier, bitteschön. Du müsstest schon nach Idaho fahren, um eine bessere Auswahl zu kriegen, garantiert.«

»Wer hat schon Zeit für so was«, sagte sie und schlug den Ordner auf.

Da waren sie. Hakenkreuze, Konföderiertenfahnen, keltische Kreuze, Würfel, Köpfe mit Topffrisuren.

»Die macht ihr alle?«, fragte Vega. »Echt cool.«

»Die meisten, ja«, sagte Kuffy. »Aber guck mal, mein Lehrling Duane hat die hier gemacht.«

Er blätterte ans Ende der Mappe zu einer Seite mit grober Frakturschrift.

»Er ist richtig gut mit Text, falls du irgendwelche Wörter willst.«

Eines stach ihr ins Auge. Sie tippte darauf.

»Könnte ich das haben?«, fragte sie.

Kuffy drehte die Mappe herum, um es besser sehen zu können. Er grinste, brachte einen schiefen Zahn zum Vorschein. »Könntest du schon, aber das ist so was wie ein Club, in dem Duane ist. Ich weiß nicht, vielleicht haben sie so eine Art Aufnahmeritual.«

»Ist ja aber nur ein Wort«, sagte Vega treuherzig. »Und außerdem ist es doch das, worum es in unserem Land geht, oder?«, fügte sie hinzu, als würde sie für Miss Weißes Amerika kandidieren.

»Hey, Schätzchen, total«, sagte Kuffy. »Du hast das Herz am rechten Fleck, merk ich. Nur das Wort hier, in dem Stil, ist so 'ne Art Markenzeichen von ihm. Er wird jede Minute hier sein, dann kannst du mit ihm selbst drüber sprechen.«

»Er klingt talentiert.«

»Oh, ja. Er und seine Freunde bewegen wirklich was in der Welt.«

»Das glaube ich gern.«

Dann sah sie, wie sein Blick zur Tür wanderte, und wusste, dass Duane kam. Sie trat von der Theke zurück, stand gerade, nahm die Schultern zurück.

Die Ladentür ging auf.

»Ah, hier ist der Mann der Stunde. Duane, das ist unsere neue Kundin, Bitsy. Sie ist ein kluges Mädchen.«

Vega drehte sich noch nicht um. Sie sah Kuffy mit hartem Blick an.

»Alles okay?«, fragte er.

»Hallo, Bitsy, ja?«, sagte Smith, schätzungsweise einen halben Meter hinter ihr.

Auf einen Schlag, dachte sie. Besser alles auf einen Schlag.

Sie griff in ihre Jacke und zog die kappenlose Sprühdose hervor.

Kuffy guckte jetzt etwas verwirrt, lächelte aber immer noch. Vega drehte sich abrupt um und stand Smith gegenüber. Sie nahm seine Hand, als wollte sie sie schütteln, griff jedoch fest zu, so dass der Gips in seine Handfläche drückte, grub zusätzlich ihre Fingernägel hinein.

»Was zum ...«, sagte Smith, als ihm etwas dämmerte.

Er wollte seinen Arm wegreißen, worauf Vega ihm einen hellblauen Streifen über die Augen sprühte. Smith schrie, seine Hände flogen an sein Gesicht.

Sie fuhr herum, als Kuffy durch die Klapptür in der Theke auf sie zugestürmt kam, und schwang ihren eingegipsten Arm gegen sein Gesicht.

Kuffy umklammerte den Gips mit beiden Händen, worauf Vega ihren linken Arm hob und Farbe in Richtung seiner Augen sprühte, doch er riss seinen Kopf zurück, so dass der Lack ihm in die Nase und den offenen Mund floss.

Er ließ sie los – reiner Instinkt, wie sie wusste. Wenn das Gesicht oder der Kopf etwas abbekommt, versucht man, sich mit den Händen schützen, obwohl Hände und Arme in dem Moment dringend woanders gebraucht würden.

Die Dämpfe verstopften ihre Nase, als sie auf ihn zustürzte und ihm einen Kinnhaken verpasste. Kuffy fiel gegen die Theke und landete auf dem Boden, kratzte mit den Fingernägeln an seiner Zunge, während seine andere Hand sein Gesicht bedeckte wie eine Catcher-Maske.

Vega drehte sie sich zu Duane um, der ebenfalls zu Boden gegangen war und sich schreiend die Augen rieb. Sie trat ihn fest in die Rippen, worauf er sich vor Schmerz krümmte und ein Strahl Kotze aus seinem Mundwinkel quoll.

Sie hockte sich neben ihn, schüttelte die Sprühdose.

»Erinnerst du dich an mich, Duane?«

Er antwortete nicht, würgte und gurgelte, die Augen immer noch geschlossen, die Lider stark geschwollen.

»Du hast mir auf einem Parkplatz die Arme auf den Rücken gedreht, stimmt's? Nicke zur Antwort!« Sie schlug ihm ihren umgipsten Handballen gegen die Stirn, so dass er mit dem Hinterkopf auf den Boden knallte.

Smith nickte.

»Du siehst ein, dass das keine gute Idee war?«

Er nickte wieder.

»Wenn wir also alle in eine Zeitmaschine steigen könnten, um mal kurz zu diesem Abend zurückzureisen, meinst du, du würdest dann anders handeln?«

Er öffnete die Augen zu kleinen Schlitzen. Sie waren stark gerötet, Tränen strömten aus den Winkeln. Vega hielt ihm die Sprühdose vors Gesicht.

»Meinst du?«

Er bleckte die Zähne, als wollte er sich wehren, nickte dann aber knapp.

»Du hast Ansätze von Talent, Duane. Dieser Nazi-Font in der Mappe dort ist zwar nicht mein Ding, aber da könnte ein Berufsweg für dich drin liegen. Deine Freunde dagegen – die ziehen ein cleveres Kerlchen wie dich am Ende mit runter. Glaubst du nicht?«

Duane nickte wieder, langsamer diesmal. Er drehte den Kopf zur Seite und spuckte noch ein bisschen Kotze aus.

Vega hielt die Sprühdose weiter über sein Gesicht und zog ihr Handy heraus, tippte auf Videoaufnahme.

»Wie heißen sie, Duane? Die Typen, die dich dazu überredet haben.«

Duanes Augen rollten zu Kuffy hin, der hustend blauen Schleim auf den Boden spuckte. Dann sah er sie wieder an. Sein Gesicht um den blauen Streifen war käsig, er wusste, dass er keine Zeit und keine Optionen mehr hatte, und nannte ihr die Namen.

Als Nächstes zu dem Haus, in dem Derek Fenton und Duane wohnten. Duane hatte sie im Tattooladen herumkriechend zurückgelassen, nun musste sie noch Derek ausfindig machen. Er gehörte zu einem Trupp, der Holzstrommasten für ein Energieunternehmen sicherte und verstärkte, wie sie in Erfahrung gebracht hatte, allerdings wusste sie nicht, wo genau er heute arbeitete. Dafür erinnerte sie sich, dass Rachel gesagt hatte, Claire habe die Schule geschmissen und keinen Job, also standen die Chancen gut, dass das Mädchen zu Hause war.

Sie parkte vor dem blauen Bungalow. Ein in die Jahre gekommener weißer Viertürer stand in der Einfahrt. Sie erkannte ihn sofort, es war derselbe, mit dem Claire an jenem Abend zu dem Burger Village gefahren war.

Die Sonne schien noch, aber der Wind frischte auf, lange Wolken zogen schnell über den Himmel. Sie setzte ihre Sonnenbrille auf und schwang probehalber den Fungo. Er machte ein seufzendes Geräusch in der Luft. Wenig Masse, aber aus Aluminium, was günstig war. Praktisch unmöglich, ihn zu zerbrechen.

Vega ging auf das Auto zu und dachte daran, wie sie mit vernebeltem Blick vom Boden aus darauf gestarrt hatte. Es kam ihr kleiner vor jetzt und klappriger, das Tageslicht gab die vielen Roststellen preis. Sie spähte hinein – die Sitze waren zerschlissen, Pappkartons lagen kreuz und quer auf dem Rücksitz. Einer davon war offen, voll mit leeren Tupperdosen.

Sie stellte sich neben die Motorhaube und übte ihren Schwung. Von links aus, weil ihr linker Arm derzeit nun mal der stärkere war. Die Türen und die Seitenfenster konnten warten.

Sie schloss die rechte Hand um den Griff des Schlägers, legte die linke darum und hob ihn über den Kopf, als wollte sie die Windschutzscheibe zum Ritter schlagen. Fixierte den kleinen Traumfänger am Rückspiegel und ließ den Schläger mitten auf die Scheibe krachen.

Es klang dumpf, wie ein Tritt gegen einen Sandsack, das Glas splitterte vor ihren Augen in fünf Richtungen, zwei lange und drei kurze Risse. Nur noch einmal antippen, dachte sie.

Sie schlug erneut zu, direkt über das Zentrum des netzförmigen Bruchs, und die Windschutzscheibe brach ein.

Die meisten Scherben regneten auf das Armaturenbrett und die Sitze, aber sie schloss trotzdem ihre Augen hinter der Sonnenbrille gegen die feinen hochspritzenden Teilchen. Der Traumfänger drehte sich im Wind.

Dann schwang sie den Fungo gegen das Fahrerfenster, ein Schlag, ein zweiter, die Scheibe zerbarst nach innen. Als Nächstes kam die Fahrertür dran, bis die Mitte trichterförmig einbrach.

Die Haustür ging auf und Claire kam herausgerannt, barfuß, in Jeans und einem Football-Trikot, das für einen kleinen Jungen gemacht zu sein schien.

»Scheiße, was soll das?«, schrie sie, während sie auf Vega zustürmte.

Vega beachtete sie nicht, schmetterte den Schläger zweimal gegen das Heckfenster.

Claire erstarrte, wich bei dem Geräusch ein Stück zurück und schrie wieder laut, als die Scheibe zerbrach.

»Bist du irre, du Miststück?! Was machst du da, verdammt?«

Sie kam wieder näher, worauf Vega den Schläger auf sie richtete.

»Stopp«, sagte sie.

Claire hielt an, aber nicht den Mund. »Mach, dass du verschwindest, verdammte Scheiße!«

»Erinnerst du dich an mich?« Vega nahm ihre Sonnenbrille ab. »Hm, Claire?«

Claire wankte rückwärts, ihr Mund zuckte.

»Ich habe eine Pistole im Haus«, krächzte sie.

»Ach ja? Ist es meine? Ich bräuchte sie.«

»Nein, die gehört mir«, sagte Claire stolzgeschwellt. »Ist auf meinen Namen eingetragen.«

»Tja, du solltest sie besser holen, Mädchen«, sagte Vega. »Du wirst jede Hilfe brauchen.«

Claire wich weiter zum Haus zurück. »Du Normie-Bitch«, sagte sie kopfschüttelnd. »Du bist tot.«

Vega hauchte auf ihre Sonnenbrille, dass die Gläser beschlugen, und hielt sie Claire zur Ansicht hin.

»Nee. Quicklebendig.«

Sie setzte die Sonnenbrille wieder auf und nahm sich die Beifahrerseite vor.

»Ich ruf jetzt Derek an, der ist in fünf Minuten hier!«, kreischte Claire.

Vega unterbrach ihre Arbeit und lief mit schwertartig ausgestrecktem Schläger auf sie zu. Claire stolperte rückwärts die Treppe hinauf und fiel in der offenen Tür auf den Hintern.

»Ist er in der Nähe?«, fragte Vega.

»Er ist gleich beim Thirty-Eight, bei den Kirchen. Diesmal bringt er dich um!«

Vega lächelte. »Dann beeil dich mal und hol dein Telefon!«

Claire sah sie trotzig und verwirrt an, tat aber wie geheißen und flitzte hinein. Vega folgte ihr.

»Raus hier!«, brüllte Claire. »Das ist Hausfriedensbruch!«

»Dann solltest du vielleicht auch gleich den Sheriff anrufen.« Vega registrierte flüchtig die Möbel aus dritter Hand und den Geruch nach abgestandenem Bier und gebratenen Zwiebeln.

Als Claire sich ihr Handy vom Küchenschrank schnappte, marschierte sie mit dem Schläger an der Seite auf sie zu. Die Augen des Mädchens wurden groß, sie drückte sich an den Schrank.

»Gib mir das Telefon, Claire«, sagte sie und baute sich dicht vor ihr auf. Claire erstarrte zu Eis. »Gib mir das Telefon, Claire«, wiederholte Vega langsam und deutlich.

Sie beugte sich vor, bis sie ihre fettige Haut riechen konnte. Claire schloss die Augen, und Vega küsste sie auf die Nasenspitze.

Claire schüttelte sich, als hätte sie eine Biene im Haar, und ließ das Handy fallen. Vega fing es auf und lief damit hinaus.

Sie warf es in die Luft, schwang den Schläger und traf es.

Die Hülle zerbrach, während das eigentliche Telefon quer über die Einfahrt segelte und scheppernd auf der Straße landete. Dann machte sie sich wieder an das Auto, schlug den Seitenspiegel glatt ab, so dass er herunterbaumelte.

Claire stand an der Haustür und sah zu. Ein paar köstliche Minuten lang war sie sprachlos gewesen, doch jetzt fing sie wieder an zu kreischen, dass Vega tot sei und ein Miststück und ein totes Miststück. Vega ignorierte sie. Ihr war klar, dass sie zum Highway 38 fahren und Derek Fenton aufspüren musste, aber am liebsten wäre sie noch geblieben, um die Karre ganz zu Schrott zu hauen. Es machte noch viel mehr Spaß, als sie gedacht hatte.

Zwei Transporter der Firma Oswald Utility Specialists standen ein Stück außerhalb von Ilona hintereinander am Straßenrand. Vega sah das Logo an den Türen: eine Glühbirne mit einer Sonne in der Mitte. Drei Männer mit Helmen und Werkzeuggürteln waren bei der Arbeit, zwei standen unten bei einem Strommast, während der Dritte in etwa acht Metern Höhe hing, durch ein Hüftgeschirr gesichert. Keiner von ihnen war Derek Fenton.

Sie parkte hinter den Transportern und schrieb Bastard eine kurze Nachricht samt einer Adresse: »Kannst du dort bitte für eine Stunde das Wi-Fi lahmlegen?« Dann nahm sie die Sprühdose und den Fungo vom Rücksitz.

Sie stieg aus und ging rasch auf den Mann zu, der am nächsten zur Straße stand. Er war um die dreißig und hatte einen rötlichen Schnurrbart.

»Hallo«, sagte sie.

Er sah ihr ins Gesicht, dann auf ihre Hände, Sprühdose in der einen, kleiner Baseballschläger in der anderen. Über sein Gesicht zuckte so manches – Schrecken, Verwirrung, Feindseligkeit.

Vega blieb mit einigem Abstand zu ihm stehen, die Waffen zu Boden gerichtet. Das mochte Schnurrbart zwar nicht vollständig beruhigen, aber zumindest würde es eine Kampf-oder-Flucht-Reaktion verhindern, wenn sie keine unmittelbare Bedrohung darstellte.

»Ich suche Derek Fenton«, sagte sie. »Ich muss mit ihm reden.«

Schnurrbart öffnete den Mund.

»Wie ich höre, legt er sich nicht gern ins Zeug«, fuhr sie fort. »Wenn Sie wollen, können Sie einfach hier mit Ihrer Arbeit weitermachen. Ich brauche nur zwei Minuten.«

Schnurrbart überlegte.

»Sein Vater ist der Sheriff, Schätzchen«, sagte er beinahe freundlich.

»Ihr könnt euch mir in den Weg stellen oder nicht.« Sie warf die Dose in die Luft, so dass sie sich überschlug, und fing sie wieder auf, ohne den Blickkontakt zu unterbrechen. »Ich werde tun, was ich tun muss, ob ihr dabei seid oder nicht. Also, ich weiß, dass er nichts taugt, und bin mir ziemlich sicher, dass ihr das auch wisst. Warum betrachtet ihr es nicht einfach als einen Gefallen von meiner Seite, dass ich ihn euch für ein paar Tage vom Hals schaffe?«

Als Schnurrbart unwillkürlich zu den Wagen hinblickte, wusste sie, dass Derek in einem davon war, obwohl sie ihn nicht gesehen hatte.

»Er pennt auf dem Vordersitz«, sagte Schnurrbart.

»Danke«, sagte Vega. Dann, im Gehen: »Ihr habt nicht zufällig einen zweiten Schlüssel für das Fahrzeug, oder?«

»Sollte offen sein«, sagte Schnurrbart.

Dann trabte er zu dem zweiten Arbeiter am Boden hin und sagte etwas zu ihm, deutete mit dem Kopf in Vegas Richtung. Der andere bückte sich über eine große Werkzeugkiste, nahm eine Schlagbohrmaschine heraus und stellte sie an. Das Surren war schon ziemlich laut, doch dann gingen die beiden zu dem Strommast, und der mit dem Gerät fing an, in den Betonsockel zu bohren. Der Lärm war enorm, Vega musste an den Zahnarzt denken. Sie fuhr sich mit der Zunge über ihr Implantat und ging auf den Transporter zu.

Jetzt verstand sie, warum sie Derek nicht gleich gesehen hatte. Er lag quer über dem Vordersitz, den Kopf an die Fahrertür gelehnt, die dicken Stiefel oben am Beifahrerfenster. Augen geschlossen, Mund offen, selig schlummernd.

Vega ging zur Fahrertür, stellte sich neben den Seitenspiegel. Sie lehnte den Schläger an den Vorderreifen und riss die Tür auf.

Derek kippte halb aus dem Wagen, die Augen jetzt weit offen. Zappelnd wollte er sich am Sitz und dem Lenkrad festklammern, um nicht zu fallen, aber Vega packte ihn am Kragen und zerrte ihn heraus, bevor er irgendwo Halt fand. Mit rundem Rücken und vorgerecktem Kopf landete er auf dem Boden. Wahrscheinlich das Football-Training, dachte sie, er weiß, wie man eine Gehirnerschütterung vermeidet.

Sie nahm den Fungo und schlug ihn hart, wie einen Golfschläger, in Dereks linke Rippen. Brüllend hielt er sich die Seite.

Schnell beugte sie sich über ihn und sprühte ihm blaue Farbe in die Augen. Derek wand sich, bäumte sich auf, patschte sich ins Gesicht.

»Wo ist meine Pistole, Arschgesicht?«, fragte sie ruhig.

Er streckte die Hand nach ihr aus, um sie zu packen, aber seine Augen waren verklebt, und sie schlug ihm auf die Finger.

Er schrie, worauf sie sich umdrehte, um nach Schnurrbart

und seinem Kollegen zu sehen. Die beiden bohrten immer noch, sahen nicht her.

»Meine Pistole«, wiederholte sie. »Wo ist sie?«

»F… fick …«, begann Derek, hielt sich die gebrochenen Finger.

Vega stellte ihren Stiefel auf seinen rechten Fußknöchel und hielt den Schläger an sein Knie.

»Mach die Augen auf«, befahl sie.

Er machte eines auf.

»Ich werde dir beide Patellen brechen. Das sind deine Kniescheiben. Du wirst nicht mehr gehen können, die Heilung dauert bis zu einem Jahr. Wenn du also nicht willst, dass deine Freundin dir auf die Toilette helfen muss, sag mir, wo meine Waffe ist.«

»Fick dich, du verfickte …«

Vega trat fest mit dem Fuß auf seinen Knöchel, ließ die Sprühdose fallen. Dann hob sie den Schläger mit beiden Händen und ließ ihn schwungvoll auf sein rechtes Knie niedergehen. Sie hörte das Krachen, stellte sich die Knochensplitter vor, die wie Flitter in die Blutbahn streuten.

Jetzt schrie er aus vollem Hals, wenn auch nur einmal, ein durchdringender, schriller Laut. Vega hockte sich neben ihn und riss ihn an den Haaren, als würde ihn das dazu bringen, die Augen zu öffnen.

»Meine Pistole«, sagte sie.

»Gable«, stieß er hervor. »An K-kent Gable verkauft.«

»Den Antiquitäten-Typ?«, fragte Vega.

»Pfandleihe hinten«, sagte Derek und fuhr sich mit der Zunge über die Lippen.

»Ach echt?«, sagte Vega. »Ha.«

Derek sah nicht gut aus. Schaum quoll aus seinem Mund, Rotz lief ihm aus der Nase. Sie zog eines seiner Augenlider hoch, die Pupille war wie ein schwarzer Knopf. Der Schock.

Sie zog ihr Handy aus der Innentasche, öffnete die Sprachmemos-App und tippte auf »Aufnahme«.

»Wie heißt du?«, fragte sie.

Er antwortete nicht gleich, also legte sie den Schläger ab und bohrte ihm den Finger in die Brust, hielt sein Auge mit der anderen Hand weiter offen.

»Dein Name.«

»Derek Fenton«, murmelte er.

»Derek Fenton«, wiederholte sie. »Mein Name ist Alice Vega. Hast du mich vor sieben Wochen auf einem Parkplatz angegriffen? Ja oder nein reicht.«

Das Auge zuckte, das Lid wollte sich schließen, die Pupille bewegte sich hin und her, zog sich ein wenig zusammen.

»Ja«, sagte er.

»Beweise es«, sagte sie. »Wenn sich jemand die Bilder der Überwachungskameras ansieht, was tust du darauf?«

»Ich … ich habe Sie auf den Boden gedrückt …«

»Richtig, und was habe ich getan?«

»Sie haben mir einen Kopfstoß gegen die Zähne verpasst.«

»Und dann, was hast du getan, kurz bevor ich dir das Knie in den Penis gerammt habe?«

»Ich hab Sie auf die Beine gezogen …«

»Warum?«

Er blinzelte, richtete dann beide flackernden Augen auf sie.

»Damit die anderen Sie fertigmachen konnten.«

Vega lächelte ihn an, zerzauste ihm die Haare und sagte, als wäre er ein Kleinkind, das zum ersten Mal aufs Töpfchen gegangen war: »Brav.«

Vega holte Dart ab und fuhr mit ihm zum Anwesen der Klimmers, hielt auf dem runden Vorplatz hinter dem schwarzen Camry. Sie sah auch einen Kompaktwagen, aber keinen Range Rover. Neil da, kein Matt, schloss sie. Dart neben ihr trug Jeans, die ihm vielleicht mal vor fünf Kilo gepasst hatten, jetzt aber um seine Hüften schlotterten und nur von einem dicken Ledergürtel gehalten wurden. Die Schnalle hing locker herab wie das Mittelstück eines Geburtstags-Spruchbands.

»Ich erinnere mich an die Farm«, sagte er.

»Sie wissen, wo der Stall ist, oder?«, fragte Vega. »Gleich dort hinten? Sehen Sie ihn?«

Dart spähte aus dem Fenster. »Ich sehe ihn«, sagte er. »Steht noch an derselben Stelle.«

»Sie wissen, was zu tun ist?«

»Die Pferde rausbringen. Mich an die Tür stellen.«

»Genau«, sagte Vega. »Aber warten Sie, bis ich im Haus bin, okay? Ich will nicht, dass jemand Sie dort sieht.«

»Okay«, sagte Dart.

»Sie haben den Smith?«

Dart klopfte auf seine Hosentasche.

»Bis gleich«, sagte Vega.

Sie stieg aus, lief zur Haustür und drückte mehrmals mit dem Daumen auf die Klingel.

Die rundliche Haushälterin machte auf und sah sie an, dann den Schläger.

»Lila«, sagte Vega.

Die Frau machte kehrt und rannte die Treppe hinauf.

Vega ging ins Wohnzimmer, ließ die geschmackvolle Einrichtung auf sich wirken. »Rustikaler Country-Stil« würde das wohl in einer Wohnzeitschrift heißen. Sie betrachtete die Steinfigur eines Cowboys auf einem buckelnden Pferd, die neben gerahmten Fotos von den Klimmers auf dem Kaminsims stand.

Lila kam die Treppe heruntergeeilt, blieb dann auf halbem Weg stehen und starrte sie erschrocken an.

»Sie …!«

»Ich«, sagte Vega und ging auf die Treppe zu.

Lila schüttelte verdattert den Kopf. »Was wollen Sie? Warum sind Sie hier?«

»Verschiedene Dinge«, sagte Vega. »Verschiedene Gründe.«

»Meine Haushälterin ruft gerade den Sheriff.« Lila klammerte sich an das Geländer, um Tapferkeit bemüht.

»Mag sein, aber er hat heute keine Zeit«, sagte Vega und hob ihren Gipsarm, damit Lila ihn gut sah. »Das haben Ihr Sohn und seine Freunde gemacht.«

»Neil?«, sagte Lila. »Nein, das ist ein Irrtum.«

»Lila, ich bleibe nicht lange. Ich will nur Ihren Mann nach dem Stall fragen. Ihn fragen, warum er ihn von heute auf morgen betonieren ließ. Ihn fragen, was darunter ist.«

Lila musste sich jetzt mit beiden Händen am Geländer festhalten, knickte in der Taille ein.

»Was ... was sagen Sie da?« Sie setzte sich auf eine Treppenstufe.

Vega seufzte. Die arme Lila begriff es nicht.

»Ihn außerdem fragen, was wirklich mit seinem Vater passiert ist, okay?«

Lila schüttelte wortlos den Kopf.

»Ist Neil in seinem Zimmer?«, fragte Vega.

»Nein«, sagte Lila und zog sich wieder hoch. »Lassen Sie meinen Sohn in Ruhe.«

»Unten«, sagte Vega. »Alles klar.«

Sie versetzte sich zu ihrem letzten Besuch zurück und erinnerte sich, dass Lila durch eine Tür neben der Küche verschwunden war, um Neils Laptop zu holen. Als sie darauf zusteuerte, kam Lila die Treppe heruntergestolpert.

»Lassen Sie ihn!«, schrie sie.

Vega schwang den Schläger gegen die Spindelstäbe des Geländers. Der ihr am nächsten war, brach fast entzwei, Holz splitterte. Lila machte einen Satz rückwärts.

Vega richtete den Schläger auf sie.

»Seien Sie keine dumme Mom. Seien Sie eine schlaue Mom.«

Lila hastete die Treppe hinauf, während Vega aus dem Wohnzimmer und durch die Küche lief. Neben einer Gästetoilette fand sie eine offene Tür und stieg die mit Teppich belegte Treppe ins Kellergeschoss hinunter.

Sie hörte Neils Stimme, er klang nicht beunruhigt. »Was ist da oben los, Mom? Hat Feli was kaputt gemacht?«

Das Souterrain war voll möbliert, halb Sportbar, halb Jungenzimmer, mit Schnapslogos an den Wänden, einer Lampe aus einem Hirschgeweih, einem Bett, einem Schrank.

Neil kehrte ihr den Rücken zu, saß an einem Schreibtisch vor zwei großen Computermonitoren. Auf einem lief ein Egoshooter, auf dem anderen ein Twitterfeed. Er hatte Kopfhörer um den Hals und nippte an einem Energydrink, während er auf die Enter-Taste seines Keyboards einhackte und genervt stöhnte.

»Scheiße, was ...?«, sagte er und drehte den Kopf zur Treppe.

Als er Vega sah, klappte ihm die Kinnlade herunter. Er sprang so plötzlich auf, dass sein Stuhl rückwärts rollte.

Vega hielt den Schläger beidhändig und setzte einen Fuß vor den anderen. Neil war kein Hüne, aber auf dem Parkplatz hatte er zuzuschlagen gewusst. Sie fuhr mit der Zunge über ihren neuen Zahn.

»Hey, Neil«, sagte sie. »Kein W-Lan, was?«

Er erstarrte.

»Such dir besser 'nen Festnetzanschluss.«

Sein Blick schnellte zur Treppe, etwa drei Meter von ihnen beiden entfernt.

Als Neil darauf zustürzte, schwang Vega den Schläger gegen seinen Ellbogen. Er schrie und landete rückwärts auf dem Schreibtisch, warf einen der Monitore um.

Langsam ging sie auf ihn zu, während er keuchend auf der Tischkante hockte und sich den verletzten Arm hielt, sie taxierte.

»Du magst Computer, ja?«, sagte sie. »Damit kann man viele Freunde gewinnen.«

Neil sagte nichts, suchte das Zimmer mit den Augen nach etwas ab, das er benutzen könnte.

»Das Keyboard ist doch kabellos, oder?«, sagte Vega. »Mach schon, nimm es.«

Neils Atem ging schneller. Er schielte zu der Tastatur hin.

»Na, los.« Sie machte noch einen Schritt. »Nimm's.«

Als sie mit erhobenem Schläger auf ihn losging, packte er ungeschickt sein Keyboard und stieß sich vom Schreibtisch ab. Vega spannte ihre Bauchmuskeln an, er schlug das Keyboard gegen ihre Mitte.

Es war nicht viel Kraft dahinter, weil er seinen rechten Arm nicht richtig gebrauchen konnte, aber sie spürte trotzdem ihre Wirbelsäule und ihr gesamtes Nervensystem rasseln wie die Geister in einem Dungeon-Spiel.

Sie boxte ihn aufs Kinn, dass er zu Boden ging. Dann ließ sie den Schläger fallen und zog den Stecker einer Ladestation aus einer Steckdosenleiste auf dem Tisch, nahm ihn zwischen die Zähne wie ein Hobo seine Zigarre.

Halbherzig packte er ihren Fußknöchel, und sie ließ ihn, trat ihn gleich darauf mit dem anderen Fuß kräftig in die Rippen, hockte sich neben ihn. Jetzt krümmte er sich von den mehrfachen Schmerzpunkten, immer das Ziel bei einem Kampf.

Vega riss ihn an den Haaren und zog die Sprühdose aus der Jacke.

»Halt still!«

Sie sprühte ein X über sein Gesicht, einschließlich der Augen, steckte die Dose dann wieder ein. Neil hustete und schrie, wischte sich hektisch über seine Nase und die Augen.

Vega sah seine dicke, rosa Zunge mit dem weißen Belag, als er brüllte. Sie hielt ihm die Nase zu und spuckte den Stecker in ihre Hand, schob ihm das Teil dann in den Mund und setzte sich auf seinen Bauch.

»Schluck«, sagte sie. »Schluck das, Neil.«

Er riss die Augen auf und griff nach ihrem Arm, während sie seine Wangen mit einer Hand zusammendrückte, ihm die Fingernägel in die Haut grub, bis er blutete.

»Ich geh nicht weg, bis du das geschluckt hast, also mach schon, du Arsch.«

Er wollte den Mund öffnen, doch seine Lippen schlackerten und zuckten nur in ihrer Hand. Dann schob er das Kinn vor, vielleicht, um ihrer Aufforderung nachzukommen, wobei ihr klar war, dass das Ding nicht leicht runtergehen, sondern ihm wahrscheinlich in der Kehle stecken bleiben würde.

Abrupt schlug sie ihn mit der Kante ihrer eingegipsten Faust über den Nasenrücken, worauf er hustete und schrie, den Stecker mit der Zunge herausdrückte.

Sie angelte sich den Energydrink vom Schreibtisch, rutschte dann ein Stück vor, so dass sie rittlings auf seiner Brust saß, und zwängte ihm den Stecker wieder in den Mund.

»Schluck.« Sie schüttete ihm den Drink hinein, damit es besser rutschte.

Das Zeug war orangefarben und er spuckte das meiste davon wieder aus, sein Mund ein kleiner, Blasen werfender Vulkan.

»Kriegst du noch nicht mal das richtig hin?«, sagte sie.

Plötzlich Lilas stolpernde Schritte auf der Kellertreppe.

»Lassen Sie ihn los!«

Vega stand seufzend auf und ließ die leere Dose auf Neils Gesicht fallen, während er schäumte und stöhnte.

»Mein Mann ist gleich die Straße runter im Tack and Saddle«, sagte Lila. »Nicht mal zehn Minuten von hier.«

Sie eilte die Treppe ganz hinunter, blieb dann aber stehen, als ihr klar wurde, dass sie einer körperlichen Auseinandersetzung möglicherweise nicht gewachsen war.

Mit einem enttäuschten Grunzen stieg Vega über Neil hinweg und ging auf sie zu, hob dabei den Baseballschläger auf.

Lila drückte sich an die Wand, um ihr auszuweichen.

»Sie wissen, dass er ein Nazi ist, oder?«

»Verlassen Sie sofort mein Haus«, sagte Lila mit einem Aufflackern von Mut. Ihre Brust hob und senkte sich, als säße ein Ballon unter ihrem Brustbein.

Vega warf noch einen Blick auf den hingestreckten Neil und lief dann, zwei Stufen auf einmal nehmend, die Treppe hinauf.

Durch die Küche und zur Haustür hinaus zu ihrem Auto. Erst da sah sie sich nochmal nach dem Camry und dem Kompaktwagen um, vermutlich Lilas und Neils Fahrzeuge, und hielt an. Sie nahm die Spraydose heraus, schüttelte sie.

Auf die Windschutzscheibe von Neils Auto sprühte sie: NAZI. Auf die von Lilas Limousine: NAZI MOM.

Dann steckte sie ihre Visitenkarte bei beiden unter die Scheibenwischer, stieg in ihr Auto und fuhr über den Kies und die Pflanzenrabatte am Rand der Einfahrt auf den Stall zu. Sie sah die Pferde, zählte drei.

Als sie auf dem Hof beschleunigte, um dann vor der Stalltür zu halten, kam Dart in aller Seelenruhe heraus, einen Waschbottich aus Zink in der Hand.

»Sie sind losgeprescht, als ich auf die Schüssel gehauen hab«, sagte er entzückt. »Nicht besonders wild allerdings.«

»Kommen Sie!«, rief Vega.

Sie rollte näher an ihn heran, er ließ den Bottich fallen und stieg ein. Vega fuhr vom Weg auf die Wiese und hinter das Stallgebäude, wo sie den Gastank sah.

Er war etwa eins dreißig hoch und fast genauso breit.

»Worauf wartest du, Mädchen?« Dart griff nach seinem Revolver.

»Moment«, sagte sie. »Das ist ein großer Tank, Dart.«

Er sah blinzelnd hin. »Ich dachte, Sie wollten einen großen Knall.«

»Ich glaube, dabei würde nicht nur der Stall in die Luft fliegen.«

»Könnte auch dein Auto mitfliegen.« Er hörte sich an, als sei er dem Gedanken nicht völlig abgeneigt.

»Und auch ein paar Leute«, sagte sie. »Darunter eventuell wir.«

Sie hörte eine Sirene in der Ferne und wendete, schoss über das Grundstück und eine Reihe von Sträuchern hinweg, während die drei Pferde ruhig auf der Wiese standen und ihnen nachblickten.

Vega ließ Dart im geparkten Auto zurück. Als sie mit dem Fungo an der Seite den Antiquitätenladen betrat, hörte sie wieder das Glöckchen über sich klingeln. Sie ging zur Theke hinten, wo Kent an die Vitrine gelehnt in einer Zeitschrift blätterte.

»Hey«, sagte er freundlich und schnippte mit den Fingern. »Sagen Sie mir nochmal Ihren Namen.«

»Vega.«

»Genau. Ich bin …«

»Kent Gable.«

»Richtig. Alles okay mit dem Fungo?«, fragte er mit Blick auf den Schläger. »Keine Rücknahme, leider«, fügte er grinsend hinzu.

Vega legte den Schläger auf die Glastheke. »Ich brauche ihn nicht mehr und möchte ihn umtauschen.«

Kent zog die Augenbrauen hoch. »Wir tauschen normalerweise nichts um.«

»Sie haben meine Pistole«, sagte Vega.

Kent tat überrascht. »Das glaube ich kaum. Die einzige Schusswaffe, die ich habe, ist eine alte Zündplättchenpistole. Falls Sie interessiert sind?«

»Es ist eine Springfield 9mm. Derek Fenton hat sie hergebracht. Er sagt, der Laden ist eine Tarnung für eine hehlerische Pfandleihe.«

Kent trat einen Schritt von der Theke zurück.

»Sind Sie mit Derek Fenton befreundet?«

»Würde ich nicht sagen. Er hat mir die Waffe ohne meine Erlaubnis abgenommen.«

Vega tippte den Fungo an, der auf Kent zurollte.

»Den Schläger für meine Waffe, die auf meinen Namen eingetragen ist.«

Kent nahm den Schläger der Länge nach zwischen zwei Finger, untersuchte das Aluminium.

»Sieht ein bisschen verkratzt aus«, sagte er und musterte sie über den Rand seiner Brille hinweg.

»Leichte Gebrauchsspuren«, sagte Vega. »Das Tolle aber ist, dass er keine Seriennummer hat, mit der die Polizei den Eigner oder die Eignerin ausfindig machen könnte. Selbst wenn er also durch irgendwelche ungewöhnlichen Umstände in Ihren Besitz gelangt sein sollte, könnten Sie deswegen nicht belangt werden. Im Gegensatz zu einer gestohlenen Schusswaffe. Dort, wo ich herkomme, steht auf schweren Waffendiebstahl« – sie tat, als würde sie überlegen – »eine Geldstrafe von zehn Mille aufwärts oder zwei Jahre Gefängnis. Weiß nicht, wie es bei euch hier oben ist.«

Sie lehnte sich mit den Armen auf die Theke.

»Also, Sie können entweder den Schläger zurücknehmen, der Sie nicht in den Knast bringt, wenn Sie ihn weiterverkaufen, oder Ihr Glück mit meiner Pistole versuchen. Die Sie in den Knast bringt, sobald jemand die Seriennummer ins Register eingibt. Liegt bei Ihnen, Kent.«

Er blieb ruhig und schien tatsächlich einen Moment lang abzuwägen. Dann nahm er die Trittleiter von der Wand und klappte sie auf, genau wie vor all den Wochen, als Vega das erste Mal da war. Mit dem Schläger in der Hand stieg er die Leiter hinauf und legte ihn in das Regal. Die hölzernen Wandhalterungen waren geformt wie offene Strafblöcke, die nur auf die Köpfe warteten.

Vega parkte am Weg und ging mit Dart zu den Wohnwagen. Josie stand in ihrem grünen Bademantel draußen und goss die Topfpflanzen vor ihrer Tür.

»Tach«, sagte sie zu Vega und warf einen schmaläugigen Blick auf Dart.

»Sie kann mich nicht leiden«, sagte Dart laut. »Und ich sie auch nicht.«

Vega überhörte das. »Howdy. Schöner Tag heute, hm?«

»Ziemlich schön, ja«, sagte Josie.

Sie gingen am Stargazer vorbei zu dem Airstream. Dart stieg die Stufen hinauf und nahm einen Schlüssel an einer Kette vom Hals, so klein, als gehörte er zu einem Kindertagebuch.

»Ich werd jetzt 'nen Happen essen«, sagte er, während er aufschloss.

»Okay«, sagte Vega. »Ich glaube nicht, dass Sie jemand dort gesehen hat. Bei den Klimmers.«

Dart hustete und drehte sich halb zu ihr um.

»Wär mir egal, wenn doch. Hat Spaß gemacht«, fügte er hinzu. »Meinen Sie, wir können morgen wieder was unternehmen?«

»Klar«, sagte Vega.

Er lächelte sie an. Es war dasselbe Lächeln (schalkhaft-charmant) wie in der letzten Szene der letzten Folge seiner Serie – als die Witwe des Pferdehändlers ihm ein Hengstfohlen schenkt zum Dank dafür, dass er ihr das Leben gerettet hat.

»Denkst du je darüber nach, warum du tust, was du tust?«, fragte er.

»Eigentlich nicht«, sagte Vega. »Ich weiß, warum ich etwas tue.«

»Yeah, hab ich früher auch gedacht«, sagte er, immer noch lächelnd. Er nickte. »Schönen Tag, wer auch immer du bist.«

Damit schloss er die Tür.

15

Es wurde dunkel, und sie waren immer noch nicht gekommen. Vega saß im Stargazer, verschickte E-Mails, dachte nach. Die Zeit in der oberen Ecke ihres Laptops machte Sprünge: elf, zwölf, eins, zwei.

Sie legte sich auf den Schlafsack und schloss für eine Minute die Augen, die Springfield in der rechten Hand. Dann hörte sie es, Männerstimmen. Sich kreuzende Lichtstrahlen von Taschenlampen, die durch die schmutzigen Fenster hereinfielen.

Geduckt stand sie auf und stellte sich neben das Fenster, an die Wand gedrückt. Sie hob die Jalousie ein Stück an und sah sie.

Nur Schemen, keine Gesichter. Drei an der Zahl. Laut miteinander flüsternd, ihr Atem sichtbar wie Rauch. Einer war sehr groß und kräftig – Sheriff Fenton. Sie fasste die Pistole fester. Schnell reden, schneller schießen.

Dann hörte sie die Männer am Stargazer vorbeigehen, huschte zum vorderen Fenster und sah sie auf Darts Wohnwagen zuhalten.

Jetzt waren sie außer Sicht. Sie lief zur Tür und öffnete sie vorsichtig, stieg in ihre Stiefel und hinunter in den Schlamm.

An der Rückseite des Stargazers wartete sie, bis ihre Augen sich an die Dunkelheit gewöhnt hatten. Der schmale Mond gab wenig Licht, aber sie sah die gelben Strahlen der Taschenlampen über die Vorderseite des Airstream zucken. Leise lief sie hinterher.

Fenton hämmerte mit den Fingerknöcheln an Darts Tür.

»Wach auf«, sagte er. »Aufwachen, aufwachen.«

Dart brauchte ein paar Minuten. Schließlich ging die Tür

auf, und Fenton leuchtete ihm mit der Taschenlampe ins Gesicht. Dart hob schützend den Arm vor die Augen und stöhnte, schlief offenbar noch halb.

»Wo ist Alice Vega?«, fragte Fenton.

»Hä?«, machte Dart.

Er wirkte ehrlich verwirrt, wechselte immer wieder zwischen den zwei Personen, dachte Vega: dem verschmitzten Fernsehcowboy und dem müden alten Mann der Gegenwart.

Fentons Kumpels packten ihn an den Armen und zerrten ihn aus dem Trailer. Dart gab Laute von sich, keine Worte, nur erschrockene Rufe.

Vega fühlte ihr Herz klopfen und Hitze in ihren Kopf steigen. Sie stützte ihre Schusshand mit der Linken und schlich näher heran.

»Wo ist sie?«, fragte Fenton gedämpft, drängend.

»Ich bin hier«, sagte Vega.

Fenton drehte sich um und hob dabei zugleich seine Waffe. Die anderen beiden ließen Dart los, der rückwärts in den Airstream wankte, jedoch ohne zu fallen, und richteten ebenfalls ihre Waffen auf sie. Drei gegen eine.

Sie stand still und zielte auf Fentons Kopf.

»Sie hatten einen vollen Tag, Ms Vega«, sagte er.

»Ich mache mich gern nützlich.«

»Ha!«, rief Fenton. »Wollen Sie mir vielleicht sagen, was mich davon abhalten soll, Sie und den Alten hier auf der Stelle zu erschießen?«

»Gern«, sagte Vega. »Haben Sie was zum Schreiben? Besser, Sie notieren sich das.«

»Ich habe ein ziemlich gutes Gedächtnis«, erwiderte Fenton. »Nur zu.«

»Ihr seid alle Lügner«, kam es von Dart.

Der Schlägertyp, der ihm am nächsten stand, stieß ihm den Ellbogen in die Brust. Dart krümmte sich, immer noch ohne zu fallen, und hustete, ein tiefes, trockenes Bellen, das sich anhörte, als hätte es schon lange in seiner Lunge gesessen.

Die Hitze in Vegas Kopf breitete sich zu ihrem Nacken aus. Sie atmete zweimal schnell durch die Nase aus.

»Sagen sie ihnen, sie sollen das lassen«, sagte sie. »Sonst ist Schluss mit Reden.«

Fenton lachte. »Tja, wenn Schluss ist mit Reden, sind wir wieder bei Plan A, wo Sie und der alte Knacker kaltgemacht werden. Und weil es mitten in der Nacht ist, können wir uns sogar Zeit dabei lassen.«

»Wenn Sie das tun, haben Sie keine Chance aufzuhalten, was als Nächstes passiert.«

»Meine Fresse, was soll das denn heißen?«, sagte Fenton, immer noch halb lachend.

»Erinnern Sie sich an meinen Freund, den FBI-Mann?«, fragte Vega. »Er interessiert sich jetzt doch für Ihr Städtchen.«

Fenton schwieg. Sie konnte seinen Gesichtsausdruck nicht erkennen, wohl aber, dass er die Schultern leicht hochzog. »Fasst ihn nicht an«, sagte er zu seinen Begleitern. Dann zu Vega: »Reden Sie.«

»Ich habe eine Audio-Aufnahme von Duane Smith, in der er gesteht, dass er mich zusammen mit Neil Klimmer und Ihrem Sohn vor sieben Wochen auf einem Parkplatz angegriffen hat. Darüber hinaus habe ich Abrechnungen von PayNow, die belegen, dass Neil Klimmer ein paar Leute in Kalifornien und Pennsylvania dafür bezahlt hat, das Eigentum anderer zu beschädigen – was die Anklage von Verabredung zu einer Straftat und Körperverletzung auf Sachbeschädigung und Nötigung erweitern und das Strafmaß auf mehrere Jahre statt Monate Gefängnis erhöhen wird. Außerdem habe ich Indizienbeweise dafür, dass die Leiche von Zeb Williams unter Matt Klimmers Pferdestall liegt. Wollen Sie darüber auch etwas hören?«

Fentons Schultern reichten jetzt fast bis zu seinen Ohren, seine Pistole zielte nach wie vor auf sie.

»Ich schon«, krächzte Dart, immer noch gekrümmt von dem Hieb.

Die beiden Schläger traten unruhig von einem Fuß auf den anderen.

»Das haben Sie alles an Ihren Freund vom FBI geschickt?«, fragte Fenton.

»Nur einen Teil«, sagte Vega. »Er ist ein besonnener Mann, unternimmt nichts, bevor ich ihm gute Gründe dafür liefere.«

Fenton dachte einen Moment nach.

»Was wollen Sie?«, fragte er.

»Ich will mit Ihnen allein sprechen«, sagte Vega. »Woanders, wo nicht mit Schusswaffen auf mich gezielt wird. Ich werde auch nicht mit meiner zielen, aber sie im Holster bei mir tragen, während wir reden. Außerdem will ich, dass Sie und Ihre Freunde Dart aus dem Spiel lassen.«

Für den Fall, dass Fenton ihr mit einer pubertären Erwiderung im Stil von »Warum sollte ich?« kommen würde, fügte sie hinzu: »Andernfalls kriegt der FBI-Mann alles. Die Mail wird um fünf Uhr früh von einem auswärtigen Server automatisch versandt. In etwa drei Stunden.«

»Das könnte trotzdem passieren«, sagte Fenton. »Und was sollte mich daran hindern, mir etwas einfallen zu lassen,« – er hing dem Gedanken einen Augenblick nach – »wie ich Sie dazu bringe, den Befehl an den auswärtigen Server zu löschen?«

»Ich schätze, wir müssen uns wohl für eine kleine Weile gegenseitig vertrauen«, sagte Vega. »Und das Beste hoffen.«

Fenton machte seinen Männern ein Zeichen, die Waffen herunterzunehmen. Seine Schultern lockerten sich, sein Arm senkte sich mechanisch. Auch ohne sein Gesicht zu erkennen, wusste sie, dass seine Miene die ausgefeilten Folterphantasien, die ihm gerade durch den Kopf gingen, nur schlecht verbergen konnte. Sie nahm ebenfalls ihre Pistole herunter und dachte: Tu dir keinen Zwang an, Boss.

Eine halbe Stunde später saßen sie sich an einem Klapptisch im Erdgeschoss der Sheriffstation gegenüber. Nur sie beide waren in dem Gebäude. Vegas Pistole steckte in ihrem Schulterholster, Fentons an seiner Hüfte.

»Wenn Sie von ›Indizienbeweisen‹ reden«, sagte Fenton, »was genau meinen Sie damit?«

»Ich habe gewisse Informationen, die deutlich auf Matt Klimmers Stall hinweisen. Unter anderem habe ich mit einer Pflegerin aus dem Altenheim gesprochen, in das Jack Klimmer genau zu der Zeit, als Zeb Williams angeblich ohne ein Wort die Stadt verließ, eingeliefert wurde. Sie sagte, dass Jack vor seiner Aufnahme eine Kopfverletzung erlitten habe, keinen Schlaganfall.«

Fenton lehnte sich zurück, verschränkte die Arme.

»Na und? Die Meinung einer Pflegerin über einen Vorfall in den Achtzigern, was soll das beweisen?«

»Für sich genommen vielleicht nichts. Aber ich habe mich auch mit Jeff Wall getroffen. Kennen Sie ihn?«

Fenton zuckte die Achseln. »Der Name kommt mir bekannt vor. Wer ist das?«

»Er war Rancharbeiter bei den Klimmers, bis Matt ihn von einem Tag auf den anderen entlassen hat. Er wollte nicht, dass er sich von Jack verabschiedete, wollte nicht, dass er sich von den Pferden in ihren Boxen verabschiedete. Wall sagt, Matt hätte an dem Morgen, als er ihn feuerte, überraschend den Stall renoviert, hätte den alten gestampften Boden betonieren lassen.«

»Zufall«, sagte Fenton, doch Vega hatte den Eindruck, dass er das alles zum ersten Mal hörte.

»Sicher. An dem Tag, als Zeb Williams zum letzten Mal in

Ilona gesehen wurde, hatte er auf offener Straße einen Streit mit Matt Klimmer, vor Cara Simms' Café. Sie und Matt kennen sich schon ewig, also wissen Sie wahrscheinlich, was er für Cara empfand.«

»Das ist lange her«, sagte Fenton. »Matt und Lila sind seit über …«

»Dreißig Jahren verheiratet? Seit Zeb verschwand und Matt Klimmer klar wurde, dass er trotzdem keine Chance bei Cara Simms hatte.«

Fenton rieb sich die Oberlippe, als wollte er einen Schnurrbart glattstreichen, den er mal gehabt hatte.

»Sie denken also …«

»Ich denke«, fuhr Vega fort, »dass Matt Klimmer Zeb aus Wut getötet hat. Kann ein Unfall gewesen sein, die Möglichkeit will ich nicht ausschließen. Und ich denke, dass Jack Klimmer es herausgefunden oder zufällig mit angesehen hat. Ich denke, dass Matt Zebs Leiche zum Stall geschafft und dort vergraben und seinen Vater zusammengeschlagen hat. Dann hat er irgendeine Geschichte erfunden und die richtigen Leute in diesem Pflegeheim bestochen, damit sie ihn dort behielten und mundtot machten. Jack war verängstigt oder verwirrt genug, um sich nicht zu wehren.«

Fenton glotzte sie an, versuchte aber immer noch, sich unbeeindruckt zu geben.

»Das ist doch verrückt«, murmelte er.

Vega zuckte die Achseln. »Eigentlich nicht. Jeder Mensch ist zu einem gewissen Spektrum an Handlungen fähig. Wenn man weiß, was das Spektrum umfasst, braucht man nur den richtigen Knopf zu drücken. Jeder ist dazu fähig, jemanden zu töten. Aber nur ein bestimmter Typ Mensch mit einem bestimmten Spektrum versteckt eine Leiche und sperrt den einzigen möglichen Zeugen weg, der dummerweise sein Vater ist.«

Fenton zeigte mit dem Finger auf sie. »Woher wollen Sie

wissen, welches Spektrum Matt Klimmer hat? Sie sind noch nicht lange hier. Ich kenne ihn schon mein ganzes Leben lang.«

»Ja, ja, alte Freunde. Mir ist bekannt, dass er immer ein ziemlich bequemes Leben gehabt hat, während Sie sich die Hände schmutzig machen mussten. Ihr Vater hat auch mal Farmland besessen, nicht wahr? Bis Matt es gekauft hat.«

»Das war ein gutes Geschäft für meinen Vater«, sagte Fenton. »Er brauchte das Geld, um sich zur Ruhe setzen zu können.«

»Wollen Sie mir erzählen, Sie haben sich nie gewünscht, es wäre umgekehrt? Dass Sie selbst Land, Immobilien einfach aufkaufen könnten wie beim Monopoly? All die hübschen Kärtchen aneinanderreihen?«

»Ich bin bei der Polizei, seit ich vierundzwanzig bin«, sagte er laut, wobei sich seine Stimme leicht überschlug.

»Öffentlicher Dienst«, sagte Vega. »Löblich. Aber was ist mit vorher, als Sie beide auf der Highschool waren und Sie seine Englisch-Hausaufgaben für ihn gemacht haben? Ist doch komisch, dass er dann direkt auf die Uni ging, während Sie im Community College hocken blieben.«

»Ich bin auch auf die University of Oregon gegangen«, erwiderte Fenton. »Hab nur zuerst meinen berufspraktischen Abschluss gemacht.«

»Ist nichts falsch daran. Aber, wie Sie sagen, kennen Sie Matt Klimmer besser als jeder andere. Sie scheinen meinen Verdacht etwas weit hergeholt zu finden, ihm das alles nicht zuzutrauen.«

»Und ob ich das weit hergeholt finde, verdammt.« Fenton rutschte auf seinem Stuhl herum und deutete mit ausgestreckter, flacher Hand auf sie, als wollte er zu einem Karateschlag ansetzen. »Was Sie da vorlegen, sind nicht mal Indizien. Haben Sie noch etwas anderes in petto als Randbemerkungen von dritter Seite? Wenn Ihr FBI-Freund sich bei dem bisschen schon ereifert, tippe ich gleich mal auf ein Berufungsverfahren, falls er was unternimmt. Falls es überhaupt zu einem Prozess kommt.«

»Er ereifert sich nicht«, sagte Vega. »Er hat mich gebeten, ihm Joe Lanahan zu liefern, den Kopf von Liberty Pure an der Westküste, und das habe ich getan. Ich habe eine Audio-Aufnahme.«

»Lanahan sagt mir nichts.« Fenton klang jetzt gereizt.

»Mag sein, aber Lanahan kennt Ihren Sohn und Neil Klimmer, zumindest dem Namen nach. Er hat sie als brave kleine Rassisten abgespeichert, okay? Wenn mein FBI-Freund Lanahan in einem Vernehmungsraum hat und ihm was Größeres zur Last legt, wer weiß, was Lanahan dann alles sagt, um sich aus der Klemme zu ziehen?«

Vega beobachtete die Wirkung. Fenton schob seinen Stuhl zurück, dass die Beine über den Boden quietschten.

»Mein Sohn und Neil, das sind bloß Jungs, die ein bisschen Scheiß machen.«

»Kinder drangsalieren und Tiere vergiften, das nenn ich schon einen ziemlichen Scheiß.«

Fenton zog ein Gesicht, als hätte er gerade saure Milch getrunken.

»Dafür gibt es keine Beweise.«

»Nein, aber für was anderes. Ein Geständnis plus Opferaussage plus Aufnahmen der Überwachungskameras von dem Überfall Ihrer Jungs – auf mich.«

Jetzt wirbelten Fentons Gedanken, sein Blick wurde glasig.

»Und wenn ich nachweisen kann, dass Ihr Sohn daran beteiligt war, Personen in anderen Staaten für Straftaten zu bezahlen, kommen noch ein paar Anklagepunkte hinzu.«

Fenton wurde wieder aufmerksam.

»Derek hat nichts von alldem getan«, sagte er mit einer Mischung aus Hoffnung und Mitleid. »Der Junge verdient kaum genug, um seine Miete zu bezahlen. Er ist noch nicht in der Gewerkschaft.«

»Hoffe für Sie, dass Sie recht behalten«, sagte Vega. »Und dass Neil Klimmer sich nicht entschließt zu plaudern, wenn er vernommen wird. Scheint so eine Art Muster zu sein, dass die Fentons den Schlamassel ausbaden müssen, den die Klimmers anrichten.«

Der Sheriff grinste höhnisch, starrte dabei aber auf die Wand, was ihr verriet, dass er die ganze Situation noch mehr hasste als er sie hasste, wenn auch nur momentan.

»Sie haben bekommen, was Sie wollten. Wir reden miteinander.« Er schlug sich auf die Brust und zeigte gönnerhaft auf sie. »Was wollen Sie jetzt noch?«, fragte er, ohne sie anzusehen.

»Zwei Sachen.« Sie schlug mit ihrer eingegipsten Faust auf den Tisch, dass er hüpfte. »Sehen Sie mich an, Sie verdammter Schoßhund!«

Fenton starrte sie erschrocken an.

»Zwei Sachen. Erstens will ich, dass Sie Klimmers Stall aufbuddeln, den Betonboden rausreißen. Und ich will dabei sein. Wenn er nichts zu verbergen hat, schön, dann machen Sie ihn eben wieder zu.«

»Wer soll das denn bezahlen?«, jammerte er.

»Das ist Ihr Problem«, sagte sie achselzuckend. »Aber es muss morgen sein.«

»Ich kann nicht einfach morgens früh mit Bagger und Presslufthammer bei ihm auftauchen.«

»Klar können Sie das. Nehmen Sie Ihren Sohn und seine Crew. Ist mir egal.«

Fenton schien etwas erwidern zu wollen, verkniff es sich aber. Steif stützte er die Arme auf den Tisch. »Was ist das Zweite?«

»Sorgen Sie dafür, dass Cara Simms in Ruhe gelassen wird. Machen Sie das Ihrem Sohn klar und all den anderen rechtsextremen, paranoiden Topffrisuren, Incels, Skinheads, Verschwörungstheoretikern, Preppern und Psychos in der Gegend. Okay?«

Der Sheriff nickte knapp.

»Wenn Sie die beiden Bedingungen erfüllen«, sagte sie, »kriegt mein Freund nur die Informationen über Lanahan, und Sie müssen es eben drauf ankommen lassen, ob der Ihren Sohn mit reinzieht oder nicht. Aber das FBI wird nichts von dem Angriff auf dem Parkplatz erfahren.«

»Sonst noch was?«

»Nein, ich glaube, das war's.« Vega stand auf. »An Ihrer Stelle würde ich bald anfangen. Wenn Sie später Klimmers Stall aufreißen wollen, sollten Sie wohl ein paar Anrufe machen.«

»In Ordnung, aber hören Sie«, sagte Fenton, als wollte er sie bei einem Garagenflohmarkt um ein paar Dollar herunterhandeln. »Lassen Sie mich zuerst mit Matt reden. Ihm erklären, was Sache ist.«

»Wenn Sie das tun, wird er versuchen, es Ihnen auszureden. Er wird schwören, dass nichts unter dem Boden ist.«

»Und aller Wahrscheinlichkeit nach hat er damit recht«, erwiderte Fenton mit scharfer Betonung des letzten Worts. »Ein Betonboden kann letztlich besser sein für die Pferde, aber von so was verstehen Sie wohl nichts.«

Vega war nicht sicher, was er damit sagen wollte, doch bestimmt war er nicht darauf aus, sein Pferdewissen zur Schau zu stellen.

»Ich verstehe tatsächlich nichts davon«, sagte sie. »Ich weiß nur, dass mein FBI-Freund alles über Neil und Ihren Sohn bekommt, wenn Sie nicht tun, was ich sage.«

Sie ging zur Tür, drehte sich dann nochmal um. »Schreiben Sie mir eine SMS, sobald Sie wissen, wann es losgeht. Sind wir uns einig?«

Fenton wirkte müde. Was war er doch für ein harter Kerl damals, als er sie in seinem Büro einzuschüchtern versucht hatte. Jetzt konnte er kaum aufrecht sitzen, sein Gesicht war aufgedunsen, seine Augen waren verschwollen vor Erschöpfung.

»Wir sind uns einig«, sagte er.

Vega lächelte ihn an.

»Dann schlafen Sie ein bisschen, Sheriff. Sie sehen scheiße aus.«

Um kurz nach sechs war sie wach. Sie rollte sich von der Isomatte auf den Bauch, ging in den Unterarmstütz, dann in den herabschauenden Hund. Wippte einmal, zweimal auf den Fußballen, schwang die Beine beim dritten Mal in die Höhe und faltete den rechten Arm quer über die Brust wie eine Miss-Amerika-Schärpe.

Ihr linker Arm wurde sofort heiß, und sie spreizte die Finger auf dem Boden so stark, dass sie sich anfühlten, als würden sie platzen. Das Gleichgewicht zu halten war eine Herausforderung, besonders, wenn sie die Augen schloss. Die Schwärze hinter den Lidern wirkte desorientierend, und sie hatte den Eindruck zu fallen. Schnaufend atmete sie durch die Nase ein und aus.

Normalerweise, sobald sie die Beine oben hatte und das Blut in ihren Kopf floss, jagten ihre Gedanken von einem Thema zum anderen. Nicht an diesem Morgen. Da war nur ein Gedanke, ein Thema: Cap, Cap, Cap. Wie ein tropfender Wasserhahn.

Ihr linker Arm begann zu zittern. Sie nahm die Beine herunter, richtete sich auf und schlug sich ein paarmal mit der Gipsfaust gegen die Stirn.

Dann sah sie auf ihr Handy. Eine Nachricht von Cartwright, dem FBI-Mann, um sechs Uhr einundzwanzig: »Büro Portland hat Lanahan heute Morgen festgenommen. Thanx.« Jetzt war es sechs Uhr fünfunddreißig.

Nichts von Fenton.

Vega zog sich an und ging hinüber zu Darts Wohnwagen. Sie lugte zu den Fenstern hinein, sah aber nicht viel durch die Jalousien, hielt das Ohr an die Scheibe, hörte nichts. Kurz überlegte sie anzuklopfen, ließ es aber sein. Möglicherweise würde sie ihn wecken, das wollte sie nicht.

Sie stieg ins Auto und fuhr zu den Klimmers mit dem vagen Plan, gegenüber zu parken und abzuwarten. Es war kurz vor halb acht, als sie in die Straße einbog. Kaum war das Haus in Sicht, hörte sie eine Sirene und erkannte den Warnton – keine Polizei.

Sie fuhr rechts ran, der Krankenwagen sauste vorbei. Als er bei den Klimmers abbog, gab sie Gas und folgte ihm.

Es war, als ginge nach und nach ein Bühnenvorhang auf, je näher sie dem Haus kam. Zuerst der gerade eingetroffene Krankenwagen, dann der erste Sheriffwagen, dann der zweite. Dann zwei Rettungssanitäter, die eine zusammenklappbare Bahre vor sich her rollten. Dann Rutledge, der Deputy, in Jeans und einer Jeansjacke mit Wollkragen – sie erkannte seine Silhouette wieder, hatte sie erst vor ein paar Stunden draußen vor Darts Trailer gesehen. Zwei andere Polizisten in hellbraunen Uniformen. Lila Klimmers Camry mit »Nazi Mom« auf der Motorhaube. Neils Kleinwagen mit »Nazi«. Kein Range Rover.

Und dann Lila und Neil selbst, die mit verlorenem Ausdruck auf dem Hof standen. Lila war in Bademantel und Sandalen, ihr Gesicht rot gestreift. Neil stand schlaff neben ihr, an eine unsichtbare Wand gelehnt. Er sah Vega zuerst und zeigte kraftlos auf sie.

Vega parkte hinter dem ersten Streifenwagen und ging auf Rutledge zu, der sich umdrehte und sie mit ausgestreckten Händen stoppte.

»Sie dürfen hier nicht rein«, sagte er.

»Wo ist der Sheriff?«, fragte sie gedämpft. »Ich hatte eine

Abmachung mit ihm. Getroffen nach unserer Begegnung bei der Wohnwagensiedlung letzte Nacht. Sie erinnern sich?«

Rutledge sah zur Seite, was Vega als Eingeständnis genügte.

»Wo ist er?«, fragte sie. »Und wo ist Klimmer?«

»Was macht diese Frau hier?«, rief Lila Rutledge zu. »Sie wollte Neil umbringen! Und sie hat unsere Autos beschmiert. Ihretwegen ist das alles passiert!«

Sie warf sich nach vorn, als wollte sie auf Vega zustürzen, aber Neil hielt sie am Arm fest.

»Was ist ›das alles‹, Rutledge?«, fragte Vega. »Reden Sie.«

Er schüttelte den Kopf. Dunkle Stellen hatten sich an seinem Kinn und auf der Oberlippe gebildet, wo er sich nicht rasiert hatte. Seine Augen wurden feucht.

»Der Sheriff hat uns verlassen.«

Vega sah zu Lila hin.

»Er ist tot«, sagte Neil.

Er wirkte nicht direkt glücklich, aber irgendwie aufgedreht. Wie ein Kind, das eine schlechte Nachricht als Erstes überbringen will.

Lila fing an zu weinen, drückte die Ärmelaufschläge an ihre Augen.

»Er hat es selbst getan«, sagte Rutledge.

In dem Moment kamen die Sanitäter mit der Rollbahre aus dem Haus, auf der die in einem Sack liegende Leiche mit einem Nylongurt über der Mitte befestigt war.

»Blödsinn«, sagte Vega.

»Sie waren nicht dabei«, sagte Neil. »Wir aber.«

»Sie wissen überhaupt nichts«, schrie Lila.

Vega versuchte, ihr Gekreische auszublenden. »Haben Sie die Leiche gesehen? Fotos gemacht?«, fragte sie Rutledge.

Wieder schüttelte er den Kopf.

»Mein Dad hat alles gesehen«, sagte Neil, beinahe stolz.

»Matt hat ihn ordentlich hingelegt und zugedeckt. Um ihm seine Würde zurückzugeben«, sagte Rutledge.

»Ist wenigstens die Waffe sichergestellt worden?«, fragte Vega.

Rutledge nickte.

»Jay hatte sie in der Hand«, sagte Neil.

Vega marschierte über den Vorplatz auf ihn zu. »Soll ich dir ein Scheißverlängerungskabel in den Hals stopfen oder was?«, brüllte sie.

Neil stolperte rückwärts in einen Strauch und fiel hin. Lila ging dazwischen, die Hände seitlich ausgestreckt wie eine Verkehrspolizistin.

»Bleiben Sie weg von meinem Sohn!«, rief sie. Ihr Gesicht glänzte von Schweiß und Rotz.

Vega stand ruhig da und sah in Lilas große, tränenschwimmende Augen.

»Was ist hier passiert?«, fragte sie leise.

Lila schüttelte betroffen den Kopf. Die Frage hatte sie offenbar entwaffnet.

»Ich weiß es nicht. Jay ist ganz früh hergekommen und sagte, er müsste dringend mit Matt reden, also sind sie in Matts Büro gegangen ... Ich habe Kaffee gekocht, und dann habe ich den Schuss gehört.«

»Wo ist Matt jetzt?«, fragte Vega.

»Er war so durcheinander«, sagte Lila. »Jay war sein bester Freund.« Sie löste sich wieder in Tränen auf.

Vega wandte sich wieder an Rutledge. »Ist er noch hier?« Als Rutledge nicht sofort antwortete, drängte sie: »Ist Klimmer noch hier?«

»Er ist weggefahren«, sagte Neil, während er aus dem Busch kletterte. »Er wollte allein sein.«

»Haben Sie eine Ahnung, wohin er wollte?« Vega sah sich um. »Irgendjemand von Ihnen?«

Neil schüttelte den Kopf, Lila schluchzte und schluckte immer noch.

Rutledge blickte auf seine ausgestreckten Hände, als wollte er etwas greifen, das sich in Luft aufgelöst hatte.

»Haben Sie ihn irgendwie vernommen? Wegen der Einzelheiten nachgehakt?«, fragte Vega.

»Nein, ich …«, stotterte Rutledge. »Ich wusste nicht …«

Vega merkte, dass er nicht ganz bei sich war, sein Blick hatte sich verschleiert.

»Ich muss jetzt los. Gehen Sie rein und machen Sie ein paar Fotos vom Tatort, okay?«, sagte sie. »Haben Sie gehört, Rutledge?«

Er nickte, zuerst nur schwach, dann eifriger. Plötzlich stutzte er jedoch. »Wohin wollen Sie?«

»Ich werde Klimmer schnappen«, antwortete sie.

Rutledge sagte nichts dazu, nickte nur wieder und rieb sich das Kinn.

Als Vega die Straße zu ihrem Auto überquerte, drehte sie sich noch einmal kurz um, gerade als die Sanitäter die Türen des Krankenwagens zuschlugen.

Vega traf Dart vor seinem Airstream an. Er lief hin und her und blickte dabei zu Boden, als hätte er etwas verloren. In der Hand hielt er eine Pappschale mit Blaubeeren, die er eine nach der anderen aß.

»Da ist sie ja«, sagte er, als er sie sah. »Die Frau, die Birnen in den Himmel schickt.«

Er lächelte nicht dabei, woraus Vega schloss, dass er nicht gut auf sie zu sprechen war.

»Wie geht es Ihnen?«, fragte sie. »Haben die Sie verletzt?«

»Die Knaben vom Sheriff?«, sagte er, als wäre er in letzter Zeit von vielen Typen herumgeschubst worden. »Nee. Hat mich nur gewundert, dass sie mich nicht verhaftet haben. Vielleicht kommt er ja zurück, um die Sache zu Ende zu bringen.«

»Fenton kommt nicht zurück«, sagte Vega. »Er ist tot.«

Dart sah sie skeptisch an. »Er war doch gerade erst hier. Da kann er nicht tot sein.«

Es war immer das Gleiche, dachte Vega. Die Leute können es nicht glauben, wenn jemand stirbt, den sie kennen. Sie können es nicht fassen, dass dieser Mensch seit ihrer letzten Begegnung mit ihm das Zeitliche gesegnet hat, während sie ihr Leben weitergelebt haben. Geschlafen, Schokomilch getrunken, Blaubeeren gegessen haben.

»Doch, ist er«, sagte sie. »Ich vermute, dass Matt Klimmer ihn umgebracht hat, aber Klimmer erzählt allen, es sei Selbstmord gewesen.«

»Selbstmord?«, wiederholte Dart, als wäre das Wort eine Beleidigung. »Das hat der junge Klimmer gesagt?«

»Ja.«

»Das kann nicht sein«, sagte Dart. »Der Sheriff war ein Arschloch, aber das kann nicht sein.«

»Sehe ich auch so«, sagte Vega. »Ich werde Klimmer finden. Und Sie sollten mit mir kommen, denke ich.«

»Du willst, dass ich dir helfe?«, fragte Dart.

»Nein, ich arbeite besser, wenn ich allein bin. Aber ich würde Sie gern wohin bringen, wo Sie in Sicherheit sind.«

»Ich hab 'ne Menge Feuerkraft da drin, kann ich dir sagen.« Er blickte schniefend in die Bäume.

»Nehmen Sie so viele Waffen mit, wie Sie wollen«, sagte Vega. »Ich kann Sie an einen sicheren Ort bringen, bis ich Klimmer habe.«

Dart ging langsam auf die Tür des Airstreams zu. »Ist es nah?«

»Ja.«

»Was denkst du, wie lange du brauchst, um ihn zu finden?«

»Nicht lange«, sagte sie. »Er weiß, dass ich alles weiß, und wird nach mir suchen. Falls er hier auftaucht, wäre es nicht gut, wenn Sie hier sind und ich nicht.«

Dart dachte darüber nach, nahm noch eine Blaubeere und warf sie sich in den Mund.

»Brauche nur ein paar Minuten«, sagte er.

Er ging hinein und machte die Tür hinter sich zu. Vega sah sich zwischen den Bäumen um, fixierte die Stämme, um sicherzugehen, dass sich hinter den im leichten Wind schwankenden tieferen Zweigen kein lauernder Mensch verbarg. Sie hörte nichts als die auf die Erde fallenden Regentropfen.

Dart kam wieder heraus, wirkte sehr zufrieden mit sich. Vega erkannte die Zigarrenkiste wieder.

»Hier«, sagte er und gab sie ihr.

Sie machte sie auf, und da lag er, der Silberstern aus seiner Serie. »Funktioniert auch noch«, hatte er bei ihrer ersten Unterhaltung gesagt.

»Dreh ihn um«, sagte Dart.

Sie tat es und sah einen kleinen Knopf, so ähnlich wie der Drehknopf an einem dieser Handschock-Scherzartikel.

»Na los«, sagte er, »drück ihn.«

Sie drückte ihn. Heraus schnappten die fünf dreieckigen Klingen zwischen den Zacken des Sterns. Sie fuhr mit der Fingerspitze über eine – nicht so scharf, wie es ihr lieb wäre.

»Kannst du die für mich schärfen?«, fragte sie.

»Na klar«, sagte Dart. »Ich geb dir hier doch keinen Schrott.«

Sie versuchte, sich an ihren Lieblingsspruch aus der Serie zu erinnern, aber sie war zu benommen von den Schmerzmitteln gewesen und bekam ihn nicht mehr richtig zusammen. Irgendwas mit unter den Sternen schlafen. Die Wirkung wäre dahin, wenn sie ihn falsch wiedergab, also sagte sie nichts. Es genügte, das Ding in der Hand zu halten und sich vorzustellen, was man damit anstellen konnte.

Cara kam heraus auf die Veranda, hatte sie und Dart offenbar schon gesehen. Vega stieg aus und sprang die Treppe hinauf.

»Ist das der, für den ich ihn halte?«, fragte Cara.

»Es ist Dart.«

»Wow.« Cara seufzte lächelnd, wirkte aber zugleich besorgt. »Was wollt ihr hier?«

»Kann er ein paar Stunden hier bleiben?«, fragte Vega.

»Warum? Was ist los?«

»Sheriff Fenton ist tot«, sagte Vega. »Ich bin ziemlich sicher, dass Matt Klimmer ihn umgebracht hat.«

»Was?«

»Ich glaube, Klimmer hat ihn erschossen und will es als Selbstmord hinstellen.«

Cara schlug die Hand vor den Mund.

»Jetzt ist Klimmer verschwunden«, sagte Vega und drehte sich zu Dart um, winkte ihn herbei. »Ich werde ihn finden, aber ich will nicht, dass Dart in seinem Wohnwagen bleibt, falls Klimmer dort nach mir sucht.«

»Wieso denken Sie, dass er nicht hier nach Ihnen sucht?«

»Das wird nicht seine erste Anlaufstelle sein.«

»Aber wer weiß«, erwiderte Cara. »Ethan ist oben.«

Vega starrte auf die Haustür hinter ihr. »An seiner Stelle«, sagte sie, »würde ich mich für verstecken oder verfolgen entscheiden. Im Fall von verfolgen würde ich den wahrscheinlichsten Aufenthaltsort der Zielperson ins Visier nehmen, was nicht hier ist.«

»Sie sind ziemlich gut darin, wie ein Mörder zu denken«, sagte Cara.

»Ja«, sagte Vega. »Ich gebe zu, dass trotzdem ein Risiko für Sie besteht.« Sie blickte über ihre Schulter, sah Dart den Kofferraum öffnen. »Ich wollte ihn nur nicht am naheliegendsten Ort allein lassen.«

Cara beobachtete Dart, ihr Ausdruck wurde sanft.

»Liebenswert und verrückt«, sagte sie, sah dann wieder Vega an. »Okay, fürs Erste.«

Dart trug in jeder Hand eine lange Canvas-Reisetasche.

»Wie lange hat er vor zu bleiben?«, fragte Cara. »Was ist in den Taschen?«

»Seine Waffen.«

Cara öffnete den Mund, um noch etwas zu sagen, verstummte aber, als Dart am Fuß der Verandatreppe zu ihr aufsah.

»Howdy, junge Frau«, sagte er. »Ist 'ne Weile her.«

»Allerdings«, sagte sie lächelnd. »Wie geht es dir, Dart?«

»Bin alt«, sagte er. »Aber du siehst noch genauso aus.«

»Von wegen.«

»Nein, im Ernst. Du siehst aus wie Ali McGraw. Hörst du das nicht immer noch von den Leuten?«

»Niemand weiß mehr, wer das ist, Dart.«

Sie musterten sich einen Moment, Vega sah ihnen zu. Vielleicht dachten sie daran, wie ihr Gegenüber früher einmal war, oder an ihr eigenes jüngeres Selbst. Dann fingen sie wieder an zu plaudern, über den Regen, ihre Gesundheit, Ethan und den Würmling.

Vega hörte nur noch mit halbem Ohr hin, während sie eine Nachricht an Rachel schrieb: »Hallo, weißt du, wie Klimmers Freundin mit Nachnamen heißt?«

Abby Hatch betrieb einen Esoterikladen namens »Curiosities«. »Kristalle, Kerzen, essentielle Öle«, pries die Website an. Vega fand schnell heraus, dass Abby ihn von Klimmer gemietet hatte, dem auch die Ladenflächen rechts und links davon gehörten. Bastard schickte ihr zusätzlich Abbys Privatadresse, wo sie es zuerst versuchen wollte, denn der Laden schien unregelmäßige Öffnungszeiten zu haben und war jetzt ohnehin schon geschlossen.

Das Haus lag in der Innenstadt, nicht weit von dem Diner. Es war klein und einstöckig und hatte ein Giebeldach wie eine

Hütte in einem Märchen. Auf der schmalen Veranda hingen Windspiele und Buntglasscheiben. Vega parkte an der Straße, Klimmers Range Rover war nirgends zu sehen.

Sie stieg die Verandatreppe hinauf und klopfte an das Fenster in der Haustür. Niemand kam, also klopfte sie mit ihrem Gips an, dass die Scheibe ratterte, als würde sie gleich zerspringen.

Abby Hatch erschien am Fenster und machte auf. Sie musste etwa in Vegas Alter sein, aber als Erstes fiel ihr auf, dass sie aussah wie die junge Cara Simms. Dunkle Augen und lange, glatte, dunkle Haare. Nur dass sie einen knöchellangen Hippierock mit Patchworkmuster und ein kurzes gesmoktes Oberteil trug, als wollte sie auf ein Kostümfest mit Piratenmotto, und Vega sich Cara in so etwas schlecht vorstellen konnte.

»Hallo, kennen wir uns?«, fragte Abby.

»Abigail Hatch?« Vega fuhr gleich fort, ohne auf eine Bestätigung zu warten. »Ihr Vermieter, Matt Klimmer? Er hat heute Morgen jemanden erschossen. Wenn Sie eine Ahnung haben, wo er sich verstecken könnte, sollten Sie mir das sagen.«

Abby wich einen halben Schritt ins Haus zurück, klammerte sich an den Türrahmen.

»Sind Sie von der Polizei?«

»Nein«, sagte Vega, »aber die kommt sicher auch bald zu Ihnen, wenn er nicht gefunden wird. Und dann müssen Sie sich entscheiden, ob es den Mietnachlass wert ist, ihn zu decken.«

Jetzt machte Abby einen Schritt vorwärts, ging auf Konfrontationskurs.

»Ich bekomme keinen Nachlass bei der Miete!«, sagte sie.

»Von alledem, was Sie gerade gehört haben, reagieren Sie als Erstes auf die Miete?«

Vega beugte sich so dicht zu ihr vor, dass sie die Lavendelnote in ihrer Gesichtscreme roch.

»Ihr Vermieter ist ein Lügner und ein Mörder. Ich muss

ihn finden, bevor er weitere Menschen als überflüssig ansieht. Könnten Sie sein, könnte ich sein. Wenn Sie wissen, wo er ist, oder irgendeine Idee haben, sollten Sie es mir jetzt sagen.«

»Ich glaube Ihnen nicht«, sagte Abby mit schwankender Stimme und zog sich wieder ein Stück ins Haus zurück.

»Doch, tun Sie.« Vega spürte ihre Unsicherheit. »Sie wissen genau, wovon ich rede, vielleicht weil Sie etwas gesehen haben oder er etwas gesagt hat, das Ihnen übel aufgestoßen ist?« Vega stand jetzt auf der Türschwelle, lehnte sich mit dem Gipsarm an den Rahmen. »Aber Sie haben es übergangen, weil es bequemer war.«

»Gehen Sie«, sagte Abby schwach. »Verlassen Sie mein Haus.«

»Was war es?«, fragte Vega. »Er ist ein bisschen grob geworden, und das war kein Spaß mehr?«

Abby machte ihr die Tür vor der Nase zu, aber sie sah sie auf der anderen Seite, reglos, immer noch zuhörend.

»Sie haben es für sich behalten, denn das machen Frauen eben so. Als wüsste ich das nicht selbst, Abby Hatch.« Vega schlug wieder mit ihrer Gipsfaust gegen die Tür, dass Abby zusammenzuckte. »Wollen Sie warten, bis er richtig ausrastet?«, rief sie. »Sie wissen, dass ich Ihnen die Zukunft vorhersage, stimmt's? Brauch ich nicht mal Teeblätter dazu.«

Sie drehte sich um und tat, als wollte sie gehen.

»Warten Sie.« Abby machte die Tür wieder auf. »Können Sie einen Moment warten?«

Vega stand unten an der Verandatreppe. Während Abby im Haus verschwand, tauchte eine schwarzweiße Katze an der Tür auf und starrte sie an.

Sie machte einen abrupten Ausfallschritt, worauf die Katze wieder hineinschoss.

Abby kam mit einer vollgestopften schwarzen Plastiktüte zurück. Sie hielt sie an den Griffen und reichte sie Vega herunter.

»Er war vor etwa zwei Stunden hier«, sagte sie. »Hatte das da an.«

Vega nahm die Tüte und sah hinein. Es war nicht viel zu erkennen, die Kleidungsstücke waren dunkel, hatten aber einen seltsamen Glanz, und den Geruch erkannte sie sofort: Blut.

»Er hat immer ein paar Kleider hier«, fuhr Abby fort. »Als er vorhin kam, hat er sich umgezogen und gesagt, ich soll die da verstecken.«

»Aber Sie geben sie mir«, sagte Vega.

Abby machte ein summendes Geräusch durch die Zähne, als sausten Worte in ihrem Mund herum, die nicht heraus-konnten.

Schließlich sagte sie: »Er war wirklich nett, als ich ihn kennengelernt habe.«

»Klar«, sagte Vega. »Vorhin – er hat nicht gesagt, wohin er wollte?«

Abby schüttelte den Kopf. Vega glaubte ihr.

»Danke für Ihre Zeit, Ms Hatch.«

Als sie ging, rief Abby ihr nach: »Da ist noch was.«

»Was denn?«

»Er hat auch eine Pistole hier gehabt. Und sie mitgenommen.«

16

»Na klar hat er das«, sagte Vega laut zu sich selbst im Auto.

Dann fuhr sie Richtung Wohnwagensiedlung. Es gab nur ein paar Orte, die ein bewaffneter Klimmer ansteuern würde, schätzte sie, und der wahrscheinlichste war der, wo er sie vermutete. Die Sonne verschwand langsam hinter einer flaumig wirkenden Masse von Regenwolken, es ging auf fünf Uhr zu.

Ihr Handy im Becherhalter brummte und trällerte einen melodiösen Klingelton. Caras Name wurde angezeigt. Sie nahm das Handy kurz heraus und tippte auf Lautsprecher.

»Jemand hat gerade auf mein Haus geschossen«, sagte Cara.

»Wann?«

»Gerade eben, vor ein paar Minuten.«

»Ist jemand verletzt?«

»Nein«, antwortete Cara ungeduldig. »Denken Sie, ich wäre so ruhig, wenn jemand verletzt wäre?«

Vega dachte das tatsächlich, sagte es aber nicht.

»Wo ist Ethan?«, fragte sie.

»In der Küche. So weit weg wie möglich von meinem Schlafzimmer.«

»Haben Sie gesehen, wer geschossen hat?«

»Nein«, sagte Cara kurzatmig. »Aber es kam aus dem Wald an der Südseite des Hauses. Hat die Fensterbank vor meinem Fenster oben getroffen. Sie halb abgerissen.«

»Haben Sie irgendwen um Ihr Grundstück herumlaufen sehen, seit ich Dart bei Ihnen abgesetzt habe?«

»Nein, was glauben Sie denn?«, sagte Cara aufgebracht. »Kommen Sie jetzt her oder wollen Sie nur lauter Fragen stellen?«

»Haben Sie die Polizei angerufen?«

»Da kam nur der Anrufbeantworter und hat mich zu dem Sheriff in Ola weitergeleitet, aber nach einer Weile in der Warteschlaufe habe ich aufgelegt. Ola ist sowieso eine gute Dreiviertelstunde von hier weg.« Sie schnaufte. »Gottverdammt, warum mussten Sie ihn herbringen?«

Vega spürte diese Hitze im Nacken, die flammenartig ihren Kopf hinaufkroch.

»Es ist nicht Darts Schuld«, sagte sie.

»Ach was, natürlich ist es nicht Darts Schuld«, zischte Cara, dann lachte sie bitter. »Schätzchen, ich kenne oder mag Sie nicht genug, um das Leben meines Neffen für Sie aufs Spiel zu setzen.«

»Das verstehe ich«, sagte Vega ruhig. Es war leichter, es direkt mit Caras Aggression aufzunehmen, als wenn sie gegen Dart gerichtet wurde. »Haben Sie eine Waffe bei sich?«

»In meiner Hand«, sagte Cara. »Dart hat auch ein Gewehr. Sieht museumsreif aus.«

»Ich komme gleich. Die Hintertür zur Küche, hat die eine Treppe?«

»Was?«, blaffte Cara.

»Eine Treppe. Ich werde es nicht riskieren, zur Vordertür hereinzukommen, es sei denn, Sie wollen, dass ich auf Ihrer Veranda parke.«

Cara überlegte kurz.

»Keine Treppe hinten«, sagte sie. »Sie können auf den Rasen fahren, ich mache die Tür auf, sobald ich Sie kommen sehe.«

Vega fuhr mit achtzig Sachen durch die Stadt zu Cara. Dort bretterte sie von der Einfahrt auf den Rasen und zur Rückseite des Hauses, wo die Tür schon aufflog.

Cara stand mit einer schlanken Ruger in der Hand da. Vega kannte die Waffe, sie war gut zu verbergen und lag gut in der Hand. Sie stellte den Motor ab und öffnete die Fahrertür, die fast auf gleicher Höhe mit der Hintertür war, und gleich darauf knallte ein Schuss, die Kugel pfiff knapp über sie hinweg.

Cara duckte sich, schrie: »Rein hier, los!«

Gebeugt rannte Vega die zwei Schritte vom Auto ins Haus, trat dabei die Wagentür mit dem Fuß zu. Cara warf die Hintertür ins Schloss und hockte sich an die Wand.

Ethan, der am Eingang zur Küche gestanden hatte, lief zu seiner Tante und vergrub den Kopf in ihrem Hemd.

Dart stand vor dem Kühlschrank, ein langes Gewehr mit ziselierten Blechverzierungen am Lauf in der Hand.

Vega atmete tief durch. »Gab es weitere Schüsse zwischen dem ersten und dem eben?«, fragte sie.

Dart schüttelte den Kopf.

»Nein«, sagte Cara. »Wir sind hier nicht sicher.«

»Ja, da haben Sie womöglich recht.« Vega nahm ihr Handy heraus und drückte eine Taste.

»Womöglich?«

Vega hielt das Telefon ans Ohr. »Wahrscheinlich«, räumte sie ein.

Rutledge meldete sich.

»Hier ist Vega. Ich bin bei Cara Simms, eine oder mehrere Personen belagern ihr Haus. Zwei Schüsse wurden abgegeben.«

»Ist jemand verletzt?«, schrie Rutledge.

Geräusche im Hintergrund, ein Knistern, das ihr bekannt vorkam, sie jedoch nicht einordnen konnte.

»Noch nicht, aber das scheint die Absicht zu sein.«

»Alle sollten das Haus verlassen, bis wir Zeit haben, uns darum zu kümmern, aber im Moment kann niemand von uns hier weg«, sagte Rutledge. Er klang hektisch.

»Was ist los?«

»Es brennt, direkt in der Dienststelle. Die Feuerwehr von Ola musste anrücken. Das Feuer ist noch nicht gelöscht, sie denken, es könnte ein Sprengsatz sein.«

Er hustete. Vega sah Dart, Cara und Ethan an, die sie gespannt beobachteten. Auf einmal war ihr alles klar.

»Verstehe. Bitte schicken Sie so bald wie möglich jemanden«, sagte sie zu Rutledge und legte auf.

»Wer war das?«, fragte Cara.

»Niemand kommt. In der Sheriffwache brennt es.«

»Niemand kommt?« Cara starrte sie an und griff nach ihrem Handy auf dem Tisch. »Ich habe ein paar Freunde, ich könnte sie bitten, sich zu bewaffnen und herzufahren.«

»Überlegen Sie sich das«, sagte Vega. »Der Schuss ging einen halben Meter über mein Auto hinweg. Hat mich nur knapp verfehlt.«

»Was sollen wir denn tun, verdammt?« Cara sah aus, als wäre ihr schlecht.

»Ich kann die Wohnzimmerfenster übernehmen«, erbot sich Dart, schwenkte sein Gewehr.

»Geh besser noch nicht in die Nähe der Fenster.« Vega dachte angestrengt nach, sah Cara an. »Wo ist Ihr Schlafzimmer – wo der Schuss eingeschlagen ist?«

»Oben«, sagte Cara. »Am Ende des Flurs. Die haben das Sims unter dem rechten Fenster getroffen.«

Vega ließ die drei in der Küche zurück und rannte die Treppe hinauf.

Das Zimmer war vollgestopft, aber sauber. Ein Schreibtisch, eine Kommode, ein Toilettentisch, alles zugeräumt mit Büromaterial, ordentlichen Papierstapeln, kleinen Fläschchen und Kosmetiktuben, jedes Ding an seinem Platz. Zwei Fenster an der Stirnseite.

Sie ging um das Bett herum und stellte sich mit dem Rücken zur Wand neben das rechte Fenster, beugte sich ein kleines Stück vor, um hinauszusehen. Die Wiese um das Haus endete wie abgeschnitten am Waldrand, von dort waren es vielleicht sechzig Meter bis zu ihrem Auto an der Hintertür. Sie hielt sich die räumliche Aufteilung vor Augen und schloss, dass die Küche direkt unter ihr lag. Dann lief sie wieder hinunter.

Ethan und Dart saßen am Tisch und teilten sich eine Schale Goldfischli. Ethans Hand zitterte so sehr, dass ihm die kleinen Dinger immer wieder in den Schoß fielen. Cara lehnte an der Wand, hielt ihre Waffe an der Seite.

»Welche Himmelsrichtung ist das?« Vega deutete zur Hintertür.

»Süden. Die Vorderseite zeigt nach Norden.«

»Der Schütze ist also in dem Teil des Walds«, sagte Vega, in die Richtung zeigend.

»Ja, offenbar.«

Vega betrachtete die beiden Jungs am Tisch. Dart hörte ihnen zu, die Hand um den Lauf seines Gewehrs gelegt wie um einen Wanderstab. Ethan hatte es mit den Fischli aufgegeben und tippte auf seinem Handy herum.

»Ethan, wem textest du da?«, fragte Cara.

»Jake.«

»Hör auf damit. Schreib jetzt erst mal niemandem.« Sie warf Vega einen Blick zu. »Wir wollen nicht, dass Jake es seinen Eltern sagt, die am Ende herkommen und verletzt werden.«

Entmutigt legte der Junge sein Handy weg.

»Können Sie mir den Blick aus dem Wohnzimmer zeigen?«, fragte Vega und verdrehte die Augen zur Seite. Will mit Ihnen reden.

»Sicher.« Cara verstand den Wink. »Eeth, du kannst Roblox spielen, wenn du willst.«

Ethan nickte lustlos, als würde er es nur seiner Tante zuliebe tun.

»Was ist das?«, fragte Dart ihn, zeigte auf sein Handy.

»Roblox?«, fragte Ethan.

»Rotluchs? Was ist das?«

»Eine Spieleplattform.«

»Zeig ihm das Wild-West-Spiel, Ethan«, sagte Cara. »Das wird ihm gefallen.«

Ethan nickte, schon etwas froher, und hielt Dart den Bildschirm hin. Dart blickte blinzelnd darauf. Vega war zu achtzig Prozent sicher, dass er nichts als herumschwirrende Kleckse sah, aber er gab eine ganz gute Vorstellung für den Jungen.

Sie ging mit Cara hinaus in den Flur, setzte sich auf die unterste Treppenstufe.

»Ich habe über unsere Optionen nachgedacht«, sagte sie. »Am besten ist es wohl, wenn ich über Ihre Wiese hinten in den Wald laufe und versuche, den oder die Angreifer zu finden.«

»Sie wissen nicht, wie viele es sind«, sagte Cara, nach draußen zeigend. »Und es wird langsam dunkel, Sie werden sie nicht mal sehen können.«

»Aber sie mich auch nicht.«

»Was ist, wenn die Sie umbringen, hm? Und dann uns aufs Korn nehmen?«

»Mit euch haben sie nichts am Hut«, sagte Vega. »Sie wollen mich. Vielleicht haben sie nicht mal vor, mich umzubringen, sondern wollen mir nur Angst machen, mich dazu bringen, um mein Leben zu betteln oder so was. Ihr drei seid nicht das Ziel. Wenn ihr denen aber im Weg seid, werden sie keine großen Skrupel haben.«

»Sie wissen, wer die sind?«, fragte Cara.

»Ich habe so eine Ahnung. Und ich glaube, sie haben den Brand im Sheriffbüro gelegt, um das Personal dort zu binden.« Vega stand auf. »Wie auch immer, ich werde sie für eine Weile ablenken und Zeit schinden, bis Rutledge es hierher schafft. Wir reden hier von zwanzig, dreißig Minuten. Wenn bis dahin die Polizei nicht da ist, ich nicht wieder da bin, rufen Sie alle an, die Sie kennen. Oder, besser noch, Sie steigen in mein Auto und fahren los.« Sie gab Cara den Schlüssel. »Das ist zwar immer noch ein bisschen riskant, aber weniger, als wenn Sie versuchen, zu Ihrem Wagen zu gelangen.«

»Wie zum Teufel wollen Sie bis zum Wald kommen, ohne gesehen zu werden?«

»Hintertür, unter mein Auto, durchs Gras robben.«

Cara starrte sie an. »Sie sind clever, haben aber nicht immer die besten Ideen«, sagte sie mit einem merklichen Grad an Freundlichkeit.

Vega lächelte schief. »Sie sind nicht der erste Mensch, der mir das sagt.«

»Schöner Abend für einen Spaziergang«, ließ sich Dart grinsend vernehmen.

Offenbar hatte er an der Küchentür mitgehört. Er stützte sich auf den Schaft des Gewehrs, Mündung auf dem Boden, als wäre es ein Spazierstock bei einer Stepptanzeinlage.

Cara merkte, dass Vega sein Angebot in Erwägung zog. »Wie bitte?«, rief sie »Sagen Sie ihm, dass das eine blöde Schnapsidee ist.« An Dart gewandt: »Das ist kein Film hier, Dart. Das ist eine echte Kugel, die das Fenster oben getroffen hat.« Sie zeigte zur Decke, dann hinter sich auf den Wald und fügte leiser hinzu, damit Ethan es nicht hörte: »Das sind keine Statisten da draußen, die uns umbringen wollen.«

Dart wirkte nur mäßig beeindruckt von ihrer Rede. Unschuldsvoll blinzelte er Vega an.

»Sie hat recht, aber ich könnte deine Hilfe trotzdem gebrauchen«, sagte Vega. Zu Cara: »Haben Sie irgendwelches altes Obst im Haus?«

Eine halbe Stunde später war es beinahe dunkel, und ein leichter Regen fiel gegen die Fenster. Ethan spähte mit einem Fernglas durch die Vorhänge im Wohnzimmer. Cara trug eine Schüssel mit einer halben Melone und fünf Äpfeln herbei.

»Welches Zimmer liegt über der Veranda?«, fragte Vega.

»Meins«, sagte Ethan.

Cara nickte bestätigend.

»Die Früchte werden wie Tontauben da über die Einfahrt fliegen«, erklärte Vega Dart.

»Von wo aus schieße ich?«, fragte er.

»Von da.« Vega sah zur Haustür. »Die Tür wird offen stehen, das Verandalicht an sein. Die Lichter auf der Südseite des Hauses löschen wir alle«, sagte sie zu Cara. »Ihr Schlafzimmer über der Hintertür – schalten Sie dort alle Lichtquellen aus, die Sie ausschalten können.«

»Okay.« Cara begann zu verstehen.

»An der Nordseite dagegen, nördliche Hälfte des Wohnzimmers, der Flur hier, Veranda, Ethans Zimmer – alle Lichter an dort. Sie werfen das Obst von Ethans Fenster aus. Unterhandwurf, zielen Sie auf Ihr Autodach.«

»Darf ich auch?«, fragte Ethan.

»Nein«, sagte Cara streng.

»Hör mal«, sagte Dart zu Vega. »Ich habe schon länger nicht mehr auf ein bewegliches Ziel geschossen.«

»Du musst sie nicht treffen«, sagte Vega. »Versuch's einfach. Und wenn das Obst alle ist, lad und schieß weiter. Wie viel Munition hast du?«

»Ich hab eine Schachtel mit zwanzig Kugeln.«

»Feuer sie alle ab.«

»Er braucht das Obst nicht zu treffen?«, fragte Ethan.

»Nein«, antwortete Cara mit Blick zu Vega. »Es geht nur um die Ablenkung.«

»Genau«, sagte Vega. »Licht, Lärm, eventuell explodierendes Obst. Wir wissen nicht genau, was sie sehen oder hören werden, aber ihre ganze Aufmerksamkeit soll dorthin gelenkt werden.« Sie zeigte zur Veranda. »Ein paar Minuten lang.«

Cara zog eine kleine Taschenlampe aus der Hintertasche ihrer Jeans und gab sie ihr.

»Die Batterien sind frisch«, sagte sie. »Soll eine Reichweite bis zu einem Kilometer haben, aber ich hab's nie nachgemessen.«

»Danke.«

Vega warf noch einen Blick auf sie alle. Dart legte das Gewehr über seine Schulter, den Finger am Abzugbügel, ein lebhaftes Funkeln in den Augen.

Ethan lehnte sich an Cara, die ihm über die Haare streichelte, die Pistole nach wie vor in der Hand. Sie sah Vega an, aber nicht mehr von Panik und Wut befeuert wie zuvor. Vega kannte diesen Ausdruck, es hatten sie schon andere so angesehen. Ein bisschen mitleidig, aber ihre Kompetenz anerkennend. Sollte heißen: Das geht auf deine Kappe.

Flüchtig erblickte sie sich in einem kleinen runden Spiegel neben der Haustür. Vielleicht lag es an der Beleuchtung, aber sie sah aus wie ein Geist, ihr Gesicht bleich über der schwarzen Kleidung. Sie öffnete den Mund und fuhr sich mit der Zunge über ihren neuen Zahn. Kein Geist.

Vega öffnete die Hintertür einen Spalt breit, hockte sich im Dunkeln hin und wartete.

Dann knallte Darts erster Schuss.

Sie machte die Tür ein Stück weiter auf, kroch auf allen vieren hinaus und schob sich unter ihr Auto. Das Gras war nass, durchweichte ihre Kleider, ihr Kopf lag neben dem Auspufftopf.

Sie hörte den Regen, hörte das Wasser vom Unterwagen tropfen, hörte ihren eigenen Atem.

Dann hörte sie den zweiten Schuss.

Sie robbte im Armeestil los, nur Hände und Füße hatten Bodenkontakt, ihr übriger Körper bildete ein Brett. Das Gras bremste sie, die nassen Halme waren glitschig, ihre Fußspitzen sanken bei jeder Bewegung ein.

Dritter Schuss.

Vega beugte die Knie, um schneller voranzukommen. Jetzt berührte sie den Boden nur noch mit den Fingerspitzen, lief geduckt, war auf halbem Weg zum Wald, Regen in ihren Augen.

Vierter Schuss.

Als sie den Waldrand erreichte, zog sie die Springfield aus dem Holster und kroch die letzten Meter voran wie ein dreibeiniger Hund, richtete sich dann auf und rannte in den Schutz der Bäume.

Die Sicht war besser als gedacht, der Wald nicht so dicht, wie er von Weitem gewirkt hatte. Sie wartete bis zum nächsten Schuss, ehe sie sich dem mutmaßlichen Standort des Schützen näherte, ein Bereich mit direktem Blick auf die Veranda, wo Dart Obst abknallte.

Wieder ein Schuss.

Sie lief schnell, ihre Stiefel klatschten auf den aufgeweichten Boden. Als der Knall verhallt war, stellte sie sich mit dem Rücken an einen Baumstamm und lauschte auf Bewegungsgeräusche, doch das Regenrauschen verschluckte alles. Die Bäume ließen ihre Zweige hängen und schüttelten sie sacht bei den Windböen, als atmeten sie mit nasser, schwerer Lunge.

Noch ein Schuss.

Vega huschte von Stamm zu Stamm, bis sie das Licht von der Veranda sehen konnte und einen Moment lang glaubte, sogar den Pulvergeruch von Darts Patronen zu riechen.

Jetzt war sie wieder nahe am Waldrand, suchte mit dem Blick Bäume, Unterholz, den Boden ab, hielt nach einer Atemwolke Ausschau, dem farbigen Aufblitzen eines Turnschuhs, einem hellen, in der Dunkelheit schwebenden Gesicht.

Beide Hände um den Griff der Springfield gelegt, ging sie voran. Sie war bis auf die Unterwäsche durchnässt, der Regen tropfte von ihrer Nase und ihrem Kinn, tropfte ihr in die Augen, so dass sie dauernd blinzeln musste.

Dann ein Schlag auf ihren Kopf, die Bäume vor ihr schwankten. Sie stolperte ein paar Schritte vorwärts und fiel auf die Knie, versuchte, die Pistole festzuhalten, aber der Gips war schlüpfrig und sie entglitt ihr.

Ein weiterer Schuss von Dart beim Haus.

Vega sah doppelt, dann dreifach, ihre Sicht jetzt kaleidoskopartig vom Regen und dem Schlag. Ihr Hinterkopf pochte und pulsierte. Sie erspähte ihre Waffe ein kleines Stück weiter und angelte mit beiden Händen danach, doch als ihre Fingerspitzen den Lauf der Springfield streiften, legte sich von hinten ein Arm um ihren Hals und würgte sie.

Dann wurde sie hochgerissen, die Pistole blieb im Matsch.

Ein zweiter Arm schlang sich um ihren Brustkorb, direkt unterhalb der Brüste, und jetzt schwebte sie fast über dem Boden, ihre Stiefelspitzen schabten über das nasse Laub. Sie atmete stoßartig durch die Nase und grub ihre Finger in den Unterarm des Mannes, versuchte, ihn wegzuziehen. Gegen den Regen anblinzelnd, sah sie die Tätowierungen auf dem Arm um ihre Taille, besonders die Faust in der Mitte.

»Alice Vega – so heißt du, stimmt's?«, raunte Cooper ihr ins Ohr.

Sie rang nach Luft, dem kleinsten Atemzug, und merkte, dass sie bald das Bewusstsein verlieren würde. Röchelnd nahm sie die Hand von dem strangulierenden Arm und kratzte stattdessen an dem Arm um ihren Oberkörper.

»Du ahnst nicht, was ich alles mit dir anstellen werde«, sagte er mit brüchiger Stimme. »Ich werde dafür sorgen, dass du diese Catfish-Scheiße nicht noch einmal abziehst, hörst du?«

Vegas Shirt war hochgerutscht, ihr Bauch entblößt. Sie tastete hinter ihrer Gürtelschnalle nach Darts Silberstern.

»Gottverdammt!«, schrie Cooper, er klang verletzt. »Du hast dir das selbst eingebrockt, weißt du? All das, was jetzt passiert, was ich mit deinem Gesicht und deinem Körper mache, und am Ende werde ich dich umbringen, weil du mich in die Ecke gedrängt hast, Bitsy.« Er brüllte, ein verzweifelter Laut. »Oder Alice, scheißegal. Du hast Lanahan hochgehen lassen, und das ist meine Schuld, weil ich dir geglaubt hab. Weil ich auf meinen Schwanz gehört hab.«

Vega wurde schwarz vor Augen. Wieder ein Schuss von Dart, aber gedämpft, als würde er durch ein Kopfkissen schießen. Sie fuhr mit dem Daumen über die Rückseite des Silbersterns und fühlte den kleinen Knopf dort, drückte ihn. Cooper zuckte leicht zusammen bei dem Geräusch und lockerte seinen Griff, worauf sie ihren Arm abwärts schwang und ihm die Klingen des Sterns in den Oberschenkel stieß. Ächzend ließ er sie fallen, so dass sie wieder mit beiden Füßen auf dem Boden stand, während er sie immer noch im Klammergriff hielt. Sie schnappte nach Luft, sah Wunderkerzen in den Augenwinkeln sprühen.

Den Stern fest gepackt, die Handfläche geschützt vom Gips, riss sie den Arm nach oben hinter ihren Kopf und fühlte die scharfen Klingen in Coopers Gesicht eindringen.

Jetzt schrie er vor Schmerz und ließ sie los. Vega landete auf den Knien im Schlamm, schnaufend und mit brennender Kehle. Schnell packte sie die Springfield und stand auf. Ihr schwindelte, sie sah unscharf.

Sein Gesicht war eingedellt wie ein alter Halloweenkürbis, der Stern steckte zwischen seinem Nasenrücken und dem Auge. Cooper fasste ihn mit beiden Händen und riss ihn heraus, warf ihn von sich. Ein Blutschwall ergoss sich über seine linke Wange, sein Blick wurde stier.

Es war eine natürliche Reaktion – Fremdkörper im Fleisch, man will ihn heraushaben. Doch Vega wusste, dass das nicht immer die beste Idee war, besonders bei scharfen Gegenständen.

Cooper wischte sich das Blut aus dem Gesicht, aber es kam immer mehr. Er taumelte rückwärts, sah sich nach beiden Seiten um, als suchte er etwas. Dann sah sie es, ein Jagdgewehr mit einem Zielfernrohr, das an einem Baum lehnte.

»Cooper!«, wollte sie rufen, aber ihr Hals war zu wund, es kam nur ein heiseres Flüstern heraus.

Sie ging auf ihn zu, die Springfield auf seinen Oberkörper

gerichtet. Ihr Kopf dröhnte immer noch, Basketbälle gegen das Korbbrett ihres Schädels, dafür sah sie wieder normal, immerhin.

Cooper stand still, wenn auch wackelig, und zeigte auf sie.

»Du hörst nicht auf, ein Miststück zu sein, oder?«

»Nein«, krächzte Vega, hörbar jetzt.

Das Blut strömte ihm übers Gesicht, aber er versuchte nicht mehr, es wegzuwischen. Es lief ihm über den Mund, das Kinn.

»Du hast's ernst gemeint, weißt du, auch wenn du mir was vormachen wolltest, ich glaube, du hast es ernst gemeint mit mir.«

»Ich habe dich angelogen, Cooper«, sagte sie. »Es war alles gelogen.«

Er lachte hustend, Blut spritzte von seinem Mund.

»Nee«, sagte er kopfschüttelnd. »Du hast was gefühlt, ganz tief drinnen, so dass du vielleicht nicht mehr gewusst hast, wer Bitsy ist und wer ... Alice.« Er hielt sich den Kopf, als wäre eine Migräne im Anzug. »Du wirst den Teil von dir abtöten müssen, wenn du so tun willst, als gäbe es ihn nicht.«

Sie schoss ihn zweimal in die Brust, und er kippte nach hinten, landete flach unter dem Baum, warf dabei das Gewehr um. Er griff nicht danach. Er regte sich überhaupt nicht mehr.

Vegas Atem war Staub in ihrer Kehle. Sie hockte sich neben ihn und leuchtete ihm mit der Taschenlampe ins Gesicht. Das Blut aus der Wunde floss über sein Auge, wurde vom Regen in den Boden gespült. Beide Augen standen offen, auch das angeritzte. Er war tot.

Vega nahm das Gewehr und stand auf. Sie steckte die Springfield ins Holster, leuchtete mit der Lampe den Boden ab an der Stelle, wo er sie gewürgt hatte, sah einen silbrigen Schimmer. Sie hob Darts Stern auf, wischte Blut und Erde ab und drückte zweimal den Knopf hinten, um die Klingen einzufahren, ehe sie ihn wieder hinter ihre Gürtelschnalle steckte.

Die Lichter von Caras Haus waren immer noch zu sehen, Darts hallende Schüsse immer noch zu hören, aber sie wirkten weit weg, und einen Moment lang dachte sie, dass sie es vielleicht nicht zurück schaffen würde.

Sämtliche Lichter brannten bei Cara, als die Polizei und der Krankenwagen eintrafen. Das Haus leuchtete hell inmitten der Wiese.

Die Rettungskräfte hoben Cooper vom Waldboden in einen Leichensack und rollten ihn auf einer Bahre durch das Gras zum Haus.

Sheriff Packwood aus Ola nahm Vegas Zeugenaussage auf, während seine Deputies Cara und Dart auf der Veranda befragten.

Vega hörte Packwood nur halb zu. Er war ohnehin ein bisschen langsam, kein Problem, ihm zu folgen. Mitte fünfzig mit einem massigen Doppelkinn und einem chronischen verschleimten Husten.

Sie sah zu den Wolken hinauf, eine Farbe wie dunkler Rauch. Keine Sterne. Der Regen hatte sich zu einem Nieseln abgeschwächt, die Luft war feucht.

Sheriff Packwood hockte auf dem hinteren Kotflügel seines Streifenwagens und machte sich mit Kuli und Stenoblock Notizen, befeuchtete dabei immer wieder die Mine mit der Zunge.

»Nachdem Sie ihm diesen Stern ins Gesicht gestochen hatten, hat er Sie also losgelassen«, sagte er und ging seine Notizen nochmal durch.

»Ja«, sagte Vega, die vor ihm stand.

»Und Sie sind hingefallen?«

»Ja.«

Packwood blies die Backen auf, hustete. »Dann haben Sie Ihre Waffe aufgehoben …«

»Nein«, unterbrach ihn Vega.

Packwood sah sie fragend an.

»Er hat sich den Stern herausgezogen. Erst dann habe ich meine Waffe aufgehoben.«

»Und er ist auf Sie losgestürzt.« Packwood zeigte mit dem Kuli auf sie.

»Ja.«

»Und da haben Sie zweimal auf ihn geschossen.«

»Zuerst einmal«, korrigierte sie ihn. »Das hat ihn aber nur kurz gestoppt, er ist sofort weiter auf mich losgegangen.«

»Dann haben Sie den zweiten Schuss abgegeben.«

»Genau«, sagte sie ohne Zögern.

Packwood starrte auf seine Aufzeichnungen, schnaubte, hustete wieder. Als klar wurde, dass er keine weiteren Fragen hatte, stellte Vega ihm eine. »Ist der Brand drüben beim Sheriff gelöscht worden?«

Packwood sah verwirrt auf. Dann machte es klick.

»Die Feuerwehr hat ihn gelöscht, aber es hat eine Weile gedauert«, sagte er. »Ein Sprengsatz aus einem Feuerwerkskracher und einem antibakteriellen Allzweckreiniger. Altes Gebäude. Ich habe einen Mann als Wache abgestellt, weil die Dinger heimtückisch sind. Man denkt, sie sind aus, aber es braucht nur ein winziges Fünkchen aus diesen maroden Leitungen in der Wand und paff, geht's wieder los. Sie denken also, dass er« – Packwood sah zu dem Krankenwagen hin, dann wieder auf seine Notizen –, »dass Edward Cooper verantwortlich dafür ist?«

»Ja, das denke ich.«

»Warum?«

»Er hat früher schon Sprengstoff aus Feuerwerkskörpern gebastelt«, sagte sie. »Als Jugendlicher.«

Packwood blickte mit zufriedener Miene auf seinen Block. Ein Einzeltäter erleichterte ihm die Arbeit enorm.

Nach ein paar Minuten fragte sie: »Darf ich jetzt gehen, Sheriff?«

»Ja, ach Gott, tut mir leid«, sagte er und gähnte, worauf er wieder husten musste. »Ich schreib das alles morgen zusammen. Der Bezirksstaatsanwalt wird vielleicht noch ein, zwei Fragen an Sie haben, aber der Fall scheint mir klar zu sein. Ihre Telefonnummer habe ich, oder?«

Er brauchte noch ein paar Minuten, um sich zu vergewissern, dass er ihre Nummer aufgeschrieben hatte, dann sagte er, er habe keine Fragen mehr. Sie bedankten sich beieinander, und Vega ging um die zermatschte Melone in der Einfahrt herum zur Veranda, wo Packwoods Deputy gerade mit Cara und Dart zum Ende kam.

Cara führte den Deputy hinein, um ihm zu zeigen, wo die erste Kugel die Fensterbank getroffen hatte, so dass Vega und Dart allein blieben.

»War ein guter Schuss auf die Melone«, sagte Vega.

Dart winkte ab. »Halbwegs. Die und ein einziger lausiger Apfel.«

»Danke für deine Hilfe, Dart.«

Dart wandte den Blick ab, entweder aus Verlegenheit oder weil er keinen Dank wollte oder beides. Dann lächelte er mit schweren Lidern.

»Cara ist eine gute Frau«, sagte er. »Und der Junge ist intelligent. Wenn ich eine Frau wie sie kennengelernt hätte vor langer Zeit, wer weiß.« Er rieb sich das Kinn, blickte zum Wald hinüber. »Ich war ein Esel, als ich jung war.«

Cara und der Deputy kamen wieder heraus, und der Deputy nahm Dart beiseite, um ihm noch ein paar Fragen zu stellen. Vega nickte Cara zu.

»Wo ist Ethan?«

»Er holt seine Zahnbürste. Wir ziehen für ein paar Tage ins Motel. Ich bezahle auch ein Zimmer für Dart.« Sie rieb sich fröstelnd die Arme. »Was ist mit Ihnen?«

Vega zuckte die Achseln. »Ich bleibe erst mal im Wohnwagen.«

»Seien Sie vorsichtig«, sagte Cara mürrisch.

»Mache ich.«

Cara verdrehte die Augen. »Wer's glaubt.«

Es war Mitternacht, als Vega zum Wohnwagen-Camp kam.

Beim Aussteigen zog sie die Springfield, ging dann langsam auf den Stargazer zu. Die Lampen über den Türen der vier Trailer um die Feuerstelle brannten, wenn auch nur matt.

Sie umrundete den Stargazer. Knipste Caras Taschenlampe an, steckte sie sich in den Mund und leuchtete damit ins Gebüsch. Schwenkte hinüber zu Darts Airstream, dann wieder auf den Stargazer. Sie öffnete die Tür, machte das Licht an, sah sich um. Der Innenraum war so klein, dass er keine Versteckmöglichkeiten bot.

Sie schloss die Tür hinter sich, behielt die Pistole in der Hand.

In dem postkartengroßen Spiegel mit schmierigem Rand über der Puppenhausspüle untersuchte sie ihr Gesicht. Feine Spritzer von Coopers Blut waren in ihren Haaren und auf ihrem Gesicht gelandet, vermischt mit Regen und Schlamm. Sie sah den ringförmigen Bluterguss um ihren Hals, ihre Kehle brannte immer noch. Summend hielt sie zwei Finger an den Hals, um die Vibration zu spüren. Plötzlich begannen ihre Augen zu tränen, und sie wurde gut eine Minute lang von trockenem Husten geschüttelt.

Als sie aufgehört hatte zu husten, aufgehört hatte, in den Spiegel zu sehen, stand sie dort in ihren nassen, blutigen, dreckverschmierten Kleidern, die Waffe in der Hand, eine ganze Zeitlang.

Schließlich legte sie die Springfield auf der Isomatte ab, zog sich aus und duschte. Nachdem sie sich abgetrocknet hatte, zog sie ein Trägerhemd und Yogashorts an und putzte sich die Zähne, als würde sie sich zum Schlafengehen fertig machen.

Sie knipste das Licht aus und legte sich auf den Schlafsack, die Springfield griffbereit in Hüfthöhe. Hörte dem Regen zu, weil es sonst nichts zu hören gab. Mit der Zeit nahm er verschiedene Rhythmen an: kurze, leichte, gleichmäßige Schauer, gefolgt von böigen Güssen, die den Stargazer schüttelten, irgendwann nur noch ein Tröpfeln, dann einzelne Tropfen, die gegen die Fenster platschten und ein bisschen wie ein langsamer Herzschlag klangen, dachte sie, als sie endlich wegdämmerte. Nicht ihr eigener, sondern irgendjemandes.

17

Cap landete gegen elf Uhr abends in Portland, hatte den späten Flug von Newark aus genommen.

Nach Nells Drift-Rennen hatte er ein paar Tage nachgedacht, Vega siebenundfünfzig Nachrichten geschrieben und alle wieder gelöscht, überlegt, sie anzurufen, und geübt, was er sagen würde, vor dem Spiegel, im Auto, vor dem Heizkessel. Nell war bei Jules und textete ihm ab und zu in der Art einer besorgten Schulpsychologin: »Hast du darüber nachgedacht, über was wir neulich abends gesprochen haben?«

»Ja, Doktor«, hatte er zurückgeschrieben, ohne zu erwähnen, dass er dem Heizkessel seine Gefühle gestanden hatte.

Dann hatte er sich eines Morgens beim Rasieren geschnitten, unterhalb des Ohrs, entlang der Kinnlade. Er hatte das Blut abgewischt, es war nicht viel, und plötzlich auf seine vernarbte Ohrmuschel geblickt, dann auf die runde Narbe an seiner Stirn und gedacht, wie vertraut ihm beides inzwischen war, Teil seines Körpers. Sicher, wenn er die Wahl hätte zwischen gewaltsam verstümmelt werden oder nicht, würde er sich wohl für »nicht« entscheiden, das war normal. Aber war es nicht ebenso normal, sich für einen Menschen zu entscheiden, auch wenn ein gewisses Risiko damit einherging? Okay, bei den meisten Leuten bestand das Risiko einer Beziehung eher in so etwas wie »Meine Gefühle könnten verletzt werden, wenn diese Person mich nicht zurückruft« statt in »Da gibt's einige, die diese Person umbringen wollen, und wenn ich mit ihr zusammen bin, könnten sie auch mich umbringen wollen«. Doch als er auf den kleinen Blutstropfen neben seinem Ohr starrte, stellte er fest, dass ihm das mittlerweile ziemlich egal war.

Er hatte Vera gesagt, dass er wegen einer Familienangelegenheit ein paar Tage Urlaub nehmen müsse, und noch für denselben Abend einen Flug gebucht.

Nach der Landung mietete er sich ein Auto und checkte in ein Hotel am Flughafen ein. Erst mal ein bisschen schlafen, dann früh aufstehen und ihr eine Nachricht schreiben, dachte er, als er in seinem Hotelbett lag, in die Formgedächtnis-Matratze sank. Doch bei dem Regen gegen das Fenster, dem summenden Heizkörper in der Ecke und der Erinnerung an eine Fernsehsendung, in der jemand mit einer Schwarzlichtlampe ein Hotelzimmer ausgeleuchtet und eine anscheinend übermäßige Menge an Körperflüssigkeiten und anderen Flecken zutage gefördert hatte, konnte er nicht einschlafen.

Irgendwann trat er die Decke weg und stand auf. Duschte, zog sich an und checkte aus, hielt bei einem rund um die Uhr geöffneten Drive-in-Restaurant und holte sich einen großen Kaffee mit extra Milch und Zucker. Anschließend fuhr er zur Interstate.

Trotz der Müdigkeit und des Jet-Lags, der ihm in den Gliedern und den brennenden Augen saß, fühlte er sich wach. Er trank den Kaffee in großen Schlucken und schob die Erschöpfung so gut es ging von sich.

Wieder dachte er daran, Vega eine Nachricht zu schreiben. Inzwischen war es fast vier Uhr morgens, und er wusste, dass sie bald wach sein würde, wenn sie es nicht schon war. Doch er griff nicht zum Handy, fuhr einfach weiter. Er musste sie einfach nur sehen, über alles Weitere wollte er sich nicht den Kopf zerbrechen.

Eine echte Herausforderung für ihn.

Cap fuhr durch Eugene und weiter nach Süden, in Richtung Grenze, wohin das GPS ihn leitete. Die Sonne war noch nicht aufgegangen, aber der Himmel wurde allmählich heller, grau von Regenwolken.

Von der Interstate aus folgte er der Wegbeschreibung nach

Ilona, fuhr ins Stadtzentrum und parkte vor einem Diner. Er stieg aus und streckte sich, ging dann ein paar Schritte.

Sollte er einfach bei ihr auftauchen, die Wohnwagensiedlung suchen, wo sie übernachtete, wie sie gesagt hatte? Es war eine kleine Stadt, er könnte den Erstbesten fragen, der ihm begegnete – wann auch immer ihm jemand begegnen würde. Natürlich konnte er sich jederzeit per Handy bei ihr melden, aber dafür war er noch nicht bereit. Er musste sich erst mal die Beine vertreten und frische Luft schnappen, und die roch köstlich hier. Nach Lagerfeuer und Wiesen und Blumen. Seine Kehle war auf einmal kratzig, er hustete und fragte sich, ob Oregon zu den Gegenden gehörte, auf die er allergisch reagierte.

Die Straße war ungepflastert, nur ein betonierter Gehweg zu beiden Seiten vor den Geschäften. Heimwerkerbedarf, Antiquitäten, Alkohol. Cap hatte noch niemanden gesehen, und das war ein wenig seltsam. Auch in Pennsylvania gab es eine Menge Kleinstädte, laut Einwohnerstatistik lebte er selbst in einer davon, aber so früh am Morgen traf man dort auch auf vereinzelte Leute, Rentner, Hundeausführerinnen. Ilona dagegen machte den Eindruck einer Geisterstadt. Twilight Zone.

Dann stieß er auf etwas Unerwartetes, offenbar der Grund für seinen plötzlichen Allergieanfall. Ein altes Backsteingebäude, dessen Fensterscheiben im Erdgeschoss samt der Eingangstür herausgeflogen waren, der Türrahmen war rußgeschwärzt. Brandgeruch lag über allem, und Cap wusste, je länger er hier stand, desto mehr würde er nach billigem Holzkohlegrill riechen. Rauch von einem Hausbrand setzte sich fest, man wurde ihn nicht los. Einfacher, die Kleider zu entsorgen und sich die Haare schneiden zu lassen.

Ein junger Cop in hellbrauner Uniform saß am Steuer eines Sheriffwagens, hielt sein Handy dicht vor die Augen und textete mit den Daumen. Er schien ihn nicht zu bemerken, bis er an das Seitenfenster klopfte.

Der junge Cop zuckte zusammen, ließ dann das Fenster herunter.

»Hallo, guten Morgen«, sagte Cap.

»Brauchen Sie irgendwie Hilfe?«

»Nur eine Auskunft. Gibt es eine Wohnwagensiedlung hier in der Nähe?«

»Ja. Am I-Pud vorbei, dann links.«

»Danke«, sagte Cap. »Was war nochmal ein I-Pud?«

»Öffentlicher Versorgungsbetrieb.«

»Genau.« Cap deutete mit dem Kopf auf das ausgebrannte Gebäude. »Sieht nach einem großen Feuer aus.«

»Das Erdgeschoss ist hinüber«, sagte der Cop gähnend. »Die Büros oben sind okay. Niemand verletzt.«

»Ein Glück«, sagte Cap. »War das eine Bank?«

Der Cop sah ihn halb belustigt, halb genervt an.

»Sheriffstation.«

»Na so was«, sagte Cap. »Haben Sie den Täter?«

»Glaub schon.«

»Da bin ich froh«, sagte Cap höflich. »Danke für Ihre Hilfe.«

Der Cop nickte und fuhr das Fenster wieder hoch.

Mit einem letzten Blick auf das Backsteingebäude ging Cap zurück zu seinem Auto. Die Sonne kroch jetzt endgültig über den Horizont, der Himmel war schon viel heller. Bevor er die Wagentür aufschloss, sah er sich um, sah die hohen Bäume vor dem grauen Himmel und sagte laut: »Schön.«

Vega schreckte aus dem Schlaf und setzte sich kerzengerade auf, packte die Springfield.

Sie richtete die Pistole auf die Tür und rührte sich eine Minute lang nicht, sah sich dann im Wohnwagen um, in dem sich nichts verändert hatte. Die Pistole schussbereit in der Hand, ging sie zum vorderen Fenster und spähte hinaus. Die Sonne ging gerade auf. Ein paar Vögel fiepsten und piepten, aber das war es nicht, was sie geweckt hatte. Ihre Träume waren wirr, aber geräuschlos gewesen, und sie war so gut wie sicher, etwas gehört zu haben.

Sie stieg in ihre Stiefel und stellte sich hinter die Tür, öffnete sie einen kleinen Spalt. Dann ein bisschen mehr, dann ganz.

Im Camp war es ruhig, von den Nachbarn nichts zu sehen. Josie gegenüber hatte immer noch den Fernseher laufen, aber es war nicht zu erkennen, ob sie wach war oder schlief. Die Bewohner der anderen beiden Wohnwagen, die Jason ihr beschrieben hatte, hatte sie immer noch nicht zu Gesicht bekommen.

Vega trat hinaus und ließ die Tür offen. Sie hörte den restlichen Regen von den Bäumen tropfen, während sie sich um den Stargazer herumbewegte und alle zwei Schritte stehen blieb, um in den Wald hinüberzublicken, nach etwas Ungewöhnlichem Ausschau zu halten. Dann umrundete sie leise die anderen Wohnwagen auf dem Platz, lief schließlich hinüber zu Dart.

Auch um den Airstream ging sie einmal herum, bevor sie durch die ovalen Fenster hinten hineinblickte. Sie sah Darts Bett, den Minikühlschrank, den Aktenschrank, in dem er all seine Fotos und den Silberstern aufbewahrte, wenn er ihn nicht gerade verliehen hatte.

Wieder beim Stargazer, setzte sie sich auf die Kiste vor der Tür und dachte daran, wie Dart gesagt hatte, dass er früher auch einmal geglaubt hatte zu wissen, warum er etwas tat.

Sie wollte Rutledge per SMS fragen, ob Klimmer schon aufgetaucht war, aber ihr Handy funktionierte nur mit Verzögerung. Zuerst reagierte die Home-Taste nicht, und dann überkompensierte das System, indem es vom Home-Bildschirm auf die Touch-ID-Aufforderung sprang und danach willkürlich irgendwelche Apps öffnete. Vega schüttelte das Gerät und sah Tröpfchen herausspritzen. Wasserschaden. Sie schaltete es aus und steckte es hinten in den Bund ihrer Shorts.

Worauf wartete Klimmer? Sie versuchte, sich in ihn hineinzuversetzen, seine Handlungen nachzuvollziehen. Ihm musste klar sein, dass seine Zeit abgelaufen war. Sie wusste, dass sie klüger war als er, aber an seiner Stelle, wenn sie solche lausigen Fehler gemacht hätte, wenn sie sich in eine solche Sackgasse manövriert hätte, würde sie nach einem Durchschlupf in der Mauer suchen.

Sie blickte unter den Stargazer, der etwa vierzig Zentimeter Abstand zum Boden hatte. Von dort unten könnte sie den ersten Schuss abgeben, falls jemand sie bis hierher verfolgte – Knie, Schienbeine, Füße.

Vega kroch unter den Trailer und legte sich bäuchlings in den Matsch. Stützte sich auf die Ellbogen, zielte mit der Springfield geradeaus.

Es war schwierig, die Hand ruhig zu halten. Der Untergrund war rutschig, so dass sie ständig ihre Arme neu ausrichten und sich alle paar Minuten mit den Füßen wieder ein Stück vorwärtsschieben musste. Es fühlte sich an, als würde sie einsinken. Irgendwann beschloss sie, einfach mit ausgestreckten Armen und Beinen dazuliegen, die Wange am Boden. Und abzuwarten.

Cap fuhr durch leere Straßen, spürte immer noch den Qualm in seinen Nebenhöhlen. Er kam zu einem Gebäude mit einem Schild davor: »Ilona Public Utility Department«.

»I-Pud«, sagte er laut.

Er bog links ab, sah zuerst weder Wohnwagen noch irgendwelche Fahrzeuge, stieß aber nach etwa achthundert Metern auf mehrere geparkte Autos auf einer Lichtung am Weg.

Er stellte den Wagen ab und stieg aus. Der Himmel war immer noch bedeckt, aber hellgrau jetzt, fast weiß. Als er an den Autos vorbeiging, bemerkte er, dass eines davon ein kalifornisches Kennzeichen hatte.

Schließlich kam er zu den Wohnwagen, vier um einen kleinen Platz, und überlegte, was er zu Vega sagen sollte. »Ich bin wegen der Anzeige für einen Mitarbeiter hier«? Schon bei dem Gedanken an einen derart lahmen Scherz schämte er sich. Vega hatte nichts übrig für verdruckste Sprüche.

Nells Stimme meldete sich, die ihm riet, einfach zu sagen, was er fühlte, weil Frauen das tatsächlich mochten, aber er war sich da nicht so sicher. »Hör zu, Vega, ich weiß, dass du mich nicht hier haben willst, aber ich musste dich persönlich sehen, und wenn du sagst, ich soll verschwinden, dann verschwinde ich. Aber ich habe die ganze Zeit so Magenschmerzen, als wäre da einer von diesen Greifautomaten in meinem Bauch, und statt Plüschtiere zu greifen, kratzt er an meiner Magenwand. Ich glaube, wenn ich dir bei diesem Fall helfe, gehen sie weg, und dann kann ich vielleicht mal wieder acht Stunden am Stück schlafen. Außerdem mache ich mir Sorgen um dich. Denn so ist das mit Menschen, sie sorgen sich umeinander.« Wäre einen Versuch wert, oder?

Seine Augen tränten von dem blendend hellen Himmel und er wünschte, er hätte eine Sonnenbrille mitgenommen. Das Licht erinnerte ihn an eine Fahrt durch eine Winterlandschaft, wenn die grelle Sonne am Himmel vom Schnee, von der Motorhaube, von den Spiegeln reflektiert wurde. »Schneeblind« war der Ausdruck.

Der Wohnwagen, von dem Vega gesprochen hatte, hatte einen bestimmten Namen gehabt, so einen Markennamen. Snowblinder war es nicht, oder? Es musste einer von den vieren um den Platz sein, schätzte er, nicht das rostige Geschoss von einem Airstream dreißig Meter hinter dem eigentlichen Camp.

Beim Näherkommen beschleunigte er seine Schritte – er wusste jetzt genau, was er sagen wollte, wenn sie die Tür aufmachte und überrascht und vielleicht sauer war oder vielleicht sogar froh, ihn zu sehen.

Er ging zu der ausgebrannten rostigen Mülltonne in der Mitte des Camps und betrachtete die vier Wohnwagen. Sein Blick blieb an dem Namenszug des kleinsten davon hängen: Stargazer. Sie müsste dort drin sein, sagte er sich, es ist fast sechs. Wahrscheinlich hat sie schon ihren Handstand gemacht und all das.

Cap verkniff sich ein Lächeln.

Als er vor der Tür stand und gerade anklopfen wollte, sah er plötzlich aus dem Augenwinkel etwas unten auf dem Boden. Er machte nicht gerade einen Satz, aber einen großen Schritt rückwärts und dachte: Waschbär? Schlange? Was hatten die alles hier draußen? Dann erkannte er, dass es eine Hand war, die Hand von jemandem, der unter dem Stargazer lag. Cap griff nach seiner Pistole im Holster, stutzte jedoch, denn jetzt streckte sich eine zweite Hand, eingegipst und mit einer Springfield darin, unter dem Wagen hervor.

Vega kam herausgekrochen, richtete sich auf. Sie hatte nicht viel an, ihre ganze Vorderseite war mit Schlamm überzogen und sie roch ein bisschen wie Scheiße.

»Caplan?«, krächzte sie.

»Toller Empfang, Vega«, sagte er lachend. Vor lauter Erleichterung und Freude, sie zu sehen, vergaß er kurz seine Rede, doch dann fiel sie ihm wieder ein. »Hör zu, ich weiß, du hast gesagt …«

Sie ging geradewegs auf ihn zu und zog ihn mit dem linken Arm um seinen Hals an sich, während sie rechts noch die Pistole hielt. Cap verstummte, legte die Arme um ihre Taille, drückte sie fest. Er hörte sie durch den Mund atmen, ein leises Röcheln. Sie legte ihre Wange an seinen Hals, und er fühlte den feuchten Schlamm von ihrem Gesicht auf seiner Haut.

Dann küsste sie ihn, grub die Finger ihrer freien Hand in seine Haare, legte ihre Stirn an seine.

»Du bist da«, sagte sie.

»Ich bin da.«

»Was ich neulich gesagt habe, von wegen, dass du's nicht sein wirst, der sich um mich kümmert, das habe ich nicht so gemeint. Ich habe es in dem Moment gemeint, aber nicht wirklich.«

Sie flüsterte das alles in einem Atemzug, er konnte sie kaum verstehen. Ihre Schultern zitterten, sie war eiskalt. Er fragte sich, wie lange sie sich schon dort unten versteckt hatte.

»Ist schon gut«, sagte er. »Ist gut.«

So standen sie eine Weile, bis die Tür des Wohnwagens gegenüber dem Stargazer aufging und eine ältere Frau in einem grünen Bademantel den Kopf heraussteckte.

»Scheiße, was macht ihr da für 'n Scheiß?«, rief sie.

»'n Morgen«, sagte Cap.

Vega nahm ihren Arm von seinem Hals.

»Gehen wir rein«, sagte sie.

»Okay.«

»Bitsy, was ist mit dir passiert?«, fragte die Frau.

»Bin gestolpert und hingefallen«, sagte Vega.

»Du bist das, was man unfallanfällig nennt«, sagte die Frau, ging wieder hinein und zog ihre Tür zu.

»Bitsy?«, fragte Cap.

Vega zuckte die Achseln und hielt ihm die Tür zu dem Stargazer auf.

Er kletterte hinein, sah sich um.

»Das ist ja ... grauenvoll, Vega. Warum kein Hotel? Hast du keine Punkte bei Best Western?«

»Lange Geschichte«, sagte sie und legte die Springfield am Rand der Spüle ab.

»Hey, hast du auch Allergie? Du klingst so heiser.«

Sie hob den Kopf und kratzte den Schlamm von ihrem Hals, damit er den roten Ring sah.

»Was ist das?«, fragte er scharf.

»Erzähl ich dir später.« Sie schloss ihr Handy an ein Kabel an, das in einer Steckdose über der Spüle steckte.

»Sag's mir gleich. Wollte dich jemand erwürgen?«

Vega nickte, während sie ihre Stiefel abstreifte.

»Wer? Wer war das? Wieder diese Jugendlichen? Oder dieser Typ, wie heißt er noch, Klimmer?« Cap regte sich zusehends auf.

Sie schüttelte den Kopf. Dann zog sie ihr Trägerhemd aus und warf es in die Ecke. Ihr halbnackter Anblick ließ Cap kurz verstummen. Sie nahm sich ein Handtuch, mit dem sie den gröbsten Dreck von ihren Armen und Beinen abstreifte. Er setzte sich auf einen Klappstuhl, sah ihr beim Anziehen zu.

Sie erzählte ihm von Klimmer und Fenton, von Lanahan und was bei Caras Haus und im Wald passiert war. »Dann hat er mich losgelassen«, sagte sie an der Stelle, wo sie Cooper den Stern ins Auge gestochen hatte.

»Hast du Luft bekommen? Hast du sehen können?«, fragte Cap besorgt, als wüsste er nicht, wie es ausgegangen war.

»Nicht so richtig«, sagte Vega. »Ich habe nach der Springfield getastet, und ihm ist das Blut übers Gesicht geströmt, das habe ich gesehen ...«

Eigentlich hatte sie Cap alles berichten wollen, die ganze Wahrheit. Doch als er jetzt vor ihr saß und ihre Haut noch von seinen Händen prickelte, sie den salzigen Geruch seiner Haare an den Fingern hatte, als wäre er gerade in den Pazifik getaucht worden, konnte sie sich nicht vorstellen, wieder ohne das zu sein. Sie fuhr sich mit der Zunge über den neuen Zahn. Lebendig. Kein Geist.

»Er hat sich den Stern einfach rausgezogen und ist auf mich losgegangen, also habe ich geschossen. Zweimal.«

Cap kniff einen Moment die Augen zusammen, nickte kurz.

»Er ist tot«, sagte er.

»Ja.«

»Gut. Er hätte dich umgebracht, wenn er gekonnt hätte.«

»Ja«, sagte sie gedehnt, aber es klang nicht ganz überzeugt.

»Vega«, sagte Cap, »er gehörte einer weißnationalistischen Kampfgruppe an. Die sind alle wahnsinnig. Bereit für den Rassenkrieg und all den Scheiß. Außerdem würde ich wetten, dass in seinem toxologischen Befund irgendwas Speedartiges auftaucht, wenn er mit so einer Verletzung noch auf dich losgegangen ist. Wärst du ein Mensch, der normal schläft, würde ich dir raten, deswegen keine schlaflosen Nächte zu haben.« Er grinste sie an.

»Werde ich nicht. Übrigens habe ich ihn geküsst«, sagte sie, während sie sich das Schulterholster überstreifte.

»Äh, wie bitte?«

»Ich hab ihn geküsst. In der Rolle von Bitsy.« Vega bemerkte seinen Schock und wurde ungeduldig. »Mach jetzt kein Theater deswegen.«

»Ich mache kein Theater«, sagte Cap. »Ich überlege mir nur, wie ich jeden Tag aufs Tapet bringen kann, dass du mal einen Nazi geküsst hast.«

Er streichelte sachte über die Blutergüsse an ihrem Hals.

»Tut's weh?«

»Nein.«

»Lügnerin.«

Sie nahm seine Hand und drückte ihren Mund auf die Innenfläche. Ohne zu küssen, sie ließ ihn einfach dort. Cap stockte für eine Sekunde der Atem.

»Wir sind nicht gerade bereit für Klimmer, falls er jetzt hier auftaucht«, sagte er. »Meinst du, er ist getürmt?«

»Keine Ahnung. Ich dachte, er wäre hinter mir her, aber wenn, dann lässt er sich Zeit.«

»Was willst du machen?«

»Mich mit dem Auto vor sein Haus stellen und auf ihn warten. Irgendwann muss er sich ja dort blicken lassen.«

»Dann mal los«, sagte Cap. »Aber gib mir eine Minute Zeit – hast du eine Art Bad in diesem Ding?«

Vega zeigte auf die Tür und nahm ihr Handy. Rachel hatte ihr eine Nachricht geschrieben, laut Zeitstempel am Abend zuvor, doch sie war gerade erst eingegangen und bestand nur aus einem Sammelsurium von Buchstaben.

Sie versuchte, ihr das Wort »Test« zu schicken, aber nur das S funktionierte. Trotzdem drückte sie auf »Senden«, um zu sehen, ob es durchging. Der blaue Balken kroch über den oberen Bildschirmrand, schaffte es jedoch nicht bis zum Ende.

Als Nächstes probierte sie es mit anrufen und wählte Packwoods Nummer. Erleichtert hörte sie einen Klingelton, dann seine Stimme.

»Alles in Ordnung bei Ihnen da?«, fragte er mürrisch. Vega vermutete ihn noch im Bett.

»Ja. Sheriff, haben Sie jemand von Ihren Leuten zur Bewachung des Klimmer-Hauses abgestellt? Für den Fall, dass Matt Klimmer zurückkommt?«

Packwood hustete ein paar Sekunden lang.

»Ja, na ja, ich habe meinem Deputy gesagt, er soll sich mit Deputy Rutledge absprechen, damit wir rund um die Uhr jemanden dort draußen haben.«

»Wer ist da jetzt?«

»Deputy Rutledge. Mein anderer Mann war in der Sheriffstation wegen dem Brand und musste nach Hause, sich ausruhen. Er wird erst gegen Mittag wieder da sein, und Rutledge meinte, er könnte sowieso nicht schlafen«, sagte Packwood. »Ein Problem, das ich persönlich nicht habe.«

Vega bedankte sich und legte auf. Dann rief sie Rutledge an, der nicht ranging.

Cap kam aus dem Mini-Bad, schüttelte Wasser von seinen Händen.

»Wie setzt man sich denn auf das Klo da drin? Ist etwa so groß wie ein Frisbee.« Dann sah er ihr Gesicht. »Was ist los?«

»Rutledge, Fentons Deputy, beobachtet jetzt das Haus der Klimmers.« Vega schüttelte kräftig ihr Handy. »Ich habe ihm auf die Mailbox gesprochen, aber ich kann nicht texten, mein Handy ist kaputt. Kann ich deins benutzen?«

Cap gab ihr sein Telefon, und sie tippte Rutledges Nummer ein.

Plötzlich leuchtete ihr eigenes auf. Es war eine Nachricht von Rutledge, sie zeigte sie Cap.

»Was heißt ›i mr e‹?«, fragte er, auf den Bildschirm blinzelnd.

Vega spürte wieder die Hitze im Nacken. »Klimmer.«

Im Auto rief sie Packwood über die Freisprechanlage an.

»Sie sagen, Ihr Handy hat den Geist aufgegeben?« Er klang jetzt wacher.

»Ja, aber ich glaube, die Nachricht lautet ›Klimmer ist hier‹, und Rutledge meldet sich nicht. Auch nur auf den Verdacht hin …«

»Sollten wir nachsehen, stimmt«, sagte Packwood. »Ich komme so schnell ich kann. Rufen Sie mich an, wenn Sie dort sind, dann bewerten wir die Lage neu.«

Sie legten auf. Cap nahm Vegas Handy und scrollte herum.

»Wir wissen nichts mit Gewissheit«, sagte er. »Dein Handy hat wirklich den Geist aufgegeben. Die paar Buchstaben können alles Mögliche bedeuten.«

»Könntest du trotzdem weiter Rutledge anrufen?«, bat sie.

Cap wählte die Nummer, aber es meldete sich wieder nur die Mailbox.

Vega umklammerte das Lenkrad und starrte geradeaus auf die Straße, aber auch auf die Wolken in der Ferne.

»Ich hab's vermasselt«, sagte sie. »Ich dachte die ganze Zeit, Klimmer ist sauer auf mich, weil ich Fenton damit gedroht habe, seinen Sohn Derek und Neil Klimmer beim FBI anzuzeigen.«

Cap sah sie schräg von der Seite an.

»Weil sie dich auf dem Parkplatz überfallen haben«, setzte er die Geschichte fort.

»Dann wäre auch ihre Verbindung zu dieser Liberty-Pure-Sache herausgekommen. Die Sache ist, als ich mit Klimmer gesprochen habe, meinte er, Neil sei ein intelligenter Junge, er hätte sich nur in der Schule gelangweilt. Er würde viel Zeit in den sozialen Medien verbringen. Kurz darauf aber ist ihm rausgerutscht, dass die sozialen Medien seiner Meinung nach was für Idioten sind. Er hält seinen Sohn in Wirklichkeit für blöd und denkt, dass seine Frau, Lila, ihn von klein auf verhätschelt hat. Lila glaubt wirklich, dass ihr Kleiner ein Genie ist und nur noch nicht seinen Weg gefunden hat oder so einen Quatsch.«

Vega hustete. Ihre Kehle war immer noch rau, aber sie konnte nicht aufhören zu reden, die Worte hielten kaum mit ihren Gedanken Schritt.

»Als ich ihm den Stecker in den Hals geschoben habe ...«

»Moment, was war das?«

Vega schüttelte ungeduldig den Kopf. »Ich habe ihm den Stecker einer Ladestation in den Mund gestopft und ihn gezwungen, ihn zu schlucken.«

Cap klappte die Kinnlade herunter.

»Nicht im Ernst, er kam sowieso gleich wieder hoch«, erklärte sie. »Lila hat sich aufgeregt und gesagt, sie hätte Matt angerufen, er sei in einem Reiterbedarfladen, der nur zehn Minuten entfernt sei, aber Klimmer ist nicht aufgekreuzt. Ich war mindestens noch zehn Minuten länger dort.«

»Du warst noch zehn Minuten länger dort, nachdem du dem Jungen einen Stecker in den Hals gerammt hattest?«, fragte Cap ungläubig. »Was wolltest du da noch?«

»Ich hatte vor, in den Propangastank vor dem Stall zu schießen, habe es aber nicht gemacht. Tut auch nichts zur Sache.«

Sie schnitt zur Unterstreichung mit der Hand durch die Luft. »Was ich sagen will, er mag seinen Sohn nicht und seine Frau wahrscheinlich auch nicht. Und wenn er mir nicht die Schuld dafür gibt, Fenton in die Klemme gebracht zu haben, dann sucht er die Ursache irgendwo früher in seinem Leben und ...«

»Macht Neil für alles verantwortlich, weil der dumm genug war, sich einer rassistischen Bande anzuschließen und blöden Mist im Internet anzustellen – und vor allem dich anzugreifen«, ergänzte Cap. »Damit hat er das Ganze ins Rollen gebracht.«

»Sonst wäre Matt weiter ungestraft mit dem Mord an Zeb und dem Wegsperren seines Vaters davongekommen«, stellte Vega nüchtern fest.

»Hätte er damals doch die Frau gekriegt, die er wirklich wollte, statt nur einen Trostpreis«, sagte Cap, der langsam begriff, was sie in den Wolken sah.

Vega hielt etwa zwanzig Meter vor der Einfahrt der Klimmers. Der weiße Sheriffwagen stand dort, außerdem Lilas Limousine, Neils Auto und direkt hinter dem Streifenwagen der Range Rover.

»Da ist Klimmers Wagen«, sagte sie und zog die Springfield aus dem Holster.

»Und der des Deputies.« Cap ließ seine Sig stecken.

Sie gingen über den Kies, folgten dem Bogen der Einfahrt zu den Autos.

»Sieht aber nicht so aus, als säße er drin.« Cap blinzelte angestrengt zu dem Sheriffwagen hin.

Vega wusste es, bevor sie es wusste. Es war, als wäre alle Luft um sie herum abgesogen worden. Sie legte die Springfield an und lief mit leichten Schritten über den knirschenden Kies auf den Streifenwagen zu.

»Er ist da drin«, sagte sie. »Er ist nur tot.«

»Herrgott«, keuchte Cap.

Gleich darauf sahen sie es: dicke Blutspritzer auf den Sitzen und am rechten Fenster, Rutledge auf den Beifahrersitz gekippt, seine Füße noch im Fahrer-Fußraum, sein Handy zwischen Gas- und Bremspedal. Von seinem Gesicht war nicht mehr viel übrig, drei Viertel davon roter Brei, die Zähne sahen aus, als wären sie in letzter Minute kreuz und quer in seinem Kiefer verteilt worden.

»Das Fenster ist runtergelassen«, sagte Vega.

»Weil er mit Klimmer reden wollte. Gleich nachdem er dir die Nachricht geschrieben hatte.«

Vega blickte zu den Fenstern im ersten und zweiten Stock hinauf, sah niemanden.

»Wir sollten reingehen«, sagte sie.

»Wir sollten Packwood anrufen«, sagte Cap und hockte sich neben den Wagen.

Vega hatte ihr Telefon schon in der linken Hand und tippte mit dem Daumen auf Packwoods Namen, während sie die Pistole weiter fest in der rechten hielt. Sie hockte sich neben Cap, beide drückten sie ihre Rücken an die Fahrertür. Packwood nahm nach einem Klingeln ab.

»Sheriff, ich bin beim Haus der Klimmers, Deputy Rutledge ist tot«, sagte sie leise. Ohne seine Reaktion abzuwarten, sprach sie weiter. »Matt Klimmers Auto steht hier. Ich glaube, er hält sich noch auf dem Grundstück auf. Ist Ihr Deputy schon im Sheriffbüro in der Stadt?«

»N-nein«, stotterte Packwood. »Nein, er ist noch zu Hause, Ma'am. In Ola.«

»Wie nahe sind Sie inzwischen?«

»Halbe Stunde entfernt, wenn ich das Blaulicht anmache.«

»Es gibt zwei Ersatz-Deputies in Ilona – können Sie die kontaktieren und ihnen sagen, dass sie bewaffnet und mit jeder Art von Schutzausrüstung, die sie haben, herkommen sollen?«

»Ja, sicher, aber Sie sollten zu Ihrer eigenen Sicherheit schleunigst dort weg.«

»Ich vermute, dass Klimmers Frau und sein Sohn ebenfalls im Haus sind, Sheriff. Ihre Autos stehen in der Einfahrt.«

Der Sheriff stöhnte. »Großer Gott.«

»So schnell Sie können, Sheriff«, sagte Vega und legte auf.

»Wie lange wird's dauern?«, fragte Cap.

»Er braucht noch eine halbe Stunde«, antwortete sie. »Es gibt mindestens zwei stellvertretende Deputies in der Stadt, aber ich weiß nicht, wo die sind. Könnten zehn, fünfzehn Minuten weit weg wohnen. Könnten noch schlafen. Lange Nacht.«

»Also sind wir allein«, sagte Cap.

»Yep.«

Vega dachte an Rutledges Leiche hinter sich im Auto, die verstreuten Zähne. Sie sah Cap an. »Wir sollten reingehen.«

»Einer von uns sollte hier draußen beim Auto bleiben, falls er abhauen will.«

»Ist nicht nötig«, sagte Vega.

Sie zog ihr T-Shirt hoch und Darts Stern aus dem Gürtel.

»Was ist das denn?«, fragte Cap.

»Behalt die Fenster oben im Auge, okay?«

»Gut.« Cap richtete die Sig auf den ersten Stock.

Vega rannte zu dem Range Rover, drückte den Knopf an der Rückseite des Sterns und stach zwei der Klingen in den Vorderreifen auf der Fahrerseite. Sie verursachten nur kleine Schlitze, durchbohrten ihn aber ganz. Dann nahm sie sich die Hinterreifen vor, dann den vorderen rechts.

Sie eilte zu Cap zurück, duckte sich neben ihn.

»Er könnte das Auto von seiner Frau oder dem Sohn nehmen«, sagte Cap, den Blick weiter auf die Fenster gerichtet.

»Es dauert eine Weile, bis sie platt sind, er würde es erst unterwegs merken.«

Cap nickte. »Die Haustür steht einen Spalt offen.«

»Gehen wir rein und teilen uns auf«, sagte Vega. »Angenommen, Wohnzimmer und Küche sind sicher, laufe ich runter zu

Neils Zimmer im Souterrain. Du gehst nach oben – ich bin nie dort gewesen, aber vermutlich sind da die Schlafzimmer.«

»Alles klar.« Ein Schweißtropfen rann über Caps Oberlippe. »Versuchen wir, ihn zu überreden, mit uns zu kommen?«

»So weit habe ich noch nicht gedacht«, sagte Vega. »Ich denke nur, wir sollten schleunigst ins Haus.«

Cap nickte. »Ich achte auf die Fenster. Du auf die Tür.«

Rasch liefen sie über den Kies zur Haustür. Cap stieß sie lautlos auf, zielte mit der Sig in Richtung der Küche, schwenkte dann zur Treppe herum.

Vega richtete die Springfield ins Wohnzimmer. Niemand da. Das Haus sah noch genauso aus wie bei ihrem letzten Besuch, einschließlich des von ihrem Fungo-Schläger zerbrochenen Geländerstabs.

Sie warf Cap einen Blick zu, deutete auf die Treppe. Er nickte wieder und stieg die mit Teppich belegten Stufen hinauf.

Vega schlich auf Zehenspitzen in die Küche. Auch hier niemand. Ein Teller mit ein paar Krümeln stand auf dem Holztisch, an dem Lila ihr das Sprudelwasser serviert hatte. Das einzige Geräusch war das schwappende Rattern der Spülmaschine, das immer lauter zu werden schien, als würde gleich etwas explodieren.

Weiter zu der Tür, die ins Kellergeschoss führte. Sie stand offen, und unten brannte Licht, aber nichts zu hören. Die Springfield mit beiden Händen haltend, stieg sie hinunter.

Am Treppenabsatz oben sah Cap ein Zimmer mit angelehnter Tür vor sich. Er sicherte nach beiden Seiten, ging dann hinein.

Offenbar ein Arbeitszimmer – ein Schreibtisch aus dunklem Holz, Bücherregale und ein großer Ledersessel. Überall Krimskrams aus Bronze und Messing, Uhren, Briefbeschwerer, ein paar gerahmte Fotos. Er ging wieder hinaus.

Am Ende des Flurs stand eine weitere Tür offen. Er sah cremeweißen Teppichboden und eine Art Polsterbank wie manche sie ans Fußende eines Betts stellen. Langsam näherte er sich, kam noch an einer anderen Tür vorbei, die nur angelehnt war.

Er stieß sie auf, es schien ein Gästezimmer zu sein, alles in Blau und Braun gehalten, Fotos von irgendwelchen Ranchhäusern an den Wänden, ein Fenster mit Blick auf eine Wiese und eine rote Scheune – der Stall vermutlich. Auch hier niemand.

Cap ging weiter auf die offene Tür am Ende zu, hielt die Sig mit ausgestrecktem Arm, als rechnete er damit, dass gleich eine Zielscheibe wie in einer Schießanlage vom Rahmen herunterklappen würde. Seine leisen Schritte auf dem Teppichboden waren das einzige Geräusch.

Die letzten Meter lief er schnell, sah die Bank und die untere Hälfte des Betts mit zerwühltem Bettzeug. Auch einen sich langsam drehenden Deckenventilator.

Er ging hinein, wusste sofort Bescheid und senkte die Pistole.

Das Erste, was Vega beim Hinuntergehen sah, war Neils Schreibtisch, unverändert gegenüber dem letzten Mal, nur dass die Computerbildschirme schwarz waren. Mit dem Rücken zur Wand blieb sie kurz auf halber Höhe der Treppe stehen, stieg dann langsam eine Stufe nach der anderen hinab.

Der Rest des Raums kam nach und nach in Sicht: die Bierreklamen, Poster von ihr unbekannten Bands, eine Holzkommode mit lauter Actionfiguren darauf. Dann Neils Bett in der Ecke, ein Klumpen Decken darauf in der groben Form eines mit angezogenen Beinen liegenden Menschen.

Die Springfield auf den Klumpen gerichtet, näherte sie sich dem Bett. Sie hörte ein leises Summen, das aus den Wänden zu kommen schien, vielleicht von dem Geschirrspüler oben oder der anspringenden Heizung.

Schnell packte sie die oberste Decke und riss sie vom Bett.

Cap registrierte alles.

Ihm war bewusst, dass er sich nicht dort aufhalten sollte, aber er brauchte eine Minute Zeit. Das Bild durch die Pupillen, zuerst auf den Kopf gestellt, dann richtig herum, hatte er mal in einem Biologiekurs am College gelernt. Die Iris verhält sich wie die Blende einer Kamera. Klick, klick, klick.

Lila Klimmer war tot. In die Stirn geschossen, aus nächster Nähe, soweit er sehen konnte. Abgesehen von dem Loch in ihrem Kopf wirkte sie ruhig, die offenen Augen erschienen wach, der Kopf ruhte auf dem Kissen, die Arme waren seitlich ausgebreitet, als würde sie ein Sonnenbad nehmen. Ihr seidenes Negligé zeigte keine Falte.

Das Kopfkissen dagegen war mit Blut und Hirnmasse durchtränkt. Ein fächerförmiges Spritzmuster an der Wand und auf dem gepolsterten Kopfteil.

»Sie hat im Bett gesessen«, sagte sich Cap.

Forensik oder Pathologie waren nie seine Fachgebiete gewesen, aber er hatte genug Gewaltverbrechen gesehen, um nötigenfalls einen groben Tathergang rekonstruieren zu können. Vermutlich hatte Lila geschlafen und sich dann aufgesetzt, als ihr Mann kam, vielleicht froh, ihn zu sehen, nachdem er eine Weile verschwunden gewesen war. Als er auf Armeslänge heran war, hatte er den Schuss abgegeben, und sie war zurück aufs Kissen gefallen.

Cap ging in das angrenzende Badezimmer, weiße Kacheln und Marmor, Waschtisch und Schränke aus hellem Teakholz. Leer.

Er warf noch einen letzten Blick auf Lila und verließ den Raum.

Zurück durch den mit Teppichboden ausgelegten Flur, die Treppe hinunter, an der Haustür vorbei, die sie einen Spalt offen gelassen hatten, dann durch die Küche, wo er einen vollgekrümelten Teller auf einem Tisch bemerkte, der so groß war, als gehörte er in das Schaufenster eines Möbelhauses.

Cap ging durch den schmalen Flur hinter der Küche. Links war eine Tür zum Hof und zu der Weide mit dem Pferdestall, rechts eine Tür, die in den Keller zu führen schien.

Die Sig im Anschlag, stieg er die Treppe hinab. Plötzlich tauchte Vega unten auf, richtete die Springfield auf ihn.

»Herrgott«, schnaufte er.

»Sorry«, sagte Vega. Sie nahm die Waffe herunter und musterte ihn. »Du siehst schlimm aus. Was hast du gefunden?«

»Die Hausherrin. Tot.«

Vega blickte nach oben, als wären die Decken durchsichtig und sie könnte bis hinauf zu der Toten sehen.

»Weißt du, wie lange schon?«

»Eine Stunde etwa«, sagte Cap. »Hat er auch Neil umgebracht?«

»Nein.«

Sie trat zur Seite, so dass sie die Treppe nicht mehr blockierte, und deutete auf das Bett, das nur mit einem Spannbetttuch und einem Kissen bedeckt war. Ein Haufen Laken und Decken lag auf dem Boden.

»Nicht da«, sagte sie. »Versteckt sich auch nicht im Schrank.«

Cap wischte sich die Stirn mit dem Ärmel ab.

»Irgendwo muss er sein«, sagte er leise.

Vega nickte, neigte dann den Kopf in Richtung Treppe.

»Gehen wir.«

Sie stieg hinauf und Cap folgte ihr, die Sig auf den Boden gerichtet. Oben blieben sie einen Moment an der Tür zum Hof stehen.

»Hast du den Teller in der Küche gesehen, mit den Krümeln?«, fragte Cap.

»Ja.«

»Meinst du, Klimmer hat erst mal eine Scheibe Toast gegessen, bevor er seine Frau kaltgemacht hat?«

»Keine Ahnung. Vielleicht ist er von Neil«, sagte Vega, glaubte aber selbst nicht daran. Neil war bestimmt kein Frühaufsteher.

»Vega«, sagte Cap plötzlich und starrte durch die Milchglasscheibe der Hintertür.

Sie kniff die Augen zusammen, aber es war schwer, mehr als Umrisse durch das geriffelte Glas zu erkennen. Da war der Stall und davor lag etwas – etwas Großes, Braunes, Längliches.

Cap machte die Hintertür auf, und da erkannten sie es.

Quer in der offenen Stalltür lag ein Pferd, es lag auf der Seite, sein Schweif hing schlaff herab.

»Gibt es noch einen zweiten Zugang zum Stall?«, fragte Cap.

»Ich glaube, ja, auf der anderen Seite, sah aus wie ein Schiebetor, aber es war geschlossen, als ich da drin war.«

»Hast du ein Schloss gesehen?«

Vega starrte auf das Pferd, fragte sich, ob es dasselbe war, das Klimmer gestriegelt hatte, als sie mit ihm gesprochen hatte.

»Weiß nicht. So genau habe ich nicht hingeguckt.«

»Wir werden es gleich herausfinden. Willst du vorne reingehen, ich geh außen herum?«

Vega nickte.

»Fix, okay?«, sagte Cap. »Ihn unvorbereitet erwischen.«

»Er ist sowieso unvorbereitet«, sagte Vega. »Er hat das Ganze nicht lange im Voraus geplant.«

»Mag sein, aber jetzt hat er wirklich nichts mehr zu verlieren. Bereit?«

Vega nickte wieder. »Los.«

Sie liefen schnell nebeneinander über die Wiese, bis sie etwa acht Meter vor der Stalltür waren. Cap machte Vega ein Zeichen und trabte nach links zu der Seite mit dem Propangastank. Es war dunkel im Stall, und Vega konnte den Blick nicht von dem Pferd auf dem Boden abwenden. Falls Klimmer dort drin lauerte, würde er sie sehen, bevor sie ihn sah.

Doch als sie auf die Tür zuging, als sie die Fliegen über dem Pferdekadaver brummen hörte, so laut, als säßen sie in ihren Ohren, wurde eines deutlich – Klimmer hatte nicht vor, durch den Spalt in der Mauer zu entkommen. Vielleicht interessierte er sich inzwischen nicht einmal mehr für einen Durchschlupf.

Vega drückte sich mit dem Rücken an die Stallwand und glaubte, eine Stimme von drinnen zu hören, nur ein Murmeln oder Flüstern, leise im Vergleich zu dem ohrenbetäubenden Lärmen der Fliegen. Sie sah das Pferd jetzt vollständig, seine um die Mitte angewinkelten Beine. Es war nicht dasselbe, das Klimmer an jenem Tag gestriegelt hatte, denn das hatte einen weißen Stern auf der Stirn gehabt, während dieses hier einen ganz braunen Kopf mit einem Einschussloch statt einer Blesse hatte. Außerdem hatte es die Augen mit einem Lappen verbunden.

Vega ging langsam in die Hocke, legte sich dann auf den Bauch und kroch hinter das Pferd, so dass sie ihr Gesicht an seine Kruppe presste. Es roch noch wie ein lebendes Tier, nach Heu und Mist. Sie hob den Kopf ein Stück, um in den Stall hineinzusehen.

Das Erste, was ihr ins Auge fiel, war ein weiteres totes Pferd auf dem Boden. Im Gegensatz zu Menschen wirkten sie im Tod größer als im Leben, wie ein kompaktes, unbewegliches Ding, ein Felsbrocken, um den das Wasser herumfließen musste, statt drüber hinwegzuströmen.

Dann sah sie Neil, der an eine Boxentür gelehnt auf dem Boden saß, lebendig, den Kopf in die Hände gestützt, bekleidet mit einer Jogginghose und einem T-Shirt. Auch das Pferd mit dem Stern zwischen den Augen lebte und stand in seiner Box.

Matt Klimmer hielt seine Waffe in der Hand und sprach gedämpft. Er zielte nicht auf Neil, sondern gestikulierte mit dem Revolver beim Sprechen, wedelte in kleinen Spiralen damit herum.

Vega packte die Springfield fester und lehnte ihren Kopf an das Pferd. Sie war nicht sicher, Klimmer treffen zu können – ein gerader Schuss war unmöglich, ohne aus der Deckung zu kommen, was bedeutete, dass sie hinter dem Pferd hervorspringen und ohne zu zielen schießen müsste. Das würde Klimmer möglicherweise ein paar Sekunden Zeit verschaffen. Im ersten Moment wäre er verwirrt und würde vielleicht nicht mal auf sie feuern, aber Neil saß direkt vor ihm, und falls er sich sowieso gerade bereit machte, seinen Sohn zu töten, könnte ein überraschender Angriff sein Vorhaben beschleunigen.

Also gab es nur einen Weg.

Sie hob zuerst die Springfield über die Pferdeleiche, dann ihren Kopf. Klimmer hatte sie noch nicht entdeckt.

Flink reckte sie sich auf ein Knie und rief so laut, dass Cap es auf der anderen Seite des Schiebetors hören musste: »Keine Bewegung!«

Klimmer fuhr mit seiner Waffe herum, schoss aber nicht, während Neil ruckartig den Kopf hob.

»Was machen Sie hier?«, rief Klimmer.

Er klang mäßig verärgert, als hätte Vega ihn mitten in einer angenehmen Massage gestört.

»Ich suche nach Ihnen.«

»Das hier geht nur mich und meinen Sohn etwas an.«

Vega stand rund zehn Meter von ihm entfernt. Er schwitzte, war blass und unrasiert, strahlte aber auch eine seltsame Ruhe aus: Schultern locker, die Waffe lässig in der Hand wie eine Verlängerung seines Arms, als würde er bloß auf sie zeigen. Da ist sie, dort drüben.

»Tut mir leid zu stören«, sagte Vega.

Klimmer seufzte, nicht in der Stimmung für Scherze.

»Hören Sie, würden Sie bitte einfach gehen?«, sagte er missmutig. »Wie gesagt, das ist etwas zwischen mir und Neil.«

Beim Klang seines Namens zuckte Neil zusammen. Sein

Gesicht war gerötet und tränenüberströmt, er starrte Vega mit aufgerissenen Augen an.

»Verstehen Sie, wir sprechen jetzt über erwachsene Dinge«, fuhr Klimmer fort, wobei er »erwachsene« auf der ersten Silbe betonte. »Wir brauchen Sie nicht als Schiedsrichter.«

Vega war drauf und dran, ihm zu sagen, dass Packwood auf dem Weg war, bremste sich aber. Besser, die Dinge zu verlangsamen, statt sie zu beschleunigen, dachte sie.

»Stimmt's, Neil?« Klimmer trat gegen den nackten Fuß seines Sohns.

Neil zuckte zusammen und nickte schnell.

»Ich habe gesehen, was Sie mit Ihrer Frau gemacht haben«, sagte Vega. »Das ist widerlich, Klimmer.«

Klimmer grinste höhnisch, sein Mundwinkel kräuselte sich. Neil steckte den Kopf zwischen die Knie und schluchzte auf.

»Sie haben Neil gezwungen zuzusehen?«, fragte Vega. »Das ist ... *superwiderlich.*«

»Nein, habe ich nicht«, sagte Klimmer, als wäre das eine alberne Vorstellung. »Er war unten im Keller und hat mit sich selbst gespielt, wie jeden Morgen, seit er zwölf ist.«

»Klimmer«, zischte Vega, *»es ist widerlich, dass Sie so was wissen.«*

Klimmer begann zu stottern. »Ja, schon gut, leck mich, du Schlampe. Du kennst mich nicht. Du willst, dass ich ihn erschieße, also gut, dann erschieß ich ihn.« Er zielte mit dem Revolver auf Neils Kopf.

»So wie Fenton, ja?« Vega hielt die Springfield ruhig. »Als wollten Sie alle loswerden, die Ihnen nahestehen. Und nur, weil Zeb Williams vor langer Zeit Ihr Mädchen bekommen hat und Sie ihn umbringen mussten. Das ist wie ein schwarzes Loch, in das alles, was danach kam, hineingezogen wurde, Ihr ganzes Leben.«

Jetzt war er wütend, schürzte die Lippen.

»Sie irren sich«, sagte er.

»Wollen Sie's mir erzählen?«

»Dieser ganze Mist mit Zeb war nur ein Vorwand«, sagte Klimmer. »Das hier« – er zeigte unbekümmert auf die Pferde, dann auf Neil – »ist einfach etwas, das ich schon immer tun wollte.«

»Deine Frau umbringen?«, stieß Neil hervor. »Das wolltest du tun?«

Klimmer sah ihn mürrisch an. »Deine Mutter war ein feiner Mensch«, sagte er. »Nicht die Intelligenteste, nicht die Freundlichste, aber eine gute Frau. Ihr einziger Fehler war, dich zu dem heranwachsen zu lassen, was du geworden bist.«

»Was denn?«, rief Neil, seine Stimme klang verrotzt. »Jemand, der echt was Positives bewirkt auf der Welt? Jemand, der etwas zählt und an etwas glaubt und nicht nur ... hirnlos irgendwelchen Scheiß kauft?«

Vega zielte auf Klimmers Schulter. Egal, wo sie ihn am Arm traf, und selbst wenn sie ihn verfehlte, er würde wahrscheinlich die Waffe fallen lassen und vor Schreck erst mal nicht reagieren.

»Nein, Neil«, sagte Klimmer schnaufend. »Ein Loser.«

Er streckte den Arm nur ein wenig, aber Vega sah es kommen und drückte ab.

Dann passierte alles gleichzeitig. Klimmer schoss, allerdings zu spät, Vegas Kugel traf seinen Arm, und die Waffe sprang ihm aus der Hand, während er aufschrie und rückwärts wankte. Das Pferd mit dem weißen Stern wieherte und schlug aus, warf sich gegen die geschlossene Boxentür, die in der Mitte splitterte.

Die Tür auf der anderen Stallseite glitt auf, und da stand Cap, von hinten beleuchtet durch die Sonne. Er richtete die Sig auf Klimmer, der nicht zusammengebrochen war und sich mit einer Hand die Jacke auszog.

Neil hatte sich bäuchlings auf den Boden geworfen, hielt sich die Ohren zu und schrie, anscheinend unverletzt.

Klimmer warf seine Jacke hin. Darunter trug er ein weißes Hemd, über dessen linken Ärmel sich das Blut ausbreitete, unterhalb der Schulter. Er fing an, es aufzuknöpfen, woran Vega merkte, dass er nicht mehr klar denken konnte, anscheinend glaubte, seine Kleidung würde plötzlich Blut absondern.

Klimmer sah sie an, sah dann wieder zu Cap, sein Gesicht war kreideweiß.

»Wer zum Teufel sind Sie jetzt?«

Cap zeigte auf Vega. »Ich bin ihr gottverdammter Freund. Und Sie bleiben schön ruhig stehen.«

Für einen Moment war nur das Pferd zu hören, das immer noch schnaubte und prustete.

Klimmer drehte sich zu Vega um. Er hatte sein Hemd jetzt halb ausgezogen, atmete geräuschvoll durch den Mund. Dann knallten zwei weitere Schüsse, der eine traf ihn in den Bauch, der andere in den Hals. Er fiel rückwärts um, landete auf der Seite.

Das Pferd wieherte panisch und brach durch die Boxentür, bäumte sich auf, schlug aus. Es stürmte auf die Schiebetür zu, wo Cap schnell zur Seite sprang, und floh hinaus auf die Weide.

Neil Klimmer hielt den Revolver in der Hand und drückte immer wieder ab, die Trommel klickte auf die leeren Kammern.

Vega lief zu ihm hin. Er saß mit froschartig gespreizten Beinen auf dem Boden und zielte auf sie, als sie heran war.

»Er klemmt, Neil«, sagte sie. »Du kannst ihn jetzt weglegen.«

Langsam senkte er die Waffe.

Cap war ebenfalls herbeigelaufen und hatte sich neben Klimmer gekniet, drückte die Finger an seinen Hals.

Ohne auf ein Zeichen von ihm zu warten, sagte Vega zu Neil: »Er ist tot.«

Neil ließ den Revolver in seinen Schoß fallen und blinzelte hektisch.

»Neil, ich will, dass du mir jetzt zuhörst. Hörst du mich?«

Schlaff rollte er den Kopf in ihre Richtung.

»Ich möchte dir etwas sagen, bevor Sheriff Packwood gleich hier ist. Du hast jetzt die Chance, dein Leben zu ändern, okay?«, sagte sie sanft. »Es wäre toll, wenn du das schaffst. Aber wenn nicht, und mir kommt das irgendwie zu Ohren, bin ich ganz schnell wieder da, und dann stopfe ich diesen Ladestecker auf Teufel komm raus in dich rein, hast du verstanden?« Sie klang jetzt noch sanfter, in der Art, wie schwangere Frauen mit ihrem Bauch sprechen. »Ist mir scheißegal, ob du Waise bist oder was weiß ich.«

Cap wusste, dass er nicht lachen sollte, musste aber einen kleinen Anfall unterdrücken. Er war high vom Adrenalin, seine Lunge fühlte sich an, als wäre sie gewachsen und könnte auf einmal doppelt so viel Sauerstoff aufnehmen, und seinen Magen spürte er überhaupt nicht mehr.

Doch es versetzte ihn zusätzlich ihn Hochstimmung zu hören, wie Vega mit dieser freundlichen, dabei ernsten und irgendwie erotischen Stimme drohte, diesen Jungen zu foltern, sollte er je wieder Ärger machen.

18

Es kam ihnen lange vor, obwohl es nur ein paar Tage gedauert hatte. Rund eine Woche nach Caps Ankunft standen er und Vega vor Klimmers Pferdestall, zusammen mit einem halben Dutzend FBI-Beamten, Sheriff Packwood aus Ola, einem Vertreter der rechtsmedizinischen Abteilung des Countys sowie einem Abbruchtrupp.

Alle trugen sie Ohrstöpsel, nur die Bauarbeiter Lärmschutz-Kopfhörer. Die Arbeiter begannen mit dem Dach, dessen Eindeckung sie mit Brecheisen abhebelten, danach brachen sie die Wände mit Vorschlaghämmern ab. Sie fegten das Heu mit einem steifborstigen Besen weg und machten sich anschließend an den Betonboden.

Vega und Cap waren froh über ihre Gehörschutzstöpsel. Zwei Männer mit Presslufthämmern bohrten an entgegengesetzten Ecken einige Minuten lang in die Betonfläche, schafften dicke Brocken aus dem Weg und bohrten weiter. Nach einer guten halben Stunde waren sie fertig und fingen an zu graben, schaufelten haufenweise Erde an die Ränder des Lochs.

Die Leiterin des FBI-Teams aus Portland war eine Frau namens Shaw, Schwarz, groß, mit kurzen, gestylten Locken und pinkfarbenen Fingernägeln. Sie winkte Vega herbei. Vega näherte sich vorsichtig der Grabungsstelle, Cap folgte ihr mit ein paar Schritten Abstand.

Die Männer hatten nicht tief graben müssen, nur etwa einen Fuß unter die Oberfläche. Vega spähte in das Loch und erkannte als Erstes die Rippenbögen, wie ordentlich aufgereihte Sicheln.

Shaw machte dem Vorarbeiter ein Zeichen, der seine Kollegen anwies aufzuhören. Die FBI-Leute begannen, das Loch zu fotografieren und seinen Inhalt auf Spuren zu untersuchen, denn auch wenn das Tötungsdelikt so lange zurücklag, dass nur schwerlich Beweise zu finden sein würden, handelte es sich trotzdem um einen Tatort.

Die Beamten reinigten jeden Knochen einzeln mit Spateln und Pinseln. Bald kam alles zum Vorschein, die Bein- und Armknochen, das Becken, der ganze Brustkorb, die Wirbelsäule, der Schädel. Das Skelett war ziemlich braun, schien Vega ansonsten aber intakt zu sein, als könnte es im Biologiesaal einer Highschool hängen.

»Scheiße«, flüsterte Cap hinter ihr.

Vega drehte sich zu ihm um und sah Fassungslosigkeit in seinem Gesicht. Sie selbst empfand nichts dergleichen, wusste nicht, warum, und war auch nicht besonders interessiert an der Frage. Doch sie spürte Caps Betroffenheit, merkte, wie sehr ihn das Ganze mitnahm. Nach einer Woche neben ihr auf der dünnen Isomatte im Stargazer tat ihm jetzt oft das Kreuz weh. Morgens zog er eine Grimasse und redete davon, dass er alt wurde, aber hier spielte noch etwas anderes mit rein. War er entsetzt, dass Zeb Williams ein solches Ende gefunden hatte? Dachte er daran, dass er, so wie jeder Mensch, letztlich nichts als ein Haufen Knochen war? Sie wusste es nicht.

»Ist schon gut«, sagte sie, um ihn wieder zu sich zu bringen.

Er sah sie an, und seine Miene wurde weicher. Das war das Gesicht, das sie von den vergangenen späten Nächten und frühen Morgen kannte, wenn sie sich im trüben Licht des Stargazers seitlich gegenüberlagen, als wären sie unter Wasser.

»Du hattest recht, V«, sagte er jetzt. »Ich kann's nicht glauben. Du hattest recht.«

Vega empfand keine Genugtuung dabei. Sie nickte Shaw zu, die zurücknickte zum Zeichen, dass sie näher herankommen durfte.

Vega trat an den Rand. Die FBI-Leute trugen alle Handschuhe und Gesichtsmasken. Drei von ihnen standen in dem Loch und kratzten und gruben um das Skelett herum, ohne vorerst irgendwelche Knochen herauszunehmen, legten es nur vollständig frei.

Einer der Agents schabte an den Fingern der rechten Hand entlang, zwischen den langen Fingergliedern und den Mittelhandknochen, dem Gewirr der Handwurzelknochen – nach ihrem Handgelenkbruch kannte Vega jetzt sämtliche Bezeichnungen, hatte sich die Abbildungen und Röntgenaufnahmen angesehen. Ohne Haut und Muskeln und anderes Gewebe wirkten sie so fragil – kein Wunder, dass sie leicht brachen und zu nichts zermalmt werden konnten, dachte sie. Sie sahen aus wie schmutzige Keramikteile, die Kent, der Antiquitätenhändler/Hehler, in einer Kiste in der Ecke seines Ladens horten könnte.

Dann entdeckte sie etwas Glänzendes. Einen Schimmer vielmehr, denn das Ding war ebenfalls vergraben gewesen und mit Erde verkrustet wie die Knochen. Sie hockte sich hin, um es besser zu erkennen, rief dann Shaw.

»Kann ich das mal sehen, was es auch ist?«

Shaw beugte sich neben ihr über den Rand, kaute Kaugummi hinten mit den Backenzähnen. Sie nahm ein Paar schwarze Latexhandschuhe aus der Brusttasche ihrer Jacke, zog den einen über ihre rechte Hand und reichte Vega den anderen.

»Martin, kannst du uns das da mal bitte raufgeben?«, sagte Shaw, darauf zeigend. »Du brauchst es nicht zu säubern.«

Der Agent, der gerade die Hand freilegte, schaufelte den Gegenstand samt den daran klebenden Erdklumpen heraus und brachte ihn ihr.

Vega stand auf und streifte den Handschuh über ihre Linke. Shaw reichte ihr das Fundstück mit seinem Polster aus feuchter Erde darunter.

Vega schüttelte einen Teil davon ab und erkannte, was es

war: eine Kugel von rund dreieinhalb Zentimetern Durchmesser auf einem Untersatz so dick wie ein dicker Strohhalm und etwa zweieinhalb Zentimeter lang. Das Material sah aus wie Gold, aber sie vermutete, dass es sich um Messing handelte. Eine grüne Raupe kroch in Wellenbewegung über die Kugel.

»Er ist es nicht«, sagte sie.

»Wie bitte?«, sagte Shaw.

»Was?«, sagte Cap und kam zu ihr.

»Das ist nicht Zeb Williams.« Vega sah ihn an. »Es ist ein Mann namens Ivan.«

»Okay«, sagte Cap. »Wer ist Ivan?«

»Einer, der auf der Durchreise war. Er konnte nicht gut sehen, deshalb hat er einen Stock benutzt«, erklärte Vega, an Shaw gewandt. »Ich glaube, das hier ist der Griff. Ich habe ihn auf einem Foto gesehen.«

Shaw verzog keine Miene, kaute eine Weile schweigend. »Meine Leute werden trotzdem einen Zahnabgleich machen, wenn's recht ist.«

»Klar«, sagte Vega.

»Wir müssen das da auch sicherstellen.« Shaw zeigte auf den Stockknauf.

Vega betrachtete ihn, drehte ihn in der Hand herum. Dann gab sie ihn ihr.

»Wir werden das alles hier aufgraben.« Die FBI-Frau wedelte mit der Hand über die Wiesenfläche vor dem Stall. »Eventuell nach Planquadraten. Für alle Fälle.«

»Ich denke nicht, dass er hier ist«, sagte Vega.

»Der Gründlichkeit halber, wenn's recht ist.« Shaw deutete auf das Skelett. »Interessieren Sie sich trotzdem für die Ergebnisse?«

Vega nickte. »Ja, bitte.«

»Sie bekommen sie nächste Woche«, sagte Shaw. Dann ging sie um das Loch herum, um es sich von der anderen Seite aus anzusehen.

»Wir müssen auf die Zähne warten«, bemerkte Cap. »Er könnte es immer noch sein.«

»Glaube ich nicht.«

Vega starrte auf die Knochen und rieb ihre behandschuhten Finger aneinander, ließ die restliche Erde herunterbröseln.

Später im Stargazer lag Cap auf dem Rücken, Vega neben ihm auf der Seite, den Kopf auf seiner Schulter, die Nase direkt unter seinem Ohr. Draußen war es dunkel und bewölkt, aber mit genug Lücken dazwischen, dass das Licht des Halbmonds durch die vordere Windschutzscheibe hereinströmte.

Es musste inzwischen gegen elf sein, schätzte Vega. Sie war kein bisschen schläfrig, während Cap zwischen seinen Fragen immer wieder gähnte.

»Klimmer war es aber trotzdem, oder?«

»Ja«, sagte Vega. Sie fühlte, wie ihr Atem auf Caps Wange traf und zu ihr zurückfloss. »Nur hat er tatsächlich die Wahrheit gesagt, als er abstritt, Zeb umgebracht zu haben.«

»Alles klar. Richtiger Mörder …«, sagte Cap gähnend, »falsches Opfer.«

Er lehnte seinen Kopf an sie und machte einen tiefen Atemzug, der beinahe nach Schnarchen klang.

»Caplan«, sagte sie und setzte sich auf.

»Ja?« Er musste sich zwingen, die Augen zu öffnen.

»Ich weiß, dass du müde bist, aber bitte schlaf jetzt noch nicht ein.«

»Du täuschst dich«, sagte er. »Ich bin vollkommen wach.«

»Dann stell mir mehr Fragen.«

»Okay.« Cap legte den Arm in den Nacken. »Was war Klimmers Motiv, den alten Ivan umzubringen?«

»Falscher Ort, falsche Zeit«, sagte sie. »Ivan hat in dieser alten Scheune übernachtet, und eines Abends kommt Klimmer dorthin – ich weiß nicht genau, warum. Jedenfalls hatte Klimmer noch nie Skrupel, Menschen umzubringen.«

Sie legte sich wieder hin und drückte ihre Lippen einen Moment lang auf Caps Schulter.

»Zeb und Cara hatten sich an dem Abend gestritten, und Zeb sagte, dass er bei Ivan in der Scheune schlafen würde. Die drei treffen also dort aufeinander: Zeb, Klimmer und Ivan. Klimmer tötet Ivan. Vielleicht ein Querschläger, es ist dunkel, oder er denkt, er zielt auf Zeb, aber in Wirklichkeit zielt er auf Ivan.«

Vega ließ ihren Blick über Caps Profil wandern, rauf und runter. Es war zu dunkel, um seine Züge klar zu erkennen.

»Wohin verschwindet Zeb?«, fragte sie. »Warum geht er weg?«

Cap machte ein Geräusch, als würde er durch eine verstopfte Nase schniefen, und diesmal war es eindeutig ein Schnarchen.

Sie rutschte ein Stück höher, so dass ihr Mund nahe an seinem Ohr war. Es war das schlimme Ohr, das mit dem fehlenden oberen Rand, der ihm vor zwei Jahren während des Falls der Schwestern von Black Creek abgeschossen worden war. Sie wusste, dass er da etwas empfindlich war, konnte es sich aber nicht verkneifen, mit dem Finger darüberzustreichen, dort wo der Knorpel flach und ausgefranst war statt nach innen gewölbt und glatt wie bei den meisten Menschen.

»Caplan«, sagte sie.

Wieder schnüffel-schnarchte er.

»Ich habe Cooper im Wald getötet«, sagte sie. »Packwood habe ich gesagt, dass er auf mich losgegangen ist, aber das stimmt nicht. Seine Waffe lag da, aber er hat nicht nach ihr gegriffen. Und ich habe ihn trotzdem erschossen. Es hat mir nicht mal was ausgemacht.«

Keine Reaktion von Cap.

»Er hat etwas über mich gewusst. Ich hätte das nicht gedacht, aber er wusste, dass ich mich als jemand anders ausgebe, damit ich Dinge tun kann, die ich eigentlich tun will. Nicht diesen Scheiß von wegen die weiße Rasse retten, aber ich wollte ihn in dieser Nacht vor Lanahans Haus küssen, und ich wollte ihn im Wald erschießen. Denn wenn du mich in der Mitte entzweischneidest, Caplan, siehst du, dass ich beides bin.«

Cap schnarchte. Vega drückte ihr Gesicht an seinen Hals, zwischen seinem Ohr und seiner Schulter, und blieb so liegen, noch lange hellwach.

19

Der Sommer war Vegas liebste Jahreszeit. Sie ließ alle Fenster im Haus offen und schloss sie nicht einmal, wenn es durch die Fliegengitter hereinregnete und der Boden nass wurde. Den ganzen Juni über, bis in den Juli hinein, sah sie die Temperatur auf ihrer Wetter-App Tag für Tag steigen, Sonne, Sonne, Sonne, Montag, Dienstag, Mittwoch, 30 Grad, 31, 32.

Mitte Juli war sie zwischen zwei Aufträgen. Seit März, seit sie Oregon verlassen und den Fohls mitgeteilt hatte, dass es ihr nicht gelungen war, Zeb Williams ausfindig zu machen, war sie gut beschäftigt gewesen. Die beiden hatten ihr angeboten, sie noch einen weiteren Monat zu engagieren, aber sie hatte abgelehnt – da war der Fall einer vierzehnjährigen Ausreißerin in Los Angeles, deren Eltern sie per E-Mail um Hilfe gebeten hatten. Die Bezahlung reichte zwar nicht an das heran, was die Fohls boten, aber sie hatte genug von alten ungeklärten Fällen und blöden vermissten erwachsenen Männern.

Cap und sie schrieben sich jeden Tag und sprachen ein paarmal die Woche miteinander. Die Gespräche dauerten nie lange – meistens hatte sie die AirPods drin und war laufen oder machte Kniebeugen oder Liegestütze, und er lief vielleicht auch gerade oder guckte Sport ohne Ton und erzählte ihr, was bei dem Spiel gerade passierte. Manchmal erzählte er ihr auch Geschichten von Nell und ihren Rennen und dass er nicht wusste, was er mit sich anfangen sollte, wenn sie aufs College ging. Vega erzählte ihm von den Fällen, die sie gerade in Arbeit hatte, aber meist war es Cap, der redete. So gefiel es ihr.

An einem Sonntagmorgen lag sie auf einem Handtuch in ihrem Garten, als eine Message von ihrem Vater einging. Sie hatte ihn seit Februar nicht mehr gesehen und sich gar nicht bewusst gemacht, wie lange es schon her war, bis sie seinen Namen auf dem Handy sah.

Er schickte ihr ein Foto von sich neben einem roten Viertürer, mit erhobenem Daumen, überglücklich und verschwitzt.

»Guck mal! Wir haben endlich ein NEUES AUTO!«, lautete der Text.

Sie musste unwillkürlich lächeln und schrieb zurück: »Sehr schön! 4. Juli-Sale?«

Nach fünf Minuten blinkender Pünktchen kam die Antwort. »Ja!«

Vega legte das Handy ab und stützte sich auf die Ellbogen. Sie schob ihre Sonnenbrille in die Haare, blinzelte zum Himmel und schloss die Augen. Es steckte nicht viel Eitelkeit in ihr, aber weiße Augenringe in einem gebräunten Gesicht war kein Look, den sie anstrebte.

Sie dachte an das neue Auto ihres Vaters und fand dann, dass sie genug in der Sonne gelegen hatte. Drinnen im Haus ging sie zum Kühlschrank, wo sie die Visitenkarte eines Zimmermanns mit Magnet befestigt hatte. Nachdem sie endgültig aus Oregon zurückgekehrt war, hatte sie festgestellt, dass ein Pfosten ihres Verandageländers gesplittert war, sich jedoch nicht weiter darum gekümmert. Dann, als sie von dem Auftrag in L. A. zurückgekommen war, hatte die Karte eines Handwerkers in dem Riss gesteckt. Sie hatte ihn nicht angerufen, seine Karte aber trotzdem aufgehoben.

Jetzt wählte sie seine Nummer und hörte die Mailboxansage: »Wenn Sie mir eine Nachricht hinterlassen, rufe ich Sie innerhalb von einer Stunde zurück, sonst bekommen Sie fünfundzwanzig Prozent Nachlass auf den ersten Auftrag.«

Vega beschrieb, worum es ging, und sagte, dass sie ihm den doppelten Stundenlohn plus Material zahlen würde. Sie konnte duschen und etwas essen und dann in drei Stunden bei ihrem Vater sein, schätzte sie, was dem Zimmermann ausreichend

Zeit lassen sollte, ebenfalls dorthin zu kommen. Eigentlich war es keine große Sache, und sie selbst war handwerklich nicht ungeschickt, aber es würde Zeit sparen, es von einem Fachmann erledigen zu lassen.

Sie zog sich aus, warf ihre Sachen in eine Ecke des Badezimmers und stellte das Wasser warm. Als sie sich kurz im Spiegel betrachtete, sah sie, dass sie einen Kugelschreiberstrich im Gesicht hatte, von der linken Augenbraue bis schräg hinunter zur Nase, wie ein Bösewicht in einer Samstagmorgen-Zeichentrickserie. Sie rieb ihn mit den Fingern ab und fragte sich, wie lange sie damit herumgelaufen war.

Als sie am Nachmittag hinter dem neuen Wagen ihres Vaters hielt, sah sie den Handwerker sofort. Er lehnte an einem Pickup auf der anderen Straßenseite und winkte ihr zu.

Sie stieg aus, winkte zurück.

»Hallo. Luke?«

»Genau«, sagte er und kam herüber. »Alice Vega, nicht?«

Vega nickte, sie gaben sich die Hand. Luke hatte einen rötlich grauen Bart, sein Gesicht war braun und wettergegerbt wie Holz und er trug eine runde Brille, die seine Augen vergrößerte, so dass sie wie flüssig wirkten. Er hielt einen Rucksack in der Hand, zog den Reißverschluss auf.

»Ich glaube, das ist es, was Sie meinen«, sagte er und nahm ein versilbertes Scharnier heraus. »Fünfunddreißig Millimeter, eine sehr übliche Größe. Ich habe aber auch noch andere.«

»Super«, sagte Vega. »Wenn Sie einen Moment hier warten würden, ich bin gleich wieder da.«

»Na klar«, sagte Luke lächelnd, wobei seine Lippen im Bart verschwanden.

Vega stieg die Verandatreppe zum Reihenhaus ihres Vaters hinauf und drückte auf die Klingel. Niemand kam, also klingelte sie noch ein paarmal.

Bitsy machte auf. Sie hatte rostbraune, schulterlange Haare mit Pony und trug ein weißes, formloses Kleid, das Vega an einen Künstlerkittel erinnerte. Silberkreuz um ihren Hals. Sie brauchte einen Moment, um Vega durch den Schleier des Unerwarteten hindurch zu erkennen, dann leuchtete ihr Gesicht auf, als stünde eine Berühmtheit vor ihr.

»Alice!«, rief sie.

Sie umarmte sie. Vega ließ es geschehen, klopfte ihr dabei mehrmals auf den molligen Rücken in der Hoffnung, die Umarmung schneller zu beenden.

»Was machst du hier? Wir wussten nicht, dass du kommst«, sagte Bitsy. Ohne eine Antwort abzuwarten, rief sie über ihre Schulter: »Mauricio!«

Vegas Vater antwortete nicht gleich, weshalb Bitsy lauter schrie: »Babe! Alice ist hier!« Dann wieder zu Vega: »Wir haben dich in den Nachrichten gesehen – dieses Skelett, das sie auf der Ranch in Oregon gefunden haben. Einfach furchtbar, was Menschen alles tun.«

Vega kannte Bitsy inzwischen gut genug, um zu wissen, dass sie auf solche Äußerungen keine Antwort erwartete. Sie blieben einfach in der Luft hängen, und Vega sollte still zustimmen und über all das Furchtbare auf der Welt nachdenken.

Viel Zeit blieb ihr nicht dazu – ihr Vater kam schon zur Tür und schlug beide Hände aufs Herz, als er sie sah.

»Alice, du bist da«, sagte er und umarmte sie.

Vega ließ ihn ein paar Sekunden länger gewähren als Bitsy, bevor sie sich zurückzog.

Ihr Vater hob den Zeigefinger.

»Ich habe darum gebetet«, sagte er. »Heute Morgen habe ich darum gebetet – und hier bist du.«

»Tolle Sache«, sagte Vega. Dann drehte sie sich zu Luke um und winkte. »Das da ist Luke, er ist Handwerker.« Als Luke herbeikam, bat sie: »Könnten Sie ihnen das Scharnier zeigen?«

Luke stand unten an der Verandatreppe und hielt ihnen das Teil mit ausgestreckter Hand zur Begutachtung hin. Bitsy lächelte höflich, während Mauricio die Augen zusammenkniff.

»Was ist das?«, fragte er.

»Das ist ein sogenanntes Softclose-Scharnier, Schranktüren schließen damit langsam und geräuschlos«, erklärte Luke. »Wenn ich die an Ihren Küchenschränken montiere, hören Sie nichts mehr beim Zumachen.«

»Tatsächlich?« Mauricio ließ sich das Scharnier von ihm geben. »Ich wusste nicht, dass so was existiert.«

»Je nachdem, wie viele Türen, brauche ich eine Stunde, höchstens zwei dafür«, sagte Luke.

»Was kostet das alles denn?«, fragte Bitsy.

»Ist schon gut, Bitsy«, sagte Vega. »Ich habe Luke schon bezahlt.«

»Das können wir nicht annehmen«, sagte Bitsy, ein wenig traurig.

»Doch, könnt ihr. Wann hast du Geburtstag?«

»Im Januar«, antwortete Bitsy.

»Verspätetes Geburtstagsgeschenk also.«

»Das ist eine tolle Idee«, sagte ihr Vater und wackelte mit dem Scharnier.

Bitsy führte Luke in die Küche, während Mauricio auf die Straße zeigte.

»Hast du das Auto gesehen?«

»Habe ich«, sagte Vega. »Wirklich toll.«

»Komm doch rein«, sagte er. »Wir waren gerade einkaufen, wir haben Diät-Limo.«

»Gleich, Dad, okay? Ich muss erst jemand anrufen.«

Vega ging zurück zu ihrem Auto, nahm das Handy heraus und lehnte sich an die Fahrertür.

Als Cap sich meldete, ließ sie ihren Kopf locker zur Seite fallen, merkte erst jetzt, dass sie die Halsmuskeln angespannt hatte. Sie erzählte ihm, wo sie war und wie sie das mit den Scharnieren organisiert hatte.

»Das ist sehr nett von dir, V«, sagte Cap. »Wenn auch ein bisschen unerwartet.«

»Weil ich nicht nett bin.« Sie nahm es ihm nicht übel.

»Nein, du bist schon nett, du drückst es nur anders aus. Zum Beispiel rettest du Leute lieber vor dem Rachen des Todes, statt sie mit Handwerkereinsätzen zu beglücken. Ich wette, dein Dad freut sich riesig.«

»Glaube schon«, sagte Vega. »Dafür habe ich etwas gehört, was ich nicht hören wollte.«

»Was denn?«

»Bitsy hat meinen Dad ›Babe‹ genannt. Das war vielleicht schräg.«

Cap lachte. »Könnte schlimmer sein. ›Babe‹ ist wenigstens unverfänglich. Meine Mutter hat mal zu mir gesagt, dass sie glaubt, der Hodensack meines Vaters würde schrumpfen. Daran muss ich noch immer fast jeden Tag denken.«

Vega legte den Kopf zurück und lachte leise.

»Hey, war das ein Lachen? Hab ich's geschafft?«, fragte Cap.

»Fast«, sagte Vega. »Was hast du heute gemacht?«

»Ich war ziemlich beschäftigt. Nach Valley Diss, um Getränke zu holen, danach bin ich laufen gegangen, dann ein Weilchen auf der Couch eingeschlafen. Jetzt fahre ich gleich noch einkaufen. Nell kommt morgen, sie wird stinkig, wenn nichts zu essen im Haus ist.« Cap unterbrach sich. »Vega, geh jetzt und verbring ein bisschen Zeit mit deinem Vater und Bitsy. Du hast sie lange nicht gesehen.«

Vega seufzte. »Ja, ist gut. Ich ertrag nur dieses Jesus-Gerede nicht lange.«

»Was genau stört dich daran?«, fragte er, während er offenbar einen Wasserhahn aufdrehte. »Außer, dass du nicht daran glaubst, meine ich.«

Vega überlegte. »Ich finde, sie verdummen dadurch.«

»Aber es macht sie froh, oder? Gibt ihnen ein bisschen Freude, ein bisschen Frieden?«

»Ja, schon.«

»Dann gönn es ihnen«, sagte Cap. »Meine Eltern sind nicht orthodox oder so, aber sie befolgen die Vorschriften, besonders meine Mom. Sie macht das ganze Brimborium, weil es sie an ihre Eltern erinnert. Ihr Frieden schenkt, weißt du. Und eine Ablenkung von dem schnell schrumpfenden Hodensack.«

Vega lachte wieder, diesmal lauter.

»Ruf mich später an, V«, sagte er, wobei das »V« fast in einem Lächeln unterging.

»Nein, ruf du *mich* an«, sagte sie.

»So ist das also, hm? Nenn mir einen Grund, weshalb ich dich anrufen sollte und nicht du mich.«

Vega rieb einen Schmutzfleck von ihrem Autodach. »Weil du mein gottverdammter Freund bist.«

Damit legte sie auf, ließ ihr Kinn einen Moment auf dem Dach ruhen und stellte sich vor, wie er ungläubig lachte. Ihr Handy brummte.

Eine Nachricht von Cap. »LOL.«

Sie steckte das Handy in die Hosentasche und ging zurück zum Haus ihres Vaters.

Luke war wie versprochen in gut einer Stunde fertig und führte die Küchenschranktüren Vega, ihrem Vater und Bitsy vor. Öffnete und schloss sie mit den geräuschdämpfenden Scharnieren.

»Na so was«, staunte Mauricio.

»Das ist eins von diesen kleinen Dingen, auf die man kaum achtet«, sagte Bitsy strahlend.

Sie bedankten sich bei Luke, der seinen Rucksack und das Werkzeug nahm und ging. Vega ertappte sich dabei, wie sie zusammen mit ihrem Vater und Bitsy auf die Schränke starrte, als ginge ein strahlendes Licht von ihnen aus.

»Wie wär's mit was zu essen?«, sagte Bitsy auf einmal.

»Möchtest du was essen?«, wandte sich Mauricio an Vega.

»Nein, danke, ich muss zurück nach Hause.«

»Beim nächsten Mal dann.« Bitsy tätschelte ihren Ellbogen.

Bitsy blieb in der Küche und machte Fotos und Videos von den Schranktüren, um sie ihren Freundinnen zu schicken, während ihr Vater sie zur Tür brachte.

»Wir hoffen, dass du bald wiederkommst«, sagte er.

»Ich versuch's«, antwortete sie.

»Ich bete immer noch für dich, Alice, jeden Morgen und jeden Abend.«

Vega sagte zuerst nichts darauf. Sie machte die Haustür auf, drehte sich dann zu ihm um.

»Wofür?«, fragte sie.

Sein Blick richtete sich auf die Wand hinter ihr, er schien über die Bedeutungsnuancen ihrer Frage nachzugrübeln.

»Wofür?«, wiederholte er.

»Wofür betest du genau, wenn du für mich betest?«

»Ach so«, sagte er erleichtert. »Dass dir nichts passiert, dass du einen anderen Beruf findest, der nicht so gefährlich ist, dass du einen guten Mann kennenlernst.«

»Dagegen ist wohl nichts zu sagen. Du brauchst dir keine Sorgen um mich zu machen, Dad. Ich weiß mir ganz gut zu helfen.«

»Ja, ja«, sagte er versöhnlich. »Vielleicht wachst du ja eines Tages auf und beschließt ... Bankerin oder Farmerin zu werden.«

Er umarmte sie fest, und Vega ließ ihn, aber es ging so lange, dass ihre Gedanken abschweiften und sie sich wieder fragte, wie sie zu diesem Kulistrich im Gesicht gekommen war.

Dann gab er sie frei und sagte tschüss mit glasigen Augen und Vega sagte auch tschüss und ging.

Von der Verandatreppe aus sah sie Luke, der auf der anderen Straßenseite gerade einen Ölmessstab mit einem Lappen abwischte. Er winkte und kam herbeigetrabt.

»Es tut mir leid, ich hätte eine Bitte – mein Tank ist leer. Die Anzeige muss irgendwann letzte Woche kaputtgegangen sein, sie hat schon eine ganze Weile immer halb voll angezeigt. Könnten Sie mich vielleicht bis zur nächsten Tankstelle mitnehmen? Ich würde ja ein Uber nehmen, aber die Wartezeit beträgt vierzig Minuten, heißt es.«

Er stieß das alles schnell hervor, nahm seine Baseballkappe der San Francisco Giants ab und fuhr sich mit den Fingern durch die Haare, die fast vollständig grau waren. Vega schätzte ihn rasch ein: nervös, nicht gefährlich. Älter, als sie zuerst gedacht hatte, was verbrecherische Absichten unwahrscheinlicher machte. Davon abgesehen steckte die Springfield im Holster an ihrer Seite, und sie war ihren Gips schon seit ein paar Monaten los, hatte genug Zeit gehabt, die Muskeln wieder aufzubauen.

»Klar.«

Sie stiegen in ihr Auto, und sie steuerte die nächste Tankstelle an. Luke plauderte über seinen Truck.

»Modell 91, seine Zeit ist also ohnehin bald abgelaufen«, sagte er.

»Ist aber gut in Schuss für das Alter«, sagte Vega. »Haben Sie ihn damals neu gekauft?«

»Nein, vor etwa zehn Jahren.« Er massierte sich die rechte Handfläche mit dem linken Daumen. »Ich reise viel herum.«

»Ich habe gesehen, dass Sie die Vorwahl von Seattle haben.«

»Ja, ich habe lange dort oben gelebt. Auch eine Zeitlang in Idaho. Komme ursprünglich aus Nordkalifornien.«

Vega nickte, blickte in den Rückspiegel, dachte an den Kulistreifen.

»San Francisco«, sagte er. Fügte nach einer Pause hinzu: »North Beach.«

An einer roten Ampel blickte Vega auf seine Hände. Sie waren braun und runzelig wie sein Gesicht, dicke Finger. Sie merkte, dass er sie ansah. Er lächelte, aber seine Augen hatten einen ernsten Ausdruck.

»Haben Sie mal eine spontane Entscheidung getroffen, als Sie jung waren, und mussten dann damit leben?«

Vega starrte ihn an, machte eine mentale Photoshop-Bearbeitung: kein Bart, keine Falten, hellere Haut, jünger, die Nase etwas ausgeprägter und nicht so schief wie jetzt. Selbe Statur aber, schlank, fit, kräftig.

Als es grün wurde, fuhr sie rechts ran und drehte sich zu ihm um.

»Wie jung ist ›jung‹?«

Er zuckte müde die Achseln. »Unter vierzig, würde ich sagen.«

»Dann ja«, antwortete sie.

Er nickte und sah geradeaus.

»Ich habe Sie in den Nachrichten gesehen, wissen Sie. Ich war froh, dass endlich jemand Ivan gefunden hatte.«

Bei anderer Gelegenheit, bei einem anderen Menschen hätte Vega vielleicht abgewartet und ihn erzählen lassen, aber ihr war klar, dass diese besonderen Umstände sich jeden Moment verflüchtigen konnten, und sie musste ein paar Dinge in Erfahrung bringen.

»Was ist in jener Nacht passiert?«, fragte sie.

Ihr Beifahrer nahm seine Brille ab und kniff sich in die Nasenwurzel.

»Ich war mit Ivan in der Scheune, aber ich konnte nicht schlafen, also bin ich rüber in den Stall, weil es dort ein Telefon gab. Ich wollte Carmen anrufen und mich bei ihr entschuldigen. Matt Klimmer war noch mit seinem Pferd unterwegs, er hat mich aus dem Stall kommen sehen und ist mir zu Fuß gefolgt. Auf dem Weg zurück zur Scheune hat er mich angehalten, suchte Streit. Er meinte, ich solle die Finger von Cara lassen. Ich sagte ihm, dass er keine Chance bei ihr hatte, dass Cara ihn für einen erbärmlichen Versager hielt. Da hat er mich gestoßen.«

Er unterbrach sich, bewegte seinen Mund, als kaute er etwas.

»Ich war damals ziemlich gut in Form. Klimmer war zwar keine halbe Portion, aber als er mich geschubst hat, habe ich das nicht mal gemerkt.«

Wieder machte er eine Pause, aber wohl nicht, weil er überlegen musste, wie er weitererzählen sollte. Nach Vegas Eindruck hatte er so oft über diesen Abend nachgedacht, dass er die Geschichte jederzeit abspulen konnte wie ein mechanisches Klavier die Notenrolle.

»Dann haben Sie ihn ebenfalls geschubst«, sagte sie.

»Ja, das habe ich.« Er setzte seine Brille wieder auf. »Und er ist gefallen, voll auf den Arsch. Dann bin ich zurück in die Scheune gegangen.« Er schüttelte den Kopf.

»Ivan lag auf dem Boden in seinem Schlafsack, aber wir hatten ihn wohl mit unserem Clinch geweckt. Ich weiß noch, dass er sich aufsetzte und fragte: ›Bist du das, Junge?‹ Ich wollte ihm gerade antworten, als ich Klimmer hinter mir die Tür aufmachen hörte. Ich drehe mich um, und da zielt er mit einer Waffe auf mich, und ich werde furchtbar wütend auf ihn, so, was ist das für eine Zecke an meinem Bein, also gehe ich auf ihn los, weil ich nicht glaube, dass er den Mumm hat zu schießen. Ich packe seine Hand und schlage ihn ins Gesicht und will ihm die Pistole entreißen, und dann schießt er, aber er verfehlt mich. Ich bin direkt vor ihm, aber er verfehlt mich.«

Er verstummte, rieb sich ein Auge unter der Brille mit einem Finger.

»Ivan machte auf einmal so Geräusche, so eine Art Gurgeln, also bin ich zu ihm hingerannt. Er saß auf dem Boden und röchelte, und ich habe ihn an den Schultern gepackt und gehalten.«

Zur Veranschaulichung streckte er die Arme zum Armaturenbrett aus.

»Meine Hände waren ganz nass, und dann leuchtete Klimmer mit einer Taschenlampe auf uns, genau in dem Moment, als Ivan starb. Er hat dauernd den Mund aufgemacht, so.«

Ihr Beifahrer öffnete und schloss den Mund wie ein frisch gefangener Fisch.

»Er hat nach Luft geschnappt. Klimmer hatte ihn in den Hals getroffen, das Blut strömte aus ihm heraus wie ein Wasserfall. Und dann wurde er ganz still, mit offenem Mund, und das war's.«

Luke legte die Hand vor den Mund, strich über seinen Bart.

»Klimmer sagte, der Deputy wäre sein bester Freund, und er würde die Waffe verschwinden lassen und behaupten, dass ich es gewesen bin. Er würde bei sämtlichen Zeitungen anrufen und sagen, dass er wüsste, wo ich bin, und dass ich ein Mörder wäre. Das würde ... Cara sicher fertigmachen, sagte er.«

Er stolperte über ihren Namen.

»Also bin ich abgehauen. Bin weggelaufen«, sagte er. Er sah Vega ins Gesicht. »Das mache ich nun mal.«

»Niemand hält Sie für den Täter«, sagte Vega. »Wir glauben, dass Klimmers Vater gesehen hat, wie er die Leiche verschwinden lassen wollte, also hat Klimmer auch ihn attackiert und dann allen erzählt, er hätte einen Schlaganfall gehabt.«

Ihr Beifahrer nickte.

»Und jetzt hat er auch noch seinen Freund, den Sheriff, und seine eigene Frau umgebracht«, sagte er.

»Das stimmt«, sagte Vega und schwieg einen Moment. »Als Sie Ihre Karte bei mir hinterlassen haben – woher wollten Sie wissen, dass ich Sie anrufen würde?«

Jetzt lächelte er, die Falten um seine Augen vertieften sich.

»Ich war im südlichen Washington, bei Walla Walla, als ich das mit dem Knochenfund in den Nachrichten gesehen habe.

Übers Internet habe ich herausgefunden, woher Sie kommen, dann bin ich ins Auto gestiegen und sofort losgefahren. Ich dachte, ich könnte vor Ihnen dort sein, bevor Sie aus Ilona zurück sind, und ich …« Er senkte verlegen den Blick. »Ich habe in der Nacht Ihr Geländer mit einem Bolzenschneider beschädigt«, sagte er mit einer Grimasse.

»Echt jetzt«, sagte Vega.

»Mhm. Ich hatte darauf gebaut, dass Sie es nicht gleich nach Ihrer Rückkehr reparieren lassen, und wollte Ihnen nach ein paar Tagen meine Karte hinlegen. Aber Sie sind gleich wieder losgefahren.«

»Ich hatte einen neuen Auftrag.«

»Also, ich habe die Karte trotzdem dagelassen und einfach gehofft, dass Sie mich irgendwann anrufen. Ich habe mir eine Unterkunft im Kern River Valley gemietet, mir Jobs gesucht.«

»Sie sind auf gut Glück hierher gezogen, für den Fall, dass ich anrufe?«

Er zuckte die Achseln. »Ich ziehe ständig herum.«

Vega verdaute das einen Moment. »Was macht Sie so sicher, dass ich nicht bei der Presse anrufe? Ihre Visitenkarte auf Instagram poste? Die Auftraggeber verständige, die mich Ihretwegen engagiert haben?«

Er sah sie lächelnd an. »Irgendwie glaube ich nicht, dass Sie das tun«, sagte er. »Ich habe online über Sie nachgelesen. Da ist etwas in Ihnen, das Sie in die richtige Richtung lenkt, ob es Ihnen gefällt oder nicht.«

»Das wissen Sie nicht«, sagte sie, aber es war eine sanfte Zurechtweisung.

»Nein, das stimmt.« Er atmete tief aus, schloss die Augen. »All die Jahre habe ich nach jemandem gesucht, dem ich das alles erzählen kann. Als ich Sie im Fernsehen gesehen habe, wusste ich, dass Sie es sind.«

Er runzelte die Stirn, als würde ihm etwas wehtun, wenn auch nur leicht, wie bei einem Nadelstich in den Finger.

»Ich halte nicht viel von Schuldgefühlen«, sagte Vega. »Sollten Sie auch nicht.«

Er sah sie an, seine Stirn glättete sich.

»Außerdem wollte ich Ihnen danken – dafür, dass Sie Ivan gefunden haben, endlich. Er hatte keine Familie oder sonstigen Angehörigen, aber wenigstens sind es jetzt keine verbuddelten, anonymen Knochen mehr.«

Vega zuckte die Achseln, wusste nicht, wie sie mit seinem Dank umgehen sollte.

»Hey, kann ich Sie was fragen?«, sagte sie.

»Nur zu.«

»Warum haben Sie das damals gemacht? Nicht das, wovon Sie mir gerade erzählt haben, sondern diese Football-Nummer. Wohin-Williams?«

»Ich wünschte, ich hätte da eine bessere Geschichte für Sie«, sagte er. »Es würde wohl viele überraschen, aber ich denke eigentlich überhaupt nicht mehr an den Tag.«

Seine Miene hellte sich auf.

»Meine Granny, die mich aufgezogen hatte, seit ich neun war, war ein paar Monate zuvor gestorben. Ich stand dort auf dem Spielfeld, und kurz vor dem Snap fing ich plötzlich an, an den Tod zu denken. An meinen eigenen, und dass er kommen wird. Ich denke an all die Kids, mit denen ich aufgewachsen bin, und an ihren Tod. Ich höre die Leute auf den Rängen und denke auf einmal an deren Tod. Bear hält den Ball, und ich denke an *seinen* Tod. Die Cheerleader, die Kapelle, Carmen irgendwo dort oben, sie alle, ich denke an all diese Tode. Und dann, als ich den Ball bekomme, ich hatte das wirklich nicht geplant, war es auf einmal klar. Lauf los. Alles, was ich konnte, war loslaufen«, sagte er.

»Sie sind also vor dem Tod davongelaufen?«, fragte Vega ein wenig skeptisch.

»Das ist ein bisschen sehr wörtlich aufgefasst.« Er kratzte

sich am Kinn. »Es war eher so, legen wir los. Mach schon. Auf geht's.«

»Auf geht's«, wiederholte Vega.

»Einfach los«, sagte er. »Sehen Sie, ich wünschte, es wäre eine bessere Geschichte.«

»Macht nichts«, sagte sie. »Ich habe schon schlechtere gehört.«

Vega fuhr ihn zurück zu seinem Pick-up, dessen Tank nicht leer war, wie sich herausstellte. Er stieg aus und schloss die Tür, beugte sich dann zum offenen Fenster herein.

»Machen Sie's gut«, sagte er. »Geben Sie mir Bescheid, wenn ich Ihr Geländer reparieren soll. Kostenlos natürlich.«

»Wollen Sie noch eine Weile in Kalifornien bleiben?«

»Ich weiß nicht«, sagte er seufzend. »Es ist schön hier, war es schon immer, nur irgendwie komisch.«

»Wissen Sie«, sagte Vega und schob ihre Sonnenbrille über die Augen, »Ilona ist auch ein schönes Städtchen. Sie hatten dort ein kleines Problem mit Neonazis, aber sieht aus, als wäre das behoben. Cara Simms wohnt immer noch dort, im selben Haus. Hat nie geheiratet. Nur zu Ihrer Information.«

Ihr Mitfahrer nahm seine Brille ab und putzte sie mit dem Hemdzipfel. »Hm«, machte er und sah sie kurz an. Er schien noch etwas sagen zu wollen, hustete aber nur.

»Danke nochmal für die Scharniere«, sagte sie.

Er setzte seine Brille wieder auf und nickte.

»Keine Ursache.« Dann hob er die Hand. »Passen Sie auf sich auf.«

»Sie auch.«

Vega schloss das Fenster und wollte gerade losfahren, als er an die Scheibe klopfte. Sie ließ sie wieder herab.

»Mir ist gerade was eingefallen«, sagte er mit jetzt sichtbarem Lächeln in seinem Bart. Er wirkte beinahe aufgeregt.

»Was denn?«

Er hob zwei Finger. Das Friedenszeichen, wenn es von jemand anderem gekommen wäre.

»Das ist nicht nur eine Zwei«, sagte er und drehte seine Hand um, so dass er ihr jetzt die beiden Finger mit dem Handrücken statt der Innenseite zeigte. »Es ist auch ein V.«

Vega lachte. Lauter, als beabsichtigt – sie hatte gar nicht gemerkt, dass es schon in ihrer Brust gebrodelt hatte.

Er winkte ihr zu und trabte zu seinem Pick-up, stieg ein, hupte und winkte noch einmal, als er losfuhr.

Vega stellte den Motor ab und saß noch beinahe eine Stunde vorm Haus ihres Vaters im Auto. Sie sagte ihm nicht, dass sie noch da war, und weder er noch Bitsy kamen heraus. Sie stellte sich die beiden in ihrer Küche vor, wie sie abwechselnd die Schranktüren auf- und zumachten, sich dabei filmten und die Clips ihren Kirchenfreunden schickten.

Sie dachte an Cap im Supermarkt, wie er Sachen kaufte, die Nell glücklich machen würden.

Sie dachte an ein Foto, das sie nie bekommen würde und trotzdem vor sich sah: Dart und Zeb und Ethan in einer Reihe nebeneinander, wie sie vor der Scheune Obst von Kisten schossen.

Sie dachte an Cara Simms, wie sie in ihrer Küche Arbeiten benotete und jede Minute mit den Jungs rechnete.

Vega ließ den Motor an und fuhr endlich los. Sie trat aufs Gas, um so schnell wie möglich nach Hause zu kommen. Sie wollte Cap anrufen, ehe es zu spät wurde, und ihm alles erzählen, was passiert war.

Danksagung

Ich will Ihnen nichts vormachen: Das war hart.

So albern es sein mag, darüber zu jammern, wie schwer es war, während der Pandemie kreativ tätig zu sein, ist es eben doch die Wahrheit. Die folgenden Menschen und Bücher haben mir nicht nur dabei geholfen, sondern es überhaupt erst möglich gemacht:

Ron Fimrites Buch *Golden Bears* war eine ausgezeichnete Quelle und hat mir eine Vorstellung davon vermittelt, was es für ein Gefühl war, im Memorial-Stadion zu spielen.

Christian Picciolini hat ein mutiges Memoir mit dem Titel *White American Youth* geschrieben, das von seinen Erfahrungen in der rechtsextremen Szene der White Supremacists handelt und davon, wie es ihm gelang, daraus auszusteigen. Ich fand es überaus nützlich, um mir ein Bild von der psychischen Verfassung der Jugendlichen zu machen, die sich dort hineinziehen lassen, sowie von der ihrer Anwerber.

Andrew Marantz' Buch *Antisocial. Online Extremists, Techno-Utopians, and the Hijacking of the American Conversation* stellt eine Grundlektüre für alle dar, die den Ausgang der Präsidentschaftswahlen von 2016 und das, was danach kam, verstehen wollen. Außerdem gibt es Aufschluss darüber, warum so viele weiße Kerle heutzutage dicke fette Selbstmitleidsorgien feiern.

Während Ron Fimrite mir zu Einblicken in das Geschehen auf dem Spielfeld verhalf, hat mich Michael Ferreboeuf darüber aufgeklärt, wie es in den Achtzigern auf den Rängen des Memorial zuging, samt hilfreichen Beschreibungen des Campus der UC Berkeley und einigem Footballwissen.

Mein Besuch bei Dr. Samantha Shapiro wegen einer Zahnfüllung endete damit, dass ich ihr einen Haufen Fragen über tote Zähne und Kronen stellte und was passiert, wenn man bei einer Schlägerei einen Zahn ausgeschlagen bekommt. Sie war superhilfsbereit und hat mich kein bisschen schief angesehen. (Obendrein total zarte Hände.)

Mein Lektor Rob Bloom hat mich während der ganzen grässlichen Zeit wunderbar unterstützt. Unerschütterlich und großzügig und jederzeit bereit, meine Anrufe anzunehmen und meine leicht verpeilten E-Mails zu beantworten. Außerdem sehr geduldig beim Erklären von Football. Darüber hinaus bleiben seine kreativen Anstöße und seine Intuition unübertroffen.

Victoria Pearson und ihre redigierende Lektoratsbande haben mir bei diesem Buch den Arsch gerettet. Ich meine, das tun sie immer, aber diesmal umso mehr, als ich mit Adobe Acrobat nicht zurechtkam und die Hälfte meiner Korrekturen im ersten Fahnenlauf es nicht in den zweiten schafften und sie es mir ermöglichten, es so hinzukriegen, wie es sein sollte. (Text bleibt: EXTREM DANKBAR.)

Mark Falkin ist ein toller Agent und überhaupt ein toller Mensch. Ich habe keine Ahnung, wie er all das schafft, was er schafft, wie er all die Leute kennenlernt, die er kennt, und nebenbei noch mit mir über Cocktail-Rezepte chatten kann.

Meine Mutter Sandra Luna hört mir zu, wenn ich über mich selbst rede und dabei endlos alle Entscheidungen, die ich je in meinem Leben getroffen habe, in Frage stelle. Das tut sie mit so offenem Herzen und Verstand, dass ich bezweifele, meiner Tochter je eine so gute Mutter und Freundin sein zu können, aber ihr Vorbild spornt mich an, es zu versuchen.

Das sprichwörtliche Glas ist für mich nicht mal halb leer, sondern meistens ganz leer, bis auf ein paar unschöne Ablagerungen am Boden; dafür hat mein Bruder Zach Luna unerschöpfliche Vorräte an Optimismus und aufbauender Energie, die mir über so manchen Tag hinweghelfen.

Wunderschöne, wunderbare Naturgewalt Florie: Ich verspreche dir, dass du eines Tages alle meine Bücher lesen darfst, aber bis dahin sollst du wissen, wie glücklich ich mich als deine Mom schätze, dass du all die Gedanken, die dir durch den Kopf gehen, mit mir teilst.

Und JP – ich liebe dich, danke dafür, dass du alles gut machst.